W0403173

BASTEI
LÜBBE

ROBIN COOK

TRAUMA

Aus dem Englischen von
Ekkehart Reinke

BASTEI
LÜBBE

BASTEI-LÜBBE-TASCHENBUCH
Band 11915

1. Auflage Februar 1993
2. Auflage Mai 1993
3. Auflage März 1996

Deutsche Erstveröffentlichung
Titel der amerikanischen Originalausgabe: Vital Signs
Copyright © 1991 by Robin Cook
© 1993 für die deutsche Ausgabe
by Gustav Lübbe Verlag GmbH, Bergisch Gladbach
Printed in Germany
Einbandgestaltung: Klaus Blumenberg, Bergisch Gladbach
Titelillustration: Copyright © 1991 by Don Brautigam
Satz: MPM, Wasserburg
Druck und Bindung: Ebner Ulm
ISBN 3-404-11915-0

Der Preis dieses Bandes versteht sich einschließlich
der gesetzlichen Mehrwertsteuer

Prolog

16. Februar 1988

Überfallartig griffen die giftigen Bakterien an, als kämen sie direkt aus der Kloake geschossen. In Sekundenschnelle nisteten sich mehrere Millionen schlanker, stäbchenförmiger Mikroorganismen in den Hohlräumen der Eileiter ein. Die meisten drängten sich zu dichten kleinen Klumpen zusammen. Sie richteten sich in den samtigen Windungen der Schleimhaut ein, schmiegten sich in die warmen, fruchtbaren Täler, nahmen die reichlich vorhandenen Nährstoffe in sich auf und schieden ihre eigenen fauligen Exkremente aus.

Die zarten Zellen, die das Innere der Eileiter säumten, waren angesichts der plötzlich eingedrungenen Horde machtlos. Die faulen Ausscheidungen der Bakterien — ätzende Proteine und schmierige Fette — brannten wie Säure und zerstörten im Nu die feinen Flimmerhärchen, deren normale Aufgabe es war, ein Ei in die Gebärmutter zu befördern.

Daraufhin riefen die feinen röhrenförmigen Zellen den Körper um Hilfe, indem sie ihre Abwehr- und signalgebenden chemischen Stoffe entsandten. Leider erzielten die Abwehrsekrete bei den Bakterien keinerlei Wirkung, denn deren Membrane besaßen einen bräunlichen, fettartigen Schutzüberzug von Lipoiden.*

* Fettähnliche Bestandteile in Mensch, Tier und Pflanze.

Frisch aus ihren mikrobiologischen Labors kommende Medizinstudenten hätten die Bakterien erkannt — oder es sich jedenfalls eingebildet. Die fettigen Zellwände dieser Bakterien waren säurefest, konnten gewisse Pigmente aufsaugen und waren widerstandsfähig gegen Alkoholsäure. In selbstgefälliger Befriedigung hätten alle Studenten im Chor ausgerufen: »Tuberkulose!«

Ob nun tuberkulös oder nicht, für die Röhrenzellen bedeuteten jede Art von eingedrungenen Bakterien Gefahr. Die von den Zellen ausgesandten Botenchemikalien lösten einen komplizierten Abwehrmechanismus gegen die fremden Eindringlinge aus, der sich in einer Milliarde Jahren seit Beginn des Lebens auf der Erde fortlaufend entwickelt hatte.

Die ausgesandten chemischen Stoffe bewirkten eine Veränderung in den betroffenen Blutgefäßen. Der Blutkreislauf verstärkte sich hier, eröffnete winzige Verzweigungen und entließ Plasma in das Gewebe. Mit dem Blutstrom wanderten spezielle Erste-Hilfe-Abwehrzellen, Granulocyten genannt, in die Bakterienhorde. Diese Zellen produzierten weitere chemische Stoffe, darunter starke Enzyme. Außerdem griffen sie die Bakterien direkt an. Für sie selber ein Kamikaze-Unternehmen — nachdem sie ihre Granulen ausgestoßen hatten, starben sie ab.*

Bald reagierten größere Zellen, die sogenannten Makrophagen, auf den chemischen Hilferuf. Sie kamen aus den Lymphknoten und dem Knochenmark und stießen ebenfalls durch die feinen Blutgefäße auf das Schlachtfeld vor. Und sie hatten mehr Erfolg als die Granulocyten. Sie machten einen Teil der Bakterien unschädlich und entließen weitere chemische Stoffe in den entstandenen Eiter, der nun eine grünliche Färbung annahm.

* Körnchen

Innerhalb von sieben Stunden begann der Aufmarsch von Lymphkörperchen. Damit setzte eine höhere Stufe der Immunverteidigung ein. Da man bisher noch nie von dieser besonderen Bakterienart befallen worden war, gab es auch keine spezifischen Antikörper. Doch nun wurden sie entwickelt. T-förmige Lymphkörperchen sammelten sich und machten chemische Veränderungen durch. Dies führte zu einem vermehrten Ansturm von Makrophagen, der in einer spiralförmig anwachsenden Zellentätigkeit für eine ständig größer werdende Zahl von T-förmigen Zellen sorgte.

Nach 24 Stunden verließ die Bakterien das Schlachtenglück. Die röhrenförmigen Zellen behielten die Oberhand. Doch das war ein Pyrrhussieg. Durch die Immunreaktion waren große Teile der zarten Schleimhäute in den Eileitern zerstört worden. Das führte unweigerlich zu ausgedehnter Narbenbildung. Das Aufeinandertreffen mit dem Blutstrom vergrößerte den Schaden. Darüber hinaus lösten die überlebenden Bakterien und ihre Ausscheidungen neue Reaktionen im Immunsystem aus. Ohne zu ahnen, daß die Schlacht bereits gewonnen war, stellte der Körper weitere Zellentruppen zusammen. Neu hinzukommende Makrophagen verursachten neue Zerstörungen. Im Übereifer kam es in zahlreichen Zellen zu Kernteilungen ohne folgende Zellteilung. So entstanden Riesenzellen mit mehreren Kernen.

Wiederum hätten Medizinstudenten, wenn sie Gelegenheit gehabt hätte, diese Folgen durch die Linsen eines Mikroskops zu beobachten, weise gelächelt und beifällig über die verzerrte Struktur der entstehenden Granulationsgeschwulste genickt.

Dieses Zellendrama setzte sich noch wochenlang im dunklen Inneren der Gebärmutter fort. Die 31jährige Rebecca Ziegler selbst hatte nicht die geringste Ahnung von den wilden chemischen Schlachten, die in ihrem Körper tobten, und ebensowenig von der daraus sich ergebenden Zellenzerstörung. Allerdings gab es einige Hinweise: feine Änderungen der Lebenszeichen in Form eines leichten Fiebers und eines schwach erhöhten Pulses. Rebecca hatte auch manchmal Krämpfe, einen empfindlichen Unterbauch und leichten Vaginalausfluß. Doch keins dieser Anzeichen und Symptome schien Grund zur Besorgnis zu geben. Nur ein leicht anormaler Abstrich hatte sie zunächst ein wenig geängstigt, bis sich herausstellte, daß er eigentlich doch völlig normal war.

Rebecca achtete nicht auf ihre kleinen Unpäßlichkeiten. Vor allem deshalb nicht, weil ihr Leben im übrigen gerade wundervoll verlief. Zur Erleichterung ihrer Mutter hatte sie vor sechs Monaten geheiratet und damit ihrem Leben einen neuen Sinn gegeben. Außerdem hatte sie gerade eine neue Stellung angetreten. Sie war jetzt eine der jüngsten Partnerinnen in einer angesehenen Bostoner Anwaltsfirma. Alles war in schönster Ordnung, und deshalb wollte sie sich durch einige unbedeutende körperliche Beschwerden nicht die Stimmung verderben lassen.

Doch die Episode hatte eine größere Bedeutung, als Rebecca ahnen konnte. Die Bakterien hatten eine Entwicklung in Gang gesetzt, die über die Immunabwehr hinausging. Die Folgen sollten sie noch lange heimsuchen, ihr Glück zerstören und sie schließlich, wenn auch indirekt, umbringen.

21. Februar 1988

Das quälende Geräusch von Metall, das sich an Metall reibt, ging Marissa Blumenthal schwer an die schon strapazierten Nerven. Der veraltete U-Bahn-Zug der MTBA bewältigte nur mühsam die scharfe Biegung vor der Einfahrt in den Bahnhof Harvard Square in Cambridge, Massachusetts. Marissa klammerte sich an eine senkrechte Haltestange und schloß in dem vergeblichen Versuch, sich gegen den durch Mark und Bein gehenden Lärm abzuschotten, einen Moment die Augen. Sie wollte nichts als raus aus dem Zug. Sie verlangte nach Ruhe und Frieden und vor allem nach frischer Luft. Unter lauter 1,80 Meter und größeren Riesen eingeklemmt, litt die 1,52 Meter kleine Marissa noch stärker unter Platzangst als sonst. Die Luft in dem U-Bahn-Wagen war bedrückend warm. Es war ein regnerischer Februartag, und der dumpfe Geruch nach feuchter Wolle trug nicht wenig zu ihrem Unbehagen bei.

Wie alle Benutzer des Zugs vermied Marissa nach Möglichkeit jeden Augenkontakt mit den Menschen, die an sie gepreßt wurden. Es war eine sehr gemischte Gesellschaft. Harvard Square zog höchst gegensätzliche Menschen an. Rechts neben Marissa stand ein Typ, der wie ein Rechtsanwalt aus einer berühmten alten Universität aussah. Er hatte eine Aktentasche aus Straußenleder und steckte die Nase in eine scharf gefaltete Ausgabe des *Wall Street Journal*. Direkt vor ihr war ein übelriechender Skinhead in einer Köperjacke mit abgeschnittenen Ärmeln. Alle seine Fingerknöchel waren mit ungelenk eintätowierten Hakenkreuzen geschmückt. Rechts von ihr stand ein stämmiger Schwarzer mit einem Pferdeschwanz von geflochtenen Locken, der einen grauen Trainingsanzug trug. Seine Sonnenbrille hatte so dunkle Gläser, daß Marissa bei einem verstohlenen Blick in seine Richtung seine Augen nicht erkennen konnte.

Mit einem letzten Ruck, der Marissa beinahe zu Boden gerissen hätte, kam der Zug zum Halten, und die Türen glitten auf. Erleichtert aufseufzend stieg Marissa aus. Normalerweise wäre sie vom Büro aus in ihrem Wagen hergefahren und hätte ihn am Hotel Charles abgestellt. Aber da sie nicht wußte, wie sie sich nach dem kleinen chirurgischen Eingriff fühlen würde, hatte sie es für klüger gehalten, den Zug zu benutzen. Es war die Rede davon gewesen, daß man ihr vielleicht ein Beruhigungsmittel geben oder einen Schmerzstiller intravenös spritzen würde, wogegen Marissa nichts einzuwenden hatte. Sie gestand sich freimütig ein, daß sie ungern Schmerzen litt. Es konnte also sein, daß sie nach solcher Behandlung etwas unsicher auf den Beinen sein würde. Daher hielt sie es für besser, auf das Auto zu verzichten.

Marissa eilte an einem Trio von Straßenmusikanten vorbei, die für milde Gaben spielten, und stieg rasch die Treppe zur Straße empor. Da es immer noch regnete, blieb sie kurz stehen, um den Trenchcoat bis oben zuzuknöpfen und den Schirm aufzuspannen.

Den Schirm fest in der Hand, überquerte sie den Platz und schritt die Auburn Street entlang. Trocken blieb sie aber trotzdem nicht. Dafür sorgten einige plötzliche Windböen. Als sie am Ende der Nutting Street in der Frauenklinik ankam, glänzten zahlreiche Regentropfen auf ihrer Stirn, als wäre sie schweißüberströmt. Unter dem von Glas umschlossenen Fußgängerweg, der die Straße überspannte und die Hauptgebäude der Klinik bis zur Krankenstation und der Notaufnahme miteinander verband, klappte sie den Schirm zu und schloß ihn mit dem Druckknopf.

Die Klinik war ein postmodernes Bauwerk aus roten

Backsteinen und Spiegelglas, das auf einen gepflasterten Hof sah. Der Haupteingang befand sich abseits des Hofs und war über eine breite Treppe aus Granitgestein zu erreichen.

Marissa holte tief Luft und stieg dann die Treppe hinauf. Als Ärztin war sie es gewöhnt, medizinische Gebäude zu betreten. Doch jetzt kam sie zum erstenmal als Patientin, zudem nicht zu einer Untersuchung, sondern zu einem chirurgischen Eingriff. Daß es sich nur um einen kleinen Eingriff handelte, milderte ihre Befürchtungen nicht in dem Maße, wie sie es sich vorgestellt hatte. Zum erstenmal wurde Marissa klar, daß es vom Gesichtspunkt eines Patienten so etwas wie einen »kleinen« Eingriff nicht gab.

Erst vor zweieinhalb Wochen war Marissa dieselbe Treppe hinaufgegangen, um die jährliche Vorsorgeuntersuchung vornehmen zu lassen. Einige Tage darauf erfuhr sie, daß das Ergebnis nicht normal war: CIN Grad Nr. 1. Da sie sich immer bester Gesundheit erfreut hatte, kam ihr das sehr überraschend. Flüchtig fragte sie sich, ob die Abweichung vom Normalen mit ihrer kürzlichen Heirat mit Robert Buchanan zu tun haben könne. Seit der Hochzeit hatten sie die körperlichen Freuden der Verbindung in hohem Maße genossen.

Marissa packte den Messinggriff der massiven Vordertür und trat in die Vorhalle. Die Ausstattung war ziemlich steif, verriet aber dennoch guten Geschmack und zeugte jedenfalls von viel Geld. Den Fußboden bedeckte dunkelgrüner Marmor. Feigenbäume in großen Ziegelsteinbehältern säumten die Wände. Mittendrin stand der kreisrunde Auskunftskiosk. Hier mußte Marissa warten, bis sie an der Reihe war. Sie knöpfte den Mantel auf und schüttelte sich die Feuchtigkeit aus den langen braunen Haaren.

Als Marissa vor zwei Wochen das überraschende Ergebnis des Abstrichs erfuhr, hatte sie ein langes Telefongespräch mit Ronald Carpenter, ihrem Frauenarzt, geführt. Er hatte ihr wärmstens empfohlen, sich eine Gewebeprobe entnehmen zu lassen.

»Da ist weiter nichts dabei«, hatte er mit Überzeugung erklärt. »Wirklich eine Kleinigkeit. Aber danach wissen wir genau, was da drin vorgeht. Wahrscheinlich gar nichts. Wir könnten auch noch eine Weile warten und dann einen weiteren Abstrich vornehmen. Aber wenn Sie meine Frau wären, würde ich Ihnen raten, sich die Gewebeprobe entnehmen zu lassen. Das bedeutet nichts weiter, als daß wir den Gebärmutterhals unter dem Mikroskop betrachten können.«

»Ich weiß, was eine Gewebeprobe bedeutet«, entgegnete ihm Marissa.

»Nun, dann wissen Sie ja auch, wie leicht sie vorzunehmen ist«, fuhr Dr. Carpenter fort. »Ich schaue mir den alten Gebärmutterhals genau an, schnipple ein winziges Stückchen ab, das mir vielleicht verdächtig vorkommt, und das wär's dann. Nach einer Stunde könnten Sie schon wieder gehen. Und wir würden Ihnen auch etwas gegen eventuelle Schmerzen geben. In den meisten Kliniken entnimmt man Gewebeproben ohne Betäubungsmittel. Wir sind in dieser Hinsicht zivilisierter. Also, es ist wirklich eine Kleinigkeit. Ich könnte sie im Schlaf erledigen.«

Marissa hatte Dr. Carpenter immer gemocht. Ihr gefiel seine unbekümmerte, lässige Art. Doch seine Stellungnahme zu einer Gewebeprobe machte ihr deutlich, daß Chirurgen einen Eingriff grundsätzlich anders sehen als ihre Patienten. Ihr war es gleich, ob der Eingriff für ihn eine Kleinigkeit war. Sie machte sich nur Gedanken darüber, wie er auf sie wirken würde. Schließlich bestand außer etwaigen Schmerzen vor allem die Möglichkeit einer Komplikation.

Doch sie wollte die Sache auch nicht hinauszögern. Als

Ärztin war sie sich über die Konsequenzen klar, die sich aus dem Hinausschieben der Gewebeprobe ergeben könnten. Zum erstenmal fühlte sich Marissa medizinisch verletzlich. Es bestand immerhin die wenn auch entfernte Möglichkeit, daß die Gewebeprobe eine Krebserkrankung anzeigen würde. In diesem Falle war es um so besser, je früher sie davon erfuhr.

»Die ambulante Chirurgie befindet sich im 2. Stock«, erklärte die Empfangsdame heiter auf Marissas Frage. »Sie brauchen nur dem roten Strich auf dem Fußboden zu folgen.«

Marissa blickte zu Boden. Ein roter, ein gelber und ein blauer Strich verliefen rund um den Auskunftskiosk. Der rote Strich führte sie zu den Fahrstühlen.

Im 2. Stock folgte Marissa dem roten Strich zu einem Fenster mit einer gläsernen Schiebeklappe. Als Marissa herantrat, schob eine Krankenschwester in der gewohnten weißen Tracht die Klappe auf.

»Ich bin Marissa Blumenthal«, brachte Marissa heraus. Sie mußte sich erst räuspern, ehe sie sprechen konnte.

Die Schwester suchte ihre Akte heraus, schaute kurz hinein, um sich zu vergewissern, daß sie vollständig war, zog dann ein Erkennungsarmband aus Kunststoff hervor und half Marissa beim Anlegen, wozu sie mit den Händen über den Klappenrand griff.

Marissa empfand die Prozedur als unerwartet demütigend. Etwa seit dem sechsten Semester ihres Medizinstudiums hatte sie sich stets in einer Krankenhausumgebung völlig sicher gefühlt. Plötzlich waren die Seiten vertauscht. Ein angstvoller Schauer durchfuhr sie.

»Es wird nur ein paar Minuten dauern«, sagte die Schwester leiernd und zeigte auf einige Doppeltüren. »Dahinter ist ein gemütliches Wartezimmer. Man wird Sie aufrufen, wenn Sie dran sind.« Dann schloß sich die Schiebeklappe.

Pflichtbewußt begab sich Marissa durch eine Doppeltür in ein großes viereckiges Zimmer mit schwer zu klassifizierenden modernen Möbeln. Ungefähr dreißig Personen warteten hier schon. Marissa spürte die vielen schweigenden Blicke und beeilte sich verlegen, auf dem leeren Ecksitz einer Couch Platz zu nehmen.

Von hier aus sah man über einen kleinen grünen Park auf den Charles River. Vor dem grauen Wasser standen die blätterlosen Skelette der Sykamoren am Uferrand wie Schattenrisse.

Unwillkürlich nahm Marissa eins der Glanzpapier-Magazine von einem Seitentisch und blätterte geistesabwesend darin. Dann schaute sie verstohlen über den oberen Rand des Magazins und stellte zu ihrer Erleichterung fest, daß die anderen Personen im Wartezimmer bereits wieder in ihren Magazinen lasen. Zu hören war nur das gelegentliche Umblättern der Seiten.

Mit schnellen Blicken musterte Marissa einige der Frauen und fragte sich, weshalb sie wohl hier waren. Sie schienen alle völlig ruhig zu sein. Aber sie konnte doch unmöglich als einzige nervös sein!

Dann versuchte sie, einen Artikel über Trends der kommenden Sommermode zu lesen, konnte sich aber nicht konzentrieren. Ihr anormaler Scheidenabstrich erschien ihr wie ein verräterischer Hinweis: eine Warnung vor der Zukunft. Sie zählte 33 Jahre, und bisher deuteten nur geringfügige äußerliche Erscheinungen an, daß sie älter geworden war, wie etwa die Fältchen an den Augenrändern.

Eine Zeitlang betrachtete Marissa die vielen Anzeigen, die die Seiten des Magazins in ihrer Hand füllten, und studierte die Gesichter der darauf abgebildeten 16- und 17jährigen Fotomodelle. Ihre jugendlichen, faltenlosen Gesichter schienen sie zu verhöhnen. Auf einmal fühlte sie sich älter, als sie war.

Was nun, wenn das Ergebnis der Gewebeprüfung positiv sein würde? Wenn sie Gebärmutterhalskrebs hatte? Er war bei Frauen ihres Alters selten, kam aber durchaus vor. Plötzlich brach diese Möglichkeit mit furchtbarer Wucht auf sie ein. Mein Gott, dachte sie. Wenn es Krebs war, mußte ihr eventuell die Gebärmutter operativ entfernt werden, und das bedeutete, daß sie nie Kinder haben würde!

Ein Schwindelgefühl erfaßte Marissa. Das Magazin in ihrer Hand verschwamm vor ihren Augen. Gleichzeitig begann ihr Puls zu rasen. Die Vorstellung, daß sie nie Kinder haben könnte, legte sich wie ein Fluch über sie. Sie hatte erst vor einem halben Jahr geheiratet, und obwohl sie nicht sofort eine Familie gründen wollte, hatte sie immer gewußt, daß Kinder eines Tages eine wichtige Rolle in ihrem Leben spielen würden. Wenn es sich herausstellen sollte, daß sie keine Kinder bekommen könnte, waren die Konsequenzen für sie und ihren Mann unausdenkbar. Dabei hatte sie bis zu diesem Augenblick, da sie auf die Entnahme der Gewebeprobe wartete, von der Dr. Carpenter gesagt hatte, sie sei eine »Kleinigkeit«, nie ernsthaft an eine solche Möglichkeit gedacht.

Auf einmal fühlte sich Marissa gekränkt, weil Robert nicht mehr Anteilnahme gezeigt und sofort damit einverstanden gewesen war, als sie gesagt hatte, sie könne durchaus allein zur Klinik fahren. Ein Rundblick durchs Zimmer zeigte Marissa, daß die meisten anderen Patientinnen in Begleitung ihrer Ehemänner oder Freunde gekommen waren.

Sie bemühte sich, ihre Gemütsaufwallung einzudämmen. Im Geist schalt sie sich: Du benimmst dich albern! Sie war über ihre Reaktion selbst überrascht und schämte sich ein wenig. Es war doch sonst nicht ihre Art, hysterisch zu werden. Sie schmeichelte sich sogar, daß sie so leicht nichts aus der Fassung bringen könnte. Im übrigen wußte sie ja auch, daß Robert gar nicht hätte mitkommen können, selbst wenn er es gewollt hätte. Er hatte an diesem Vormittag eine wichtige Konferenz mit den leitenden Mitarbeitern seiner Firma für Gesundheitsvorsorge-Management, -Investierung und -Forschung. Es handelte sich um eine entscheidende Konferenz, die seit vielen Monaten geplant worden war.

Eine Krankenschwester rief: »Marissa Blumenthal!«

Marissa sprang auf, legte das Magazin auf den Nebentisch und folgte der Schwester einen langen, leeren weißen Korridor entlang. Dort wurde sie in einen Umkleideraum eingewiesen, dessen Innentür in eins der Behandlungszimmer führte. Von ihrem Platz im Umkleideraum konnte Marissa den Tisch mit seinen blitzenden Beinstützen aus rostfreiem Stahl sehen.

Die Schwester drehte Marissas Handgelenk und prüfte ihre Erkennungsmarke. »Nur um sicherzugehen«, sagte sie. Nachdem geklärt war, daß es sich um die richtige Patientin handelte, klopfte sie mit der Hand auf einige Kleidungsstücke, die auf einer Bank lagen, und fuhr fort: »Ziehen Sie bitte das Nachthemd, die Pantoffeln und den Umhang an! Ihre eigenen Kleider hängen Sie in den Schrank. Wertsachen können in das verschließbare Fach gelegt werden. Wenn Sie fertig sind, gehen Sie dort hinein und setzen sich auf den Untersuchungstisch.« Sie sagte es mit einem berufsmäßig sachlichen Lächeln, doch nicht ohne Wärme. Dann schloß sie die Tür zum Korridor hinter sich.

Maria entledigte sich ihrer Kleider. Der Fußboden war kalt unter den nackten Füßen. Während sie sich anstrengte, die Bänder des Nachthemds auf dem Rücken zu verschnüren, dachte sie daran, wie gut ihr die Angestellten dieser Frauenklinik gefielen, von der Empfangsdame bis zu ihrem Arzt. Doch hauptsächlich hatte sie die Klinik deshalb gewählt, weil sie privat betrieben wurde und daher besondere Vertraulichkeit bot. Jetzt vor dem Eingriff beglückwünschte sie sich noch einmal zu ihrer Wahl. Wäre sie in eins der großen Bostoner Krankenhäuser gegangen, etwa gar in ihr eigenes, das Boston Memorial, dann wäre sie dort unweigerlich Personen begegnet, die sie kannten.

Marissa hatte immer besonderen Wert darauf gelegt, ihre Intimsphäre zu wahren. Sie wollte vermeiden, daß Dinge wie Geburtenkontrolle, jährliche Unterleibsuntersuchungen, ihre zwei Anfälle von Blasenkatarrh und ähnliches zum Thema von Kollegenklatsch wurden. Auch wenn es dazu nicht gekommen wäre, so wäre es ihr doch schon peinlich gewesen, ihrem Frauenarzt im Krankenhausflur oder in der Krankenhaus-Cafeteria zu begegnen.

Der dünne Umhang, das am Rücken offene Krankenhausnachthemd und die Papierpantoffeln machten aus der Ärztin Marissa endgültig eine Patientin. Auf den schlecht passenden, nachschlappenden Pantoffeln schlurfte sie in das Behandlungszimmer und setzte sich, wie die Schwester sie angewiesen hatte, auf den Rand des Untersuchungstischs.

Als sie die üblichen Einrichtungsgegenstände sah, zu denen ein Narkosegerät und die Instrumentenschränke gehörten, wurde sie erneut von Panik befallen. Abgesehen von ihrer Angst vor dem Eingriff und der möglichen Notwendigkeit einer Hysterektomie* — sie mußte sich immer wieder daran erinnern, daß es nur eine entfernte Möglichkeit war — hatte Marissa auf einmal die Vorahnung einer Katastrophe. Jetzt kam ihr voll zu Bewußtsein, wie sehr sie gelernt hatte, ihr Leben zu schätzen, vor allem in den letzten Jahren. Mit ihrem jungverheirateten Ehemann Robert und ihrer kürzlichen Aufnahme in ein her-

* Operative Entfernung der Gebärmutter.

vorragendes Team von Kinderärzten hatte es das Schicksal beinahe zu gut mit ihr gemeint. Sie hatte so viel zu verlieren, und das vermehrte ihre Furcht.

Ein stämmiger Mann betrat mit berechnend schwungvollem Schritt das Zimmer. »Hallo, ich bin Dr. Arthur.« Er hielt mehrere in Zellophan gehüllte Päckchen und eine Injektionsflasche in der Hand. »Ich bin Narkosearzt und werde Ihnen jetzt etwas für den bevorstehenden Eingriff eingeben. Leiden Sie unter irgendeiner Allergie?«

»Nein«, versicherte Marissa dem Mann. Sie war froh, daß ihr jemand Gesellschaft leistete und sie von ihren trüben Gedanken ablenkte.

»Wahrscheinlich ist das gar nicht unbedingt notwendig«, sagte Dr. Arthur und suchte geschickt nach einer passenden Vene an Marissas rechtem Handgelenk. »Aber es ist auf alle Fälle besser. Falls Dr. Carpenter noch mehr Narkose für nötig hält, kann sie leichter verabreicht werden.«

»Warum sollte er noch mehr Narkose für nötig halten?« erkundigte sich Marissa nervös. Sie sah zu, wie die Flüssigkeit in den engen Filter tropfte. Sie hatte noch nie eine Injektion bekommen.

»Es könnte ja sein, daß er es für richtig hält, eine größere Gewebeprobe zu entnehmen als vorgesehen«, antwortete Dr. Arthur und verlangsamte die Zufuhr von Narkoseflüssigkeit. »Oder er könnte sich auch zu einem weitergehenden Eingriff entscheiden. Dann müßten wir Ihnen zusätzlich etwas verabreichen. Schließlich wollen wir es Ihnen doch so angenehm wie möglich machen.«

Der Ausdruck »weitergehender Eingriff« ließ Marissa schaudern. Sie konnte nicht anders, sie platzte heraus: »Ich möchte hiermit eindeutig klarstellen, daß ich nur meine Genehmigung zu einer Gewebeprobeentnahme unterschrieben habe und nicht zu etwas Weitergehendem wie etwa einer Hysterektomie.«

Dr. Arthur mußte lachen, entschuldigte sich aber gleich danach, daß er an ihrer Bemerkung etwas ulkig gefunden hatte. »In dieser Hinsicht brauchen Sie sich keine Sorgen zu machen«, sagte er. »Wir nehmen in diesem Behandlungszimmer bestimmt keine Hysterektomie vor. Er ist wirklich nur für kleine Eingriffe bestimmt.«

»Was geben Sie mir eigentlich ein?« fragte Marissa verlegen.

»Sie wollen die Namen der Drogen wissen, die ich verwende?« fragte Dr. Arthur.

Marissa nickte. In der Klinik wußte keiner, daß sie Ärztin war. Das war ihr lieber so. Als sie sich zur Behandlung anmeldete, hatte sie ein Formular ausfüllen müssen, in dem jedoch nur nach ihrem Arbeitgeber gefragt wurde. Sie hatte das Boston Memorial eingetragen, weil sie zu dieser Zeit dort gerade ein Stipendiatsjahr im Fach der Endokrinologie* in der Kinderklinik ableistete. Sie wollte jedoch kein Geheimnis daraus machen, daß sie Ärztin war, und wenn man sie direkt gefragt hätte, dann hätte sie es ihnen bestimmt gesagt. Aber es hatte sie niemand danach gefragt, und das nahm sie als weitere Bestätigung für den Grad an vertraulicher Behandlung, den sie in dieser Klinik erwarten durfte.

Dr. Arthur war einen Augenblick verblüfft. Doch dann erwiderte er achselzuckend: »Ich benutze eine Mischung aus einer kleinen Dosis Valium und einem Medikament, das Ketamin heißt.« Er machte sich daran, die übrigen Injektionsgeräte zu reinigen. »Es ist ein guter kleiner Cocktail. Sehr wirkungsvoll gegen Schmerzen. Als zusätzlichen Bonbon sorgt er manchmal dafür, daß man sich hinterher an die ganze Sache nicht mehr erinnern kann.«

Marissa war mit Ketamin vertraut. Im Boston Memorial wurde es häufig verwendet, wenn Kindern mit Verbrennungen Verbände angelegt wurden. Aber sie hatte noch

* Lehre von der inneren Sekretion

nie gehört, daß man es auch bei ambulanten Patienten anwendete. Als sie dies gegenüber Dr. Arthur bemerkte, lächelte er väterlich.

»Wohl ein bißchen darüber nachgelesen, wie?« sagte er in scherzhaftem Ton. Dann fuhr er mahnend fort: »Denken Sie daran, daß Halbwissen immer gefährlich ist! Tatsächlich ist es so, daß wir dieses Medikament hauptsächlich bei ambulanten Patientinnen anwenden.« Aufmerksam sah er Marissa an. »Meine Güte, Sie sind aber sehr nervös.«

»Ich versuche ja schon, mich zu beruhigen«, sagte Marissa.

»Na, dabei werde ich Ihnen helfen«, sagte Dr. Arthur. »Ich gebe Ihnen am besten gleich jetzt die kleine Dosis Valium mit dem Ketamin.« Er wandte sich ab und holte eine Spritze aus dem Instrumentenschrank. Über die Schulter sagte er zu ihr: »Diese Gewebeentnahme ist eine Kleinigkeit.«

Marissa nickte ohne jede Begeisterung. Sie konnte den Ausdruck schon nicht mehr hören. Sie blieb jedenfalls nervös. Zwar hatte sie sich ein wenig besser gefühlt, als Dr. Arthur gekommen war. Doch jetzt ging es ihr wieder entschieden schlechter. Seine lässige Art, von weitergehenden Eingriffen zu sprechen, hatte durchaus nicht zu ihrer Beruhigung beigetragen. Wieder überkamen sie alarmierende Vorahnungen einer Katastrophe. Sie spürte den unvernünftigen Drang, die Flucht zu ergreifen, bezwang sich aber. Wieder und wieder sagte sie sich im stillen: Ich bin schließlich Ärztin und darf mich nicht so anstellen.

Die Tür wurde aufgerissen, und herein fegte Dr. Ronald Carpenter mit Hut und Gesichtsmaske. Er war wie für eine Operation angezogen. Ihm folgte eine Frau in gleicher Aufmachung. Allerdings hatte sie ihre Maske nicht aufgesetzt, sondern ließ sie vor der Brust baumeln.

Marissa erkannte Dr. Carpenter trotz der Maske sofort. Seine hellen kristallblauen Augen und der sonnengebräunte Teint waren unverkennbar. »Geht es wirklich nur um die

Entnahme einer Gewebeprobe?« fragte Marissa ihn nervös. Schließlich war er wie für eine große Operation gekleidet.

»Miß Blumenthal ist nervös«, erklärte Dr. Arthur, »weil sie eine Hysterektomie befürchtet.« Er drückte die Nadel nieder, um die Luftblasen entweichen zu lassen. Dann begab er sich wieder zu Marissa.

»Hysterektomie?« fragte Dr. Carpenter offensichtlich verständnislos. »Was reden Sie denn da?«

Dr. Arthur hob die Brauen. »Unsere Patientin hat ein wenig nachgelesen.« Er entleerte den Inhalt der Spritze in die Röhre. Dann öffnete er sie und ließ den Inhalt schnell in Marissas Vene fließen.

Dr. Carpenter kam zu Marissa, legte ihr die Hand auf die Schulter und schaute ihr in die dunkelbraunen Augen. »Wir entnehmen wirklich nur eine kleine Gewebeprobe. Von einer Hysterektomie kann gar nicht die Rede sein. Falls Sie sich über meinen Aufzug wundern, ich komme gerade aus der Chirurgie. Die Maske behalte ich an, weil ich erkältet bin und meine Patientinnen nicht anstecken möchte.«

Marissa blickte in Dr. Carpenters strahlende blaue Augen. Sie wollte ihm gerade antworten, als das Blau seiner Augen ihr ein schreckliches Geschehnis in Erinnerung rief, das sie lange Zeit verdrängt hatte: Vor ein paar Jahren war sie in einem Hotelzimmer in San Francisco überfallen worden und hatte, um ihr Leben zu retten, dem Angreifer mehrere Messerstiche versetzen müssen. In diesem Augenblick kam ihr der Vorfall mit so erschreckender Klarheit wieder ins Gedächtnis, daß ihr war, als fühlte sie tatsächlich die Hände des Mannes um ihren Hals. Marissa rang nach Luft. Das Zimmer fing an, sich um sie zu drehen, und sie vernahm ein summendes Geräusch, das immer lauter wurde.

Marissa fühlte, wie Hände sie packten und auf den Rücken zwangen. Sie wollte sich gegen sie wehren, weil sie meinte, sie könne leichter atmen, wenn sie aufrecht säße, aber es war zwecklos. Ihr Kopf berührte den Untersuchungstisch. Sogleich hörte das Zimmer auf, sich um sie zu drehen, und sie konnte wieder besser atmen. Plötzlich merkte sie, daß sie die Augen geschlossen hatte. Als sie sie aufschlug, blickte sie in die Gesichter von Dr. Arthur, der Frau und Dr. Carpenter mit der Maske.

»Sind Sie okay?« fragte Dr. Carpenter.

Marissa wollte etwas antworten, doch ihre Stimme gehorchte ihr nicht.

»Wau!« sagte Dr. Arthur. »Ist sie aber empfindlich gegen Narkosemittel!« Rasch prüfte er ihren Blutdruck. »Na, wenigstens der ist okay. Ich bin froh, daß ich ihr nicht die ganze Dosis gegeben habe.«

Marissa schloß die Augen. Jetzt kam sie endlich zur Ruhe. Die anderen unterhielten sich weiter. Aber für sie hörte es sich so an, als sprächen sie in weiter Ferne und das Ganze ginge sie nichts an. Zugleich war ihr, als legte sich eine bleierne Decke über sie. Sie merkte, daß man ihre Beine anhob, aber das war ihr gleichgültig. Dann klangen die Stimmen im Zimmer immer entfernter. Sie vernahm Gelächter. Dann ein Radio. Sie spürte Instrumente und hörte das Geräusch von Metall auf Metall.

Sie entspannte sich, bis sie so etwas wie einen Menstruationskrampf verspürte. Es tat weh, aber nicht so wie sonst. Nicht unangenehm, doch es machte ihr angst. Sie wollte die Augen aufschlagen, aber ihre Lider waren viel zu schwer. Noch einmal versuchte sie es, gab aber rasch auf. Es war wie ein Alptraum, aus dem sie nicht erwachen konnte. Dann spürte sie erneut einen Krampf, diesmal so stark, daß ihr Kopf hochschnellte.

Unter der Wirkung der Medikamente verschwamm das Zimmer vor ihren Augen. Sie konnte nur den Oberteil von Dr. Carpenters Kopf erkennen, der zwischen ihren hochgezogenen Knien arbeitete. Das Kuldoskop* hatte er nach rechts zur Seite geschoben.

Die Geräusche im Zimmer erreichten sie noch immer wie aus weiter Ferne. Doch hörten sie sich jetzt anders an. Wie Echos. Die Menschen im Zimmer bewegten sich in Zeitlupe. Als spürte Dr. Carpenter, daß ihr Blick auf ihm ruhte, hob er den Kopf.

Eine Hand packte Marissa an der Schulter und drückte sie sanft wieder zurück. Doch als sie flachlag, spielte ihr benommener Geist ihr noch einmal das verschwommene Bild von Dr. Carpenters maskiertem Gesicht vor, und trotz ihrer Benommenheit rann ihr ein Schauer des Schreckens durch die Adern. Ihr war, als hätte sich ihr Arzt in einen Dämon verwandelt. Jetzt erschienen ihr seine Augen nicht mehr kristallblau. Sie waren verzerrt und schienen aus schwarzem Onyx, härter als Stein, zu bestehen.

Marissa wollte laut schreien, beherrschte sich aber. Irgendwo in ihrem Hinterkopf war noch ein Rest Vernunft, die ihr sagte, daß alle ihre Wahrnehmungen durch die Medikamente verändert wurden. Sie versuchte sich aufzusetzen, um sich zu vergewissern, doch die Hände hielten sie fest. Sie wehrte sich dagegen, und wieder einmal sah sie sich im Geist in jenem Hotelzimmer in San Francisco, als sie mit dem Mörder hatte kämpfen müssen. Sie erinnerte sich, daß sie mit dem Telefonhörer auf den Mann eingeschlagen hatte. Und ihr fiel ein, wie alles voll Blut gewesen war.

Nun konnte sich Marissa nicht länger beherrschen. Sie schrie. Doch aus ihrer Kehle kam kein Laut. Sie stand am Rand eines Abgrunds und rutschte langsam ab. Sie wollte sich festhalten, doch ihr Griff löste sich allmählich, und sie fiel in schwarze Finsternis...

* Spiegelinstrument zur Untersuchung der Bauchhöhle.

27. Februar 1988

»Verflucht noch mal!« sagte Marissa. Suchend ließ sie den Blick durch ihr Arbeitszimmer schweifen. Es wollte ihr nicht einfallen, wohin sie ihre Autoschlüssel gelegt hatte. Zum zehntenmal zog sie das Mittelfach des Schreibtischs auf, in den sie sie sonst zu legen pflegte. Sie waren nicht da. Gereizt wühlte sie im Inhalt des Fachs und schob die Lade dann krachend zu.

»Heiliges Kanonenrohr!« sagte sie nach einem Blick auf die Armbanduhr. Ihr blieben nicht einmal dreißig Minuten, um von ihrer Arbeitsstelle zum Hotel Sheraton zu fahren, wo sie eine Auszeichnung entgegennehmen sollte. Nichts schien heute zu klappen. Zuerst dieser dringende Notfall: die sechsjährige Cindy Markham mit einem schweren Asthmaanfall. Und jetzt konnte sie die Autoschlüssel nicht finden.

Marissa verzog die Lippen und versuchte sich verzweifelt daran zu erinnern, wo sie sie gelassen hatte. Plötzlich fiel ihr ein, daß sie gestern abend einen Stapel von Tabellen mit nach Haus genommen hatte. Als sie jetzt zum Aktenschrank ging, fielen ihr die Schlüssel sogleich ins Auge. Sie nahm sie an sich und begab sich zur Tür.

Sie kam nicht weit. Als sie die Hand auf den Türknopf legte, läutete das Telefon. Zuerst wollte sie es überhören. Doch da meldete sich ihr Gewissen. Es war immerhin möglich, daß es wieder um Cindy Markham ging.

Mit einem Seufzer ging Marissa zum Schreibtisch zurück, beugte sich vor und nahm den Hörer ab. »Was ist?« fragte sie ungewohnt barsch.

»Ist dort Dr. Blumenthal?« erkundigte sich der Anrufer.

»Ja, am Apparat«, sagte Marissa. Sie hatte die Stimme nicht erkannt. Sie hatte eigentlich die Stimme ihrer Sekretärin erwartet, die von ihrer Zeitnot wußte.

»Hier ist Dr. Carpenter«, sagte der Anrufer. »Haben Sie einen Augenblick Zeit?«

»Ja«, log Marissa. Ein Anflug von Angst überkam sie. Seit Tagen hatte sie seinen Anruf erwartet. Sie hielt den Atem an.

»Als erstes möchte ich Ihnen zu der Auszeichnung heute gratulieren«, sagte Dr. Carpenter. »Ich wußte ja nicht einmal, daß Sie Ärztin sind, ganz zu schweigen davon, daß Sie für Ihre Forschungen einen Preis errungen haben. Es ist irgendwie peinlich, wenn man so etwas über eine seiner Patientinnen erst aus der Morgenzeitung erfährt.«

»Entschuldigen Sie«, sagte Marissa. »Ich hätte es Ihnen sagen sollen.« Sie blickte wieder auf die Armbanduhr.

»Wie in aller Welt kommt eine Kinderärztin dazu, Forschungen über das hämorrhagische Ebola-Fieber anzustellen?« wollte Dr. Carpenter wissen. »Das liegt doch ziemlich weit ab von Ihrem Gebiet. Lassen Sie mich nachsehen, ich habe die Zeitung vor mir! ›Der Peabody-Forschungspreis geht an Dr. Marissa Blumenthal für die Aufhellung der Umstände bei der Übertragung des Ebola-Virus von der ersten zur zweiten Kontaktperson.‹ Wau!«

»Ich war zwei Jahre beim CDC* in Atlanta«, erklärte Marissa. »Dort wurde mir ein Versuch übertragen, bei dem menschliche Versuchspersonen mit dem Ebola-Virus infiziert worden waren.«

»Na klar!« sagte Dr. Carpenter. »Jetzt fällt es mir wieder ein, ich habe darüber gelesen. Mein Gott, das waren Sie?«

»Ja, leider«, sagte Marissa.

»Wenn ich mich recht erinnere, wären Sie beinahe daran hopsgegangen!« sagte Dr. Carpenter mit deutlich spürbarer Bewunderung.

»Ich habe noch Glück gehabt«, sagte Marissa. »Sehr viel Glück.«

* Center of Disease Control — Institut zur Eindämmung von Krankheiten.

Sie hätte gern gewußt, was Dr. Carpenter sagenwürde, wenn sie ihm erzählte, daß seine blauen Augen sie während der Gewebeentnahme an den Mann erinnert hatten, der sie ermorden wollte.

»Ich bin tief beeindruckt«, gestand Dr. Carpenter. »Und ich freue mich, daß ich eine gute Nachricht für Sie habe. Normalerweise übernimmt meine Sekretärin diese Anrufe, aber als ich das über Sie heute morgen gelesen hatte, wollte ich Sie selber anrufen. Die Gewebeproben waren sämtlich negativ. Es handelte sich nur um eine leichte Dysplasie.* Wie ich Ihnen schon sagte, deutete der Abstrich auch darauf hin, aber es ist gut, wenn man hundertprozentige Sicherheit hat. Am besten wäre es, wenn Sie in vier bis sechs Monaten zu einem neuen Abstrich herkommen. Danach können wir Sie mindestens ein Jahr lang in Ruhe lassen.«

»Sehr gut«, sagte Marissa. »Mach ich. Und vielen Dank für die gute Nachricht.«

»Ganz meinerseits«, sagte Dr. Carpenter.

Marissa trat von einem Bein aufs andere. Ihr Verhalten bei der Gewebeentnahme war ihr noch immer peinlich. Sie nahm all ihren Mut zusammen und entschuldigte sich erneut.

»Ach was, denken Sie doch nicht mehr daran!« sagte Dr. Carpenter. »Übrigens haben mich Ihre Erfahrungen mit dem Ketamin dazu gebracht, daß ich das Zeug nicht mehr leiden kann. Ich habe der Narkoseabteilung mitgeteilt, daß sie es in keinem Falle mehr anwenden soll. Ich weiß, das Medikament hat auch seine guten Seiten, aber ich hatte noch zwei andere Patientinnen, bei denen es auch so schlechte Träume erzeugt hat wie bei Ihnen. Also bitte keine Entschuldigung! Sagen Sie, sind seit dem Eingriff noch irgendwelche anderen Probleme aufgetreten?«

* Fehlbildung, Unterentwicklung.

»Eigentlich nicht«, sagte Marissa. »Das Schlimmste an dem ganzen Erlebnis war der durch das Medikament verursachte Alptraum. Ich habe den gleichen Traum noch zweimal nach dem Eingriff gehabt.«

»Dann bin ich es, der um Entschuldigung bitten muß«, sagte Dr. Carpenter. »Auf jeden Fall geben wir Ihnen beim nächstenmal kein Ketamin mehr. Ist das ein gutes Versprechen?«

»Ich denke, ich werde mich eine Zeitlang überhaupt von Ärzten fernhalten«, sagte Marissa.

»Das ist ein gesunder Standpunkt«, sagte Dr. Carpenter lachend. »Aber wie gesagt, lassen Sie sich in etwa vier Monaten wieder bei uns sehen!«

Marissa legte den Hörer auf, eilte aus ihrem Arbeitszimmer, winkte noch hastig ihrer Sekretärin Mindy Valdanus zu und drückte dann mehrmals auf den Abwärtsknopf des Fahrstuhls. Sie hatte noch fünfzehn Minuten Zeit für die Fahrt zum Sheraton, was bei dem Verkehr in Boston unmöglich zu schaffen war. Dennoch war sie nach dem Gespräch mit Dr. Carpenter sehr erleichtert. Sie hatte bei dem Mann ein gutes Gefühl. Dann dachte sie daran, wie er sich in ihrem Alptraum in ein abscheuliches Geschöpf verwandelt hatte, und mußte lachen. Es war erstaunlich, was Medikamente alles bewirken konnten.

Schließlich kam der Fahrstuhl an. Das beste an dem Telefongespräch war natürlich, daß die Gewebeprobe aus dem Gebärmutterhals einen normalen Zustand ergeben hatte. Doch während der Fahrstuhl sich zur Tiefgarage senkte, fuhr ihr ein anderer Gedanke durch den Kopf. Was würde sie tun, wenn der nächste Abstrich etwas Anormales anzeigte?

»Verflucht!« sagte sie laut. Was für eine düstere Aussicht! Irgendwas kam einem doch immer in die Quere!

1

19. März 1990

7.41 Uhr morgens

Mitten auf dem eleganten Orientteppich, der das Schlafzimmer beherrschte, blieb Marissa ruckartig stehen. Sie war gerade auf dem Weg zu ihrem Garderobenschrank gewesen und hatte das Kleid herausnehmen wollen, für das sie sich gestern abend entschieden hatte. An der Wand gegenüber dem Kingsize-Bett stand der Fernseher auf der massiven französischen Kommode, aus deren Türen Bücher quollen. Der Apparat war angestellt, er zeigte *Good Morning America.* Charlie Gibson verulkte gerade mit Spencer Christian das Auftakttraining der Baseballspieler. Durch die halbgeöffneten Vorhänge schien die schwache Wintersonne. Taffy II, Marissas und Roberts Cockerspaniel, jaulte. Er wollte hinausgelassen werden.

»Was hast du gesagt?« rief Marissa ihrem Mann zu, der im großen Badezimmer verschwunden war. Sie hörte die Dusche rauschen.

»Ich habe gesagt, daß ich heute vormittag nicht in die verdammte Frauenklinik mitkommen will!« schrie er zurück. In der teilweise geöffneten Tür tauchte sein mit Rasierschaum bedecktes Gesicht auf. Mit gesenkter Stimme, aber immer noch laut genug, um sich über den Fernseher verständlich zu machen, fuhr er fort: »Ich bin heute morgen nicht in der Stimmung, eine Samenprobe abzugeben. So ist es nun mal. Nicht heute.« Achselzuckend verschwand er wieder im Badezimmer.

Eine Zeitlang rührte sich Marissa nicht von der Stelle. Dann fuhr sie sich mit den Fingern durchs Haar und rang um Beherrschung. Das Blut stieg ihr in die Ohren, als sie sich noch einmal Roberts beiläufige Weigerung, mit ihr in die Klinik zu fahren, ins Gedächtnis rief. Wie konnte er das so einfach in letzter Minute rückgängig machen?

Sie schaute zu dem Radiowecker hinüber, der sie vor einer halben Stunde wachgemacht hatte, und spürte einen fast unwiderstehlichen Drang, über den Nachttisch zu steigen, das Kabel aus der Steckdose zu ziehen und das ganze Ding am Kamin zu zerschmettern. So wütend war sie. Doch sie hielt sich zurück.

Aus dem Badezimmer hörte sie, wie die Tür zur Dusche geöffnet und wieder geschlossen wurde. Robert war in die Kabine gegangen.

»Das ist doch nicht zu glauben«, sagte Marissa leise vor sich hin. Dann marschierte sie zum Badezimmer und stieß die Tür krachend vollends auf. Der Hund kam ihr bis zur Schwelle nach. Schon wallte Dampf über den Rand der Duschkabine. Robert duschte gern kochend heiß. Durch das Rauchglas der Kabine konnte Marissa den athletischen Körper ihres Mannes wahrnehmen.

»Wiederhole mir das noch einmal!« rief Marissa ihm zu. »Ich glaube, ich habe dich nicht richtig verstanden.«

»Ganz einfach«, sagte er. »Ich komme heute vormittag nicht in die Klinik mit. Ich bin nicht in der Stimmung. Ich bin doch kein Samenspender.«

Bei der ganzen Behandlung wegen Unfruchtbarkeit hatte es genügend Höhen und Tiefen gegeben. Aber so etwas hatte Marissa nicht vorausgesehen. Sie mußte sich sehr zusammennehmen, um nicht die Tür der Duschkabine, in der Robert sich wusch, einzutreten. Der Hund merkte, in was für einer Laune sie war, und verkroch sich unter dem Bett.

Schließlich stellte Robert das Wasser ab und trat aus der Kabine. Wassertropfen rannen an seiner muskulösen Gestalt herab. Trotz seines gefüllten Terminkalenders brachte er es fertig, drei- oder viermal in der Woche Sport zu treiben. In diesem Augenblick ärgerte sich Marissa sogar darüber, daß er so schlank war. Das erinnerte sie in unangenehmer Weise daran, daß sie selber im Laufe der Behandlung fast fünf Kilo zugenommen hatte.

Robert schien überrascht zu sein, als er sie da stehen sah.

Nun mußte er ihr zuhören. Sie fragte: »Du sagst, daß du heute vormittag nicht mitkommen willst, um eine Samenprobe abzugeben?«

»Ja, das stimmt«, sagte Robert. »Ich wollte es dir schon gestern abend sagen, aber da hattest du Kopfschmerzen. Was mich nicht weiter überraschte. Denn in letzter Zeit hattest du ja dauernd Kopfschmerzen oder Bauchschmerzen oder sonstige Schmerzen. Also hielt ich es für besser, dich damit nicht zu behelligen. Aber jetzt habe ich es dir gesagt. Sie können den eingefrorenen Samen vom letztenmal wieder auftauen. Sie haben ja selber gesagt, daß sie einen Teil davon immer einfrieren. Sollen sie den doch nehmen!«

»Nach allem, was ich durchgemacht habe, willst du nicht mit zur Klinik kommen und dort fünf Minuten deiner kostbaren Zeit opfern?«

»Komm, komm, Marissa«, sagte Robert und trocknete sich mit dem Handtuch ab. »Wir wissen doch beide, daß das länger als fünf Minuten dauert.«

Allmählich fühlte sich Marissa mehr von Robert enttäuscht als von ihrer Unfruchtbarkeit. Wütend sagte sie: »Ich bin es doch, die wirklich viel Zeit dafür aufzubringen hat. Und ich bin es, die man mit Hormonen vollgepumpt hat. Klar habe ich Kopfschmerzen. Aber ich bin ja auch in einem ständigen Streßzustand, um eine Eizelle zu produzieren. Sieh dir doch nur mal die ganzen Einstiche an meinen Armen und Beinen an!« Marissa zeigte auf die zahlreichen blauen Flecken an ihren Gliedern.

»Die habe ich schon gesehen«, sagte Robert, ohne hinzuschauen.

»Ich mußte eine Vollnarkose, eine Bauchspiegelung und die Entnahme einer Gewebeprobe aus den Eileitern über mich ergehen lassen!« schrie Marissa. »Ich muß all diese körperlichen und seelischen Traumen aushalten, diese ganze unwürdige Behandlung!«

»Die meisten«, erinnerte sie Robert, »aber nicht alle.«

»Monatelang mußte ich jeden Morgen meine Temperatur messen und sie auf der Graphik markieren, bevor ich aufstehen und pinkeln gehen durfte.«

Robert war in seinen Zimmerschrank getreten, um einen Anzug und die passende Krawatte auszuwählen. Dabei sah er sich nach Marissa um, die ihm das Licht aus dem Schlafzimmer versperrte. »Und du warst es auch, die die Tabelle mit zusätzlichen X verfälscht hat«, sagte er spöttisch.

Marissa schäumte. »Ich mußte ein bißchen schummeln, damit die Ärzte in der Klinik nicht auf die Idee kamen, daß wir es nicht oft genug versucht, daß wir uns nicht im Bett geliebt hätten. Aber zur Zeit des Eisprungs habe ich nie geschummelt.«

»Uns geliebt!« Robert lachte. »Seit die Sache losging, haben wir uns überhaupt nicht mehr richtig geliebt. Das kann man doch keinen Liebesakt nennen. Wir haben ja nicht mal mehr Sex. Wir rammeln einfach nur.«

Marissa wollte etwas antworten, doch Robert fiel ihr ins Wort.

»Ich habe schon ganz vergessen, wie es ist, wenn man sich richtig liebt!« schrie er. »Was einmal schön und angenehm war, ist zu Sex aufs Stichwort, zum Rammeln auf Kommando geworden.«

»Du hast aber nicht gerade sehr oft ›gerammelt‹«, gab ihm Marissa zurück. »Auf diesem Gebiet bist du bestimmt nicht der Größte.«

»Vorsicht«, warnte Robert. Marissa wurde ihm allmählich zu ausfallend. »Vergiß nicht, daß dieses Rammeln für dich leicht ist! Du brauchst nur wie tot dazuliegen, während ich die ganze Arbeit tue.«

»Arbeit?« sagte Marissa angeekelt. »Mein Gott!«

Sie wollte noch mehr sagen, aber ihre Worte erstickten in Schluchzen. In gewisser Weise hatte Robert ja recht. Während dieser Fruchtbarkeitstherapie war es schwer, bei allem, was im Schlafzimmer vorging, die Spontaneität zu bewahren. Gegen ihren Willen stiegen ihr Tränen in die Augen.

Robert erkannte, daß er sie verletzt hatte, und wurde sofort weich. »Entschuldige«, sagte er, »es war für uns beide nicht einfach. Besonders für dich nicht. Aber ich muß dir gestehen, daß es auch für mich nicht einfach war. Und was heute betrifft, so kann ich wirklich nicht mit in die Klinik fahren. Ich habe eine wichtige Besprechung mit einer Gruppe aus Europa. Tut mir leid, aber meine Geschäfte können sich nicht immer nach den Launen der Ärzte in der Frauenklinik oder den Kapriolen deines Monatszyklus richten. Du hast mir erst am Sonnabend gesagt, daß man dir heute Eizellen entnehmen will. Ich habe nichts davon gewußt, daß du dir schon diese lösende Spritze oder wie sie heißt, gegeben hast.«

»Wir haben das gleiche Programm befolgt wie bei den drei früheren Versuchen der künstlichen Befruchtung«, sagte Marissa. »Ich konnte ja nicht wissen, daß ich es dir jedesmal aufs neue vorbeten muß.«

»Was soll ich dazu sagen? Als diese Besprechung vereinbart wurde, hatten wir ja noch gar nicht mit der Behandlung angefangen. Ich kann deine Fruchtbarkeitszyklen nicht immer im Kopf haben, wenn ich meinen Terminkalender aufstelle.«

Sofort wurde Marissa wieder wütend. Robert ging zur Kommode, um ein frisches Hemd herauszunehmen. Über seinem Kopf interviewte Joan Lunden auf dem Bildschirm gerade irgendeine Berühmtheit.

»Du denkst überhaupt an nichts anderes als an Geschäfte«, sagte sie leise. »Ewig hast du Besprechungen. Kannst du diese Konferenz nicht mal um eine halbe Stunde verschieben?«

»Das würde sehr schwierig sein«, sagte Robert.

»Das Schlimme bei dir ist, daß dir die Geschäfte wichtiger sind als alles andere. Ich glaube, du setzt völlig falsche Prioritäten.«

»Jeder hat ein Recht auf seine Ansicht«, sagte Robert ruhig. Er wollte unbedingt vermeiden, daß sie sich gegenseitig wieder beschimpften. Er holte ein Hemd heraus, zog es an und knöpfte es zu. Es war unklug, noch etwas zu sagen, aber Marissa hatte bei ihm einen wunden Punkt berührt. »An Geschäften ist nichts Ehrenrühriges. Sie liefern uns das tägliche Essen auf den Tisch und sorgen dafür, daß wir ein Dach über dem Kopf haben. Außerdem hast du meine Einstellung zu Geschäften gekannt, bevor wir geheiratet haben. Mir machen sie Spaß, und sie sind in vieler Hinsicht lohnend.«

»Bevor wir heirateten, hast du gesagt, daß Kinder für dich wichtig wären«, gab Marissa zurück. »Jetzt sieht es aber so aus, daß die Geschäfte bei dir an erster Stelle stehen.«

Robert stellte sich vor den Spiegel und band sich die Krawatte. »Das war meine Einstellung, bevor wir erfuhren, daß du keine Kinder bekommen kannst, jedenfalls nicht auf normale Weise.« Er hielt inne, weil er merkte, daß er einen Fehler begangen hatte, und wandte den Kopf, um nach seiner Frau zu schauen. An ihrem Gesicht las er ab, daß die beiläufig hingeworfene Bemerkung ihre Wirkung erzielt hatte. Er versuchte, sie zurückzunehmen. »Ich meine natürlich, bevor wir erfuhren, daß *wir* auf normale Weise keine Kinder bekommen können.«

Aber seine Berichtigung konnte den Schlag nicht mildern. In Sekundenschnelle verwandelte sich Marissas Wut in Verzweiflung. Wieder kamen ihr die Tränen, und sie begann zu schluchzen.

Robert wollte ihr begütigend die Hand auf die Schulter legen. Doch sie entzog sich ihm und rannte ins Badezimmer. Als sie dabei war, die Tür zu schließen, schob sich Robert hinein, nahm sie in die Arme und drückte sein Gesicht in ihre Halsbeuge.

Marissa weinte. Ihr ganzer Körper bebte. Sie brauchte volle zehn Minuten, um sich zu beruhigen. Sie wußte, daß ihr Verhalten überhaupt nicht ihrer Natur entsprach. Zweifellos trugen die Hormone, die sie einnahm, zu ihrem labilen Gemütszustand bei. Aber diese Erkenntnis half ihr auch nicht weiter. Sie brauchte Zeit, um sich wieder zu fassen.

Robert ließ sie kurz los, um ihr ein Papiertuch zu bringen. Sie schnaubte sich die Nase und drängte die Tränen zurück. Zu ihrem Zorn und Kummer gesellte sich nun auch Beschämung. Mit zitternder Stimme räumte sie vor Robert ein, daß es an ihr lag, wenn ihre Ehe kinderlos blieb.

»Es ist mir egal, wenn wir keine Kinder bekommen«, sagte Robert im Bestreben, sie zu trösten. »Davon geht die Welt nicht unter.«

Marissa betrachtete ihn mißtrauisch. »Das glaube ich dir nicht«, sagte sie. »Du hast immer Kinder haben wollen, das hast du mir selber gesagt. Und da ich weiß, daß es an mir liegt, kannst du ruhig ehrlich deine Gefühle aussprechen.

Ich werde eher damit fertig, wenn du aufrichtig bist, als wenn du mir etwas vorlügst. Sag mir ruhig, daß es dich zornig macht!«

»Ich bin nicht zornig, ich bin nur enttäuscht«, sagte Robert und sah Marissa an. Sie erwiderte seinen Blick. »Na ja, vielleicht war ich mal kurze Zeit zornig«, gab er dann zu.

»Ich habe dein frisches Hemd versaut«, rief Marissa.

Robert sah auf seine Brust herab. Sowohl auf dem Hemd wie auf der halbgebundenen Krawatte waren feuchte Spuren von Marissas Tränen. Er holte tief Luft. »Das macht doch nichts. Ich ziehe einfach ein anderes an.«

Marissa sah im Spiegel ihre geröteten und geschwollenen Augen. Wie sollte sie nur ihr Gesicht anständig zurechtmachen? Es erschien ihr aussichtslos. Bedrückt schlüpfte sie in die Duschkabine.

Eine Viertelstunde später fühlte sich Marissa bedeutend ruhiger. Es war, als hätten heißes Wasser und Seife nicht nur ihren Körper gereinigt, sondern auch ihrer Seele wohlgetan. Sie ging ins Schlafzimmer zurück, wobei sie sich die Haare abtrocknete, und sah, daß Robert schon fast fertig war.

»Entschuldige, daß ich mich so hysterisch aufgeführt habe«, sagte sie. »Aber ich konnte nicht anders. In letzter Zeit scheine ich auf alles in übertriebener Weise zu reagieren. Ich hätte nicht gleich aus der Haut fahren sollen, nur weil du nicht dazu aufgelegt bist, zum soundsovielten Mal in die Klinik zu fahren.«

»Nein, ich habe mich zu entschuldigen«, sagte Robert. »Es tut mir leid, daß ich meiner Enttäuschung über diese ganze Sache so idiotisch freien Lauf gelassen habe. Während du geduscht hast, habe ich mich anders besonnen. Ich fahre nun doch mit dir in die Klinik. Ich habe deswegen schon im Büro angerufen.«

Marissas Lebensgeister hoben sich zum erstenmal seit vielen Wochen. »Ich danke dir«, sagte sie. Sie hatte das Bedürfnis, Robert in die Arme zu schließen. Doch irgend etwas hielt sie davon ab. Befürchtete sie vielleicht, daß er sie zurückweisen würde? Schließlich sah sie jetzt kaum besonders gut aus. Sie war sich bewußt, daß sich ihre Beziehungen im Laufe der Therapie ihrer Unfruchtbarkeit verändert hatten. Ebenso wie ihre Figur, und beides nicht zum Besseren. Sie seufzte. »Manchmal denke ich, daß diese Behandlung meine Kräfte übersteigt. Versteh mich nicht falsch! Ich habe keinen innigeren Wunsch, als daß wir beide ein Baby bekämen. Aber ich spüre den Streß täglich in jeder wachen Minute. Und ich weiß, daß es dir nicht viel besser geht.«

Mit Slip und Büstenhalter in der Hand ging Marissa zu ihrem Ankleideschrank. Beim Anziehen redete sie weiter mit Robert. In jüngster Zeit fiel es ihr manchmal leichter, mit ihm zu sprechen, wenn sie ihm dabei nicht in die Augen sehen mußte. »Ich habe nur wenigen Menschen von unserem Problem berichtet, und das auch nur in allgemeinen Redewendungen. Ich habe ihnen gesagt, daß wir uns bemühten, ein Kind zu zeugen. Aber wenn ich so was sage, fühlt sich jeder gleich bemüßigt, mir ungebeten gute Ratschläge zu erteilen. ›Ihr müßt es locker angehen‹, sagen sie. ›Am besten, ihr gönnt euch einen Urlaub.‹ Dem nächsten, der mir so was sagt, erzähle ich die Wahrheit. Wir können es noch so locker angehen, es nützt ja alles nichts, weil meine Eileiter so blockiert sind wie ein rettungslos verstopftes Ausflußrohr.«

Da Robert keine Antwort gab, ging sie zur Tür des Ankleideschranks und schaute ins Schlafzimmer. Er saß auf der Bettkante und zog sich die Schuhe an.

»Und weißt du, wer mich dauernd damit quält?« sagte Marissa. »Deine Mutter.«

Robert blickte hoch. »Was hat denn meine Mutter damit zu tun?«

»Sie fühlt sich einfach jedesmal, wenn wir uns treffen, verpflichtet, mir zu sagen, daß es für uns Zeit wird, Nachwuchs zu haben. Wenn sie mir das noch einmal sagt, erzähle ich ihr auch die Wahrheit. Eigentlich könntest ja auch du es ihr sagen. Dadurch würden wir vielleicht eine mißliche Auseinandersetzung zwischen ihr und mir vermeiden.«

Seit der Zeit, da sie mit Robert auszugehen begann, hatte sie sich bemüht, seiner Mutter zu gefallen. Doch leider nur mit mäßigem Erfolg.

»Ich will es meiner Mutter nicht erzählen«, erwiderte Robert. »Das habe ich dir bereits gesagt.«

»Aber warum denn nicht?« fragte Marissa.

»Weil ich mir von ihr keine Predigt anhören will. Und weil ich von ihr nicht hören will, daß mir ganz recht geschieht, da ich eine Jüdin geheiratet habe.«

»O bitte!« rief Marissa und wurde erneut ärgerlich.

»Ich bin doch nicht für die Vorurteile meiner Mutter verantwortlich«, sagte Robert. »Und ich kann ihr nicht vorschreiben, was sie zu denken hat. Das steht mir auch nicht zu.«

Marissa kleidete sich weiter an. Zornig riß sie an Knöpfen und Reißverschlüssen.

Doch bald versiegte ihr Zorn auf Roberts Mutter. Statt dessen belegte sie sich wieder mit Selbstvorwürfen wegen ihrer Unfruchtbarkeit. Zum erstenmal im Leben fühlte Marissa sich wirklich vom Schicksal verfolgt. Welch eine Ironie steckte darin, daß sie im College und beim Medizinstudium so viel Zeit und Eifer darauf verwendet hatte, kein Kind zur unrechten Zeit zu bekommen! Jetzt, da es wirklich an der Zeit war, mußte sie erfahren, daß sie keine Kinder bekommen konnte, es sei denn mit Hilfe der modernen ärztlichen Kunst.

»Es ist so ungerecht«, sagte Marissa laut. Und wieder

rannen ihr Tränen übers Gesicht. Sie wußte, daß die allmonatliche Achterbahnfahrt von Hoffnung zur Verzweiflung, wenn die Befruchtung wieder einmal nicht geklappt hatte, ihre Kräfte nahezu erschöpft hatte. Dazu kam noch Roberts wachsende Unzufriedenheit mit der ganzen Prozedur, die sie ihm kaum übelnehmen konnte.

»Ich glaube, daß sich diese Befruchtungstherapie bei dir zu einer Art Besessenheit entwickelt hat«, sagte Robert leise. »Wirklich, Marissa, ich mache mir allmählich Sorgen um dich. Um uns beide.«

Marissa drehte sich um. Robert stand in der Tür des Ankleideschranks, die Hände an den Türfüllungen. Zuerst konnte Marissa seinen Gesichtsausdruck nicht erkennen, weil er im Schatten stand. Nur die rotblonden Haare wurden vom Licht aus dem Schlafzimmer beschienen. Aber als er auf sie zukam, sah sie, daß er zwar bekümmert, aber auch entschlossen wirkte. Das rechteckige Kinn trat kantig hervor, und die dünnen Lippen waren wie ein Strich.

»Als du diesen Therapieweg beschreiten wolltest, war ich bereit, den Versuch mitzumachen. Aber ich habe das Gefühl, daß uns die Sache aus der Hand gleitet. Und so komme ich zu dem Schluß, das wir uns überlegen sollten, ob wir das Ganze nicht lieber abbrechen, bevor wir das, was uns bleibt, auch noch wegen etwas verlieren, was wir nicht haben können.«

»Du hältst mich für besessen? Selbstverständlich bin ich besessen! Muß man denn nicht besessen sein, um alle diese Eingriffe zu ertragen, die man an mir vorgenommen hat? Ich bin aber bereit, das alles auf mich zu nehmen, weil ich ein Kind, eine richtige Familie haben will. Ich will Mutter werden, und ich will, daß du Vater wirst. Ich will eine Familie haben.« Ohne es zu wollen, hatte Marissa allmählich die Stimme erhoben. Als sie den letzten Satz beendete, schrie sie praktisch.

»Wenn ich dich so schreien höre, bestärkt mich das nur in der Überzeugung, daß wir Schluß machen sollten«, sagte Robert. »Sieh uns doch beide an! Du bist hochgradig nervös, ich bin am Ende meiner Kraft. Du weißt, daß es noch andere Möglichkeiten gibt. Vielleicht sollten wir die einmal in Erwägung ziehen. Wir könnten uns mit unserer Kinderlosigkeit abfinden. Oder wir könnten an eine Adoption denken.«

»Ich begreife einfach nicht, daß du so etwas ausgerechnet zu diesem Zeitpunkt vorbringst«, sagte Marissa scharf. »Heute vormittag sollen mir zum viertenmal Eizellen entnommen werden, ich bin bereit, Schmerzen und Risiko auf mich zu nehmen, und, ja, ich bin emotionell ein Wrack. Und du wählst gerade diesen Augenblick, um von einer Änderung unserer Strategie zu reden!«

Robert konnte seine Verärgerung nicht länger im Zaum halten. »Einen günstigen Zeitpunkt, die Frage der künstlichen Befruchtung zu besprechen, wird es nie geben. Dir gefällt es nicht, daß ich die Sache jetzt zur Sprache bringe, okay. Wann wäre denn ein besserer Zeitpunkt? Wenn du verrückt vor Angst bist, ob du diesmal schwanger werden wirst? Oder wenn du ganz niedergeschlagen bist, weil deine Periode wieder eingesetzt hat? Oder wenn du deinen Kummer gerade überwunden hast und einen neuen Zyklus beginnen willst? Sag es mir! Dann werde ich zu dem gewünschten Zeitpunkt mit dir darüber sprechen.«

Prüfend beobachtete Robert seine Frau. Sie wurde für ihn mehr und mehr zu einer Fremden. Sie war gefühlsmäßig unglaublich labil geworden und hatte beträchtlich an Körpergewicht zugenommen, vor allem im Gesicht, das geradezu aufgeschwemmt wirkte. Ihr Blick war so kühl, daß es ihm durch Mark und Bein ging. Ihre Augen waren so düster wie ihre Stimmung, und ihr Gesicht war gerötet, als hätte sie Fieber. Ja, sie erschien ihm wirklich wie eine

Fremde. Oder noch schlimmer: heute kam sie ihm sogar wie eine unberechenbare Hysterikerin vor. Es hätte ihn nicht überrascht, wenn sie ihn plötzlich wie eine zornige Katze angesprungen hätte. Da war es am besten, den Rückzieher zu machen.

Er wich einige Schritte von ihr zurück und sagte: »Okay, du hast recht. Die Zeit zu einer solchen Diskussion ist schlecht gewählt. Entschuldige. Wir holen das an einem anderen Tag nach. Nun zieh dich fertig an, damit wir in die Klinik fahren können!« Kopfschüttelnd fuhr er fort: »Hoffentlich kann ich heute überhaupt Samen hervorbringen. So wie ich mich in letzter Zeit fühle, bin ich kaum dazu imstande. Das klappt nicht mehr von allein. Ich bin ja keine sechzehn mehr.«

Wortlos wandte sich Marissa ihrem Ankleideschrank zu. Sie fragte sich, was sie tun sollten, wenn er keinen Samenerguß zustande brachte. Sie hatte ja keine Ahnung, inwieweit die Verwendung des aufgetauten früheren Samens die Chancen auf eine erfolgreiche Befruchtung vermindern würde. Vermutlich in starkem Maße. Das war auch zum Teil der Grund, warum sie sich so aufgeregt hatte, als er sich anfangs weigerte, mit in die Klinik zu kommen, besonders nachdem es auch beim letzten Zyklus mit der In-Vitro-Fertilisation (IVF)* nicht geklappt hatte. Flüchtig schaute Marissa in den Spiegel, sah, wie sich ihre Wangen gerötet hatten, und begriff, wie sehr diese Besessenheit von ihr schon Besitz genommen hatte. Und dieser beinahe fanatische Blick! Ihr war, als schaute sie in die Augen einer Fremden.

Während Marissa ihr Kleid anlegte, ermahnte sie sich, ihre Hoffnungen nach so vielen Enttäuschungen nicht zu hoch zu schrauben. Es gab eine Reihe von Stadien, in de-

* Befruchtung der Eizelle im Reagenzglas.

nen die Sache schiefgehen konnte. Zuerst mußte sie die Eizellen produzieren, und dann mußten sie ihr entnommen wurden, bevor der Eisprung spontan einsetzte. Dann mußte die Befruchtung gelingen. Und schließlich mußten ihr die Embryos in die Gebärmutter übertragen werden. Wenn das alles wie vorgesehen erfolgreich ablief, würde sie schwanger sein. Danach aber würde sie ständig die Angst vor einer Fehlgeburt quälen. Oh, es gab so viele Möglichkeiten für ein Mißlingen! Doch nun tauchte vor ihrem geistigen Auge der Spruch auf, der an der Wand des Wartesaals in der IVF-Station stand: DER ERFOLG BLEIBT NUR AUS, WENN SIE SICH NICHT LANGE GENUG BEMÜHEN! Es gab keine Wahl, sie mußte die Sache zu Ende führen.

Bei allem Pessimismus vermochte sich Marissa, wenn sie die Augen schloß, noch immer vorzustellen, daß sie einmal ein winziges Baby in den Armen wiegen würde. »Hab Geduld, Kleines!« flüsterte sie vor sich hin. Im tiefsten Herzen wußte sie, daß alle Bemühungen belohnt werden würden, wenn das Kind einmal da wäre. Eigentlich durfte sie sich solchen Gedanken gar nicht hingeben. Doch Marissa kam mehr und mehr zu der Einsicht, daß dies der einzige Weg war, ihre Ehe noch zu retten.

2

19. März 1990

9.15 Uhr vormittags

Robert und Marissa durchquerten den glasumschlossenen Fußgängerüberweg, der das Hauptgebäude der Klinik mit der Krankenstation und der Notaufnahme verband, betraten den gepflasterten Hof und stiegen die Haupttreppe der Frauenklinik hinauf. Die eigentümliche Farbe und das Muster des Granitbodens lenkten Marissas Gedanken darauf, wie oft sie diese Treppe schon hinaufgegangen war, um sich unzähligen »kleineren Eingriffen« zu unterziehen. Unwillkürlich wurden ihre Schritte langsamer, zweifellos verursacht durch die Erinnerung an den Schmerz von tausend Nadeleinstichen.

»Nun komm schon!« drängte Robert. Er hatte ihr plötzliches Zögern gespürt und nahm sie an die Hand. Dabei schaute er kurz auf seine Armbanduhr. Sie waren schon spät dran.

Marissa bemühte sich, mit ihm Schritt zu halten. Die heutige Eizellenentnahme würde bereits ihre vierte sein. Daher kannte sie genau die damit verbundenen Unannehmlichkeiten. Marissa fürchtete aber weniger die Schmerzen als vielmehr mögliche Komplikationen. Wer gleichzeitig Ärztin und Patientin war, der wußte um all die Dinge, die auf schreckliche Weise schiefgehen konnten. Im Geist ging sie die Liste der möglichen tödlichen Ausgänge durch und schauderte.

Jetzt waren Robert und Marissa im Inneren der Klinik.

Sie umschritten den Informationskiosk und steuerten direkt die IVF-Station im ersten Stock an. Diesen Weg hatten sie schon oft hinter sich gebracht, zumindest was Marissa betraf.

Sie kamen in das normalerweise von Stille erfüllte Wartezimmer mit seinem Luxusteppich und den üppigen Polstergarnituren. Hier bot sich ihnen ein unerwartetes Schauspiel.

»Ich lasse mich nicht länger abweisen!« schrie eine gutgekleidete, schlanke Frau. Marissa schätzte sie auf etwa Dreißig. In den Wartezimmern der Klinik hörte man selten jemand lauter als im Flüsterton sprechen und schon gar nicht schreien. Das war so überraschend, als brüllte jemand in der Kirche.

»Mrs. Ziegler«, sagte die bestürzte Aufnahmeschwester, die auf dem Stuhl hinter ihrem Schreibtisch kauerte. »Ich muß doch sehr bitten!«

»Kommen Sie mir nicht mit Mrs. Ziegler!« schrie die Frau sie an. »Das ist das drittemal, daß ich wegen meiner Untersuchungsergebnisse hier bin! Jetzt will ich sie endlich haben!«

Mrs. Ziegler streckte die Hand aus und fuhr damit über den Schreibtisch der Aufnahmeschwester. Schreibutensilien, Papiere, Bilderrahmen und Kaffeetassen krachten auf den Fußboden. Gläser zersprangen und Tongefäße zerschellten.

Von dem plötzlichen Ausbruch völlig überrascht, erstarrten die etwa ein Dutzend Patientinnen im Wartezimmer zu Ölgötzen. Die meisten vermieden es ängstlich, von der Szene, die sich in ihrer Gegenwart abspielte, Kenntnis zu nehmen, und hefteten den Blick geflissentlich auf ihre aufgeschlagenen Magazine.

Beim Klirren der zerspringenden Gläser zuckte Marissa zusammen. Sie mußte an den Radiowecker denken, den sie vor noch nicht mal einer halben Stunde hatte an die Wand werfen wollen. Es war erschreckend, in Mrs. Ziegler einer verwandten Seele zu begegnen. Denn schon mehrmals hatte sich Marissa gleich ihr in die Ecke abgeschoben gefühlt.

Ganz anders reagierte Robert. Er trat sofort einen Schritt vor und stellte sich zwischen Marissa und die hysterische Patientin. Er sah, daß Mrs. Ziegler Miene machte, um den Schreibtisch zu laufen, und befürchtete, daß sie die arme Aufnahmeschwester anfallen würde. Blitzschnell schoß er vor, packte Mrs. Ziegler um die Taille und hielt sie fest. »Beruhigen Sie sich doch!« sagte er zu ihr und hoffte, daß seine Stimme ebenso einschüchternd wie besänftigend klänge.

Als hätte Mrs. Ziegler ein solches Eingreifen erwartet, fuhr sie herum und holte in weitem Bogen mit ihrer recht umfangreichen Gucci-Handtasche aus. Sie traf Robert im Gesicht und riß ihm die Lippe auf. Dennoch ließ er die Frau nicht los. Daher holte sie erneut mit der Handtasche aus.

Robert sah den zweiten Schlag kommen, ließ ihre Taille los und umklammerte ihre beiden Arme. Aber bevor er sie in den Griff bekam, traf sie ihn wiederum, diesmal mit einem Faustschlag.

»Ahhhh!« rief Robert überrascht und schob Mrs. Ziegler weg. Die Frauen, die in ihrer Nähe saßen, sprangen auf und flüchteten zur anderen Seite des Wartezimmers.

Robert massierte sich die Schulter, an der der Faustschlag gelandet war, und behielt Mrs. Ziegler vorsichtig im Auge.

»Gehen Sie mir aus dem Weg!« fauchte sie. »Das hier geht Sie überhaupt nichts an!«

»Jetzt schon«, entgegnete Robert scharf.

Die Tür wurde aufgerissen, und vom Flur her stürmten

Dr. Carpenter und Dr. Wingate herein. Hinter ihnen erschien ein uniformierter Wachmann mit dem Abzeichen der Frauenklinik auf dem Ärmel. Zu dritt schritten sie auf Mrs. Ziegler zu.

Dr. Wingate, der Direktor der Klinik und gleichzeitig Chef der IVF-Station, übernahm sofort das Kommando. Er war ein hochgewachsener, kräftiger Mann mit einem Vollbart und leichtem, aber deutlich hörbarem englischem Akzent. »Rebecca, was in aller Welt ist denn in Sie gefahren?« sagte er in beruhigendem Ton. »Auch wenn Sie noch so aufgeregt sind, so dürfen Sie sich nicht benehmen!«

»Ich will meine Untersuchungsergebnisse haben«, sagte Mrs. Ziegler. »Jedesmal, wenn ich herkomme, läßt man mich abblitzen. Hier stimmt doch was nicht. Irgend etwas an dieser Klinik ist faul. Ich will meine Unterlagen haben. Sie gehören mir.«

»Nein, das stimmt nicht«, stellte Dr. Wingate ruhig fest. »Die Unterlagen gehören der Frauenklinik. Wir sind uns bewußt, daß die Behandlung von Unfruchtbarkeit mit viel Streß verbunden sein kann. Wir wissen ferner, daß gelegentlich Patientinnen ihren Unmut an den Ärzten und dem technischen Personal auslassen, obwohl die ihnen ja nur helfen wollen. Wir können durchaus verstehen, daß Sie unzufrieden sind. Deshalb haben wir Ihnen ja sogar gesagt, daß Sie woanders hingehen können und daß wir in diesem Fall unsere Unterlagen gern an Ihren neuen Arzt weiterleiten werden. Das ist das bei uns übliche Verfahren. Wenn Ihr neuer Arzt bereit ist, Ihnen die Unterlagen auszuhändigen, so ist das seine Sache. Die Unantastbarkeit von Krankenunterlagen hat immer zu unseren allgemein geschätzten Grundsätzen gehört.«

»Ich bin Anwältin und kenne meine Rechte«, sagte Mrs. Ziegler, doch längst nicht mehr so überzeugt.

»Auch Anwälte können sich manchmal irren«, sagte Dr.

Wingate lächelnd, und Dr. Carpenter nickte zustimmend. »Sie können gern in Ihre Krankenunterlagen Einsicht nehmen. Kommen Sie mit mir, und wir geben sie Ihnen zu lesen. Vielleicht fühlen Sie sich danach besser.«

»Warum hat man mir das nicht schon vorher angeboten?« wollte Mrs. Ziegler wissen. Tränen rannen ihr über das Gesicht. »Als ich das erstemal wegen meiner Unterlagen herkam, sagte ich der Aufnahmeschwester, ich hätte wichtige Fragen zu meinem Zustand. Nicht einmal andeutungsweise wurde mir gesagt, daß ich in die Unterlagen Einsicht nehmen könnte.«

»Das war eine bedauerliche Unterlassung«, sagte Dr. Wingate. »Falls diese Möglichkeit nicht erwähnt wurde, möchte ich mich im Namen meiner Mitarbeiter bei Ihnen entschuldigen. Wir werden ein Rundschreiben verfassen, damit dieses Problem in Zukunft nicht mehr auftreten kann. Jetzt wird Dr. Carpenter Sie mit nach oben nehmen und Sie alles lesen lassen. Bitte.« Er streckte einladend die Hand aus.

Mrs. Ziegler bedeckte mit der Hand die Augen und ließ sich von Dr. Carpenter und dem Wachmann aus dem Zimmer geleiten. Dr. Wingate wandte sich an die übrigen Anwesenden, brachte seinen langen weißen Kittel in Ordnung, steckte das Stethoskop in eine Tasche und mehrere gläserne Petrischalen in eine andere und sagte: »Die Klinik bittet Sie für diesen kleinen Zwischenfall um Entschuldigung.« Dann drehte er sich zu der Aufnahmeschwester um und bat sie, die Hausreinigung anzurufen, damit der Fußboden gesäubert würde.

Danach ging Dr. Wingate zu Robert, der sich mit dem Taschentuch aus der Brusttasche die aufgeplatzte Lippe abtupfte.

Dr. Wingate besah sich die Wunde, die noch immer, wenn auch weniger stark blutete, und sagte: »Tut mir schrecklich leid. Am besten, Sie gehen zu unserer Notaufnahme.«

»Ich bin schon okay«, sagte Robert und rieb sich die Schulter. »So schlimm ist es ja nicht.«

Marissa trat hinzu und betrachtete ebenfalls seine Lippe aus der Nähe. »Du solltest dich lieber behandeln lassen«, sagte sie.

Dr. Wingate bog Roberts Kopf etwas nach hinten, um die Lippe genauer untersuchen zu können. »Vielleicht muß die Wunde auch genäht werden«, sagte er. »Tut kaum weh. Kommen Sie, ich bringe Sie hin!«

Robert besah sich die Blutflecken auf dem Taschentuch. »Das ist doch nicht zu glauben«, sagte er voller Abscheu.

»Es dauert bestimmt nicht lange«, sagte Marissa. »Inzwischen melde ich mich an und warte hier.«

Nach kurzem Zögern folgte Robert dem Direktor.

Marissa sah, wie sich die Tür hinter ihnen schloß. Sie könnte Robert kaum einen Vorwurf machen, wenn dieser Zwischenfall heute vormittag seinen Widerwillen gegen eine Fortsetzung der Behandlung verstärken sollte.

Plötzlich überfielen sie selber Zweifel daran, ob es richtig war, diesen vierten Versuch einer künstlichen Befruchtung zu unternehmen. Wieso konnte sie hoffen, daß es diesmal zum Erfolg führen würde? Auf einmal hatte sie das Gefühl, daß doch alles sinnlos war.

Marissa seufzte tief auf und kämpfte gegen die von neuem aufsteigenden Tränen an. Dann schaute sie sich im Wartezimmer um. Die anderen Patientinnen hatten sich schon wieder ruhig in ihre Magazine vertieft. Aus irgendeinem Grunde brachte Marissa es nicht fertig, die gewohnten Formalitäten zu erledigen. Statt sich bei der Aufnahmeschwester anzumelden, nahm sie auf einem leeren Sitz Platz. Praktisch ließ sie sich einfach fallen. Was hatte es für einen Sinn, sich noch einmal der Eizellenentnahme zu unterziehen, wenn es doch sicher war, daß es keinen Erfolg bringen würde?

Sie ließ den Kopf in die Hände sinken. Sie konnte sich nicht erinnern, jemals so deprimiert gewesen zu sein. Ausgenommen damals am Ende ihres Stipendiatenjahrs im Kinderkrankenhaus. Das war, als Roger Shulman ihre langjährige Beziehung aufgekündigt hatte, was sie schließlich in das CDC geführt hatte.

Bei der Erinnerung an Roger sank Marissas Stimmung noch mehr. Im späten Frühjahr war ihr Verhältnis noch in schönster Blüte gewesen. Aus heiterem Himmel hatte er sie dann mit der Nachricht überrascht, daß er an die Universität von L.A. gehen wolle, um dort ein Stipendium in Neurochirurgie wahrzunehmen. Und er wollte allein gehen. Damals hatte sie das tief getroffen. Jetzt meinte sie zu wissen, daß es so besser für ihn gewesen war, wegen ihrer Unfruchtbarkeit. Dann aber sagte sie sich: Das ist doch verrückt. Und versuchte den Gedanken abzuschütteln.

Im Geist versetzte sich Marissa in die Zeit vor anderthalb Jahren, als Robert und sie übereingekommen waren, eine Familie zu gründen. Sie konnte sich noch gut daran erinnern, denn zur Feier ihres Entschlusses hatten sie eine Wochenendreise zum Nantucket Island unternommen und mit einem guten Cabernet Sauvignon selig darauf angestoßen.

Damals glaubten sie beide, sie würde in wenigen Wochen, höchstens in zwei Monaten schwanger werden. Da sie sich bis dahin immer sorgfältig vor einer unerwünschten Schwangerschaft geschützt hatte, kam es ihr nie in den Sinn, daß es nun ein Problem für sie sein könnte, schwanger zu werden. Aber nach ungefähr sieben Monaten begann Marissa sich Sorgen zu machen. Immer wenn der Zeitpunkt ihrer Periode nahte, lebte sie in steigender Spannung, der jedesmal tiefe Niedergeschlagenheit folgte, wenn die Periode wirklich eintraf. Nach zehn Monaten war es Robert und ihr klar, daß da irgend etwas nicht in Ordnung sein konnte. Nach einem Jahr hatten sie den schweren Entschluß gefaßt, etwas dagegen zu tun. Woraufhin sie in die Frauenklinik gegangen waren, um sich auf eventuelle Unfruchtbarkeit testen zu lassen.

Die erste Hürde, die Sperma-Analyse, nahm Robert mit fliegenden Fahnen. Marissas erste Tests waren komplizierter. Sie umfaßten auch Röntgenaufnahmen ihrer Gebärmutter und der Eileiter.

Als Ärztin kannte sich Marissa ein bißchen mit dem Test aus. Sie hatte auch schon in Büchern einschlägige Röntgenaufnahmen gesehen. Aber es stellte sich heraus, daß die Betrachtung von Fotos in Büchern keine ausreichende Vorbereitung auf das echte Erlebnis sind. An diesen Test konnte sie sich so gut erinnern, als hätte er erst gestern stattgefunden.

»Rutschen Sie noch etwas tiefer!« hatte Dr. Tolentino, der Radiologe, gesagt. Dabei stellte er das große Röntgendurchleuchtungsgerät über Marissas Unterleib ein. In dem Gerät brannte ein Licht, das ein Gitternetz auf ihren Körper projizierte.

Marissa wälzte sich tiefer auf dem steinharten Röntgentisch.

An ihrem rechten Arm war eine Kanüle befestigt. Man hatte ihr etwas Valium eingegeben, und ihr war jetzt schwindlig. Gegen ihren Willen wurde sie die leichte Befürchtung nicht los, daß das Medikament bei ihr einen neuen Alptraum auslösen könnte.

»Okay«, sagte Dr. Tolentino. Das Gitternetz wurde auf die Gegend unterhalb ihres Nabels eingestellt. Dr. Tolentino betätigte einige elektrische Schalter, und der Röhrenkathoden-Monitor des Durchleuchtungsgeräts strahlte ein hellgraues Licht ab. Dr. Tolentino ging an die Tür und rief Dr. Carpenter.

Dr. Carpenter kam mit einer Krankenschwester herein. Beide trugen den gleichen schweren Bleischurz, den Dr. Tolentino umgeschnallt hatte, zum Schutz vor umlaufender Strahlung. Als Marissa diese gewichtige Abwehrkleidung sah, fühlte sie sich noch ausgesetzter und verwundbarer.

Gleich darauf merkte Marissa, wie man ihre Beine anhob, auseinanderspreizte und in die Fußrasten einhängte. Dann wurde das eine Ende des Tisches heruntergeklappt, so daß sie rücklings direkt an der Kante lag.

»Sie werden jetzt den Spiegel spüren«, warnte Dr. Carpenter.

Marissa biß die Zähne zusammen. Sie fühlte, wie das Instrument in sie hineinglitt und sich breitmachte.

»Jetzt werden Sie einen Pieks fühlen«, sagte Dr. Carpenter. »Das ist die örtliche Betäubung.«

Marissa biß sich in der Vorahnung des Kommenden auf die Lippen. Wie Dr. Carpenter vorausgesagt hatte, fühlte sie irgendwo am unteren Rücken einen scharfen Stich.

»Und noch einmal«, sagte Dr. Carpenter.

Er gab ihr mehrere Spritzen an verschiedenen Stellen und erklärte ihr, daß sie zur örtlichen Betäubung des Gebärmutterhalses dienten.

Marissa atmete tief aus. Erst jetzt wurde ihr bewußt, daß sie die Luft angehalten hatte. In diesem Augenblick wünschte sie nur, daß die Prozedur zu Ende wäre.

Als wäre er ein Gedankenleser, sagte Dr. Carpenter: »Nur noch ein paar Minuten.«

Vor ihrem geistigen Auge sah Marissa das lange, scherenförmige Instrument, dessen Zangen sich wie zwei feindliche Klauen gegenüberstanden. Gleich würden diese Klauen das zarte Gewebe ihres Gebärmutterhalses durchtrennen.

Doch als Marissa das scharfe metallische Geräusch der

zuschnappenden Klauen vernahm, spürte sie keinen Schmerz, nur einen Druck und ein Ziehen. Sie hörte, wie Dr. Carpenter mit der Schwester und mit Dr. Tolentino sprach. Danach hörte sie, wie der Röntgenapparat ansprang. Flüchtig konnte sie einen Teil des Bildes sehen, das auf dem Röntgenschirm erschienen war.

»Okay, Marissa«, sagte Dr. Carpenter, »jetzt ist die Jarcho-Röhre eingeführt — ich habe Ihnen das ja erklärt — und ich werde nun etwas Farbstoff hineingeben. Wahrscheinlich werden Sie etwas davon fühlen.«

Wieder hielt Marissa die Luft an, und diesmal kam der Schmerz. Er ähnelte einem schweren Krampf, der allmählich so stark wurde, daß sie sich bewegen mußte, ob sie wollte oder nicht.

»Stillhalten!« befahl Dr. Carpenter.

»Ich kann nicht«, stöhnte Marissa. Gerade als sie dachte, sie könne den Schmerz nicht länger ertragen, ließ er nach. Erleichtert stieß sie die Luft aus.

»Der Farbstoff ging nicht durch«, sagte Dr. Carpenter überrascht.

»Lassen Sie mich ein Röntgenfoto machen!« sagte Dr. Tolentino. »Ich glaube, ich kann die Verschlüsse der Eileiter erkennen. Sie sind hier und hier.« Mit einem Bleistift zeigte er auf den Bildschirm.

»Okay«, sagte Dr. Carpenter. Dann sagte er zu Marissa, daß sie jetzt eine Röntgenaufnahme machen wollten und sie stillhalten solle.

»Was stimmt da nicht?« fragte Marissa besorgt. Aber Dr. Carpenter hörte sie nicht, oder er wollte sie nicht hören. Die drei verschwanden jetzt hinter dem Bildschirm. Marissa schaute zu dem großen Apparat hinauf, der über ihr hing.

»Nicht bewegen!« rief Dr. Tolentino.

Marissa hörte ein Klicken und ein leises Summen. Und

wußte, daß ihr Körper soeben mit Millionen winziger Röntgenstrahlen bombardiert worden war.

»Wir probieren es noch einmal«, sagte Dr. Carpenter und tauchte wieder auf. »Diesmal könnte es ein bißchen mehr weh tun.«

Marissa packte die Kanten des Röntgentischs.

Der Schmerz, der jetzt kam, war schlimmer als alles, was ihr je widerfahren war. Es war, als stieße jemand mit einem Messer in ihren unteren Rücken und drehte es dann herum. Als er vorbei war, sah sie, wie sich die drei Personen vor dem Bildschirm versammelt hatten.

»Was haben Sie festgestellt?« wollte Marissa wissen. Sie las es Dr. Carpenter vom Gesicht ab, daß irgend etwas nicht in Ordnung war.

»Wenigstens wissen wir jetzt, warum Sie bisher keine Kinder bekommen konnten«, sagte er feierlich ernst. »Ich konnte den Farbstoff nicht durch ihre Eileiter quetschen. Und ich habe wirklich mit Gewalt nachgeholfen — wie Sie wahrscheinlich gemerkt haben. Sie scheinen beide so fest verklebt zu sein wie ein Faß.«

»Woher kann das kommen?« fragte Marissa aufgeregt.

Dr. Carpenter zuckte die Achseln. »Das müssen wir noch untersuchen. Vermutlich haben Sie eine Infektion gehabt. Können Sie sich an etwas derartiges entsinnen?«

»Nein«, sagte Marissa, »mir fällt nichts ein.«

»Manchmal gelingt es uns, die Ursache von blockierten Eileitern zu finden und manchmal nicht«, sagte Dr. Carpenter. »Zuweilen können sie schon durch hohes Fieber als Kind Schaden erleiden.« Achselzuckend klopfte er ihr sanft auf den Arm. »Wir untersuchen das noch.«

»Was machen Sie als nächstes?« erkundigte sich Marissa gespannt. Sie litt sowieso schon an Schuldgefühlen, weil sie unfruchtbar war. Die überraschende Entdeckung an ihren Eileitern warf bei ihr die Frage auf, ob sie sich von einem ihrer früheren Liebhaber etwas geholt habe. Sie hatte nie ein ausschweifendes Leben geführt, nicht mal bei Anlegung schärfster Maßstäbe, aber sie hatte doch Sex gehabt, vornehmlich mit Roger. Konnte Roger sie irgendwie angesteckt haben? In Marissas Magen bildete sich ein Knoten.

»Ich weiß nicht, ob dies der richtige Augenblick ist, über unsere Strategie zu sprechen«, sagte Dr. Carpenter. »Aber wir werden wahrscheinlich eine Bauchhöhlenspiegelung und die Entnahme einer Gewebeprobe empfehlen. Es besteht immer die Möglichkeit, daß man das Problem durch Mikrochirurgie packen kann. Wenn das nicht klappt oder nicht durchzuführen ist, bleibt immer noch IVF ...«

»Marissa!« rief Robert. Seine scharfe Stimme brachte Marissa abrupt in die Gegenwart zurück.

Sie hob den Kopf. Robert stand vor ihr.

»Was ist denn mit dir los?« fragte Robert sichtlich verärgert. »Ich habe nach dir gefragt, und die Aufnahmeschwester sagte, du hättest dich noch nicht einmal angemeldet.«

Marissa stand auf. Robert schaute auf seine Armbanduhr. »Komm!« sagte er, drehte sich um und ging zu dem Schreibtisch der Aufnahme. Marissa folgte ihm. Sie starrte auf den Spruch hinter dem Schreibtisch. Es war der, der lautete: DER ERFOLG BLEIBT NUR AUS, WENN SIE SICH NICHT LANGE GENUG DARUM BEMÜHEN.

»Entschuldigen Sie«, sagte die Schwester, »die ganze Aufregung hier hat mich völlig aus dem Konzept gebracht. Es ist mir gar nicht aufgefallen, daß Mrs. Buchanan sich nicht angemeldet hat.«

»Bitte«, sagte Robert, »sagen Sie jetzt den Ärzten, daß Marissa hier ist!«

»Aber gewiß«, sagte die Aufnahmeschwester und stand auf. »Doch vor allem möchte ich mich bei Ihnen für Ihre

Hilfe bedanken, Mr. Buchanan. Diese Frau wollte mich gerade anfallen. Hoffentlich haben Sie sich nicht ernstlich dabei verletzt.«

»Nur zwei Nähte«, sagte Robert in etwas milderem Ton. »Alles wieder in Ordnung.« Dann warf er einen verstohlenen Blick ins Wartezimmer und fragte mit gedämpfter Stimme: »Könnten Sie mir einen dieser, ääh ... Plastikbehälter geben?«

»Selbstverständlich«, sagte die Schwester. Sie bückte sich, zog eine Schublade auf, holte einen mit Maßeinteilung versehenen kleinen Plastikbehälter mit rotem Deckel hervor und reichte ihn Robert. Der verbarg ihn in der Hand.

»Ah ... das wird die Mühe lohnen«, flüsterte er Marissa ironisch zu. Ohne seine Frau noch einmal anzusehen, schritt er auf eine der Türen zu, die in eine Reihe zellenartiger Umkleidekabinen führten.

Marissa sah ihm kummervoll nach. Die Kluft zwischen ihnen schien sich immer mehr zu verbreitern. Die Fähigkeit, sich miteinander zu verständigen, insbesondere wenn es um Gefühle ging, hatte einen neuen Tiefpunkt erreicht.

»Ich teile Mr. Wingate mit, daß Sie hier sind«, sagte die Aufnahmeschwester.

Marissa nickte, ging langsam zu ihrem Platz zurück und ließ sich schwerfällig nieder. Nichts klappte mehr. Sie wurde nicht schwanger, und ihre Ehe brach vor ihren Augen auseinander. Sie dachte an die vielen Geschäftsreisen, die Robert in letzter Zeit unternommen hatte. Zum erstenmal seit ihrer Hochzeit fragte sich Marissa, ob er vielleicht eine Liebesaffäre hatte. Vielleicht war dies der Grund dafür, daß er plötzlich davon gesprochen hatte, keinen neuen Samen mehr abliefern zu wollen. Vielleicht hatte er seinen Samen woanders verspritzt.

»Mrs. Buchanan!« rief eine Schwester von der offenen Tür her. Sie winkte Marissa, ihr zu folgen.

Marissa erhob sich. Sie hatte die Schwester erkannt. Es war Mrs. Hargrave.

Die Frau legte einen Umhang, das hinten offene Nachthemd und die Pantoffeln für Marissa hin und fragte sie in munterem Ton: »Na, sind Sie bereit, die Eizellen zur Verfügung zu stellen?« Sie sprach mit englischem Akzent, ähnlich wie Dr. Wingate. Einmal hatte Marissa sie danach gefragt und hatte zu ihrer Verwunderung erfahren, daß Mrs. Hargrave nicht Engländerin, sondern Australierin war.

»Offen gesagt, habe ich im Augenblick nicht die geringste Lust dazu«, gab Marissa niedergeschlagen zu. »Ich weiß eigentlich gar nicht, warum ich mir das alles antue.«

»Wir sind wohl etwas deprimiert, wie?« fragte Mrs. Hargrave so sanft, wie es ihr möglich war.

Marissa gab keine Antwort, sondern seufzte nur. Dann nahm sie die Kleidungsstücke von Mrs. Hargrave in Empfang und wollte in die Umkleidekabine gehen. Mrs. Hargrave legte ihr die Hand auf die Schulter.

»Möchten Sie sich ein wenig aussprechen?«

Marissa sah der Frau ins Gesicht. Aus den graugrünen Augen leuchtete ihr warmes Mitgefühl entgegen.

Marissa kämpfte wieder gegen aufsteigende Tränen an und konnte zuerst nur den Kopf schütteln.

»Es ist ganz normal, daß die künstliche Befruchtung für die Beteiligten seelische Probleme mit sich bringt«, sagte Mrs. Hargrave. »Aber im allgemeinen hilft es ihnen, wenn sie sich einmal aussprechen können. Nach unseren Erfahrungen liegt das Problem zum erheblichen Teil darin begründet, daß sich die Paare von allen anderen isoliert fühlen.«

Marissa nickte zustimmend. Robert und sie fühlten sich isoliert. Unter dem wachsenden Druck, der auf ihnen lastete, hatten sie mehr und mehr den Umgang mit Freunden vermieden, vor allem mit denen, die Kinder hatten.

»Gibt es vielleicht auch Probleme zwischen Ihrem Mann und Ihnen?« erkundigte sich Mrs. Hargrave. »Ich will mich Ihnen nicht aufdrängen, aber wir haben wirklich festgestellt, daß den Paaren im allgemeinen Offenheit am besten hilft.«

Wieder nickte Marissa und warf einen Blick auf Mrs. Hargraves verständnisvolle Miene. Ja, sie hatte den Wunsch, sich auszusprechen. Mit dem Handrücken wischte sie ein paar Tränen ab und erzählte ihr von Roberts anfänglicher Weigerung heute morgen, sich weiterhin zu beteiligen, und von dem darauf folgenden Streit. Sie sagte Mrs. Hargrave auch, daß sie schon daran denke, die Behandlung abzubrechen.

»Für mich ist es echt die Hölle«, sagte Marissa. »Und für Robert auch.«

»Dazu kann ich nur sagen, daß Sie unnormal wären, wenn es anders sein würde«, sagte Mrs. Hargrave. »Dies bedeutet für alle Streß, auch für das Personal. Aber Sie müssen sich wirklich bemühen, offen miteinander umzugehen. Es wäre gut, mit anderen Paaren, die in der gleichen Lage sind, ins Gespräch zu kommen. Das würde Ihnen dazu verhelfen, ehrlicher miteinander umzugehen und zu erkennen, wo die Grenzen des Partners liegen.«

»Wir warten auf Mrs. Buchanan!« rief eine andere Schwester aus dem Ultraschallraum.

Mrs. Hargrave drückte Marissa aufmunternd die Schulter. »Gehen Sie jetzt hinein!« sagte sie. »Aber danach komme ich wieder, und wir setzen unser Gespräch fort. Was halten Sie davon?«

»Okay«, sagte Marissa und gab sich Mühe, ein wenig Begeisterung dafür aufzubringen.

Eine Viertelstunde später lag Marissa wieder in dem Ultraschallraum und sah sich vor einer weiteren schmerzhaften und risikoreichen Behandlung. Mit ausgestreckten Beinen lag sie auf dem Rücken. In wenigen Minuten würde man ihre Beine anheben und in die nur zu bekannten Beinstützen einhängen. Dann würde sie desinfiziert und örtlich betäubt werden. Schon bei dem Gedanken daran zog sich alles in ihr zusammen.

Allein das Zimmer machte ihr angst, diese kalte, abstoßende, futuristische Einrichtung mit den vielen elektronischen Geräten, von denen Marissa einige bekannt waren, andere dagegen nicht. Zahlreiche Röhrenkathoden-Bildschirme waren in die Geräte eingebaut. Sie konnte schon dankbar sein, daß wenigstens die dreißig Zentimeter lange Nadel für die Eizellenentnahme nicht zu sehen war.

Die medizinisch-technische Assistentin war damit beschäftigt, die Behandlung vorzubereiten. Noch war Dr. Wingate, der die meisten Behandlungen auf dieser Station, einschließlich der In-Vitro-Fertilisation, selber vornahm, nicht erschienen.

Jemand klopfte an die Tür. Die Schwester ging hin und machte auf. Marissa wandte den Kopf und sah Robert auf der Schwelle stehen.

Obwohl das Behandlungszimmer noch unangenehmer auf ihn wirkte als auf Marissa, zwang er sich, in den High-Tech-Raum einzutreten. Der Schwester erklärte er sein Kommen mit den Worten: »Mrs. Hargrave hat gesagt, ich könne für einen Augenblick hereinschauen« und zeigte über die Schulter nach draußen.

Die Schwester nickte, deutete auf Marissa und setzte ihre Vorbereitungen fort.

Robert ging beschwingt in den Ultraschallraum und betrachtete seine liegende Frau. Dabei vermied er vorsichtig, irgendeinem der komplizierten Geräte nahezukommen, und unterließ es auch, Marissa zu berühren.

»Also, ich hab's hinter mir«, sagte er, ganz so, als hätte er eine bedeutende Aufgabe erledigt. »Damit habe ich meine Rolle gespielt und fahre jetzt ins Büro. Dadurch, daß sie mir erst die Lippe nähen mußten, wurde es später als vorgesehen. Ich muß mich also beeilen. Aber nach der Konferenz komme ich zurück und hole dich ab. Wenn die Konferenz länger dauern sollte, rufe ich Mrs. Hargrave an und gebe ihr Bescheid. Okay?«

»Okay«, sagte Marissa. »Danke für die Samenspende. Ich weiß das zu schätzen.«

Robert überlegte, ob Marissa das ironisch gemeint hatte, konnte aber keine Spur von Spott in ihrem Tonfall entdecken. Schließlich sagte er: »Gern geschehen. Alles Gute für die Eizellenentnahme. Hoffentlich wird es ein volles Dutzend.« Dann klopfte er ihr zögernd auf die Schulter, drehte sich um und ging.

Marissa merkte, wie erneut Tränen in ihr aufstiegen, wußte aber nicht, ob aus Trauer oder Verärgerung. Sie fühlte sich schrecklich allein. In letzter Zeit hatte Robert auch im Umgang mit ihr einen rein geschäftlichen Ton angenommen. Es verletzte sie, daß er es fertigbrachte, sie angesichts ihrer bevorstehenden schweren Prüfung alleinzulassen.

Der Robert von heute schien ganz anders zu sein als der Mann, den sie erst vor wenigen Jahren voller Glück geheiratet hatte. Auf vielerlei Art machte er ihr begreiflich, daß für ihn die Geschäfte an erster Stelle kamen. In ihnen suchte er Identität und Ausflucht. Eine einzelne Träne lief ihr ins Ohr. Sie schloß fest die Augen und hoffte, sich so von der ganzen Welt abzuschotten. Ihr war, als gehe ihr Leben vor die Hunde und als gebe es nichts, was sie dagegen tun könne.

»Entschuldigen Sie, Dr. Wingate«, sagte Mrs. Hargrave und vertrat dem Arzt den Weg in den Ultraschallraum. »Könnte ich mal kurz mit Ihnen sprechen?«

»Ist es wichtig?« fragte Dr. Wingate. »Mrs. Buchanan wartet schon.«

»Gerade über Mrs. Buchanan wollte ich mit Ihnen reden«, sagte Mrs. Hargrave mit zurückgelegtem Kopf. Sie war eine hochgewachsene Frau, doch neben Dr. Wingates eindrucksvoller Gestalt wirkte sie zierlich.

»Eine vertrauliche Angelegenheit?« fragte Dr. Wingate.

»Wird bei uns nicht alles vertraulich behandelt?« sagte Mrs. Hargrave mit verschmitztem Lächeln.

»Das stimmt allerdings«, sagte Dr. Wingate und ging raschen Schritts über den Flur in sein Dienstzimmer. Die beiden betraten es durch eine Hintertür, so daß sie nicht an seiner Sekretärin vorbei mußten. Wingate schloß hinter ihnen die Tür.

»Ich will mich kurz fassen«, sagte Mrs. Hargrave. »Es ist mir zu Ohren gekommen, daß Mrs. Buchanan ... eigentlich sollte ich Dr. Buchanan sagen. Sie wissen doch, daß sie Ärztin ist?«

»Ja, natürlich«, sagte Dr. Wingate. »Dr. Carpenter hat es mir vor zwei Jahren gesagt. Ich erinnere mich noch, wie erstaunt ich war. Dr. Carpenter hatte es auch nur durch einen Artikel im *Globe* erfahren.«

»Man sollte meiner Ansicht nach gerade die Tatsache, daß sie Ärztin ist, nicht außer acht lassen«, sagte Mrs. Hargrave. »Sie wissen ja, Ärzte können bisweilen als Patienten schwierig sein.«

Dr. Wingate nickte.

»Auf jeden Fall«, sagte Mrs. Hargrave, »habe ich den Eindruck, daß sie unter Depressionen leidet.«

»Das war zu erwarten«, sagte Dr. Wingate. »Fast alle unsere Patientinnen, die eine künstliche Befruchtung vornehmen lassen, machen gewisse Depressionen durch.«

»Es sieht so aus, als sei es auch zu Unstimmigkeiten in ihrer Ehe gekommen«, sagte Mrs. Hargrave. »Sie haben schon darüber gesprochen, die Behandlung möglicherweise abzubrechen.«

»Nun, das wäre höchst unvorteilhaft«, sagte Dr. Wingate. Sein Interesse war erwacht.

»Diese Depressionen, die Eheprobleme und die Tatsache, daß sie Ärztin ist — das alles läßt es vielleicht ratsam erscheinen, die Behandlungsweise zu ändern.«

Dr. Wingate lehnte sich an den Schreibtisch, verhakte den Daumen unterm Kinn, stützte die Nase auf den Zeigefinger und dachte über Mrs. Hargraves Anregung nach. Sie hatte entschieden ein gewichtiges Argument vorgebracht. Schließlich war er selber immer für flexibles Verhalten eingetreten.

»Sie hat auch die Szene mit Rebecca Ziegler miterlebt«, fuhr Mrs. Hargrave fort, »was ihre seelischen Nöte nur noch verstärkt haben kann. Ich mache mir große Sorgen um sie.«

»Aber bisher hat sie sich durchaus als widerstandsfähig erwiesen«, sagte Dr. Wingate. »Es ist richtig, daß der Erfolg der Frauenklinik auf unserer Berücksichtigung aller Einzelheiten besteht. Aber ich denke doch, daß es geraten ist, die Behandlung von Dr. Blumenthal-Buchanan unverändert fortzusetzen. Sie wird sicherlich noch zwei weitere Zyklen ertragen. Allerdings wäre es vielleicht gut, ihr und ihrem Mann eine Beratung bei uns im Haus zu empfehlen.«

»Sehr gut«, sagte Mrs. Hargrave. »Ich werde ihr das vorschlagen. Natürlich besteht die Möglichkeit, daß sie diese Idee zurückweist, gerade weil sie selber Ärztin ist.«

Damit war die Angelegenheit entschieden. Dr. Wingate ging zur Tür und öffnete sie für Mrs. Hargrave.

»Da wir eben von Rebecca Ziegler sprachen«, sagte Mrs. Hargrave, »man kümmert sich doch wohl gut um sie?«

»Zur Zeit liest sie ihre Krankenunterlagen«, sagte Dr. Wingate und folgte Mrs. Hargrave auf den Flur. »Leider wird ihr das einen Schock versetzen.«

»Kann ich mir gut vorstellen«, sagte Mrs. Hargrave.

3

19. März 1990

11.37 Uhr vormittags

Dorothy Finklestein schritt eilig durch den überglasten Fußgängerüberweg und kam auf den gepflasterten Hof der Frauenklinik. Wie üblich hatte sie sich verspätet. Sie kam immer zu spät. Ihr Termin für die jährliche Untersuchung war auf 11.15 Uhr festgesetzt.

Ein plötzlicher Windstoß verfing sich unter ihrem Hut und bog die Krempe nach oben. Sie konnte gerade noch rechtzeitig zugreifen, sonst wäre ihr der Hut vom Kopf geflogen. Im selben Augenblick bemerkte sie einen Gegenstand. Es war ein hochhackiger Damenschuh, der von oben auf sie zusauste und ganz in ihrer Nähe in einem Blumenkübel voller Rhododendren landete.

Trotz ihrer Eile blieb Dorothy stehen und schaute nach oben, um zu sehen, wo der Schuh hergekommen war. An der obersten Etage der sechsstöckigen Frauenklinik blieb ihr Blick haften. Dort schien eine Frau auf dem Fensterbrett mit herausbaumelnden Beinen und vornübergeneigtem Kopf zu sitzen. Es sah so aus, als betrachte sie prüfend das Pflaster tief unter ihr. Dorothy blinzelte, in der Hoffnung, daß ihre Augen sie trögen. Doch das Bild blieb unverändert: sie hatte es sich nicht eingebildet. Da saß wirklich eine Frau auf dem Fensterbrett — eine junge Frau!

Dorothy stockte das Blut. Die Frau beugte sich zentimeterweise weiter vor und stürzte dann, sich langsam überschlagend, mit dem Kopf voran in die Tiefe. Im Sturz ähnelte sie einer lebensgroßen Puppe. Stockwerk um Stockwerk wurde der Sturz schneller. Dann landete die Frau in demselben Blumenkübel wie vorher ihr Schuh. Es gab einen dumpfen Aufprall, als wäre ein schweres Buch auf einen dicken Teppich gefallen.

Dorothy zuckte zusammen. Ihr war, als wäre sie selber dort aufgeschlagen. Als ihr klar wurde, was geschehen war, begann sie zu schreien. Doch dann nahm sie sich zusammen und rannte, ohne zu überlegen, auf den Blumenkübel zu. Sie war Einkäuferin für ein großes Warenhaus in Boston und hatte wenig Erfahrung in Erster Hilfe, auch wenn sie schon einmal im College an einem Kursus teilgenommen hatte.

Einige vorbeikommende Frauen reagierten auf Dorothys Schrei. Nachdem sie sich vom ersten Schreck erholt hatten, begaben sie sich ebenfalls zu dem Kübel. Eine lief rasch in die Klinik zurück, um Alarm zu schlagen.

Dorothy hatte jetzt den Blumenkübel erreicht. Entsetzt starrte sie hinein. Die Frau lag auf dem Rücken. Ihre Augen standen offen und starrten blicklos zum Himmel. Da Dorothy nicht wußte, was sie sonst tun sollte, beugte sie sich über sie und begann mit Mund-zu-Mund-Beatmung. Sie hatte sofort erkannt, daß die Frau nicht mehr atmete. Mehrmals blies sie ihr Luft in den Mund. Dann mußte sie aufhören, den Kopf abwenden und sich erbrechen, wobei sie die in der Kaffeepause eingenommene Blaubeerschnitte wieder von sich gab. Inzwischen war ein Arzt in frischgebügeltem weißem Kittel eingetroffen.

»Selbstverständlich erinnere ich mich an Sie«, sagte Dr. Arthur. »Sie sind die Frau, die so empfindlich auf Ketamin reagiert hat. So was vergißt man nicht.«

»Ich wollte nur genau wissen, daß Sie es nicht wieder verwenden«, sagte Marissa. Zuerst hatte sie Dr. Arthur gar nicht erkannt, weil er sie seit der Gewebeentnahme nicht wieder behandelt hatte. Doch als er ihr die Venenkanüle ansetzte, kam es ihr ruckartig ins Gedächtnis.

»Heute brauchen wir nur ein wenig Valium«, versicherte ihr Dr. Arthur. »Und etwas davon gebe ich Ihnen sofort ein. Danach werden Sie ziemlich schläfrig werden.«

Marissa sah zu, wie er das Medikament in die seitliche Öffnung der Kanüle spritzte. Dann hielt sie den Kopf wieder gerade. Jetzt, da die Eizellenentnahme erfolgen sollte, hatte sich ihre Einstellung zu der Operation völlig geändert. Nun war sie nicht mehr wie noch vor einer Viertelstunde von zwiespältigen Gefühlen bewegt.

Das Valium wirkte schnell. Marissa wurde ganz ruhig, schlief aber nicht ein. Sie dachte an ihre blockierten Eileiter und überlegte, was wohl die Ursache gewesen sein mochte. Dann dachte sie an die verschiedenen Eingriffe, die man bei ihr vorgenommen hatte. Sie entsann sich ihrer Gefühle beim Erwachen aus der Vollnarkose nach der Bauchhöhlenspiegelung.

Sobald sie zu klarem Bewußtsein gekommen war, hatte Dr. Carpenter ihr gesagt, daß Mikrochirurgie wegen der starken Vernarbung der Eileiter nicht in Frage komme. Er sagte, er habe nur eine Gewebeprobe entnehmen können. Dann klärte er sie darüber auf, daß ihre einzige Chance, ein Kind zu bekommen, die In-Vitro-Fertilisation sei.

»Sind wir bereit?« erscholl eine dröhnende Männerstimme.

Marissa hob den Kopf, öffnete die schweren Augenlider und sah das bärtige Gesicht Dr. Wingates vor sich. Dann legte sie sich wieder zurück. Um mit ihrer Angst fertig zu werden, versuchte sie sich von ihrem Körper zu distanzieren. Ihr Geist schweifte in die Vergangenheit zurück. Sie dachte an Dr. Ken Mueller, den sie nach der Bauchhöhlenspiegelung in der Pathologieabteilung des Memorial aufgesucht hatte. Die Frauenklinik pflegte häufig Untersuchungsergebnisse zur Bestätigung der eigenen Diagnose ins Memorial zu schicken. So hatte man auch Marissa gesagt, daß die Gewebeentnahme aus ihren Eileitern ans Memorial weitergegeben worden war.

In der Hoffnung, ihre Anonymität wahren zu können, hatte sie die Objektträger mit ihren Proben selber herausgesucht. Ihr war bekannt, daß die Frauenklinik als Kennziffer ihre Sozialversicherungsnummer angegeben hatte.

Sobald Marissa die Proben gefunden hatte, suchte sie Ken auf, mit dem sie seit dem Medizinstudium befreundet war. Sie bat ihn, die mikroskopisch kleinen Gewebeteile für sie zu untersuchen, ohne ihm zu sagen, daß sie von ihr stammten.

»Sehr interessant«, sagte Ken nach einem kurzen prüfenden Blick auf den ersten Objektträger und lehnte sich vom Mikroskop zurück. »Was kannst du mir über den Fall sagen?«

»Nichts«, sagte Marissa. »Ich will dich nicht beeinflussen. Sag mir einfach, was du gesehen hast!«

»So 'ne Art Quiz, wie?« sagte Ken lächelnd.

»Sozusagen«, erwiderte Marissa.

Ken beugte sich wieder über das Mikroskop. »Auf den ersten Blick würde ich tippen, daß es sich um ein Gewebestück aus einem Eileiter handelt. Es sieht so aus, als wäre es durch irgendeine Infektion völlig zerstört worden.«

»Stimmt«, bestätigte Marissa voller Bewunderung. »Was kannst du über die Infektion sagen?«

Schweigend betrachte Ken einige Minuten lang die Probe. Was er dann sagte, verblüffte Marissa ungemein. Er legte die Arme übereinander und verkündete: »Tbc!«

Marissa fiel beinahe vom Stuhl. »Tuberkulose?« Sie hatte irgendeine Entzündung vermutet, aber nie im Leben Tbc. »Wie kommst du darauf?« fragte sie.

»Sieh es dir selber an!« sagte Ken.

Marissa schaute durch das Mikroskop.

»Was du da siehst, ist ein Granulom*«, sagte Ken. »Die

Geschwulst weist sowohl riesige wie auch epithelhafte Zellen** auf, das *sine qua non* eines Granuloms. Dies legt den Gedanken an Tbc, Sarkomtumor und eine Handvoll Pilzerkrankungen nahe. Doch schon aus statistischen Gründen muß man Tbc ganz oben auf die Liste setzen.«

Marissa fühlte sich schwach. Die Vorstellung, daß sie eine dieser Krankheiten gehabt hatte, erschreckte sie.

»Kannst du noch Färbemittel einsetzen, um zu einer endgültigen Diagnose zu kommen?« fragte Marissa.

»Klar«, sagte Ken. »Aber es würde mir helfen, wenn ich etwas aus der Krankengeschichte der Patientin wüßte.«

»Okay«, sagte Marissa. »Es handelt sich um eine gesunde Weiße, Mitte Dreißig, mit einer völlig normalen Krankengeschichte. Man hat bei ihr blockierte Eileiter ohne sonstige Symptome festgestellt.«

»Kann man sich auf diese Ergebnisse verlassen?« fragte Ken und kaute innen an seiner Lippe.

»Völlig«, sagte Marissa.

»Röntgenaufnahme der Brust negativ?«

»Völlig normal.«

»Probleme mit den Augen?«

»Nein.«

»Lymphknoten?«

»Negativ«, sagte Marissa mit Betonung. »Abgesehen von den blockierten Eileitern ist die Patientin völlig normal und gesund.«

»Keine früheren Frauenkrankheiten?«

»Nein«, sagte Marissa.

»Nun, das ist merkwürdig«, gestand Ken. »Tbc gelangt durch den Blutkreislauf oder die Lymphgefäße in die Eileiter. Wenn es Tbc ist, dann muß irgendwo ein Herd

* Geschwulst

** Grenzzellen an der Hautoberfläche

stecken. Und nach einer Pilzinfektion sieht es nicht aus. Es sind ja keine Zellfäden zu finden. Ich bleibe weiterhin dabei, daß vor allem Tbc in Frage kommt. Auf jeden Fall mache ich ein paar zusätzliche Farbstoffproben ...«

»Marissa!« rief jemand. Das brachte sie in die Gegenwart zurück. Sie schlug die Augen auf. Es war Dr. Arthur. »Dr. Wingate wird jetzt die örtliche Betäubung vornehmen, und wir möchten nicht, daß Sie plötzlich zucken.«

Marissa nickte. Gleich darauf spürte sie an mehreren Punkten einen stechenden Schmerz, der aber rasch nachließ. Wieder überließ sie sich ihren Gedanken. Noch am selben Tage, an dem sie Ken aufgesucht hatte, konsultierte sie damals voller Angst einen Internisten. Doch dessen umfassende Untersuchung hatte nichts ergeben. Nur der PPD-Test war positiv ausgefallen, was darauf hindeutete, daß sie tatsächlich Tbc gehabt hatte.

Ken unternahm an Marissas Gewebeproben zahlreiche weitere Tests, ohne irgendwelche Organismen zu finden, weder von Tbc noch andere. Aber er blieb bei seiner ursprünglichen Diagnose, nach der die Eileiter von einer tuberkulösen Infektion befallen worden seien. Marissa konnte sich nicht erklären, wo sie sich mit dieser seltenen Krankheit angesteckt hatte.

»Dr. Wingate!« rief eine gehetzte Stimme und brachte Marissa erneut in die Gegenwart zurück. Sie wandte den Kopf. Mrs. Hargrave stand in der Tür zum Ultraschallraum.

»Meine Güte, sehen Sie denn nicht, daß ich beschäftigt bin?« sagte Dr. Wingate scharf.

»Entschuldigen Sie, aber es hat einen Notfall gegeben.«

Dr. Wingate wurde ärgerlich und ließ es an Mrs. Hargrave aus. »Ich bin hier gerade bei einer verfluchten Eizellenentnahme!« schrie er.

»Sehr wohl«, sagte Mrs. Hargrave und ging rückwärts zur Tür hinaus.

Dr. Wingates Blick hing an dem Strahlenkathoden-Bildschirm. »Ah, da hätten wir's!« sagte er hochzufrieden.

»Wünschen Sie, daß ich mal nach dem Notfall sehe?« fragte Dr. Arthur.

»Der kann warten«, sagte Dr. Wingate. »Wir wollen erst ein paar Eizellen entnehmen.«

In der nächsten halben Stunde schien die Zeit im Schneckengang dahinzukriechen. Marissa war zwar müde, konnte aber bei der quälenden Sondierung nicht schlafen.

»Gut so«, sagte Dr. Wingate schließlich. »Mehr Follikel sind nicht zu sehen. Nun will ich mir mal anschauen, was wir haben.«

Dr. Wingate legte die Sonde beiseite, streifte die Handschuhe ab und verschwand mit der Laborantin im Nebenraum, um das Ergebnis unter dem Mikroskop zu betrachten.

»Sind Sie okay?« erkundigte sich Dr. Arthur bei Marissa.

Marissa nickte.

Nach einigen Minuten kam Dr. Wingate zurück und sagte mit strahlendem Lächeln: »Sie sind ein patentes Mädchen«, sagte er. »Sie haben acht vielversprechend aussehende Eizellen produziert.«

Marissa atmete hörbar aus und schloß die Augen. Sie war glücklich über die acht Eizellen. Dennoch war es kein guter Vormittag gewesen. Sie war benommen und erschöpft und versank bald danach durch den vorhergegangenen Streß in einen unruhigen Betäubungsschlaf. Nur noch vage nahm sie wahr, daß man sie auf ein Rollbett legte und durch den überglasten Fußgängerweg in die stationäre Abteilung der Klinik fuhr. Kurz darauf wurde sie nur noch einmal wach und stieg teilweise aus eigener Kraft in ein richtiges Bett um, wo sie dann in einen tieferen, vom Valium bedingten Schlaf fiel.

Unter all den vielen verantwortlichen Bürden und Pflichten, die mit der Leitung der Frauenklinik verbunden waren, schätzte Dr. Norman Wingate die Arbeit, die unmittelbar zum biologischen Teil der IVF-Station gehörte, am höchsten. Hier war er wirklich mit dem Herzen bei der Sache. Als Dr. med. und Dr. phil. fand er in der Zellularbiologie den stärksten intellektuellen Reiz. Und als er jetzt Marissas Eizellen durch die Linsen des Sektionsmikroskops betrachtete, erfüllte ihn Freude und tiefe Ehrfurcht. Vor ihm im Blickfeld lag die unglaubliche Möglichkeit neuen Lebens.

Marissas Eizellen waren wirklich schöne Exemplare, was auf die fachmännische Dosierung der Hormonpräparate in der Hyperstimulationszeit zurückzuführen war. Sorgfältig untersuchte Dr. Wingate jede einzelne der acht Eizellen. Sie waren alle völlig reif. Ehrfürchtig legte er sie in die Falcon-Schalen mit der vorbereiteten, leicht rosafarbenen Nährlösung. Dann stellte er die Schalen in den Brutschrank, der die Temperatur und die Luftkonzentration regelte.

Nun wandte er sich Roberts Sperma zu, das inzwischen verflüssigt worden war, und begann mit der Zählung. Als Perfektionist führte er alle zellularbiologischen Tätigkeiten am liebsten selber aus. Der Erfolg von In-Vitro-Fertilisation war nicht allein wissenschaftlich begründet, sondern ebensosehr von der Kunstfertigkeit des jeweiligen Forschers abhängig.

»Dr. Wingate!« rief Mrs. Hargrave und trat ins Labor. »Entschuldigen Sie die Störung, aber im Fall Rebecca Ziegler hat sich eine neue Entwicklung ergeben, die Ihre Anwesenheit erfordert.«

Dr. Wingate blickte hoch. »Können Sie das nicht erledigen?« fragte er.

»Die Presse ist da, Mr. Wingate«, sagte Mrs. Hargrave. »Sogar ein Aufnahmewagen vom Fernsehen. Besser, wenn Sie selber kommen.«

Widerstrebend schaute Dr. Wingate auf das Fläschchen mit Roberts Samen. Er haßte es, wenn ihn bürokratische Verwaltungsaufgaben in seiner biologischen Arbeit störten. Aber als Direktor der Klinik blieb ihm kaum eine Wahl. Er wandte sich an die Laborantin. »Eine Gelegenheit für Sie«, sagte er. »Machen Sie mit der Zählung, der Konzentration und dem ›Aufschwimmen‹ weiter! Sie haben mir so oft dabei zugesehen, daß Sie es auch allein können. Ich komme so bald wie möglich zurück.« Dann drehte er sich um und verließ mit Mrs. Hargrave das Labor.

Eine freundliche Stimme rief: »Mrs. Buchanan! Hallo, Mrs. Buchanan! Sind Sie wieder bei uns?«

Die Stimme drang bis in die Tiefe von Marissas wirrem Traum. Sie hatte geträumt, daß sie mitten in einer unfruchtbaren Landschaft gestrandet sei. Zuerst versuchte sie die Stimme in ihren Traum einzubeziehen. Doch die Krankenschwester war entschlossen, sie wachzurütteln.

»Mrs. Buchanan, Ihr Mann ist hier!«

Marissa schlug die Augen auf und sah das freundlich lächelnde Gesicht einer Schwester direkt vor sich. Auf ihrem Namensschild stand »Judith Holiday«. Marissa mußte blinzeln, um auch das übrige Zimmer erkennen zu können. Und dann sah sie Robert, einen wasserdichten Mantel überm Arm, hinter der Schwester stehen.

»Wie spät ist es?« fragte Marissa und stützte sich auf einen Ellbogen. Ihr war, als wäre sie eben erst eingeschlafen. Bestimmt konnte Robert in der kurzen Zeit noch nicht der Konferenz beigewohnt haben und danach hergekommen sein.

»Es ist 4.14 Uhr nachmittags«, sagte Judith. Dabei legte sie ihr die Druckbinde für die Blutdruckmessung um den Arm und pumpte sie auf.

»Wie fühlst du dich?« fragte Robert.

»Einigermaßen okay«, sagte Marissa. Doch sie war sich

dessen gar nicht sicher. Das Valium steckte ihr noch im Körper. Ihr Mund war so trocken wie die Wüstenlandschaft in ihrem Traum. Sie war erstaunt, daß es schon so spät am Tage war.

»Ihre Lebenszeichen sind okay«, sagte Judith und nahm ihr die Druckbinde ab. »Wenn Sie sich stark genug fühlen, können Sie nach Haus fahren.«

Marissa schwang die Beine aus dem Bett. Vorübergehend erfaßte sie ein Schwindelgefühl, das noch einmal wiederkehrte, als sie das Bett verließ und die Füße auf den kalten Boden stellte.

»Wie fühlen Sie sich?« fragte nun auch Schwester Judith.

Marissa antwortete, es gehe ihr gut, sie sei nur noch etwas schwach. Sie nahm das Glas Wasser vom Nachttisch und trank einen Schluck. Danach ging es ihr besser.

»Ihre Sachen sind im Schrank«, sagte Schwester Judith. »Soll ich Ihnen beim Anziehen helfen?«

»Nein, nicht nötig«, sagte Marissa und schenkte der freundlichen, hilfsbereiten Schwester ein schwaches Lächeln.

»Sie brauchen mich nur zu rufen«, sagte Schwester Judith und ging rückwärts aus der Tür, machte sie aber nicht ganz zu, sondern ließ sie knapp zehn Zentimeter auf.

Marissa ging auf den Schrank zu. »Laß mich das machen!« sagte Robert.

20 Minuten später ging Marissa auf unsicheren Beinen die Vordertreppe der Klinik hinunter. In Roberts Wagen nahm sie auf dem Beifahrersitz Platz. Ihr ganzer Körper fühlte sich schwer an. Sie hatte nur den einen Gedanken, nach Haus zu kommen und ins Bett zu gehen. Geistesabwesend schaute sie auf den Rush-hour-Verkehr am Howard Square. Es dunkelte schon. Die meisten Autos fuhren mit Licht.

»Dr. Wingate hat mir gesagt, daß die Eizellenentnahme gut verlaufen ist«, bemerkte Robert.

Marissa nickte und sah ihn dann von der Seite an. Sein

scharfes Profil zeichnete sich silhouettenhaft vor den abendlichen Lichtern ab. Er sah sie nicht an.

»Wir haben acht Eizellen produziert«, sagte sie mit Betonung auf dem Wort »wir«. Sie schaute ihn gespannt an, um seine Reaktion zu beobachten, und hoffte, daß er begriffen habe, was sie ausdrücken wollte. Doch statt dessen wechselte er das Thema.

»Hast du von dem tragischen Unglück in der Klinik gehört?«

»Nein«, sagte Marissa. »Was für ein tragisches Unglück?«

»Erinnerst du dich an die Frau, die mich heute morgen schlug?« fragte Robert. Als wenn sie das hätte vergessen können! »Die diese Szene im Wartezimmer machte, als wir gerade kamen? Sie hat offenbar Selbstmord begangen. Hat aus dem fünften Stockwerk einen Kopfsprung in die Blumenbeete gemacht. Die Mittagsnachrichten brachten etwas darüber.«

»Mein Gott!« sagte Marissa. Sie wußte nur zu gut, wie lebhaft sie mit der Frau gefühlt hatte. Sie hatte verstanden, warum die Frau so verzweifelt gewesen war, denn ihr ging es ja oft nicht anders.

»Ist sie tot?« fragte Marissa, in der schwachen Hoffnung, daß sie vielleicht noch gerettet worden war.

»War auf der Stelle tot«, sagte Robert. »Irgendeine bedauernswerte Patientin, die gerade in die Klinik ging, hat alles mitangesehen. Sie erzählte, die Dame habe auf dem Fensterbrett gesessen und sich dann kopfüber hinuntergestürzt.«

»Die arme Frau«, sagte Marissa.

»Welche meinst du?« fragte Robert.

»Beide«, sagte Marissa. Aber eigentlich hatte sie Rebecca Ziegler gemeint.

»Bestimmt wirst du mir wieder sagen, daß jetzt nicht der geeignete Zeitpunkt ist, um über das IVF-Programm zu sprechen«, sagte Robert. »Aber daß diese Dame darüber den Kopf verloren hat, unterstreicht nur, was ich heute morgen ausgedrückt habe. Auf jeden Fall sind wir nicht die einzigen, auf denen dieser Druck lastet. Ich meine wirklich, wir sollten die Behandlung nach diesem Zyklus abbrechen. Denk nur einmal daran, wie sie deine Arbeit in der Praxis beeinträchtigt!«

Ihre kinderärztliche Praxis kümmerte Marissa im Augenblick am wenigsten. »Ich habe offen mit dem Direktor unseres Teams gesprochen, und er zeigte sich verständnisvoll«, erklärte ihm Marissa. Es geschah nicht zum erstenmal. »Er kann es nachempfinden, was ich durchmache. Im Gegensatz zu anderen Leuten.«

»Dein Direktor hat gut reden«, sagte Robert. »Aber wie steht es mit deinen Patienten? Die müssen sich doch im Stich gelassen fühlen.«

»Für meine Patienten wird bestens gesorgt«, entgegnete Marissa scharf. In Wirklichkeit hatte sie sich auch selber Gedanken um sie gemacht.

»Außerdem«, fuhr Robert fort, »habe ich genug davon, dauernd Samen abzugeben. Ich finde es entwürdigend, in die Klinik zu gehen und mir diesen Plastikbecher geben zu lassen.«

»Entwürdigend?« wiederholte Marissa, als hätte sie nicht recht gehört. Ungeachtet des Valiums regte sie sich über seine Äußerung schon wieder auf. Nachdem sie heute diesen schmerzhaften und risikoreichen Eingriff erduldet hatte, war es ihr unverständlich, daß Robert von seinem kurzen, schmerzlosen Anteil an der Behandlung so ein Aufhebens machte. Sie wollte sich zurückhalten, doch der Drang, ihm ihre Meinung zu sagen, war stärker. »Entwürdigend? Du findest das entwürdigend? Und wie würde es dir gefallen, den ganzen Tag über mit gespreizten Beinen dazuliegen — vor deinen Kollegen, die mit einer Sonde in dir herumstochern?«

»Genau das meine ich ja«, sagte Robert. »Ich habe doch nicht gesagt, daß es für dich leicht wäre. Es war für uns beide hart. Zu hart — jedenfalls für mich. Ich will, daß es aufhört, und zwar sofort.«

Marissa blickte starr vor sich hin. Sie war wütend, und sie wußte, daß Robert es auch war. Sie schienen sich nur noch zu streiten. Unentwegt schaute sie auf die Straße, die vor ihr abrollte. Vor dem Zahlhäuschen am Eingang zum Mass. Pike, einer gebührenpflichtigen Straße, hielten sie an. Mit zornigem Schwung warf Robert die Münzen in den Trichter.

Nachdem sie etwa eine halbe Stunde schweigend weitergefahren waren, hatte sich Marissa merklich beruhigt. Sie drehte sich zu Robert um und sagte ihm, daß Mrs. Hargrave sie am Nachmittag aufgesucht habe. »Sie zeigte viel Mitgefühl«, sagte Marissa. »Und sie hatte eine Empfehlung für uns.«

»Ich höre«, sagte Robert.

»Sie schlug mir vor, wir sollten den Beratungsdienst in Anspruch nehmen, den die Klinik eingerichtet hat«, sagte Marissa. »Das halte ich für eine gute Idee. Wie gesagt, empfinden andere Paare, die sich in unserer Lage befinden, den gleichen Druck wie wir. Mrs. Hargrave sagte, daß die Beratung bereits vielen Menschen sehr geholfen hat.« Ursprünglich war Marissa über den Vorschlag selbst nicht sonderlich begeistert gewesen. Aber je mehr sie darüber nachdachte, in desto besserem Licht erschien er ihr. Vor allem, da sie ja sah, wie schlecht Robert und sie miteinander auskamen. Sie brauchten Hilfe, das war ganz klar.

»Ich will mir keinen Berater anhören«, sagte Robert und schnitt damit jede weitere Diskussion ab. »Ich habe kein Interesse, noch mehr Zeit und Geld für jemand zu investieren, der mir nur sagen kann, warum ich diese Behandlung satt habe, die uns mit Sicherheit unglücklich macht und noch dazu führen wird, daß wir uns gegenseitig an die Kehle gehen. Wir haben schon genügend Zeit, Mühe und Geld dafür aufgewendet. Du bist dir hoffentlich darüber im klaren, daß wir bereits über 50 000 Dollar ausgegeben haben.«

Wieder versanken sie in Schweigen, das Robert erst nach einigen Kilometern unterbrach. »Du hast es gehört, ja? 50 000 Dollar!«

Mit geröteten Wangen drehte Marissa sich zu ihm um. »Ich hab's gehört!« sagte sie zornig. »50 000, 100 000 — was macht das schon, wenn es unsere einzige Chance bedeutet, ein Kind zu bekommen? Manchmal begreife ich dich nicht, Robert. Die Ausgabe tut uns doch nicht weh. Du hast so viel Geld, daß du dir in diesem Jahr diesen sündhaft teuren Wagen leisten konntest. Ich frage mich wirklich, nach welchen Maßstäben du deine Prioritäten setzt.«

Ruckartig wandte Marissa den Blick wieder nach vorn, schlug ärgerlich die Arme übereinander und versank in Gedanken. Roberts Geschäftssinn war ihrer eigenen Einstellung so fern, daß sie sich darüber zu wundern begann, warum sie überhaupt einmal Interesse aneinander finden konnten.

»Im Gegensatz zu dir«, sagte Robert, als sie sich ihrem Hause näherten, »sind für mich 50 000 Dollar eine Menge Geld. Und wir haben dafür nichts erhalten außer Mißstimmungen und eine zerrüttete Ehe. Von welcher Seite man es auch betrachtet, scheint mir das ein hoher Preis zu sein. Ich fange an, diese Frauenklinik zu hassen. Wohl gefühlt habe ich mich da nie. Daß diese unglückliche Frau dort auf mich losgegangen ist, hat auch nicht gerade zu größerer Sympathie beigetragen. Und hast du den Wachmann gesehen?«

»Welchen Wachmann?« fragte Marissa.

»Er kam mit den Ärzten ins Wartezimmer, als die Dame dort ihre große Szene machte. Der uniformierte Asiat. Hast du bemerkt, daß er bewaffnet war?«

»Nein, ich habe nicht bemerkt, daß er bewaffnet war!«

Roberts Art, mit Hilfe unbedeutender Einzelheiten von einem Thema zum anderen zu springen, brachte sie oft auf die Palme. Da machten sie sich Gedanken über ihre zukünftigen Beziehungen, und er fing an, von einem Wachmann zu sprechen!

»Er hatte einen 357er Colt Python bei sich«, sagte Robert. »Für was hält er sich eigentlich? Für eine Art von asiatischem Dirty Harry?«

Dr. Wingate schaltete das Licht an und betrat sein geliebtes Labor. Es war nach elf Uhr abends, und nur wenige Menschen waren noch in der Klinik. Einige Mitarbeiter taten in der Krankenstation auf der gegenüberliegenden Straßenseite und in der Notaufnahme Dienst. Doch im Hauptgebäude war sonst niemand mehr.

Dr. Wingate streifte den Kittel ab und legte einen sauberen weißen Laborkittel an. Dann wusch er sich gründlich die Hände. Er hätte bis zum nächsten Morgen warten können. Doch nachdem er heute Marissa acht herrlich reife Eizellen entnommen hatte, war er darauf erpicht zu sehen, was sich aus ihnen entwickeln würde.

Am Nachmittag hatte er sich, so gut er konnte, des Zwischenfalls mit der unglücklichen Rebecca Ziegler angenommen. Als er danach ins Labor zurückkam, stellte er fest, daß die Laborantin ihre Aufgabe, den Samen zu präparieren, ausgezeichnet erledigt hatte. Um 2 Uhr nachmittags waren alle acht Eizellen bereits in eine sorgfältig zubereitete Besamungslösung auf getrennten Schalen mit organischen Kulturen verbracht worden. Jeder Schale hatte Dr. Wingate etwa 150 000 bewegliche Samenfädchen zugesetzt. Eizellen und Samen wurden zusammen mit fünf Prozent CO_2 bei 98 Prozent Feuchtigkeit und 37 Grad Celsius in einen Brutkasten gesetzt.

Dr. Wingate schaltete das Licht für sein Präzisionsmikroskop an, öffnete den Brutkasten, entnahm ihm die erste

Schüssel, stellte sie unters Mikroskop und schaute durch die Linse.

Dort in der Mitte des vom Mikroskop erfaßten Ausschnitts lag die schöne Eizelle, noch von ihren Koronarzellen umgeben. Scharfen Blicks hantierte Dr. Wingate geschickt mit der Mikropipette. Als er die beiden Urzellkerne im Ooplasma der Eizelle entdeckte, empfand er ein schöpferisches Gefühl. Die Eizelle sah völlig normal aus, und sie war befruchtet worden.

Dr. Wingate wiederholte das Manöver mit den übrigen Schalen. Mit außerordentlicher Befriedigung stellte er fest, daß sämtliche Eizellen normal befruchtet worden waren. In keinem Fall war es zu polyspermischer Befruchtung gekommen, bei der mehr als ein Samenfädchen in die Eizelle eindringt.

Die befruchteten Eimutterzellen setzte Dr. Wingate mit bedächtiger Umsicht in neue Nährmittellösungen, die eine höhere Konzentration von Serum aufwiesen. Dann kamen alle befruchteten Eizellen wieder in den Brutapparat.

Als er damit fertig war, ging er zum Telefon. Trotz der späten Stunde rief er im Haus der Buchanans an. Er fand, daß es nie zu spät sein konnte, eine gute Nachricht weiterzugeben. Nach dem fünften Läuten fragte er sich, ob er sich vielleicht verwählt hätte. Beim sechsten Läuten wollte er schon auflegen, als sich Robert meldete.

»Entschuldigen Sie, daß ich noch so spät bei Ihnen anrufe«, sagte Dr. Wingate.

»Macht nichts«, sagte Robert. »Ich war gerade im Arbeitszimmer. Dies ist der Anschluß meiner Frau.«

»Ich habe eine gute Nachricht für Sie beide«, sagte Dr. Wingate.

»Können wir gut gebrauchen«, sagte Robert. »Bleiben Sie am Apparat! Ich wecke Marissa.«

»Vielleicht sollten Sie sie lieber nicht wecken«, sagte Dr.

Wingate. »Sie können es ihr morgen früh sagen, oder ich rufe dann noch einmal zurück. Nach allem, was sie heute durchgemacht hat, sollten wir sie jetzt vielleicht schlafen lassen.«

»Sie wird es aber bestimmt hören wollen«, versicherte ihm Robert. »Außerdem schläft sie danach gleich wieder ein. Damit hat sie nie Probleme gehabt. Bleiben Sie dran!«

Kurze Zeit später vernahm er von einem Nebenanschluß Marissas müde Stimme.

»Entschuldigen Sie, daß ich Sie geweckt habe«, sagte Dr. Wingate, »aber Ihr Mann sagte mir, Sie würden nichts dagegen haben.«

»Er hat gesagt, Sie hätten eine gute Nachricht?«

»Allerdings«, sagte Dr. Wingate. »Alle acht Eizellen sind bereits befruchtet. Es ging sehr schnell. Ich bin ganz optimistisch. Normalerweise werden bestenfalls etwa 80 Prozent befruchtet. Also ist das schon ein besonders gutes Zeichen.«

»Wunderbar«, sagte Marissa. »Heißt das nun, daß eine Verpflanzung größere Aussichten auf Erfolg hat?«

»Ich muß Ihnen ehrlich sagen«, erwiderte Dr. Wingate, »daß ich noch nicht weiß, ob es zu einer Verschmelzung gekommen ist. Aber es sieht nicht schlecht aus.«

Beim letzten Zyklus war keine einzige Zelle befruchtet worden. »Wieso ist es diesmal anders?« erkundigte sich Marissa.

»Ich wünschte, ich wüßte es«, gestand Dr. Wingate. »In gewisser Hinsicht bleibt jede Befruchtung ein geheimnisvoller Vorgang. Wir kennen längst nicht alle Umstände, die dazu führen.«

»Wann werden Sie die Verpflanzung vornehmen?« fragte Marissa.

»Etwa in 48 Stunden«, sagte Dr. Wingate. »Morgen sehe ich mir die Embryos daraufhin an, welche Fortschritte sie machen. Wie Sie wissen, kommt es auf möglichst viele Zellteilungen an.«

»Und Sie werden mir vier Embryos einsetzen?«

»Genau«, sagte Dr. Wingate. »Darüber haben wir ja schon gesprochen. Die Erfahrung hat gezeigt, daß bei mehr als vier ein höheres Risiko einer Mehrfachschwangerschaft entsteht, ohne daß sich die Aussicht auf eine erfolgreiche Verpflanzung erhöht. Die übrigen vier Embryos frieren wir ein. Bei so vielen guten Eizellen können Sie zwei Verpflanzungen haben, ohne sich einer weiteren Hyperstimulation unterziehen zu müssen.«

»Wir wollen hoffen, daß diese Verpflanzung gelingt«, sagte Marissa.

»Wir alle hoffen das beste.«

»Ich habe von dem Selbstmord der Frau gehört«, sagte Marissa. »Sie hat mir sehr leid getan.« Der tragische Vorfall hatte sie den ganzen Abend über beschäftigt. Wie viele Zyklen hatte die arme Mrs. Ziegler wohl ertragen? Da sie sich in die Frau hineinversetzen konnte, malte sie sich die psychologischen Folgen eines weiteren Rückschlags bei sich selber aus. Sie hatte schon so viele Rückschläge erlebt, daß es ihr schwerfiel, mit Optimismus in die Zukunft zu blicken. Würde ein neues Mißlingen auch über ihre Kräfte gehen?

»Es war eine schreckliche Tragödie«, sagte Dr. Wingate. Seine eben noch spürbare Begeisterung war einem ernsten Ton gewichen. »Wir waren alle wie zerschmettert. Im allgemeinen fallen unseren Mitarbeitern bedrohliche Symptome von Depressionen rechtzeitig auf. Doch bis zu ihrem gestrigen Ausbruch haben wir an Mrs. Ziegler nie Anzeichen von Verzweiflung bemerkt. Es sieht so aus, als hätten ihr Mann und sie sich getrennt. Wir haben versucht, sie zur Beratung kommen zu lassen, aber sie wollten nicht.«

»Wie alt war sie eigentlich?« fragte Marissa.

»33, glaube ich«, sagte Dr. Wingate. »Das tragische Ende eines jungen Lebens. Und ich bin besorgt, daß ihr Tod eine negative Wirkung auf die anderen Patientinnen haben wird. Unfruchtbarkeit ist für jeden Beteiligten ein seelischer Kampf. Es war auch bestimmt nicht gut für Ihren Gemütszustand, daß Sie Mrs. Zieglers Ausbruch im Wartezimmer miterleben mußten.«

»Ich konnte mich gut in sie hineinversetzen«, sagte Marissa. Besonders jetzt, fügte sie in Gedanken dazu, nachdem ich von den Eheschwierigkeiten der Frau erfahren habe. Rebecca und sie waren ziemlich genau im gleichen Alter gewesen.

»Bitte, sagen Sie so etwas nicht!« erwiderte Dr. Wingate. »Denken Sie an etwas Erfreulicheres! An eine erfolgreiche Embryoverpflanzung! Es ist wichtig, immer positiv zu denken.«

»Ich werde es versuchen«, sagte Marissa.

Als Marissa den Hörer auflegte, war sie froh, das Gespräch auf den Selbstmord gebracht zu haben. Schon daß sie darüber gesprochen hatten, milderte den seelischen Schock beträchtlich.

Marissa stieg aus dem Bett, zog sich den Morgenrock an und ging nach unten durch den Flur in Roberts Arbeitszimmer. Er saß an der Computerkonsole. Als sie hereinkam, blickte er hoch.

»Sie sind alle befruchtet worden«, sagte Marissa und nahm auf dem zweisitzigen Sofa unter der Wand mit den eingebauten Bücherregalen Platz.

Robert sah sie über den Rand seiner Halbgläser an und sagte: »Das macht Mut.«

»Damit ist aber nur die erste Hürde überwunden«, sagte Marissa. »Jetzt müssen sie ein Embryo dazu bringen, sich in meine Gebärmutter verpflanzen zu lassen.«

»Leichter gesagt als getan«, bemerkte Robert. Er blickte schon wieder auf den Bildschirm des Computers.

»Könntest du nicht ein ganz klein wenig verständnisvoller sein?« fragte Marissa.

Robert sah sie an. »Mir scheint, gerade der Umstand, daß ich immer verständnisvoll war und dir verschwiegen habe, was ich wirklich davon halte, hat dich dazu getrieben, unbedingt mit dem Kopf durch die Wand zu wollen. Meine ernsten Bedenken gegen die ganze Prozedur bleiben bestehen. Wenn es diesmal klappt, dann gut. Aber ich möchte nicht erleben, daß du auch noch eine weitere Enttäuschung in Kauf nimmst.« Damit wandte er sich wieder dem Bildschirm zu.

Marissa sagte eine Weile nichts. So sehr sie sich dagegen sträubte, es zuzugeben, aber was Robert eben gesagt hatte, hatte seinen Sinn. Sie hatte ja selber Angst davor, sich zu große Hoffnungen zu machen.

»Hast du noch mal über den Vorschlag nachgedacht, zur Beratung zu gehen?« fragte sie.

Zum drittenmal drehte sich Robert nach ihr um. »Nein«, antwortete er. »Ich habe dir doch gesagt, daß ich kein Interesse daran habe, zu einem Berater zu gehen. Man hat sich schon viel zu sehr in unser Leben eingemischt. Für mich liegen unsere Schwierigkeiten teilweise darin begründet, daß wir unser Privatleben eingebüßt haben. Ich jedenfalls komme mir wie ein Fisch im Aquarium vor.«

»Mr. Wingate sagte mir, ein Grund für den Selbstmord der Frau sei gewesen, daß sie und ihr Mann keine Beratung gewünscht haben.«

»Soll das eine schlecht verhüllte Drohung sein?« fragte Robert. »Willst du mir damit durch die Blume zu verstehen geben, daß du auch daran denkst, dich vom Dach der Frauenklinik zu stürzen, wenn ich mich weigere, zu deinen Beratern zu gehen?«

»Nein!« widersprach Marissa hitzig. »Ich habe dir nur gesagt, was er mir berichtet hat. Die Frau und ihr Mann hatten Schwierigkeiten. Man empfahl ihnen Beratung. Sie gingen nicht hin. Anscheinend trennten sie sich danach, was einer der Gründe war, die die Frau überschnappen ließen.«

»Und eine Beratung hätte alle Schwierigkeiten beseitigt?« fragte Robert ironisch.

»Nicht unbedingt«, sagte Marissa. »Aber geschadet hätte sie bestimmt nicht. Ich komme allmählich zu der Ansicht, daß wir uns beraten lassen müßten, ob wir mit der IVF weitermachen sollen oder nicht.«

»Was soll ich dazu sagen?« antwortete Robert. »Ich habe kein Interesse daran, Zeit und Geld an einen Berater zu verschwenden. Ich weiß, warum ich aus dem Tritt gekommen und unzufrieden bin. Ich brauche keinen, der mir das erzählt.«

»Und du willst es nicht einmal versuchen?« fragte Marissa. Sie wagte nicht, »mit mir zusammen« zu sagen.

»Ich bin der Ansicht, daß der Gang zu einem Berater nicht der richtige Weg ist«, sagte Robert. »Man braucht kein Raketenforscher zu sein, um zu erkennen, was bei uns nicht stimmt. Was wir in den letzten Monaten durchgemacht haben, würde jeden zugrunde richten. Mit einigen Dingen im Leben muß man sich auseinandersetzen, mit anderen nicht. Und wenn wir nicht wollen, dann brauchen wir uns auch nicht länger mit dieser Therapie abzugeben. Ich für mein Teil möchte jedenfalls jetzt nichts mehr damit zu tun haben.«

»Nun, das reicht mir«, sagte Marissa verbittert. Sie stand auf und ließ Robert mit seinem geliebten Computer und dessen Ausdrucken allein. Einem erneuten Streit fühlte sie sich nicht gewachsen.

Wütend stampfte sie über den Flur, ging ins Schlafzimmer und warf die Tür hinter sich zu. Es sah so aus, als würde nichts besser werden, sondern nur noch schlechter.

4

20. März 1990

8.45 Uhr vormittags

Hochreaktive Ionen, genannt Hydronium-Ionen, im Grunde nichts anderes als mit Wasser chemisch verbundene Protonen, sägten sich durch die zarten Zellwände der vier im Entwicklungszustand befindlichen Embryos Marissas. Der überraschende Angriff der Hydronium-Ionen traf auf die ahnungslosen, mit Teilung beschäftigten Zellen. Diese mobilisierten ihrerseits Puffersysteme, um einige der zuerst eingetroffenen reaktiven Teilchen zu neutralisieren. Doch deren Überzahl bewirkte, daß der pH-Wert der Zellen zuerst langsam, dann schneller verfiel. Sie wurden säurehaltig. Und wo Säure in einer wasserhaltigen Nährlösung auftritt, entwickeln sich zwangsläufig neue Hydronium-Ionen.

Im tiefsten Inneren der Embryos waren DNA-Moleküle dabei, sich als Vorbereitung für die nächste Zellteilung zu vervielfältigen. Da sie selbst schwache Säuren darstellten, waren sie äußerst empfindlich gegen die Hydronium-Ionen, die sich mitten unter sie drängten. Der Teilungsvorgang wurde zwar fortgesetzt, jedoch unter Schwierigkeiten: auch die für die erforderlichen chemischen Reaktionen verantwortlichen Enzyme waren säureempfindlich. Bald traten Fehler bei der Vervielfältigung auf. Zuerst waren es nur kleine Irrtümer, die bei der verschwenderischen Fülle von Genen auf die Dauer unwesentlich geblieben wären. Aber als immer mehr

Säureteilchen eingriffen, ergab sich bei der Vervielfältigung ganzer Gen-Pools ein völliges Kauderwelsch. Auch wenn die Zellteilung fortgesetzt wurde, war der Ausgang nur noch eine Sache der Zeit. Die Fehler waren bereits tödlich.

»Wie schön es ist!« rief Marissa. Es fiel ihr schwer zu glauben, daß sie ein Kind von sich leibhaftig im Anfangsstadium seines Lebens vor Augen hatte. In der klaren Trägerflüssigkeit erschien das Embryo, gerade im zweizelligen Zustand, transparent. Was Marissa jedoch nicht sehen konnte, war das Chaos, daß sich in dem Augenblick, da sie bewundernd durchs Mikroskop schaute, auf molekularem Bereich abspielte. Sie glaubte, den Beginn eines neuen Lebens zu beobachten. In Wirklichkeit wurde sie Augenzeugin der ersten Schritte zu seinem Tod.

»Erstaunlich, nicht wahr?« sagte der neben ihr stehende Dr. Wingate. Sie war heute morgen unerwartet gekommen und hatte gefragt, ob sie eins ihrer Embryos sehen dürfe. Zuerst hatte er ihre Bitte als unklug ablehnen wollen. Doch dann fiel ihm ein, daß sie Ärztin war, was es schwierig machte, sie abzuweisen, wenngleich er es nicht gern sah, wenn jemand anders als er mit den Embryos in diesem Zustand umging.

»Ich kann es einfach nicht glauben, daß aus diesem kleinen Pünktchen einmal ein vollständiger Mensch entstehen soll«, sagte Marissa. Sie hatte noch nie ein zweizelliges Embryo gesehen, geschweige denn ihr eigenes.

»Wir legen den kleinen Teufel jetzt lieber wieder in den Brutkasten zurück«, sagte Dr. Wingate. Vorsichtig brachte er die Schüssel mit der Nährkultur zum Brutkasten und stellte ihn in das zugeteilte Fach. Marissa folgte ihm, noch immer in ehrfürchtiger Scheu. Sie sah, daß neben der Schüssel noch drei andere standen.

»Wo sind denn die übrigen vier?« wollte sie wissen.

Dr. Wingate streckte den Zeigefinger aus. »Da drüben«, sagte er. »In dem Vorratsbehälter mit flüssigem Stickstoff.«

»Sie sind schon eingefroren?« fragte Marissa.

»Das habe ich heute morgen gemacht«, antwortete Dr. Wingate. »Aus Erfahrung wissen wir, daß zweizellige Embryos sich besser halten als mehrzellige. Ich wählte die vier aus, von denen ich annahm, daß sie das Einfrieren und spätere Wiederauftauen am besten überstehen würden. Wir halten sie in Reserve, für alle Fälle.«

Marissa begab sich zu dem Vorratsbehälter mit flüssigem Stickstoff und berührte den Deckel. Die Vorstellung, daß sich da drin vier mögliche Kinder befanden, gewissermaßen zu aufgeschobenem Leben eingefroren, gab ihr ein unheimliches Gefühl. Dieser Einbruch von High-Tech erinnerte sie ein wenig zu sehr an die *Wackere neue Welt**

»Möchten Sie reinschauen?« fragte Dr. Wingate.

Marissa schüttelte den Kopf. »Ich habe Ihre Zeit schon über Gebühr in Anspruch genommen«, sagte sie. »Vielen Dank.«

»Es war mir ein Vergnügen«, sagte Dr. Wingate.

Rasch verließ Marissa das Labor, ging zu den Fahrstühlen und drückte auf den Abwärtsknopf. Eigentlich war sie an diesem Morgen in die Klinik gekommen, weil sie eine Verabredung mit der Psychologin Linda Moore getroffen hatte.

Nach dem letzten Gespräch gestern abend mit Robert und noch vor seinem Entschluß, im Gästezimmer zu schlafen, hatte sich Marissa vorgenommen, am nächsten Morgen als erstes die Beratungsstelle anzurufen. Sie war der Ansicht, sie müsse einmal mit einem Experten über den

* Roman von Aldous Huxley

seelischen Streß der künstlichen Befruchtung sprechen, ob Robert sie nun begleitete oder nicht.

Sie hatte erwartet, einen späteren Termin zugeteilt zu bekommen. Doch Mrs. Hargrave hatte die Psychologin bereits vorgewarnt und ihr geraten, Marissa ohne Aufschub vorzulassen, sobald sie anrufen sollte.

Linda Moores Sprechzimmer lag im fünften Stock. Es war das Stockwerk, aus dem Rebecca Ziegler in den Tod gesprungen war. Dieser Zufall war Marissa einigermaßen unbehaglich. Während sie den Flur entlangschritt, plagte sie krankhafte Neugier. Sie hätte gern gewußt, aus welchem Fenster Rebecca gesprungen war. Und ob der letzte Anstoß zu diesem Schritt etwas gewesen war, was sie in ihren Klinikunterlagen gelesen hatte. Denn sie wußte ja noch, daß Rebecca nur deshalb das Wartezimmer im Erdgeschoß verlassen hatte, um diese Unterlagen zu studieren.

Als sie der Sekretärin ihren Namen genannt hatte, sagte die: »Gehen Sie einfach rein!«

Auf dem Weg zur Tür befielen Marissa noch einmal Zweifel. Sollte sie die Verabredung wirklich wahrnehmen? Um ihr zu sagen, daß künstliche Befruchtung mit viel Streß verbunden ist, brauchte man kaum einen Experten. Außerdem war es ihr peinlich, eine Ausrede dafür vorbringen zu müssen, daß Robert nicht mitgekommen war.

Die Sekretärin sah, daß Marissa vor der Tür zögerte, und wiederholte: »Gehen Sie einfach rein!«

Da blieb Marissa keine Wahl. Sie trat ein.

Das Zimmer war mit gemütlichen Polstermöbeln ausgestattet und in beruhigend wirkenden grünen und grauen Farbtönen gestrichen. Das Fenster aber ging auf den gepflasterten Hof sechs Stockwerke tiefer hinaus. Marissa fragte sich, was Linda Moore wohl gerade getan haben mochte, als Rebecca in die Ewigkeit gesprungen war.

»Bitte, schließen Sie die Tür!« sagte Linda mit einer Bewegung ihrer freien Hand. Sie war jung. Marissa schätzte sie auf Ende Zwanzig. Auch sie sprach mit Akzent, genau wie Mrs. Hargrave.

»Nehmen Sie Platz!« sagte Linda. »Ich bin gleich für Sie frei.« Sie telefonierte gerade.

Marissa setzte sich auf den dunkelgrünen Sessel vor Lindas Schreibtisch. Die Frau war ziemlich klein und zierlich, hatte kurzgeschnittenes rötliches Haar und einige Sommersprossen auf dem Nasenrücken. Offenbar führte sie ein Gespräch mit einer Patientin, was Marissa peinlich war. Sie versuchte nicht hinzuhören. Aber das Gespräch endete bald, und Linda widmete sich nun ausschließlich ihr.

»Ich habe mich über Ihren Anruf gefreut«, sagte sie lächelnd.

Fast sofort begann sich auch Marissa darüber zu freuen. Linda machte auf sie einen tüchtigen, aber auch herzlichen Eindruck. Von ihr ermuntert, wurde Marissa rasch aufgeschlossener. Sie erfuhr, daß Lindas Patientinnen mit einer Vielzahl von Problemen zu ihr in die Frauenklinik kamen, von denen sich jedoch ein großer Teil auf die künstliche Befruchtung bezog. Sie schien gut zu verstehen, was Marissa durchgemacht hatte. Vielleicht besser als Marissa selber.

»Im Grunde ist es ein Problem wie bei Sophies Entscheidung*«, sagte Linda nach etwa einer halben Stunde. »Sie haben zwei gleichermaßen unbefriedigende Möglichkeiten: Sie können die Behandlung abbrechen und sich mit ihrer Unfruchtbarkeit abfinden, wie Ihr Mann vorschlägt, und fortan ein Leben führen, das nicht Ihren Erwartungen entspricht. Oder Sie können die Behandlung fortsetzen, was zu fortdauerndem Streß für Sie und Ihre

* Roman von William Styron

Beziehungen führen wird, zu weiteren Kosten, auf die Ihr Mann hingewiesen hat, sowie zu weiterem Streß für Sie beide, und das alles ohne Garantie auf Erfolg.«

»In so kurzer, bündiger Form habe ich das noch nie gehört«, sagte Marissa.

»Ich halte es für wichtig, mich klar auszudrücken«, sagte Linda. »Und ehrlich zu sein. Zunächst muß man ehrlich gegenüber sich selbst sein. Um vernünftige Entscheidungen zu treffen, muß man sich darüber klar sein, welche Möglichkeiten einem zur Wahl stehen.«

Allmählich fiel es Marissa leichter, ihre Gefühle zu offenbaren. Das Überraschende war, daß sie dadurch auch zu Selbsteinsichten kam. »Eins der schlimmsten Probleme für mich ist, daß ich die Sache nicht selber in die Hand nehmen kann.«

»Das ist wahr«, sagte Linda. »Bei Unfruchtbarkeit kann man sich noch so sehr bemühen, es macht doch keinen Unterschied.«

»Robert hat gesagt, ich sei ›besessen‹«, berichtete Marissa.

»Wahrscheinlich hat er recht«, sagte Linda. »Und das ewige Auf und Ab bei dem IVF-Programm macht es nur noch schlimmer: dieses ständige Hin und Her von Hoffnung zu Verzweiflung, von Kummer zu Wut und von Neid zu Selbstvorwürfen.«

»Neid?« wiederholte Marissa. »Was wollen Sie damit sagen?«

»Der Neid, den Sie gegenüber Frauen empfinden, die Kinder haben«, sagte Linda. »Der Schmerz, der Sie vielleicht überkommt, wenn Sie Müttern mit Kindern im Lebensmittelladen begegnen. So etwas meine ich.«

»Ja, oder wie ich Ärger auf die Mütter spüre, die in meine Praxis kommen«, sagte Marissa zustimmend. »Besonders auf solche, die ihre Kinder in irgendeiner Weise vernachlässigen.«

»Genau«, sagte Linda. »Ich kann mir für eine unfruchtbare Frau eigentlich nichts Schlimmeres denken als die Praxis einer Kinderärztin. Warum sind Sie nicht Fachärztin auf einem anderen Gebiet geworden?« Linda lachte, und Marissa lachte mit. Kindermedizin war wirklich für jemand in ihrer Lage ein besonders grausames Feld. Wahrscheinlich war das auch mit ein Grund, warum sie sich so oft wie möglich davor drückte, zur Arbeit zu gehen.

»Ärger und Neid — das ist okay«, sagte Linda. »Leben Sie diese Gefühle nur richtig aus! Versuchen Sie ja nicht, sie zu unterdrücken, nur weil Sie meinen, sie wären unpassend!«

Leichter gesagt als getan, dachte Marissa.

»Bevor wir uns trennen«, fuhr Linda fort, »möchte ich Sie noch auf zwei wichtige Gesichtspunkte aufmerksam machen. Wir werden bei späteren Konsultationen noch im einzelnen darüber sprechen, und hoffentlich können wir Robert auch ein-, zweimal dabeihaben. Aber ich möchte Sie davor warnen, ihre ganzen Hoffnungen allein auf dieses langersehnte Kind zu setzen. Reden Sie sich nur nicht ein, daß alles anders werden wird, sobald Sie ein Baby haben! So ist das nämlich keineswegs. Statt dessen möchte ich Ihnen folgendes vorschlagen: Setzen Sie sich einen realistischen Zeitrahmen für die künstlichen Befruchtungsversuche. Soviel ich weiß, sind Sie im vierten Zyklus. Stimmt das?«

»Ja«, sagte Marissa. »Morgen wird mir das Embryo eingesetzt.«

»Nach der Statistik werden vier Zyklen wahrscheinlich nicht ausreichen«, sagte Linda. »Sie sollten sich vielleicht acht Versuche als Limit setzen. So in der Gegend des achten Versuchs haben wir hier in der Frauenklinik eine hohe Erfolgsquote erzielt. Wenn Sie nach acht Versuchen nicht schwanger geworden sind, sollten Sie aufhören und sich andere Möglichkeiten durch den Kopf gehen lassen.«

»Robert spricht aber schon jetzt von anderen Möglichkeiten«, wandte Marissa ein.

»Er wird eher zum Mitmachen bereit sein«, sagte Linda, »wenn er weiß, daß Sie sich ein Limit gesetzt haben — daß diese Prüfung nicht ewig weitergeht. Ich spreche aus Erfahrung. Bei allen Paaren ist es so, daß sich immer ein Partner mehr für die Sache einsetzt als der andere. Lassen Sie ihm etwas Zeit! Sie müssen seine Grenzen ebenso anerkennen wie Ihre eigenen.«

»Ich werde sehen, was ich tun kann«, sagte Marissa. Aber wenn sie an Roberts letzte Worte zu diesem Thema dachte, brachte sie nur wenig Optimismus auf.

»Gibt es noch andere Fragen, auf die Sie sich gern konzentrieren möchten?« erkundigte sich Linda.

»Ja«, sagte Marissa nach einigem Zögern. »Wir haben schon kurz eine gestreift: Schuldgefühl. Das ist ein großes Problem für mich. Vielleicht liegt es daran, daß ich Ärztin bin. Ich habe nicht herausfinden können, wie ich mir die Infektion zugezogen habe, die zu der Eileiterblockierung geführt hat.«

»Ich kann Sie gut verstehen«, sagte Linda. »Ihr Gedankengang ist ganz normal. Dennoch müssen wir versuchen, ihn zu ändern. Die Chance, daß irgendein früheres Verhalten von Ihnen die Ursache war, ist unvorstellbar gering. Es handelt sich ja nicht um eine Geschlechtskrankheit oder so was.«

»Woher soll ich das wissen?« fragte Marissa. »Und ich habe das Gefühl, ich müsse es irgendwie herausfinden. Das wird für mich ständig wichtiger.«

»Gut, darüber werden wir uns noch ausführlich unterhalten.« Linda schlug den Terminkalender auf dem Schreibtisch auf und trug einen zweiten Termin für Marissa ein. Dann stand sie auf, und Marissa erhob sich ebenfalls.

»Ich möchte Ihnen noch eine Anregung mit auf den Weg geben«, sagte Linda. »Ich habe nämlich den bestimmten Eindruck, daß Sie auf Grund ihrer Unfruchtbarkeit eine ziemlich isolierte Lebensweise angenommen haben.«

Marissa nickte, diesmal in völliger Zustimmung.

»Ich möchte Sie dazu animieren, einmal bei der Organisation ›Resolve‹ anzurufen.« Sie reichte Marissa eine Karte mit einer Telefonnummer darauf. »Vielleicht haben Sie schon von ihr gehört. Es handelt sich um eine Selbsthilfegruppe für Menschen mit Unfruchtbarkeitsproblemen. Sie werden bestimmt Nutzen daraus ziehen, wenn Sie mit ihr in Verbindung treten. Dort diskutiert man über die gleichen Fragen, die wir heute besprochen haben. Es wird Ihnen neue Sicherheit verleihen, wenn Sie sehen, daß Sie bei alldem nicht allein sind.«

Als Marissa das Sprechzimmer der Psychologin verließ, war sie froh, den Versuch unternommen zu haben. Sie hatte nach der Konsultation ein hundertmal besseres Gefühl, als sie es sich vorgestellt hatte. Sie warf einen Blick auf die Karte mit der Telefonnummer von ›Resolve‹ und war sich sicher, daß sie diese Organisation anrufen würde. Tatsächlich hatte sie schon von ihr gehört, aber nie ernsthaft daran gedacht, sich an sie zu wenden. Als Ärztin hatte sie sich nichts davon erhofft, weil sie angenommen hatte, daß der Hauptzweck der Gruppe die Erläuterung wissenschaftlicher Aspekte der Unfruchtbarkeit für Laien wäre. Daß die Organisation sich auch mit den seelischen Aspekten befaßte, war für sie neu.

Im Fahrstuhl auf dem Weg nach unten fiel Marissa ein, daß sie versäumt hatte, Linda nach Rebecca Ziegler zu fragen. Sie nahm sich vor, es beim nächsten Termin nachzuholen.

Von der Frauenklinik begab sich Marissa zu ihrer Gemeinschaft von Kinderärzten. Robert hatte recht gehabt.

Ihre Praxis war in Unordnung geraten. Wegen ihrer häufigen Abwesenheit wurde ihre Sekretärin Mindy Valdanus als »Springer« für andere Sekretärinnen eingesetzt, die in Urlaub waren. So war Marissa nicht überrascht, Mindys Schreibtisch unbesetzt vorzufinden, als sie auf dem Weg ins Sprechzimmer dort vorbeikam.

Auf ihrem eigenen Schreibtisch lagen ein Haufen ungeöffneter Post und eine feine Staubschicht. Marissa hängte ihren Mantel auf und rief bei Dr. Frederick Hauser, dem Seniorpartner der Ärztegemeinschaft, an. Da er gerade frei war, ging sie sofort in sein Zimmer.

»Mir wird morgen ein Embryo eingesetzt werden«, sagte Marissa zu ihrem Mentor. Sie hatten sich im Konferenzzimmer niedergelassen. »Wenn es nach meinem Mann geht, wird es der letzte Versuch sein.«

Dr. Hauser war ein Arzt alter Schule. Ein großer stattlicher Mann, der völlig kahl war, bis auf einen Silberkranz von Haaren am Hinterkopf. Er hattee ein Drahtgestellbrille auf und trug stets seine unvermeidliche Fliege. Sein warmherziges, großzügiges Wesen machte, daß sich jeder in seiner Gegenwart wohl fühlte, ob Patient oder Kollege.

»Wenn der Erfolg aber ausbleibt«, sagte Marissa, »und ich die Sache mit Robert in Ordnung bringen kann, werde ich es noch ein paarmal versuchen. Aber insgesamt nicht öfter als achtmal. So oder so bin ich also spätestens in einem halben Jahr wieder voll bei der Arbeit.«

»Wir wünschen Ihnen alles Gute«, sagte Dr. Hauser. »Leider müssen wir Ihr Gehalt aber nochmals herabsetzen. Das ändert sich natürlich sofort, wenn Sie wieder voll zu den Einkünften der Gemeinschaft beitragen.«

»Das verstehe ich«, sagte Marissa, »und ich danke Ihnen, daß Sie so viel Geduld mit mir haben.«

In ihrem Sprechzimmer zog Marissa die Karte hervor, die Linda ihr gegeben hatte, und wählte die Telefonnummer. Es meldete sich eine freundlich klingende Frauenstimme.

»Ist dort Resolve?« fragte Marissa.

»Ja, klar«, sagte die Frau. »Ich bin Susan Walker. Was kann ich für Sie tun?«

»Man hat mir nahegelegt, bei Ihnen anzurufen«, sagte Marissa. »Ich habe mit der IVF-Station in der Frauenklinik zu tun.«

»Personal oder Patientin?« fragte Susan.

»Patientin«, sagte Marissa. »Ich bin im vierten Zyklus.«

»Möchten Sie und Ihr Mann an unserer nächsten Zusammenkunft teilnehmen?« erkundigte sich Susan.

Die Antwort war Marissa etwas peinlich: »Wahrscheinlich wird mein Mann nicht mitkommen wollen.«

»Das habe ich schon öfter gehört«, sagte Susan. »Es ist bei den meisten Paaren so. Die Ehemänner zieren sich gern. Aber wenn sie erst einmal dagewesen sind, ist die Mehrzahl ganz begeistert. So war es auch bei meinem Mann. Er wird gern bereit sein, ihren Mann anzurufen und mit ihm zu sprechen. Er kann sehr überzeugend wirken.«

»Das wäre, glaube ich, keine gute Idee«, sagte Marissa schnell. Sie konnte sich Roberts Reaktion auf den Anruf eines Fremden zugunsten einer Selbsthilfegruppe für unfruchtbare Paare lebhaft vorstellen. »Ich rede selber mit ihm. Falls er aber doch nicht will, wäre es Ihnen dann peinlich, wenn ich allein käme?«

»Ach du lieber Himmel, nein!« erwiderte Susan. »Wir sehen Sie jederzeit liebend gern bei uns. Sie werden auch nicht die einzige sein. Zu uns kommen mehrere Frauen, die gerade künstliche Befruchtung anstreben. Einige kommen ebenfalls solo.« Dann nannte sie Marissa Datum und Adresse und erklärte ihr den Weg dorthin.

Nach diesem Telefonat konnte Marissa sich nur wünschen, daß die Zusammenkunft genauso nutzbringend verlaufen würde wie ihre Konsultation bei Linda. Sie hatte zwar ihre Zweifel, war aber bereit, es zu versuchen, vor allem, weil Linda es ihr empfohlen hatte.

Marissa legte einen kurzen weißen Kittel an und begab sich zur ambulanten Abteilung, bemüht, sich das geringe Gehalt, das sie bekam, auch zu verdienen. Sie behandelte eine Reihe von Kindern mit laufenden Nasen, Mittelohrentzündungen und Halsschmerzen. Schließlich saß sie im Sprechzimmer mit einem acht Monate alten Säugling und seiner ziemlich interesselos wirkenden Mutter.

»Was fehlt ihm?« fragte sie, obwohl sie es auf den ersten Blick gesehen hatte. Das Kind hatte eine Anzahl von eiternden Wunden an den Armen und auf dem Rücken. Außerdem war es völlig verdreckt.

»Weiß' nich«, sagte die Mutter, biß auf einen Kaugummi und sah sich im Zimmer um. »Der Kleine brüllt den ganzen Tag. Er hört überhaupt nicht auf.«

Marissa untersuchte die Eiterstellen und fragte: »Wann haben Sie das Kind zum letztenmal gebadet?« Ihre Diagnose lautete auf Ekzeme.

»Gestern«, sagte die Mutter.

»Erzählen Sie mir nicht solchen Quatsch!« sagte Marissa scharf. »Das Kind ist seit einer Woche nicht gebadet worden, wenn überhaupt.«

»Kann sein, daß es schon 'n paar Tage her is'«, räumte die Mutter ein.

Marissa war blaß vor Zorn. Am liebsten hätte sie der Frau gesagt, daß sie nicht zur Mutter geeignet sei. Doch sie unterdrückte diese Bemerkung, verständigte durch den Summer eine Krankenschwester und bat sie, ins Sprechzimmer zu kommen.

»Was gibt's?« fragte Amy Perkins.

Marissa brachte es nicht mehr über sich, die Mutter anzusehen. Sie zeigte nur in ihre Richtung und sagte: »Das

Kind braucht ein ordentliches Bad. Außerdem muß ein Abstrich von den offenen Wunden gemacht werden. Ich bin gleich wieder da.«

Sie verließ das Untersuchungszimmer und begab sich in den Lagerraum, in dem niemand war. Dort schlug sie die Hände vors Gesicht und kämpfte gegen die aufsteigenden Tränen an. Sie fand es selber scheußlich, daß sie so wenig Selbstbeherrschung hatte. Es war erschreckend, wie dicht sie schon vor dem Abgrund stand. Sie hätte die Mutter schlagen können. Nach diesem Erlebnis erschien ihr die Diskussion mit Linda Moore bedeutend wirklichkeitsnäher, als es ihr zunächst vorgekommen war.

Zum erstenmal fragte sie sich, ob es überhaupt ratsam war, in ihrem reichlich labilen Gemütszustand weiterhin Patienten zu empfangen.

Robert kam wie üblich spät aus dem Büro nach Haus. »Wir könnten doch essen gehen«, schlug er vor. »Komm, wir gehen ins chinesische Restaurant! Wir sind schon ein Vierteljahr lang nicht dort gewesen.«

Marissa fand das eine gute Idee. So kam sie endlich mal aus dem Haus. Sie hatte Robert zur Rede stellen wollen, vor allem deswegen, weil er gestern im Gästezimmer geschlafen hatte. Es war zum erstenmal geschehen und beunruhigte sie. Außerdem war sie ausgehungert, und der Gedanke an chinesisches Essen reizte ihren Appetit.

Nachdem er rasch geduscht hatte, stiegen sie in seinen Wagen und fuhren in die Stadt. Robert schien guter Laune zu sein, was Marissa als gutes Zeichen ansah. Er hatte an diesem Tag ein lohnendes Geschäft mit Investoren aus Europa abgeschlossen. Es ging um den Bau und die Geschäftsführung von Heimen für Krankenschwestern im Ruhestand in Florida. Marissa hörte allerdings nur mit halbem Ohr hin.

Als er mit seiner Geschichte zu Ende war, sagte sie: »Ich

habe heute die Beraterin in der Frauenklinik aufgesucht. Sie war noch hilfsbereiter, als ich mir vorgestellt hatte.«

Robert reagierte nicht. Er sah sie nicht einmal an. Marissa spürte seinen inneren Widerstand. Er mochte es nicht, daß sie das Gespräch auf ihre eigenen Probleme gelenkt hatte.

Doch sie ließ sich nicht beirren und fuhr fort: »Sie heißt Linda Moore, und sie ist sehr gut in ihrem Fach. Sie hat die Hoffnung ausgesprochen, daß du auch mindestens einmal in ihre Sprechstunde kommst.«

Robert warf Marissa einen Blick zu. Dann schaute er wieder auf die Straße. »Ich habe dir doch gestern gesagt, daß ich kein Interesse daran habe«, sagte er.

»Es könnte aber uns beiden nützen«, sagte Marissa. »Unter anderem hat sie mir geraten, ein Limit für die Zahl der Zyklen zu setzen, die wir noch versuchen wollen, bevor wir endgültig aufgeben. Sie sagt, der Streß werde abgebaut, wenn man von vornherein weiß, daß die Sache nicht endlos weitergeht.«

»Wie viele hat sie vorgeschlagen?« fragte Robert.

»Acht«, antwortete Marissa. »Statistisch gesehen, dürften vier nicht ausreichen.«

»Das sind 80 000 Dollar«, sagte Robert.

Darauf wußte Marissa nichts mehr zu sagen. Dachte er denn nur noch an Geld? Wie konnte er ein Kind einfach nach dem Dollarwert berechnen?

Eine Zeitlang fuhren sie schweigend weiter. Marissa war die Lust vergangen, sich mit ihm zu unterhalten. Dennoch wollte sie irgendwann die Frage aufs Tapet bringen, warum er letzte Nacht im Gästezimmer geschlafen hatte. Dazu hatte sie einiges zu sagen.

Ohne Schwierigkeiten fand Robert in der Nähe des Restaurants einen Parkplatz. Erst als Marissa die Tür zum Aussteigen öffnete, fand sie den Mut, ihn danach zu fragen.

Doch es stellte sich heraus, daß er nicht in der Stimmung war, ihr eine Antwort zu geben.

Ärgerlich sagte er: »Ich muß mich mal von allem freimachen. Ich habe dir doch gesagt, daß mich diese In-Vitro-Sache noch zum Wahnsinn treibt. Mal kommt dies, dann wieder etwas anderes. Jetzt ist es also dieser Unsinn mit der Beratung!«

»Das ist kein Unsinn!« gab Marissa scharf zurück.

»Da haben wir es ja wieder«, sagte Robert. »Neuerdings kann ich überhaupt nichts mehr zu dir sagen, ohne daß du gleich aus der Haut fährst.«

Sie blickten sich über den Wagen hinweg ins Auge. Nach einem kurzen Stillschweigen wechselte Robert wieder das Thema, indem er sie aufforderte: »Gehen wir essen!«

Mißmutig folgte Marissa ihm in das Restaurant.

China Pearl war ein Familienunternehmen, das kürzlich aus Chinatown in diesen Vorort von Boston umgezogen war. Die Einrichtung war die übliche: einfache Tische mit Kunststoffbelag und zwei rote Drachen aus Keramik. Zu dieser späten Stunde waren nur noch vier oder fünf der etwa 20 Tische besetzt.

Marissa wählte einen Stuhl, von dem sie auf die Straße hinaussehen konnte. Sie fühlte sich scheußlich. Ganz plötzlich war ihr der Hunger vergangen.

»Guten Abend«, sagte der Kellner und überreichte ihnen die Speisekarten. Marissa nahm den länglichen Band in der Plastikhülle entgegen.

Robert fragte sie, ob sie sich eine Vorspeise teilen wollten. Aber bevor Marissa sich dazu äußern konnte, brach ihr am ganzen Körper kalter Schweiß aus. Urplötzlich lag sie wieder in der Frauenklinik. Man war dabei, ihr eine Gewebeprobe aus dem Gebärmutterhals zu entnehmen. Die Vision war so täuschend echt, daß sie wirklich dort zu sein glaubte.

»Schaff ihn mir vom Leibe!« schrie Marissa. Dann sprang sie auf und schleuderte die Speisekarte weg. Die Vision übermannte sie. »Tu was! Er soll mich nicht anrühren. Nein!«

Vor ihrem geistigen Auge sah Marissa, wie Dr. Carpenters Kopf zwischen ihren von einem Tuch bedeckten Knien hochkam. Er hatte sich in einen Dämon verwandelt. Seine Augen waren nicht mehr blau. Sie waren verzerrt und glänzten wie kalter schwarzer Onyx.

»Marissa!« schrie Robert in einer Mischung von Besorgnis, Schreck und Beschämung. Andere Gäste unterbrachen ihr Essen und warfen erschrockene Blick in Marissas Richtung. Robert stand auf und griff nach ihr.

»Faß mich nicht an!« schrie sie und schlug seine Hand weg. Dann machte sie auf den Fersen kehrt, riß die Restauranttür auf und floh.

Robert jagte ihr nach und fing sie praktisch draußen vor der Tür ab. Er packte sie an den Schultern und schüttelte sie grob. »Marissa, was ist los mit dir?«

Marissa blinzelte heftig, als erwache sie aus einer Trance.

»Marissa!« schrie Robert. »Was geht hier vor? Sag etwas!«

»Ich weiß selber nicht, wie das passiert ist«, sagte Marissa benommen. »Ganz plötzlich war ich wieder in der Klinik. Sie wollten mir eine Gewebeprobe entnehmen. Irgendwas hat noch einmal den schlechten Trip in Gang gesetzt, den ich dort unter dem Einfluß von Ketamin gehabt habe.« Sie warf einen Blick in das Restaurant. An den Fenstern standen Leute und sahen zu ihr hinaus. Es war ihr peinlich. Sie kam sich kindisch vor, doch sie hatte auch Angst. Es war alles so realistisch gewesen.

Robert nahm sie in die Arme. »Komm!« sagte er. »Verschwinden wir hier!«

Dann ging er mit ihr zum Wagen. Marissa ließ sich mitschleppen. Krampfhaft suchte ihr Verstand nach einer Erklärung. In einem solchen Maße hatte sie noch nie die Kontrolle über sich verloren. Niemals. Was geschah mit ihr? War sie dabei, verrückt zu werden?

Sie stiegen in den Wagen. Robert startete nicht gleich. »Bist du wirklich darüber hinweg?« fragte er. Der Zwischenfall war ihm an die Nerven gegangen.

Marissa nickte. »Im Moment bin ich nur erschrocken«, sagte sie. »So etwas habe ich noch nie erlebt. Ich weiß nicht, wodurch es ausgelöst wurde. Sicher, ich bin in letzter Zeit seelisch sehr labil, aber das ist keine ausreichende Erklärung. Ich war hungrig, aber das kann bestimmt nicht der Grund sein. Vielleicht war es der durchdringend scharfe Essensduft da drin. Die Geruchsnerven sind ja direkt mit dem äußeren Hirnsystem verbunden.« Doch Marissa forschte nur deshalb nach einer rein körperlich bedingten Ursache, um den Grund nicht in ihrer Psyche suchen zu müssen.

»Ich will dir sagen, was ich daraus schließe«, sagte Robert. »Ich schließe daraus, daß du zu viele Medikamente einnimmst. Diese ganzen Hormone tun dir bestimmt nicht gut. Das ist ein weiteres Zeichen, daß wir den Unsinn mit dem Retortenbaby abbrechen müssen. Und zwar pronto.«

Marissa sagte gar nichts mehr. In ihrer Angst meinte sie, daß Robert vielleicht recht hätte.

5

21. März 1990

7.47 Uhr morgens

»Wollen wir eine Münze darum werfen, wer den Schnitt vornimmt?« Diese Frage richtete Ken Mueller an Greg Hommel, den jungen Pathologieassistenten, der ihm für einen Monat zur Obduktionsabteilung zugeteilt worden war. Ken war mit Greg sehr zufrieden. Der Junge war eifrig und gewitzt wie eine Schlange. Innerlich amüsierte sich Ken darüber, daß er Greg noch als »Jungen« ansah. Der Mann war nur fünf Jahre jünger als er.

»Bei Kopf habe ich gewonnen«, sagte Greg, »bei Zahl hast du verloren.«

Ken beschäftigte sich bereits mit den Unterlagen. »Wirf schon!« sagte er. Die Tote war eine 33jährige Frau, die sechs Stockwerke tief in einen Kübel mit Rhododendren gefallen war.

»Zahl!« rief Greg und lachte zufrieden. »Du hast verloren.«

Greg machten Obduktionen Spaß, im Unterschied zu den meisten anderen Assistenzärzten, die so was haßten. Für ihn war es eine aufregende Sache, eine Detektivgeschichte, verborgen im Geheimnis einer Leiche.

Ken teilte Gregs Vorliebe für Obduktionen zwar nicht, übernahm aber mit Gleichmut seine Verpflichtung als Lehrperson, besonders bei einem Assistenten, wie Greg es war. Doch der Blick in die Unterlagen stimmte ihn etwas mißmutig. Die Frau war schon seit mehr als 24 Stunden tot, und Ken erledigte eine Obduktion gern so frühzeitig wie möglich. Er meinte, er könne dann mehr daraus lernen.

In diesem Fall war die Tote im Krankenwagen ins Memorial gebracht worden, wo man kurze Zeit Wiederbelebungsversuche vornahm. Danach wurde sie für »tot an der Unfallstelle« erklärt. Die Leiche war ins Kühlfach gewandert. Eigentlich hätte sie zum amtlichen Leichenbeschauer gebracht werden müssen, aber der hatte an diesem Tage mit den Opfern einiger Schießereien und anderer Verbrechen alle Hände voll zu tun. Schließlich war das Memorial gebeten worden, die Obduktion durchzuführen, und Kens Chef hatte sich gern dazu bereit erklärt. Politische Klugheit gebot, sich mit dem amtlichen Leichenbeschauer gut zu stellen. Man konnte nie wissen, wann man es nötig hatte, ihn seinerseits um einen Gefallen zu bitten.

Greg war eben dabei, den typischen Y-förmigen Obduktionsschnitt vorzunehmen, wobei er mit der behandschuhten Linken für Gegenzug sorgte, als Ken ihm sagte, er solle noch warten.

»Hast du die Unterlagen gelesen?« fragte Ken.

»Selbstverständlich«, erwiderte Greg beinahe beleidigt.

Immer noch lesend, fragte Ken weiter: »Dann kennst du auch diese Geschichte, daß sie wegen Eileiterblockierung unfruchtbar war und versucht hat, ein Retortenbaby zu bekommen?«

Das Wort »Eileiterblockierung« hatte Ken den Besuch Marissas ins Gedächtnis gerufen.

»Ja«, sagte Greg, »deshalb sieht sie ja auch aus wie ein Nadelkissen.«

Ken schaute auf die Tote, und Greg zeigte auf die vielen Stellen von Hormonspritzen und die zahlreichen blauen Flecke, die verrieten, daß man ihr Blut entnommen hatte, um den Östrogenspiegel festzustellen. »Autsch«, sagte Ken, als er das sah.

»Und hier ist eine ganz frische Stelle«, sagte Greg und zeigte auf ihre linke Ellbogenbeuge. »Siehst du die Blutverfärbung unter der Haut? Man muß ihr nur wenige Stunden vor dem Sprung aus dem Fenster noch Blut abgezapft haben. In unserer Notaufnahme kann das nicht geschehen sein. Sie war ja schon tot, als sie dort eintraf.«

Die Blicke der beiden Ärzte trafen sich. Beiden war der gleiche Gedanke gekommen. Mit Sicherheit war die Tote nicht drogenabhängig gewesen. »Vielleicht sollten wir eine genaue toxologische Untersuchung vornehmen«, sagte Greg bedeutungsvoll.

»Gerade das wollte ich vorschlagen«, sagte Ken. »Immer daran denken, daß man uns für unser Mißtrauen bezahlt!«

»Bezahlt wirst *du*«, sagte Greg lachend. »Als Assistenzarzt speist man mich ja mit einem Almosen ab.«

»Ach, komm«, sagte Ken. »Als ich an deiner Stelle war ...«

»Bitte, erspare mir das!« sagte Greg und hob das Skalpell. Lachend fuhr er fort: »Ich habe schon genug darüber gehört, wie man im Mittelalter Medizin betrieben hat.«

»Wie sieht es mit den Aufpralltraumen aus?« fragte Ken.

Rasch zeigte ihm Greg die einzelnen Spuren. Unzweifelhaft hatte sie beide Beine und das Becken gebrochen. Die rechte Hand war im Gelenk unnatürlich abgebogen. Unverletzt war jedoch der Kopf geblieben.

»In Ordnung«, sagte Ken. »Du kannst schneiden.«

Mit wenigen geschickten Bewegungen führte Greg das rasiermesserscharfe Skalpell, schnitt die Haut auf und legte die netzverkleideten Organe frei. Dann durchtrennte er mit langen Scheren die Rippen.

»Ah, oh!« rief Greg. Er hatte gerade das Manubrium oder Brustbein angehoben. »In der Brusthöhle ist Blut.«

»Worauf deutet das hin?« fragte Ken.

»Ich würde sagen, auf einen Schlagaderriß«, antwortete Greg. »Nach einem sechs Stockwerke tiefen Fall kann der

Körper das nötige Aufprallgewicht von 900 Kilo erreicht haben.«

»Donnerwetter«, sagte Ken scherzhaft, »du scheinst ja auch in der Freizeit Fachliteratur zu lesen.«

»Manchmal schon«, gab Greg zu.

Vorsichtig füllten die Männer das Blut aus beiden Lungenhöhlen in ein Meßglas. Als sie fertig waren, sagte Greg nach einem Blick auf das Glas: »Vielleicht habe ich mich mit dem Schlagaderriß doch geirrt. Es sind ja nur ein paar hundert Kubikzentiliter.«

»Da bin ich anderer Meinung«, sagte Ken und zog die Hand aus der Brusthöhle. »Fühl mal am Aortabogen entlang!«

Greg sah zur Decke hoch, um sich ganz auf sein Tastgefühl zu konzentrieren. Der Finger, mit dem er an der Aorta entlangtastete, glitt plötzlich in ein Loch. Es war tatsächlich ein Schlagaderriß.

»Na ja, aus dir könnte schon noch ein brauchbarer Pathologe werden«, sagte Ken.

»Danke, Karnak du Prächtiger, du Allessehender und Allwissender«, erwiderte Greg scherzhaft. Doch das Kompliment hatte ihm offensichtlich wohlgetan. Dann machte er sich daran, die Leiche weiter auseinanderzuschneiden. Während er noch bei der Arbeit war, läuteten auf einmal in seinem gerichtsmedizinisch geschulten Verstand die Alarmglocken. An diesem Fall war etwas faul. Irgend etwas stimmte hier ganz und gar nicht.

Da Marissa schon eine Eizellenverpflanzung erlebt hatte, wußte sie, was sie erwartete. Es würde nicht sehr schmerzhaft sein, schon gar nicht im Vergleich zu den unzähligen Eingriffen, die sie hinter sich hatte. Trotzdem war es immer noch ein unangenehmes und demütigendes Erlebnis. Um die Gebärmutter in eine hängende Lage zu bringen, mußte sie sich auf den Bauch legen und dann die Knie bis an die Brust ziehen. Ihr Hinterteil ragte in die Luft. Man hatte zwar ein Laken über sie gebreitet. Trotzdem fühlte sich Marissa völlig nackt und preisgegeben. Die einzigen Anwesenden waren Dr. Wingate, seine Laborantin Assistentin Tara MacLiesh und Mrs. Hargrave. Aber dann ging die Tür auf, und Linda Moore kam herein. Der Umstand, daß Leute hier ein- und ausgingen, war mit dafür verantwortlich, daß Marissa sich so hilflos ausgesetzt fühlte.

Linda stellte sich in der Nähe der Stelle auf, wo Marissas Kopf war, und sagte zu ihr: »Es kommt viel darauf an, daß Sie sich entspannen.« Sie tätschelte Marissas Schulter. »Denken Sie an etwas Angenehmes!«

Marissa wußte, daß die Therapeutin es gut meinte, aber ihr zu sagen, sie solle an etwas Angenehmes denken, war doch absurd. Kaum einzusehen, daß ihr das helfen würde. Und es fiel ihr besonders schwer, sich zu entspannen, weil sie wußte, daß Robert draußen wartete. Obwohl er wieder im Gästezimmer geschlafen hatte, war er zu ihrem Erstaunen heute morgen mitgekommen.

»So, jetzt ist alles bereit«, sagte Dr. Wingate, um wie üblich Marissa informiert zu halten. »Und wie beim letztenmal müssen wir als erstes für Asepsis sorgen.«

Marissa merkte, wie das Laken weggezogen wurde. Jetzt war sie buchstäblich völlig entblößt. Linda redete weiter vom Entspannen, und Marissa schloß die Augen. Doch es gelang ihr nicht, sich zu entspannen. Zu viel hing von dieser Verpflanzung ab, vielleicht sogar der Fortbestand ihrer Ehe. Robert hatte sie zwar in die Klinik begleitet, aber auf der ganzen Fahrt von Weston nach Cambridge hatten sie nicht ein einziges Wort gewechselt.

»Zuerst das sterile Speculum*«, sagte Dr. Wingate. We-

* Medizinischer Spiegel

nige Sekunden später spürte sie das Instrument. »Jetzt werde ich mit der Lösung ausspülen«, fuhr Dr. Wingate fort.

Marissa fühlte, wie die Flüssigkeit in sie hineinrann. Dann legte sich eine Hand auf ihre Schulter. Sie schlug die Augen auf und sah nur einige Zentimeter vor sich Linda Moores sommersprossiges Gesicht. »Sind Sie entspannt?« fragte sie.

Marissa nickte, aber das war gelogen.

»Jetzt sind wir für die Embryos bereit«, sagte Dr. Wingate zu Tara. Tara ging ins Labor. Dann sagte Dr. Wingate zu Marissa: »Es könnte sein, daß Sie beim Einführen einen ganz leichten Krampf spüren. Aber keine Sorge, es ist alles wie beim letztenmal.«

Marissa wäre es lieber gewesen, wenn er diesen Vergleich nicht gezogen hätte: beim letztenmal hatte die Verpflanzung nicht geklappt. Dann hörte sie Tara zurückkommen. Sie konnte sich den Teflonkatheter bildlich vorstellen. Sie nannten ihn Wildkatze.

»So, jetzt«, sagte Dr. Wingate.

»Entspannen, ganz locker!« sagte Linda.

»Denken Sie an ein schönes, gesundes Baby!« sagte Mrs. Hargrave.

Marissa spürte tief innen ein sonderbares Gefühl. Es war aber nicht so stark, daß sie es als Schmerz bezeichnen konnte.

»Wir müßten bis auf einen knappen Zentimeter am Uterusboden dran sein«, sagte Dr. Wingate. »Ich injiziere jetzt.«

»Tief einatmen!« sagte Mrs. Hargrave.

»Entspannen!« riet Linda.

Trotz aller Hoffnungen war Marissa nicht optimistisch.

»Sehr gut«, sagte Dr. Wingate. »Ich komme jetzt heraus.«

Marissa empfand einen ganz leichten Krampf und hielt den Atem an.

»Jetzt nicht bewegen, bis wir genau wissen, daß alle Embryos aus dem Katheter ausgetreten sind!« sagte Dr. Wingate und verschwand mit Tara im Labor.

»Alles okay?« fragte Mrs. Hargrave.

»Bestens«, sagte Marissa verlegen. Sie mußte immer daran denken, wer jetzt wohl als nächster zur Tür hereinplatzen würde.

»Nun ist es ja vorbei«, sagte Linda und tätschelte noch einmal Marissas Schulter. »Ich gehe jetzt. Bei der Gelegenheit werde ich gleich ein Wörtchen mit Ihrem Mann sprechen.«

Viel Glück, dachte Marissa. Sie glaubte nicht, daß ihr Mann heute ansprechbar war.

Als Linda hinausging, kam Dr. Wingate zurück.

»Die Embryos sind sämtlich eingepflanzt«, sagte Dr. Wingate. Marissa merkte, wie das Speculum entfernt wurde. Er klopfte ihr sanft auf den Rücken. »Jetzt können Sie sich auf den Bauch legen. Aber wälzen Sie sich nicht herum! Und dann wieder wie beim letztenmal: ich möchte, daß Sie drei Stunden auf dem Bauch liegenbleiben, dann können Sie sich eine Stunde lang auf den Rücken legen. Und danach sind Sie entlassen.« Damit zog er das Laken über Marissas Unterleib.

Mrs. Hargrave löste die Bremsen an dem Rollbett und schob es an. Tara hielt die Tür zum Flur auf. Marissa bedankte sich bei Dr. Wingate.

»Bitte, bitte, meine Liebe«, sagte er. Auf einmal war sein australischer Akzent stärker geworden. »Wir drücken Ihnen alle die Daumen.«

Als sie in der Höhe des Wartezimmers waren, hörte Marissa, wie Mrs. Hargrave Roberts Namen ausrief. Da Linda nicht mehr da war, konnte das Gespräch mit ihr nur kurze Zeit gedauert haben.

Robert kam und ging neben ihnen her, während Mrs.

Hargrave das Bett mit Marissa durch den überglasten Fußgängerweg zur Station fuhr.

»Es soll ja alles glatt gegangen sein«, sagte er.

»Wir sind voller Optimismus«, sagte Mrs. Hargrave. »Es waren schöne Eizellen und schöne Embryos.«

Marissa sagte nichts. Sie spürte, daß Robert unzufrieden war. Zweifellos hatte ihn die Begegnung mit Linda verärgert.

Es war ein angenehmes Zimmer, in das man Marissa zu ihrer vierstündigen Wartezeit fuhr. An den Fenstern, die auf den Charles River hinausgingen, waren gelbe Vorhänge. Die Wände waren von einer ruhigen hellgrünen Tönung.

Rasch wurde Marissa von dem Rollbett in ein richtiges Bett umgeladen. Den Anordnungen entsprechend, lag sie ruhig auf dem Bauch, den Kopf zur Seite gedreht. Robert setzte sich ihr gegenüber auf einen Vinylstuhl.

»Du fühlst dich okay?« fragte er.

Ausweichend antwortete Marissa: »Den Umständen entsprechend.«

»Und du wirst okay bleiben?«

Marissa merkte, daß er schnell weg wollte. »Ich brauche ja nur hier zu liegen«, sagte sie. »Wenn du etwas zu erledigen hast, bitte, dann tu es! Ich bin gut aufgehoben.«

»Bestimmt?« Robert stand auf. »Nun ja, wenn alles bei dir in Ordnung ist, dann sollte ich mich jetzt wirklich um einige Sachen kümmern.«

Er ist froh, daß er gehen kann, dachte Marissa. Bevor er sie verließ, gab er ihr einen raschen Kuß auf die Wange.

Nach all dem, was sie durchgemacht hatte, war Marissa anfangs ganz froh, allein zu sein. Doch während sich die Stunden hinzogen, fühlte sie sich allmählich einsam, ja, verlassen. Sehnsüchtig wartete sie darauf, daß eine der Schwestern hereinkam, die ab und zu, aber nicht gerade häufig, nach dem Rechten sahen.

Als die vier Stunden vorüber waren, kam Mrs. Hargrave, um sie anzukleiden. Zuerst wollte Marissa gar nicht aufstehen. Obwohl die vorgeschriebene Zeit abgelaufen war, fürchtete sie, damit etwas zu verderben. Mrs. Hargrave mußte ihr erst gut zureden.

Bevor Marissa die Klinik verließ, riet ihr Mrs. Hargrave, sich in den nächsten Tagen zu schonen. Außerdem sagte sie, sie solle sich eine Zeitlang vom Sex enthalten.

Das dürfte kein Problem sein, dachte Marissa unglücklich, schon gar nicht, wenn Robert weiterhin im Gästezimmer schläft. Sie konnte sich gar nicht mehr erinnern, wann sie das letztemal Sex miteinander gehabt hatten.

Marissa ließ sich ein Taxi kommen. Auf keinen Fall wollte sie Robert anrufen und ihn bitten, sie abzuholen.

Den Rest des Tages ruhte sie sich aus. Um 7 Uhr sah sie die Abendnachrichten, horchte aber mit einem Ohr, ob sie Roberts Wagen in der Einfahrt hören würde. Um 8 Uhr fing sie an, nach dem Telefon zu schielen. Um 8.30 Uhr hielt sie es nicht länger aus und rief ihn im Büro an.

Sie ließ es 25mal läuten, in der Hoffnung, daß er allein wäre und es schließlich hören würde, falls das Telefon nicht in seinem Privatbüro stand. Aber niemand hob den Hörer ab.

Marissa legte den Hörer auf, sah zur Uhr und fragte sich, wo Robert sein könne. Sie versuchte sich einzureden, er wäre wahrscheinlich auf dem Heimweg. Sie hatte sich fest vorgenommen, nicht zu weinen, weil sie befürchtete, daß sie dadurch die Embryos gefährden würde. Aber wie sie so allein im Dunkeln saß und darauf wartete, daß Robert endlich nach Haus käme, überfiel sie die Einsamkeit, und trotz aller guten Vorsätze begannen ihr die Tränen über die Wangen zu fließen. In diesen Minuten zweifelte sie sogar daran, daß selbst eine Schwangerschaft ihre Ehe noch retten könnte. In immer tieferer Verzweiflung fragte sie sich, was aus ihrem Leben werden sollte.

Am Fuß des Beacon Hill fuhr Marissa vom Storrow Drive in die Revere Street. Wie immer war sie voller Unruhe. Es war jetzt eine Woche seit der Embryoverpflanzung her, und sie konnte kaum an etwas anderes denken als an die Frage, ob sie nun schwanger war oder nicht. In wenigen Tagen hatte sie einen neuen Termin in der Frauenklinik. Dort sollte ein Bluttest gemacht werden, der zeigen würde, ob die Verpflanzung Erfolg gehabt hatte.

Dann mußte Marissa vor einer roten Ampel warten und zog den Zettel zu Rate. Susan hatte ihr am Telefon den Wegverlauf zum Resolve-Treffen beschrieben, und sie hatte sich alles notiert. Von der Charles Street sollte sie rechts abbiegen, dann in der Mt. Vernon links und in der Walnut noch einmal rechts. Wenn sie unterwegs am Beacon Hill irgendwo einen freien Parkplatz sähe, sollte sie ihn besetzen.

Als die Ampel auf Grün sprang, bog Marissa nach rechts ein. Doch noch bevor sie die Mt. Vernon erreichte, sah sie einen freien Parkplatz und stellte den Wagen dort ab.

Susan Walkers Heim war, wie sich herausstellte, ein hübsches kleines Stadthaus im georgianischen Stil, das zwischen mehreren anderen in der romantisch wirkenden Acorn Street stand.

Eine äußerst attraktive, dunkelhaarige Frau Mitte Dreißig machte ihr die Tür auf. Sie trug ein elegantes Seidenkleid, so daß Marissa sofort Hemmungen bekam, weil sie nur mit Wollhose und Sweater bekleidet war.

»Ich bin Susan Walker«, sagte die Frau, reichte ihr die Hand und schüttelte Marissas Hand mit kräftigem Druck. Auch Marissa nannte ihren Namen.

»Wir sind sehr froh, daß Sie gekommen sind«, sagte Susan und deutete ihr mit einer Handbewegung an, daß sie ins Wohnzimmer gehen solle.

Im Wohnzimmer hielten sich zwischen 20 und 30 Personen auf, die zwanglos miteinander plauderten. Das Ganze erweckte den Eindruck einer normalen Cocktailparty, nur daß ein leichtes, aber spürbares zahlenmäßiges Übergewicht an Frauen festzustellen war.

Als gute Gastgeberin führte Susan Marissa herum und stellte sie einigen Anwesenden vor. Aber da erklang wieder die Türglocke, und Susan ging mit einer Entschuldigung.

Zu ihrer eigenen Überraschung und Erleichterung fühlte sich Marissa sofort wohl in dem Kreis. Sie hatte angenommen, sie würde sich fehl am Platz fühlen. Doch dem war nicht so. Alle Frauen benahmen sich freundlich und warmherzig.

Als letzte war ihr Sonya Breverton vorgestellt worden, bevor Susan zur Tür gerufen wurde. Sonya erzählte ihr, daß sie bei Paine Webber als Börsenmaklerin angestellt sei, und erkundigte sich nach Marissas Beruf.

»Ich bin Kinderärztin«, sagte Marissa.

»Noch eine Ärztin!« rief Sonya. »Ich finde es sehr beruhigend, daß es euch auch nicht besser geht als uns. Da drüben ist eine Kollegin von Ihnen, eine Augenärztin. Wendy Wilson.«

»Wendy Wilson!« entfuhr es Marissa. Eine Welle der Erregung überkam sie, und sie schaute sich suchend im Zimmer um. Konnte es die Wendy Wilson sein, mit der sie an der Columbia-Universität Medizin studiert hatte? Ihr Blick blieb gegenüber an einer Frau mit kurzen rotblonden Haaren haften, die nicht viel größer war als sie.

Marissa entschuldigte sich und bahnte sich einen Weg zu ihrer alten Freundin. Als sie näherkam, sah sie sofort an dem unverkennbarem Koboldgesicht, daß sie es wirklich war.

»Wendy!« rief Marissa laut mitten in einen Satz hinein. Wendy sah sie an.

»Marissa!« rief Wendy und umarmte sie ungestüm. Dann stellte sie Marissa rasch der Frau vor, mit der sie sich gerade unterhalten hatte, und erklärte ihr, daß sie eine alte Freundin von ihr sei, die sie beim Medizinstudium kennengelernt und seit dem Examen nicht mehr getroffen habe.

Nach dem Austausch einiger höflicher Redensarten entschuldigte sich die andere, weil sie merkte, daß die beiden einander eine Menge zu erzählen hatten.

»Wann bist du nach Boston gekommen?« wollte Marissa wissen.

»Ich bin schon seit über zwei Jahren hier. Meine Assistentenzeit absolvierte ich an der Uni von L.A., arbeitete dann mehrere Jahre im Krankenhaus und ging danach mit meinem Mann in den Osten. Er hatte eine Anstellung als Chirurg in Harvard bekommen. Ich bin in der Augenklinik des General Hospital. Und du? Als ich wieder mal in der alten Heimat war, habe ich mich nach dir erkundigt und hörte, daß du nach Atlanta gezogen seist.«

»Das war nur ein kurzer Abstecher zum CDC«, erklärte ihr Marissa. »Seit ungefähr drei Jahren bin ich wieder hier.« In raschen Worten berichtete sie Wendy von Ehe und Praxis und sagte ihr, in welchem Stadtviertel sie wohnte.

»In Weston!« sagte Wendy lachend. »Dann sind wir ja Nachbarn. Wir wohnen in Wellesly. Sag mal, du bist doch heute nicht etwa die Rednerin des Abends, oder?«

»Leider nicht«, sagte Marissa. »Und wie steht's mit dir?«

»Genauso«, sagte Wendy. »Wir haben uns zwei Jahre lang bemüht, Kinder zu bekommen. Es war eine Katastrophe.«

»Das gleiche bei mir«, gestand Marissa. »Ich kann es

noch kaum glauben. Da muß man also erst unfruchtbar werden, um dich wiederzutreffen. Und dabei habe ich mich vorher gefürchtet, jemandem zu begegnen, den ich kenne.«

»Ist das dein erstes Resolve-Treffen?« fragte Wendy. »Ich war zwar bisher erst bei fünf Treffen oder so dabei, habe aber nie deinen Namen gehört.«

»Ja, mein erstes«, sagte Marissa. »Ich hatte immer Vorbehalte herzukommen. Aber jetzt hat es mir meine Psychologin empfohlen.«

»Ich fand es hier immer prima«, sagte Wendy. »Das Problem ist nur, daß ich meinen dickschädeligen Mann nicht herbekomme. Du kennst ja Chirurgen. Es widerstrebt ihm einfach, zugeben zu müssen, daß irgend jemand Kenntnisse und Fachwissen besitzt, das er nicht aufweisen kann.«

»Wie heißt dein Mann?« fragte Marissa.

»Gustave Anderson«, sagte Wendy. »Und genauso, wie sich sein Name anhört, ist er auch: einer dieser weißblonden Schweden aus Minnesota.«

»Ich kriege meinen Mann auch zu nichts, das nur entfernt nach Therapie riecht«, sagte Marissa. »Er ist zwar kein Chirurg, aber ebenso dickschädelig.«

»Vielleicht könnten die beiden mal miteinander sprechen«, sagte Wendy.

»Ich weiß nicht«, sagte Marissa. »Robert wird fuchsteufelswild, wenn er den Eindruck hat, man wolle ihn irgendwie beeinflussen.«

»Alle mal herhören, bitte!« rief Susan Walker in das allgemeine Stimmengewirr. »Wenn jeder Platz gefunden hat, können wir jetzt anfangen.«

Marissa und Wendy setzten sich auf eine Couch, die in der Nähe stand. Marissa hatte ihrer alten Freundin noch viele Fragen zu stellen, und es fiel ihr schwer, sich zu gedulden. Während des Medizinstudiums war sie mit Wendy ziemlich eng befreundet gewesen. Daß sie einander danach aus den Augen verloren hatten, lag nur an den Entfernungen und daran, daß sie beide eifrig ihrem Beruf nachgingen. Nach der langen, durch ihre Unfruchtbarkeit bedingten Isolierung war Marissa vor Freude außer sich, daß sie diese alte Freundin wiedergetroffen hatte, die ihr volles Vertrauen hatte.

Doch es lohnte sich für Marissa, sich in Geduld zu fassen. Denn der Verlauf des Treffens nahm sie bald völlig gefangen. Nacheinander erhoben sich mehrere Frauen, um der Gruppe ihre Geschichte zu erzählen.

Diese Geschichten zu hören, wurde für Marissa zu einem starken seelischen Erlebnis, denn sie konnte sich mit allen Erzählerinnen identifizieren. So berichtete eine Frau, daß sie einmal im Lebensmittelladen eine andere Käuferin angeschrien habe, weil sie glaubte, sie vernachlässige ihre Kinder. Da dachte Marissa an die Teenagermutter mit ihrem verdreckten Kind und nickte verständnisvoll.

Auch ein Ehemann meldete sich zu Wort. Da bedauerte es Marissa um so mehr, daß es ihr nicht gelungen war, Robert zum Mitkommen zu bewegen. Der Sprecher erläuterte den Behandlungsstreß vom Standpunkt des Mannes aus. Daraufhin begriff Marissa schon ein wenig besser, was Robert ihr über seine Reaktion auf den Zwang, »produzieren« zu müssen, gesagt hatte.

Eine Anwältin sprach davon, welchen Kummer unfruchtbare Ehepaare erleiden mußten, wenn sie nach erfolglosen Versuchen künstlicher Befruchtung um ihre verlorenen Kinder trauerten. Beredt schilderte sie die Nöte solcher Paare und sagte dann leise: »Gäbe es offizielle Hilfe für diese kummergebeugten Menschen, dann würde wohl heute abend noch meine Freundin und Kollegin Rebecca Ziegler unter uns weilen.«

Nachdem die Anwältin geendet hatte, herrschte eine Weile respektvolles Stillschweigen im Zimmer. Es war deutlich zu spüren, daß die Erwähnung der Toten viele Anwesende tief berührt hatte.

Als die nächste Sprecherin aufstand, wandte Marissa sich an Wendy und fragte sie: »Hat Rebecca Ziegler häufig an diesen Treffen teilgenommen?«

»Ja«, sagte Wendy. »Das arme Ding! Beim letzten Treffen habe ich mich noch mit ihr unterhalten. Ich bekam einen Schock, als ich von ihrem Selbstmord erfuhr.«

»Litt sie denn unter starken Depressionen?« erkundigte sich Marissa.

Wendy schüttelte den Kopf. »Davon habe ich nie etwas bemerkt.«

»Ich bin ihr an ihrem Todestag begegnet«, sagte Marissa. »Da hat sie übrigens meinen Mann geschlagen.«

Wendy blickte Marissa überrascht an.

»Es war in der Frauenklinik«, erläuterte Marissa. »Sie hatte jede Beherrschung verloren. Robert versuchte sie zu beruhigen. Merkwürdig war, daß sie auch dabei keine Anzeichen von Depression verriet. Sie war außer sich, aber keineswegs deprimiert. War sie denn allgemein ruhig und beherrscht?«

»So kam es mir jedenfalls immer vor, wenn ich sie traf«, sagte Wendy.

»Merkwürdig«, sagte Marissa.

Nach der letzten Sprecherin kündigte Susan Walker eine Kaffeepause an. »Anschließend hören wir unsere heutige Gastrednerin. Wir haben die Ehre, Dr. Alice Mortland vom Columbia Medical Center in New York in unserer Mitte begrüßen zu können. Sie wird uns über die neuesten Aspekte von GIFT aufklären, der Gamete-Intratuben-Implantation.«

Marissa sah Wendy an. »Willst du den Vortrag hören?«

»Kein Interesse«, sagte Wendy. »Bei zwei blockierten Eileitern kann mir auch GIFT nicht helfen.«

»Heiliges Kanonenrohr!« rief Marissa. »Ich habe genau das gleiche Problem: Eileiterblockierung.«

»Ist denn das die Möglichkeit!« sagte Wendy mit einem ungläubigen Auflachen. »Sind wir denn eineiige Zwillinge? Weißt du was? Wir tun so, als wären wir noch auf der Uni und schwänzten eine Medizinvorlesung. Wir verkrümeln uns hier und unterhalten uns da unten in der Bar mit dem Cheers-Wimpel weiter.«

»Stoßen wir damit auch nicht die Gastgeberin vor den Kopf?« fragte Marissa.

»Susan nimmt uns das nicht übel«, sagte Wendy. »Sie ist sehr verständnisvoll.«

Zehn Minuten später saßen sich Marissa und Wendy in zwei tiefen Vinylsesseln gegenüber. Sie saßen an einem großen Fenster mit einem Gazevorhang, das auf die belebte Beacon Street hinausging. Dahinter erstreckte sich der jetzt dunkel gewordene Boston Garden. Im Lampenlicht sah man erstes grünes Gras sprießen, einen Vorboten des Frühlings.

Beide Frauen bestellten Mineralwasser und mußten darüber lachen. »Kein Alkohol!« sagte Wendy. »Nun ja, die Hoffnung währet ewiglich.«

»Ich hatte vor etwa einer Woche meine vierte Embryoimplantation«, gestand Marissa.

»Wieder so ein Zufall«, sagte Wendy. »Ich auch. Nur bei mir war es erst die zweite. Wo hast du sie machen lassen?«

»In der Frauenklinik in Cambridge«, sagte Marissa.

»Das ist doch nicht zu glauben«, sagte Wendy. »Da bin ich ja auch. Dr. Wingate?«

»Ja«, sagte Marissa. »Eigentlich ist Dr. Carpenter mein Frauenarzt. Aber für künstliche Befruchtung ist ja Dr. Wingate zuständig.«

»Ich bin bei Dr. Megan Carter«, sagte Wendy. »Ich habe nämlich lieber eine Frauenärztin. Aber da Wingate die IVF-Station unter sich hat, mußte ich auch zu ihm.«

»Komisch, daß wir uns da nicht schon über den Weg gelaufen sind«, sagte Marissa. »Aber das liegt wohl daran, daß man dort sehr auf Vertraulichkeit bedacht ist. Das ist übrigens einer der Gründe, warum ich überhaupt diese Klinik aufgesucht habe.«

»So habe ich auch empfunden«, sagte Wendy. »Ich hätte ja auch zu jemandem im General Hospital gehen können. Aber das wäre mir unangenehm gewesen.«

»War es ein Schock für dich, als du erfahren hast, daß deine Eileiter blockiert sind?« fragte Marissa.

»Und was für einer!« sagte Wendy. »An so etwas habe ich doch nie gedacht. Für mich war es wie eine Ironie des Schicksals, wenn ich an all die Verhütungsmaßnahmen dachte, die ich mir im College und beim Medizinstudium auferlegt hatte. Damals wollte ich auf keinen Fall ein Kind haben, was ich mir heute überhaupt nicht mehr vorstellen kann.«

»Mir geht es genauso«, sagte Marissa. »Aber die größte Überraschung war es für mich, daß die Eileiterentzündung bei mir durch eine Tbc-Erkrankung verursacht wurde.«

Mit einem Ruck stellte Wendy ihr Glas Mineralwasser auf den Tisch. »Langsam werden mir diese Übereinstimmungen unheimlich«, sagte sie. »Bei mir hat man die gleiche Diagnose gestellt: Granulationsgeschwulste auf Grund von Tbc. Sogar der PPD-Hauttest fiel positiv aus.«

Fast eine volle Minute lang sahen sich die beiden Frauen sprachlos über den Tisch hinweg an. So viele Zufälle waren fast unglaublich.

Marissa, die in der Lehre von den epidemischen Krankheiten ausgebildet war, zog sofort ihre Schlüsse daraus.

Die Parallelen in beiden Fällen waren außergewöhnlich. Dabei hatten sich ihre Lebenswege doch nur während des Universitätsstudiums gekreuzt.

»Denkst du das gleiche, was ich denke?« fragte Wendy.

»Wahrscheinlich«, sagte Marissa. »Ich denke daran, daß wir beide einige Monate im Zug des wahlweisen Studiums im Bellevue verbracht haben. Kannst du dich an die Tbc-Fälle erinnern, die wir dort kennenlernten? Ich meine besonders die gegen Medikamente resistenten Fälle. Weißt du noch, daß damals mit einem Ansteigen von Tbc-Erkrankungen gerechnet wurde?«

»Wie könnte ich das vergessen?«

»Glücklicherweise sind auf meinen Röntgenaufnahmen keine Schatten auf der Lunge festgestellt worden.«

»Bei mir auch nicht«, sagte Wendy.

»Ich frage mich, ob wir Einzelfälle sind oder ob es viele wie uns gibt. Eigentlich gilt die tuberkulöse Infektion der Eileiter als seltene Krankheit, besonders in einer so gesunden Nation wie den USA.« Marissa schüttelte den Kopf. Es ergab einfach keinen Sinn.

Wendy schlug vor: »Wie wär's, wenn wir zum Resolve-Treffen zurückgehen und uns erkundigen, ob es dort noch mehr Frauen gibt, denen man dieselbe Diagnose gestellt hat?«

»Meinst du das ernst? Ich glaube, das kann man vergessen. Die Chance ist zu gering.«

»Ich bin aber neugierig«, sagte Wendy. »Komm! Das Treffen ist bald zu Ende, und wir finden eine aufnahmebereite Zuhörerschaft vor.«

Auf dem Rückweg zur Acron Street überwand sich Marissa und erzählte von ihrer ehelichen Situation. Es fiel ihr schwer, aber es drängte sie, sich mit jemandem darüber auszusprechen. Sie sagte zu Wendy, daß Robert und sie ernsthafte Probleme hätten.

»Seit einiger Zeit schläft er jetzt sogar im Gästezimmer«, sagte Marissa. »Und er lehnt es ab, sich von einer Therapeutin beraten zu lassen. Er sagt, ihm brauche keiner zu sagen, warum er nicht glücklich ist.«

»Viele von uns unfruchtbaren Paaren haben die gleichen Probleme«, sagte Wendy. »Vor allem die, die ein Retortenbaby haben wollen. Das scheint einfach dazuzugehören. Natürlich versucht jeder auf andere Weise damit fertig zu werden. Mein Mann Gustave hat sich nie groß um mich gekümmert, aber jetzt widmet er sich nur noch seiner Arbeit. Er ist ständig im Krankenhaus. Praktisch bekomme ich ihn nie zu sehen.«

»Darauf steuert es bei Robert auch hinaus«, sagte Marissa. »Wenn sich jetzt keins dieser neu implantierten Embryos entwickelt, habe ich wenig Hoffnung, daß unsere Ehe den Sturm überdauern wird.«

Susan machte Marissa und Wendy die Tür auf. »Ach, ihr seid wieder da! Ihr kommt gerade zum Nachtisch zurecht.«

Wendy teilte Susan mit, was sie vorhatten. Susan nahm ihnen die Mäntel ab und führte sie dann ins Wohnzimmer, wo die Gäste in kleinen Gruppen bei Schokoladenkuchen miteinander plauderten.

»Darf ich noch einmal um Aufmerksamkeit bitten?« rief Susan laut. Dann sagte sie, daß Wendy ihnen einige Fragen vorlegen wolle.

Mitten im Zimmer stehend, stellte sich Wendy vor, für den Fall, daß jemand nichts von ihrem Arztberuf wußte. Dann fragte sie, welche der anwesenden Frauen durch Eileiterblockierung unfruchtbar geworden seien.

Drei Hände gingen in die Höhe.

Diese drei Frauen fragte Wendy: »Hat man Ihnen gesagt, daß Ihre Eileiter durch eine Tuberkulose blockiert worden seien oder daß es wenigstens unter dem Mikroskop nach Tbc aussehe?«

Die drei hoben die Brauen und wirkten unsicher. Sie wußten es nicht genau.

»Hat man einer von Ihnen zu einem Medikament geraten, das sich Isoniazid oder INH nennt?« fragte Marissa. »In diesem Falle hat man Ihnen sicherlich geraten, es einige Monate lang einzunehmen.«

Zwei der Frauen hoben die Hand. Die beiden berichteten, man habe sie nach der Bauchhöhlenspiegelung zum Internisten überwiesen und es sei die Rede von einem Medikament gewesen, das sie über einen längeren Zeitpunkt hinweg einzunehmen hätten. In beiden Fällen wurde das Medikament jedoch nicht verschrieben. Statt dessen hatte man ihnen gesagt, sie sollten sich alle Vierteljahre einmal zur Nachuntersuchung einfinden.

Marissa schrieb sich ihre Namen und Adressen auf: Marcia Lyons und Catherine Zolk. Beide versprachen, sich bei ihren Hausärzten zu erkundigen, ob es sich bei dem fraglichen Medikament um Isoniazid gehandelt habe.

Marissa nahm Wendy beiseite. Sie war aufs äußerste erstaunt. »Das ist unglaublich. Wir haben hier vier Fälle. Sollten diese beiden Frauen auch Tbc gehabt haben, dann hat unser Studienaufenthalt in Bellevue nichts damit zu tun.«

»Vier Fälle sind noch keine Epidemie«, sagte Wendy skeptisch.

»Aber es ist doch auffällig«, sagte Marissa. »Vier Fälle einer seltenen Erkrankung in einem engbegrenzten Gebiet. Außerdem sieht es so aus, als hätte keine von uns Symptome irgendeiner anderen Infektion gezeigt. Ich glaube, wir sind da einer wichtigen Sache auf die Spur gekommen.« Und sie versprach: »Ich werde das jedenfalls weiterverfolgen.«

»Wollen wir es nicht gemeinsam tun?« schlug Wendy vor.

»Wunderbar«, sagte Marissa. »Als ersten Schritt werde ich mir meine Kontakte mit dem CDC zunutze machen.

Wir können gleich heute abend anfangen. Wo hast du deinen Wagen?«

»Drüben in der Krankenstation der Augenklinik«, sagte Wendy.

»Meiner steht mehr in der Nähe«, sagte Marissa. »Ich fahre dich zu deinem Auto, und dann kannst du hinter mir her zu mir nach Haus fahren. Bist du dabei?«

»Selbstverständlich«, sagte Wendy.

Als sie sich bei ihrer Gastgeberin zum Abschied bedankten, hatte Marissa eine Idee. Sie fragte Susan, ob sie wisse, was die Ursache für Rebecca Zieglers Unfruchtbarkeit gewesen war.

Susan überlegte eine Weile und sagte dann: »Ich glaube, es waren blockierte Eileiter. Genau weiß ich es allerdings nicht, aber ich glaube schon.«

»Haben Sie zufällig ihre Telefonnummer?« fragte Marissa.

»Ich glaube, ja«, sagte Susan.

»Könnten Sie sie mir überlassen?« fragte Marissa.

Susan holte sie aus ihrem Arbeitszimmer und gab sie Marissa.

Auf der Straße fragte Wendy: »Du willst doch nicht etwa Rebeccas Ehemann anrufen? Der arme Mann steht wahrscheinlich noch unter Schock.«

»Doch«, sagte Marissa. »Das heißt, wenn ich den Mut dazu aufbringe. Außerdem habe ich gehört, daß sie sich getrennt hatten.«

»Das macht doch keinen Unterschied«, sagte Wendy. »Oder wenn überhaupt, dann dürfte er jetzt noch elender dran sein, sich vielleicht sogar für ihren Tod verantwortlich fühlen.«

Marissa nickte.

Während der Heimfahrt stieg ihre Erregung. Vier Fälle unabhängiger Eileiterinfektion durch Tbc hoben ihren Fall aus dem Bereich des Ungewöhnlichen und deuteten auf einen Trend hin, der möglicherweise für das öffentliche Gesundheitswesen von Bedeutung war.

Marissa fuhr ihren Wagen gleich in die Garage. Dann ging sie zu Wendy, die in der Auffahrt geparkt hatte. Zusammen betraten sie das Haus durch die Vordertür.

»Hübsches Haus«, sagte Wendy und folgte Marissa durch den Flur in ihr Arbeitszimmer.

»Findest du?« sagte Marissa ohne Begeisterung. »Es gehörte Robert schon vor unserer Heirat. Offen gesagt, mir hat es nie gefallen.«

Marissa begab sich sofort zu ihrem Telefonverzeichnis, um Cyrill Dubcheks Privatnummer herauszusuchen. Zu Wendy sagte sie: »Ich rufe einen Abteilungsleiter von CDC an. In meinem letzten Jahr dort hatten wir mal etwas miteinander. Er ist ein sehr attraktiver Mann.«

Marissa fand die Nummer und legte einen Brieföffner auf das aufgeschlagene Buch.

»Und es ist nichts daraus geworden?« fragte Wendy.

Marissa schüttelte den Kopf. »Es war von Anfang an eine stürmische Beziehung. Das Komische daran ist, daß wir uns in der Hauptsache darüber stritten, ob wir später einmal Kinder haben wollten. Er hatte schon mehrere Kinder von seiner verstorbenen Frau und wollte keine mehr. Da wußte ich natürlich noch nichts von meinen Eileitern.«

Marissa tippte die Nummer ein und wartete dann auf die Verbindung. »Es ist eine lange Geschichte«, sagte sie. »In meinen ersten beiden Monaten im Center kriegten wir uns dauernd in die Haare. Dann wurde daraus ein Liebesroman. Zum Schluß gingen wir als gute Freunde auseinander. So ist das Leben — unberechenbar.«

Wendy wollte etwas dazu sagen, aber Marissa brachte sie mit einer Handbewegung zum Schweigen. Cyrill hatte sich gemeldet.

Der erste Teil des Gesprächs bestand aus freundlichem Geplauder. Schließlich kam Marissa auf den Grund ihres Anrufs zu sprechen. »Cyrill«, sagte sie, »ich habe hier eine befreundete Ärztin bei mir, und ich möchte dich auf die Raumsprecheinrichtung umlegen, damit sie mithören kann.« Marissa drückte die entsprechende Taste. »Kannst du mich hören?«

Cyrills Ja war nun im ganzen Zimmer zu vernehmen.

Marissa kam zur Sache. »Hast du mal im Center etwas über Eileiterblockierung durch Tbc gehört? Zum Beispiel, daß es seit verhältnismäßig kurzer Zeit eine ansteigende Zahl von Fällen gegeben hat?«

»Im Augenblick kann ich mich an so was nicht entsinnen«, sagte er. »Warum fragst du?«

»Weil ich Grund zu der Annahme habe, daß es hier in Boston vier Fälle gibt. Alle bei verhältnismäßig jungen Frauen, und bei allen war ein Infektionsherd nicht feststellbar, schon gar nicht in den Lungen.«

»Was verstehst du unter ›verhältnismäßig jungen Frauen‹?« wollte Cyrill wissen.

»Ende 20, Anfang bis Mitte 30«, antwortete Marissa.

»Solche Patientinnen sind aber für eine Kinderärztin schon etwas zu alt«, sagte Cyrill. »Wie bist du auf die Fälle gestoßen?«

Marissa lächelte. »Hätte ich mir denken können, daß ich dir nichts verheimlichen kann, Cyrill. Es ist also so, daß ich eine der infizierten Frauen bin. Seit fast einem Jahr bemühe ich mich um ein Retortenbaby. Heute abend bin ich nun auf drei andere Frauen gestoßen, denen man die gleiche ungewöhnliche Diagnose gestellt hat.«

»Es tut mir leid, daß du solche Schwierigkeiten hast«, sagte Cyrill. »Aber ich habe bei dem üblichen Klatsch im CDC nie etwas über tuberkulöse Eileiterinfektion gehört. Ich kann ja mal in der Bakteriologie anfragen. Sollte so etwas aufgetreten sein, müßte man es dort wissen. Ich rufe dich so bald wie möglich wieder an.«

Man verabschiedete sich gebührend, und Marissa legte auf. Nach einem kurzen Stillschweigen fragte sie Wendy, was sie davon halte, jetzt Rebecca Zieglers Nummer anzurufen.

Wendy sah auf ihre Armbanduhr. »Ich glaube nicht, daß ich die seelische Stärke aufbrächte«, sagte sie. »Außerdem ist es schon nach zehn.«

»Die Sache ist es wert«, sagte Marissa entschlossen, holte die Nummer hervor und tippte sie ein. Es läutete siebenmal, bevor endlich jemand abhob. Im Hintergrund war laute Musik zu vernehmen. Es hörte sich ganz nach einer Party an.

Marissa fragte, ob sie mit dem Haus der Zieglers verbunden sei.

»Einen Moment«, sagte die Stimme am anderen Ende. Marissa und Wendy hörten, wie der Mann den anderen zurief, sie sollten »mal 'ne Sekunde die Luft anhalten«. Dann kam er wieder an den Apparat.

»Sind Sie der Ehemann von Rebecca Ziegler?«

»Ich war es«, sagte der Mann. »Mit wem spreche ich eigentlich?«

»Ich bin Dr. Blumenthal«, sagte Marissa. »Hoffentlich komme ich nicht ungelegen. Ich habe Ihre Nummer von Resolve erhalten, die Organisation für unfruchtbare Ehepaare. Ist sie Ihnen bekannt?«

»Ja«, sagte der Mann. »Was ist denn los?«

»Wenn ich Ihnen damit nicht allzu lästig falle«, sagte Marissa, »würde ich Ihnen gern eine persönliche Frage über Rebeccas Gesundheitszustand stellen.«

»Soll das ein schlechter Scherz sein?« fragte der Mann. Im Hintergrund brach plötzlich Gelächter aus.

»Nein«, sagte Marissa. »Ganz bestimmt nicht, das versichere ich Ihnen. Ich wollte Sie nur fragen, ob Rebeccas Schwierigkeiten irgendwie etwas mit den Eileitern zu tun hatten. Das sind die Röhren, durch die die Eizellen in die Gebärmutter befördert werden.«

»Ich weiß, was Eileiter sind«, sagte der Mann. »Einen Moment mal.« Dann schrie der Mann seinen Gästen zu: »Leute, haltet mal 'ne Weile die Schnauze! Ich kann nichts verstehen!« Danach kam er wieder an den Apparat und entschuldigte sich für den Radau. »Meine Freunde«, sagte er. »Sie benehmen sich wie wilde Tiere.«

Marissa verdrehte, zu Wendy gewandt, die Augen zur Decke. »Und wie war das bei Rebecca?« fragte sie.

»Ja«, sagte der Mann. »Sie hatte blockierte Eileiter.«

Marissa bohrte weiter. »Wissen Sie zufällig, wie es dazu gekommen ist?«

»Ich weiß nur, daß sie blockiert waren. Wenn Sie mehr wissen wollen, müssen Sie ihren Arzt fragen.« Im Hintergrund hörte man ein Krachen und dann das Splittern zerbrochener Gläser. »Mein Gott!« sagte der Mann. »He, ich muß Schluß machen.« Dann war die Leitung tot.

Marissa drückte die Trenntaste.

Sie sahen einander an, bis Wendy das Schweigen brach. »Das war also der trauernde Witwer.«

»Wenigstens braucht es uns nicht mehr peinlich zu sein, daß wir angerufen haben«, sagte Marissa. »Und sie hatte tatsächlich blockierte Eileiter. Es dürfte sich lohnen, nach der Ursache zu forschen. Wenn es der Zufall will, daß es die gleiche Ursache war wie bei uns, dann nimmt die ganze Angelegenheit ein anderes Gesicht an.«

Wendy nickte.

»Warte mal!« rief Marissa.

»Was ist denn?« fragte Wendy.

»Wir haben vergessen, die beiden anderen Frauen zu fragen, wo sie in Behandlung sind. Daß Rebecca in der Frauenklinik war, weiß ich.«

»Du hast doch ihre Telefonnummern und kannst sie einfach anrufen«, sagte Wendy.

Rasch holte Marissa das nach. Beide Frauen meldeten sich, und beide gaben dieselbe Antwort: sie waren in der Frauenklinik in Behandlung.

»Langsam wird es interessant«, sagte Wendy.

»Das ist untertrieben ausgedrückt«, sagte Marissa. »Ich denke, wir sollten der Frauenklinik einen Besuch abstatten, je eher, desto besser. Sagen wir, morgen vormittag. Machst du mit?«

»Das will ich um keinen Preis versäumen«, sagte Wendy.

»Hallo«, sagte eine Männerstimme. Marissa und Wendy schauten zur Tür. Es war Robert. Er trug einen Pullover mit V-Ausschnitt, sandfarbene Freizeithosen und Mokassins ohne Socken. In der Hand hielt er die Lesebrille.

Hinter dem Schreibtisch stand Marissa auf, machte Wendy mit Robert bekannt und erzählte ihm, daß sie sich bei dem Resolve-Meeting zufällig getroffen hätten. Sie sagte ihm auch, daß Wendy ebenfalls wegen künstlicher Befruchtung bei Dr. Wingate in Behandlung sei. Robert schüttelte Wendy die Hand.

»Ich war gerade auf dem Weg in die Küche, um Tee aufzusetzen«, sagte Robert. »Hat noch jemand Interesse?«

»Ich«, sagte Wendy, »liebend gern.«

Robert machte kehrt und verschwand in Richtung der Küche. »Wau«, sagte Wendy. »Und ich habe Gustave schon für einen gutaussehenden Mann gehalten.«

Marissa nickte. »Ich liebe ihn auch«, gestand sie. »Wir machen nur gerade schwierige Zeiten durch.« Dann zuckte sie die Achseln. »Jedenfalls sehe ich das so.«

Als sie in die Küche kamen, hatte Robert den Kessel auf den Herd gesetzt und Behälter mit verschiedenen Teesorten neben drei Tassen gestellt.

»Wie ist denn das Treffen verlaufen?« fragte Robert und stellte Zucker und Honig dazu.

Marissa berichtete von der Zusammenkunft, wobei sie

nachdrücklich unterstrich, wie nett es gewesen war und wie viele Ehemänner daran teilgenommen hatten.

»War Ihr Mann auch dabei?« erkundigte sich Robert bei Wendy.

»Er konnte nicht«, sagte Wendy ausweichend. »Er hatte in der Chirurgie zu tun.« Sie verschwieg, daß er aller Wahrscheinlichkeit nach auch nicht daran teilgenommen hätte, wenn er frei gewesen wäre.

Doch Robert verstand sich gut aufs Kreuzverhör. »Hat er denn schon an anderen Treffen teilgenommen?« fragte er. Gerade da fing der Kessel zu pfeifen an. Robert ging hin und nahm ihn von der Platte.

Marissa antwortete an Wendys Stelle: »Bisher hat er sich zu keinem Treffen freimachen können.«

»Aha«, sagte Robert und goß kochendes Wasser in die Tassen, den Mund zu jenem halben Lächeln verzogen, das Marissa immer so aufbrachte.

»Wenn du dich überwinden könntest, einmal mitzukommen«, sagte Marissa, »dann würdest du hinterher bestimmt anders über diese Treffen urteilen.«

»Vielleicht sollte ich mich mal mit Wendys Mann unterhalten«, sagte Robert und trug den Kessel wieder zum Herd. »Scheint eine verwandte Seele zu sein.«

»Fabelhafte Idee«, sagte Wendy.

»Ich kann nur sagen, daß mir das Treffen viel gegeben hat«, sagte Marissa. »Erstens habe ich dort Wendy wiedergetroffen, und zweitens haben wir durch Zufall erfahren, daß vier Frauen von uns die gleiche ungewöhnliche Diagnose gestellt wurde.«

»Sprichst du jetzt von dem Tbc-Zeug?« fragte Robert.

»Genau«, sagte Wendy. »Ich gehöre auch zu den vier Frauen.«

»Im Ernst?«

Atemlos setzte ihm Marissa genau auseinander, wie ungewöhnlich diese Anhäufung von gleichgelagerten Fällen war. »Das liegt so außerhalb jeder vernünftigen Erwartung, daß wir der Sache nachgehen müssen. Morgen gehen wir zur Frauenklinik und stellen eine offizielle Untersuchung an.«

»Was verstehst du unter ›offizieller Untersuchung‹?« wollte Robert wissen.

»Wir wollen ermitteln, wie viele weitere gleichgelagerte Fälle es außerdem gegeben hat. Wir wollen herausfinden, ob Rebecca Ziegler unter dem gleichen Problem litt. Wir wissen bereits, daß sie blockierte Eileiter hatte.«

»Die Frauenklinik wird euch solche Informationen nicht herausgeben«, sagte Robert.

»Warum nicht?« sagte Marissa. »Es könnte von Wichtigkeit sein. Nach allem, was wir schon wissen, könnte es schwere Folgen für das öffentliche Gesundheitswesen haben. Es ist durchaus möglich, daß wir vor so etwas ... etwas wie einem toxischen Schocksyndrom stehen.«

Robert sah erst Marissa, dann Wendy an. Er fand ihren Eifer beunruhigend, vor allem, wenn er an Marissas kürzlichen Ausbruch in dem chinesischen Restaurant dachte. Er zweifelte nicht daran, daß Wendy unter dem Einfluß der gleichen Hormonpräparate stand.

»Macht euch nur keine großen Illusionen!« sagte Robert. »Selbst wenn ihr der Sache auf den Grund kommen solltet, ändert das an eurem eigenen Zustand gar nichts. Und ich bezweifle ernsthaft, daß ihr in der Klinik weiterkommen werdet. Wenn Sie euch Informationen über Patientinnen ohne deren ausdrückliche Zustimmung gäben, wäre das im höchsten Maße unmoralisch und verstieße vermutlich auch gegen das Gesetz.«

Doch davon wollte Marissa nichts hören. »Die Sache mit der Tbc hat mich von Anfang an beschäftigt. Ich will wissen, was dahintersteckt, ganz gleich, was es mich kostet. Ich habe gerade mit Cyrill Dubchek gesprochen. Vielleicht kann er das Ansehen des CDC in die Waagschale werfen.«

Robert schüttelte nur den Kopf. Er mißbilligte ganz offensichtlich ihr Vorhaben. »Nun«, sagte er, »dann will ich die beiden großen Detektivinnen mal mit ihren Plänen allein lassen.«

Damit griff er nach seiner Tasse und ging hinaus.

Als seine Schritte nicht mehr zu hören waren, brach Wendy das unbehagliche Schweigen. »Er hat ja recht«, sagte sie. »Kann gut sein, daß man uns nicht an die medizinischen Unterlagen heranläßt.«

»Den Versuch müssen wir jedenfalls machen. Vielleicht klappt es, wenn wir uns als Ärztinnen zu erkennen geben. Weißt du, die berufliche Masche. Falls wir nichts erreichen, müssen wir uns eben etwas anderes ausdenken. Du hältst doch zu mir, oder?«

»Unbedingt«, sagte Wendy. »Wir stehen zusammen.«

Marissa lächelte. Sie konnte den nächsten Vormittag kaum erwarten.

6

29. März 1990

9.30 Uhr vormittags

Marissa und Wendy betraten den Hof der Frauenklinik. Mit ihren Regenschirmen hatten sie es schwer, gegen den Wind voranzukommen.

Dann traten sie durchs Hauptportal ein und schüttelten sich die Feuchtigkeit von den Mänteln. Regennasses Haar klebte ihnen an der Stirn.

»Weißt du, wo die medizinischen Unterlagen aufbewahrt werden?« fragte Marissa.

»Ich habe nicht die leiseste Idee«, sagte Wendy. »Ich gehe mal fragen.«

Marissas Regenschirm hatte der Wind umgestülpt. Mühsam brachte sie ihn wieder in Ordnung. Währenddessen erkundigte sich Wendy am Informationskiosk. Dann machte sie Marissa ein Zeichen, ihr zu den Fahrstühlen zu folgen. Als Marissa sie eingeholt hatte, sagte sie: »Fünfter Stock.«

»Hätte ich mir denken können«, sagte Marissa. »Schließlich hat sich Rebecca Ziegler ja aus dem fünften Stock gestürzt, nachdem sie ihre Unterlagen gelesen hatte.«

»Da muß man sich fragen, was sie lesen mußte.«

Marissa nickte.

Sobald sie im fünften Stock waren, fanden sie die Abteilung ohne jede Mühe. Schon wenn man aus dem Fahrstuhl trat, hörte man das Schreibmaschinengeklapper. Erleichtert stellte Marissa fest, daß sich die Abteilung in entgegengesetzter Richtung von Linda Moores Sprechzimmer befand. Zu diesem Zeitpunkt wäre Marissa nicht gern jemandem in die Arme gelaufen, der sie kannte.

Es war nicht zu verkennen, daß hier die medizinischen Unterlagen aufbewahrt wurden. An den Wänden standen Dutzende von Aktenschränken. Drei Sekretärinnen mit Kopfhörern schrieben nach Diktat. Eine Frau am Schreibtisch rechts vom Eingang begrüßte Marissa und Wendy und fragte sie: »Kann ich Ihnen helfen?« Die Frau, nach Marissas Schätzung um die Fünfzig, trug ein Namensschildchen: Helen Solano, Abteilung medizinische Unterlagen, Archivarin. Vor ihr stand ein Computerterminal.

»Ich bin Dr. Blumenthal«, sagte Marissa in berufsmäßigem Ton. »Und dies ist Dr. Wilson.«

Wendy nickte Mrs. Solano zu, die ihrerseits lächelte.

»Wir haben eine Frage an Sie«, sagte Wendy. »Wir möchten gern wissen, ob das Archivsystem der Frauenklinik es gestattet, alle Fälle von blockierten Eileitern gesondert auszudrucken.«

»Durchaus«, sagte Mrs. Solano.

»Auch Blockierung durch Granulationsgeschwüre?« fragte Marissa.

»Ich bin nicht ganz sicher, ob das ebenfalls spezifiziert ist«, sagte Mrs. Solano. »Da muß ich erst mal in unserem Diagnoseverzeichnis nachsehen. Einen Augenblick.« Sie schwang ihren Drehstuhl zu einem Regal mit Loseblatthandbüchern herum, zog eins heraus und blätterte darin.

Mrs. Solano blickte auf. »Ja, wir haben einen Code für Granulom-Infektionen der Eileiter.«

»Wunderbar«, sagte Marissa lächelnd. »Wenn es Ihnen nicht zu viel Mühe macht, hätten wir gern einen Ausdruck von den Fällen mit dieser Diagnose.«

»Macht überhaupt keine Mühe«, sagte Mrs. Solano.

Marissa und Wendy tauschten zufriedene Blicke aus.

»Kann ich Ihre Anforderungsgenehmigung sehen?« fragte Mrs. Solano.

»Wir dachten, das sei für Forschungszwecke nicht nötig«, sagte Wendy.

»Doch«, erklärte Mrs. Solano. »Eine Genehmigung ist immer erforderlich, ganz gleich zu welchem Zweck.«

»Na schön«, sagte Marissa. »Bei wem müssen wir uns die Genehmigung holen?«

»Es gibt nur eine Person, die sie erteilen kann«, sagte Mrs. Solano. »Und das ist Dr. Wingate, der Direktor der Klinik.«

Sie standen wieder vor den Fahrstühlen, und Marissa sagte kopfschüttelnd: »Verdammt, als sie sagte, sie könne die gewünschte Kategorie ausdrucken, dachte ich schon, wir wären am Ziel.«

»Ich auch«, sagte Wendy. »Aber jetzt glaube ich, daß dein Mann recht hatte. Wir werden Wingate wohl kaum dazu überreden können, uns die Genehmigung auszustellen.«

»So schnell lassen wir uns nicht einschüchtern«, sagte Marissa. Dann stiegen sie in den Fahrstuhl.

Dr. Wingates Büro lagen im ersten Stock. Er hatte ein Dienstzimmer als Direktor der Klinik und eins als Direktor der IVF-Station. Marissa und Wendy gingen in das erste und wurden von dort in das zweite geschickt. Hier sagte man ihnen, daß Dr. Wingate im Labor beschäftigt sei.

»Ich sage dem Doktor, daß Sie hier sind«, versprach die Vorzimmerdame.

Marissa und Wendy nahmen Platz. »Mal ganz schön, nicht zu einer Behandlung hier zu sein«, sagte Wendy im Flüsterton. Marissa lächelte zustimmend.

Etwa eine halbe Stunde später rief die Vorzimmerdame: »Dr. Wingate kann Sie jetzt empfangen!« Dann führte sie sie einen langen Flur entlang zur dritten Tür rechts.

Wendy klopfte an. Dr. Wingate rief: »Herein!«

Bei ihrem Eintreten erhob er sich von einem Labortisch mit einem Mikroskop darauf. Abgesehen von dem Schreibtisch und zwei Aktenschränken sah das Zimmer überhaupt eher nach einem Labor als nach einem Büro aus. »Na, so was!« sagte er. »Ich wußte ja gar nicht, daß Sie sich beide kennen.«

Wendy erklärte, daß sie sich während des Medizinstudiums angefreundet hätten.

»Was kann ich denn heute für die Damen tun?« Er bedeutete ihnen, Platz zu nehmen, blieb aber selber stehen. »Ich muß Ihnen allerdings sagen, daß ich gerade dabei bin, eine Befruchtung vorzunehmen. Deshalb habe ich nicht viel Zeit.«

»Es dauert auch nicht lange«, versicherte ihm Marissa. In kurzen Worten schilderte sie ihm rasch, wie Wendy und sie bei sich das gleiche Grundproblem entdeckt und überdies noch zwei gleichartige Fälle gefunden hatten. »Vier Fälle der seltenen Granulom-Infektion von Eileitern im Zusammenhang mit Tbc — das ist außergewöhnlich«, sagte sie. »Klar, daß wir das näher untersuchen wollen. Wir sehen darin ein Forschungsprojekt.«

»Aber wir brauchen dafür Ihre Genehmigung«, sagte Wendy. »Wir wollen prüfen, ob noch weitere Fälle aufgetreten sind.«

»Diese Genehmigung kann ich Ihnen nicht erteilen«, sagte Dr. Wingate. »Die Klinik ist auf dem Grundsatz strenger Vertraulichkeit aufgebaut. Daher kann ich Ihnen keinen Zugang zu den Akten von Patientinnen gewähren. Übrigens stammt diese Direktive von der Hauptverwaltung in San Francisco.«

»Aber die Sache kann Auswirkungen auf die öffentliche Gesundheit haben«, sagte Marissa. »Leicht möglich, daß diese Fälle auf eine klinische Neuheit hindeuten, wie es seinerzeit das toxische Schocksyndrom war.«

»Das sehe ich ein«, sagte Dr. Wingate. »Und ich danke Ihnen, daß Sie uns darauf aufmerksam machen. Wir werden der Sache bestimmt nachgehen. Sie verstehen sicherlich meine Situation.«

»Wir könnten ja mit den betreffenden Frauen sprechen, um ihr Einverständnis einzuholen«, sagte Wendy.

»Tut mir leid, meine Damen«, sagte Dr. Wingate mit beginnender Ungeduld. »Ich habe Ihnen die Vorschriften mitgeteilt. Sie haben sie zu beachten. Und ich muß jetzt an die Arbeit. Steht bei Ihnen beiden nicht in Kürze ein Termin zur Messung des Hormonspiegels an?«

Marissa und Wendy nickten. Marissa sagte: »Können Sie es sich wenigstens noch einmal überlegen und uns später Bescheid zukommen lassen?«

»Da gibt es für mich nichts mehr zu überlegen«, sagte Dr. Wingate. »Ich kann Ihnen unmöglich eine Genehmigung erteilen. Das ist endgültig. Wenn Sie mich jetzt entschuldigen wollen ...«

Vor den Fahrstühlen sahen sich die beiden Frauen ins Gesicht. »Sag mir jetzt nur nicht, daß Robert recht hatte!« warnte Marissa. »Sonst fange ich nämlich an zu schreien.«

Im Erdgeschoß blieben sie in der Nähe des Informationskiosks stehen. »Kennst du jemand von den Angestellten gut genug, um ihn zu bewegen, sich Zugang zum Computer zu verschaffen?« fragte Wendy.

»Leider nicht. Aber mir ist gerade eine andere Idee gekommen. Sie hilft uns zwar in dieser Sache nicht weiter, könnte aber einige offene Fragen über Rebecca Ziegler beantworten. Da es ein Selbstmord war, muß ihre Leiche an den amtlichen Leichenbeschauer gegangen sein, der eine Obduktion gemacht haben dürfte. Vielleicht hat man dabei auch die Eileiter untersucht.«

»Das ist einen Versuch wert«, sagte Wendy. »Laß uns ins städtische Leichenschauhaus fahren und sehen, was zu machen ist! Aber vorher muß ich bei mir im Büro anrufen und mich vergewissern, daß man mich im Augenblick nicht unbedingt braucht.«

»Ich rufe inzwischen den Leichenbeschauer an«, sagte Marissa.

Gemeinsam begaben sie sich zu einer Reihe öffentlicher Telefonstände. Wendy hatte ihren Anruf zuerst erledigt und wartete, bis Marissa eingehängt hatte.

»Ich habe noch Zeit«, sagte Wendy.

»Fein«, sagte Marissa. »Es war gut, daß ich den Leichenbeschauer angerufen habe. Es war ein Fall für ihn, aber man hat das Memorial mit der Obduktion beauftragt. Fahren wir also dorthin!«

Nach der Enttäuschung über ihren Mißerfolg in der Frauenklinik erwartete Marissa jetzt eine angenehme Überraschung. Sie erfuhr, daß die Obduktion an Rebecca Ziegler von ihrem Freund Ken Mueller vorgenommen worden war. Nun konnte sie darauf vertrauen, daß es keine Schwierigkeiten machen würde, an das Ergebnis heranzukommen.

Eine Sekretärin sagte Marissa: »Ken ist im Obduktionsraum. Er ging erst vor wenigen Minuten rein, und ich glaube nicht, daß er vor Ablauf einer Stunde wieder rauskommt.«

»In welchem Raum?« fragte Marissa.

»Raum drei«, sagte die Sekretärin.

»Können wir nicht auf ihn warten?« fragte Wendy, als sie durch die Pathologie zu den Obduktionsräumen gingen. Sie hatte nie Gefallen an Obduktionen gefunden. Wenn sie an einige ihrer einschlägigen Erfahrungen beim Medizinstudium dachte, wurde ihr bereits mulmig.

»Es ist besser, wenn wir die Gelegenheit ausnutzen, ihn sofort zu sprechen«, sagte Marissa. Gerade wollte sie den

Obduktionsraum betreten, als ihr Wendys blasses Gesicht auffiel. »Bist du auch okay?« fragte sie.

Wendy gestand ihr, daß Obduktionen nie ihre starke Seite gewesen seien.

»Dann wartest du hier draußen«, sagte Marissa. »Ich beeile mich. Bin auch nicht gerade scharf darauf.«

Als Marissa durch die Tür trat, schlug ihr sofort ein bedrückender Gestank entgegen. Mit einem Blick überflog sie den Raum und blieb auf zwei Gestalten in Kitteln und mit Handschuhen haften, die obendrein Schutzmasken trugen. Zwischen den beiden Männern lag auf einem Tisch aus rostfreiem Stahl die blasse nackte Leiche eines jungen Mannes.

»Ken?« rief Marissa schüchtern. Beide Männer blickten auf. Sie waren gerade dabei, die inneren Organe herauszuschneiden.

»Marissa!« antwortete Ken durch die Maske. »Wie geht es dir? Komm her! Ich mache dich mit dem schlechtesten Jungassistenten bekannt, der je im Memorial Dienst getan hat.«

»Vielen Dank für die Blumen«, sagte Greg.

Marissa ging bis an den Fuß des Obduktionstischs. Nun stellte Ken ihr Greg förmlich vor. Statt ihn weiter zum Spaß schlechtzumachen, lobte er ihn nun in den höchsten Tönen. Greg winkte Marissa mit dem Skalpell zu.

»Interessanter Fall?« fragte Marissa, um ein Gespräch in Gang zu bringen.

»Hier gibt es nur interessante Fälle«, sagte Ken. »Wenn ich anderer Ansicht wäre, hätte ich mich zur Dermatologie versetzen lassen. Ist das ein Höflichkeitsbesuch?«

»Sicherlich nicht«, sagte Marissa. »Ich habe erfahren, daß du die Obduktion an einer Frau namens Rebecca Ziegler vorgenommen hast.«

»War das die Frau, die nicht fliegen konnte?« fragte Ken.

»Verschone mich mit deinen Pathologie-Witzen!« sagte Marissa. »Ja, es war die Frau, die aus dem fünften Stockwerk gesprungen ist.«

»Die Obduktion habe ich durchgeführt«, sagte Greg. »Ken hat nur zugesehen.«

»Es war ein interessanter Fall...«, sagte Ken.

»Eben hast du noch gesagt, daß es hier nur interessante Fälle gibt«, unterbrach ihn Greg.

»Schon gut, du Schlaumeier«, sagte Ken zu Greg. Und dann zu Marissa: »Es war ein besonders interessanter Fall. Die Frau hatte einen Aortariß.«

»Habt ihr einen Blick auf die Eileiter geworfen?« fragte Marissa, die an den schweren Verletzungen nicht interessiert war.

»Ich habe alles untersucht«, sagte Greg. »Was möchten Sie wissen?«

»Habt ihr sie euch auch unter dem Mikroskop angesehen?« fragte Marissa.

»Selbstverständlich«, sagte Greg. »Beide Eileiter waren durch Granulationsgeschwüre zerstört. Ich habe noch einige Objektträger mit Gewebeproben weggeschickt, damit man Abstriche vornimmt. Aber als ich mich das letztemal danach erkundigt habe, waren sie noch nicht wieder da.«

»Wenn du wissen willst, ob sie so aussahen wie die, die du mir vor einigen Monaten gezeigt hast — lautet die Antwortet ja«, sagte Ken. »Ganz genauso. Wir haben ihre Eileiterschädigung auf eine alte Tbc-Infektion zurückgeführt. Aber das war natürlich nur ein zufälliger Nebenumstand, der nichts mit der Todesursache zu tun hatte.«

»Erzählst du ihr auch von der anderen Sache?« fragte ihn Greg.

»Von welcher anderen Sache?« fragte Marissa.

»Da ist etwas, worüber Greg und ich uns die Köpfe zerbrochen haben«, sagte Ken. »Ich weiß nicht, ob wir es dir sagen sollen.«

»Wovon redest du eigentlich?« bohrte Marissa weiter. »Warum kannst du es mir nicht sagen? Komm schon, jetzt hast du mich neugierig gemacht.«

»Wir sind uns selber noch nicht schlüssig geworden«, sagte Greg. »Es sind zwei Dinge, die uns stutzig machten.«

»Na los, sagt es schon!« drängte Marissa.

»Ja, aber du darfst zu keinem Menschen darüber sprechen«, sagte Ken. »Ich muß eventuell mit dem Leichenbeschauer darüber diskutieren und möchte nicht, daß er es vorher von anderer Seite erfährt.«

»Heraus damit!« verlangte Marissa. »Auf mich kannst du dich verlassen.«

»Allgemein wird angenommen, in der Pathologie ginge alles nach festen Regeln zu«, sagte Ken ausweichend. »Du weißt schon, da würde das letzte Wort über einen Fall gesprochen, das endgültige Ergebnis gefunden. Aber so ist das nicht. Jedenfalls nicht immer. Es kommt vor, daß dir deine Intuition etwas sagt, für das du keine eindeutigen Belege vorweisen kannst.«

»Um Himmels willen, sag's ihr doch!« drängte nun auch Greg.

»Na gut«, sagte Ken. »Uns ist aufgefallen, daß Rebecca Ziegler in einer Armvene einen frischen Einstich aufwies.«

»Ach, du meine Güte!« rief Marissa enttäuscht. »Die Frau wartete doch auf künstliche Befruchtung. Sie bekam die ganze Zeit über Hormonspritzen, und es wurden bei ihr Blutuntersuchungen durchgeführt. Ist das alles? Machst du darum so ein großes Gewese? Ich bitte dich!«

»Das ist nur ein Teil«, sagte Ken achselzuckend. »Wenn es weiter nichts gäbe, hätten wir uns nicht darum gekümmert. Wir wissen ja, daß sie in den letzten Monaten häufig

Injektionen erhalten hat. Die Spuren waren überall an der Leiche noch sichtbar. Aber dieser Einstich sah so aus, als sei er erst kurz vor ihrem Tod erfolgt. Das machte uns mißtrauisch. Also beschlossen wir, die toxikologische Untersuchung auch auf andere Medikamente als die üblichen Hormone auszudehnen. Als Pathologe ist man verpflichtet, mißtrauisch zu sein.«

»Und ihr habt etwas gefunden?« fragte Marissa entsetzt.

»Nichts«, sagte Ken. »Toxikologisch war sie sauber. Wir haben noch ein paar Tricks ausprobiert, aber bisher nichts gefunden.«

»Soll das vielleicht ein Witz sein?« fragte Marissa.

»Kein Witz«, sagte Ken. »Das Rätsel hat noch eine andere Seite. In der Brusthöhle befanden sich nur wenige hundert Kubikzentiliter Blut.«

»Was bedeutet das?«

»Nach einem Aortariß findet man normalerweise eine Menge Blut in der Brust«, sagte Ken. »Etwas mehr als nur ein paar hundert Kubikzentiliter. Möglich ist es schon, daß es so wenig ist, aber nicht wahrscheinlich. Wenn wir also nur wenige hundert Kubikzentiliter gefunden haben, dann ist das kein Beweis, sondern nur ein Hinweis.«

»Worauf?« fragte Marissa.

»Daß sie schon tot war, als sie hinabstürzte«, sagte Ken.

Marissa war wie vor den Kopf geschlagen. Eine Zeitlang konnte sie kein Wort hervorbringen. Die Folgerungen waren erschreckend.

»Jetzt wirst du unser Problem verstehen«, sagte Ken. »Um so etwas offiziell bekanntzugeben, müßten wir weitere Beweise haben. Wir müssen erklären können, wodurch der Tod vor dem Sturz eingetreten sei. Leider haben wir weder mit bloßem Auge noch unter dem Mikroskop etwas finden können. Besonders sorgfältig haben wir das Gehirn untersucht. Auch hier Fehlanzeige. Unsere einzige

Chance liegt bei der Toxikologie, und da haben wir bisher nur eine dicke Niete gezogen.«

»Und wenn der Tod während des Fallens eingetreten ist?« deutete Marissa an. »Vor Schreck oder so was?«

»Komm, Marissa, bleibe ernst!« sagte Ken mit einer abwehrenden Handbewegung. »Das passiert nur im Kino. Wenn sie tot war, bevor sie auf dem Boden aufprallte, dann war sie auch schon tot, bevor sie fiel. Das bedeutet natürlich, daß man sie aus dem Gebäude gestoßen hat.«

»Vielleicht hatte sie ihre Rechnung nicht bezahlt«, sagte Greg zum Spaß. »Aber bei allem gebührenden Respekt, wir müssen uns jetzt wieder unserem augenblicklichen Fall zuwenden, sonst ist die Leiche vorher verwest.«

»Wenn du willst, rufe ich dich an, falls wir noch etwas entdecken«, sagte Ken.

»Bitte, tu das!« antwortete Marissa. Wie betäubt strebte sie zur Tür.

Sie blieb jedoch noch einmal stehen, als Ken ihr nachrief: »Aber denk dran, Marissa, keinen Mucks über die Sache! Du darfst keinem etwas sagen.«

»Keine Sorge«, rief Marissa über die Schulter zurück. »Bei mir ist dein Geheimnis sicher.« Aber Wendy würde sie es natürlich erzählen.

An der Tür blieb Marissa erneut stehen, drehte sich um und rief Ken zu: »Hast du ihr Krankenblatt?«

»Nein«, sagte Ken. »Nur das bißchen, was sie in unserer Notaufnahme notiert haben. Das war nicht viel.«

»Aber das Rechnungsbüro wird doch noch etwas haben«, sagte Marissa, »wegen der Kostenfeststellung.«

»Sicher«, sagte Ken.

»Du weißt wohl nicht zufällig, ob sie auch ihre Sozialversicherungsnummer haben?« fragte Marissa.

»Da fragst du mich zuviel«, sagte Ken. »Aber wenn du einen Blick darauf werfen willst, die Notizen liegen auf meinem Schreibtisch.«

Marissa zog die Tür auf und verließ den Obduktionsraum.

»Nach meinem Gefühl ist das Phantasterei«, sagte Wendy und rührte die Eiswürfel in ihrem Mineralwasser um. »Der Gedanke, Rebecca Ziegler wäre ermordet und dann aus dem Fenster geworfen worden, ist absurd. So kann es nicht gewesen sein. Die zu erwartende Blutmenge in der Brusthöhle nach einem Aortariß läßt sich an einer birnenförmigen Kurve ablesen. Rebecca Ziegler war zu dem Zeitpunkt eben gerade am unteren Ende der Kurve. Das muß die Erklärung sein.«

Wendy hatte es sich in Marissas Arbeitszimmer in einer Couchecke gemütlich gemacht. Taffy II saß auf dem Fußboden und hoffte auf noch einen Goldfisch-Cocktailcracker. Marissa saß am Schreibtisch.

Sie warteten auf Gustave. Er hatte nachmittags Notdienst in der Chirurgie gehabt, mußte aber jetzt jeden Augenblick eintreffen. Auf Wendys Drängen hatten die Frauen beschlossen, sich abends mit ihren Ehepartnern zu einem improvisierten Pizza-Essen zu treffen. Sie wollten, daß die Männer sich kennenlernten, in der Hoffnung, daß die beiden sich dann doch noch entscheiden würden, eins der Resolve-Treffen zu besuchen. Wendy hätte das für überaus nützlich gehalten. Marissa war sich da nicht so sicher.

»Wenigstens habe ich den Notizen ihre Sozialversicherungsnummer entnehmen können«, sagte Marissa. »Jetzt müssen wir nur noch zusehen, wie wir an die Unterlagen in der Frauenklinik herankommen. Dann können wir nachsehen, was Rebecca dort an ihrem letzten Lebenstag gelesen hat. Das heißt, falls sie überhaupt etwas gelesen hat.«

»Jetzt geht schon wieder deine Phantasie mit dir durch«, sagte Wendy. »Du denkst also, sie hätten sie nach oben geschafft, sie dort abgemurkst und aus dem Fenster geworfen? Also wirklich, das ist so weit hergeholt, daß es sich nicht lohnt, es überhaupt in Betracht zu ziehen.«

»Wenn schon«, sagte Marissa. »Lassen wir es vorerst dahingestellt sein. Jedenfalls haben wir herausgefunden, daß sie die gleiche Eileiterinfektion hatte wie wir. Das steht nun fest.«

Plötzlich begann Marissa in ihren Papieren herumzufummeln. Sie suchte die Telefonnummern von Marcia Lyons und Catherine Zolk.

Nacheinander rief sie die beiden an und erfuhr, was sie intuitiv schon geahnt hatte: beide Frauen sagten ihr, daß ihre Internisten davon gesprochen hätten, sie sollten Isoniazid einnehmen. Die Ärzte hätten sich wegen einer möglichen Tbc besorgt gezeigt.

Marissa legte den Hörer auf und sagte: »Jetzt haben wir fünf einwandfreie Fälle. Dieser verdammte Wingate mit seiner Vertraulichkeit! Aus fünf Fällen können wir noch keine statistischen Folgerungen ableiten. Wir müssen feststellen, ob es noch mehr Fälle gibt.«

»Fairerweise müssen wir aber zugeben, daß Wingate nur Anordnungen von höherer Ebene befolgt«, sagte Wendy. »Vielleicht hat er schon selber Ermittlungen aufgenommen.«

»Hoffentlich«, sagte Marissa. »Inzwischen müssen wir in unseren eigenen Krankenhäusern nach weiteren Fällen fahnden. Du im General und ich im Memorial.«

Als die Türglocke ertönte, machte Taffy II einen Satz und bellte wie verrückt. Wendy setzte die Füße auf den Boden. »Das muß Gustave sein«, sagte sie und reckte sich. Dann schaute sie auf die Armbanduhr. Es war fast neun Uhr abends.

Gustaves Figur beeindruckte Marissa. Wie ein Riese ragte er über ihren 1,52 m auf. Er war 1,93 m groß, ein kantig gebauter Mann mit sehr blonden, gelockten Haaren. Seine Augen waren von einem sanften Pastellblau.

Gustave wurde Marissa und Robert, der auf das Läuten hin sein Arbeitszimmer verlassen hatte, vorgestellt und entschuldigte sich für sein spätes Kommen. »Wir mußten vor der Operation einige Zeit auf die Anästhesie warten«, sagte er.

»Macht überhaupt nichts«, versicherte ihm Marissa. Sie trug Robert auf, sich zu erkundigen, was Gustave trinken wolle. Dann bestellten Wendy und sie die Pizzas.

Als die Pizzas eintrafen, versammelten sie sich alle um den Tisch in der Eßecke der Küche. Die Männer tranken Bier. Erfreut, doch ein wenig überrascht nahm Marissa wahr, daß Robert sich in Gustaves Gesellschaft wohl zu fühlen schien. Im allgemeinen kam er mit Ärzten nicht gut aus.

Als die Unterhaltung einmal ins Stocken geriet, sagte Robert: »Wir haben noch gar nichts von eurem Besuch in der Frauenklinik gehört.«

Marissa warf Wendy einen Blick zu. Sie scheute sich vor einer Diskussion über den Besuch, weil sie dann bestimmt von Robert zu hören bekommen würde: »Ich hab's euch ja gleich gesagt.«

»Na los!« drängte Robert. »Wie ist es abgelaufen?« Zu Gustave gewandt, erklärte er, daß die Frauen versucht hatten, Zugang zu dem Computer der Klinik zu erlangen.

»Wir haben gefragt, und man hat nein gesagt«, gestand Wendy.

»Das überrascht mich nicht«, sagte Robert. »Waren sie über die Bitte ungehalten?«

»Keineswegs«, sagte Wendy. »Wir mußten zu dem Direktor der Klinik gehen. Das ist der Arzt, der auch die IVF-Station leitet. Er sagte uns, es sei eine Anordnung der Hauptverwaltung in San Francisco.«

»Die ich für kurzsichtig halte«, mischte sich jetzt Marissa ein. »Der Besuch in der Klinik ist also ergebnislos verlaufen. Dafür haben wir aber erfahren, daß es fünf Fälle gibt. Fünf Fälle einer seltenen Krankheit in einem eng begrenzten Gebiet. So etwas verlangt nach einer Untersuchung.«

»Fünf Fälle?« fragte Gustave. »Was für fünf Fälle?«

Rasch klärte Wendy ihren Mann über den Sachverhalt auf, wobei sie darauf hinwies, daß auch ihre eigene Tbc-Infektion der Eileiter dazugehöre.

»Also sind wir in die Klinik gefahren, um zu sehen, ob es noch mehr Fälle gibt«, sagte Marissa. »Sie haben uns aber die Einsicht in die Krankenakten aus Gründen der Vertraulichkeit verweigert.«

Robert wandte sich an Gustave: »Wenn Sie der Leiter einer Klinik wären, würden Sie zwei Leuten, die von der Straße hereinkommen, Einblick in Ihre Krankenakten gewähren?«

»Auf keinen Fall«, sagte Gustave.

»Das habe ich den Damen gestern abend erklären wollen«, sagte Robert. »Die Klinik handelt vom moralischen und rechtlichen Standpunkt aus durchaus vernünftig. Es hätte mich erschreckt, wenn sie irgendeine Information herausgegeben hätten.«

»Wir sind aber keine ›Leute von der Straße‹«, sagte Wendy hitzig. »Wir sind sowohl Ärztinnen wie Patientinnen.«

»Da ihr selber aber zwei der fünf Fälle in eurer Serie darstellt«, sagte Gustave, »kann man kaum euch als objektiv bezeichnen. Besonders bei den vielen Hormonspritzen, die ihr schon bekommen habt.«

»Darauf sage ich Prost«, rief Robert und hob sein Glas.

Wendy und Marissa tauschten verzweifelte Blicke.

Robert wischte sich den Mund mit dem Handrücken ab und wandte sich wieder an Marissa. »Fünf Fälle? Gestern abend hast du nur von vier gesprochen.«

»Rebecca Ziegler hatte die gleiche Infektion«, antwortete Marissa.

»Im Ernst?« sagte Robert. Zu Gustave sagte er: »Das war die Frau, die in der Frauenklinik Selbstmord beging. Sie bekam im Wartezimmer einen Tobsuchtsanfall, gerade als Marissa und ich hereinkamen. Und am selben Tag ist sie dann runtergesprungen. Ich habe noch versucht, sie zurückzuhalten, aber sie schlug wütend auf mich ein.«

»Wendy hat mir von ihr erzählt«, sagte Gustave. »Sie haben versucht, sie vom Sprung zurückzuhalten?«

»Nein, so dramatisch war es nicht«, sagte Robert. »Es geschah, als sie eine Aufnahmeschwester angreifen wollte, die sie offenbar nicht an ihre eigenen Krankenunterlagen heranlassen wollte. Runtergesprungen ist sie erst später. Und zwar aus dem obersten Stockwerk, nicht aus dem Wartezimmer.«

Gustave nickte. »Ein tragischer Fall«, sagte er.

Ohne zu überlegen, platzte Marissa heraus: »Womöglich war er noch tragischer, als ihr denkt. Wendy und ich haben heute noch etwas erfahren. Es kann sein, daß Rebecca Ziegler gar nicht Selbstmord begangen hat, sondern ermordet wurde. Das sind die moralisch und rechtlich vernünftigen Grundsätze, nach denen die Frauenklinik geleitet wird!«

Kaum hatte Marissa von dieser erschreckenden Möglichkeit gesprochen, da bereute sie auch schon ihre unbedachten Worte. Es gab verschiedene Gründe zum Schweigen, darunter vor allem ihr Versprechen an Ken. Sie versuchte das Gespräch wieder auf die Tbc-Infektion zu bringen.

Doch Robert ließ es nicht zu. »Das mußt du uns genauer erklären«, forderte er.

Marissa sah ihren Fehler ein, hatte nun aber keine andere Wahl, als die ganze Geschichte auszuplaudern. Als sie fertig war, lehnte sich Robert zurück und sah Gustave an. »Sie sind Arzt«, sagte er. »Was halten Sie von der Geschichte, die Sie eben gehört haben?«

»Keine beweiskräftigen Indizien«, sagte Gustave. »Ich persönlich glaube, daß die beiden Pathologen ihrer Phantasie die Zügel schießen ließen. Sie gaben ja selber zu, daß sie keine konkreten Beweise hätten. Was sie haben, ist ein Aortariß, der unbedingt tödlich ist. Wahrscheinlich geschah der Aufschlag im Stadium einer Diastole. Das heißt, das Herz hatte sich gerade mit Blut gefüllt, als es plötzlich aufhörte zu schlagen. Die einzige Blutung kam aus dem Rückfluß, also von dem Blut, das sich noch in der Schlagader befand.«

»Klingt für mich einleuchtend«, sagte Robert.

»Wahrscheinlich hat Gustave recht«, sagte Marissa. Sie war froh, von dem Thema wegzukommen, und wollte nun auch nicht mehr die Frage aufwerfen, die sie beschäftigte. Dabei ging es darum, daß Rebecca im Wartezimmer nicht den Eindruck gemacht hatte, unter Depressionen zu leiden.

»Dessenungeachtet«, fuhr Marissa fort, »hat uns Rebeccas Tod nur noch neugieriger gemacht. Ich möchte zu gern an den Computer in der Frauenklinik herankommen und lesen, was in Rebeccas Unterlagen steht. Denn was sie da gelesen hat, muß ihren Tod mit herbeigeführt haben.«

»Vielleicht finden wir in der Technischen Hochschule einen cleveren jugendlichen Hacker«, sagte Wendy. »Es wäre ein klassischer Streich, wenn wir von außen her an die Akten gelangten.«

»Das wäre wirklich phantastisch«, stimmte ihr Marissa zu. »Aber für uns beide wäre es praktischer, uns abends einzuschleichen und dann eins der Terminals zu benutzen. Mit ein wenig Einfallskraft könnte das jemand vom Memorial aus in Gang setzen.«

»Halt, halt!« rief Robert. »Jetzt begebt ihr euch aber eindeutig auf die schiefe Bahn. Unberechtigte Benutzung eines privaten Computers gilt in Massachusetts als schwerer Diebstahl. Wenn ihr so etwas Verrücktes anstellt, begeht ihr ein Verbrechen.«

Marissa verdrehte die Augen.

»Das ist kein Spaß«, sagte Robert. »Ich weiß, woran ihr denkt.«

»Zufälligerweise«, sagte Marissa, »sind Wendy und ich der Meinung, daß diese Tbc-Infektionen außerordentlich auffallend sind. Wir meinen, daß man diese Sache verfolgen muß. Offenbar sind wir die einzigen, die dazu bereit sind. Manchmal muß man eben ein Risiko auf sich nehmen.«

Gustave räusperte sich. »Es tut mir leid, aber in diesem Fall stimme ich mit Robert überein. Ihr könnt doch nicht ernsthaft beabsichtigen, in das Archiv der Klinik einzudringen! Was immer eure Motive sind, ein Verbrechen bleibt es doch.«

»Das ist ja das Problem«, sagte Marissa. »Es geht darum, was Vorrang hat. Ihr Männer wollt nicht einsehen, welche Bedeutung diese Frage hat. Wenn wir ihr auf den Grund gehen, dann handeln wir verantwortungsbewußt, nicht umgekehrt.«

»Wir wollen lieber das Thema wechseln«, schlug Wendy vor.

»Ich meine«, sagte Gustave, »wir sollten es erst klären, bevor ihr Frauen euch in ernstliche Schwierigkeiten begebt.«

»Sei ruhig, Gustave!« fuhr ihm Wendy über den Mund.

»Diese fünf Fälle sind vermutlich nur die Spitze des Eisbergs«, fuhr Marissa fort. »Wie gesagt, mich erinnern sie an die Entdeckung des toxischen Schocksyndroms.«

»Der Vergleich hinkt«, sagte Robert. »Hier ist ja niemand gestorben.«

»Ach ja?« sagte Marissa herausfordernd. »Und was ist mit Rebecca Ziegler?«

7

30. März 1990

8.15 Uhr vormittags

Robert öffnete die mahagonigetäfelte Tür zu seinem Privatbüro im alten Rathaus und trat ein. Dann warf er die Brieftasche auf die Couch und ging ans Fenster. Kleine Wasserbäche flossen über die Scheiben und behinderten den Blick auf die School Street. Noch nie hatte er in Boston einen so verregneten März erlebt.

Hinter sich hörte er, wie seine Sekretärin Donna ins Zimmer kam, um ihm wie immer den Morgenkaffee und den üblichen Stapel von telefonischen Mitteilungen zu bringen.

»Das ist vielleicht ein Wetter!« sagte Donna. Sie sprach mit starkem Boston-Dialekt.

Robert drehte sich um. Donna hatte links von seinem Schreibtisch Platz genommen und sah wie jeden Morgen die Telefonmitteilungen durch. Robert betrachtete sie. Sie war ein großes Mädchen, ungefähr 1,77 m. In ihren hochhackigen Schuhen war sie praktisch genauso groß wie er. Sie hatte sich die Haare blond gefärbt. Deutlich waren die dunklen Haarwurzeln zu sehen. Sie besaß ein rundliches, aber nicht unangenehmes Gesicht, und ihre Figur verriet das tägliche Aerobic-Training. Sie war eine großartige Sekretärin, ehrlich, arbeitswillig und zuverlässig. Ihre Bedürfnisse waren einfacher Natur, und einen Augenblick fragte sich Robert, warum er nicht eine Frau wie Donna geheiratet hatte. Das hätte ihm das Leben bedeutend einfacher gemacht.

»Möchten Sie Zucker zum Kaffee?« fragte sie freundlich, und wieder klang ihr Dialekt deutlich hervor.

»Nein«, sagte Robert scharf. »Ich will überhaupt keinen Kaffee.«

Donna sah von ihren Notizzetteln auf. »Wir sind heute morgen wohl ein bißchen gereizt, wie?« sagte sie.

Robert fuhr sich über die Augen, kam auf sie zu und nahm hinter dem Schreibtisch Platz. »Entschuldigen Sie«, sagte er zu Donna, »aber meine Frau treibt mich noch zum Wahnsinn.«

»Ist es wegen ihrer Unfruchtbarkeit?« fragte Donna schüchtern.

Robert nickte. »Sie hat sich völlig verändert. Angefangen hat es ungefähr zu der Zeit, da wir uns darüber klar geworden sind, daß wir ein Problem haben. Und jetzt ist sie durch dieses ganze Geschwätz über In-Vitro-Fertilisation und durch die vielen Hormonspritzen außer Rand und Band geraten.«

»Das tut mir aber leid«, sagte Donna.

»Was die Sache noch schlimmer macht«, fuhr Robert fort, »ist dies: sie hat eine alte Studienfreundin wiedergetroffen, die in der gleichen Lage ist und sich genauso unvernünftig benimmt. Sie scheinen sich gegenseitig hochzuschaukeln. Jetzt haben sie sogar damit gedroht, in eine Klinik einzubrechen, um an die Patientenakten zu kommen. Bei ihrem augenblicklichen Gemütszustand muß ich ihre Drohung leider ernst nehmen. Aber was kann ich denn tun? Und als wäre das noch nicht genug, hat diese Klinik Wachmänner, die mit Colt Pythons bewaffnet sind. Ich mache mir wirklich Sorgen um sie.«

Mit weit aufgerissenen Augen fragte Donna: »Die haben Schlangen in der Klinik?«

»Nein, nicht Schlangen. Ein Colt Python ist ein Revolver, der ein schwarzes Nashorn zur Strecke bringen kann.«

»Da kann ich Ihnen einen Rat geben«, sagte Donna. »Wenn Sie sich wirklich Sorgen darum machen, daß Marissa etwas anstellen könnte, sollten Sie für ein paar Tage einen Privatdetektiv engagieren. Der kann sie vor Schwierigkeiten bewahren, falls sie wirklich auf so was aus ist. Zufälligerweise kenne ich einen, der sehr gut ist. Er hat mal für mich meinen früheren Mann beschattet. Der Penner hatte gleichzeitig ein Verhältnis mit zwei Frauen.«

»Wie heißt der Detektiv?« fragte Robert. Er war selber nicht darauf gekommen, Marissa beschatten zu lassen, fand die Idee aber nicht schlecht.

»Paul Abrums«, sagte Donna. »Er ist der beste, den's gibt. Er hat sogar Fotos von meinem Exmann gemacht, wie er mit beiden Frauen im Bett lag. Natürlich nicht mit beiden zusammen, so einer war mein Mann nicht. Und Paul ist auch nicht sehr teuer.«

»Wie kann ich mich mit ihm in Verbindung setzen?« fragte Robert.

»Ich habe seine Telefonnummer«, sagte Donna. »Sie ist in meiner Handtasche, im Adreßbuch. Ich hole sie gleich.«

Durch das Otoskop* versuchte Marissa das Trommelfell eines Säuglings zu betrachten. Doch das Kind wälzte sich auf dem Untersuchungstisch unentwegt hin und her. Die Mutter bemühte sich, es festzuhalten, stellte sich aber entsetzlich ungeschickt an. Verärgert gab Marissa auf.

»Ich kann nichts sehen«, sagte Marissa. »Können Sie denn das Kind nicht richtig halten, Mrs. Bartlett? Sie ist ja erst acht Monate alt. Da kann sie doch nicht so stark sein.«

»Ich versuche es ja«, sagte die Mutter.

»Nur versuchen genügt nicht«, sagte Marissa, machte die

* Ohrenspiegel

Tür des Untersuchungszimmers auf und rief nach einer Krankenschwester.

»Ich schicke Ihnen gleich eine, sobald jemand frei ist!« schrie Muriel Samuelson, die Oberschwester, zurück.

»Auch das noch!« murmelte Marissa. Die Arbeit trieb sie zur Verzweiflung. Alles war auf einmal anstrengend für sie, und sie konnte sich nur schwer konzentrieren. Ständig mußte sie an den Schwangerschaftstest denken, der gleich nach dem Wochenende angesetzt war.

Marissa verließ das Zimmer, um von dem schreienden Säugling wegzukommen, und massierte sich den Nacken. Wenn sie jetzt schon so nervös war, wie sollte es dann erst am Montag werden, wenn sie auf das Testergebnis wartete?

Außerdem beschäftigte sie noch ein anderes Thema. Was sollten Wendy und sie im Hinblick auf die Frauenklinik unternehmen? Sie mußten an die Akten herankommen. Heute morgen war sie ins Archiv im Memorial gegangen und hatte eine der dort beschäftigten Frauen damit beauftragt, nach Fällen von beschädigten Eileitern durch Granulationsgeschwülste zu suchen. Das war kein Problem gewesen. Wenn doch nur die Frauenklinik ebenso zur Zusammenarbeit bereit wäre!

Über das Geschrei des Babys hinweg hörte sie Muriel rufen: »Dr. Blumenthal, ein Anruf für Sie auf Apparat drei!«

»Was denn nun noch?« flüsterte Marissa vor sich hin. Dann ging sie in ein unbesetztes Untersuchungszimmer und nahm den Hörer des Nebenanschlusses ab. »Ja?« sagte sie kurz, in der Erwartung, Mindy Valdanus hätte angerufen.

»Dr. Blumenthal?« fragte eine fremde Frauenstimme. Es war die Vermittlung.

»Ja«, wiederholte Marissa.

»Sprechen Sie jetzt!« sagte die Vermittlung.

»Du hörst dich abgehetzt an«, sagte Dubchek.

»Cyrill!« rief Marissa. »Das ist mal eine angenehme Überraschung an einem schlechten Tag. Hier geht es zu wie im Zoo!«

»Kannst du jetzt sprechen, oder soll ich noch einmal zurückrufen?« erkundigte sich Dubchek.

»Ich kann sprechen«, sagte Marissa. »Tatsächlich stehe ich gerade herum und warte auf eine Schwester, um ein Kind mit einer Ohreninfektion untersuchen zu können. Also hast du mich gerade zu einem günstigen Zeitpunkt erreicht. Was ist?«

»Ich rufe mit einiger Verspätung wegen der Fragen an, die du mir über die Eileiterblockierung durch Tbc gestellt hast«, sagte Dubchek. »Nun, ich habe dazu interessante Neuigkeiten. Es sind in gewissen Abständen immer mal wieder Berichte über solche Erkrankungen aufgetaucht. Sie kamen aus dem ganzen Land, aber hauptsächlich von der West- und der Ostküste.«

»Tatsächlich?« rief Marissa erstaunt. »Hat jemand Kulturen anlegen können?«

»Nein«, sagte Dubchek. »Aber das ist nichts Ungewöhnliches. Sicherlich weißt du, wie schwer es ist, bei Tbc Kulturen anzulegen. Soviel ich weiß, hat in der Tat in allen diesen Fällen niemand einen echten Organismus entdeckt.«

»Na, das ist aber merkwürdig«, sagte Marissa.

»Ja und nein«, sagte Dubchek. »Es ist häufig schwer, bei tuberkulösen Granulomen den Tbc-Erreger zu finden. Das haben mir wenigstens die Kollegen aus der Bakteriologie gesagt. Also solltest du daraus keine weitergehenden Schlüsse ziehen. Wichtiger ist, daß es, vom epidemiologischen Gesichtspunkt aus, keine Ballungsgebiete gibt. Die Fälle sind offenbar weit verstreut und ohne Beziehung zueinander.«

»Ich habe jetzt schon fünf Fälle hier in Boston«, sagte Marissa.

»Dann steht Boston an der Spitze«, sagte Dubchek. »San Francisco ist mit vier Fällen Zweiter. Aber wirklich auf den Grund gegangen ist der Sache noch niemand. Man hat nicht weiter nachgeforscht. Also kann man sich bei diesen Fällen nur auf Zufallsberichte stützen. Wenn jemand sich dahinterklemmt, wird er wahrscheinlich mehr herausfinden. Ich habe jetzt hier im Center ein paar Leute darangesetzt. Wenn sich irgend etwas Interessantes ergibt, melde ich mich wieder bei dir.«

»Die fünf Fälle, auf die ich gestoßen bin, stammen alle aus einer einzigen Klinik«, sagte Marissa. »Heute morgen habe ich im Memorial angefangen, nach weiteren suchen zu lassen. Aber vor allem hätte ich gern Zugang zu den Krankenakten der Frauenklinik. Leider haben sie mir den verweigert. Könnte mir CDC da nicht helfen?«

»Ich wüßte nicht, wie«, sagte Dubchek. »Dazu wäre eine gerichtliche Verfügung erforderlich. Und bei dem wenigen Material und der geringen Gefahr für die Allgemeinheit bezweifle ich stark, daß ein Richter sie erlassen würde.«

»Gib mir Bescheid, wenn du etwas Neues erfährst!« sagte Marissa.

»Mach ich.«

Marissa legte den Hörer auf und lehnte sich an die Wand. Daß Berichte über tuberkulöse Granulationsgeschwüre in den Eileitern aus dem ganzen Lande eingetroffen waren, stachelte ihre Neugier mehr als alles andere an. Dafür mußte es eine interessante epidemiologische Erklärung geben. Und durch eine Laune des Zufalls litt sie nicht nur selber an dieser Krankheit, sondern befand sich damit auch im größten Ballungsgebiet. Sie mußte an die Akten der Klinik herankommen. Sie mußte weitere Fälle aufspüren, wenn es denn welche gab.

Muriel kam ins Zimmer. »Dr. Blumenthal«, sagte sie, »ich

habe im Augenblick niemand zur Verfügung, der ihnen helfen könnte. Aber ich kann selber einspringen.«

»Wunderbar«, sagte Marissa. »Gehen wir hinüber!«

Die Glasschiebetür öffnete sich automatisch, als Marissa in den Vorraum der Stationen für Augen- und Hals-, Nasen- und Ohrenkrankheiten im General Hospital strebte. Trotz des kühlen Wetters an diesem Spätnachmittag hatte sie nur ihren dünnen Ärztekittel an. Nach rascher Erkundigung am Informationskiosk steuerte sie direkt die Notaufnahme an. Dort fragte sie an der Rezeption nach Dr. Wilson.

»Sie ist da hinten«, sagte die Sekretärin und zeigte auf zwei Schwingtüren, die geöffnet waren.

Marissa setzte ihre Suche fort. Hinter den offenen Schwingtüren lagen mehrere Sprechzimmer, jede mit dem für Augenerkrankungen typischen Friseurstuhl und der daran befestigten Schlitzlampe. Im ersten Zimmer, an dem Marissa vorbeikam, saß einsam ein Patient. Im zweiten Zimmer war das Licht ausgeschaltet, und zwei Gestalten beugten sich über einen liegenden Patienten. Nachdem ihre Augen sich an die Dunkelheit gewöhnt hatten, erkannte Marissa in der einen Gestalt Wendy.

Sie leistete gerade einem Jungassistenten Hilfestellung bei einer Spezialuntersuchung. »Jetzt vorsichtig andrücken«, sagte sie, »und genau die Stelle betrachten! Dann müßten Sie die Träne an der Peripherie der Netzhaut erkennen.«

»Ich sehe sie!« rief der Assistent.

»Gut«, sagte Wendy. Dann erblickte sie Marissa, winkte ihr zu und sagte zu dem Assistenten: »Schreiben Sie es auf, und rufen sie den Oberassistenten!«

Danach kam Wendy aus dem verdunkelten Zimmer. Das fluoreszierende Licht im Hauptraum der Notaufnahme ließ sie blinzeln. »Das ist aber eine Überraschung«, sagte sie. »Was gibt es?«

»Ich habe einen sehr interessanten Anruf vom CDC bekommen«, sagte Marissa. Dann senkte sie die Stimme: »Wo können wir uns ungestört unterhalten?«

Wendy überlegte einen Moment, zog Marissa dann um den hinteren Teil der Notaufnahme in ein leeres Laserzimmer und schloß hinter ihnen die schwere Tür. »Du siehst aus, als führtest du etwas im Schilde. Was liegt vor?«

»Du wirst es nicht glauben«, begann Marissa und erzählte Wendy in gedrängter Form von Dubcheks Anruf, der darauf schließen ließ, daß das Problem, das sie beschäftigte, landesweite Ausmaße hatte.

Marissas Begeisterung steckte Wendy an. »Na, so was!« sagte sie. »Da stehen wir ja vor einer bedeutenden Entdeckung!«

»Daran gibt es für mich überhaupt keinen Zweifel mehr«, sagte Marissa. »Und wir können den Knoten lösen. Nur noch ein einziges Hindernis steht uns im Weg.«

»Wingate«, sagte Wendy.

»Genau«, sagte Marissa. »Wir müssen feststellen, ob es noch weitere Fälle gibt. Es muß welche geben. Sobald wir sie zusammen haben, können wir nach Gemeinsamkeiten in bezug auf Lebensweise, Arbeit, Krankengeschichte und all dem suchen. Wenn wir genügend Fälle zur Verfügung haben, bin ich sicher, daß wir eine Theorie über den Ursprung der Tbc und die Art ihrer Weiterverbreitung erarbeiten können. Normalerweise wird Tbc durch die Atemluft übertragen. Aber da niemand einen Lungenschaden aufweist, nimmt der Erreger vielleicht einen anderen Weg.«

»Und was schlägst du vor?« fragte Wendy.

»Heute haben wir Freitagabend. Wir gehen zur Frauenklinik hinüber und tun so, als gehörte der Laden uns. Ich habe hier schon mal einen Versuch gemacht. Da ich meinen weißen Kittel übergezogen hatte, hat mich niemand angehalten. Ich konnte einfach reinmarschieren, als gehörte ich hierher.«

»Wann willst du das machen?« fragte Wendy.

»Wann bist du frei?« erkundigte sich Marissa.

»Ich kann jetzt jederzeit gehen«, antwortete Wendy.

»Dann hol dir einen weißen Kittel und stecke dir Schreibstifte und ein Stethoskop an!« sagte Marissa. »Je mehr ärztliche Utensilien, um so besser.«

Eine halbe Stunde später fuhren Marissa und Wendy langsam unter der Fußgängerbrücke und an der Öffnung zum Hof der Frauenklinik vorbei. Beim Antritt der Fahrt hatten sie sich noch aufgeregt unterhalten. Doch sobald sie in Sichtweite der Klinik kamen, waren sie verstummt. Beide waren gespannt, nervös und etwas ängstlich. Marissa versuchte nicht an Roberts Bemerkung zu denken, daß ihr Vorhaben ein Verbrechen darstelle, konnte sich aber nicht ganz von dem Gedanken freimachen.

»Da ist noch viel Betrieb«, sagte Wendy.

»Stimmt«, sagte Marissa. Es herrschte ein ständiges Kommen und Gehen. Die Fenster waren hell erleuchtet.

»Ich schlage vor, wir fahren irgendwo hin und warten noch ein wenig ab. Was hältst du von einer Bar?«

»Ich wünschte, wir dürften etwas Alkohol trinken«, sagte Marissa. »Ein Glas Wein würde mich bestimmt ruhiger machen. Dabei fällt mir ein, wann hast du deinen Bluttest?«

»Morgen«, sagte Wendy.

»Dann mußt du auch nervös sein«, sagte Marissa.

»Ich bin nur noch ein Wrack«, sagte Wendy.

Paul Abrums kramte in der rechten Brusttasche nach einem Dime. Es gehörte zu den kleinen Annehmlichkeiten

Bostons, daß ein Ortsgespräch immer noch nur ganze zehn Cents kostete, wenn man überhaupt ein öffentliches Münztelefon fand.

Er ließ die Münze in den Schlitz fallen und wählte Roberts Geschäftsnummer. Es war kurz vor acht, und er war ziemlich sicher, daß Robert noch da war. Er hatte ihm nämlich gesagt, er werde bis neun Uhr im Büro bleiben. Danach sei er zu Haus zu erreichen. Vorsorglich hatte er Paul beide Nummern gegeben.

Als es zu läuten begann, drehte Paul den Kopf, um das indische Restaurant Viceroy am Central Square im Auge zu behalten. Vor mehr als einer Stunde war Marissa dort mit ihrer Begleiterin hineingegangen. Wenn sie jetzt zufällig herauskommen sollten, wollte Paul im Bilde sein.

»Hallo«, meldete sich Robert. Er war allein im Büro.

»Paul Abrums hier«, sagte Paul.

»Gibt es ein Problem?« fragte Robert etwas beunruhigt.

»Kein großes Problem«, sagte Paul. Er sprach langsam und deutlich. »Ihre Frau ist mit einer kleinen blonden Frau zusammen, die auch Ärztin sein muß.«

»Das ist Wendy Wilson«, sagte Robert.

»Sie essen gerade in einem indischen Restaurant«, sagte Paul. »Vorher sind sie an der Frauenklinik vorbeigefahren. Ich dachte schon, sie würden dort halten. Dann haben sie es aber doch nicht getan.«

»Das ist merkwürdig«, sagte Robert.

»Aber es gibt noch was anderes«, fuhr Paul fort. »Wüßten Sie einen Grund dafür, warum ein Mann, der wie ein Asiate aussieht und einen grauen Anzug trägt, Ihre Frau verfolgt?«

»Himmel, nein!« rief Robert. »Sind Sie sicher?«

»Ungefähr zu 90 Prozent sicher«, sagte Paul. »Er ist schon so lange hinter ihr her, daß es kein Zufall sein kann. Ich habe ihn zuerst bemerkt, als Ihre Frau die Kinderklinik verließ. Es ist ein junger Mann. Glaube ich jedenfalls. Bei Asiaten kann ich das manchmal nicht so genau sagen. Er trägt einen guten Anzug.«

Robert war froh, daß er Donnas Anregung, Abrums zu engagieren, aufgegriffen hatte. »Das ist aber sehr merkwürdig«, sagte er.

»Ich möchte Ihre Zeit nicht länger in Anspruch nehmen«, sagte Paul. »Aber die Sache kam mir so eigenartig vor, daß ich Sie lieber mal fragen wollte.«

»Sie müssen feststellen, wer der Kerl ist«, sagte Robert. »Und warum er meine Frau verfolgt. Mein Gott, bin ich froh, daß Sie da sind!«

»Sie brauchen sich nicht zu beunruhigen«, sagte Paul. »Ich habe alles im Griff. Nur die Ruhe, ich kriege es schon heraus ... Ah, jetzt kommt Ihre Frau gerade raus! Ich muß los.«

Paul hängte auf und ging schnell über die Straße zu seinem Wagen. Er hatte ihn so geparkt, daß er von dort sowohl den Wagen der Frauen als auch den des Asiaten im Auge hatte. Sobald Marissa und Wendy losfuhren, fuhr auch der Asiate ab.

»Damit ist es klar«, murmelte Paul vor sich hin und zog seinen Wagen aus der Parkschlange. Im Fahren notierte er sich das Kennzeichen des Asiaten. Am Montag würde er seinen Freund beim Straßenverkehrsamt anrufen und den Besitzer feststellen lassen.

»Man könnte denken, wir wollten eine Bank ausrauben«, sagte Wendy, »so rast mein Puls.« Marissa und sie stiegen aus. Es war ein dunkler, windiger Abend.

»Meiner auch«, sagte Marissa und schlug die Wagentür zu. »Daran ist nur Robert mit seinem Gerede über Verbrechen schuld.«

Sie hatten den Wagen auf dem jetzt leeren Personalparkplatz der Klinik abgestellt. Vorgebeugt gegen den Wind und mit der Hand den Kragen vorn zuhaltend, gingen sie zum Hof der Klinik. Dort blieben sie kurz stehen. Drinnen war es bedeutend ruhiger geworden. Abgesehen von der Halle, waren die meisten Fenster jetzt dunkel. Kein Kommen und Gehen mehr. Niemand war zu sehen.

»Bist du bereit?« fragte Marissa.

»Ich weiß nicht recht«, sagte Wendy. »Was haben wir denn geplant?« Wendy war nicht nur nervös, sie zitterte auch vor Kälte. Die Temperatur war auf unter zehn Grad gesunken, und der Märzwind ging durch und durch. Die dünnen weißen Ärztekittel, die sie anhatten, wärmten überhaupt nicht.

»Wir müssen ein Computerterminal finden«, antwortete Marissa. Bei dem Wind mußte sie schreien, um sich verständlich zu machen. »Ist egal, wo. Kommt nur darauf an, daß uns eine Zeitlang keiner stört. Komm, Wendy! Wenn wir länger hier stehenbleiben, holen wir uns noch den Tod.«

»In Ordnung«, sagte Wendy und holte tief Luft. »Gehen wir!«

Ohne weiteren Aufenthalt gingen sie über den Hof und stiegen die Treppe hinauf. Unterwegs warfen beide Frauen scheue Blicke auf den Rhododendronkübel mit den niedergedrückten Zweigen. Er erinnerte sie nur allzu lebhaft an Rebecca Zieglers schreckliches Schicksal.

Marissa probierte den Türknopf. Es war abgeschlossen. Sie legte beide Hände muldenförmig ans Glas und spähte hinein. Drinnen war eine Putzkolonne dabei, den Marmorfußboden mit elektrischen Geräten zu polieren. Sie klopfte mehrmals an die Scheibe, aber die Leute reagierten nicht.

»Verdammt«, sagte Marissa. Sie suchte den Hof mit den Blicken ab, aber eine andere Tür gab es nicht.

»Darauf wäre ich nie gekommen, daß jetzt schon abgeschlossen ist«, sagte Wendy.

»Mir ist kalt«, sagte Marissa. »Gehen wir zum Wagen zurück! Da können wir weiter überlegen.«

Sie drehten sich um und eilten die Treppe hinab. Als sie vornübergebeugt über den Hof gingen, auf dem der Wind Abfälle hochwirbelte, kam ihnen ein Mann entgegen, der auch in die Klinik wollte.

Beim Vorbeigehen sagte Wendy zu ihm: »Die Tür ist abgeschlossen.« Am Ende des Hofs tauchte ein zweiter Mann auf, der ebenfalls auf den Klinikeingang zusteuerte. Wieder sagte Wendy: »Die Tür ist abgeschlossen.«

Die Frauen bogen nach rechts ab und ging schnell auf den Parkplatz. Plötzlich drehte Marissa sich um und schaute zum Hofeingang zurück.

»Komm weiter!« drängte Wendy.

Zuerst tauchte wieder der eine Mann auf, dann der andere. Als sie sahen, daß die Frauen sie beobachteten, entfernten sie sich rasch in verschiedene Richtungen.

»Was ist los?« fragte Wendy.

»Hast du den ersten Mann gesehen?« fragte Marissa ihrerseits.

»Flüchtig«, sagte Wendy.

Marissa überlief ein Schauder, aber diesmal nicht wegen der Kälte. »Ich bekam eine Gänsehaut, als ich ihn sah«, sagte sie und setzte sich wieder in Bewegung. »Er hat mich an einen schlimmen Ketamin-Trip erinnert, den ich einmal erlebt habe. Unheimlich ist das!«

Auf dem Parkplatz fummelte Wendy mit den Autoschlüsseln herum. Ihre Finger waren steif gefroren. Sie hatte Mühe mit dem Aufschließen. Schließlich schaffte sie es, stieg ein und machte von innen für Marissa die Beifahrertür auf. Dann drehte sie den Zündschlüssel und stellte die Heizung voll an.

»Das war ein ganz eigenartiges Gefühl, als ich den Mann sah«, sagte Marissa. »Es war fast so wie ein Déjà-vu-Gefühl. Hab ich gar nicht gewußt, daß sich so was auch nach einer Halluzination einstellen kann!«

»Ich hatte mal einen schlechten Marihuana-Trip«, gestand Wendy. »Das war in Kalifornien. Immer wenn ich's wieder mal versuchte, war es das gleiche. Da hatte ich vom Pott die Nase voll.«

»Vor kurzem habe ich in einem chinesischen Restaurant, das ich mit Robert besuchte, in einer Vision alles noch einmal erlebt. Sehr merkwürdige Sache.«

»Das hat es vielleicht ausgelöst«, sagte Wendy. »Mir kam es nämlich so vor, als sei der erste Mann ein Chinese gewesen. Zumindest ein Asiate.«

»Du tust, als wäre ich eine übergeschnappte Spinnerin«, sagte Marissa mit nervösem Auflachen. Geistige Phänomene, die sich ihrem Begriffsvermögen entzogen, bereiteten ihr Unbehagen.

»Was sollen wir jetzt machen?« fragte Wendy.

»Da die Tür abgeschlossen ist, haben wir kaum noch eine Möglichkeit«, sagte Marissa.

»Wir könnten doch in die Krankenstation auf der anderen Straßenseite gehen und von dort aus über die Fußgängerbrücke zur Klinik«, schlug Wendy vor.

»Fabelhafte Idee!« sagte Marissa. »Liegt auf der Hand, aber man muß schon ein Genie sein, um darauf zu kommen. Ja, so machen wir es!«

Wendy lächelte. Sie war stolz darauf, eine mögliche Lösung gefunden zu haben.

Wieder stiegen die beiden Frauen aus dem Auto und rannten zum Eingang der Kranken- und der Notaufnahmestation gegenüber dem Hauptgebäude der Klinik. Über ihren Köpfen spannte sich die dunkle Fußgängerbrücke über die Straße.

Hier war die Tür nicht abgeschlossen, und Marissa und Wendy konnten ohne Schwierigkeiten hinein. Drinnen kamen sie über einen kurzen Flur in den Warteraum. Ein paar Männer saßen herum und blätterten in Magazinen. An der rechten Wand lag hinter Glas das Sicherheitsbüro. Direkt davor saß eine Aufnahmeschwester am Schreibtisch und las ein Taschenbuch.

»O weh«, sagte Wendy im Flüsterton.

»Nur keine Aufregung«, gab Marissa ebenso zurück. »Wir gehen einfach weiter und tun so, als ob wir hierhergehören.«

Die beiden Frauen näherten sich dem Schreibtisch und wollten gerade nach rechts in den Hauptflur einbiegen, als die Schwester ihr Buch sinken ließ.

»Kann ich Ihnen hel...«, begann sie, brach ab und sagte dann nur noch: »Entschuldigen Sie, Doktoren.«

Marissa und Wendy gaben keine Antwort, sondern lächelten die Frau nur an und gingen den Flur weiter entlang bis zu einer Wendeltreppe. Als sich die Tür zur Wendeltreppe hinter ihnen schloß, brachen sie in nervöses Kichern aus.

»Vielleicht ist es einfacher, als wir dachten«, sagte Wendy.

»Bloß nicht übermütig werden!« warnte Marissa. »Wenn wir jemandem in die Arme laufen, der uns kennt, wie zum Beispiel unseren Ärzten, dann klappt die Chose nicht.«

»Vielen Dank«, sagte Wendy. »Das hätte mir gerade noch gefehlt.«

Dann stiegen sie die Treppe hinauf.

»Teufel noch mal!« murmelte Paul Abrums. Er hatte soeben den Asiaten in die Krankenstation der Frauenklinik gehen sehen. Sein Auftrag, der sich so einfach angelassen hatte, wurde zusehends komplizierter. Ursprünglich hatte er gemäß Anweisung nur Marissa beschatten sollen, feststellen, was sie im Schilde führte, und sie davor bewahren, etwas Illegales zu unternehmen. Aber dann war dieser geheimnisvolle Asiate auf der Bildfläche erschienen. Daraufhin hatte ihm Robert gesagt, er solle herausfinden, wer der Kerl war. Was war nun wichtiger? Paul wußte es nicht. Jetzt zwang ihn die Ungewißheit zum Handeln. Nachdem er die Frauen allein in die Klinik hatte gehen lassen, blieb ihm nichts anderes übrig, als dem Chinesenkerl nachzugehen.

Paul drückte die Zigarette aus, trabte über die Straße und riß die Kliniktür auf. Er konnte den Asiaten gerade noch nach rechts in einen Flur einbiegen sehen.

Schnell ging Paul weiter, wobei er aufmerksam die Umgebung musterte. Zuerst erblickte er den Schreibtisch, an dem eine Nachtschwester saß und einen Roman las. Als nächstes sah er den Warteraum, in dem ein paar Männer hockten und in Magazinen schmökerten. Hinter einer Glaswand zu seiner Rechten bewegte sich etwas. Paul verlangsamte den Schritt. Es war das Sicherheitsbüro. Drinnen sah er den Asiaten, dem er gefolgt war. Der Kerl unterhielt sich mit einem uniformierten Wachmann.

»Kann ich Ihnen helfen?« fragte die Frau am Schreibtisch. Sie hatte das Buch sinken lassen und sah Paul über die Brille hinweg an.

Paul trat an den Schreibtisch heran. Während er zerstreut eine kleine Metalldose mit Heftklammern befingerte, überlegte er, mit welchem Trick er sich am besten aus der Affäre ziehen könne. »Ist Mrs. Abrums schon eingetroffen?« fragte er.

»Ich glaube nicht«, sagte die Frau und überflog die Liste auf dem Klemmbrett vor ihr. »Nein, noch nicht.«

»Na, dann muß ich wohl warten«, sagte Paul und warf noch einen Blick in das Sicherheitsbüro hinter der Glasscheibe. Der Asiate und der uniformierte Wachmann waren jetzt von vorn zu sehen. Sie schienen über irgend etwas zu diskutieren, was sich unterhalb des Fensters befand.

Immer darauf bedacht, nicht aufzufallen, schlenderte Paul im Warteraum umher und tat so, als wäre er ungeduldig, indem er abwechselnd durch das Außenfenster und auf die Armbanduhr schaute.

Die Frau hatte sich wieder in ihr Buch vertieft. Nun wanderte Paul in den Flur, den vor ihm der Asiate betreten hatte. Ungefähr drei Meter weiter war die Tür zum Sicherheitsbüro. Sie stand offen. Am anderen Ende des Flurs erblickte Paul eine Trinkwasserfontäne, ging rasch darauf zu und trank etwas. Danach schlenderte er zum Warteraum zurück. Unterwegs blieb er einen Augenblick an der offenen Tür zum Sicherheitsbüro stehen.

Die beiden Männer standen immer noch am Fenster. Jetzt konnte Paul sehen, daß sie auf eine Reihe von Monitoren blickten, die unter dem Fensterbrett angebracht waren. Paul versuchte zu verstehen, was sie miteinander besprachen. Aber das erwies sich als unmöglich. Sie unterhielten sich in einer fremden Sprache, von der er annahm, sie sei chinesisch. Aber er war ja kein Experte. Noch etwas fiel ihm auf. Der Wachmann war mit einer 357er Magnum bewaffnet. Für den Wachdienst in einem Krankenhaus ein ungewöhnliches Schießeisen. Einem früheren Polizeibeamten wie Paul kam das alles eigenartig vor, wirklich höchst eigenartig.

Wendy probierte die Feuertüren aus, die den Weg ins Hauptgebäude der Klinik versperrten. »Verflixt!« rief sie. »Auch abgeschlossen!« Sie hatten auf der glasüberzogenen Fußgängerbrücke die Straße überquert und glaubten sich schon am Ziel ihrer Wünsche, als sie auf dieses unüberwindliche Hindernis stießen.

»Das Haus ist ein zweites Fort Knox«, sagte Marissa. »Verdammt noch mal!«

»Jetzt fällt mir nichts mehr ein«, sagte Wendy. »Dir vielleicht?«

»Ich glaube, wir haben unser Pulver verschossen«, sagte Marissa. »Jetzt müssen wir unser Glück tagsüber versuchen, wenn die Klinik geöffnet ist.«

Die beiden Frauen machten kehrt und huschten über die Fußgängerbrücke zurück. Sie wollten von der Straße aus nicht gesehen werden. Aber bevor sie bei der Krankenstation angelangt waren, blieb Wendy stehen.

»Warte mal eine Sekunde!« sagte sie. »Dies scheint die einzige Verbindung zwischen den beiden Gebäuden zu sein.«

»Na und?« sagte Marissa.

»Wo verlaufen dann die Wasser- und Heizungsrohre und die Stromleitung?« fragte Wendy. »Sie können doch nicht für beide Gebäude eigene Anlagen gebaut haben. Das wäre zu unpraktisch gewesen.«

»Du hast recht«, sagte Marissa. »Probieren wir es noch einmal auf der Wendeltreppe!«

Sie begaben sich dorthin, stiegen ins Kellergeschoß hinunter und stießen die Tür auf. Der Flur dahinter war nur schwach erleuchtet, und soweit sie erkennen konnten, befand sich hier keine Menschenseele. Sie blieben eine Weile stehen, um zu lauschen, vernahmen aber kein Geräusch. Vorsichtig schlichen sie hinein und suchten weiter.

Die meisten Türen, die in die Richtung des Hauptgebäudes abgingen, waren verschlossen. Einige waren offen, erwiesen sich aber nur als Lagerräume. Schließlich bog der Flur selbst in Richtung auf das Hauptgebäude ab. Das machte ihnen wieder Mut.

Sie gingen weiter vor und spähten dann vorsichtig um die Ecke, um sich sofort wieder zurückzuziehen. Jemand kam auf sie zu. Fast im selben Augenblick hörten sie auch schon Schritte, die näherkamen und in dem schmalen Flur widerhallten.

Erschrocken rannten Marissa und Wendy zurück, auf die Fahrstühle zu. Viel Zeit blieb ihnen nicht, denn die Schritte wurden immer lauter. Hastig rüttelten sie unterwegs an allen Türen, in der Hoffnung, eine zu finden, die nicht verschlossen war.

»Hier!« flüsterte Wendy. Was sie entdeckt hatte, entpuppte sich als kleiner Abstellraum für die Hausreinigung. Lauter Aufwischeimer und Mops. Marissa schlüpfte als erste hinein. Wendy folgte und zog die Tür hinter sich zu.

Die Schritte kamen immer näher, und die beiden Frauen hielten den Atem an. Sie hatten keine Ahnung, ob man sie gesehen hatte oder nicht. Dann gingen die Schritte an der Tür vorbei, ohne daß der Unbekannte gezögert hätte. Marissa und Wendy stießen einen Seufzer der Erleichterung aus. Sie hörten, wie die Fahrstuhltüren aufgingen und sich wieder schlossen. Dann war Stille.

»Hu!« machte Wendy im Flüsterton. »Ich weiß nicht, ob ich hier noch lange herumschleichen kann. Meine Nerven spielen nicht mehr mit.«

»Jedenfalls ist es günstig, daß der Unbekannte uns nicht gesehen hat«, sagte Marissa. »Unsere Ärztekittel hätten uns hier unten wohl kaum aus der Patsche geholfen.«

»Laß uns verschwinden!« sagte Wendy. »Sonst kriege ich noch einen Herzanfall.«

Marissa machte behutsam die Tür auf. Auf dem Flur war die Luft rein. Sie wagten sich wieder hinaus und gingen bis an die Ecke vor, wo der Flur in Richtung auf das Hauptgebäude abbog. Niemand zu sehen.

»Okay«, sagte Marissa. »Gehen wir weiter!« Der Flur führte ein Stück abwärts und stieg dann wieder an. An der linken Wand und unter der Decke zogen sich dicke Rohre entlang.

Am anderen Ende stießen sie erneut auf eine Feuertür. Aber diese hier war nicht abgeschlossen. Sie drückten sie auf und kamen in den Keller des Hauptgebäudes.

Ein rotes Licht »Ausgang« markierte die Tür zur Wendeltreppe. Wendy und Marissa traten ein und huschten zwei Stockwerke höher, vorbei am Erdgeschoß, wo die Putzkolonne den Marmorfußboden bearbeitet hatte.

An der Tür zum ersten Stock blieben sie stehen und horchten auf irgendwelche Geräusche menschlicher Tätigkeit. Zum Glück war es so still wie in einem Mausoleum.

Wendy legte die Schulter an die Tür. »Fertig?«

»Fix und fertig«, sagte Marissa.

Wendy gelang es, den Schließmechanismus zu überlisten. Sie brachte die Tür auf. Der dahinter liegende Flur war dunkel. Das fluoreszierende Licht von der Wendeltreppe warf hellglänzende Flecken auf den Vinylfußboden. Wieder lauschten sie eine Zeitlang, bevor sie rasch durch die Tür gingen und sie leise hinter sich ins Schloß fallen ließen.

Mit dem Schließen der Tür war auch das Licht ausgesperrt. Sie warteten, bis die Augen sich an das Dunkel gewöhnt hatten. Ein wenig Licht gelangte noch von den Straßenlaternen herein. Sobald sie wieder etwas sehen konnten, fanden sie sich schnell zurecht. Sie befanden sich gerade jenseits der Fahrstühle, ganz in der Nähe des Wartezimmers in der IVF-Station. Dies war ein Bereich, in dem die Frauen sich nur zu gut auskannten.

Langsam schlichen sie den Flur entlang, bis sie in den Warteraum kamen. Hier war die Beleuchtung etwas besser.

Marissa und Wendy umgingen den Schreibtisch der Aufnahmeschwester und erreichten im Gänsemarsch die Tür zum Hauptflur. Von hier aus führten Türen in die ärztlichen Sprechzimmer, in Untersuchungsräume, Operationssäle und in das Labor.

Die erste Tür, die sie aufmachten, führte in ein Untersuchungszimmer. In dem trüben Licht, das vom Flur hereinfiel, bot es einen besonders unheimlichen Anblick. Aus dem Dunkel hob sich düster schimmernd der Tisch aus rostfreiem Stahl ab. Mit den darüber angebrachten Fußstützen erweckte er eher den Eindruck eines mittelalterlichen Folterinstruments als den eines modernen medizinischen Geräts.

Sie gingen im Zimmer umher, und Wendy sagte: »Hier im Dunkeln kriegt man ja eine Gänsehaut.«

»Hab ich auch gerade gedacht«, sagte Marissa. »Außerdem ist kein Terminal drin.«

»Werfen wir mal einen Blick in die Zimmer der Ärzte!« schlug Wendy vor. »Wir wissen ja, daß in allen ein Terminal steht.«

Ein Stück weiter fiel vereinzelt trübes Licht aus verglasten Labortüren. Sonst lag die ganze Klinik im Dunkeln. Schnell, aber vorsichtig bewegten sie sich vorwärts. Marissa probierte die Türen der Sprechzimmer auf der linken, Wendy die auf der rechten Seite. Sie waren sämtlich verschlossen.

»Die sind aber wirklich die Vorsicht in Person«, sagte Marissa. »Ich komme mir nicht wie in einer Klinik vor, sondern wie in einer Bank.«

»Ich glaube, daß die Sprechzimmer alle abgeschlossen sind«, sagte Wendy und blieb halbwegs auf dem Flur stehen. »Laß uns zurückgehen und es im Ultraschallraum versuchen! Ich glaube, da stehen auch überall Terminals.«

»Ich probiere noch die restlichen Türen«, sagte Marissa. »Du kannst inzwischen schon zum Ultraschall gehen.«

»Kommt nicht in Frage«, sagte Wendy. »Allein gehe ich nirgends hin. Ich weiß nicht, wie es dir geht, aber ich sehe hier schon überall Gespenster.«

»Ich auch«, sagte Marissa. »Ich habe mir das Einschleichen bedeutend einfacher vorgestellt.«

»Vielleicht sollten wir uns lieber verkrümeln«, sagte Wendy. »Es geht bestimmt nicht gut ab.«

»Erst probieren wir es noch bei Ultraschall«, sagte Marissa. »Da kommen wir ja auf dem Weg zum Ausgang sowieso vorbei.«

Die beiden Frauen traten den Rückweg an. Kurz vor dem Warteraum jagte das schrille Aufjaulen einer Sirene ihnen einen mörderischen Schreck ein. Die Sirene wurde immer lauter, erstarb dann aber langsam. Es war nur ein vorbeifahrender Polizeiwagen gewesen. Ihre Erleichterung war groß.

»Mein Gott!« rief Wendy. »Wir sind ja schon die reinsten Nervenbündel.«

Zum zweitenmal kamen sie am Schreibtisch der Aufnahmeschwester vorbei und probierten es jetzt an der Tür zum Ultraschall. Sie war nicht abgeschlossen. Weiter ging es drin durch den engen Vorraum zu den drei Einzelzimmern. Schon die Tür, die sie als erste probierten, ließ sich öffnen.

»Ein gutes Omen«, sagte Marissa. Da das Zimmer fensterlos war, schalteten sie Licht an. Marissa ging noch einmal zurück und machte die Tür zum Wartezimmer zu und danach die Tür zur Ultraschallstation.

Das Zimmer maß ungefähr sechs Meter im Quadrat und hatte zwei Eingänge: den, durch den sie eben hereingekommen waren, und den, der ins Labor führte. Den hinteren Teil des Zimmers beherrschte das Ultraschallgerät samt Untersuchungstisch. Sämtliche komplizierten elektronischen Teile waren in eine Konsole eingebaut, zu der auch ein Computerterminal gehörte.

»Heureka!« sagte Wendy, trat ans Terminal, setzte sich auf den mit Laufrollen ausgestatteten Hocker und zog sich dicht heran. »Ist dir doch recht, ja?« fragte Wendy. »Informatik war im College mein zweites Hauptfach.«

»Bitte, gern«, sagte Marissa. »Ich hoffte ohnehin, daß du die Sache hier übernimmst.«

»Du kannst mir die Daumen drücken«, sagte Wendy und schaltete den Computer an. Der Bildschirm erhellte sich und strahlte einen geisterhaft wirkenden grünlichen Schimmer aus.

»So weit, so gut«, sagte Wendy.

»Ahhii!« rief Alan Fong, der uniformierte Wachmann. »Du hast recht gehabt. Die Frauen sind eingedrungen!« Er sprach aufgeregt auf chinesisch, genauer gesagt, in einem Kanton-Dialekt. Dabei deutete er auf einen stecknadelgroßen Lichtpunkt in der Mitte des Elektronenboards unter den Monitoren. Dieses Bord gab schematisch die Verteilung der Computerterminals in der Klinik wieder.

»Wo sind sie?« fragte David Pao im selben Dialekt. Er war bedeutend ruhiger als sein Gefährte.

»Sie haben den Computer in einem der Ultraschallzimmer angezapft«, sagte Alan und aktivierte von seinem eigenen Terminal aus die Ultraschallzimmer-Monitoren.

»In diesem Zimmer nicht«, sagte Alan und gab einen neuen Code in den Computer ein. Auch diesmal blieb der Monitor leer.

»Schwierigkeiten?« fragte David Pao.

»Dieses Zimmer ist es auch nicht«, sagte Alan und gab den Code für das dritte Ultraschallzimmer ein.

Auf dem Monitor wurde es lebendig. Bald erschien ein Bild. Deutlich sahen sie Wendy vor dem in die Ultraschallkonsole eingebauten Computerterminal sitzen. Neben ihr stand Marissa.

»Soll ich es aufnehmen?« fragte Alan.

»Bitte«, sagte David.

Alan legte ein Band in den Recorder ein und schloß ihn elektronisch an den entsprechenden Monitor an. Dann drückte er die Aufnahmetaste.

»Wie lange soll ich das Band laufen lassen?« fragte Alan.

»Ist egal«, sagte David. »Das genügt jetzt wahrscheinlich schon.«

Alan stoppte das Band, nahm es heraus und versah es dann gewissenhaft mit einem Etikett.

»So, und jetzt werden wir mit ihnen abrechnen«, sagte David, zog ein Paar schwarzer Lederhandschuhe heraus und streifte sie über.

Alan zog den langläufigen Revolver aus der Halfter und überprüfte die Trommel. Sie war mit Mantelgeschossen mit freiliegendem Kern geladen.

Davids gelassene Miene zeigte den Anflug eines schwachen ironischen Lächelns. »Hoffentlich leisten sie keinen Widerstand.«

»Keine Sorge«, sagte Alan mit breitem Grinsen. »Wir können es immer so hinstellen, als hätten sie Widerstand geleistet.«

»Das Codierungssystem ist leicht zu durchschauen«, sagte Wendy. »Es ist ganz einfach aufgebaut. Hier kommt meine Akte.« Wendy hatte die notwendigen Befehle getippt und gab nun über die Tastatur des Terminals ihre Sozialversicherungsnummer ein. Dann drückte sie die Return-Taste, und sofort erschien die Personalienseite ihrer Akte auf dem Bildschirm.

»Was hab ich dir gesagt?« rief Wendy höchst erfreut. Sie wollte gerade die nächste Seite aufrufen, als Marissa sie zurückhielt und auf die Berufsangabe zeigte. »Was bedeutet denn das: ›Sachbearbeiterin im Gesundheitswesen‹?« fragte sie.

»Eine leichte Irreführung«, sagte Wendy. »Ich wollte ihnen nicht auf die Nase binden, daß ich Ärztin bin. Ich hatte Angst, dann würde die Sache zum General Hospital durchsickern, und meine Intimsphäre wollte ich doch gewahrt wissen.«

Marissa lachte. »Ich habe es genauso gemacht. Und aus dem gleichen Grund.«

»Es ist schon unheimlich zu beobachten, daß wir immer auf der gleichen Wellenlänge liegen«, sagte Wendy.

»Wir können jetzt also sämtliche Krankenunterlagen aufrufen«, sagte Marissa. »Was meinst du, wie wir am besten vorgehen sollen?«

»Theoretisch ist es ganz einfach«, sagte Wendy. »Wir müssen nur den Diagnosecode herausfinden, mit dem die durch Granulationsgeschwüre hervorgerufene Eileiterblockierung bezeichnet ist. Aber den müssen wir erst mal haben. Hoffentlich stoßen wir in deiner oder meiner Akte darauf. Es dürfte irgendeine Buchstaben- und Zahlengruppe sein.«

»Wir können auch Rebecca Zieglers Unterlagen verwenden«, sagte Marissa und suchte die Sozialversicherungsnummer der Toten hervor.

Dann überflogen sie Wendys gesamte Akte, wobei sie die Seite mit dem pathologischen Ergebnis der Eileiter-Gewebeuntersuchung genau durchlasen. Als sie bis zur letzten Seite gekommen waren, waren sie auf mehrere mögliche Codebezeichnungen gestoßen, die Marissa alle notierte.

»Was den Inhalt betrifft«, sagte Wendy, »so steht nichts darin, was ich nicht schon wußte. Zumindest nichts, was mich dazu bringen könnte, aus dem Fenster zu springen. Nehmen wir uns jetzt deine Akte vor!«

»Versuch es erst mal mit Rebeccas!« sagte Marissa und gab Wendy deren Sozialversicherungsnummer.

Wendy gab die Nummer ein und betätigte die Return-

Taste. Auf dem Bildschirm erschien die Antwort des Computers: »Akte nicht gefunden.«

»Das habe ich befürchtet«, sagte Marissa. »Na schön, dann fordere meine Akte an!« Sie sagte ihre Sozialversicherungsnummer an, und Wendy gab sie ein. Bald leuchtete auf dem Bildschirm die erste Seite von Marissas Akte auf.

Wendy blätterte gleich bis zum Pathologiebericht weiter. Wieder lasen sie sorgfältig alles durch und fanden mehrere Codebezeichnungen wieder, die sie aus Wendys Akte notiert hatten.

»Das hier finde ich merkwürdig«, sagte Wendy. »Lies mal die mikroskopische Untersuchung!«

Marissa tat es.

»Fällt dir etwas auf?«

»Eigentlich nicht«, sagte Marissa. »Worüber bist du denn gestolpert?«

»Mal sehen, ob es dir jetzt auffällt«, sagte Wendy, rief schnell noch einmal ihre eigene Akte auf und blätterte bis zur Pathologieseite weiter. »Jetzt lies mal den Bericht über die mikroskopische Untersuchung!«

Marissa kam der Bitte nach. Als sie fertig war, sagte sie: »Okay, was meinst du denn?«

»Hast du es immer noch nicht bemerkt?« fragte Wendy. »Einen Moment.« Sie warf ihre Akte hinaus und rief wieder Marissas Pathologieseite auf. »Lies das noch einmal!« sagte sie.

Als Marissa fertig war, sah sie ihre Freundin an. »Jetzt weiß ich, was du meinst«, sagte sie. »Die beiden Berichte stimmen überein, und zwar buchstäblich Wort für Wort.«

»Genau«, sagte Wendy. »Hältst du das nicht für eigenartig?«

Marissa überlegte kurz. »Nein, eigentlich nicht«, sagte sie dann. »Die Berichte wurden sicherlich nach Diktat geschrieben. Und bei ähnlich gelagerten Fällen diktieren die

Ärzte häufig mechanisch immer denselben Text. Du hast doch bestimmt schon mal einen Chirurgen diktieren hören. Falls es sich nicht gerade um eine Komplikation handelt, hörst du jedesmal die gleichen Formulierungen. Als ich in der Chirurgie gearbeitet habe, ging es mir ebenso. Für mich deutet das nur auf eins hin: daß noch mehr solcher Fälle in der Frauenklinik aufgetreten sind. Und das habe ich ja von Anfang an vermutet.«

Wendy zuckte die Achseln. »Vielleicht hast du recht. Mir ist es jedenfalls gleich merkwürdig vorgekommen. Also, wieder zu unserem Vorhaben! Ich durchsuche jetzt mal die Datei, indem ich ein paar dieser Codebezeichnungen eingebe, die wir sowohl in deiner wie in meiner Akte gefunden haben.«

Wendy rief das Hauptmenü des Systems auf und probierte die verschiedenen Buchstaben- und Zahlenkombinationen, die Marissa sich aufgeschrieben hatte. Der dritte Versuch brachte eine Liste von 18 Zahlengruppen auf den Bildschirm — offensichtlich Sozialversicherungsnummern.

»Das sieht vielversprechend aus«, sagte Wendy und machte sich daran, die Liste auszudrucken.

Bisher war im Ultraschallzimmer kein anderes Geräusch zu vernehmen gewesen als das kaum hörbare Klicken der Keyboard-Tasten. Doch gerade als Wendy die Print-Taste drücken wollte, hörte Marissa, wie nicht allzu weit entfernt eine Tür geöffnet wurde.

»Wendy«, flüsterte sie. »Hast du das gehört?«

Wendy reagierte sofort und schaltete sowohl das Computer-Terminal wie auch das Licht aus. Jetzt umgab sie völlige Dunkelheit.

Minutenlang horchten die beiden Frauen erschrocken auf das leiseste Geräusch. Alle ihre vorangegangenen Befürchtungen hatten sich in diesem einzigen Augenblick verdichtet. Mit angehaltenem Atem hörten sie das Geräusch eines Schalters, der den Eiskompressor in einem Labor in Gang setzte. So angestrengt lauschten sie, daß sie sogar einen Bus durch die St. Auburn Street, einen ganzen Häuserblock entfernt, fahren hörten.

Im Dunkeln fanden sich ihre Hände. Sie ließen sich nicht mehr los. Das machte ihnen ein ganz klein bißchen Mut. So vergingen zähe fünf Minuten.

Schließlich fragte Wendy in kaum hörbarem Flüsterton: »Bist du ganz sicher, daß du eine Tür gehört hast?«

»Ich glaube schon«, sagte Marissa.

»Dann müssen wir sofort hier raus«, sagte Wendy. »Ich habe ganz plötzlich eine schreckliche Vorahnung.«

»Ja, gut«, sagte Marissa. »Aber behalte ja die Ruhe!« Das fiel ihr allerdings selber schwer. »Gehen wir zur Tür!«

Hand in Hand und ohne Licht anzumachen tasteten sie sich, die freien Arme suchend vorgestreckt, voller Angst zentimeterweise vorwärts. So kamen sie mit ganz kleinen Schritten weiter, bis sie die Wand erreichten. An ihr entlang ging es bis zu der Tür, die auf den engen Vorraum führte.

So lautlos wie möglich öffnete Marissa die Tür, zuerst nur einen Spalt, dann weiter. Am anderen Ende des Vorraums sahen sie durch die Fenster des Warteraums schwaches Licht sickern.

»Mein Gott!« sagte Marissa. »Die Tür zum Warteraum ist auf. Ich weiß genau, daß ich sie zugemacht habe.«

»Was sollen wir jetzt machen?« fragte Wendy zaghaft.

»Wir müssen zur Wendeltreppe«, sagte Marissa.

Doch sie fühlten sich wie gelähmt, kamen zu keinem Entschluß und ließen mehrere Minuten verstreichen. Immerhin hörten sie keine weiteren Geräusche mehr.

»Ich will hier raus!« sagte Wendy schließlich.

»Okay«, antwortete Marissa. Sie hatte es ebenso eilig

rauszukommen. Zusammen rückten sie langsam zum Warteraum vor. Dort beugten sie sich vor und spähten ins Dunkel. Hinter dem Warteraum konnten sie jetzt am Ende eines weiteren kurzen Flurs das rote Licht mit dem Schild »Ausgang« erkennen, das die Wendeltreppe anzeigte.

»Fertig?« fragte Marissa.

»Gehen wir!« sagte Wendy.

Hastig durchquerten die beiden Frauen den Warteraum, um auf den kleinen Flur zu gelangen, der zur Wendeltreppe führte. Doch so weit kamen sie nicht. Marissa stieß plötzlich einen unterdrückten Schreckensruf aus, und beide blieben wie angewurzelt stehen. Direkt vor ihnen war eine Gestalt aus der Nische eines Fahrstuhlzugangs getreten. Das Gesicht war in der Dunkelheit nicht zu erkennen.

Marissa und Wendy machten kehrt und wollten zurück in den Ultraschallraum flüchten. Doch dann stoppten sie wieder. Vor ihnen klappte die Tür zum Ultraschallraum laut zu. Und zu ihrem Entsetzen trat ihnen eine zweite dunkle Gestalt entgegen.

Drohend schritten die beiden Gestalten auf sie zu, die eine von vorn, die andere von hinten. Sie saßen in der Falle.

»Was geht denn hier vor?« fragte Marissa. Vergeblich bemühte sie sich, Autorität in ihre Stimme zu legen. »Ich bin Dr. Blumenthal, und dies ist Dr. . . .«

Sie kam nicht dazu, den Satz zu Ende zu sprechen. Aus dem Dunkeln schoß eine Faust vor, traf sie seitlich am Kopf und schleuderte sie zu Boden. In ihren Ohren summte ein Bienenschwarm.

»Nicht schlagen!« schrie Wendy und wollte Marissa zu Hilfe eilen. Doch der nächste Schlag traf sie. Als sie wieder zu sich kam, lag sie lang auf dem Teppich.

Dann ging das Licht an.

Blinzelnd sah Marissa in die plötzliche Lichtfülle. Von dem Schlag dröhnte ihr noch der Kopf. Sie richtete sich in eine sitzende Stellung auf und rieb sich die Stelle dicht über dem linken Ohr, wo der Schlag getroffen hatte. Dann sah sie ihre Hand an, halb in der Erwartung, Blut zu sehen. Aber die Hand war trocken. Sie schaute zu dem Mann hoch, der über ihr stand. Es war ein Wachmann in gutgebügelter dunkelgrüner Uniform mit Schulterklappen. Marissa sah, daß er asiatischer Herkunft war. Er lächelte auf sie herab. Seine schwarzen Augen schimmerten wie Onyx.

»Warum haben Sie mich geschlagen?« fragte ihn Marissa. Mit Gewaltanwendung hatte sie überhaupt nicht gerechnet.

»Einbrecher!« knurrte der Wachmann. Sein Englisch hatte einen starken Akzent. Wieder schoß seine Hand vor und traf Marissa klatschend an derselben Stelle wie beim erstenmal.

Brennender Schmerz durchfuhr Marissa. Erneut fiel sie auf den Teppich.

»Stopp!« rief Wendy und wollte aufstehen. Doch der Mann im grauen Anzug trat ihr die Beine unter dem Körper weg. Sie stürzte zu Boden und bekam zunächst keine Luft mehr. Verzweifelt rang sie nach Atem.

»Warum tun Sie das?« wimmerte Marissa. Sie wälzte sich auf Hände und Knie und stemmte sich dann hoch. Ihr kam der Verdacht, daß sie es mit zwei Wahnsinnigen zu tun hätten. Sie wollte noch etwas sagen. Doch bevor sie auch nur ein Wort herausbrachte, ergriff der durch das Ketamin verursachte Alptraum erneut von ihr so lebhaft Besitz wie damals im Restaurant. Ihre Angst verstärkte sich.

»Einbrecher!« wiederholte der Wachmann, trat auf Marissa zu und schlug sie erbarmungslos zum drittenmal. Sie wurde gegen den Schreibtisch der Aufnahmeschwester geschleudert. Der Schreibtisch verhinderte, daß Marissa zu Boden fiel. Sie riß nur mit lautem Krach einige Bleistiftspender und Karteikästen herunter.

Der Selbsterhaltungstrieb gab ihr ein, ihr Heil in der Flucht zu suchen. Aber sie konnte doch Wendy nicht im Stich lassen! Wütend starrte Marissa ihren Angreifer an. »Wir sind keine Einbrecher!« schrie sie. »Sind Sie denn verrückt?«

Das Lächeln des Wachmanns verzog sich zu einem breiten, grausigen Grinsen, wobei er seine fauligen Zähne entblößte. Im nächsten Augenblick setzte er eine strenge Miene auf. »Was? Du sagst, ich bin verrückt?« knurrte er. Dann griff er nach seinem Revolver.

Mit vor Schreck weitaufgerissenen Augen sah Wendy, wie der Mann die Waffe hob und den Lauf direkt auf sie richtete. Sie hörte das schreckliche Klicken des Mechanismus, als der Wachmann den Hammer zurückzog. Der Mann wollte sie erschießen.

»Nein!« schrie Wendy. Sie hatte wieder Luft bekommen und sich aufgesetzt.

Marissa konnte nicht sprechen. Sie wollte den Mann anflehen, sie zu schonen, brachte aber kein Wort heraus. Vor Angst gelähmt, konnte sie den Blick nicht von dem schwarzen Loch der Mündung abwenden. Jeden Augenblick erwartete sie den mörderischen Einschlag der Kugel.

»Keine Bewegung!« schrie eine Männerstimme.

Marissa zuckte zusammen. Dann hob sie den Kopf. Die Waffe war nicht abgefeuert worden. Plötzlich senkte sich vor ihren Augen der Arm mit dem Revolver. Sie holte tief Luft. Es war ihr gar nicht bewußt geworden, daß sie den Atem angehalten hatte.

Marissa hob den Blick und sah dem Wachmann ins Gesicht. Der starrte ungläubig in den kurzen Flur zu den Fahrstühlen und der Wendeltreppe. Marissa folgte seinem

Blick und sah einen zerzaust wirkenden Mann, der eine Kanone unverwandt auf den Wachmann gerichtet hielt.

»Jungs, ich glaube, ihr übertreibt ein bißchen«, sagte der Fremde. »Du legst jetzt deine Kanone auf den Schreibtisch und stellst dich an die Wand! Aber keine unbedachten Bewegungen! Ich habe in meiner guten Zeit schon einige Leute erschossen. Einer mehr macht mir nicht viel aus.«

Einen Augenblick rührte sich niemand. Kein Wort fiel. Der Blick des Wachmanns wanderte von dem eben aufgetauchten Eindringling zu dem Chinesen im grauen Anzug. Er schien zu überlegen, ob er gehorchen sollte oder nicht.

»Die Kanone auf den Tisch!« wiederholte der Fremde. Dann wandte er sich an den Mann im grauen Anzug, der langsam auf ihn zukam. »Du da, keine Bewegung!«

»Wer bist du?« fragte der Wachmann.

»Paul Abrums«, sagte der Fremde. »Nur ein ehemaliger Cop, der sich ein paar Dollar verdienen will, um seine Pension aufzubessern. Ein Glück, daß ich gerade in der Nähe war. Sonst wäre hier noch sonstwas passiert. Leg jetzt endlich die Kanone auf den Tisch! Ich sage es dir nicht noch einmal.«

Der Wachmann ging zum Schreibtisch der Aufnahmeschwester und legte seinen Revolver auf die Platte. Marissa trat schnell zur Seite. Wendy stand auf und ging zu ihr.

»So«, sagte Paul. »Wenn die beiden Gentlemen jetzt so freundlich sein würden, sich mit dem Gesicht zur Wand zu stellen und die Hände dagegenzulegen, dann fände ich es schon erheblich angenehmer.«

Die beiden Chinesen sahen einander an und gehorchten. Paul ging zum Schreibtisch, nahm den Revolver weg und steckte ihn sich in die Hosentasche. Dann trat er hinter den Wachmann und tastete ihn ab. Nachdem er festgestellt hatte, daß er keine weiteren Waffen bei sich hatte, wandte er sich dem Mann im grauen Anzug zu.

Blitzschnell wirbelte der Mann im grauen Anzug herum,

stieß einen gutturalen Schrei aus und trat Paul die Schußwaffe aus der Hand, daß sie quer durchs Zimmer flog und in der Nähe der Fenster klappernd auf dem Boden landete.

Ohne eine Sekunde zu verlieren, trat der Mann aus geduckter Haltung und wieder mit einem Schrei ein zweites Mal zu. Dabei zielte er nach Pauls Kopf.

Der erste Tritt hatte Paul überrumpelt, auf den zweiten war er gefaßt. Als erfahrener Straßenkämpfer duckte er den Tritt ab, packte einen Stuhl und schlug ihn dem Angreifer vor den Unterleib. Stuhl und Mann landeten ineinander verkeilt auf dem Boden.

Nun bewies auch der Wachmann, daß er in Nahkampftechniken ausgebildet war. Aus geduckter Haltung stürzte er sich von der Seite auf Paul, der gerade vergeblich versuchte, den langläufigen Colt aus der Hosentasche zu ziehen. Kurz entschlossen ließ er die Waffe los, packte eine Lampe vom Beistelltisch und konterte damit die blitzschnellen Vorstöße des Wachmanns.

Bald schwirrten weitere Stühle durch die Luft, und Marissa und Wendy flohen in den Ultraschallraum. Sie hatten nur ein Ziel im Auge: in die Krankenstation zu gelangen, wo sie in Sicherheit sein würden.

Sie zerrten die Tür zum Ultraschallraum auf, den sie erst vor wenigen Minuten verlassen hatten, schalteten in aller Eile das Licht ein und rannten durch die Tür ins Labor. Dort fand Wendy als erste den Lichtschalter und betätigte ihn. Marissa machte die Tür zu. Dann sah sie den Schlüssel und schloß hinter sich ab.

Sie gönnten sich keinen Augenblick Ruhe, sondern rannten zwischen Labortischen und Brutkammern zu der Tür, die auf den Hauptflur hinausging. Doch bevor sie draußen waren, hörten sie, wie jemand an der verschlossenen Tür hinter ihnen rüttelte. Gleich darauf wurde das Sichtfenster eingeschlagen.

In wilder Panik kamen sie bei der Flurtür an, mußten aber feststellen, daß sie abgeschlossen war. Nun versuchten sie das Schloß mit Gewalt zu sprengen. Da sah Marissa im Umdrehen, daß der Wachmann gerade ins Zimmer kam und auf sie zustürmte. Sie schnappte sich die gläsernen Laborgefäße, die sie erreichen konnte, und schleuderte sie dem Angreifer entgegen. Die zersplitternden Gläser hielten den Wachmann etwas auf, konnten seinen Vormarsch aber nicht stoppen.

Schließlich schaffte es Wendy, die Flurtür aufzureißen, und die beiden Frauen stürzten in den dunklen Korridor. Um nicht in den Warteraum zu gelangen, wandten sie sich nach rechts. In panischer Angst rannten sie Hals über Kopf den Flur entlang und hofften, auf diesem Weg eine zweite Wendeltreppe zu finden.

An der rechtwinkligen Ecke mußten sie abbremsen. In der Eile fielen sie fast übereinander. Beim Weiterlaufen sahen sie in der neuen Richtung am Ende des Gangs ein Fenster, durch das gedämpftes Licht von draußen hereinfiel. Doch leider gab es hier keine roten Ausgangsleuchten. Hinter sich hörten sie, wie die Labortür aufgerissen wurde. Der Wachmann war also nicht weit hinter ihnen.

Am Fenster fand Marissas und Wendys Flucht ein jähes Ende. Der Flur ging nicht weiter. Hektisch probierten sie die Türen rechts und links. Beide waren abgeschlossen. Da tauchte auch schon in der Flurbiegung der Wachmann auf. Jetzt kam er auf sie zu. Er hatte es nicht mehr nötig, sich zu beeilen. Denn er hatte sie in der Falle.

Rechts an der Wand entdeckte Marissa eine Glasverkleidung. Sie riß sie auf und packte den schweren Messingverschluß eines Feuerlöschapparats. Der Schlauch fiel heraus und legte sich in Schlangenwindungen auf den Boden.

»Dreh das Ventil auf!« schrie Marissa.

Wendy griff in den Verschlag und versuchte den Knopf

zu drehen. Er rührte sich nicht. Sie versuchte es mit beiden Händen und zog und zerrte mit allen Kräften. Plötzlich gab das Ventil nach. Wendy drehte es weiter auf.

Marissa hielt den schweren Verschluß in beiden Händen und richtete ihn auf den durch den Flur kommenden Wachmann. Sie war auf einiges gefaßt gewesen, doch die Wucht, mit der der Wasserstrahl schließlich aus dem Schlauch schoß, übertraf alles. Sie wurde zurückgeschleudert und mußte den Schlauch loslassen. Unter der Kraft des mit Druck herausgepreßten Wassers zuckte der Verschluß wild hin und her.

Mit Mühe konnte sich Marissa vor dem in alle Richtungen herausschießenden Wasserstrahl in Sicherheit bringen. In diesem Augenblick entdeckte Wendy die Alarmeinrichtung neben dem Glasverschlag. Sie zog den Hebel herunter, der das Sprinklersystem auslöste und gleichzeitig Feueralarm gab. Der Alarm schrillte in der Feuerwehrwache von Cambridge los und unterbrach eine hart umkämpfte Pokerpartie.

Das Schluchzen der beiden Frauen hielt schon seit langer Zeit an. So peinlich es Marissa und Wendy war, ihren Emotionen so freien Lauf zu lassen, sie konnten nichts dagegen tun. Sie hatten die ganze Gefühlsskala von Entsetzen über Erleichterung bis zur Demütigung durchlaufen, da ließen sich die Tränenfluten nicht länger zurückhalten. Für beide war es das schlimmste Erlebnis ihres ganzen Lebens gewesen, das sie nie vergessen würden.

Sie saßen auf Holzstühlen voller Einkerbungen, von denen sich der Lack schälte wie die Haut bei einem schweren Sonnenbrand. Die Stühle standen mitten in einem ziemlich leeren, schmutzigen Saal, in dem Abfall herumlag. Es stank nach Alkohol und getrocknetem Erbrochenem. Das einzige Bild an der Wand zeigte das humorlose Gesicht von Michael Dukakis.

Ihnen gegenüber saßen Robert und Gustave. Auf einem Stuhl am Fenster balancierte Roberts ständiger Anwalt George Freeborn eine Aktenmappe aus Alligatorleder auf dem Schoß. Es war 2.23 Uhr nachts. Sie befanden sich im Bezirksgericht.

Gerade als Marissa dabei war, die Fassung zurückzugewinnen, sprudelten bei ihr aufs neue die Tränen.

»Nimm dich doch zusammen!« sagte Robert.

Marissa schaute zu Wendy hin, die mit gesenktem Kopf dasaß und ein Papiertuch vors Gesicht hielt. Von Zeit zu Zeit sah man, wie ihre Schultern zuckten. Gustave legte ihr die Hand auf die Schulter.

Am Konferenztisch in der Mitte des Saals saß eine etwa 45jährige Frau, die nicht mit sich spaßen ließ. Sie war, wie sie bereits allen mitgeteilt hatte, wenig erbaut davon, hier sitzen zu müssen. Man hatte sie nämlich mitten in der Nacht aus dem Bett geholt. Vor sich hatte sie eins der vielen Formulare, die in dieser Nacht auszufüllen waren. Sie schrieb mit übertrieben starken Federstrichen.

Jetzt schaute die Frau auf ihre Armbanduhr und hob den Kopf. »Wo bleibt denn der Kautionsbürge?« fragte sie.

»Man hat ihn schon angerufen«, versicherte ihr Mr. Freeborn. »Er wird bestimmt jeden Augenblick hier sein.«

»Wenn nicht, dann kommen die beiden Damen wieder in Haft«, drohte die Richterin. »Auch wenn sie sich einen hochbezahlten Anwalt leisten können, so bedeutet das noch lange nicht, daß sie vom Gesetz bevorzugt behandelt werden.«

»Selbstverständlich nicht«, stimmte ihr Mr. Freeborn zu. »Aber der Kautionsbürge wird sofort hier sein, ich habe selber mit ihm gesprochen.«

Marissa durchlief ein Schauer. Sie war noch nie zuvor im Gefängnis gewesen und wollte nicht mehr dorthin zurück. Die Erlebnisse dieser Nacht hatten ihren Bedarf gedeckt. Man hatte ihr sogar Handschellen angelegt und sie einer Leibesvisitation unterzogen.

Als die Feuerwehr in der Frauenklinik eintraf, waren Wendy und sie noch vor Freude außer sich gewesen. Der wild hin und her zuckende Wasserschlauch hatte ihnen den Wachmann erfolgreich vom Leibe gehalten. Aber mit der Feuerwehr war auch die Polizei gekommen, und die schenkte dem Wachmann Gehör. Schließlich hatte man Marissa und Wendy festgenommen und in Handschellen abgeführt.

Zuerst wurden sie zur Polizeistation Cambridge gebracht, wo man sie zum zweitenmal über ihre Rechte belehrte, sie ins Wachbuch eintrug, fotografierte und ihnen die Fingerabdrücke abnahm. Man erlaubte ihnen noch, ihre Ehemänner anzurufen. Danach wurden sie in eine Arrestzelle gesteckt. Dort mutete man ihnen sogar zu, die freistehende Toilette zu benutzen.

Später holte man Marissa und Wendy aus der Arrestzelle der Polizeistation, legte ihnen wieder Handschellen an und überführte sie ins Bezirksgericht Middlesex, wo sie in eine noch viel düsterer aussehende Zelle gesperrt wurden. Hier gab man ihnen trockene Gefängniskleidung, da ihre eigenen Kleider völlig durchnäßt waren.

Die Richterin mußte noch weitere zehn Minuten warten, bis der Kautionsbürge eintraf. Es war ein übergewichtiger Mann mit beginnender Glatze, der eine Vinyl-Aktentasche bei sich hatte.

Er ging geradewegs auf den Richtertisch zu und stellte die Aktentasche mit einem dumpfen Geräusch darauf ab. »Hallo, Gertrude«, sagte er zu der Richterin und löste den Verschluß der Aktentasche.

»Bist du etwa zu Fuß hergekommen, Harold?« erkundigte sich die Richterin.

»Was redest du denn da?« sagte der Bürge. »Ich wohne

weit draußen in der Nähe des Somerville Hospital. Wie soll ich denn den langen Weg zu Fuß gehen?«

»Ich habe es ironisch gemeint«, sagte die Richterin mit säuerlicher Miene. »Vergiß es! Hier sind die Kautionsauflagen für die beiden Damen. Sie lauten auf je 10 000.«

Der Bürge nahm, ebenso beeindruckt wie erfreut, die Dokumente in Empfang. »Wau«, sagte er, »10 000! Was haben sie denn ausgefressen? Die Bay Bank am Harvard Square überfallen?«

»So ungefähr«, sagte die Richterin. »Sie haben sich am Montagvormittag vor Richter Burano zu verantworten, und zwar wegen Einbruchdiebstahls, Hausfriedensbruchs, mutwilliger Sachbeschädigung, einfachen Diebstahls in Zusammenhang mit widerrechtlichem Gebrauch eines Computers, Diebstahls datengeschützter Akten und ...« Sie zog das vor ihr liegende Formular zu Rate. »Ach ja! Und wegen tätlichen Angriffs in Tateinheit mit Körperverletzung. Anscheinend haben sie einen Wachmann niedergeschlagen.«

Marissa konnte sich nicht länger beherrschen. »Das ist nicht wahr!« schrie sie. Der plötzliche Ausbruch hatte neuerliche Tränen zur Folge. Es verhalte sich genau umgekehrt, erklärte sie, die Wachleute hätten sie angegriffen. »Und Paul Abrums, ein pensionierter Polizeibeamter, wird das bezeugen«, fügte sie hinzu.

»Halt den Mund, Marissa!« rief Robert. Er konnte die Eskapade seiner Frau noch immer nicht begreifen.

Die Richterin sah Marissa böse an. »Vielleicht ist Ihnen entfallen, daß Mr. Abrums in diesem Fall ebenfalls Beschuldigter ist und sich, sobald er aus dem Krankenhaus entlassen wird, wegen der gleichen Anklagepunkte zu verantworten hat.«

»Mrs. Buchanan ist hochgradig erregt«, sagte Mr. Freeborn zu ihrer Entschuldigung.

»Das sehe ich selber«, sagte die Richterin.

Der Bürge trat zu den Ehemännern. »Welche von den beiden ist Mrs. Buchanan, und welche ist Mrs. Anderson?«

»Ich erledige das alles«, sagte Mr. Freeborn. »Mr. Buchanans Bankier wartet bereits auf Ihren Anruf, um die Kaution für beide Verdächtigten zu leisten. Hier ist die Nummer.«

Der Bürge nahm den Zettel entgegen.

»Du kannst das Telefon da drüben benutzen«, sagte die Richterin und zeigte mit dem Federhalter in der Hand auf das Telefon am Tisch.

Nachdem der Bürge den Anruf erledigt hatte, wurde die restliche Schreibarbeit schnell erledigt.

»Das wär's«, verkündete die Richterin.

»Vielen Dank«, sagte Marissa und stand auf.

»Tut mir leid, daß Ihnen die Unterbringung hier im Gerichtsgebäude nicht zugesagt hat«, sagte die Richterin. Sie war noch immer eingeschnappt über die, wie sie meinte, bevorzugte Behandlung, die Marissa durch die Einschaltung Mr. Freeborns zuteil geworden war.

Mr. Freeborn begleitete die beiden Ehepaare beim Verlassen des Gerichts. Auf dem Marmorfußboden erzeugten ihre Schritte ein lautes Echo.

Als Marissa und Wendy bei ihren Wagen ankamen, hatten sie sich merklich beruhigt. Schweigend stiegen sie ein. Seit dem Verlassen des Verhandlungssaals hatte niemand ein Wort gesprochen.

»Vielen Dank für dein promptes Kommen, George«, rief Robert dem Anwalt zu.

»Ja, ich bedanke mich auch«, rief Gustave.

»Montagvormittag sehen wir uns dann wieder«, rief George zurück, winkte ihnen zu und stieg in seinen blitzenden schwarzen Mercedes.

Robert und Gustave wechselten noch einen Blick und schüttelten in gegenseitigem Mitgefühl den Kopf.

Dann stieg Robert ein, schlug laut die Tür zu und blickte Marissa an. Aber sie sah mit trotzig gerecktem Kinn starr nach vorn. Robert startete und fuhr auf die Straße.

Als sie den alten Charles-River-Damm überquerten, begann er: »Ich werde dich nicht daran erinnern, daß ich es dir vorhergesagt habe.«

»Gut. Dann sagst du am besten gar nichts.« Nach ihren bitteren Erlebnissen war Marissa der Meinung, daß ihr Trost zustand und keine Gardinenpredigt.

»Ich glaube, du schuldest mir noch eine Erklärung«, sagte Robert.

»Und ich glaube, ich schulde dir überhaupt nichts«, sagte Marissa und schleuderte ihm einen bösen Blick zu. »Aber eins will ich dir sagen: die Wachmänner in der Klinik waren Wahnsinnige. Der eine wollte mir aus nächster Nähe eine Kugel in den Kopf schießen. Das hat dir ja auch der Mann gesagt, den du engagiert hast. Sie haben uns auch geschlagen!«

»Das ist alles ein bißchen schwer zu glauben«, sagte Robert.

»Soll das etwa heißen, daß wir dich anlügen?« fragte Marissa ungläubig.

»Ich glaube, daß es sich so abgespielt hat, wie du glaubst«, antwortete Robert ausweichend.

Marissa blickte wieder nach vorn. Ihre Gefühle purzelten durcheinander wie Squashbälle. Sie wußte nicht, ob sie wieder weinen oder mit den Fäusten auf das Armaturenbrett hämmern sollte. Schließlich ballte sie die Hände und biß die Zähne aufeinander.

In feindlichem Schweigen fuhren sie den Storrow Drive entlang. Als sie zum Mass. Pike kamen, drehte sich Marissa zu ihm um. »Warum hast du mich beschatten lassen?«

»Wie man sieht, ist das ein verdammt guter Einfall von mir gewesen.«

»Darum geht es nicht«, sagte Marissa und wiederholte: »Warum hast du mich beschatten lassen? Mir gefällt das nicht.«

»Ich habe dich beschatten lassen, um dich vor Schwierigkeiten zu bewahren«, sagte Robert. »Anscheinend hat es aber nichts genützt.«

»Jemand muß diesen Tbc-Fällen nachgehen«, sagte Marissa. »Manchmal ist es nötig, Risiken einzugehen.«

»Aber man darf sich dabei nicht zu eindeutigen Straftaten hinreißen lassen«, sagte Robert. »Du bist derartig davon besessen, daß du gegen alle Vernunft handelst. Du machst einen Kreuzzug daraus, und das macht mich noch verrückt. Ich kann dir nicht glauben. Du versuchst ja immer noch, dein unverantwortliches Vorgehen zu rechtfertigen.«

»Und wenn ich dir sage, daß wir allein in der Frauenklinik 18 Fälle von Eileiterinfektionen durch Tbc entdeckt haben?« fragte Marissa. »Glaubst du dann, daß mein Verdacht gerechtfertigt ist? Dabei ist Rebecca Ziegler noch gar nicht mitgerechnet. Ihre Akte ist nämlich schon im Computer gelöscht worden. Was hältst du davon?«

Robert zuckte nur ärgerlich die Achseln.

»Ich sage dir, was ich annehme«, fuhr Marissa fort. »Ich glaube, sie haben etwas zu verbergen. In Rebeccas Akte hat irgend etwas gestanden, was niemand lesen sollte.«

»Ach, hör schon auf, Marissa!« sagte Robert ärgerlich. »Jetzt wirst du kitschig. Das grenzt ja schon an Verfolgungswahn. Du stützt dich nur auf Vermutungen. Und dafür müssen wir auch noch einige sehr drastische Gebühren zahlen, um dich vor dem Gefängnis zu bewahren.«

»Du kannst an nichts anderes denken als an Geld«, gab Marissa zornig zurück. »Das ist deine größte Sorge, stimmt's?«

Marissa schloß die Augen. Manchmal fragte sie sich

jetzt, wie sie einmal so verblendet gewesen sein konnte, diesen Mann zu heiraten. Und jetzt drohte ihr auch noch eine Gefängnisstrafe! Alles schien sich vom Schlimmen über das Schlimmere zum Schlimmsten zu wenden, wie im Verlauf einer griechischen Tragödie.

Marissa hob die Lider und starrte auf das vor ihr abrollende Straßenband. In ihrem Kopf jagten sich die Ängste. Welche Wirkung hatten wohl die Schläge des Wachmanns auf die implantierten Embryos gehabt? Montag würde in mehr als einer Hinsicht für sie ein Tag der Abrechnung sein. Nicht nur, daß sie als Angeklagte unter der Beschuldigung einer ganzen Reihe von Verbrechen vor Gericht zu erscheinen hatte — für Montag war auch ihr Schwangerschaftsbluttest angesetzt.

Wieder stiegen ihr Tränen in die Augen. So wie die Dinge liefen, war es nicht schwer, das Ergebnis des Bluttests vorauszusagen. Ganz plötzlich erschien es ihr nicht mehr so unerklärlich, warum sich Rebecca Ziegler in den Tod gestürzt hatte. Vielleicht war sie ähnlichem Streß ausgesetzt gewesen. Aber vielleicht war sie ja auch gar nicht aus eigenem Willen gesprungen. Vielleicht hatte man sie hinuntergestoßen ...

8

2. April 1990

9.35 Uhr vormittags

Obgleich Marissa am Sonnabendmorgen ein Telefongespräch mit Wendy geführt hatte, sah sie ihre Freundin erst am Montagmorgen im Gerichtsgebäude wieder. Als sie mit Robert den Gerichtssaal betrat, sah sie Wendy, Gustave und ihren Anwalt auf den kirchstuhlähnlichen Bänken an der linken Seite sitzen. Robert wollte sie nach rechts in eine leere Reihe führen, aber sie ließ es nicht zu und ging zu ihrer Freundin hinüber.

Wendy sah schrecklich mitgenommen aus. Wie in Trance starrte sie vor sich hin. Die rotgeränderten Augen lagen tief in den Höhlen. Es war deutlich zu sehen, daß sie geweint hatte, wahrscheinlich sehr oft. Marissa berührte ihre Schulter und nannte flüsternd ihren Namen. Als Wendy sie erblickte, strömten ihr erneut die Tränen über die Wangen. Sie machte einen noch unglücklicheren Eindruck, als zu erwarten gewesen war.

»Was ist los?« fragte Marissa.

Wendy wollte etwas sagen, brachte aber keinen Ton heraus. Sie konnte nur den Kopf schütteln. Marissa packte sie am Arm und zog sie hoch. Zusammen gingen sie an den hereindrängenden Zuschauern vorbei aus dem Saal.

Marissa steuerte ihre Freundin in die Damentoilette.

»Was ist?« fragte sie. »Irgendwas zwischen Gustave und dir?«

Wendy schüttelte wieder den Kopf und schluchzte weiter. Marissa schloß sie fest in die Arme. »Ist es wegen des Prozesses?«

Wendy schüttelte nur den Kopf. Schließlich stieß sie hervor: »Es ist mein Bluttest. Er wurde am Sonnabend vorgenommen. Ich bin nicht schwanger.«

»Aber das war doch nur der erste Test«, sagte Marissa. »Erst nach dem zweiten läßt sich beurteilen, ob der Hormonspiegel ausreichend angestiegen ist.« Sie wollte Optimismus verbreiten, wußte aber, daß, wenn Wendy glaubte, nicht schwanger zu sein, sie es höchstwahrscheinlich auch nicht war. Ein Eiszapfen bohrte sich Marissa ins Herz. Denn auf dem Weg zum Gericht hatte sie sich heute morgen im Memorial zum gleichen Zweck Blut abnehmen lassen.

»Der Hormonspiegel war so niedrig«, sagte Wendy schluchzend, »daß ich nicht schwanger sein kann. Ich hab's ja geahnt.«

»Das tut mir sehr leid«, sagte Marissa.

»Was meinst du, können die Vorfälle in der Klinik am Freitagabend Einfluß gehabt haben?« fragte Wendy.

Obwohl Marissa gerade der gleiche furchtbare Gedanke gekommen war, sagte sie: »Nein, bestimmt nicht!«

»Entschuldigen Sie«, sagte eine gummikauende Frau in engem Minikleid, »ist eine von Ihnen Dr. Blumenthal?«

»Ja, ich«, sagte Marissa erstaunt.

Die Frau zeigte mit dem Daumen über die Schulter. »Ihr Mann erwartet Sie. Er sagt, Sie sollen sofort rauskommen.«

»Die fangen wohl schon an, die Fälle aufzurufen«, sagte Marissa zu Wendy. »Wir müssen reingehen.«

»Ich weiß«, sagte Wendy immer noch weinend, ließ sich von Marissa ein Papiertuch geben und fuhr sich damit über die Augen. »Ich sehe bestimmt scheußlich aus«, sagte sie. »Ich traue mich gar nicht, in den Spiegel zu sehen.«

»Du siehst gut aus«, schwindelte Marissa.

Zusammen verließen die beiden die Damentoilette. Robert stand, die Hände in die Hüften gestemmt, direkt vor der Tür.

Er warf einen Blick auf Wendy und fragte gereizt: »Was ist denn nun schon wieder los? Ihr wißt doch, daß ihr im Gerichtssaal sein müßt, wenn euer Fall aufgerufen wird, oder?«

»Hör zu«, sagte Marissa mit leiser Stimme und keineswegs höflich, »ich weiß, daß es dir schwerfällt, das zu verstehen, aber Wendy hat großen Kummer. Ihre Embryoverpflanzung hat nicht geklappt. Für uns ist das so schlimm wie eine Fehlgeburt.«

Robert verdrehte die Augen. »Komm jetzt!« sagte er. »Das kann sie sich für ihre Therapeutin aufsparen. Ich kann nicht zulassen, daß du beim Aufruf fehlst. Dann bist du von vornherein unten durch.«

Doch Roberts Sorge erwies sich als unbegründet. Erst nach einer halben Stunde wurden Marissa und Wendy aufgerufen. Während des Wartens waren sie sehr nervös gewesen. Mr. Freeborn erklärte ihnen, die Fälle würden in der Reihenfolge aufgerufen, in der die für die Festnahmen zuständigen Behörden die schriftlichen Unterlagen eingereicht hätten. So mußten sie mitansehen, wie alle möglichen Leute unter den verschiedensten Anklagen wie Totschlag, Raubüberfall, versuchter Vergewaltigung, Drogenhandel, Alkohol am Steuer, Hehlerei, tätlichem Angriff und Körperverletzung aufgerufen wurden.

Schließlich, um 10.20 Uhr, verkündete der Gerichtsdiener: »Die Fälle 90-45 CR-987 und 988, das Commonwealth gegen Blumenthal-Buchanan und Wilson-Anderson.«

»Okay, das sind wir«, sagte Mr. Freeborn. Er stand auf und bedeutete Marissa, das gleiche zu tun.

Auf der anderen Seite des Mittelgangs sah Marissa

Wendy und ihren Anwalt aufstehen. Er war ein großer, dünner Mann, der ein Jackett mit zu kurzen Ärmeln anhatte, so daß seine Arme und die knochigen Hände unnatürlich lang erschienen.

Die vier begaben sich gemeinsam aus dem Zuhörerraum nach vorn und traten vor den Richtertisch.

Richter Burano wirkte reichlich uninteressiert. Fortwährend blätterte er in den vor ihm liegenden Papieren. Er war ein stämmiger Mann in den 60ern mit zerknitterten Gesichtszügen, die ihm eine unheimliche Ähnlichkeit mit einer Bulldogge verliehen. Die Lesebrille war ihm weit auf die Nase vorgerutscht.

Der Gerichtsdiener räusperte sich und verlas dann mit lauter, überall hörbarer Stimme: »Marissa Blumenthal-Buchanan, hiermit erhebt das Commonwealth von Massachusetts Anklage wegen schweren Einbruchs gegen Sie. Was erklären Sie dazu?«

»Mrs. Marissa Blumenthal-Buchanan erklärt sich für unschuldig«, sagte Mr. Freeborn mit seiner eindrucksvollen Stimme.

Und weiter las der Gerichtsdiener leiernd ab: »Marissa Blumenthal-Buchanan, hiermit erhebt das Commonwealth von Massachusetts Anklage wegen Hausfriedensbruchs gegen Sie. Was erklären Sie dazu?« Er ging die ganze Liste der Anklagen durch, und jedesmal erklärte Mr. Freeborn, sie erkläre sich für unschuldig.

Nachdem die Anklagepunkte gegen Marissa verlesen und samt ihren Erklärungen protokolliert worden waren, wiederholte der Gerichtsdiener das Ganze noch einmal mit Wendy.

In diesem Augenblick erhob sich eine Frau, die Marissa für eine Unterstaatsanwältin hielt. Mehrere Blätter in der Hand haltend, auf die sie sich in der Folge bezog, wandte sie sich an das Gericht. »Euer Ehren, das Commonwealth beantragt in diesen beiden Fällen die Neufestsetzung der ursprünglichen Kaution. Es handelt sich um schwerwiegende Anklagen, und es ist uns bekannt, daß in der betreffenden Klinik schwerer Sachschaden verübt wurde.«

»Euer Ehren, wenn Sie gestatten«, sagte Mr. Freeborn, »meine Mandantin Dr. Blumenthal-Buchanan ist eine angesehene Ärztin in unserem Staat, deren Arbeit landesweite Würdigung gefunden hat. Ich bin der felsenfesten Meinung, daß sie ohne Kaution auf freien Fuß gesetzt werden sollte. Daher stelle ich den Antrag, die vom Untersuchungsrichter festgesetzte Kaution aufzuheben.«

»Euer Ehren«, sagte Wendys Anwalt, »ich möchte mich dem Antrag meines geschätzten Kollegen anschließen. Meine Klientin Dr. Wendy Wilson-Anderson gehört als Augenärztin dem berühmten General Hospital an. Sie ist außerdem Grundbesitzerin im Commonwealth.«

Zum erstenmal, seit Marissa und Wendy vorgetreten waren, schaute der Richter von seinen Papieren auf. Mit kaltem Blick betrachtete er die vor ihm stehende Gruppe.

»Ich setze die Kaution auf 5000 für jede der beiden Angeklagten herab«, sagte er.

In diesem Augenblick näherte sich ein gutgekleideter Mann in einem erstklassigen Maßanzug dem Tisch der Anklage. Er tippte der Unterstaatsanwältin auf die Schulter und sprach längere Zeit auf sie ein. Danach beriet sich die Frau mit ihren beiden Kollegen.

»Wir setzen die Vorverhandlung auf den 8. Mai 1990 fest«, sagte der Gerichtsdiener.

»Wenn Sie gestatten, Euer Ehren«, sagte die Unterstaatsanwältin und näherte sich wieder dem Richtertisch, »in dem Fall ist eine neue Entwicklung eingetreten. Mr. Brian Pearson möchte dem Gericht eine Erklärung abgeben.«

»Und wer ist Mr. Brian Pearson?« fragte Richter Burano.

»Ich bin Rechtsberater der Frauenklinik, Euer Ehren«,

sagte Mr. Pearson. »Die mutmaßlichen Verbrechen der Angeklagten wurden auf dem Gelände der Frauenklinik begangen. Dr. Wingate, der Direktor der Klinik, hat mich beauftragt, dem Gericht in dieser Angelegenheit eine Bitte zu unterbreiten. Ohne das Verhalten der Angeklagten irgendwie zu entschuldigen, will die Klinik auf eine Strafverfolgung verzichten, falls die Frauen ihr Verschulden anerkennen und sich ehrenwörtlich verpflichten, in Zukunft das Eigentum der Klinik zu achten und für die Reparaturen der von ihnen verursachten Schäden eine angemessene Entschädigung zu zahlen.«

»Das ist, milde ausgedrückt, recht ungewöhnlich«, sagte Richter Burano. Er räusperte sich, wandte sich an die Unterstaatsanwältin und fragte sie: »Wie steht das Commonwealth zu dieser neuen Entwicklung?«

»Wir erheben keinen Einspruch, Euer Ehren«, sagte die Unterstaatsanwältin. »Wenn die Klinik keine Strafverfolgung verlangt, wird das Commonwealth nicht darauf bestehen.«

»Na, das ist ja merkwürdig«, sagte der Richter und wandte sich nun Marissa und Wendy zu. »*Nolle prosequi!** Das ist in diesem Gericht ein Vorgang ohne Beispiel. Aber wenn niemand eine Strafverfolgung wünscht, dann ist es meine Pflicht, den Fall zur Entlastung der Gerichtsbarkeit des Commonwealth einzustellen. Doch bevor das geschieht, möchte ich eine persönliche Erklärung dazu abgeben.«

Richter Burano beugte sich vor und sah die beiden Frauen durchdringend an. »Nach dem mir vorliegenden Material muß ich annehmen, daß Sie beide für Erwachsene unverantwortliche Handlungen begangen haben, noch dazu in Ihrer Eigenschaft als Ärztinnen. Ich kann sol-

* Lat.: Wo kein Kläger ist ...

che offensichtliche Nichtachtung des Gesetzes und des Privateigentums nicht gutheißen. Der Fall ist eingestellt, aber Sie beide sollten sich der Frauenklinik wegen der bezeigten Großmut tief verpflichtet fühlen.«

Jemand zog Marissa am Ärmel. Sie sah sich um. Mr. Freeborn bedeutete ihr zu gehen. Der Gerichtsdiener verlas bereits die Geschäftsnummer für den nächsten Aufruf.

Verwirrt, aber glücklich ließ sich Marissa aus dem Gerichtssaal führen. Robert war dicht hinter ihr, mit Wendy und Gustave im Schlepptau.

Erst auf dem von Zigaretten verqualmten Flur fand Marissa die Sprache wieder. »Was ist denn eigentlich passiert?«

»Ganz einfach«, sagte Mr. Freeborn. »Wie der Richter schon ausführte, hat man in der Klinik beschlossen, Großmut walten zu lassen und keine Strafverfolgung zu verlangen. Die Unterstaatsanwältin hat sich einverstanden erklärt. Natürlich müssen wir nun über die Höhe der ›angemessenen‹ Entschädigung verhandeln.«

»Aber abgesehen davon ist alles ausgestanden?« fragte Marissa. Es schien ihr die erste gute Nachricht seit vielen Monaten zu sein.

»Ganz recht«, sagte Mr. Freeborn.

»Was meinen Sie, wie hoch die Entschädigung ausfallen wird?« fragte Robert.

»Keine Ahnung«, sagte Mr. Freeborn.

Wendy legte die Arme um Marissa und zog sie an sich. Marissa klopfte ihr auf den Rücken und flüsterte ihr ins Ohr: »Ich rufe dich an.« Sie wußte, daß Wendy, auch nachdem die Anklage fallengelassen war, weiterhin niedergeschlagen sein würde.

Wendy nickte. Dann ging sie mit Gustave und ihrem Anwalt davon.

Robert besprach sich einige Minuten mit Mr. Freeborn.

Dann schüttelten sie sich die Hände, und Robert brachte Marissa zum Wagen.

»Ihr habt unverschämtes Glück gehabt«, sagte Robert zu ihr und fädelte sich in den Verkehr auf dem Monsignore-O'Brien-Highway ein. »George sagt, er habe so etwas noch nie erlebt. Das muß ich der Klinik lassen: es war ziemlich großzügig gehandelt, so einfach auf die Strafverfolgung zu verzichten.«

»Das ist doch alles nur ein schlaues Tarnungsmanöver«, sagte Marissa.

Robert sah sie an, als hätte er nicht richtig gehört. »Was?«

»Du hast mich doch gehört«, sagte Marissa. »Es war ein cleverer Trick von ihnen. Die Öffentlichkeit soll nicht erfahren, was für wilde Tiere sie als Wachmänner beschäftigen. Außerdem verhindern sie auf diese Weise unsere weiteren Ermittlungen in den Tbc-Fällen und vielleicht über Rebeccas Tod.«

»Ach, Marissa!« sagte Robert stöhnend.

»Der Richter kennt die übrigen Umstände ja nicht«, sagte Marissa. »Er hat keine Ahnung, welche Dimensionen der Fall angenommen hat.«

Robert schlug mit der Faust aufs Lenkrad. »Ich weiß nicht, ob ich das noch länger aushalte.«

»Halte an!« sagte Marissa.

»Was?«

»Ich will, daß du anhältst.«

»Wird dir übel?« fragte Robert.

»Tu, was ich dir sage!«

Robert sah sich um und fuhr dann auf den kreisrunden Vorplatz des Museums für Naturwissenschaften.

Marissa öffnete ihre Tür, stieg aus, knallte die Tür von außen zu und ging einfach los. Verwirrt kurbelte Robert die Scheibe herunter und rief ihr nach: »Was zum Teufel ist eigentlich los?«

»Ich mache einen Spaziergang«, sagte Marissa. »Ich muß mal allein sein. Du machst mich verrückt.«

»Ich mache dich verrückt?« rief Robert ihr ungläubig nach. Einen Moment schwankte er. Dann murmelte er: »Herrgott noch mal!«, kurbelte das Fenster wieder hoch und fuhr ab, ohne sich noch einmal umzuschauen.

Die Hände tief in die Taschen des Regenmantels vergraben, ging Marissa die Esplanade am Ufer des Charles River entlang. Der Himmel war wieder einmal bedeckt. Der Fluß hatte eine graublaue Färbung. Pfützen standen hier und da auf dem Weg.

Marissa ging bis zum Wrack der Arthur Fiedler und dann quer hinüber zur Arlington Street. An der Ecke der Arlington und der Boylston nahm sie die aus der Huntington Avenue kommende T Street, die zu ihrer Kinderklinik führte.

Durch eine Hintertür betrat sie das Gebäude. Sie hatte keine Lust, von irgendwem angesprochen zu werden. Mühsam erklomm sie die Feuertreppe, schlich dann durch mehrere Behandlungsräume und gelangte so in ihr Sprechzimmer, wo sie die Tür hinter sich schloß. Licht machte sie gar nicht erst an. Sie war gewiß, daß keiner etwas von ihrem Hiersein ahnte, und in ihrer deprimierten Verfassung wollte sie es auch dabei belassen.

Die eingegangenen Mitteilungen würdigte sie keines Blicks, aus Angst, es könnte schon das Ergebnis ihres Schwangerschaftstests darunter sein. Statt dessen setzte sie sich an den Schreibtisch und brütete vor sich hin. Noch nie hatte sie sich so allein und isoliert gefühlt. Mit Ausnahme von Wendy hätte sie mit niemandem sprechen können.

Nach einer Stunde kam sie auf die Idee, einige ambulanten Patienten zu empfangen. Vielleicht würde sie das auf andere Gedanken bringen. Aber sie merkte bald, daß sie zu elend war, um sich konzentrieren zu können.

Sie konnte an nichts anderes denken als an die Frauenklinik.

Das Telefon schreckte sie auf. Noch während des ersten Läutens nahm sie den Hörer ab.

»Hallo?« sagte sie.

»Dr. Blumenthal?« fragte eine Frauenstimme.

»Ja«, sagte Marissa.

»Hier ist das Labor vom Memorial«, sagte die Stimme. »Wir haben jetzt das Ergebnis ihres Schwangerschaftstests. Der Hormonspiegel beträgt nur zwei mg/ml. Wenn Sie wünschen, können wir in 24 oder 36 Stunden noch einen machen, aber es sieht nicht gut aus.«

»Danke«, sagte Marissa mit tonloser Stimme. Sie notierte sich den Wert und legte dann auf. Es war so gekommen, wie sie befürchtet hatte: das gleiche Ergebnis wie bei Wendy. Sie war nicht schwanger!

Eine Zeitlang schaute Marissa unentwegt den Wert an, den sie auf den Block notiert hatte. Dann verschwamm er vor ihren Augen. Vor Kummer begann sie wieder zu weinen. Sie hatte das alles so satt. Sie mußte auch wieder an Rebecca Ziegler denken, an die Probleme, die die arme Frau in den Selbstmord getrieben hatten — falls es Selbstmord gewesen war.

Plötzlich meldete sich das Telefon wieder. Marissa grapschte nach dem Hörer in der lächerlichen Hoffnung, es wäre das Labor im Memorial, um ihr mitzuteilen, daß es sich um einen Irrtum gehandelt hätte. Konnte es sein, daß sie doch schwanger war?

»Hallo«, sagte Marissa.

»Die Vermittlung hat mir gesagt, daß Sie im Hause sind«, erklärte die Telefondame. »Sie haben hier unten in der Hauptrezeption einen Besucher. Soll ich...«

»Ich kann jetzt keinen Besucher empfangen«, sagte Marissa und legte auf. Fast sofort läutete es wieder. Diesmal ließ sie es einfach läuten. Nach dem neunten Mal blieb es still.

Minuten später klopfte es an die Tür. Marissa rührte sich nicht. Auch als es zum zweitenmal klopfte, reagierte sie nicht. Sie hoffte, der Anklopfer würde weggehen, wer immer es sein mochte. Statt dessen wurde der Türknopf gedreht. Marissa blickte die aufgehende Tür an, um den Störenfried sogleich anzuschnauzen. Aber als sie Dr. Frederick Housers stattliche Gestalt auf der Schwelle erblickte, verrauchte ihr Zorn.

»Ist etwas schiefgegangen, Marissa?« fragte Dr. Houser. Die Brille mit dem Drahtgestell trug er in der Hand.

»Nur private Probleme«, sagte Marissa. »Ist gleich wieder in Ordnung. Vielen Dank, daß Sie sich darum kümmern.«

Dr. Houser ließ sich nicht abschrecken und trat weiter ins Zimmer. Dann sah Marissa, daß er noch jemand mitgebracht hatte. Gleich darauf erkannte sie zu ihrer Überraschung Cyrill Dubchek.

»Hoffentlich störe ich nicht«, sagte Cyrill.

Verwirrt stand Marissa auf und brachte ihre Frisur in Ordnung.

»Dr. Dubchek hat mir erzählt, daß Sie früher am CDC zusammengearbeitet haben«, sagte Dr. Houser. »Als die Aufnahmeschwester mich dann anrief und mir sagte, daß Sie keine Besucher empfangen wollen, hielt ich es für geraten, mich einzuschalten. Hoffentlich habe ich recht daran getan.«

»Ja, natürlich!« rief Marissa. »Ich hatte ja keine Ahnung, daß es Dr. Dubchek war. Cyrill, du mußt entschuldigen. Komm, nimm Platz!« Sie deutete auf einen leeren Stuhl. Sie hatte Cyrill lange nicht mehr gesehen, aber er hatte sich kein bißchen verändert. Wie üblich war er tadellos angezogen. Und er sah immer noch so gut aus wie früher.

Sofort dachte Marissa an ihr eigenes Aussehen und

wurde verlegen. Sie sah bestimmt genauso schrecklich aus, wie sie sich fühlte, besonders nach diesem letzten Tränenausbruch.

Taktvoll sagte Dr. Houser: »Ich lasse Sie jetzt beide allein.« Dann zog er sich zurück und machte die Tür hinter sich zu.

»Er hat mir gesagt, daß du bei dieser Behandlung gegen Unfruchtbarkeit eine Menge durchgemacht hast«, sagte Cyrill.

»Es war aufreibend«, sagte Marissa und ließ sich auf den Schreibtischstuhl fallen. »Gerade eben habe ich erfahren, daß die letzte Embryo-Implantation erfolglos verlaufen ist. Da mußte ich leider weinen — wieder einmal. In den letzten Monaten habe ich viel zuviel geweint.«

»Das tut mir aufrichtig leid«, sagte Cyrill. »Ich wünschte, ich könnte dir irgendwie helfen. Du siehst aber gut aus.«

»Bitte, sieh mich bloß nicht an!« sagte Marissa. »Ich wage gar nicht daran zu denken, wie ich aussehe.«

»Es ist ziemlich schwer, sich mit dir zu unterhalten, ohne dich dabei anzusehen«, sagte Cyrill und lächelte mitfühlend. »Es stimmt zwar, man sieht dir an, daß du geweint hast, aber für mich siehst du genauso hübsch aus wie immer.«

»Wechseln wir lieber das Thema!« sagte Marissa.

»Dann will ich dir sagen, warum ich hier vorbeigekommen bin«, begann Cyrill. »Ich mußte wegen einer anderen Sache herfliegen, aber heute morgen kam ein Kollege aus der Bakteriologie zu mir ins Büro und brachte mir die Nachricht, daß es noch ein zweites Ballungsgebiet von Tbc-Infektion der Eileiter gibt. Mit den gleichen Fällen wie die, für die du dich interessierst.«

»Ach ja?«

»Ich war sehr erstaunt zu hören, wo es liegt«, sagte Cyrill. »Willst du mal raten?«

»Ich fürchte, dazu bin ich jetzt geistig nicht imstande«, sagte Marissa.

»Brisbane«, sagte Cyrill.

»In Australien?«

»Ja, Brisbane in Australien. Liegt an der Goldküste, wie man sie da unten nennt.«

»Ich weiß noch nicht mal, wo Brisbane auf dem australischen Kontinent liegt«, gestand Marissa.

»Es liegt in Queensland, an der Ostküste«, sagte Cyrill. »Ich bin einmal dort gewesen. Zauberhafte Stadt. Großartiges Klima. Viele neue Hochhäuser entlang der Küste im Süden der Stadt. Eine hochinteressante Gegend.«

»Hat schon jemand eine Vorstellung, warum die Infektion dort gehäuft auftritt?« fragte Marissa. Was sie betraf, so hätte es ebensogut Timbuktu sein können.

»Eigentlich nicht«, räumte Cyrill ein. »Es hat ganz allgemein einen Anstieg von Tbc-Fällen gegeben, vor allem in den Ländern, die eine größere Zahl von Einwanderern aus Südostasien hereinlassen. Ich habe aber nicht die leiseste Ahnung, ob Brisbane und Umgebung mehr *boat people* aufgenommen haben als andere. Auch hier in den USA ist Tbc im Ansteigen begriffen, und zwar weit über das Maß hinaus, das durch Einwanderung aus gefährdeten Gebieten zu erwarten war. Aber ich glaube, das hängt eher mit Rauschgift und Aids zusammen als mit einer Veränderung der Erregerbakterien. Jedenfalls habe ich dir einen Bericht über die Fälle in Australien mitgebracht.«

Cyrill reichte Marissa den Nachdruck eines Artikels, der im *Australischen Journal der Infektionskrankheiten* erschienen war.

»Der Autor ist anscheinend ein Pathologe, der 23 Fälle gefunden hat, die den von dir beschriebenen gleichen. Es ist ein sehr guter Artikel.«

Marissa blätterte in dem Artikel. Die Sache ließ sie ziemlich kalt. Australien lag am anderen Ende der Welt.

»Der Kollege aus der Bakteriologie hat mir noch etwas gesagt«, fuhr Cyrill fort. »Im Memorial soll ein Fall mit eingeschleppter Tbc liegen. Ich erwähne das nur, weil die Patientin eine 29jährige Frau aus einer gutsituierten Bostoner Familie ist. Sie heißt Evelyn Welles. Der Name Boston ist mir gleich ins Auge gefallen. Ich dachte, das würde dich auch interessieren. Deshalb sage ich es dir.«

»Danke, Cyrill«, sagte Marissa und versuchte ein Lächeln. Sie fürchtete, sie würde gleich wieder zu weinen anfangen. Das Wiedersehen mit dem alten Freund hatte sie noch anfälliger gemacht.

Cyrill blieb noch eine Viertelstunde und beteuerte dann, daß er jetzt gehen müsse. Er habe noch heute abend wieder in Atlanta zu sein.

Als Cyrill gegangen war, wurde Marissa wieder von Depressionen geplagt. Lange Zeit saß sie fast müßig am Schreibtisch. Wenigstens mußte sie nicht mehr weinen. Meist schaute sie nur aus dem Fenster. Draußen ging der Tag zur Neige. Schließlich dachte sie doch wieder an die Informationen, die Cyrill ihr mitgebracht hatte. Sie sah auf den Artikel aus dem Journal. Den würde sie später lesen. Inzwischen gab es anderes zu tun. Sie riß sich zusammen, zog den Mantel über und zwang sich, ins Memorial zu fahren.

Die Patientin lag isoliert auf der Intensivstation. Wie schwer der Fall war, ließ sich aus den Krankentabellen ersehen, die bereits ein Gewicht von mehr als zwei Kilo erreicht hatten. Marissa fand sie ohne Schwierigkeiten. Genauso einfach war es, den Assistenzarzt zu finden, der die Frau betreute. Es war ein schmales Bürschchen aus New York City mit scharfem Blick und einem nervösen Zukken. Er hieß Ben Goldman.

»Es geht ihr sehr schlecht«, sagte Ben auf Marissas Frage.

»Wirklich sehr schlecht. Sie ist todgeweiht. Ich glaube, daß sie höchstens noch einen Tag übersteht. Wir haben maximale Chemotherapie angewandt, aber das scheint überhaupt nicht anzuschlagen.«

»Ist es ganz bestimmt Tbc?« fragte Marissa mit einem Blick durchs Fenster auf das Bett der Frau auf der Intensivstation. Sie hing am Tropf und wurde zusätzlich künstlich beatmet. Bei ihr saß eine Krankenschwester im langen Kittel mit Gesichtsmaske, um sie ständig zu überwachen. Schlangengleich hingen mehrere Leitungen von den Infusionsflaschen über ihrem Kopf herunter.

»Ohne Frage«, sagte Ben. »Wir haben überall bei ihr säurefeste Bazillen gefunden: bei der Magenspülung, im Blut, sogar im Bronchialgewebe. Ja, es ist unzweifelhaft Tbc.«

»Irgendwelche Hinweise auf eine epidemische Ursache des Falls?« fragte Marissa.

»O ja«, sagte Ben. »Da haben sich einige interessante Tatsachen ergeben. Anscheinend hat sie vor ungefähr einem Jahr eine Thailandreise gemacht und ist mehrere Wochen dort geblieben. Das könnte ein Faktor sein. Aber was viel interessanter war, wir haben bei ihr eine Immunschwäche entdeckt. Die Jungs von der Blutuntersuchung sind noch damit beschäftigt. Bisher hält man es für die Folge einer Kollagene*-Erkrankung. Das Ganze läßt sich vielleicht durch die Reise in Verbindung mit der Immunschwäche erklären.«

»Konnten Sie überhaupt schon mit ihr sprechen?« fragte Marissa.

»Nee«, sagte Ben. »Als man sie einlieferte, lag sie schon im Koma. Wahrscheinlich hatte sie Hirnabszesse. Wir waren der Ansicht, eine NMR- oder CAT-Tomographie sei zu gefährlich.«

Zerstreut blätterte Marissa in dem dicken Band mit Ta-

* Bestimmte Eiweißgruppe

bellen und graphischen Darstellungen. Trotz der einleuchtenden Erklärungen für den Zustand der Patientin wurde sie das Gefühl nicht los, daß zwischen Evelyn Welles' Tbc und den tuberkulösen Eileiterinfektionen ein Zusammenhang bestand. Dubchek hatte ja schon auf ihr Lebensalter und ihre gesellschaftliche Stellung hingewiesen.

»Hat man etwas über frühere Frauenkrankheiten erfahren?« fragte Marissa.

»Nicht viel«, gab Ben zu. »Angesichts der Schwere der Krankheit hat man Nebensächlichkeiten ziemlich vernachlässigt. Das meiste hat uns ihr Mann geliefert.«

»Wissen Sie, ob sie schon mal zur Untersuchung in der Frauenklinik in Cambridge war?« fragte Marissa.

»Darüber weiß ich nichts«, sagte Ben. »Aber ich frage gern mal ihren Mann. Er kommt jeden Abend gegen zehn her.«

»Falls sie mal in der Klinik untersucht worden ist, könnten Sie mir einen großen Gefallen tun und den Ehemann bitten, eine Kopie ihrer Krankenakte zu beschaffen«, sagte Marissa. »Und noch etwas. Könnten Sie einen Abstrich von ihren Vaginalsekreten machen und prüfen, ob sich darin auch Tbc-Organismen finden?«

»Sicher«, sagte Ben und hob die mageren Schultern.

Marissa zahlte den Taxifahrer vom Rücksitz aus, indem sie ihm das Geld durch den Schlitz in der Plexiglasscheibe zuschob. Es war jetzt dunkel und regnete noch stärker als vorhin, so daß sie nach dem Aussteigen in Laufschritt fiel, um nicht völlig durchgeweicht zu werden.

Im Haus zog sie den nassen Mantel aus und hängte ihn ins Wäschezimmer. Ohne die Küche zu betreten, begab sie sich sofort in ihr Arbeitszimmer. Sie hatte den ganzen Tag über nichts zu sich genommen, spürte aber nicht den geringsten Hunger. Trotz ihrer Erschöpfung wollte sie auch noch nicht schlafen gehen. Der Besuch im Krankenhaus und Evelyn Welles' hoffnungsloser Zustand hatten sie zwar entsetzt, aber auch ihre Neugier erregt.

»Es ist gleich neun«, sagte Robert. Er war überraschend ins Zimmer getreten. Sie hatte ihn nicht kommen hören. Er stand auf der Schwelle, bequem angezogen, die Arme gekreuzt. Ton und Miene spiegelten seine übliche Verärgerung wider, wie sie zuletzt bei ihm an der Tagesordnung gewesen war.

»Ich weiß selber, wie spät es ist«, sagte Marissa, setzte sich hin und schaltete die Leselampe an.

»Du hättest aber anrufen können«, sagte Robert. »Zuletzt habe ich dich gesehen, als du vor dem Museum für Naturwissenschaften aus dem Wagen gesprungen bist. Ich war nahe daran, die Polizei zu verständigen.«

»Deine Fürsorge ist rührend«, sagte Marissa. Damit forderte sie wieder neuen Streit heraus, aber sie konnte nicht anders. »Im Fall, daß es dich interessiert, ich bin nicht schwanger.«

»Eigentlich habe ich auch nicht damit gerechnet«, sagte Robert in weicherem Ton. »Nun«, fuhr er achselzuckend fort, »jedenfalls kann uns keiner vorwerfen, wir hätten uns nicht bemüht. Leider haben wir damit wieder 10 000 Dollar aus dem Fenster geworfen.«

»Gib mir Kraft!« flüsterte Marissa.

»Hast du Hunger?« fragte Robert. »Mir knurrt schon der Magen. Wie wär's, wenn wir irgendwo essen gehen? Vielleicht tut uns das gut. Außerdem müssen wir ja noch deinen Sieg vor Gericht feiern. Ich weiß, das tröstet dich nicht darüber hinweg, daß du nicht schwanger geworden bist, aber es ist doch immerhin etwas.«

»Geh doch allein!« sagte Marissa. Sie war nicht zum Feiern aufgelegt. Außerdem war sie überzeugt, daß ihr »Sieg vor Gericht«, wie er es ausdrückte, in Wirklichkeit nichts anderes als ein geschicktes Verschleierungsmanöver war. Und sie wollte sich auch dafür revanchieren, daß er die 10 000 Dollar zur Sprache gebracht hatte.

»Wie du meinst«, sagte Robert und zog sich zurück. Marissa stand auf und schloß die Tür hinter ihm. Ein paar Minuten später hörte sie gedämpfte Geräusche. Robert machte sich in der Küche selber etwas zu essen.

Marissa überlegte, ob sie ihm nachgehen sollte. Vielleicht wäre es gut, wenn sie das Gespräch mit ihm suchte. Dann schüttelte sie den Kopf. Sie würde es ja doch nicht fertigbringen, ihm ihr Interesse an der Verbreitung der tuberkulösen Eileiterinfektion begreiflich zu machen, und teilen würde er es schon gar nicht. Seufzend nahm Marissa auf dem zweisitzigen Sofa Platz und vertiefte sich in den Artikel, den Cyrill ihr gegeben hatte. Er hatte recht, es war ein guter Artikel.

Die 23 Fälle, die man an der Klinik in Brisbane behandelt hatte, waren denen in der Frauenklinik ähnlich. Die Klinik nannte sich Female Care Australia, abgekürzt FCA. Wie in den fünf Fällen, die Marissa aus Boston kannte, waren die australischen Patientinnen im Alter zwischen 20 und 30 oder etwas darüber. Sie gehörten zur Mittelklasse und waren verheiratet. Bis auf eine waren es sämtliche Weiße. Die Ausnahme bildete eine 31jährige Chinesin, die vor kurzem aus Hongkong ausgewandert war.

Das Läuten des Telefons schreckte sie auf. Doch sie las weiter. Wahrscheinlich war es doch nur ein Anruf für Robert.

Beim Weiterlesen erfuhr Marissa, daß die Diagnose nur auf Grund der aus den Eileitern entnommenen Gewebeproben gestellt worden war, da keine Organismen gefunden oder auf Kulturen gezogen werden konnten. Durch Röntgenuntersuchungen der Lungen und Bluttests wurden Pilzbefall und Sarkome ausgeschlossen.

Im Diskussionsanhang stellte der Autor die These auf, daß das Problem durch wachsende Einwanderung aus Südostasien entstanden sei, äußerte sich aber nicht darüber, wie das im einzelnen vonstatten gegangen sein konnte.

»Marissa!« schrie Robert, »Anruf für dich! Cyrill Dubchek!«

Marissa schnappte sich den Hörer.

»Entschuldige die späte Störung«, sagte Cyrill. »Aber bei der Rückkehr habe ich im CDC weitere Informationen vorgefunden, die für dich von Interesse sein könnten.«

»Ja?« sagte Marissa.

»Diese tuberkulösen Eileitererkrankungen beschränken sich nicht allein auf die USA und Australien«, sagte Cyrill. »Sie sind auch in Westeuropa aufgetreten, ebenfalls mit weiter Streuung. Also keine Ballungsgebiete wie in Brisbane. Aus Südamerika oder Afrika wurden noch keine Fälle bekannt. Ich weiß nicht, was man davon halten soll. Deshalb überlasse ich es dir. Wenn ich noch mehr höre, rufe ich ASAP an. Du hast mich jetzt neugierig gemacht. Sag mir Bescheid, sobald du eine Theorie entwickelt hast!«

Marissa bedankte sich nochmals für seinen Anruf. Dann verabschiedeten sie sich voneinander. Diese neue Information war außerordentlich bedeutungsvoll. Sie bewies, daß das Auftreten der tuberkulösen Eileiterinfektion nicht länger als statistischer Einzelfall anzusehen war. Sie fand vielmehr in internationalem Maßstab statt. Das hatte sogar Cyrills Neugier gereizt. Für den Augenblick vergaß Marissa allen Kummer und Ärger und ihre Müdigkeit.

Marissa erwog die verschiedenen Möglichkeiten. Konnte Tbc etwa zu einer Geschlechtskrankheit mutiert sein? Konnte es beim Mann zu einer schlummernden Infektion geworden sein wie bei einigen Fällen von Chlamydia* und Mycoplasma? Sollte sie darauf bestehen, daß Robert sich untersuchen ließ? Könnte er sich die Krankheit auf einer seiner Geschäftsreisen geholt haben? Diese Vor-

* Erreger u. a. der Papageienkrankheit

stellung gefiel Marissa wenig. Doch hier war wissenschaftliches Denken am Platz.

Marissa griff zum Telefonhörer und rief Wendy an. Es meldete sich Gustave.

»Leider nimmt sie keine Gespräche an«, sagte er.

»Ich verstehe«, sagte Marissa. »Wenn es geht, sagen Sie ihr, daß ich angerufen habe und sie bitte, mich zurückzurufen, sobald sie sich dazu aufgelegt fühlt!«

»Ich mache mir Sorgen um sie«, vertraute ihr Gustave an. »Noch nie habe ich sie so deprimiert gesehen. Ich weiß nicht, was ich machen soll.«

»Was meinen Sie«, fragte Marissa. »würde sie mich zu sich lassen, wenn ich hinüberkäme?«

»Das wäre durchaus möglich«, sagte Gustave.

Der Ton, in dem er das sagte, machte ihr Mut. »Ich mache mich sofort auf den Weg«, sagte sie.

»Vielen Dank. Ich weiß das zu schätzen. Und Wendy bestimmt auch.«

Marissa holte den Mantel aus dem Wäschezimmer und begab sich zu ihrem Wagen in die Garage. Gerade als sie beim Einsteigen war, tauchte Robert auf.

»Wo willst du denn um diese Zeit noch hin?« fragte er.

»Zu Wendy«, sagte Marissa und betätigte den automatischen Garagenöffner. »Ihr Mann macht sich wenigstens Sorgen um sie.«

»Was soll das nun wieder heißen?« wollte Robert wissen.

»Wenn du das nicht weißt«, sagte Marissa und stieg ein, »dann wird man es dir wohl kaum verständlich machen können.«

Marissa fuhr rückwärts aus der Garage und ließ die Tür wieder herab. Verzweifelt schüttelte sie den Kopf. So weit war es mit ihrer Beziehung zu Robert schon gekommen!

Die Fahrt bis zu Wendys viktorianischem Haus nahm nur eine Viertelstunde in Anspruch. Offenbar hatte Gustave auf sie gewartet. Noch bevor sie an der Haustür klingeln konnte, machte er ihr schon die Tür auf.

»Ich bin Ihnen wirklich dankbar, daß Sie noch zu so später Stunde hergekommen sind«, sagte Gustave und nahm ihr den Mantel ab.

»Gern geschehen«, sagte Marissa. »Wo ist Wendy?«

»Sie ist oben in ihrem Schlafzimmer. Wenn Sie die Treppe raufkommen, die zweite Tür rechts. Kann ich Ihnen irgendwas bringen? Kaffee, Tee?«

Marissa schüttelte den Kopf und stieg die Treppe hinauf.

Vor der Schlafzimmertür blieb sie stehen und lauschte. Von drinnen war nichts zu hören. Leise klopfte sie an. Als niemand antwortete, rief sie Wendys Namen.

Fast sofort wurde die Tür geöffnet.

»Marissa!« sagte Wendy in höchster Überraschung. »Was machst du denn hier?« Sie trug einen weißen Morgenrock aus Frotteestoff und Pantoffel. Ihre Augen waren noch immer gerötet und lagen tief in den Höhlen. Doch sonst schien sie in besserem Zustand zu sein als am Vormittag im Gericht.

»Gustave hat mir gesagt, daß du keine Anrufe entgegennimmst. Und daß er sich Sorgen um dich macht. Echte Sorgen. Er hat mir zugeredet herzukommen.«

»Ach, du meine Güte«, sagte Wendy. »So schlecht geht es mir nun auch wieder nicht. Klar, ich bin niedergeschlagen, aber zum Teil bin ich auch nur wütend auf ihn. Er will, daß ich der Frauenklinik auch noch für ihren Großmut, wie er es nennt, dankbar sein soll.«

»Robert denkt genauso«, sagte Marissa.

»Ich halte es nur für ein Verschleierungsmanöver«, sagte Wendy.

»Ich auch!«

»Wie ist dein Schwangerschaftstest ausgefallen?« fragte Wendy.

»Frag mich nur nicht!« sagte Marissa und schüttelte abwehrend den Kopf.

»Wie wäre es mit etwas zu trinken?« erkundigte sich Wendy. »Kaffee oder Tee? Ach, zum Teufel, da wir beide nicht schwanger sind, können wir uns doch ein Glas Wein leisten!«

»Das hört sich fabelhaft an«, sagte Marissa zustimmend.

Die beiden Frauen gingen in die Küche hinunter. Gustave erschien, aber Wendy schickte ihn weg.

»Er war aber wirklich besorgt«, sagte Marissa.

»Na, dann soll er ruhig ein bißchen leiden«, sagte Wendy. »Heute nachmittag war ich so wütend auf ihn, daß ich am liebsten mit dieser 30 Zentimeter langen Nadel auf ihn losgegangen wäre, die sie zur Eizellenentnahme benutzen. Dann hätte er mal eine Vorstellung davon bekommen, was ich in den letzten Monaten durchgemacht habe.«

Wendy öffnete eine Flasche teuren Chardonnay und führte Marissa in den Salon.

Nachdem sie es sich gemütlich gemacht hatten, sagte Marissa: »Ich wußte zwar nicht, ob du dazu in der Stimmung sein würdest, habe dir aber einen Artikel aus einem Ärztejournal zum Lesen mitgebracht.«

»Genau was ich mir gewünscht habe«, sagte Wendy ironisch. Sie stellte das Weinglas auf dem Kaffeetisch ab, ließ sich den Nachdruck von Marissa geben und schaute hinein.

Während Wendy den Artikel überflog, erzählte Marissa ihr alles, was sie von Dubchek erfahren hatte.

Wendy blickte auf. »Das ist ja unglaublich«, sagte sie. »Brisbane in Australien! Weißt du, was Brisbane unter anderem so anziehend macht?«

Marissa schüttelte den Kopf.

»Die Stadt ist das Tor zu einem der größten Naturwunder der Welt.«

»Und zwar?«

»Das Große Barriereriff! Ein Paradies der Taucher.«

»Im Ernst?« sagte Marissa. Dann gab sie zu: »Davon wußte ich gar nichts.«

»Na, ich wollte schon immer mal dahin«, sagte Wendy. »Tauchen ist eine Leidenschaft von mir. Ich habe als Assistenzärztin in Kalifornien damit angefangen. Im Urlaub bin ich immer zum Tauchen nach Hawaii geflogen. Dabei habe ich übrigens Gustave kennengelernt. Bist du schon mal getaucht, Marissa?«

»Ein bißchen. Im College habe ich einen Tauchkursus mitgemacht, und dann war ich einigemal in der Karibik.«

»Ich tauche unheimlich gern«, sagte Wendy. »Leider bin ich schon seit einiger Zeit nicht mehr dazu gekommen.«

Marissa brachte das Gespräch wieder auf das eigentliche Thema. »Was hältst du von dem Artikel?«

Wendy sah auf ihn hinunter. »Es ist ein guter Aufsatz. Aber es steht überhaupt nichts darüber drin, wie die Krankheit verbreitet wird. Der Autor läßt nur anklingen, daß das Ansteigen der Tbc durch die Einwanderung verursacht werde. Na schön, aber wie wird sie weiterverbreitet? Wie kommt es, daß sie nur einen so kleinen Ausschnitt der Bevölkerung erfaßt?«

»Das habe ich mich auch gefragt«, sagte Marissa. »Und wie gelangt sie in die Eileiter? Normalerweise breitet sich Tbc doch durch das Blut oder die Lymphgefäße aus. Das kann hier nicht der Fall sein. Ich frage mich schon, ob sie zur Geschlechtskrankheit mutiert ist.«

»Oder sie verbreitet sich durch infizierte Tampons.«

»Das ist eine Idee«, sagte Marissa. Ihr fiel ein, daß Tampons auch als Ursache des toxischen Schocksyndroms entlarvt worden waren. »Was mich betrifft, ich benutze ausschließlich Tampons.«

»Ich auch«, sagte Wendy. »Das Dumme ist nur, daß Tampons in dem Artikel mit keinem Wort erwähnt werden.«

»Mir kommt eine Idee«, sagte Marissa. »Wir könnten doch in Brisbane anrufen und mit dem Autor des Artikels sprechen. Bei der Gelegenheit fragen wir ihn nach der Rolle von Tampons. Es wäre auch interessant, von ihm zu erfahren, ob sich in den 23 Fällen Folgewirkungen gezeigt haben und ob in der Female Care Australia-Klinik neue Fälle aufgetreten sind. Immerhin ist der Artikel schon zwei Jahre alt.«

»Wie ist der Zeitunterschied zwischen hier und Australien?« fragte Wendy.

»Da fragst du die Falsche.«

Wendy griff zum Telefonhörer, rief die Überseevermittlung an und erkundigte sich nach der Zeit. Dann legte sie wieder auf. »Sie sind uns vierzehn Stunden voraus«, sagte sie.

»Das heißt also...«

»Daß es bei ihnen jetzt ungefähr morgen mittag ist«, sagte Wendy. »Versuchen wir es mal!«

Bei der Überseeauskunft erhielten sie die Telefonnummer von Female Care Australia in Brisbane, meldeten das Gespräch an, und Wendy legte auf die Raumsprechanlage um. Sie hörten es läuten. Am anderen Ende nahm jemand den Hörer ab. Über die Leitung kam eine muntere Stimme mit starkem australischem Dialekt.

»Hier ist Dr. Wilson«, sagte Wendy. »Ich rufe aus Boston in den USA an und möchte Dr. Tristan Williams sprechen.«

»Ich glaube, wir haben hier keinen Dr. Tristan Williams«, sagte die Vermittlung. »Einen Augenblick, bitte.«

In der Wartezeit kam Musik aus dem Hörer. Dann meldete sich wieder die Vermittlung. »Ich habe mich erkundigt. Ein Dr. Williams war mal hier an der Klinik, ist aber leider nicht mehr bei uns.«

»Könnten Sie uns sagen, wie wir ihn erreichen?« fragte Wendy.

»Tut mir leid, da habe ich keine Ahnung«, sagte die Vermittlung.

»Haben Sie ein Personalbüro?« fragte Wendy.

»Allerdings«, sagte die Vermittlung. »Soll ich Sie verbinden?«

»Bitte«, sagte Wendy.

»Personalbüro hier«, sagte eine Männerstimme.

Wendy wiederholte ihren Wunsch, Verbindung mit Tristan Williams aufzunehmen. Wieder wurde sie gebeten zu warten. Diesmal dauerte es länger.

»Entschuldigen Sie«, sagte der Mann, als er wieder in die Leitung kam. »Ich habe gerade erfahren, daß Dr. Williams' Aufenthaltsort unbekannt ist. Er wurde vor ungefähr zwei Jahren entlassen.«

»Aha«, sagte Wendy. »Könnten Sie mich mit der Pathologie verbinden?«

»Aber ja«, sagte der Mann.

Es dauerte volle zehn Minuten, bis man einen der Pathologen an den Apparat bekam. Wendy nannte ihren Namen und erklärte ihm, was sie wissen wollte.

»Ich habe den Mann gar nicht gekannt«, sagte der Pathologe. »Als ich hier anfing, war er nicht mehr da.«

»Als er noch an der Klinik war«, sagte Wendy, »schrieb er einen wissenschaftlichen Artikel, der sich mit einer Reihe von Patientinnen an Ihrer Klinik beschäftigte. Uns interessiert, ob es bei den beschriebenen Fällen zu irgendwelchen Folgeerscheinungen gekommen ist. Außerdem würden wir gern wissen, ob es weitere solche Fälle gegeben hat.«

»Wir haben keine neuen Fälle gehabt«, sagte der Arzt. »Und Folgeerscheinungen? Es sind keine eingetreten.«

»Wäre es möglich, uns einige Namen der angeführten Fälle zu nennen?« fragte Wendy. »Ich würde dann direkt mit den Frauen Verbindung aufnehmen, um mit ihnen ihre Krankengeschichten zu erörtern. Wir haben nämlich hier in Boston fünf gleichgelagerte Fälle.«

»Das ist gänzlich ausgeschlossen«, sagte der Arzt. »Unsere Vorschriften verpflichten uns zu strenger Vertraulichkeit. Tut mir leid.« Als nächstes hörten sie ein Klicken.

»Er hat aufgehängt!« sagte Wendy empört. »Was für eine Chuzpe!«

»Die altbekannte Mauer der Vertraulichkeit«, sagte Marissa und schüttelte enttäuscht den Kopf. »Wirklich schade! 23 Fälle hätten wahrscheinlich ausgereicht, um daraus realistische Schlüsse zu ziehen.«

»Was hältst du davon«, fragte Wendy, »wenn wir uns mal ausführlicher mit den beiden Frauen unterhielten, die wir bei dem Resolve-Treffen aufgetan haben?«

»Na ja«, sagte Marissa. Ihre Begeisterung hatte einen merklichen Dämpfer erhalten. Es schien unmöglich zu sein, an Informationen heranzukommen. »Ich würde lieber die 18 Fälle näher kennenlernen, die nach den Angaben des Computers außerdem in der Frauenklinik behandelt werden.«

»Das ist nur leider nicht zu machen«, sagte Wendy. »Aber ich würde gern mal wissen, wie uns diese Leute von Female Care Australia behandeln würden, wenn wir plötzlich bei Ihnen auf der Türschwelle stünden.«

»Ja, klar«, sagte Marissa. »Wir brauchen doch bloß morgen vormittag bei ihnen vorbeizugehen und sie zu fragen.«

»So abwegig erscheint mir das gar nicht«, sagte Wendy mit blitzenden Augen. »Ich bin wirklich neugierig, was sie machen würden, wenn wir ihrer Klinik einen Besuch abstatteten. Ich nehme an, sie würden sich geschmeichelt fühlen, weil wir um die halbe Erde geflogen sind, um ihre Einrichtungen zu besichtigen.«

»Meinst du das ernst?« fragte Marissa ungläubig.

»Warum nicht?« antwortete Wendy. »Je länger ich mit dieser Idee spiele, um so besser erscheint sie mir. Weiß Gott, wir haben doch beide einen Urlaub nötig! Und da unten sind unsere Chancen, diesen Tristan Williams aufzustöbern, viel größer. Irgendeiner in der Pathologie der Klinik weiß bestimmt, wohin er gegangen ist. Du wirst zugeben, das wäre viel einfacher, als es weiter telefonisch zu versuchen.«

»Wendy«, sagte Marissa mit müder Stimme, »ich fühle mich nicht in der Lage, zigtausend Kilometer zu fliegen, um nach einem Pathologen zu suchen.«

»Aber es wäre doch ein reines Vergnügen.« Wendys Augen bekamen neuen Glanz. »Wenn sonst nichts dabei herauskäme, hätten wir immerhin das Große Barriereriff kennengelernt.«

»Ach, jetzt verstehe ich deine Motive. Der Besuch in der FCA-Klinik dient dir nur als Vorwand für eine Tauchexpedition.«

»Ein bißchen Vergnügen nach getaner Arbeit ist schließlich nicht verboten«, sagte Wendy lächelnd. »Du siehst ebenso schlecht aus wie ich.«

»Vielen Dank, sehr freundlich«, sagte Marissa pikiert.

»Ich spreche im Ernst«, sagte Wendy. »Wir beide plagen uns jetzt seit einem halben Jahr mit künstlicher Befruchtung. Wir haben geweint wie kleine Kinder. Wir haben beide zugenommen. Wann bist du zum letztenmal joggen gewesen? Ich kann mich erinnern, daß du das früher jeden Tag gemacht hast.«

»Das geht wirklich unter die Gürtellinie.«

»Der springende Punkt ist, daß wir beide einen Urlaub nötig haben«, sagte Wendy. »Und wir sind beide lebhaft an dieser Serie von Fällen tuberkulöser Eileiterinfektion interessiert. Aber hier kommen wir nicht weiter. So wie ich es sehe, könnten wir da unten zwei Fliegen mit einer Klappe schlagen.«

»Vielleicht erfahren wir noch von einigen Fällen im Memorial und im General Hospital«, sagte Marissa. »Bisher haben wir unsere hiesigen Möglichkeiten nicht voll ausgeschöpft.«

Wendy ließ sich nicht beirren. »Willst du mir weismachen, daß du keinen Urlaub nötig hast?«

»Es könnte mich schon reizen, mal für einige Zeit hier wegzukommen«, gab Marissa zu.

»Vielen Dank, daß du das endlich eingestehst«, sagte Wendy. »Du kannst ganz schön stur sein.«

»Aber ich weiß ja nicht, wie Robert das aufnehmen wird. Wir haben in letzter Zeit schon Ärger genug gehabt. Ich kann mir gut seine Reaktion vorstellen, wenn ich ihm sage, daß ich allein nach Australien reisen will.«

»Ich bin sicher, Gustave wird auf die Idee eingehen«, sagte Wendy. »Ich weiß, daß er Erholung braucht.«

»Du meinst, unsere Männer sollen mitkommen?« fragte Marissa erstaunt.

»Ach Quatsch«, sagte Wendy. »Gustave braucht Erholung von mir! Wollen gleich mal sehen, ob ich recht habe!«

Zu Marissas Schrecken rief Wendy laut nach Gustave. Ihre Stimme widerhallte unter den hohen Zimmerdecken des Hauses. »Normalerweise kann ich mir so ein Benehmen bei ihm nicht erlauben«, sagte sie zu Marissa und trank einen Schluck Wein.

Gustave kam im Laufschritt angerannt. »Ist was passiert?« fragte er nervös.

»Nein, es ist alles in Ordnung, mein Lieber«, sagte Wendy. »Marissa und ich denken gerade darüber nach, wie gut es uns beiden täte, einen kleinen Urlaub zu nehmen. Was hältst du davon?«

»Das ist eine ausgezeichnete Idee«, sagte Gustave. Er war sichtlich erfreut, daß Wendys Stimmung zum Besseren umgeschlagen war.

»Marissa befürchtet, daß Robert nicht damit einverstanden sein würde«, sagte Wendy. »Wie denkst du darüber?«

»Dafür kenne ich ihn noch nicht gut genug«, sagte Gustave. »Aber ich weiß, daß er von dem IVF-Programm die

Nase voll hat. Er braucht Erholung. Wohin gedenkt ihr denn zu fahren, Mädels?«

»Nach Australien«, sagte Wendy.

Gustave mußte schlucken. »Warum denn nicht in die Karibik?« fragte er.

Später bei der Heimfahrt ging es in Marissas Kopf drunter und drüber. Sie hatte einen ungewöhnlichen Tag hinter sich, eine Achterbahnfahrt der Emotionen und unerwarteter Ereignisse. Schon wenige Minuten nach dem Abschied von der aufgeregten Wendy begann sie daran zu zweifeln, daß es vernünftig wäre, zum gegenwärtigen Zeitpunkt nach Australien zu fliegen. Natürlich hatte die Idee, auf diese Weise einmal aus allem herauszukommen, ihren Reiz, und der Plan einer solchen Reise war eigentlich der passende Abschluß für einen so verrückten Tag wie den heutigen. Doch sie war sich nicht sicher, ob sie Robert genauso leicht dafür gewinnen konnte, wie es Wendy mit Gustave gelungen war.

Als Marissa den Wagen in die Garage fuhr, wußte sie noch nicht, wie sie vorgehen sollte. Eine Zeitlang blieb sie hinter dem Lenkrad sitzen und versuchte, ihre Gedanken zu ordnen. Schließlich stieg sie aus, ohne einen festen Plan im Auge zu haben, ging ins Haus, zog den Mantel aus und hängte ihn in die Flurgarderobe.

Im Haus herrschte Stille. Robert war oben in seinem Arbeitszimmer. Ganz schwach hörte sie die Tastatur seines Computers klappern. Im dunklen Eßzimmer blieb sie wieder stehen.

»Aber das ist ja lächerlich!« sagte sie schließlich laut. Sonst fiel es ihr doch nie schwer, einen Entschluß zu fassen. Mit neugewonnenem, wenngleich noch etwas brüchigem Selbstvertrauen stieg sie die Treppe hinauf und ging in sein Zimmer.

»Robert, ich möchte etwas mit dir besprechen.«

Robert drehte sich zu ihr um.

»Wendy und ich haben uns etwas überlegt«, fuhr sie fort.

»Ja?«

»Vielleicht hört es sich ein bißchen verrückt an...«

»Dieser Tage kann mich das kaum überraschen.«

»Wir haben uns gedacht, es würde uns vielleicht ganz gut tun, für kurze Zeit zu verreisen«, sagte Marissa. »Urlaub zu machen.«

»Ich kann jetzt keinen Urlaub nehmen«, sagte Robert.

»Nein, nicht wir beide«, sagte Marissa. »Sondern Wendy und ich. Nur wir Mädchen.«

Robert überlegte einen Augenblick. Die Idee hatte einiges für sich. Marissa und er würden Zeit haben, Ruhe zu finden. »So verrückt hört sich das gar nicht an. Was habt ihr euch denn gedacht, wo es hingehen soll?«

»Nach Australien«, sagte Marissa und erschrak, als sie das Wort ausgesprochen hatte.

»Australien!« rief Robert, riß sich die Lesebrille ab und warf sie auf seine Korrespondenz. Dann wiederholte er, als hätte er nicht richtig gehört: »Australien!«

»Ich kann dir das erklären«, sagte Marissa. »Wir sind nicht rein zufällig auf Australien verfallen. Ich habe heute entdeckt, daß es nur ein Ballungsgebiet von Fällen tuberkulöser Eileiterinfektion gibt — also der Erkrankung, die Wendy und ich gehabt haben —, und das ist in Brisbane in Australien. Wenn wir da hinreisen, könnten wir Forschungsarbeit leisten und nebenbei Urlaub machen. Es war Wendys Idee. Sie ist eine begeisterte Taucherin, und das Große Barriereriff...«

»Du hast ganz recht gehabt!« unterbrach Robert sie. »Das hört sich sogar sehr verrückt an. So etwas Lächerliches habe ich noch nie gehört. Deine Praxis liegt praktisch in Scherben, und da willst du um die halbe Welt fliegen, um diesen Kreuzzug fortzusetzen, der dich gerade eben beinahe ins Gefängnis gebracht hat. Und ich dachte, du sprichst von einem kurzen Erholungsurlaub, meinetwegen einem Wochenende auf den Bermudas. Von irgendwas Vernünftigem.«

»Du brauchst nicht gleich in die Luft zu gehen«, sagte Marissa. »Ich dachte, wir könnten darüber diskutieren.«

»Wenn man so was hört, muß man doch in die Luft gehen«, sagte Robert.

»So unvernünftig ist das gar nicht«, sagte Marissa. »Außerdem habe ich heute erfahren, daß diese seltene Form der Tbc neuerdings in internationalem Maßstab auftritt. Nicht nur in Australien, sondern auch in Europa. Es ist notwendig, daß jemand der Sache nachgeht.«

»Und der Jemand bist du, ja?« fragte Robert. »Hältst du dich dafür geeignet — in deinem Zustand?«

»Ich halte mich für durchaus qualifiziert.«

»Und ich meine, da irrst du dich«, sagte Robert. »Da du selber zu den Fällen gehörst, ist es dir unmöglich, einen objektiven Standpunkt einzunehmen. Und wenn du meine ehrliche Meinung hören willst: Ich halte es für albern, daß du nach Australien fliegen willst. Mehr habe ich dazu nicht zu sagen.«

Robert griff nach der Lesebrille, setzte sie auf, drehte sich um und wandte seine Aufmerksamkeit wieder dem Computer zu.

Marissa sah ein, daß er keine weitere Diskussion wünschte, drehte sich um und ging zur Tür hinaus.

Die Reise nach Australien schien Marissa hauptsächlich deswegen problematisch, weil sie Robert im Grunde recht gab. Es war schon eine ausgefallene Idee, sowohl was den Zeitaufwand wie die Ausgaben betraf, obwohl das Finanzielle in ihren Erwägungen nicht ausschlaggebend war. Dennoch konnte sie sich des Gefühls nicht erwehren, daß es unvernünftig sei, so plötzlich einen Flug um die halbe Welt anzutreten.

Sie griff nach dem Telefonhörer und rief Wendy an. Wendy meldete sich schon nach dem ersten Läuten, als hätte sie am Telefon gewartet.

»Nun?« fragte Wendy.

»Es sieht nicht gut aus«, sagte Marissa. »Robert ist ganz und gar gegen die Idee, jedenfalls, was Australien anbetrifft. Gegen einen Urlaub hätte er an sich nichts einzuwenden.«

»Verdammt!« sagte Wendy. »Das enttäuscht mich sehr. Ich habe praktisch die Koffer schon gepackt. Ich spürte schon die warme australische Sommersonne.«

»Ein andermal«, sagte Marissa. »Tut mir leid, daß ich so ein Hemmschuh bin.«

»Schlafe eine Nacht darüber!« sagte Wendy. »Vielleicht denkst du morgen schon anders und Robert auch. Wir hätten bestimmt großen Spaß gehabt.«

Marissa legte auf. Ja, jetzt freute sie sich aufs Schlafen. Sie ging die Treppe hinauf und wünschte sich, Robert würde sie überraschen und zur Abwechslung wieder mal im gemeinsamen Schlafzimmer aufkreuzen.

Als Marissa die Augen aufschlug, wußte sie gleich, daß sie verschlafen hatte. Denn im Schlafzimmer war es heller, als es eigentlich sein durfte. Sie rollte sich zur Seite und schaute auf die Uhr. Sie hatte sich nicht getäuscht. Es war 8.30 Uhr. Eine Stunde später als sonst. Es überraschte sie nicht. Sie war morgens um vier aufgewacht und hatte, da sie nicht wieder einschlafen konnte, eine von Roberts Valium-Tabletten genommen.

Sie zog sich den Morgenrock über, ging zum Gästezimmer hinunter und spähte hinein. Das Bett war verlassen und ungemacht. Sie ging die Treppe wieder hinauf und rief vom oberen Absatz nach Robert. Falls er noch da war, so gab er jedenfalls keine Antwort.

Als Marissa wieder im Erdgeschoß war, warf sie einen kurzen Blick in die Küche und sah schließlich in der Garage nach. Roberts Wagen war weg. Sie kehrte ins Haus zurück und sah nach, ob an der Pinnwand eine Nachricht für sie hing. Nichts. Robert war einfach zur Arbeit gefahren, ohne ihr eine Nachricht zu hinterlassen. Immer wenn sie glaubte, ihre Beziehung hätte den Tiefstand erreicht, ging es noch weiter abwärts.

»Danke für nichts«, sagte Marissa und mußte mit den Tränen kämpfen. Dann gab sie sich einen Ruck. »Mein Gott, da bin ich gerade erst zehn Minuten wach und heule schon wieder.« Sie machte sich eine Tasse Instantkaffee und trug sie nach oben, um sie während des Anziehens zu trinken.

»Ist es denn zuviel verlangt, daß man mir eine Nachricht hinterläßt?« sagte sie laut und ging zum Duschen ins Badezimmer.

Als Marissa sich anzog und Make-up auftrug, entschloß sie sich, ihr Leben wieder halbwegs normal zu gestalten. Wenigstens versuchen mußte sie es. In einem gab sie Robert recht: ihre Praxis lag in Scherben. Vielleicht konnte sie einen Neuanfang machen, indem sie wieder regelmäßiger zur Arbeit ging. Vielleicht würde das auch ihre Beziehung zu Robert verbessern. Mit dieser Idee im Kopf beschloß sie, schnurstracks in die Kinderklinik zu fahren.

Bevor sie zum Wagen ging, musterte sie sich im fußlangen Flurspiegel und murmelte: »Ich werde auch wieder anfangen zu trainieren. Es wäre doch großartig, wenn ich auf mein altes Gewicht käme.«

Im Gefühl dieser neuen Entschlossenheit schritt Marissa wenig später durch den Hauptflur der Klinik und bog dann zu ihrer Praxis um die Ecke. Im Gegensatz zu den anderen Wartezimmern war ihr Zimmer leer. Am Empfang fand sie Mindy Valdanus vor. Sie war dabei, die Post zu öffnen.

»Dr. Blumenthal!« rief Mindy.

»Tun Sie doch nicht so überrascht!« sagte Marissa.

»Kommen Sie zu mir, und bringen Sie den Terminkalender mit! Wir müssen planen.«

»Sie hatten gerade einen Anruf von der Intensivstation im Memorial«, sagte Mindy und reichte ihr den Zettel mit der telefonischen Mitteilung: »Dr. Ben Goldman bittet um Rückruf.«

Marissa spürte einen Stich im Herzen. Ihr erster Gedanke war: Evelyn Welles ist gestorben. »Warten Sie noch mit dem Terminkalender!« sagte sie, machte die Tür zum Sprechzimmer auf und ging hinein.

Nachdem Marissa den Mantel aufgehängt hatte, rief sie Dr. Goldman an. Es meldete sich eine Schwester aus der Intensivstation. Sie bat sie zu warten, sie werde ihn holen. Marissa spielte mit einer Heftnadel, um sich die Wartezeit zu vertreiben.

Eine Minute später war Dr. Goldman am Apparat und kam sofort zur Sache. »Ich habe wegen Evelyn Welles angerufen«, sagte er.

»Wie geht es ihr?« fragte Marissa und fürchtete sich schon vor der Antwort.

»Klinisch gesehen fast unverändert«, sagte Dr. Goldman. »Aber wir haben auf Ihren Vorschlag hin Abstriche von den Vaginalsekreten gemacht, und sie waren voll von säurefesten Bazillen. Ich meine, voll von Tbc. Mein Chef war sehr beeindruckt, aber ich habe mannhaft der Versuchung widerstanden, mir das Verdienst zuzuschreiben. Wie sind Sie eigentlich darauf gekommen, daß wir dort etwas finden würden?«

»Wenn ich das jetzt erklären sollte, würde es eine Stunde dauern«, sagte Marissa. »Was ist mit der Frauenklinik? Haben Sie daran gedacht, den Ehemann zu fragen?«

»Na klar«, sagte Dr. Goldman. »Die Antwort lautete ja. Sie war dort mehrere Jahre lang Patientin.«

»Und die Krankenakte?« fragte Marissa.

»Das weiß ich nicht«, sagte Dr. Goldman. »Aber ich habe den Mann gebeten, uns nach Möglichkeit eine Kopie zu besorgen. Ich gebe Ihnen Bescheid, wenn sich etwas ergibt.«

»Die Krankenakte könnte der Schlüssel zu allem sein«, sagte Marissa. »Ich wäre sehr daran interessiert, sie einzusehen. Rufen Sie mich bitte an, wenn Sie sie erhalten!«

»Mach ich bestimmt«, sagte Dr. Goldman. »Und danke für den Tip, in der Vagina nach Tbc zu suchen. Ich habe einen Frauenarzt zur Konsultation hinzugezogen. Er kommt heute irgendwann.«

Es war jetzt so weit gekommen, daß Marissa über die Bestätigung ihrer Verdachtsmomente kaum noch überrascht war. Es war fast angenehm zu erleben, daß die Teile des Puzzlespiels sich allmählich zu einem Bild fügten. Wenn Goldman ihr die Akte nicht beschaffen sollte, würde sie sich selber mit Evelyn Welles' Ehemann in Verbindung setzen.

Es klopfte an die Tür, und ihre Sekretärin kam herein. Sie hielt Marissas Terminkalender in der Hand. »Wollen Sie das jetzt erledigen?« fragte sie.

»Nein, jetzt nicht«, sagte Marissa. »In meinem Tagesplan hat sich eine kleine Änderung ergeben. Ich muß für kurze Zeit weg. Sowie ich zurückkomme, holen wir es nach.«

Marissa holte ihren Mantel. Sie hatte eine blitzschnelle Entscheidung getroffen. Das Problem der tuberkulösen Eileiterinfektion war zu wichtig, um es aus den Augen zu lassen. Es war notwendig, ihm sofort nachzugehen. Das mußte Robert doch einsehen! Allerdings war dazu eine echte Aussprache vonnöten. Nicht mehr diese halbherzigen Versuche. Sie würde auf der Stelle zu ihm ins Büro gehen. Nachdem sie beide eine Nacht über die Sache geschlafen hatten, war er vielleicht eher dazu bereit, ihre Probleme mit ihr zu diskutieren.

Marissa stieg in ihren Wagen und fuhr aus der Klinikgarage. Sie fühlte sich jetzt besser als irgendwann seit Monaten. Das kam, weil sie nun etwas unternahm, das sie schon längst hätte tun sollen. Sie mußte Robert ihren Standpunkt erläutern und sich seine Ansicht dazu anhören. Sie mußten endlich den Niedergang ihrer Ehe aufhalten.

Parken in der Innenstadt von Boston kostete Höchstpreise. Marissa ließ den Wagen beim Portier des Hotels Omni Parker House. Doch als sie ihm eine Fünfdollarnote in die Hand drückte, blieb seine Miene unverändert abweisend. Sie mußte noch eine dazulegen. Lange zu handeln, hatte hier keinen Sinn.

Sie überquerte die School Street und betrat das renovierte alte Rathaus, in dem Roberts Firma untergebracht war. Mit dem Fahrstuhl fuhr sie in den dritten Stock und ging zu einer Glastür mit der eingravierten Aufschrift HEALTH RESOURCE CORPORATION. Noch einmal holte sie tief Luft, stieß die Tür auf und ging hinein.

Der Empfangssaal der Firma war hübsch eingerichtet. Mit Mahagoni getäfelte Wände, Ledersessel und Perserteppiche. Die leitende Empfangsdame telefonierte gerade. Sie erkannte Marissa und lächelte.

Da Marissa sich in den Räumlichkeiten auskannte, ging sie an der Rezeption vorbei und geradewegs auf Roberts Eckzimmer zu. Seine Sekretärin Donna war nicht an ihrem Schreibtisch. Aber die dampfende Kaffeetasse mitten auf der Löschunterlage deutete darauf hin, daß sie nicht weit weg sein konnte.

An Roberts Tür warf Marissa noch einen Blick zurück auf Donnas Telefon, um zu sehen, ob eine Birne an einem der Nebenanschlüsse aufgeleuchtet hatte. Sie wollte Robert nicht gerade bei einem Telefongespräch stören. Da keine Birne leuchtete, klopfte Marissa leise an und trat ein.

Zuerst sah Marissa nur einige schnelle Bewegungen. Donna richtete sich auf, und Robert kam halb aus dem Stuhl hoch. Dann nahm er rasch wieder Platz. Verlegen zog Donna den Rock zu den Knien hinab und brachte die Perlenkette an ihrem Hals in Ordnung. Gewöhnlich trug sie eine Hochfrisur. Jetzt hingen ihr die Haare teilweise an den Seiten herab.

Verblüfft starrte Marissa ihren Mann an. Er hatte die Krawatte gelockert und die beiden obersten Hemdknöpfe geöffnet. Das sonst so sorgfältig gekämmte rotblonde Haar war zerzaust. Auf dem Teppich an Roberts Schreibtisch erblickte Marissa zwei hochhackige Damenschuhe.

Die Szene wirkte so kitschig, daß Marissa nicht wußte, ob sie lachen oder weinen sollte. Schließlich sagte sie: »Vielleicht ist es besser, wenn ich noch ein paar Minuten draußen warte. Dann könnt ihr beide inzwischen euer Diktat beenden.« Damit schickte sie sich an, das Büro zu verlassen.

»Marissa!« sagte Robert. »Bleib doch hier! Was du denkst, ist ganz falsch. Donna hat mir nur die Schultern massiert. Sagen Sie es ihr doch, Donna!«

»Ja«, sagte Donna, »ich habe ihm nur die Schultern massiert. Sie waren ganz verkrampft.«

»Wie immer dem sein mag«, sagte Marissa mit gezwungenem Lächeln, »ich halte es für besser, wenn ich jetzt gehe. Ich habe mir übrigens die Idee, von der ich gestern abend sprach, noch einmal durch den Kopf gehen lassen und mich entschlossen, trotz allem für einige Tage nach Australien zu fliegen.«

»Nein!« sagte Robert. »Ich verbiete dir, nach Australien zu fliegen!«

»Ach, wirklich?« sagte Marissa.

Damit machte sie kehrt und verließ Roberts Büro. Sie hörte, wie er ihr nachrief und verlangte, sie solle zurückkommen. Aber sie beachtete es nicht. Die Empfangsdame, die Roberts Rufe auch gehört hatte, sah sie fragend an. Aber Marissa lächelte nur und ging weiter, kam zu den Fahrstühlen und drückte auf den Abwärtsknopf, ohne noch einen Blick auf Roberts Firma zurückzuwerfen.

Marissa war froh, daß sie den Fahrstuhl für sich allein hatte. Trotz ihrer Wut merkte sie, daß ihr heiße Tränen über die Wangen rannen. »Schweinehund!« murmelte sie.

Draußen überquerte sie die School Street, ging ins Omni Parker House und rief von einem Münztelefon aus mehrere Fluglinien an. Danach ließ sie sich vom Portier die Autoschlüssel geben, fuhr eine Schleife durch die Innenstadt und bog dann in die Cambridge Street ein. Den Wagen ließ sie auf dem Parkplatz der Massachusetts Augen-, Hals-, Nasen- und Ohrenklinik und begab sich zur Notaufnahme.

Nachdem sie vergeblich in die beiden Behandlungszimmer geschaut hatte, fand sie Wendy in einem der kleinen Operationssäle, wo sie einem Assistenzarzt bei einem Eingriff Hilfe leistete.

Als Wendy fertig war, führte Marissa sie an der Aufnahme vorbei ins Freie.

»Bist du immer noch für die Australienreise?« fragte Marissa.

»Na, sicher«, sagte Wendy. »Du siehst so angespannt aus. Ist alles okay?«

Marissa stellte ihr eine Gegenfrage. »Wann kannst du frühestens abreisen?«

»Eigentlich jederzeit«, sagte Wendy. »Wann willst du denn los?«

»Wie wär's mit heute?« sagte Marissa. »Um 5.15 Uhr nachmittag geht ein Flug der United nach Sidney mit Anschluß nach Brisbane. Aber ich glaube, wir brauchen auch Visa. Werde gleich mal beim australischen Konsulat anrufen und nachfragen.«

»Wau!« rief Wendy. »Na, dann werde ich mal sehen, was sich machen läßt. Warum hast du es plötzlich so eilig?«

»Damit ich es mir nicht noch anders überlegen kann«, sagte Marissa. »Ich erkläre dir das alles unterwegs.«

9

5. April 1990

8.23 Uhr vormittags

»Mein Gott!« sagte Wendy. Marissa und sie warteten auf dem Flughafen von Brisbane auf ihr Gepäck. »Ich habe ja keine Ahnung gehabt, daß der Pazifik so riesengroß ist.«

»Mir kommt es vor, als wären wir eine ganze Woche unterwegs gewesen«, sagte Marissa.

Sie waren von Boston nach L.A. geflogen. Von L.A. hatten sie einen Nonstopflug nach Sidney genommen. Es war der längste Flug, den sie je mitgemacht hatten: fast fünfzehn Stunden. Sobald die Formalitäten in Sidney erledigt waren, waren sie für das letzte Stück nach Brisbane an Bord einer Maschine der Australian Airlines gegangen.

»Ich wußte schon, daß Australien weit weg liegt«, sagte Wendy, »aber doch nicht so weit weg!«

Als das Gepäck kam, brachen sie in Jubelrufe aus. Da sie mehrmals umgestiegen waren, hatten sie schon befürchtet, es niemals wiederzusehen. Sie stellten die Koffer auf einen Gepäckwagen des Flughafens und schoben ihn zum Taxistand.

Sehr schnell bekamen sie ein Taxi. Der Fahrer half ihnen beim Einladen der Koffer. Er machte ihnen auch die Türen auf und schloß sie dann wieder. Als alle Platz genommen hatten, drehte er sich zu ihnen um und fragte: »Wohin, meine Lieben?«

»Zum Hotel Mayfair Crest International bitte«, sagte Marissa. Den Namen des Hotels hatte ihr ein Angestellter des

Reisebüros Beacon Hill genannt. Der Mann war ihnen überhaupt eine große Hilfe gewesen, indem er das scheinbar Unmögliche möglich gemacht hatte: noch für denselben Nachmittag alle Dokumente und Reservierungen zu beschaffen.

»Legen Sie die Sitzgurte an, Ladys!« sagte der Fahrer nach einem Blick in den Rückspiegel. »Wenn die Coppers einen schnappen, kostet das vierzig Dollar.«

Marissa und Wendy kamen der Aufforderung nach. Sie waren viel zu müde, um an seinen Worten zu zweifeln.

»Ist das Mayfair ein gutes Hotel?« fragte Marissa.

»Es ist'n bißchen teuer«, sagte der Fahrer, »aber sonst ist es in Ordnung.«

Marissa flüsterte Wendy lächelnd zu: »Ich mag den australischen Akzent. Er ist dem englischen ähnlich, aber irgendwie gemütlicher.«

»Die Ladys sind Yanks?« fragte sie der Fahrer.

Marissa bejahte. »Wir sind aus Boston, Massachusetts.«

»Willkommen im Lucky Country«, sagte der Fahrer. »Schon mal hiergewesen?«

»Nein, das erstemal«, gab Marissa zu.

Daraufhin begann der Fahrer, ihnen die Geschichte Brisbanes in farbigen Worten zu erzählen, wobei er nicht zu erwähnen vergaß, daß sie aus einer Strafkolonie für die schlimmsten Häftlinge Sidneys hervorgegangen sei.

Marissa und Wendy waren überrascht von dem üppigen Grün des Landes. Verschwenderische tropische Vegetation säumte die Straßen, ganze Häuser versanken in einem Farbenrausch. Lilafarbene Jakarandabäume wetteiferten mit rosarotem Oleander und blutrotem Bougainvillea.

Von den gleichförmigen, verglasten Hochhäusern der Innenstadt waren Marissa und Wendy weniger beeindruckt. »Sieht aus wie jede andere Großstadt«, sagte Wendy. »Sie hätten sich doch von der natürlichen Schönheit des Ortes anregen lassen und etwas Originales bauen können.«

»Man fragt sich überhaupt, warum sie so sehr in die Höhe bauen mußten, da ihnen doch so viel Land zur Verfügung steht«, sagte Marissa.

Doch als sie die Innenstadt erreichten, erhielten sie einen besseren Eindruck. Obwohl die Rush-hour vorbei war, sah man überall Menschen. Und alle sahen sonnengebräunt und gesund aus. Fast alle Männer trugen Shorts. »Ich glaube, mir wird Australien gefallen«, sagte Wendy.

Beim Halt an einer roten Ampel betrachtete Marissa den Aufmarsch dieser sonnengebräunten Gestalten. Viele Männer hatten rotblondes Haar und ein kantiges Kinn. »Sie erinnern mich an Robert«, sagte sie.

»Vergiß endlich Robert!« sagte Wendy. »Wenigstens vorläufig.«

Auf dem Flug hatte Marissa ihr von ihrem Erlebnis in Roberts Büro erzählt. Wendy war entsetzt und voller Mitgefühl gewesen. »Kein Wunder, daß du es auf einmal so eilig hattest«, sagte sie.

»Ich weiß nicht, was ich machen soll, wenn ich zurückkomme«, hatte Marissa gesagt. »Falls Robert tatsächlich eine Affäre mit Donna haben sollte, ist unsere Ehe zu Ende.«

Das Taxi fuhr auf einen großen, von Palmen gesäumten Platz. Der Fahrer deutete mit der freien Hand nach vorn. »Das da drüben ist Ihr Hotel«, sagte er. Dann zeigte er mit dem Daumen über die Schulter nach hinten. »Das Sandsteingebäude mit dem Uhrenturm auf der anderen Seite, das ist das Rathaus von Brisbane. Wurde in den 20er Jahren erbaut. Da drin gibt's eine wunderbare Marmortreppe. Von oben aus hat man einen guten Blick auf die ganze Stadt.«

Der Einzug ins Hotel ging mühelos vonstatten. Bald sahen sich die beiden Frauen in einem einfach eingerichteten Zimmer mit Klimaanlage und einem Ausblick auf die Stadt wieder, der auch den Brisbane River einschloß.

Nachdem sie einige Kleidungsstücke ausgepackt und aufgehängt hatten, streckten sie sich auf den Betten aus.

»Bist du auch so müde wie ich?« fragte Wendy.

»Bestimmt«, sagte Marissa. »Ich bin todmüde. Aber das ist gut. Wie eine Katharsis. Ich bin froh, daß wir hergekommen sind. Und ich möchte mir bald etwas von der Stadt ansehen.«

»Ich brauche nur ein Duschbad, und dann geht es schlafen«, sagte Wendy. »Wer ist der Reiseleiter?«

»Das hört sich gut an«, sagte Marissa. »Aber wir sollten nicht zu lange schlafen. Sonst gewöhnen wir uns nicht an die Zeitumstellung. Am besten, wir rufen bei der Rezeption an und lassen uns in zwei Stunden wecken. Dann können wir noch einiges besichtigen. Die Klinik sparen wir uns für morgen auf, wenn wir wieder frisch sind.«

»Und ich möchte mich erkundigen, wie man zum Großen Barriereriff kommt«, sagte Wendy. »Ich kann's gar nicht erwarten. Ich habe gehört, daß es das beste Tauchrevier der ganzen Welt ist.«

»Na los, dann hüpfen wir erst mal unter die Dusche«, sagte Marissa. »Ich will das Female Care Australia im Telefonbuch nachschlagen und dann auf meinem Stadtplan nachsehen, wo es liegt.«

Wendy erhob keinen Einwand. Sie rutschte vom Bett und verschwand im Badezimmer, während Marissa im Telefonbuch blätterte, das auf einem Nachttisch zwischen den beiden Betten lag. Die Klinik war in der nahegelegenen Vorstadt Herston. Auf dem vom Hotel ausgegebenen Stadtplan sah Marissa, daß Herston im Norden von Brisbane lag. Sie nahm den Notizblock mit dem Briefkopf des Hotels und notierte sich die Adresse.

Als Marissa das Telefonbuch wieder auf seinen Platz legen wollte, fiel ihr Tristan Williams ein. Sie klappte das Buch bei dem Buchstaben W auf und fuhr mit dem Finger die Spalten entlang.

Die Badezimmertür wurde geöffnet. Dampf wallte heraus. »Du bist dran!« rief Wendy. Sie hatte sich ein Handtuch um den Kopf gewunden und eins um den Körper. »Es ist nicht zu glauben, wie gut ich mich jetzt fühle, besonders nachdem ich mir die Haare gewaschen habe.«

»Unser Freund, der Pathologe, steht nicht im Telefonbuch«, sagte Marissa.

Wendy lächelte. »Das wäre auch zu einfach gewesen.«

Marissa legte das Telefonbuch weg und ging zum Duschen ins Bad.

Als das Telefon läutete, konnte Marissa sich nur mit Mühe aufrappeln. Benommen tastete sie nach dem Hörer. Eine heitere Stimme am anderen Ende der Leitung teilte ihr mit, es sei 12 Uhr mittags. Marissa wußte damit nichts anzufangen. Erst als sie Wendy im anderen Bett fest schlafen sah, fiel ihr wieder ein, wo sie war.

Marissa ließ sich zurückfallen. Am liebsten hätte sie sich wieder schlafen gelegt. Dann dachte sie an den Rat, den sie selber gegeben hatte, und zwang sich zum Aufstehen. Zuerst fühlte sie sich so erschöpft, daß ihr beinahe übel wurde. Aber sie wußte, daß sie sich auf den Zeitunterschied einstellen mußte.

Wendy hatte sich noch nicht gerührt. Marissa kam unsicher auf die Beine und rüttelte sie sanft an der Schulter.

»Wendy!« rief sie leise. Dann lauter: »Wendy, aufwachen! Es wird Zeit!«

»Schon?« fragte Wendy verschlafen und richtete sich zum Sitzen auf. Dann stöhnte sie: »Ach, du meine Güte, ich fühle mich vielleicht elend!«

Marissa nickte. »Ja, es ist hart. Ich bin auch noch ganz kaputt. Mir ist wie Mitternacht, dabei ist erst Mittag. Aber daran müssen wie uns gewöhnen.«

Wendy warf sich wieder aufs Bett. »Sag dem Reiseleiter, ich bin tot!«

Eine Stunde später fuhren Marissa und Wendy, schon viel besser in Form, mit dem Fahrstuhl ins Foyer hinunter. Eine zweite Dusche und ein vom Zimmerservice gebrachtes »Tucker«, wie der Page das Frühstück nannte, hatte ihre Lebensgeister mehr angeregt, als sie angenommen hätten.

Vom Foyer aus ging Wendy ins nächste Reisebüro, um sich über das Große Barriereriff informieren zu lassen. Indessen stellte sich Marissa wegen einer Stadtrundfahrt in einer Schlange vor der Hotelauskunft an. Eine halbe Stunde später trafen sie sich wieder.

»Ich weiß jetzt genau Bescheid«, sagte Wendy. »Sieh es dir an!« Sie breitete eine Karte der gesamten Queensland-Küste aus, auf der auch die davorliegenden Inseln eingezeichnet waren.

»Heiliges Kanonenrohr!« rief Marissa. »Wie lang ist denn dieses Riff? Sieht aus, als ginge es bis nach Neuguinea.«

»Praktisch ist es auch so«, sagte Wendy. »Es ist weit über 1500 Kilometer lang und bedeckt eine größere Fläche als Großbritannien. Aber wir fahren hierhin, zum Hamilton Island.« Wendys Zeigefinger deutete auf einen Punkt an der Halbinsel. »Sie gehört zu der Gruppe der Pfingstinseln.«

»Bist du sicher, daß es mir da gefallen wird?« fragte Marissa. Sie war ja nicht so tauchbegeistert wie ihre Freundin.

»Du wirst entzückt sein!« sagte Wendy. »Hamilton Island ist eine gute Wahl, weil es da einen Flugplatz gibt, auf dem Linienmaschinen landen können. Wir können mit Ansett Airlines direkt von Brisbane aus hinfliegen. Normalerweise sind sie ziemlich ausgebucht, aber im April ist noch keine Saison.«

»Gerade das macht mich mißtrauisch«, sagte Marissa. »Im allgemeinen hat es einen triftigen Grund, wenn die Saison noch nicht angefangen hat. Wahrscheinlich ist die Jahreszeit nicht günstig.«

»Man hat mir gesagt, wir könnten vielleicht ein, zwei Gewitter erleben«, sagte Wendy. »Aber das ist auch das einzige Negative.«

»Ist das Tauchen am Riff gefährlich?« erkundigte sich Marissa.

»Keine Sorge«, sagte Wendy. »Wir werden einen Tauchlehrer bei uns haben. Wir mieten ein Boot und fahren ans äußere Riff. Da gibt es die meisten Fische, und das Wasser ist am klarsten.«

»Und was ist mit Haien?« fragte Marissa.

»Von Haien haben sie nichts gesagt«, antwortete Wendy. »Aber es ist so, daß sich die Haie draußen im tiefen Wasser aufhalten, während wir am Riff tauchen. Ich sage dir, du wirst entzückt sein. Du kannst dich auf mich verlassen.«

»Nun, ich habe etwas weniger aufregende Auskünfte eingeholt«, sagte Marissa. »Man hat uns empfohlen, eine Stadtrundfahrt mit dem Bus mitzumachen. Zuerst sagte die Dame, wir sollten zu Fuß herumgehen. Aber als ich einwandte, daß wir gerade erst eingeflogen sind, machte sie mich auf die Busse aufmerksam. Und wir sollen nicht versäumen, das Long-Pine-Koala-Schutzgebiet zu besuchen.«

»Wunderbar«, sagte Wendy erfreut. »Ich liebe Koalas.«

So wurde die Busrundfahrt in klimatisierten, bequemen Fahrzeugen ihre erste Unternehmung. Sie besichtigten das Parlament, ein Gebäude im französischen Renaissancestil, und das Schatzamt, ein Gebäude im italienischen Renaissancestil. Überall waren Straßencafés. Marissa kam gar nicht darüber hinweg, wie locker und entspannt alle Leute aussahen.

Allmählich überkam sie wieder die Müdigkeit. In der zweiten Stunde, als der Bus für die Besichtigung des neuen Kulturzentrums von Queensland die Fahrt verlangsamte, waren Marissa und Wendy eingenickt. Der Besuch des Long-Pine-Koala-Schutzgebiets munterte sie etwas auf. Es gab hier nicht nur mehr Koala-Bären, als sie sich hätten träumen lassen, sondern darüber hinaus auch Dingos, Kookaburras,* Känguruhs und sogar ein Schnabeltier. Sie konnten mitten zwischen den Känguruhs umhergehen und sie füttern. Die Kraft, die die Tiere in den gekrümmten Vorderklauen hatten, überraschte sie.

Aber die bei weitem liebenswürdigsten Tiere waren doch die Koala-Bären. Wendy war begeistert, als sie erfuhr, daß sie einen in den Arm nehmen durfte. Doch als sie es dann tat, schwand ihre Begeisterung. Die Koalas hatten einen bestimmten Geruch an sich, den sie als unangenehm empfand.

»Das kommt von ihrer Eukalyptusblätterdiät«, erklärte ein Tierpfleger.

Nachdem sie noch einer Koala-Bären-Show beigewohnt und alle möglichen unwichtigen Dinge über Koalas erfahren hatten, hatten sie genug. Mit einem Stadtbus fuhren sie zum Hotel zurück.

»Nein, nicht!« sagte Marissa und hielt Wendy davon ab, sich wieder aufs Bett zu werfen.

»Bitte!« flehte Wendy. »Sag dem Reiseleiter, ich habe die Beulenpest!«

Nach der dritten Dusche des Tages folgten sie einer Anregung der Hotelauskunft und machten einen kurzen Spaziergang über die Victoria-Brücke zum Kulturzentrum von Queensland. In einem ziemlich modernen Restaurant, das sich Fountain Room nannte, ließen sie sich entspannt zu

* Lachvögel

ihrem ersten Abendessen in Australien nieder. Der Blick über den schlammigen Fluß auf die Stadt war herrlich.

»Ich möchte etwas typisch Australisches probieren«, sagte Wendy, hinter der riesigen Speisekarte verborgen. Schließlich bestellten sie Barramundi, eine Art australischen Flußbarschs. Zum Essen wählten sie einen gekühlten australischen Chablis. Die Flasche kam, wurde für sie geöffnet, und die beiden Frauen stießen auf ihr australisches Abenteuer an.

Nachdem Marissa den Wein gekostet hatte, lächelte sie zufrieden. Das frische Bukett war ganz nach ihrem Geschmack. Zum erstenmal glaubte sie voller Freude daran, daß die Reise ihnen gerade die richtige Mischung von Erholung und Forschung bringen würde.

»Ahhhh«, machte Wendy und schaute in das langstielige Glas. »Genau das, was der Arzt mir verschrieben hat.«

»Amen«, sagte Marissa.

Nach einem herzhaften englischen Frühstück am nächsten Morgen riefen Marissa und Wendy ein Taxi. Marissa gab dem Fahrer einen Zettel mit der Anschrift der FCA-Klinik und fragte: »Kennen Sie die Adresse?«

»Aber sicher, meine Liebe«, sagte er. »Das ist die Frauenklinik. Schnallen Sie sich an! Dann fahre ich Sie sofort hin.«

Die Fahrt nach Herston war angenehm. Als sie in die hügeligen grünen Vorstädte kamen, fielen ihnen eine Reihe merkwürdiger, weitausladender, wellblechgedeckter Häuser auf, die auf Pfählen standen.

»Die nennt man Queenslander«, sagte der Fahrer. »In die Luft gebaut, damit sie nicht vom Wasser überspült werden. Die Verandas halten sie kühl. Wird hier nämlich mächtig heiß im Sommer.«

Minuten später fuhr das Taxi an einem auffallend modernen vierstöckigen Gebäude vor, dessen Fassaden vollständig aus bronziertem Spiegelglas bestanden. Das dazugehörige Gelände war mit prachtvollen blühenden Bäumen und Büschen landschaftlich verschönert.

Beim Aussteigen begrüßten laute Vogelrufe Marissa und Wendy. Überall schienen Vögel zu sein: buntgefärbt, zwitschernd und krächzend. Auf dem Gehweg, der zum Eingang der Klinik führte, trafen sie auf einen Schwarm von Hirtenstaren, die sich um ein Stück Brot zankten.

Dann schlossen sich die Eingangstüren hinter ihnen, und sie blieben staunend über die Inneneinrichtung des Gebäudes erst einmal stehen. Das FCA glich keiner Klinik, die sie je besucht hatten. Der Fußboden war aus glänzendem Onyx. Die Wände waren aus Tropenholz, das auf Hochglanz poliert war.

»Das sieht hier aus wie eine Anwaltsfirma«, sagte Wendy betroffen. »Hast du auch bestimmt die richtige Adresse?«

In der Mitte befand sich ein üppiger Innengarten mit den gleichen blühenden Bäumen, die sie draußen gesehen hatten. Es gab sogar einen kleinen Teich mit einem Wasserfall aus roten Granitblöcken.

Am Ende des geräumigen Foyers war die Auskunft, die mehr der Rezeption eines Luxushotels ähnelte.

»Können wir behilflich sein?« fragte eine der beiden munteren Empfangsdamen. Statt Weiß, wie es in Amerika üblich war, trugen diese Frauen bunte Blumendrucke.

»Wir sind Ärztinnen aus den Vereinigten Staaten«, sagte Marissa, »und interessieren uns für Ihre Einrichtung. Wir würden gern wissen...«

»Aus Amerika!« sagte die Frau entzückt. »Ich bin gerade aus Kalifornien zurückgekehrt. Wie nett von Ihnen, daß Sie uns besuchen. Ich rufe gleich Mr. Carstans an. Einen Augenblick bitte.«

Die Empfangsdame wählte an dem Apparat vor ihr eine

Nummer und führte ein kurzes Gespräch. Dann legte sie auf und sagte: »Mr. Carstans wird gleich hier sein. Vielleicht nehmen Sie inzwischen in dem Warteraum hinter diesen Blumenkübeln Platz.« Sie zeigte mit dem Federhalter darauf.

»Wer ist Mr. Carstans?« erkundigte sich Wendy.

»Das ist unser Public-Relations-Mann«, erklärte die Empfangsdame.

Marissa und Wendy begaben sich zum Warteraum.

»Public-Relations-Mann?« fragte Wendy. »Wie viele Kliniken kennst du, die einen Public-Relations-Mann haben?«

»Daran habe ich auch gerade gedacht«, sagte Marissa. »Diese Klinik muß ein gesundes Geschäft machen, um sich die Ausgabe leisten zu können.«

Nach wenigen Minuten des Wartens kam ein Mann auf sie zu. »'n Tag, meine Damen«, sagte er.

Carstans war ein hochgewachsener, korpulenter Mann mit geröteten Wangen. Zum Jackett mit Krawatte trug er Shorts. »Willkommen im FCA! Mein Name ist Bruce Carstans. Was kann ich für Sie tun?«

»Ich bin Dr. Blumenthal, und das ist Dr. Wilson«, sagte Marissa.

»Gynäkologinnen?« fragte Mr. Carstans.

»Ich bin Kinderärztin«, sagte Marissa.

»Ich bin Augenärztin«, sagte Wendy.

»Unser Ruhm muß sich ja weithin verbreitet haben«, sagte Mr. Carstans mit einem Lächeln. »Normalerweise haben wir nur Gynäkologen aus Übersee zu Gast. Sind die Damen zu einer Führung durch unsere Einrichtung bereit?«

Die beiden Frauen tauschten einen Blick aus und zuckten dann die Achseln. »Warum nicht?« sagte Wendy.

»Das wäre interessant«, stimmte ihr Marissa zu.

In der nächsten Stunde wurden Marissa und Wendy

durch die modernste medizinische Anstalt geführt, die sie je gesehen hatten. Die Klinik bot das gesamte Arsenal für die medizinische Betreuung von Frauen an. Es gab Röntgenzimmer, einen CAT-Tomographen und sogar ein NMR-Gerät. Es gab Untersuchungszimmer, Warteräume und kleine Operationssäle ebenso wie Kreißsäle und Säuglingsstationen. Auch eine Krankenstation war vorhanden.

Doch der bei weitem eindrucksvollste Teil war die Station zur Behandlung unfruchtbarer Frauen, die sich eines eigenen großen Operationssaals rühmen konnte. Außerdem hatte sie sechs vollcomputerisierte Ultraschallzimmer. Mit den allerneuesten Geräten ausgestattet, erinnerten sie an Bilder aus *Star Wars*. Das Labor dieser Station war ein Riesensaal mit großen Brutkästen, Zentrifugen und modernen Kälteaggregaten.

Schon glaubten Marissa und Wendy alles gesehen zu haben, als Mr. Carstans eine schwere Tür vor ihnen öffnete und dann beiseite trat, um sie einzulassen. Die Frauen kamen in einen Glasverschlag, der als staubfreie Eingangsschleuse in ein Märchenland von High-Tech-Instrumenten diente. Dahinter arbeiteten mit Kapuzen ausgestattete Techniker. Das Labor sah wie eine Raumstation des 21. Jahrhunderts aus.

»Dies ist das Herz des FCA«, erklärte Mr. Carstans. »Es ist die Abteilung für Grundlagenforschung. Hier wurden zahlreiche Durchbrüche in den IVF-Techniken erzielt. Zur Zeit liegt unser Hauptaugenmerk auf der Verbesserung der Einfrierungstechnik für Keimzellen und Embryos. Aber wir arbeiten auch in der Fötusgewebeforschung, besonders im Hinblick auf die Parkinsonsche Krankheit, auf Diabetes und sogar auf Probleme im Zusammenhang mit Immunschwäche.«

»So eine Forschungseinrichtung habe ich noch nie gesehen«, sagte Wendy.

»Da muß man dem Kapitalismus Tribut zollen«, sagte Mr.

Carstans. »Der privaten Initiative und Investierung. Das ist der einzige Weg, in der modernen Welt etwas zu vollbringen. Die Öffentlichkeit zieht den Nutzen daraus, sowohl durch die Möglichkeit, die neuesten Techniken anzuwenden, als auch durch erstklassige klinische Betreuung.«

»Wie hoch ist die Erfolgsquote des FCA bei der In-Vitro-Fertilisation?« fragte Marissa.

»Wir nähern uns einer Schwangerschaftsquote von 80 Prozent«, sagte Mr. Carstans mit deutlichem Stolz. »Kein anderes Programm kann da mithalten.«

Danach begleitete Mr. Carstans die beiden Frauen wieder zum Haupteingang. Sie waren sichtbar beeindruckt. In der Nähe des Warteraums, wo die Führung angefangen hatte, blieb er stehen und sagte: »Wir freuen uns sehr über Ihren Besuch. Sie haben so ziemlich alles zu sehen bekommen. Hoffentlich hat es Ihnen Vergnügen gemacht. Möchten Sie vielleicht noch Fragen stellen?«

»Ich habe eine Frage«, sagte Marissa. Sie öffnete ihre Umhangtasche, entnahm ihr den Artikel aus dem Journal, den Cyrill ihr gegeben hatte, und reichte ihn Mr. Carstans. »Ich nehme an, daß Sie diesen Artikel kennen. Er behandelt eine Anzahl von Fällen im FCA.«

Zögernd nahm Mr. Carstans den Artikel in Empfang, warf einen Blick darauf und gab ihn zurück. »Nein, den habe ich nie gesehen«, sagte er.

»Wie lange sind Sie schon beim FCA?« fragte Wendy.

»Seit knapp fünf Jahren«, sagte Mr. Carstans.

»Der Artikel ist erst vor zwei Jahren erschienen«, sagte Wendy. »Wie kommt es, daß die Public-Relations-Abteilung ihn nicht zu Gesicht bekommen hat? Ich hätte angenommen, daß ein solcher Artikel eine herausragende Bedeutung für Sie hätte. Er berichtet von einer Reihe verhältnismäßig junger Frauen, die an einer tuberkulosen Eileiterinfektion erkrankt waren.«

»Ich lese im allgemeinen keine Fachjournale«, sagte Mr. Carstans. »In welchem Journal wurde er veröffentlicht?«

»Im *Australischen Journal für Infektionskrankheiten*«, sagte Marissa. »Der Autor war Dr. Tristan Williams. Anscheinend war er bei Ihnen in der Pathologie angestellt. Haben Sie ihn gekannt?«

»Leider nicht«, sagte Mr. Carstans. »Aber ich kenne auch nicht sämtliche Mitarbeiter. Für solche Fragen muß ich Sie an Charles Lester verweisen. Er ist der Direktor der Klinik.«

»Glauben Sie, daß er zu einem Gespräch mit uns bereit wäre?« fragte Marissa.

»Unter diesen Umständen«, sagte Mr. Carstans, »glaube ich, daß er gern dazu bereit wäre. Wenn Sie sich einen Moment gedulden wollen, gehe ich mal rauf und erkundige mich, ob er im Augenblick frei ist.«

Marissa und Wendy sahen Mr. Carstans durch die Tür zu einer Wendeltreppe verschwinden. Dann sahen sie sich an. »Was denkst du?« fragte Wendy.

»Weiß ich nicht«, sagte Marissa. »Ich könnte nicht sagen, ob er die Wahrheit gesagt hat oder nicht.«

»Mich beschleicht allmählich ein sonderbares Gefühl«, sagte Wendy. »Diese Klinik ist zu schön, um wahr zu sein. Hast du schon jemals einen solchen Luxus in einer Klinik gesehen?«

»Mich erstaunt, daß es für uns möglich sein soll, mit dem Direktor zu sprechen«, sagte Marissa. »Ich hätte nicht gedacht, daß das ohne förmliche Einladung geht.«

In diesem Augenblick tauchte Mr. Carstans wieder auf. »Sie haben Glück«, sagte er. »Der Direktor ist erfreut, zwei geschätzte Kolleginnen aus Boston begrüßen zu können, vorausgesetzt, Sie bringen die nötige Zeit mit.«

»Aber ja«, sagte Marissa.

Sie folgten Mr. Carstans eine Treppenflucht hinauf. Die Ausstattung der Bürosuite des Direktors war noch luxuriöser als alles, was sie bisher besichtigt hatten. Es war, als beträten sie das Büro einer großen Fortune-500-Gesellschaft.

»Kommen Sie doch herein!« sagte der Direktor und stand zur Begrüßung von Marissa und Wendy von seinem Schreibtisch auf. Dann schüttelte er beiden die Hand, wies ihnen mit einer Handbewegung bequeme Sitzgelegenheiten an und entließ Mr. Carstans, der sich diskret entfernte und hinter sich die Tür schloß. Der Direktor kam auf die beiden Frauen zu und fragte: »Was halten Sie von einer Tasse frischem Kaffee? Ich weiß, ihr Yanks trinkt viel Kaffee.«

Charles Lester war ein großer breitschultriger Mann, aber nicht so fett wie Carstans. Er sah eher wie ein in Ehren ergrauter Athlet aus, der immer noch ein gutes Tennis spielt. Sein Gesicht war ebenso sonnengebräunt wie bei allen Einwohnern der Stadt. Er hatte tiefliegende Augen und einen dichten Schnurrbart.

»Ich nehme gern einen Kaffee«, sagte Wendy. Marissa nickte ebenfalls zustimmend.

Lester drückte auf den Summer und bat seine Sekretärin, drei Tassen Kaffee zu bringen. Die Wartezeit überbrückte er durch ein unverbindliches Geplauder mit den beiden Frauen. Er fragte sie, an welchen Krankenhäusern sie tätig seien und wo sie ihre fachärztliche Ausbildung genossen hätten. Lester vertraute ihnen an, daß er als Stipendiat zeitweise in Boston tätig gewesen sei.

»Sie sind Arzt?« fragte Wendy.

»O ja, sehr sogar«, sagte Lester. »Bei uns reden sich viele in englischer Art an. Während meiner Ausbildung zum gynäkologischen Chirurgen in London habe ich mich auch an die Anrede ›Mister‹ gewöhnt. Leider habe ich in letzter Zeit nicht viel Gelegenheit gehabt, als Arzt in der Klinik zu wirken, weil mich die Verwaltungsarbeit mehr an den Schreibtisch fesselt, als mir lieb ist.«

Ein Kellner kam und servierte den Kaffee. Lester goß ein bißchen Sahne in seine Tasse, lehnte sich zurück und musterte die beiden Frauen über den Tassenrand hinweg.

»Mr. Carstans hat mir beiläufig gesagt, daß Sie sich nach einem alten Artikel aus einem Journal erkundigt hätten«, sagte Lester. »Darf ich fragen, wovon der Artikel handelte?«

Marissa zog den Nachdruck aus der Umhängetasche und reichte ihn Mr. Lester. Wie Carstans warf er nur einen kurzen Blick darauf und gab ihn dann zurück.

»Warum interessieren Sie sich dafür?« fragte er.

»Das ist eine lange Geschichte«, sagte Marissa.

»Ich habe Zeit«, antwortete Lester.

»Also«, begann Marissa, »Dr. Wilson und ich haben beide das gleiche Problem der Unfruchtbarkeit wie die Frauen, die in diesem Artikel beschrieben werden: Eileiterblockierung durch Tuberkulose.« Dann schilderte sie ihm ihre frühere Tätigkeit beim CDC und ihre Ausbildung in der Lehre von den Epidemien. »Als wir entdeckten, daß das Problem internationales Ausmaß angenommen hat, beschlossen wir zu forschen. Der Artikel wurde mir vom CDC zugesandt. Wir riefen die Klinik hier an, konnten aber den Autor nicht erreichen.«

»Was hätten Sie ihn denn gefragt, wenn es Ihnen geglückt wäre?« fragte Lester.

»Vor allem zwei Dinge«, sagte Marissa. »Erstens wollten wir von ihm wissen, ob er in den berichteten Fällen Untersuchungen im Hinblick auf epidemischen Ursprung angestellt hat. Zweitens wollten wir wissen, ob ihm neue Fälle bekannt geworden sind. In Boston kennen wir neben unseren noch drei Fälle.«

»Sie wissen doch, daß Unfruchtbarkeit allgemein im Ansteigen begriffen ist?« fragte Lester. »Unfruchtbarkeit aus den verschiedensten Ursachen, nicht allein durch Eileiterblockierung.«

»Das ist uns bekannt«, sagte Marissa. »Aber auch das Ansteigen der Zahl von Eileiterblockierungen deutet normalerweise auf untypische Fälle von Entzündung der Gebärmutter hin. Es ist ja keine typische Infektion, und schon gar nicht in der seltenen Verbindung mit Tuberkulose. Diese Fälle werfen eine Reihe von epidemiologischen Fragen auf, die auf eine Antwort warten. Sie können sogar eine neuartige, schwere klinische Erkrankung bedeuten.«

»Es tut mir leid, daß Sie eine so lange Reise auf sich genommen haben, um mehr über diesen Artikel zu erfahren. Leider ist es so, daß der Autor sich die angeführten Daten vollständig aus den Fingern gesaugt hat. Das Ganze ist reine Erfindung. Kein wahres Wörtchen ist daran. Die Patientinnen gab es gar nicht. Na ja, vielleicht waren da ein, zwei Fälle. Der Rest ist freischwebende Phantasie. Wenn Sie mich telefonisch erreicht hätten, dann hätte ich Ihnen das gleich gesagt.«

»O nein«, stöhnte Marissa. Daß der Artikel eine Lüge sein könnte, war ihr nie gekommen.

»Wo ist der Verfasser jetzt?« fragte Wendy.

»Das kann ich Ihnen nicht sagen«, antwortete Lester. »Wir haben ihn jedenfalls sofort entlassen. Seitdem ist er, wie ich gehört habe, dem Rauschgift verfallen. Was weiter aus ihm geworden ist, weiß ich nicht. Ich weiß auch nicht, wo er sich gegenwärtig aufhält, ich weiß nur, daß er nicht mehr als Pathologe praktiziert.«

»Was raten Sie uns, wie wir nach ihm suchen könnten?« fragte Marissa. »Ich möchte immer noch gern mit ihm sprechen, vor allem, weil ich ja die gleiche Infektion hatte, die er beschreibt. Wenn er schon Daten frei erfunden hat, warum dann auf einem so ungewöhnlichen Gebiet? Was kann er sich davon erhofft haben? Für mich ergibt das keinen Sinn.«

»Die Menschen begehen aus den sonderbarsten Motiven die seltsamste Dinge«, sagte Lester und erhob sich. »Hoffentlich haben Sie nicht allein wegen dieses Artikels den weiten Weg nach Australien gemacht.«

»Wir haben außerdem gedacht, zum Große Barriereriff zu fliegen«, sagte Wendy. »Erst die Arbeit, dann das Vergnügen.«

»Da kann ich nur hoffen, daß sich das Vergnügen als ergiebiger erweist als die Arbeit«, sagte Lester. »Und jetzt ruft auch mich wieder die Arbeit. Wenn Sie mich also entschuldigen wollen ...«

Wenige Minuten später standen Marissa und Wendy wieder vor der Rezeption im Foyer. Die Empfangsdame telefonierte für sie nach einem Taxi.

»Das war ein ziemlich abruptes Ende unseres Gesprächs«, sagte Wendy. »Eben versichert er uns noch, er habe Zeit, und in der nächsten Minute scheucht er uns aus dem Zimmer.«

»Ich weiß nicht, was ich von all dem halten soll«, sagte Marissa. »Aber eins weiß ich sicher: ich möchte diesen Tristan Williams finden — und sei es nur, um ihm den Hals umzudrehen. Diese Chuzpe muß man sich mal vorstellen: Nur um einen Artikel schreiben zu können, erfindet der Mann seine Patientinnen selber!«

Charles Lester war nicht zu seiner Arbeit zurückgekehrt. Der Besuch Marissas und Wendys hatte ihn verstört. Es war jetzt über ein Jahr nach der letzten Anfrage wegen dieses ärgerlichen Williams-Artikels vergangen. Damals hatte er gehofft, es würde die letzte sein.

»Verdammt!« sagte er laut und schlug mit der Faust auf den Schreibtisch. Er hatte die unangenehme Vorahnung, daß ihm Ärger ins Haus stand. Daß diese zudringlichen Frauen die weite Reise von Boston auf sich genommen hatten, war, um es milde auszudrücken, beunruhigend. Das

Schlimmste war, daß sie möglicherweise ihre Suche nach Williams fortsetzen würden. Was zu einer Katastrophe führen konnte.

Er beschloß, sich mit einigen seiner Verbündeten zu beraten. Nachdem er den Zeitunterschied ausgerechnet hatte, nahm er den Telefonhörer ab und rief Norman Wingate unter seiner Privatnummer an.

»Charles!« rief Dr. Wingate erfreut. »Wie schön, deine Stimme zu hören. Wie geht es denn da unten?«

»Es ist schon besser gegangen«, sagte Lester. »Ich muß etwas Wichtiges mit dir besprechen.«

»Okay«, sagte Dr. Wingate. »Laß mich nur erst mal das Gespräch auf den Nebenanschluß legen!«

Lester hörte, wie Wingate irgend etwas zu seiner Frau sagte. Nach einigen Minuten vernahm er, wie er den Hörer aufnahm. »Ich bin wieder da, mein Lieber«, sagte Dr. Wingate. Dann hörte Lester ein Klicken. Der Hauptanschluß war getrennt worden.

»Wo liegt das Problem?« fragte Dr. Wingate am Telefon.

»Sagt dir der Name Dr. Marissa Blumenthal etwas?«

»Lieber Himmel, ja«, sagte Dr. Wingate. »Warum fragst du?«

»Sie hat mein Büro zusammen mit einer Begleiterin namens Wendy Nelson soeben verlassen. Sie hatten mich wegen dieses Artikels über die tuberkulöse Eileiterblockierung aufgesucht.«

»Mein Gott!« sagte Dr. Wingate. »Das ist doch kaum zu glauben: die sind in Australien! Und wir haben ihnen gegenüber noch so viel Großmut gezeigt.« Dann berichtete er in allen Einzelheiten von dem Versuch der beiden Frauen, in die Datenbank des Klinikcomputers einzudringen.

»Haben sie dem Computer irgend etwas entnehmen können?« erkundigte sich Lester.

»Wir glauben nicht«, sagte Dr. Wingate. »Aber diese Frauen sind Störenfriede. Da muß etwas unternommen werden.«

»Ich bin zu dem gleichen Schluß gekommen«, sagte Lester. »Vielen Dank.«

Lester legte auf und schaltete die Wechselsprechanlage ein. »Penny«, sagte er, »rufen Sie Kelly bei der Sicherheit an. Sagen Sie ihm, er soll seinen Arsch auf der Stelle herschwenken!«

Ned Kelly hieß eigentlich nicht Ned Kelly, sondern Edmund Stewart. Aber im jugendlichen Alter hatte Edmund eine so starke Vorliebe für die Geschichten über den berüchtigten Wegelagerer Ned Kelly gehegt, daß seine Freunde ihn bald nur noch Ned nannten.

Die meisten australischen Männer sonnen sich gern in dem Ruhm dieses gesetzlosen Außenseiters. Doch Ned ging weiter. Er ahmte ihn in allem nach, und zwar in solchem Maße, daß er sogar der Frau eines Mannes, mit dem er verfeindet war, die Hoden eines Jungbullen schickte. Lebenslang ein Verächter der Behörden und ein Kleinkrimineller, wurde er schließlich von allen Leuten Ned Kelly genannt. Der Name blieb an ihm haften.

Lester riß sich vom Schreibtisch los und ging ans Fenster. Gerade jetzt, da alles glatt lief, mußte wieder so ein ärgerliches Problem auftauchen.

Lester hatte aus bescheidenen Anfängen im Outback, dem australischen Busch, in Neusüdwales einen weiten Weg zurückgelegt. Im Alter von neun Jahren war er mit seinen Eltern aus England nach Australien gekommen. Sein Vater, ein Blechmetallarbeiter, hatte die liberale Einwanderungspolitik in der Zeit unmittelbar nach dem Zweiten Weltkrieg ausgenutzt. Sogar das Fahrgeld für die ganze Familie hatte die australische Regierung bezahlt.

Von früher Jugend an zeigte Lester großen Lerneifer. Er

sah darin die Möglichkeit, der bedrückenden Langeweile in der Weite des Inneren Australiens zu entrinnen. Im Gegensatz zu seinen Brüdern dürstete er nach Wissen und belegte Fernkurse, um die mageren Schulkenntnisse, die er in seiner winzigen Heimatstadt erworben hatte, zu erweitern. Das hatte ihm schließlich ein Medizinstudium eingebracht. Von da an warf er nie mehr einen Blick zurück. Hindernisse duldete er nicht. Wenn ihm jemand in die Quere kam, überrollte er ihn.

»Was is'n los?« fragte Ned beim Eintreten. Hinter ihm kam Willy Tong, ein schlanker, aber muskulöser Chinese. Mit einem weithin hallenden Fußtritt schloß Ned die Tür und setzte sich auf die Couchlehne. Er war kein großer Mann, erweckte aber den Eindruck von Härte. Wie Carstans trug er zu Oberhemd und Krawatte Shorts. Auf dem Hemdärmel eingenäht war das Abzeichen der Klinik-Sicherheitsabteilung. Das sonnengebräunte Gesicht hatte eine faltenreiche Lederstruktur angenommen. Er sah aus, als hätte er seine achtunddreißig Jahre Lebensjahre ausschließlich unter der Wüstensonne verbracht. Über dem linken Auge war eine Narbe sichtbar, Andenken an einen Messerkampf in einer Kneipe. Der Streit war um einen Krug Bier gegangen.

Lester paßte es durchaus nicht, daß er auf einen solchen Mann zurückgreifen mußte. Es war ihm ein Dorn im Auge, daß er mit Leuten wie Ned Kelly zusammenarbeiten mußte. Doch ab und zu war es eben notwendig, wie zum Beispiel jetzt. Lester hatte Ned durch Zufall während seines letzten Studienjahres kennengelernt. Da war Ned nämlich mit einer seiner häufigen Schußwunden ins Universitätskrankenhaus gekommen. Im Laufe des Heilungsprozesses waren sie näher bekannt geworden. In den vergangenen Jahren hatte Lester ihn für verschiedene Vorhaben eingesetzt, was schließlich dazu führte, daß er ihn zum Chef der Klinik-Sicherheitsabteilung berief.

»Wir haben zwei Frauen, die sich für den Artikel von Williams interessieren«, sagte Lester. »Es ist derselbe Artikel, der damals den Gynäkologen aus L.A. zum Herkommen veranlaßt hat. Erinnerst du dich? Das war vor ungefähr einem Jahr.«

»Wie könnte ich das vergessen haben?« sagte Ned und kräuselte mit finsterem Blick die Lippen. »Das war doch der arme Kerl, der diesen schrecklichen Autounfall hatte. Weißt du noch, Will?«

Wills Augen verengten sich. Dann grinste er unverschämt.

»Diese Frauen haben davon gesprochen, daß sie Williams suchen wollen«, sagte Lester. »Ich will verhindern, daß es dazu kommt.«

»Du hättest mir damals freie Hand bei Williams lassen sollen«, sagte Ned. »Das hätte eine Menge Ärger erspart.«

»Ging nicht«, sagte Lester, »er stand zu sehr im Scheinwerferlicht der Öffentlichkeit. Aber machen wir uns deswegen keine Kopfschmerzen mehr! Jetzt müssen wir uns um die beiden Frauen kümmern. Ich will, daß etwas getan wird, und ich will, daß es passiert, bevor sie weitere Informationen über die tuberkulöse Eileiterblockierung ans Licht bringen.«

»Soll es wieder nach einem Unfall aussehen?« fragte Ned.

»Das wäre am besten«, sagte Lester. »Sonst würden Ermittlungen angestellt, und das will ich tunlichst vermeiden. Aber kannst du auch einen Unfall inszenieren, in den zwei Personen verwickelt sind?«

»Na, schwieriger ist es schon«, sagte Ned. »Aber bestimmt nicht unmöglich. Wenn sie einen Wagen mieten, ist es sogar leicht. Yanks sind lausige Fahrer bei Linksverkehr.« Er lachte. »Erinnert mich an den Gynäkologen. Er hätte sich beinahe ohne unser Zutun totgefahren.«

»Die Frauen heißen Marissa Blumenthal und Wendy Wilson«, sagte Lester. Er schrieb die Namen auf einen Zettel und gab ihn Ned.

»Wo sind sie abgestiegen?« fragte Ned.

»Das weiß ich nicht«, sagte Lester. »Ich weiß nur, daß sie vorhaben, ans Riff zu fahren.«

»Ach, wirklich?« sagte Ned interessiert. »Diese kleine Information kann uns zustatten kommen. Weißt du, wann sie dahin wollen?«

»Nein«, sagte Lester. »Aber wartet nicht zu lange! Ich will, daß es bald über die Bühne geht. Verstanden?«

»Wir gehen jetzt runter und rufen sofort die ganzen Hotels an«, sagte Ned. »Das wird ein Spaß werden! So, als wenn man in den Busch geht, um Känguruhs zu schießen.«

»Entschuldigen Sie«, flüsterte Marissa. »Ich bin Dr. Blumenthal, und das ist Dr. Wilson.« Wendy nickte zum Gruß. Sie standen in der Bücherei der medizinischen Fakultät der Universität von Queensland am Hauptausleihschalter.

Sie waren unterwegs nach Sta. Lucia gewesen, wo die Universität gelegen ist, und hatten den Taxifahrer gefragt, ob er wisse, wo die Bücherei der medizinischen Fakultät sei. Zu ihrer Überraschung hatte er mit breitem Ja geantwortet und war direkt nach Herston gefahren. Die medizinische Fakultät, erfuhren sie, lag ganz in der Nähe des FCA.

»Wir sind aus den Staaten«, sagte Marissa zu dem Mann hinter dem Ausleihschalter. »Und wir hätten gern gewußt, ob es möglich ist, die Einrichtungen der Bücherei zu benutzen.«

»Ich wüßte nicht, was dagegen spräche«, antwortete der Mann. »Aber am besten erkundigen Sie sich in dem Büro ein Stück den Flur entlang. Fragen Sie da nach Mrs. Pierce! Das ist die Bibliothekarin.«

Marissa und Wendy gingen den Flur entlang zum Verwaltungsbüro.

Auf ihre Frage antwortete Mrs. Pierce: »Selbstverständlich können Sie hier in der Bücherei alles einsehen. Natürlich dürfen sie nichts ausleihen.«

»Ich verstehe«, sagte Marissa.

»Kann ich Ihnen irgendwie helfen?« fragte Mrs. Pierce. »Wir haben ja nicht jeden Tag Besuch aus Boston.«

»Ja, da wäre vielleicht etwas«, sagte Marissa. »Wir hatten das Glück, heute morgen zu einer Führung durch das Gebäude der FCA-Klinik eingeladen zu werden. Ich muß sagen, wir waren tief beeindruckt.«

»Wir sind hier in Brisbane auch mächtig stolz auf die Klinik«, sagte Mrs. Pierce.

»Mit Recht«, sagte Marissa. »Nun, wir hätten gern einige ihrer aktuellen Veröffentlichungen gelesen. Ich kann mir vorstellen, daß sie eine Menge Material publizieren.«

»Allerdings«, sagte Mrs. Pierce. »Sie sind hier in Australien führend in der Technologie der Fortpflanzung. Und sie haben sehr großzügig zum Bestand der Bibliothek beigetragen. Wir führen viel von ihrem Material.«

»Außerdem interessieren wir uns für einen bestimmten australischen Pathologen«, sagte Wendy. »Er heißt Tristan Williams. Wir haben den Nachdruck eines seiner Artikel, der in einem australischen Fachjournal erschienen ist. Wir würden gern feststellen, ob er danach noch weitere Artikel veröffentlicht hat.«

»Ganz besonders gern würden wir ihn selber aufsuchen«, warf Marissa ein. »Vielleicht können Sie uns irgendwie raten, wie das zu bewerkstelligen ist.«

»Wurde in dem Artikel nicht erwähnt, wo er praktiziert?« fragte Mrs. Pierce.

»Zur Zeit der Veröffentlichung war er beim FCA«, sagte Wendy. »Aber das war vor zwei Jahren, und inzwischen hat er dort aufgehört. Wir haben in der Klinik nachgefragt, aber keiner schien seine jetzige Adresse zu kennen.«

»Wir haben das Jahresbuch des Royal College of Pathology«, sagte Mrs. Pierce. »Darin sind die Krankenhaus- und Universitätsverbindungen aller australischen Pathologen aufgeführt. Damit sollten sie am besten anfangen. Kommen Sie mit! Ich zeige Ihnen unsere Räume für Nachschlagewerke und Zeitschriften.«

Marissa und Wendy folgten Mrs. Pierce. Sie war eine auffallende Frau: sie hatte flammend rotes Haar und war recht groß, besonders im Vergleich zu Marissa und Wendy. Über eine Wendeltreppe stiegen die drei Frauen ein Stockwerk tiefer. Mrs. Pierce hatte einen so flotten Schritt am Leibe, daß Marissa und Wendy sich anstrengen mußten, um mitzukommen.

Vor einer Anzahl von Computerbildschirmen blieb Mrs. Pierce stehen. Die Hand auf den ersten Monitor gelegt, erklärte sie: »Das hier sind die Terminals für Fachliteratur. Hier können Sie am leichtesten Dr. Williams' neueste Artikel heraussuchen.«

Von der Computerecke begab sich Mrs. Pierce zu einigen niedrigen Bücherregalen. Sie zog einen dunkel eingebundenen Band aus dem Regal und reichte ihn Wendy. »Das ist der Jahresbericht des Royal College of Pathology. In ihm können Sie am besten den Aufenthaltsort eines Pathologen feststellen — oder zumindest seine beruflichen Verbindungen.«

Mit energischen Schritten ging Mrs. Pierce weiter. Marissa und Wendy eilten ihr nach.

»Sie betreibt am Wochenende bestimmt Triathlon«, sagte Wendy im Flüsterton zu Marissa.

Mrs. Pierce führte sie in eine andere Ecke des Zeitschriftenraums. »Diese Abteilung«, sagte sie mit einer umfassenden Handbewegung, »ist Artikeln im Zusammenhang mit dem FCA vorbehalten. Nun, damit werden Sie wohl eine Zeitlang beschäftigt sein. Wenn Sie noch weitere Fragen haben, können Sie jederzeit zu mir ins Büro kommen.«

Marissa und Wendy bedankten sich bei Mrs. Pierce, woraufhin die Bibliothekarin sie allein ließ.

»Okay, was zuerst?« fragte Wendy.

»Sieh mal in dem Buch nach, das du in der Hand hast, ob du Williams findest!« sagte Marissa. »Wenn da drin steht, daß er nach Perth gegangen ist, fang ich laut an zu schreien. Weißt du, daß es fast 5000 Kilometer von hier entfernt liegt?«

Wendy legte das Buch auf eins der Zeitschriftenregale und schaute unter W nach. Tristan Williams war nicht verzeichnet.

»Dann ist er wenigstens nicht in Perth«, sagte Wendy.

»Allmählich glaube ich, daß uns Dr. Charles Lester die Wahrheit gesagt hat«, bemerkte Marissa.

»Hast du denn daran gezweifelt?« fragte Wendy.

»Eigentlich nicht«, antwortete Marissa. »Es wäre ja für uns eine Leichtigkeit gewesen, es nachzuprüfen.« Sie schaute auf die Regale ringsum. »Dann sehen wir uns doch mal in den FCA-Schriften um!«

In der folgenden Stunde vertieften sich Marissa und Wendy in Artikel über eine große Bandbreite von Themen, die mit den Fortpflanzungstechniken im Zusammenhang standen. Der Umfang der FCA-Forschung war ebenso eindrucksvoll wie die Klinik selbst. Es wurde ihnen rasch klar, daß die FCA in der Fötus- und Befruchtungsforschung eine führende Rolle gespielt hatte, vor allem bei der Behandlung von Stoffwechsel- und Zivilisationskrankheiten durch Fötalgewebe.

Die meisten Artikel überflogen sie nur. Schriften, die sich mit Befruchtung im Reagenzglas befaßten, legten sie beiseite. Nachdem sie sich einen oberflächlichen Überblick verschafft hatten, wandten sie sich diesen Schriften zu.

»Ich bin beeindruckt, aber auch leicht verwirrt«, sagte Wendy nach einer halben Stunde. »Irgend etwas vermisse ich.«

»Mir geht es genauso«, sagte Marissa. »Wenn man diese Artikel hintereinander liest, geht daraus hervor, daß ihre prozentuale Erfolgsquote in erzielten Schwangerschaften pro Zyklus in jedem Jahr steigt. Zum Beispiel ging die Erfolgsquote für fünf Zyklen von 20 Prozent im Jahre 1983 auf fast 60 Prozent im Jahre 1987 in die Höhe.«

»Genau«, sagte Wendy. »Aber was ist 1988 passiert? Vielleicht handelt es sich da um Druckfehler.«

»Kann kein Druckfehler sein«, sagte Marissa. »Sieh dir mal die Daten für 1989 an!« Sie warf Wendy einen Artikel in den Schoß. Wendy prüfte die Zahlen. »Merkwürdig, daß sie hier nicht einmal die Schwangerschaftsrate pro Zyklus ausgerechnet haben, nachdem sie doch in allen vorhergegangenen Jahren eine große Sache daraus gemacht haben.«

»Es ist eine einfache Rechnung«, sagte Wendy. »Du kannst sie für fünf Zyklen selber ausführen.«

Wendy nahm ein Blatt Papier aus der Handtasche und rechnete es schriftlich aus. Als sie fertig war, sagte sie: »Du hast recht. Es ist das gleiche Ergebnis wie 1988 und ein viel schlechteres als 1987. Weniger als zehn Prozent Erfolge. Da muß etwas schiefgelaufen sein.«

»Nun sieh dir aber mal die auf die Anzahl der Patientinnen bezogenen Schwangerschaftsquoten an!« sagte Marissa. »Da haben sie auf einmal ihr Berichtsschema geändert. Sie reden nicht mehr von Schwangerschaftsquoten pro *Zyklus*, sondern im Verhältnis zur *Patientinnenzahl*. Und diese Quote stieg auch noch 1988 und 1989 an.«

»Warte einen Moment!« sagte Wendy. »Das halte ich für unmöglich. Ich will das mal an Hand einer Graphik darstellen. Ich muß mir nur ein Blatt Papier suchen.« Damit ging Wendy zu den Nachschlagewerken hinüber.

Inzwischen beugte sich Marissa wieder über die veröffentlichten Zahlen. Wie Wendy schon angedeutet hatte, erschien es unmöglich, daß die Erfolgsquoten pro Patientinnen ansteigen konnten, wenn die Quoten pro Zyklus abfielen. Und damit nicht genug, die Schwangerschaftsrate der Patientinnen erreichte im Jahre 1988 nicht weniger als 80 Prozent!

»Tärämtätä!« schmetterte Wendy und schwenkte triumphierend ein paar Blätter Millimeterpapier. Dann machte sie sich an die Arbeit und skizzierte rasch zwei Graphiken.

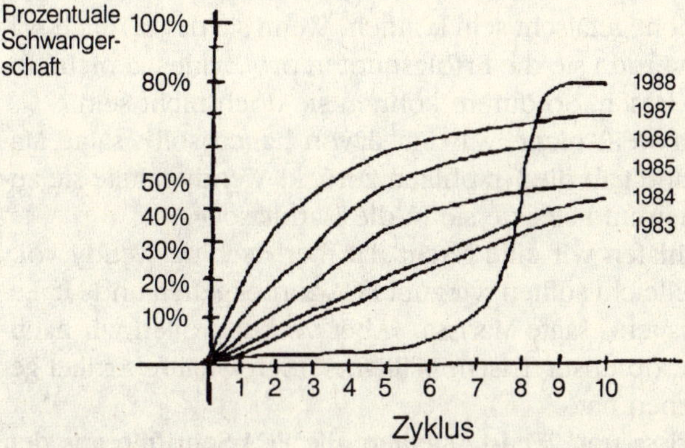

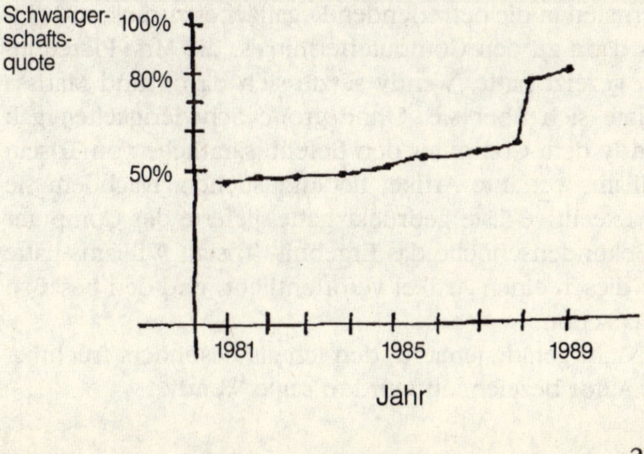

Wendy besah sich noch einmal prüfend ihre Arbeit und schob das Blatt dann Marissa über den Tisch hinweg zu. »Irgend etwas muß uns da entgangen sein«, sagte sie. »Dies hier ergibt für mich immer noch keinen Sinn.«

Marissa betrachtete gründlich die Graphiken, die Wendy gezeichnet hatte. Für sie ergaben sie ebensowenig Sinn. Daß die Kurven, die eigentlich miteinander in Beziehung stehen müßten, so auffallende Abweichungen zeigten, war ein Widerspruch.

»Das Verrückte daran ist«, sagte Wendy, »daß die Statistiken nicht gefälscht sein können. Wenn sie das nämlich wären, würden sie die Erfolgsquoten pro Zyklus ja nicht abfallen lassen. So dumm können sie doch nicht sein.«

»Ich weiß nicht, was ich davon halten soll«, sagte Marissa und gab die Graphiken zurück. Wendy faltete sie zusammen und steckte sie in die Handtasche.

»Schlafen wir eine Nacht darüber!« schlug Wendy vor.

»Vielleicht sollten wir zum FCA zurückgehen und Mr. Lester fragen«, sagte Marissa. »Aber vorher wollen wir nachsehen, ob unser Tristan Williams noch weitere Artikel geschrieben hat.«

Marissa und Wendy stellten alle FCA-Schriften aus den Journalen in die betreffenden Regalfächer zurück und gingen dann zu den Computerterminals, die Mrs. Pierce ihnen gezeigt hatte. Wendy setzte sich davor, und Marissa beugte sich über sie. Ohne große Schwierigkeiten gab Wendy dem Computer den Befehl, sämtliche von Tristan Williams verfaßte Artikel herauszusuchen. Nachdem sie die Executive-Taste gedrückt hatte, lieferte der Computer in Sekundenschnelle das Ergebnis. Tristan Williams hatte nur diesen einen Artikel veröffentlicht, und den besaßen sie ja schon.

»Nicht gerade jemand, den ich als besonders fruchtbaren Autor bezeichnen würde«, sagte Wendy.

»Das ist noch untertrieben«, sagte Marissa. »Langsam verläßt mich der Mut. Hast du einen Vorschlag?«

»Klar«, sagte Wendy. »Gehen wir zum Mittagessen!«

Am Ausleihschalter erkundigten sich Marissa und Wendy nach der Mensa. Die war als Cafeteria eingerichtet. Sie kauften sich Sandwiches, gingen damit ins Freie und setzten sich unter einen herrlich blühenden, für sie unbekannten Baum.

»Hältst du es wirklich für sinnvoll, noch weiter nach diesem Burschen Williams zu suchen?« fragte Wendy beim Essen. »Kann ja auch sein, daß er gar nicht erbaut darüber ist, wenn wir ihn finden. Es sieht doch so aus, als wäre diese Episode mit seinem einzigen Artikel sein Untergang gewesen.«

»Wahrscheinlich ist mein Interesse an ihm nur noch reine Neugier«, gab Marissa zu. »Eins sollten wir vielleicht noch probieren. Wir können doch das Royal College of Pathology anrufen und uns nach ihm erkundigen. Wenn sie nichts über ihn wissen oder uns sagen, daß er in einer weit entfernten Stadt wie Perth wohnt, dann geben wir die Sache auf. Man kommt sich ja allmählich so vor, als jage man Hirngespinsten nach.«

»Und dann geben wir uns dem Vergnügen hin!« sagte Wendy.

»Genau«, sagte Marissa.

Nach dem Essen gingen sie in die Bibliothek zurück und suchten sich aus dem Jahrbuch des Royal College of Pathology dessen Adresse und Telefonnummer heraus. Von einem öffentlichen Fernsprecher in der Bücherei aus rief Marissa an. Eine gutgelaunte Dame meldete sich, und nachdem ihr Marissa den Grund ihres Anrufs erklärt hatte, wurde sie mit einer Administratorin namens Shirley McGovern verbunden.

»Tut mir schrecklich leid«, sagte Mrs. McGovern, als sie

Marissa angehört hatte. »Aber nach den Collegebestimmungen dürfen wir über unsere Mitglieder keine Auskünfte erteilen.«

»Ach, so ist das«, sagte Marissa. »Aber vielleicht können Sie mir wenigstens sagen, ob er Mitglied Ihrer Organisation ist.«

In der Leitung wurde es vorübergehend still.

»Ich habe die weite Reise von Amerika hierher gemacht«, sagte Marissa. »Wir sind alte Freunde...«

»Nun...«, sagte Mrs. McGovern, »ich glaube, ich darf Ihnen sagen, daß er nicht mehr Angehöriger des Colleges ist. Aber mehr kann ich nicht sagen.«

Marissa legte den Hörer auf und teilte Wendy das Wenige mit, was sie erfahren hatte. »Sie hat jedenfalls durchblicken lassen, daß er früher einmal Mitglied war«, sagte Marissa.

»Das unterstützt Mr. Lesters Geschichte«, sagte Wendy. »Komm, wir geben den Schweinehund auf! Je länger ich darüber nachdenke, daß er einen frei erfundenen Artikel veröffentlicht hat, um so weniger Lust habe ich, ihn kennenzulernen. Auf zum Tauchen!«

»Ich mache dir einen Vorschlag«, sagte Marissa. »Da wir nun mal gerade auf dem Campus der medizinischen Fakultät sind, können wir doch noch in das Büro für ehemalige Studenten gehen und uns erkundigen, ob er zufällig hier studiert hat. Wenn das Büro nur einigermaßen so ist wie die bei uns, dann haben sie mit Sicherheit die letzte Adresse des Mannes, und sei es auch nur, um noch Gebühren anzumahnen. Sollte er dort nicht bekannt sein, geben wir auf.«

»Abgemacht«, sagte Wendy.

Das zuständige Büro befand sich im ersten Stock des Hauptverwaltungsgebäudes. Es war eine, nur mit drei Mitarbeitern besetzte kleine Abteilung. Der Direktor, ein Mr.

Alex Hammersmith, bot ihnen in herzlichem Ton seine Unterstützung an.

»Der Name ist mir nicht geläufig«, sagte er auf ihre Frage. »Aber werfen wir doch einen Blick ins Generalverzeichnis!« Er hatte ein Computerterminal auf dem Schreibtisch und gab den Namen Tristan Williams ein. »Woher kennen Sie denn den Burschen?« fragte er und gab dem Computer den Startbefehl.

»Ein alter Freund von uns«, sagte Marissa ausweichend. »Wir sind in plötzlichem Entschluß nach Australien geflogen und dachten, wir könnten ihm ja mal guten Tag sagen.«

»Verdammt freundschaftlich von Ihnen«, sagte Mr. Hammersmith und schaute auf den Bildschirm. »Da haben wir es. Ja, Mr. Tristan Williams hat hier sein Examen abgelegt. Jahrgang 1979.«

Das war die erste heiße Spur, die sie den ganzen Tag über gefunden hatten. »Haben Sie auch seine gegenwärtige Anschrift?« fragte Marissa.

»Nur seine berufliche Adresse«, sagte Mr. Hammersmith. »Wäre Ihnen damit gedient?«

»Aber ja, sehr«, sagte Marissa und bat Wendy um ein Stück Papier. Wendy holte ein leeres Blatt Millimeterpapier aus der Handtasche.

»Mr. Williams ist ganz in der Nähe beschäftigt«, sagte Mr. Hammersmith. »Es ist nur ein paar Querstraßen entfernt. Die Klinik Female Care Australia. Da können Sie zu Fuß hingehen.«

Marissa stieß einen Seufzer aus und gab Wendy das Millimeterpapier und den Schreibstift zurück. »Da sind wir schon gewesen«, sagte sie. »Man hat uns gesagt, daß er vor zwei Jahren ausgeschieden ist.«

»Ach, du liebes bißchen«, sagte Mr. Hammersmith. »Tut mir schrecklich leid. Wir geben uns Mühe, unsere Daten auf dem neuesten Stand zu halten, aber immer gelingt uns das nicht.«

»Vielen Dank jedenfalls für Ihre Hilfe«, sagte Marissa und stand auf. »Das Schicksal scheint bestimmt zu haben, daß Tristan und ich uns nie mehr begegnen sollen.«

»Verdammtes Pech«, sagte Mr. Hammersmith. »Aber warten Sie mal! Ich könnte noch etwas probieren.« Er ging an seinen Computer und tippte etwas ein.

»Da haben wir es!« sagte Mr. Hammersmith mit einem Lächeln. »Ich habe das jetzige Fakultätsverzeichnis mit dem des Abschlußjahrgangs 1979 verglichen. Wir haben noch drei Personen von damals als Mitarbeiter. Ich würde Ihnen raten, sich bei denen nach Tristan Williams zu erkundigen. Bestimmt wird einer von ihnen wissen, wo er zu finden ist.« Er schrieb die Namen und ihre jeweilige Abteilung auf ein Blatt Papier und reichte es Marissa.

»Ich würde es erst mal bei dem Burschen versuchen, der oben auf der Liste steht«, sagte Mr. Hammersmith. »Er war als Klassensprecher eine Zeitlang für das Jahrbuch der ehemaligen Studenten tätig. Jetzt arbeitet er in der Anatomie. Die ist in dem Gebäude gegenüber. Wenn Sie mit ihm und den beiden anderen gesprochen haben, ohne den alten Williams aufgetan zu haben, kommen Sie zurück! Ich habe noch einige Ideen, die man ausprobieren könnte. Zum Beispiel könnte ich mich an die Krankenversicherungskommission in Canberra wenden. Wenn er Abrechnungen für ambulante Patienten einreicht, muß man dort seine Adresse haben. Und dann gibt es natürlich auch noch die Australische Ärztevereinigung. Ich glaube, sie haben sämtliche Ärzte in ihrer Datenbank, ob sie Mitglieder sind oder nicht. Schließlich gibt es ja auch noch die staatliche Zulassungsaufsicht. Es bleiben uns also noch allerhand Möglichkeiten, ihn aufzuspüren.«

»Das ist sehr freundlich von Ihnen«, sagte Marissa.

»Viel Glück!« sagte Mr. Hammersmith. »Wir Australier treffen uns gern mit Freunden aus Übersee. Es wäre eine Schande, wenn Sie sich verpassen sollten, nachdem Sie so eine lange Reise gemacht haben.«

Sie hatten das Büro kaum verlassen, als Marissa auf der Wendeltreppe anhielt und Wendy fragte: »Du hast doch nichts dagegen, wenn wir diesem Hinweis noch nachgehen, oder? Auch wenn es über unser Abmachung hinausgeht?«

»Da wir schon mal hier sind«, sagte Wendy, »können wir es auch versuchen.«

Sie hatten keine Mühe, die Anatomie zu finden, und fragten dort nach Dr. Lawrence Spenser.

»Im zweiten Stock«, sagte die Sekretärin. »Allgemeine Anatomie. Nachmittags ist er meistens im Labor.«

Auf der Treppe sagte Wendy: »Schon der Geruch allein erweckt bei mir böse Erinnerungen. Wie gut kann ich mich da an meine Studienzeit erinnern! Hat dir Allgemeine Anatomie im ersten Semester zugesagt?«

»Ich fand es nicht schlecht«, sagte Marissa.

»Ich hab's gehaßt«, sagte Wendy. »Dieser Gestank! Ich kriegte ihn das ganze Vierteljahr lang nicht aus den Haaren.«

Da die Tür zur Allgemeinen Anatomie offenstand, spähten die beiden Frauen hinein. Drinnen standen ungefähr zwölf mit Plastiktüchern abgedeckte Tische. Im Hintergrund hielt sich nur ein einziger Mann auf, der eine Schürze und Gummihandschuhe trug. Er stand mit dem Rücken zu ihnen.

»Entschuldigen Sie!« rief Marissa. »Wir suchen Lawrence Spenser.«

Der Mann drehte sich um. Er hatte dunkles Lockenhaar. Mit den Menschen verglichen, denen Marissa und Wendy bisher begegnet war, sah er blaß aus.

»Sie haben ihn schon gefunden«, sagte der Mann lächelnd. »Was kann ich für Sie tun?«

»Wir möchten Ihnen ein paar Fragen stellen«, rief Marissa.

»Es fällt schwer, sich auf diese Entfernung zu unterhalten«, sagte Spenser. »Kommen Sie rein!«

Marissa und Wendy gingen hinein und suchten sich zwischen den vielen abgedeckten Tischen einen Weg. Die beiden Frauen bemerkten, daß unter den Plastiktüchern Leichen lagen. Wendy versuchte, nur durch den Mund zu atmen, um das Formalin nicht riechen zu müssen.

»Willkommen in der Allgemeinen Anatomie«, sagte Spenser. »Leider habe ich selten Besuch.«

Als Wendy sah, womit er beschäftigt war, fuhr sie zurück. Es war der in der Nabelgegend abgesägte Rumpf einer Leiche. Die Augen waren halb geöffnet, der Mund war zu einem hämischen Lächeln verzerrt, das ein wenig von den gelben Zähnen sehen ließ. Von der linken Wange war die Haut abgezogen, so daß die Gesichtsnerven freilagen.

Spenser folgte Wendys Blick und sagte: »Sie müssen entschuldigen, Archibald ist in letzter Zeit etwas unpäßlich.«

»Wir kommen gerade aus dem Büro für ehemalige Studenten«, sagte Marissa.

»Entschuldigt mich«, unterbrach sie Wendy. »Ich warte lieber draußen.« Sie drehte sich um und machte sich auf den Weg zum Flur.

»Bist du okay?« rief Marissa ihr nach.

»Ja, gleich wieder«, sagte Wendy und winkte ab. »Laß dir Zeit! Ich bin draußen.«

Marissa wandte sich an Spenser. »Anatomie war nie ihr Lieblingsfach.«

»Tut mir leid«, sagte Spenser. »Wenn man das jeden Tag macht, vergißt man ganz, wie es auf andere wirkt.«

»Um darauf zurückzukommen«, fuhr Marissa fort, »wir

waren also drüben im Büro für ehemalige Studenten, und Mr. Hammersmith nannte uns Ihren Namen. Wir sind Ärztinnen aus den Staaten und suchen Tristan Williams. Mr. Hammersmith sagte uns, da Sie zusammen das Examen abgelegt haben, wüßten Sie vielleicht etwas über ihn.«

»Sicher, ich kenne Tris«, sagte Spenser. »Vor etwa einem halben Jahr habe ich ihn noch gesprochen. Warum suchen Sie ihn?«

»Wir sind alte Freunde«, sagte Marissa. »Da wir zufällig in Brisbane sind, wollten wir ihm guten Tag sagen. Aber beim FCA ist er ausgeschieden.«

»Und nicht gerade unter angenehmen Umständen«, sagte Spenser. »Der arme Tris hat schwere Zeiten durchgemacht. Aber jetzt scheint es ihm wieder besser zu gehen. Ich glaube sogar, er ist mit seinem neuen Betätigungsgebiet zufrieden.«

»Ist er noch immer in der Gegend von Brisbane?« fragte Marissa.

»Um Himmels willen, nein«, sagte Spenser. »Er ist draußen im Never Never.«

»Never Never?« fragte Marissa. »Ist das eine Stadt?«

Spenser lachte herzlich. »Nicht direkt«, sagte er. »Es ist ein australischer Ausdruck, so wie Back of Bourke oder Back of Beyond. Tris arbeitet als praktischer Arzt bei dem Royal Service der fliegenden Ärzte außerhalb von Charleville.«

»Ist das weit von hier?« fragte Marissa.

»In Australien ist alles weit«, sagte Spenser. »Es ist ein großes Land, und das meiste davon ist Wüste. Charleville liegt ungefähr 650 Kilometer von Brisbane entfernt, weit draußen am Rand des Kanallands. Von dort fliegt Tris nach Bettoota Hotel, Windorah, Cunnamulla und anderen gottverlassenen Orten, zu einzeln liegenden Rinderstationen. Soviel ich weiß, bleibt er oft wochenlang weg. Diese Arbeit verlangt besondere Männer. Ich bewundere ihn. Ich könnte so was nicht tun — nicht, nachdem ich einmal hier gelebt habe.«

»Ist es schwer, dahin zu kommen?« fragte Marissa.

»Nach Charleville zu kommen, ist nicht schwer«, sagte Spenser. »Da führt eine Asphaltstraße hin. Man kann sogar hinfliegen. Aber hinter Charleville besteht die Straße nur noch aus Staub und Dreck. Für einen Urlaub nicht zu empfehlen.«

»Vielen Dank, daß Sie sich die Zeit für das Gespräch mit mir genommen haben«, sagte Marissa. »Ich weiß Ihre Hilfe zu schätzen.« In Wirklichkeit war sie über seine Auskunft niedergeschlagen. Je näher sie Tristan Williams kamen, um so weiter schien er sich zu entfernen.

»Freut mich, wenn ich Ihnen behilflich sein konnte«, sagte Spenser. »Doch an Ihrer Stelle würde ich das Outback und Tris vergessen. Ich würde zur Goldküste fahren und meine Zeit nach australischer Art am Strand verbringen. Was Trostlosigkeit ist, weiß man erst, wenn man einige Gebiete des australischen Outback gesehen hat.«

Marissa verabschiedete sich und ging nach draußen, wo sie Wendy auf den Stufen der Vordertreppe sitzen sah.

»Bist du okay?« fragte Marissa und setzte sich daneben.

»O ja, alles wieder in Ordnung«, sagte Wendy. »Entschuldige, daß ich dich da drin im Stich gelassen habe. Eigentlich sollte man meinen, daß ich mich mittlerweile daran gewöhnt hätte.«

»Es war gut, daß du so vernünftig warst rauszugehen«, sagte Marissa. »Tut mir leid, daß ich dir das zugemutet habe. Aber wenigstens haben wir Tristan Williams jetzt gefunden.«

»Heureka!« rief Wendy. »Ist er hier in der Gegend?«

»Alles ist relativ«, sagte Marissa. »In Perth ist er jedenfalls nicht. Er ist irgendwo draußen im australischen Outback.

Anscheinend hat er die Pathologie aufgegeben, oder die Pathologie hat ihn aufgegeben. Er arbeitet jetzt als fliegender Arzt, der seine Visiten in einsamen Orten macht, wie zum Beispiel auf Rinderstationen.«

»Für einen Mann, der gefälschte Daten in einem Fachartikel verwendet, hört sich das recht romantisch an: ein Samariter-Job!«

Marissa nickte. »Sein Standort ist eine Stadt, die sich Charleville nennt und ungefähr 650 Kilometer von hier entfernt liegt. Aber er ist meist wochenlang unterwegs. Es würde ein harter Brocken werden, ihn zu finden. Was meinst du?«

»Sehr viel Mühe um zweifelhaften Lohn. Das müssen wir uns noch überlegen. Aber jetzt haben wir uns erst mal eine Erholung von all diesen Anstrengungen verdient. Fliegen wir zum Tauchen! Vielleicht bringen wir danach wieder die nötige Begeisterung auf.«

»Okay«, sagte Marissa und stand auf. »Du hast viel Geduld bewiesen. Wollen mal sehen, ob dieses Barriereriff wirklich so großartig ist!«

Am Verwaltungsgebäude bekamen sie ein Taxi und ließen sich ins Hotel zurückfahren. Dort nahmen sie ihre Travellerschecks und gingen damit in das Reisebüro, das Wendy tags zuvor aufgesucht hatte.

Es war kein Problem, für den nächsten Tag einen Flug zu buchen, obwohl es das Wochenende war. Sie konnten sich auch gleich ein Zimmer im Hamilton Island Resort reservieren lassen. Die Dame im Reisebüro rief dort sogar an, um sich zu vergewissern, daß es ein Zimmer mit Meerblick war.

Danach fragte Wendy sie: »Wie organisiert man da am besten eine eintägige Tauchtour?«

»Sie können sich das vom Hotel vermitteln lassen«, sagte die Angestellte. »Das macht am wenigsten Mühe. Aber offen gesagt, ich würde an Ihrer Stelle damit warten, bis Sie dort sind. Dann können Sie sich auf eigene Faust ein Boot mieten. Es gibt da einen ziemlich großen Jachthafen mit vielen Fischer- und Tauchbooten. Da zur Zeit nicht viel los ist, können Sie den Preis auch runterhandeln. Dann kommen Sie viel besser weg.«

Wendy sammelte die Tickets und Broschüren ein. »Das hört sich ja toll an«, sagte sie. »Wir werden Ihren Rat befolgen. Vielen Dank für Ihre Hilfe.«

»Gern geschehen«, sagte die Angestellte. »Aber eine Warnung möchte ich Ihnen noch auf den Weg mitgeben.«

Marissas Herz setzte für einen Schlag aus. Sie hatte ja gleich Bedenken gehabt, in exotische Tiefen zu tauchen.

»Was für eine Warnung?« fragte Wendy.

»Vor der Sonne«, sagte die Angestellte. »Vergessen Sie ja nicht, sich gründlich einzuölen!«

Jetzt mußte Marissa lachen.

»Danke für den Tip«, sagte Wendy, nahm Marissa am Arm und steuerte auf die Tür zu.

Die Dame vom Reisebüro wandte sich dem nächsten Kunden zu. »Kann ich Ihnen behilflich sein?« Der Kunde war ein Australier mit lederartigem Teint. Die Angestellte schätzte ihn als Mann aus dem Outback ein. Während die beiden Amerikanerinnen ihre Pläne entwickelten, hatte er rechts vom Ladentisch über einem Gestell mit Broschüren von Europareisen gebrütet. Sie waren gleichzeitig gekommen, und die Angestellte hatte ursprünglich angenommen, die drei gehörten zusammen.

»Ja, bitte«, sagte der Mann. »Ich brauche zwei Hin- und Rückflüge nach Hamilton Island. Auf die Namen Edmund Stewart und Willy Tong.«

»Brauchen Sie auch Hotelzimmer?« fragte die Angestellte.

»Nein, danke«, sagte Ned. »Das erledigen wir an Ort und Stelle.«

10

7. April 1990

1.40 Uhr nachmittags

Marissa drückte sich die Nase am Fenster des Ansett-Düsenclippers platt. Mehrere 1000 Meter unter ihr breitete sich der riesige Ozean aus. Vom Augenblick des Starts um 12.40 Uhr an waren sie nur über Wasser geflogen. Zuerst hatte der Ozean ein dunkles Saphirblau gezeigt. Doch auf dem weiteren Flug hatte sich seine Farbe verändert. Es war zu einem strahlenden Türkis geworden. Schon konnte sie unter dem Wasserspiegel ein unregelmäßiges Muster von Korallen erkennen. Der Flug führte sie über einen Gobelin aus Untiefen, Atollen, Korallenriffen und echten Festlandinseln.

Wendy war aus lauter Vorfreude ganz außer sich. Sie hatte sich am Flughafen einen Reiseführer gekauft und las Marissa daraus einzelne Absätze vor. Marissa brachte nicht den Mut auf, ihr zu sagen, daß sie sich nicht konzentrieren könne. Die ganze Zeit über fragte sie sich, warum zum Teufel sie eigentlich vor der Küste Australiens herumflog.

Da sie bei der Suche nach Informationen, die ihnen die Ursache ihrer Unfruchtbarkeit erklären konnten, nicht den geringsten Fortschritt gemacht hatten, begann Marissa ernsthaft am Sinn der ganzen Reise zu zweifeln. Vielleicht hätte sie lieber zu Haus bleiben und versuchen sollen, ihr Leben wieder in Ordnung zu bringen. Sie fragte sich, was Robert wohl gerade treiben mochte und ob ihre Reise Einfluß auf sein Verhalten gehabt hatte. Falls er ein

Verhältnis mit Donna hatte, hätte ihm ihr Verlassen freie Hand gegeben, es fortzusetzen. Falls sie sich geirrt hatte, dann hatte ihn ihre abrupte Abreise vielleicht erst recht in Donnas Arme getrieben.

»Die Entstehungszeit des Großen Australischen Barriereriffs hat 25 Millionen Jahre gedauert«, las Wendy vor. »Es gibt mindestens 350 verschiedene Korallenarten und 1500 verschiedene Arten von Tropenfischen.«

Schließlich sagte Marissa: »Wendy, es wäre vielleicht besser, wenn du das für dich liest. Ich kann mir solche statistischen Angaben doch nicht merken, wenn ich sie nicht selber vor Augen habe.«

»Moment mal!« sagte Wendy. »Hier ist eine Zahl, die du dir vorstellen kannst. Die Sicht im Wasser kann bis zu 60 Metern betragen.« Wendy sah Marissa an. »Das ist unglaublich, nicht wahr? 60 Meter! Ist das nicht erstaunlich? Kannst du es überhaupt noch erwarten?«

Marissa nickte nur.

Wendy las unbeeindruckt weiter vor. Marissa schaute wieder durchs Fenster auf den grenzenlosen Pazifischen Ozean. Und wieder mußte sie an Robert auf der anderen Seite der Erde denken.

Marissa war dankbar, daß eine Ansage des Flugkapitäns sie in ihren Gedanken und Wendy beim Vorlesen unterbrach. Er kündigte an, daß sie jetzt im Anflug auf Hamilton Island seien und in Kürze landen würden. Nach einigen Minuten setzte die Maschine dann auch auf.

Die Insel entpuppte sich als ein tropisches Paradies. Allerdings sahen Marissa und Wendy überrascht mehrere Hochhäuser aufragen, doch der Rest der Insel entsprach allen ihren Erwartungen. Die üppige Vegetation war von strahlendem Grün, das durch prachtvolle Blumen belebt wurde. Die Sandstrände waren blitzend weiß, das Wasser lud zum Schwimmen ein.

Der Einzug ins Hotel ging reibungslos vonstatten. Ihr Zimmer mit Meerblick erwartete sie schon. Der wie eine Lagune gebaute Swimmingpool war eine Versuchung für Marissa. Doch Wendy ließ sich nicht aufhalten. Sie wollte sofort zum Jachthafen gehen, um die morgige Tauchfahrt zu organisieren. Sie bot Marissa an, auch allein gehen zu wollen, aber Marissa fühlte sich verpflichtet, sie zu begleiten.

Wie die Dame im Reisebüro gesagt hatte, war es ein ziemlich großer Jachthafen. Mehrere hundert Boote aller Größen und Sorten lagen dort vertäut, und es war immer noch Platz. Überall hingen Reklameschilder für Ausflüge zum Fischen und Tauchen. Das große Aushängebrett vor dem Krämerladen war mit Angeboten bepflastert. Aber Wendy gab sich damit nicht zufrieden. Sie bestand darauf, weiter zum Gewerbepier zu wandern und die Boote selber in Augenschein zu nehmen.

Marissa folgte ihr. Die Landschaft gefiel ihr mehr als die Boote. Es war ein herrlicher Tag. Vom azurblauen Himmel strahlte eine heiße Tropensonne. Große Kumuluswolken hingen am Horizont, vornehmlich über den Bergspitzen der Nachbarinseln. Weit im Norden ballten sich dunkle Wolken und verkündeten ein heranziehendes Gewitter.

»Hier ist ein gutes Boot«, sagte Wendy. Sie war an einem Steg stehengeblieben, an dem mehrere Boote lagen. Auf dem Heckspiegel des einen prangte der eingravierte Name »Oz«. Es war ein weißgestrichener Kabinenkreuzer mit einem geräumigen Führerstand. Mehrere drehbare Sessel für Hochseefischerei waren an Deck montiert. Im Bugschott war eine lange Reihe von Preßluftflaschen befestigt.

»Wieso soll das besser sein als die anderen?« fragte Marissa.

»Weil dieses hier in Höhe des Wasserspiegels eine schöne Plattform zum Tauchen hat«, sagte Wendy und zeigte auf eine gitterförmige Holzkonstruktion, die am Heckspiegel hing. »Es sieht auch so aus, als ob sie ein Kompressionsgerät an Bord haben. Das bedeutet, daß sie die Preßluftflaschen selber füllen können. Außerdem scheint es seine fünfzehn Meter lang zu sein. Es wird also eine ruhige Wasserlage haben.«

»Aha«, sagte Marissa und staunte darüber, was Wendy alles wußte. Bei ihr war sie wirklich in guten Händen.

»Sind die Damen am Fischen oder Tauchen interessiert?« fragte ein bärtiger Mann.

»Das kommt drauf an«, sagte Wendy. »Was kostet denn bei Ihnen eine ganztägige Tauchfahrt?«

»Kommen Sie an Bord!« sagte der Mann. »Dann können wir alles besprechen. Mein Name ist Rafe Murray. Ich bin der Kapitän des Schiffs.«

Mit einer Sicherheit, die Erfahrung verriet, trat Wendy auf die 60 Zentimeter breiten Planken, die zum Boot führten, und schwang sich auf die Schanzverkleidung der *Oz*. Dann stieg sie zum Deck hinab.

Marissa wollte ihr ebenso schwungvoll folgen, blieb dann aber mit einem Fuß auf dem Steg und dem anderen auf dem Boot zögernd stehen. Der Kapitän reichte ihr die Hand, und so kam sie, ohne das Gleichgewicht zu verlieren, an Deck.

Aus der Kabine trat ein gutaussehender, muskulöser jüngerer Mann. Lächelnd tippte er zur Begrüßung der Frauen an seinen uralten australischen Hut.

»Das hier ist mein erster Maat und Tauchlehrer, Wynn Jones«, sagte der Kapitän. »Kennt das Riff wie seine Hosentasche.«

Wendy fragte, ob sie das Boot besichtigen könne, und folgte dann dem Kapitän vom Bug bis zum Heck überallhin. Befriedigt setzte sie sich mit ihm in die Kabine und feilschte um das Honorar für eine ganztägige Tauchfahrt.

Marissa hatte diese harte Seite an ihrer Freundin bisher noch gar nicht gekannt.

Schließlich wurden sie sich einig, und Wendy und Rafe besiegelten die Abmachung durch Handschlag. In diesem Augenblick fragte der Kapitän, ob den Damen zwei »Stubbies« genehm seien. Marissa erfuhr, daß damit kleine Flaschen Braunbier gemeint waren.

Nach dem Bier kletterten Marissa und Wendy auf die Schanzverkleidung und sprangen auf den Steg. Damit Marissa den Sprung sicher bewältigen konnte, reichte ihr diesmal Wynn die Hand.

Als sich der Kapitän wieder mit Wynn in die Kabine zurückgezogen hatte, schimpfte er los: »Gottverdammte billige Hurentöchter, diese Schweinehunde von Yanks! Sie hat mich so weit runtergehandelt, daß es knapp für den Brennstoff reicht.«

»Wir sind schon vier Tage nicht mehr ausgefahren«, erinnerte ihn Wynn. »Wir bringen sie einfach nur bis zum nächsten Riff. Da können sie sich tote Dornkorallen begucken. Geschieht ihnen recht.«

Eine Stimme rief: »Hallo!«

»Was ist denn jetzt los?« fragte Rafe und spähte zur Kabinentür hinaus. »Vielleicht bessert sich die Lage. Wir haben einen Japs.«

»Glaube nicht, daß das ein Japs ist«, sagte Wynn. »Sieht mir eher wie ein Chinese aus.«

Rafe und Wynn traten in die Nachmittagssonne hinaus.

»Was kann ich für Sie tun, Sir?« rief Rafe dem Mann auf dem Pier zu.

»Sind Sie morgen für eine Charterfahrt frei?« fragte der Mann.

»An was haben Sie gedacht?« fragte Rafe. Die Frauen konnte er notfalls vergessen.

»Ich will am äußeren Riff richtig gut fischen«, sagte der Mann.

»Wir stehen Ihnen zu Diensten«, sagte Rafe. »Aber bis zum Außenriff sind es viezig Seemeilen. Das wird ein bißchen teuer.«

»Das zahle ich schon«, sagte der Mann. »Aber ich liebe keine große Gesellschaft. Wie viele Leute haben denn schon für morgen bei Ihnen gebucht?«

Rafe schaute mit hochgezogenen Augenbrauen Wynn an und überlegte, was er sagen sollte. Er wollte an das Geld dieses Chinesen heran, aber deswegen auch nicht auf das Geld der Yanks verzichten.

Wynn zuckte die Achseln.

Rafe wandte sich wieder an den Chinesen. »Wir haben gerade zwei Damen für eine Tauchfahrt gebucht«, sagte er. »Aber denen kann ich immer noch absagen.«

»Die zwei Damen stören mich nicht beim Fischen«, sagte der Mann. »Aber lassen Sie es damit genug sein! Keine weiteren Passagiere!«

»Ist mir recht«, sagte Rafe und bemühte sich, seine Aufregung nicht zu zeigen. »Kommen Sie an Bord, damit wir die nötigen Vereinbarungen treffen können! Für eine ganztägige Charterfahrt zum Außenriff brauchen wir eine Anzahlung.«

Gewandt sprang der Chinese an Bord. »Ich bin Harry Wong«, sagte er. »Im Moment habe ich nicht viel Zeit. Kann ich mir das Boot für zweihundert Dollar reservieren?« Er machte die Brieftasche auf und entnahm ihr das Geld.

Rafe nahm die Geldscheine in Empfang. »Ja, das geht in Ordnung«, sagte er. »Haben Sie sich schon überlegt, wann Sie losfahren wollen?«

»Welche Zeit haben Sie denn den Frauen angegeben?« fragte der Mann.

»Ich hab ihnen gesagt, um acht Uhr«, sagte Rafe. »Aber das läßt sich noch ändern.«

»Acht ist mir recht«, sagte der Mann. »Kann aber sein, daß ich während der Fahrt zum Außenriff noch ein Nickerchen machen möchte. Haben Sie eine Kabine, in die ich mich zurückziehen kann?«

»Aber sicher«, sagte Rafe. »Sie können die Hauptkabine nehmen.«

Der Chinese lächelte. »Also dann bis morgen um acht«, sagte er, sprang vom Boot auf den Pier und entfernte sich schnellen Schritts.

Willy Tong war zufrieden. Er wußte, daß Ned Kelly es auch sein würde. Der einzige schwache Punkt in ihrem ganzen Plan war das Problem gewesen, die Frauen zum Außenriff zu bringen. Das schien jetzt bewältigt zu sein. Er betrat The Crab, eine Kneipe am Hafen, und bestellte ein Braunbier. Noch bevor er es ausgetrunken hatte, tauchte Ned auf und setzte sich neben ihn auf den Barhocker.

»Na, wie ist es gegangen, Kumpel?« fragte er.

»Wie geschmiert«, sagte Willy und berichtete ausführlich.

»Großartig«, sagte Ned. »Ich hatte auch keine Schwierigkeiten. Ich habe eins dieser Motorboote gemietet, mit deren Motor man einen Supertanker antreiben könnte. Komm, trink dein Bier aus! Wir müssen Köder kaufen. Jede Menge Köder.«

Das Hamilton Island Resort hatte so viele Spezialitätenrestaurants verschiedener Nationalitäten, daß Marissa und Wendy lange überlegten, welches sie besuchen sollten. Schließlich entschieden sie sich für das polynesische, in der Annahme, es käme dem Landesüblichen am nächsten. Um sich in die rechte Stimmung zu versetzen, hatten sie sich im Geschenkladen des Hotels Sarong-Kleider mit bunten Blumendrucken gekauft.

Nach dem Abschluß der Vorbereitungen für den morgigen Tauchausflug hatten Marissa und Wendy den Rest des Nachmittags am Swimmingpool verbracht und die warme Tropensonne genossen. Obwohl es dort nicht sehr voll war, gab es genügend Sonnenanbeter, um interessante Beobachtungen anstellen zu können. Sie hatten sich sogar in ein Gespräch mit mehreren männlichen Singles eingelassen, die neugierig geworden waren, als sie hörten, daß die Frauen aus Boston stammten.

Marissa staunte, wie viele Australier schon die Staaten besucht hatten. Viele waren auch in Boston gewesen. Australien schien ein Land der Touristen zu sein. Die sechs Wochen Urlaub, die sie jedes Jahr hatten, schienen für sie ein Aufbruch ins Abenteuer zu bedeuten.

»Wir müssen unsere Ankunft in Australien feiern«, schlug Wendy vor. »Laß uns eine Flasche Champagner bestellen! Ich bin so gespannt auf morgen, daß ich es kaum erwarten kann.«

Das Essen war, wie Wendy es ausdrückte, »interessant«, aber Marissa machte sich nicht viel aus Schweinefleisch. Und daß man hier von großen tropischen Blättern aß, erschien ihr nicht sehr appetitlich.

Während sie auf den Nachtisch warteten, sah Marissa nachdenklich Wendy an. »Hast du viel an Gustave gedacht?« fragte sie.

»Natürlich«, sagte Wendy. »Ließ sich ja kaum vermeiden, obwohl ich es gar nicht wollte. Hast du an Robert gedacht?«

Marissa gab zu, daß sie es getan habe. »Es fing schon im Flugzeug an«, sagte sie. »Meinst du, daß ich ihn anrufen soll? Vielleicht habe ich bei dem Vorfall mit Donna doch zu heftig reagiert.«

Der Nachtisch kam. Er nannte sich Extravagante Kokosnuß. Sie kosteten. Wendy sagte, er schmecke nicht besonders, und legte den Löffel hin. »Ist seine Kalorien nicht wert.«

Marissa beugte sich vor. »Wendy«, sagte sie mit gedämpfter Stimme, »hinter dir sitzt ein Asiate, der uns beobachtet.«

Wendy fragte sofort: »Wo?« und wollte sich umdrehen.

Marissa packte sie am Arm. »Nicht umdrehen!«

Wendy sah sie verblüfft an. »Was soll das heißen, ich soll mich nicht umdrehen? Dann kann ich doch nicht sehen, wen du meinst!«

»Vorsicht!« flüsterte Marissa. »Er sitzt drei Tische hinter dir und ist mit einem dunkelhaarigen Mann zusammen, dessen Gesicht ich nicht sehen kann. Oh, oh!«

»Was ist denn los?« fragte Wendy.

»Der Dunkelhaarige guckt jetzt auch her«, sagte Marissa.

Wendy konnte sich nicht länger beherrschen und drehte sich ganz um. Danach sagte sie zu Marissa: »Na ja, und? Denen gefallen unsere neuen Sarongs.«

»Der Asiate hat etwas an sich, was mir unangenehm ist«, sagte Marissa. »Er macht mich kribblig.«

»Kennst du ihn?« fragte Wendy.

»Nein«, sagte Marissa.

»Vielleicht erinnert er dich an die beiden Kerle in der Frauenklinik«, sagte Wendy.

»Das könnte sein«, antwortete Marissa.

»Vielleicht ist er aus der Volksrepublik«, sagte Wendy. »Alle Bekannten von mir, die schon mal in China waren, haben erzählt, daß ihnen die Leute dort Löcher in den Bauch gestarrt haben.«

»Er macht mich verrückt«, sage Marissa und zwang sich, woandershin zu sehen. »Wenn du fertig bist, gehen wir lieber.«

»Ich bin fertig«, sagte Wendy und warf die Serviette auf ihre Extravagante Kokosnuß.

Als sie aus dem Restaurant ins Freie traten, schaute Marissa voll Ehrfurcht nach oben. Noch nie hatte sie einen solchen Sternenhimmel gesehen wie hier in der violetten australischen Nacht. Ein Blick in diese unermeßliche Weite, und sie fühlte sich sofort besser. Jetzt wunderte sie sich selber, warum sie so empfindlich auf den Asiaten reagiert hatte. Schließlich hatte er doch recht weit von ihnen entfernt gesessen.

Im Hotelzimmer setzte sich Marissa auf die Bettkante und rechnete aus, wie spät es jetzt in den Staaten war. »In Boston ist es 7.15 Uhr früh«, sagte sie. »Komm, wir rufen sie an!«

»Du zuerst«, sagte Wendy und streckte sich auf ihrem Bett aus.

Mit zitternden Fingern wählte Marissa ihre häusliche Telefonnummer. Als es am anderen Ende leise läutete, überlegte sie sich, was sie sagen wollte. Nach dem vierten Läuten ahnte sie schon, daß Robert nicht zu Haus war. Nur um sicherzugehen, ließ sie es noch zehnmal läuten. Dann legte sie auf.

»Der Schweinehund ist nicht zu Haus«, sagte sie zu Wendy. »Und vor acht geht er nie ins Büro.«

»Vielleicht ist er auf Geschäftsreise«, sagte Wendy.

»Kaum anzunehmen«, sagte Marissa. »Wahrscheinlich ist er bei Donna.«

»Nur keine voreiligen Schlüsse!« sagte Wendy. »Es gibt wahrscheinlich noch viele andere Erklärungen. Wollen mal sehen, wie es bei mir steht.« Sie setzte sich auf und wählte ihre Nummer.

Marissa sah Wendy, den Hörer am Ohr, warten. Schließlich ließ Wendy den Hörer auf die Gabel fallen. »Gustave ist auch nicht zu Haus«, sagte sie und lächelte gequält. »Vielleicht frühstücken sie zusammen.«

»Gustave ist doch Chirurg«, sagte Wendy. »Um welche Zeit geht er sonst aus dem Haus?«

»Ungefähr um 7.30 Uhr«, sagte Wendy. »Es sei denn, er muß operieren. Aber es stimmt, er hat in letzter Zeit viel operiert.«

»Na ja, dann«, sagte Marissa.

»Wird wohl so sein«, sagte Wendy. Aber überzeugt klang es nicht.

»Machen wir noch einen kleinen Spaziergang!« sagte Marissa, stand auf und reichte ihrer Freundin die Hand. Gemeinsam wanderten sie zum Strand hinunter. Eine Weile sagte keine ein Wort.

Schließlich brach Marissa das Schweigen. »Ich habe ein schlechtes Gefühl wegen meiner Ehe. In letzter Zeit hatten Robert und ich ständig Meinungsverschiedenheiten. Es ist nicht nur diese Sache mit Donna.«

Wendy nickte. »Ich muß sagen, daß das ganze Theater mit der künstlichen Befruchtung ein mächtiger Streß für Gustave und mich war.«

Marissa seufzte. »Wenn ich daran denke, wie verheißungsvoll unsere Beziehung begonnen hat...«

Die Frauen blieben stehen. Ihre Augen hatten sich inzwischen an die Dunkelheit gewöhnt, und vor sich sahen sie schattenhaft ein Paar in enger Umarmung.

»Das stimmt mich sehnsüchtig«, sagte Marissa. »Und traurig.«

»Mich auch«, sagte Wendy. »Vielleicht gehen wir lieber in der anderen Richtung weiter.«

Sie wanderten zum Hotel zurück. Dort begegnete ihnen ein Pärchen mit einem Kinderwagen, in dem ein schreiender Säugling lag. Mann und Frau betrachteten zufrieden die Schaufenster, ohne sich um das weinende Kind zu kümmern.

»Ist das zu glauben, daß Leute mit so einem kleinen Kind auf diese Insel reisen?« sagte Wendy. »Das arme Ding hat wahrscheinlich Sonnenbrand.«

»Ich finde es schrecklich, daß sie das Kind so lange aufbleiben lassen«, sagte Marissa. »Sieht doch jeder, daß es übermüdet ist.«

Ihre Blicke begegneten sich. Beide mußten lächeln und schüttelten den Kopf.

»Neid ist ein scheußliches Gefühl«, sagte Wendy.

»Aber wenigstens sehen wir es ein«, sagte Marissa.

Bei Tagesanbruch holte Wendy Marissa aus dem Bett. Auf dem Lanai, der Veranda, nahmen sie ein reichhaltiges englisches Frühstück mit Kaffee, Eiern, Speck und Toast ein. Indessen ging eine riesige tropische Sonne auf. Der Himmel war wolkenlos. Kurz vor acht kamen sie an dem Boot an. Der Kapitän hatte bereits beide Dieselmotoren angelassen. Zuerst warfen sie die Umhängetaschen mit den Badeanzügen und anderem Zubehör an Bord. Dann kletterten sie über das Schanzdeck.

»'n Tag«, sagte Rafe. »Immer noch abenteuerlustig?«

»Und ob«, sagte Wendy.

»Macht es den Damen was aus, mit Hand anzulegen?« fragte Rafe.

»Überhaupt nicht«, sagte Wendy.

»Dann werfen Sie die Heckleinen los, wenn ich rufe!« sagte Rafe und ging in die Kabine. Wynn war schon vorn im Bug beschäftigt. Sein nackter Rücken glänzte in der Sonne.

Marissa fühlte das Boot zittern, als die Motoren auf volle Touren gedreht wurden. Wynn fing an, die Bugleinen zu lösen.

»Okay, Ladys!« schrie Rafe. »Loswerfen!«

Wendy nahm die Steuerbord-, Marissa die Backbordleine. Sie lösten sie aus den Klampen und warfen sie auf den Steg. Als das Boot ablegte, bebte es in allen Fugen.

Bis sie aus dem Jachthafen heraus waren, blieben Marissa und Wendy im Heck und beobachteten das Leben und Treiben in dem geschäftigen Hafen. Sobald das Boot das offene Meer erreichte und der Kapitän die Geschwindigkeit erhöhte, gingen sie nach vorn zur Kabine.

Wynn war immer noch im Bug und rauchte, lässig an eins der beiden Beiboote gelehnt, eine Zigarette. Marissa fiel auf, daß er heute einen anderen Hut aufhatte, der allerdings ebenso mitgenommen aussah wie der vom Vortag. Zur Dekoration hatte er ein Fischnetz um das Hutband geschlungen.

Dann entdeckte Marissa etwas an Deck, das gestern noch nicht dagewesen war: einen Käfig mit schweren Metallgittern. Oben war er mit einem Kabel an einem der vorderen Davits befestigt.

»Wofür ist denn der Käfig da?« schrie Marissa durch den Motorenlärm und zeigte durch die Windschutzscheibe nach vorn.

»Das da?« sagte Rafe und beobachtete eine Boje, der sie sich näherten. »Das ist ein Haikäfig.«

»Wofür zum Teufel soll der gut sein?« erkundigte sich Marissa bei Wendy. Die zuckte die Achseln und fragte Rafe: »Wir fahren doch nicht irgendwohin, wo es Haie gibt, oder?«

»Wir sind hier auf dem Ozean«, antwortete Rafe. »Und im Ozean gibt es Haie. Es besteht immer die Möglichkeit, daß einer auftaucht. Aber keine Sorge! Der Käfig ist nur eine Vorsichtsmaßnahme, besonders am Außenriff. Ja, meine Damen, da fahre ich Sie hin, Sie Glückliche. Am Außenriff findet man alle Fischarten und die schönsten Korallen. Auch das Wasser ist dort am klarsten.«

»Ich will aber keine Haie sehen!« schrie Marissa.

»Werden Sie wahrscheinlich auch nicht!« schrie Rafe zurück. »Aber Wynn wollte den Käfig haben. Nur zur Vorsicht. Er ist wie ein Sicherheitsgurt.«

Marissa führte Wendy in den Salon hinunter und schloß die Tür hinter ihnen. Abrupt wurde das Motorengeräusch leiser.

»Was ich da eben gehört habe, gefällt mir gar nicht«, sagte Marissa. »Haikäfig! Worauf haben wir uns nur eingelassen?«

»Marissa, beruhige dich!« sagte Wendy. »Alles, was der Kapitän gesagt hat, stimmt. Auch auf Hawaii habe ich ab und zu Haie gesehen. Aber die kümmern sich gar nicht um Taucher. Meiner Meinung nach ist es ein gutes Zeichen, daß diese Männer sogar einen Haikäfig haben. Es zeigt nur, daß sie vorsichtig sind.«

»Du machst dir keine Sorgen?« fragte Marissa.

»Nicht im mindesten«, sagte Wendy. »Komm, reg dich doch nicht so auf! Es wird dir wunderbar gefallen, glaube mir!«

Marissa sah ihre Freundin prüfend an. Anscheinend glaubte sie an das, was sie sagte. »Okay«, fuhr Marissa fort. »Wenn du mir ehrlich sagst, daß die Taucherei sicher ist, will ich versuchen, mich zu beruhigen. Mir gefällt nur die Sache mit den Haien nicht. Ich habe immer eine gewisse Angst vor dem Meer gehabt. Das hat mich zwar nicht davon abgehalten, darin zu schwimmen. Aber ich war mir auch immer bewußt, wo ich bin. Und wie gesagt, ich mag kein schlüpfrigen, schleimigen Lebewesen.«

»Ich kann dir persönlich dafür garantieren, daß du kein schlüpfriges und schleimiges Lebewesen anzufassen brauchst«, sagte Wendy.

Wieder spürten Marissa und Wendy, wie das Boot bebte, als Vollgas gegeben wurde. »Komm jetzt!« drängte Wendy. »Wir gehen an Deck und genießen die Fahrt!«

Angesteckt von der Begeisterung ihrer Freundin, folgte Marissa ihr an Deck.

Das Boot lag ziemlich genau auf Ostkurs. Es fuhr genau

auf die noch tiefstehende Sonne zu. Zuerst kamen sie durch klares türkisblaues Wasser. Aber bald ging es über das Riff selbst, und da nahm das Wasser ein dunkleres Blau an.

Wendy veranlaßte Wynn, die Tauchausrüstungen abzumachen, damit sie sie überprüfen konnte. Gemeinsam mit Marissa ging sie alle technischen Einzelheiten durch, um deren Gedächtnis aufzufrischen.

Nach der Überprüfung der Tauchausrüstungen setzten sich Marissa und Wendy in die Sportfischerstühle und genossen die eindrucksvolle Aussicht.

Als Wynn sich zu ihnen gesellte, sagte Wendy zu ihm: »Ich bin überrascht, daß wir auf einem so großen Boot die einzigen Fahrgäste sind.«

»Wir haben eben noch keine Saison«, sagte Wynn. »Wenn Sie im September oder Oktober wiederkämen, würden Sie sehen, daß wir bis zum Schanzdeck voll sind.«

»Ist es dann besser?« fragte Wendy.

»Man kann sich dann mehr aufs Wetter verlassen«, sagte Wynn. »Außerdem ist dann kein Wellengang. Das Wasser ist zu der Zeit immer völlig ruhig.«

Fast im selben Augenblick, da Wynn von Wellengang sprach, spürte Marissa das Boot unter einem ankommenden Brecher zittern.

»Viel besseres Wetter als jetzt kann man kaum haben«, sagte Wendy.

»Ja, wir haben in letzter Zeit Glück gehabt«, sagte Wynn. »Am Außenriff werden wir allerdings auf etwas Brandung treffen. Sie dürfte aber nicht so schlimm sein.«

»Wieviel weiter müssen wir denn noch fahren?« fragte Marissa. Die Pfingstinseln waren nur noch kleine Flecken am westlichen Horizont. Es kam ihr vor, als führen sie mitten ins Korallenmeer hinaus. So weit vom Land entfernt zu sein, erregte in ihr erneut böse Ahnungen.

»Noch eine halbe Stunde«, antwortete Wynn. »Das Außenriff liegt ungefähr achtzig Kilometer von Hamilton Island entfernt.«

Marissa nickte. Sie hatte das Gefühl, Bootsfahrten seien ihr ungefähr so angenehm wie Wendy eine Vorlesung in Allgemeiner Anatomie. Eigentlich wäre sie lieber schnorcheln gegangen. Dann hätte sie wenigstens immer in Sichtweite der Küste bleiben können.

Kurz nach zehn verlangsamte der Kapitän die Fahrt und schickte Wynn nach vorn in den Bug. Den Frauen sagte er, er suche eine bestimmte Rinne zum Ankern. »Verdammt das beste Tauchrevier auf der ganzen Welt«, sagte er.

Nach einer halbstündigen Suche schrie Rafe, Wynn solle den Anker herunterlassen. Marissa sah, daß sie sich zwischen zwei riesigen Korallenbänken befanden, über denen sich schäumend die Wellen brachen. Die Brandung war jetzt fast einen Meter hoch.

»Anker ist unten!« schrie Wynn.

Rafe stellte die Motoren ab, und das Boot trieb schnell ab, bis es sich in den Nordwestwind drehte. Vom Heck aus konnte Marissa sehen, daß sie ungefähr zehn Meter vom Außenriff entfernt vor Anker lagen. Die Wasserfärbung veränderte sich abrupt vom Smaragdgrün über dem Riff zum dunkleren Saphirblau des Ozeans.

Da das Boot jetzt keine Fahrt mehr machte, reagierte es empfindlicher auf den Wellengang. Die Wellen, die in die Rinne kamen, warfen es nach einer Seite, während es gleichzeitig von dem Sog der über die Korallenbänke schlagenden Brecher hin und her gezerrt wurde. Die rauhen, unregelmäßigen Bewegungen des Bootes verursachten bei Marissa ein leichtes Schwindelgefühl. Mit einer Hand an der Reling drehte sie sich um und ging, bei jedem Schritt nachfassend, zu Wendy hinüber.

»Wollen wir hier tauchen?« fragte Wendy gerade Rafe.

»Ja, hier ist es«, sagte Rafe. »Ich wünsche den Damen viel Vergnügen. Aber bleiben Sie immer bei Wynn, verstanden? Ich muß euch drei jetzt euch selbst überlassen. Ich habe im Maschinenraum zu tun. Schwimmen Sie nur nicht auf eigene Faust los!«

»Laß den Käfig runter, bevor du nach unten gehst!« rief Wynn.

»Ach ja«, sagte Rafe. »Hätte ich beinahe vergessen.«

»Ziehen wir uns um!« sagte Wendy zu Marissa und warf ihr ihre Umhängetasche zu. Dann gingen sie unter Deck.

Marissa staunte, wie wohl Wendy sich auf See zu fühlen schien. Sie bewegte sich an Bord so gelassen, als lägen sie noch immer am Steg.

Wendy ging durch den Salon in eine der Kabinen. Marissa ging zur anderen Seite und probierte die Tür. Da sie abgeschlossen war, versuchte sie eine andere. Die war auf, und sie trat ein.

Es war so eng hier drin, daß Marissa Schwierigkeiten hatte, sich ihrer Kleidungsstücke zu entledigen und den Badeanzug anzuziehen. Als sie wieder herauskam, war ihr noch übler zumute als beim Runtergehen. Zweifellos trug auch der schwache Dieselgeruch dazu bei. Auf Deck ging es ihr besser, aber so richtig wohl fühlte sie sich doch nicht. Sie hoffte, daß das Gefühl vergehen würde, sobald sie erst einmal im Wasser war.

Wendy schnallte sich schon die Preßluftflasche über die Schwimmweste, als Marissa zu ihr stieß. Wynn half ihr dabei. Jetzt legte Marissa die Schwimmweste an.

Rafe war dabei, den Haikäfig über Bord zu hieven. Die schabenden Geräusche gingen einem durch Mark und Bein. Marissa beobachtete, wie der Käfig hoch über das Deck stieg und dann nach Steuerbord herausschwenkte. Mit einem schrillen Surren wurde er zu Wasser gelassen.

Nachdem Wynn Wendy geholfen hatte, kam er jetzt zu

Marissa, um ihr die Flasche auf den Rücken zu schnallen. Dann geleitete er sie zum Heck.

Wendy stand bereits tauchbereit auf der Plattform. Sie hatte die Maske aufgesetzt und die schweren Arbeitshandschuhe übergestreift. Da das Boot in der Brandung schwankte, stand sie abwechselnd bis zu den Knien im Wasser und dann wieder im Trockenen. Marissa legte ebenfalls Maske und Handschuhe an, krabbelte über das Schanzdeck und stellte sich neben Wendy. Zuerst war das Wasser kalt, aber schnell gewöhnte sich Marissa daran. Das Wasser war unglaublich klar. Wenn sie nach unten blickte, konnte sie zehn Meter tiefer den sandbedeckten Meeresboden sehen. Ein Blick voraus zeigte ihr, daß dort der Sandboden abrupt in unvorstellbare Meerestiefen absank.

Wendy tippte Marissa auf die Schulter. »Kennst du noch die Unterwasser-Zeichensprache?« fragte sie. Durch die Maske hatte ihre Stimme auf einmal einen nasalen Klang.

»So ungefähr«, sagte Wendy.

Mit der freien Hand machte ihr Wendy noch einmal alle wichtigen Zeichen vor. Mit der anderen Hand mußte sie sich festhalten, um nicht von der Plattform geschwemmt zu werden. Während der ganzen Vorführung hielt Marissa sich mit beiden Händen fest.

»Alles mitgekriegt?« fragte Wendy.

Marissa gab das Okay-Zeichen.

»In Ordnung«, sagte Wendy und gab Marissa einen Klaps auf die Schulter.

»Sind die Damen soweit?« erkundigte sich Wynn. Er war auch zum Bootsheck gekommen und hatte sich aufs Schanzdeck gesetzt.

Wendy sagte, sie seien bereit. Marissa nickte nur.

»Dann folgen Sie mir!« sagte Wynn, steckte das Mundstück zwischen die Lippen und sprang mit einem Rückwärtssalto ins Wasser. Wendy folgte ihm gleich darauf.

Marissa nahm das Mundstück zwischen die Lippen und atmete zum erstenmal die kühle Preßluft ein. Sie wandte den Kopf und schaute sehnsüchtig ins Boot. Sie sah noch, wie Rafe nach unten verschwand. Dann blickte sie wieder ins Wasser und sah Algen und danach etwas Tang vorbeitreiben. Die Strömung, die aufs Meer hinausging, schien stark zu sein.

Länger durfte sie nicht zögern. Marissa faßte ihre Maske an, ließ das Boot los und tauchte ins Wasser.

Bald verschwanden die entstandenen Wasserblasen, und Marissa blickte staunend in eine andere Welt. Die Klarheit des Wassers überstieg alle Erwartungen. Korallenfische und Engelbarsche umringten sie. Zehn Meter entfernt warteten Wendy und Wynn am Ende der Rinne. Sie sah sie so klar, als schwebten sie in der Luft. Unter ihr glitzerte der Sand. Sie hatte den Eindruck, als könne sie jedes einzelne Sandkorn unterscheiden. Rechts und links sah sie Korallenbänke in phantastischen Formen und Farben. Hinter sich konnte sie das Boot mit dem am Kabel hängenden Haikäfig sehen.

Ohne die mindeste Anstrengung fühlte sich Marissa von der Strömung zu den beiden anderen getragen.

Sie tauschten Okay-Zeichen aus und schwammen dann im Linksbogen aus der Rinne. Am Rand hielt Marissa an und schaute unbehaglich in den schaurig tiefen Abgrund. In den Ohren brausten ihre eigenen Atemzüge. Gegen eine Art Urangst ankämpfend, dachte sie schaudernd daran, was für Lebewesen wohl da unten in der ungeheuren, kalten schwarzen Tiefe lauern mochten.

Marissa sah, daß Wendy und Wynn schon weit voraus waren. Sie hatte Angst, alleingelassen zu werden, und schwamm schnell hinterher, um sie wieder einzuholen.

Doch angesichts der reinen Schönheit der sie umgebenden Welt vergaß sie bald ihre Befürchtungen. Auf einmal befand sie sich in einer Silberwolke von Kardinalfischen, und alle Ängste schwanden.

Sie folgte den beiden in eine Korallenschlucht und war entzückt von den vielen unterschiedlichen Arten von Fischen. Fische in jeder Größe und Gestalt und in so schillernden Farben, wie es sie oben Land nirgends gab. Die dramatischen Farben der Korallen wetteiferten mit denen der Fische. Manche Bänke sahen wie riesige Hirne aus, andere ähnelten überdimensionalen Geweihen. Durchsichtige Seefarne wedelten in der Strömung. Durch die Schönheiten, die sich ihren Augen bot, abgelenkt, merkte Marissa erst nach einer Weile, daß die beiden anderen verschwunden waren. Rasch schwamm sie weiter und bog um eine große Korallenbank. Vor ihr hatte Wynn haltgemacht. Sie sah, wie er in ein Netz griff, das an seinem Gürtel hing. Er holte einen Köderfisch heraus. Im nächsten Augenblick war er von Fledermaus- und Papageifischen umringt. Offenbar war er aber an diesen Arten nicht interessiert, denn er scheuchte sie mit der Hand weg. Dann begab er sich dicht an den Eingang einer großen Unterwasserhöhle und wedelte davor mit dem Köder durchs Wasser.

Aus der dunklen Höhle schwamm ein gewaltiger, fast zwei Meter langer, wohl 600pfündiger Kartoffeldorsch. Marissa sprang das Herz in die Kehle. Vor Schreck hätte sie beinahe das Mundstück ausgespuckt. Schon wollte sie in Panik geraten, als sie sah, daß Wynn nicht nur völlig ungerührt blieb, sondern den Fisch verlockte, ganz herauszukommen. Und dann fraß zu Marissas Erstaunen der riesige Fisch den Köder aus Wynns Hand.

Wendy schwamm hinter Wynn und machte ihm durch Zeichen klar, daß sie den Koloß auch füttern wolle. Wynn gab ihr mehrere Köderfische und zeigte ihr, wie sie sie halten solle.

Der Dorsch war gern dazu bereit. Er sperrte das große

Maul auf und verschluckte den Köder wie ein mächtiger Unterwasserstaubsauger.

Wynn deutete Marissa an, sie sollte zu ihnen heranschwimmen. Aber sie blieb lieber, wo sie war, und machte es ihm durch Handzeichen klar. Sie beobachtete, wie Wendy den Fisch weiterfütterte. Es war aber nicht einfach, sich an einer Stelle zu halten. Der Sog der Riffbrandung zog sie mal dahin, mal dorthin, und sie mußte sich mit den behandschuhten Händen mehrmals von den Korallen abstoßen. Die Brandung verursachte ihr wieder Übelkeit wie vorhin auf dem Boot.

Nachdem der Kartoffeldorsch sämtliche Köderfische verzehrt hatte, die Wynn ihm anbieten konnte, zog er sich träge in sein Lager zurück. Wendy folgte ihm bis dicht an den Höhleneingang und spähte hinein. Dann schwamm sie zu Marissa hin und machte ihr Zeichen nachzukommen.

Widerstrebend schwamm Marissa ihr nach. Sie glitten über den Höhleneingang und tauchten dann bis dicht auf den Sandboden hinab. Wendy zeigte in einen Spalt und machte dann Platz, damit Marissa einen Blick hineinwerfen konnte.

Um nicht von der Strömung abgetrieben zu werden, klammerte sich Marissa an die Korallen. Allmählich gewöhnten sich ihre Augen an die Dunkelheit. Schließlich erblickte sie, was Wendy ihr hatte zeigen wollen: eine große grüne Muräne mit offenem Maul, in dem nadelspitze Zähne blinkten.

Der Anblick ließ Marissa zurückweichen. Das war genau eins jener Lebewesen, die sie nicht zu sehen wünschte.

Wynn kam zu den beiden Frauen, zog einen weiteren Köderfisch hervor, und es gelang ihm, die Muräne aus ihrem Spalt hervorzulocken, was Marissa wieder in Angst und Schrecken versetzte. Die Muräne schlängelte sich durchs Wasser, schnappte den Köder mit den schauerlichen Kiefern und zog sich dann in ihren Schlupfwinkel zurück.

Als nun Wendy einen Köderfisch von Wynn entgegennahm und die Muräne noch einmal herauszulocken versuchte, begriff Marissa, daß unter der äußerlich blendenden Schönheit des Riffs eine gierige Raubwelt verborgen war. Überall konnten Gefahren lauern. Es war eine gewalttätige Welt des Fressens und Gefressenwerdens. Auch manche herrlich geformten Korallen waren, wenn man sie anfaßte, rasiermesserscharf.

Während Wendy und Wynn sich weiter mit der Muräne beschäftigten, vernahm Marissa ein leises Vibrieren, das sie veranlaßte, zur Wasseroberfläche hinaufzusehen. Das Geräusch wurde allmählich lauter. Doch gerade als Marissa sich beunruhigen wollte, hörte es auf. Sie hielt den Atem an und lauschte angestrengt. Aber es war nur noch der zischende Wellenschlag über ihr zu hören. Als sie merkte, daß weder Wendy noch Wynn das Geräusch beachtet hatten, beschloß sie, sich ebenfalls nicht darum zu kümmern.

Schließlich wurde Wendy des Spiels mit der Muräne müde. Sie und Wynn schlugen vor, weiter am Riff entlangzuschwimmen. Nach sechs Metern gelangten sie an eine andere Korallenschlucht. Wieder hielt Wendy an und wollte Marissa etwas zeigen.

Vorsichtig näherte sich Marissa. Hoffentlich war es nicht wieder eine Muräne. Zu ihrer Erleichterung hatte Wendy aber einige farbenprächtige Clownfische entdeckt, die sich auf einem Beet von Seeanemonen in den giftigen Fangarmen der Pflanzen verheddert hatten. Die Fische hatten eine neonartige Orangefärbung mit auffallenden weißen, schwarz eingefaßten Streifen. Einige Minuten lang ließen sich Marissa und Wendy von den zappelnden Fischen unterhalten.

Sie waren jetzt fast eine Stunde lang getaucht, und Marissa wurde müde. Ihr war auch ein wenig übel, und der Kampf mit der Strömung hatte sie angestrengt. Man mußte dauernd höllisch aufpassen, um nicht gegen die Korallen geschleudert zu werden. Schließlich hatte Marissa genug.

Sie machte Wendy und Wynn durch Handzeichen klar, daß sie zum Boot zurückschwimmen wolle. Wendy nickte und wollte sie begleiten. Aber Marissa deutete ihr an, daß sie ruhig noch bleiben könne. Sie wollte ihre Freundin, die noch frisch und munter war, nicht vom Tauchen abhalten.

Wynn gab Marissa das Okay-Zeichen. Er und Wendy winkten ihr zu. Marissa winkte zurück, drehte dann um und machte sich auf, zum Boot zurückzuschwimmen. Als sie an den Eingang der Rinne kam, in dem das Boot vor Anker lag, warf sie noch einen Blick zu Wendy und Wynn hinüber. Sie waren etwa zwanzig Meter entfernt und untersuchten gespannt irgend etwas an der Korallenbank. Marissa schwamm in die Rinne hinein. Vor sich sah sie den Kiel der *Oz* und den Haikäfig. Zur Linken schien noch ein kleineres Boot zu liegen.

Marissa erreichte die Plattform und zog sich hinauf. Sie war so erschöpft, daß sie ein paar Minuten mit dem Rücken am Heck sitzenblieb und die Beine ins Wasser hängen ließ. Mit dem Steigen und Fallen des Bootes tauchte sie auf der Plattform abwechselnd bis zum Nabel ins Wasser und saß dann wieder auf dem Trockenen.

Sie nahm das Mundstück heraus und schob die Maske auf die Stirn hoch. Dann wischte sie sich die Augen aus, griff nach oben und packte die Reling, wo sie um das Heck verlief. Noch immer aber stand sie nicht auf, sondern blieb auf der Plattform sitzen. Es kam ihr vor, als wären die Schaukelbewegungen des Bootes schlimmer als die Brandung.

Ich bin eben eine Landratte, sagte sie sich. Es war ihr peinlich, daß schon eine verhältnismäßig ruhige See diese Wirkung auf sie ausübte. Aber sie war schon immer anfällig gegen solche Bewegungen gewesen. Als Kind war sie oft autokrank geworden.

Während Marissa darauf wartete, daß sich ihr Zustand besserte, spürte sie immer mehr Bewegung an ihren Beinen. Sie beugte sich vor und sah eine Riesenmenge kleiner, schneller Fische umherflitzen. Als sie genauer hinschaute, merkte sie, daß die Strömung kleinere und größere Fischstücke mit sich führte. Dann kam ein großer Brocken, der nach blutigen Eingeweiden aussah. Eifrig schnappten die immer größer werdenden Fischschwärme danach.

Marissa war ebenso verdutzt wie beunruhigt, als sie sah, mit welcher Gier die ständig ansteigende Schar bunter Tropenfische fraß. Und plötzlich wurde es ernst. Aus dem Nichts tauchte ein anderthalb Meter langer barrakudaähnlicher Fisch auf, schnappte sich, was er kriegen konnte, und verschwand ebenso schnell, wie er gekommen war. Bald kehrten die kleineren Fische, die beim Auftauchen des großen Raubfischs in alle Richtungen auseinandergestoben waren, in noch größerer Anzahl zurück.

Marissa fühlte ihr Blut erstarren. Reflexartig zog sie die Beine auf die Plattform. In diesem Augenblick wurden weitere gekrümmte Eingeweide vorbeigetrieben. Das Wasser nahm eine dunkle Färbung an. Das mußte Blut sein.

Über dem Klatschen der Wellen, die gegen das Heck schlugen, hörte Marissa deutlich andere Schwappgeräusche. Sie stand auf und schaute ins Boot. Um bessere Sicht in die Richtung der Geräusche zu haben, rückte sie ein wenig nach Backbord und erblickte zwei Männer. Einer stand in dem kleineren Boot, das sie von unten gesehen hatte, der andere stand auf der *Oz*. Und beide leerten emsig Eimer mit Abfällen ins Wasser. Die Brise trug Marissa den Fäulnisgeruch von verwesendem Fisch zu.

Rafe war nirgends zu sehen. Marissa drehte sich um und blickte in das Wasser hinter dem Heck. Eine große, sich ständig erweiternde Blutlache färbte die Wasseroberfläche schmutzigrot. In ihrer Freßgier sprangen die Fische jetzt schon in die Luft.

»He!« schrie Marissa zu den Männern hinüber. »Im Wasser sind Taucher!«

Die Männer hoben die Köpfe und erblickten Marissa. Sie sah, daß der eine ein Asiate war. Dann nahmen sie wieder ihre Beschäftigung auf und kippten wütend den Rest der Fischabfälle ins Wasser.

»Rafe!« schrie Marissa.

Der Asiate sprang, die Bugleine in der Hand, von der *Oz* in das kleinere Boot. Dann heulte ein starker Motor auf, eine graue Auspuffwolke stieg hoch, und das kleine Boot schoß in hoher Fahrt in Richtung Westen davon.

»Rafe!« schrie Marissa wieder, so laut sie konnte.

Rafe kam aus der Kabine und schützte mit vorgehaltener Hand die Augen vor der blendenden Sonne. Er hatte Fettspuren auf den Wangen und einen großen Schraubenschlüssel in der Hand.

»Hier waren zwei Männer, die Fischabfälle ins Wasser geworfen haben!« schrie Marissa. »Sie sind in einem Motorboot abgefahren.« Dabei zeigte sie auf das sich rasch entfernende Fahrzeug.

Rafe beugte sich über die Schanzwand und schaute dem Boot nach. »Meine Güte, sie fahren nach Westen!« sagte er. »Sie wollten doch am Außenriff fischen.«

»Fischen!« rief Marissa. »Sehen Sie doch, was sie ins Wasser gekippt haben!«

Rafe sah hinunter. »Um Gottes willen!« rief er, rannte wieder zum Heck und starrte auf den immer größer werdenden roten Fleck im Wasser. Immer zahlreicher sprangen darin die Fische hoch. »Um Gottes willen!« sagte er noch einmal.

»Kann das Zeug Haie anlocken?« fragte Marissa.

»Du lieber Himmel, ja!« sagte Rafe.

»Oh, mein Gott!«

Trotz ihrer Angst zog sich Marissa die Maske wieder über Augen und Nase, steckte das Mundstück zwischen die Lippen und sprang ins Wasser.

Fische jeder Größe und Art umschwärmten sie. Die Sicht hatte sich drastisch vermindert. Marissa grub die Zähne in das Mundstück und schwamm los. Sie versuchte, an nichts anderes zu denken als daran, daß sie Wendy zum Boot zurückholen mußte.

Als Marissa sich dem Ende der Rinne näherte, erblickte sie ihren ersten Hai. Er war klein, hatte eine weiße Nase und schwamm langsam im Kreis um die Fischabfälle herum. Das gespenstische Tier erschreckte Marissa mehr als alles andere, was sie je gesehen hatte. Ein Auge immer auf den Hai gerichtet, schwamm sie dicht an den Korallenbänken entlang nach links. Plötzlich schoß der Hai mitten in das Getümmel fressender Fische und verschlang einen Klumpen Eingeweide. Dann erschien aus dem Nichts ein größerer Hai und nahm die Jagd auf.

Am ganzen Leibe zitternd, umrundete Marissa den Rand der Rinne und spähte nach Wendy und Wynn aus. Noch mehr Haie erschienen, einer größer als der andere. Einen erkannte Marissa als Hammerhai. Dieser große Fisch sah wie ein vorgeschichtliches Wesen aus, wie ein Ungeheuer, das aus dem Zeitalter der Dinosaurier übriggeblieben war.

Endlich erblickte Marissa Wynn vor sich. Wendy hielt sich direkt unter ihm auf. Sie erkundete gerade eine Spalte. Zu sehen waren nur ihre Beine mit den Flossen. Marissa schwamm auf sie zu. Doch bevor sie bei ihnen ankam, drehte Wynn sich um und sah in ihre Richtung.

Mit hektischer Geste zeigte Marissa auf die Freßorgie, die sich hinter ihr entwickelt hatte. Wynns Reaktion bestand darin, sich zu bücken und an Wendy zu zupfen. Dann schwamm er mit raschen, kräftigen Stößen auf Marissa zu.

Marissa begann zum Boot zurückzuschwimmen. Zu ihrer Linken sah sie, wie ein Hai einen anderen rammte. Der Zusammenstoß hinterließ bei dem Gerammten eine große Rißwunde an der Flanke. Als nächstes sah sie, daß mehrere andere Haie den verwundeten Hai auffraßen.

Wynn überholte Marissa und bog in die Rinne ein. Marissa warf einen Blick zurück, in der Erwartung, Wendy käme ihr nach. Doch sie konnte nur ihre Flossen entdecken. Noch immer hing sie mit dem Kopf nach unten vor dem Spalt. Sekundenlang überlegte Marissa, was sie tun solle. Dann wurde Wendys Kopf sichtbar. Sie hielt nach Wynn Ausschau. Dabei bemerkte sie die Schule von Haien, die sich rasend schnell zu vergrößern schien.

In Panik wollte Marissa zu ihr hin. Doch ebenso abrupt mußte sie stoppen. Mehrere Haie versperrten ihr den Weg. Auf dem Rücken liegend, schwamm sie zum Eingang der Rinne. So konnte sie Wendy im Auge behalten. Ihre Angst hatte sich so gesteigert, daß sie das Gefühl hatte, ihr Luftvorrat ginge zur Neige.

Urplötzlich stoben die Haie mit kräftigen Schwanzschlägen auseinander. Marissa glaubte schon, ihr Stoßgebet wäre erhört worden. Doch dann sah sie, was die Haie in die Flucht getrieben hatte. Aus der dunkelblauen Tiefe stieg ein großer weißer Hai empor. Er war mindestens viermal so groß wie die Haie, die sie bisher zu Gesicht bekommen hatte.

Als Wendy das Ungeheuer erblickte, verfiel sie in Panik.

Mit weitausholenden Armen und wild strampelnden Beinen schwamm sie los. Marissa folgte ihrem Beispiel. Am Eingang zur Rinne warf Marissa noch einen Blick zurück. Wendy kam ihr noch immer im Wahnsinnstempo nach. Doch hinter ihr sah Marissa den riesigen weißen Hai schwimmen. Das Untier schien es auf Wendy abgesehen zu haben.

Einen Augenblick hielt der Hai inne. Dann schoß er mit einer Flossenbewegung genau auf Wendy zu. Der riesige Fisch warf den Kopf zur Seite, packte Wendy um den Oberkörper und schüttelte sie schrecklich durch. Wendy verlor das Mundstück, und Blasen stiegen zur Wasseroberfläche. Dann schäumte eine Blutwolke ins Wasser und nahm Marissa die Sicht.

In völliger Panik drehte Marissa sich um und schwamm in die Rinne. Vor Angst war sie so außer sich, daß sie keinen Gedanken fassen konnte. Dann erblickte sie vor sich den Kiel des Bootes und den Haikäfig. Wynn stand bereits im Käfig, und Wendy nahm Kurs auf ihn.

Als Marissa den Käfig erreicht hatte, packte sie die Tür und versuchte sie aufzudrücken. Aber die Tür gab nicht nach. Wynn hatte die Tür von innen gepackt und drückte dagegen. Für Marissa war sein Tun unfaßbar. Sie wollte ihm in die Augen sehen, aber die Maske spiegelte zu stark. Marissa drehte sich um und sah das Haiungeheuer mit bluttriefendem Maul in den Eingang der Rinne schwimmen.

Es ging um Sekunden. Marissa brachte es gerade noch fertig, zur anderen Seite des Käfigs zu gelangen. Sie rollte sich zu einer Kugel zusammen und klammerte sich verzweifelt an den stählernen Gitterstäben fest.

Mit einem plötzlichen kräftigen Stoß rammte der große weiße Hai den Käfig und verbiß sich mit den mächtigen Zähnen im Gitter.

Während Marissa sich auf der anderen Seite krampfhaft

festhielt, versuchte der Hai, die Stäbe durchzubeißen. Über Wynns Kopf hinweg sah Marissa ihm genau in das aufgerissene Maul, das mit mehreren Reihen von fünfzehn Zentimeter langen Zähnen bestückt war. Das ovale Auge des Riesen war undurchdringlich schwarz.

Unter der Gewalt der Haizähne verbogen sich mehrere Gitterstäbe. Der Fisch rüttelte mit solcher Kraft an dem Käfig, daß Marissa Maske und Mundstück verlor. Doch sie ließ nicht los.

Dann zog sich der Hai etwas zurück. Er hatte mehrere Zähne verloren. Mit einer Hand hielt Marissa sich weiter fest, mit der anderen griff sie nach dem Mundstück. Ohne Maske sah sie alles nur noch verschwommen. Sie konnte gerade noch Wynn erkennen, der sich eben auch das Mundstück zwischen die Lippen schob und heftig an dem Seil zog, das nach oben ging. Sie sah, daß eine lange Rißwunde quer über seinen Arm verlief, die stark blutete.

Der Hai hatte anscheinend den Versuch, die starken Gitterstäbe durchzubeißen, aufgegeben. Er schwamm jetzt im Kreis um den Käfig. Marissa folgte seinen Bewegungen und achtete krampfhaft darauf, immer den Käfig zwischen sich und dem großen weißen Hai zu haben. Plötzlich begann sich der Käfig zu heben. Sie wußte, daß sie ohne seinen Schutz verloren war. Deshalb klammerte sie sich mit beiden Händen an dem Stahlgitter fest und stieß heftig mit den Füßen nach unten. In dem Augenblick, da der Käfig aus dem Wasser tauchte, gelang es ihr, sich aufs Dach zu wälzen.

Marissa kroch weiter vor und streckte die Hände nach dem Kabel aus, das den Käfig hochzog. Gerade als sie es packen konnte, rammte der Hai abermals den Käfig und brachte ihn ins Wackeln. Dabei rutschte Marissa etwas ab, so daß ihre Beine im Wasser baumelten. Voller Schreck zog sie sie an, rollte sich um das Kabel und hielt sich mit allen Kräften daran fest.

11

8. April 1990

11.47 Uhr vormittags

Marissa blieb in dieser Haltung am Kabel hängen, bis sie merkte, daß der Käfig auf dem Bootsdeck aufstieß. Erst dann schlug sie die Augen auf.

Rafe war schon dabei, die Käfigtür zu öffnen. Er riß sie weit nach außen auf. Mühsam krabbelte Wynn durch die schmale Öffnung, eine Hand auf die klaffende Armwunde gepreßt. Trotz des ausgeübten Drucks blutete sie immer noch sehr stark.

Marissa ließ das Kabel los und kletterte, immer noch mit angelegten Flossen, vorsichtig vom Käfigdach hinunter. Es dauerte einige Zeit, bis sie die schreckliche Wahrheit begriff: Wendy war nicht auf dem Boot. Vor ihrem geistigen Auge sah sie ihre Freundin in den Zähnen des Hais.

»Wendy ist noch im Wasser!« schrie sie. Aber Rafe war nur mit Wynns Wunde beschäftigt. Die beiden Männer waren in höchster Eile zu der Stelle gerannt, wo sich der Erste-Hilfe-Kasten befand.

Marissa wollte ihnen folgen, stolperte aber über die Flossen. Sie befreite sich von der Preßluftflasche und ließ sie aufs Deck fallen. Dann bückte sie sich und zog die Flossen ab.

Als sie zu den Männern kam, versuchte Rafe gerade, Wynns Arm, aus dessen Schlagader das Blut herausschoß, abzubinden.

»Was ist mit Wendy?« schrie Marissa.

Rafe legte weiter den Druckverband an und schaute

nicht einmal auf. »Wynn sagt, da unten war ein hungriger großer weißer Hai.«

»Wir müssen sie suchen!« schrie Marissa. »Wir können sie doch nicht im Stich lassen. Bitte!«

»Mehr kann ich jetzt nicht für dich tun, Kumpel«, sagte Rafe zu Wynn. Der nickte und schloß eine Hand über den Druckverband.

Marissa konnte sich nicht länger beherrschen. Sie brach in Tränen aus und rief immer wieder: »Bitte, bitte!«

Ohne sie zu beachten, ging Rafe zum Funkgerät und forderte die Küstenstreife zur Hilfeleistung an.

Marissa war außer sich. Als der Kapitän vom Funkgerät zurückkam, flehte sie ihn schluchzend an, ins Wasser zu steigen und Wendy zu suchen.

»Für was halten Sie mich denn?« schrie Rafe. »Für einen Verrückten? Man steigt nicht ins Wasser, wenn ein großer weißer Hai in der Nähe ist. Es tut mir leid um Ihre Freundin, aber ich kann jetzt nur abwarten, ob sie noch einmal an die Oberfläche kommt. Sie hätte doch in die Korallenbänke flüchten können.«

»Ich habe gesehen, wie der Hai sie gepackt hat«, sagte Marissa stöhnend. Dann flehte sie ihn wieder an: »Sie müssen etwas tun.«

»Wenn Ihnen etwas Besseres einfällt, als daß ich ins Wasser steigen soll, sagen Sie mir Bescheid!« antwortete Rafe und entfernte sich, um sich um Wynn zu kümmern.

Marissa wußte nicht mehr, was sie tun sollte. Sie sank auf die Knie, schlug die Hände vors Gesicht und weinte.

Bald darauf hörte sie ein schwirrendes Geräusch, das rasch lauter wurde. Sie lehnte sich ans Schanzdeck und sah einen Hubschrauber herunterkommen. Genau über der *Oz* blieb er in der Luft stehen. In der offenen Tür sah Marissa einen Mann, der ein seitlich an der Maschine angebrachtes Seil umklammerte.

Rafe ging wieder ans Funkgerät und führte ein weiteres Gespräch mit der Küstenstreife. Danach nahm er Funkverbindung mit dem Hubschrauberpiloten über ihren Köpfen auf. Rafe sagte ihm, er habe die Blutung stoppen können. Die beiden diskutierten darüber, ob sich der gefährliche Versuch lohnte, Wynn zum Hubschrauber emporzuhieven, und entschieden sich dagegen. Die Blutung war ja gestoppt.

»Eine Taucherin wird noch vermißt«, sagte Rafe ins Funkgerät.

»Wir schicken ein Patrouillenboot«, sagte der Hubschrauberpilot und beendete das Gespräch. Dann senkte er die Nase und flog in Richtung aufs Festland davon.

Rafe stellte das Funkgerät weg. »Jetzt warten wir am besten, bis das Patrouillenboot hier eintrifft«, sagte er.

»Ich kann Sie einfach nicht verstehen!« schrie Marissa. »Sie wollen wegen Wendy wirklich nichts unternehmen?«

Rafe überhörte sie. Er prüfte Wynns Druckverband. Er war trocken geblieben.

»Und Sie«, sagte Marissa giftig und zeigte auf Wynn. »Sie haben mich nicht in den verdammten Käfig reingelassen.«

»Ich habe doch versucht, Ihnen zu helfen«, sagte Wynn. »Die Tür geht aber nach außen auf, nicht nach innen. Ich wollte es Ihnen zeigen, aber Sie haben mich nicht gelassen.«

Marissa sah zum Käfig hinüber. Die Tür stand offen. Sie ging tatsächlich nach außen auf.

Sie wandte sich wieder an Rafe. »Wer waren die Männer, die Fischstücke ins Wasser geschüttet haben?«

»Zwei Kerle, die fischen wollten«, antwortete Rafe. »Der Kerl aus Asien hat die *Oz* gemietet. Bis das Motorboot kam, hat er sich in der Kabine aufgehalten. Ich weiß nicht, warum sie dann abgehauen sind. Wahrscheinlich hatten sie keine Lust mehr zum Fischen und haben deshalb ihre Köderfische weggeworfen. Hätte ich das gewußt, dann würde ich sie daran gehindert haben.«

»Diese Köder haben die Haie angelockt«, sagte Marissa.

»Das ist klar«, sagte Rafe.

Marissa wußte nicht, was sie davon halten sollte. Sie zitterte immer noch. Eine Stunde verging, und noch immer war nichts von dem Patrouillenboot zu sehen. Das Wasser rings um das Boot war wieder klarer geworden. Sogar die Wellen hatten sich beruhigt. Marissa schaute über das Heck. Es waren keine Fische mehr zu sehen.

»Mein Arm fängt wieder an zu bluten«, meldete sich Wynn angstvoll.

Rafe prüfte den Verband. »Nur ein bißchen«, sagte er. »Ist nicht weiter schlimm. Aber laß uns jetzt losfahren! Zum Teufel mit dem Patrouillenboot!«

»Wir fahren nicht eher ab, bevor wir Wendy gesucht haben«, sagte Marissa.

»Hat doch keinen Zweck«, sagte Rafe. »Wenn Sie noch zu retten wäre, wäre sie längst aufgetaucht.«

»Wenn Sie sich weigern«, sagte Marissa, »dann suche ich selber nach ihr.« Sie ging zu den nebeneinander aufgereihten Preßluftflaschen und zog eine heraus. Dann hob sie ihre Flossen auf, die noch immer im Bug lagen.

Als Marissa wieder nach achtern kam, hielt Rafe sie am Arm fest. »Sie sind verrückt, wenn Sie hier ins Wasser steigen.«

Empört befreite sich Marissa aus seinem Griff. »Wenigstens bin ich nicht feige.«

»Ich gehe«, sagte Wynn und stand unsicher auf.

»Du gehst nirgendwo hin!« schrie Rafe. »In Ordnung, ich sehe mal nach.«

Wutschäumend ging Rafe nach unten und kam in Badehose zurück. Er legte Schwimmweste und Preßluftflasche an und nahm sich dann ein Paar Flossen, eine Maske und eine ein Meter lange Stahlrute.

Zu dritt gingen sie nach vorn und betrachteten eine Weile

die verbogenen Gitterstäbe an der Vorderseite des Käfigs. »Unglaublich, daß ein Lebewesen so was fertigbringt«, sagte Rafe. Dann stieg er hinein und legte Flossen und Maske an.

»Laß ihn runter!« rief er.

Wynn ging zur Winde und hievte den Käfig mit Rafe drin ungefähr dreißig Zentimeter vom Deck hoch. Nur mit dem gesunden Arm arbeitend, schwenkte er den Käfig über das Wasser. Marissa half ihm, ihn in Ruhestellung zu bringen. Dann ließ er den Käfig hinunter, bis er merkte, daß an der Leine gezogen wurde, die er in der Hand hielt.

Marissa und Wynn schauten über die Reling und sahen zu, wie Rafe schließlich aus dem Käfig schwamm und unter dem Boot verschwand. Nach ein, zwei Minuten tauchte er an der Plattform wieder auf.

»Hier unten ist alles ruhig«, sagte er. »Wo genau war Wendy, als Sie sie zuletzt gesehen haben?«

»Ich komme mit«, sagte Marissa. Sie hatte zwar Angst, aber das Gefühl, es Wendy schuldig zu sein, war stärker. Rasch legte sie die Tauchausrüstung an. Wynn half ihr mit der Preßluftflasche. Eine Minute später stand sie neben Rafe auf der Plattform.

»Ich staune über Sie«, sagte Rafe. »Wirklich. Haben Sie denn keine Angst, nach all dem wieder ins Wasser zu steigen?«

»Ich schlottere vor Angst«, sagte Marissa. »Machen wir schnell, bevor ich mich anders besinne!«

Statt möglichst weit vom Boot wegzuspringen, ließ sich Marissa einfach ins Wasser gleiten, wobei sie nach allen Richtungen Ausschau hielt. Aber Rafe hatte recht: das Wasser war so ruhig und friedlich wie zu dem Zeitpunkt, als sie heute morgen zum erstenmal hineingestiegen waren. Nur ein paar Engelbarsche und Korallenfische schwammen vorüber. Marissa schaute sich nach dem Haikäfig um. Wenn es nötig sein würde, mußte sie sofort dorthin schwimmen.

Marissa wies Rafe die Richtung zum Ende der Rinne. Die Strömung war nicht mehr so stark wie vorher. Als sie an die Stelle kamen, wo die Rinne zum Ozean abfiel, zögerten beide. Doch auch weiter entfernt waren keine größeren Lebewesen zu sehen als einige Papageifische, die sich an der Korallenbank aufhielten. Von dem Ungeheuer, das sie vor einer Stunde in Angst und Schrecken versetzt hatte, war weit und breit nichts zu entdecken.

Plötzlich berührte sie etwas am Arm, und ihr Herzschlag setzte einmal aus. Sie fuhr herum und sah, daß es nur Rafe war. Er machte ihr Zeichen. Er wollte wissen, in welche Richtung es weitergehen sollte. Marissa zeigte es ihm. Zusammen schwammen sie los.

Nach ungefähr zehn Metern stoppte Marissa ihren Begleiter durch Handzeichen. Sie gab ihm zu verstehen, daß sie jetzt an der Stelle seien, wo sie Wendy zum letztenmal gesehen hatte. Sie suchten den sandbedeckten Meeresboden ab, konnten aber nichts finden, nicht mal ein Stück der Tauchausrüstung.

Schließlich zeigte Rafe ihr an, daß sie zum Boot zurückkehren sollten.

Als Marissa auf die Plattform kletterte, fühlte sie sich wie zerschmettert. Wendy war wirklich verschwunden, ohne die geringste Spur zu hinterlassen. Es war unglaublich, es konnte einfach nicht wahr sein! Im Augenblick konnte Marissa nicht mal mehr weinen.

»Tut mir aufrichtig leid, meine Liebe«, sagte Rafe und legte die Ausrüstung ab. »Wynn und mir geht das schrecklich an die Nieren, bestimmt. So was ist auf der *Oz* noch nie passiert, das kann ich Ihnen versichern. Das war ein ganz schrecklicher Unfall, bestimmt.« Dann ging er nach vorn und sagte Wynn, er solle den Haikäfig hochwinden, während er das Funkgerät bedienen wollte.

Über Funk teilte Rafe der Küstenstreife mit, daß das Patrouillenboot noch nicht aufgetaucht sei. Er gab noch einmal ihre Position durch und kündigte an, daß sie jetzt, obwohl die eine Taucherin nach wie vor vermißt sei, hereinkämen, um seinem ersten Maat ärztliche Betreuung zuteil werden zu lassen.

Sobald die Dieselmotoren liefen, sagte Rafe, Wynn solle den Anker lichten. Dann fuhren sie nach Hamilton Island zurück.

»Sie sagen also, Sie hätten mit eigenen Augen gesehen, wie der Hai die arme Frau am Oberkörper gepackt hat?« fragte Mr. Griffiths, Inspektor der Königlich-Australischen Polizei.

Marissa und Rafe standen vor der brusthohen Schranke in der Polizeistation von Hamilton Island. Nachdem sie Wynn ins Krankenhaus gebracht hatten, waren sie geradewegs dort hingegangen.

»Ja«, antwortete Marissa. Noch immer hatte sie das grausige, tragische Geschehen vor Augen, und ihre Knie waren weich.

»Und Sie haben Blut gesehen?« fragte der Inspektor weiter.

»Ja, ja!« rief Marissa. Tränen rannen ihr über die Wangen. Rafe legte ihr fürsorglich den Arm um die Schulter.

»Und danach gingen Sie noch einmal ins Wasser und suchten die Gegend ab?« fragte Mr. Griffiths.

»Ja, so war es«, antwortete Rafe. »Aber Sie müssen bedenken, da war schon eine Stunde vergangen. Miß Blumenthal und ich sind zurückgeschwommen und haben alles abgesucht. Wir haben aber nichts gefunden. Nicht die geringste Spur. Aber mein erster Maat hat mir erzählt, es sei der größte Hai gewesen, den er je gesehen habe, wahrscheinlich acht, neun Meter lang.«

»Und das hier ist der Paß der Frau?« fragte Mr. Griffiths.

Marissa nickte. Sie hatte den Paß aus Wendys Tasche genommen.

»Schlimme Sache«, sagte Mr. Griffiths. Er blickte Marissa über den Rand seiner Lesebrille an und fuhr fort: »Wären Sie bereit, die nächsten Angehörigen zu benachrichtigen? Es ist wohl besser, wenn sie es von einer befreundeten Person erfahren.«

Marissa nickte und wischte sich die Tränen ab.

»Wir werden eine Verhandlung für den Coroner ansetzen«, sagte Mr. Griffiths. »Möchte jemand von Ihnen noch etwas sagen?«

»Ja«, antwortete Marissa und holte tief Luft. »Die Haie wurden durch Fischabfälle angelockt, die man absichtlich ins Wasser geschüttet hat.«

Mr. Griffiths nahm die Brille ab. »Was wollen Sie damit andeuten, junge Frau?«

»Ich bin mir nicht sicher, ob Wendys Tod ein Unfall war«, sagte Marissa.

»Das ist eine schwerwiegende Anschuldigung«, sagte Mr. Griffiths.

»Es war noch ein Mann auf dem Boot, ein Asiate«, sagte Marissa. »Er ließ sich aber erst blicken, als wir draußen auf dem Riff und schon im Wasser waren. Nachdem ich eine Zeitlang getaucht hatte, schwamm ich zum Boot zurück und wurde zufällig Zeuge, wie er und ein anderer Fischköder ins Wasser schütteten.«

Mr. Griffiths schaute Rafe an. Der hob die Augenbrauen. »Ja, wir hatten noch einen chinesischen Kunden an Bord«, gab er zu. »Hat sich als Harry Wong vorgestellt. Er hat das Boot gechartert und wollte am Außenriff fischen. Dort traf er sich mit einem Freund, der im Motorboot ankam. Sie hatten eine Menge Köder mit. Als ich zum letztenmal mit ihnen sprach, sagten sie, sie wollten mit dem Motorboot weiterfahren und Merline fischen. Anscheinend haben sie sich dann anders besonnen, auf das Fischen verzichtet und in ihrer Unwissenheit die Köderfische einfach ausgekippt.«

»Ich bin nicht davon überzeugt, daß es aus Unwissenheit geschah«, sagte Marissa.

»Nun, dafür haben wir ja die Coroner-Verhandlung«, sagte Mr. Griffiths. »Dort ist Gelegenheit, alle Einzelheiten zu erörtern.«

Marissa merkte, wie sie rot wurde. Sie konnte sich aber noch so weit beherrschen, um nicht loszuschreien. Dann sprach sie ihren Verdacht aus. Sie sagte Mr. Griffiths, daß der Asiate mit dem Mann identisch sein könne, der Wendy und sie am Abend zuvor in einem Restaurant des Hamilton Island Resort angestarrt habe.

»Ich verstehe«, sagte Mr. Griffiths und spielte mit dem Federhalter. »Nun, ich kann begreifen, daß Sie sehr erschüttert sind. Wenn das für Sie ein Trost ist, so kann ich Ihnen persönlich versichern, daß wir diesen tragischen Vorfall ausgiebig untersuchen werden.«

Marissa wollte noch mehr sagen, unterließ es aber lieber. Sie war sich selbst nicht mehr sicher. Erst jetzt, als sie es ausgesagt hatte, war ihr eingefallen, daß der Asiate auf dem Boot mit dem im Hotelrestaurant identisch sein könnte. Außerdem war ihr nicht entgangen, daß der Polizeiinspektor sie reichlich von oben herab behandelte. Sie hatte den bestimmten Eindruck, daß er ihr nur zum Munde redete.

»Wenn im Augenblick weiter nichts vorliegt«, sagte Mr. Griffiths, »können Sie beide gehen. Aber wir möchten Sie bitten, die Insel nicht zu verlassen. Wir nehmen dann morgen wieder mit Ihnen Verbindung auf. Ich kann Ihnen außerdem versichern, daß wir in der fraglichen Gegend eine ausgedehnte Suchaktion nach den sterblichen Überresten von Mrs. Wilson-Anderson veranlassen werden.«

Gemeinsam verließen Marissa und Rafe die Polizeistation. Rafe brachte sie noch ins Hotel. Bevor er sich im Foyer von ihr verabschiedete, sagte er nach einem Augenblick des Zögerns: »Es tut mir aufrichtig leid, daß so was geschehen mußte. Wenn ich noch etwas für Sie tun kann, solange Sie sich hier aufhalten, kommen Sie bitte zur *Oz*!«

Marissa bedankte sich und begab sich dann in ihr Zimmer. Als sie die Tür geschlossen hatte und Wendys Sachen erblickte, brach sie wieder in Tränen aus.

»Ich kann es immer noch nicht glauben«, sagte sie eine halbe Stunde später mit erstickter Stimme. Ihr Schluchzen war abgeklungen. Sie stand vom Bett auf, holte Wendys Koffer und packte alle ihre Sachen ein. Bei dieser Beschäftigung ließ sie im Geist noch einmal alles Revue passieren, was in den vergangenen Monaten vorgefallen war. Die Folgeerscheinungen ihrer Unfruchtbarkeit schienen allmählich schreckliche und tragische Ausmaße anzunehmen.

Dann stellte sie Wendys gepackten Koffer in eine Ecke des Kleiderschranks und setzte sich wieder auf die Bettkante. Minutenlang betrachtete sie scheu das Telefon, ehe sie den Mut fand, den Hörer abzunehmen.

Sie wählte ihre häusliche Nummer in Weston. Es läutete zweimal, bis Robert sich mit schläfriger Stimme meldete: »Hallo?« Da erst fiel Marissa ein, daß es in Boston kurz nach zwei Uhr nachts war.

»Robert«, sprudelte sie hervor, »es ist etwas Schreckliches passiert.« Doch ehe sie weitersprechen konnte, brach sie in einen hysterischen Weinkrampf aus. Es dauerte fünf Minuten, bis sie sich so weit gefaßt hatte, um ihm von Wendy zu berichten.

»Mein Gott!« sagte Robert.

Marissa erzählte ihm dann von ihrem Verdacht, daß Wendys Tod kein Unfall gewesen, sondern absichtlich herbeigeführt worden sei.

Zuerst antwortete Robert nicht. Dann wies er genau wie der Polizeiinspektor darauf hin, daß sie einen schrecklichen Schock erlitten habe. »Nach so einem Erlebnis kann einem die Einbildung die merkwürdigsten Streiche spielen«, sagte er. »Es kann leicht sein, daß du hier Schuldige vermutest, wo gar keine sind. Auf jeden Fall mußt du dich erst mal beruhigen. Denk nach Möglichkeit nicht mehr daran!«

»Kannst du herkommen?« fragte Marissa plötzlich.

»Nach Australien?« sagte Robert. »Ich meine, du solltest lieber nach Haus kommen.«

»Aber die Polizei hat doch gesagt, ich soll vorläufig die Insel nicht verlassen«, wandte Marissa ein.

»Die Formalitäten können nicht länger als ein, zwei Tage dauern«, sagte Robert. »Und ich würde schon zwei Tage brauchen, um dorthin zu kommen. Außerdem kann ich im Moment schlecht hier weg. Es ist nur noch eine Woche bis zum 15. April, und du weißt, was das heißt: die Steuererklärung. Es ist für dich auch besser, wenn du so schnell wie möglich nach Haus kommst.«

»Ja, sicher«, sagte Marissa. Ihre Stimme hatte jeden Klang verloren. »Ich verstehe.«

»Soll ich Gustave anrufen?« fragte Robert.

»Wenn du willst«, sagte Marissa. Aber dann besann sie sich anders. »Ich hab mir's überlegt«, sagte sie dann. »Vielleicht sollte ich das lieber tun. Gustave wird wohl sowieso noch mit mir sprechen wollen.«

»In Ordnung«, sagte Robert. »Sobald du weißt, wann du hier eintriffst, rufst du mich an!«

Marissa legte den Hörer auf. Jetzt mußte sie Gustave anrufen. Noch nie war ihr ein Anruf so schwer gefallen. Sie überlegte, was sie sagen sollte. Aber wie sollte sie ihm die Nachricht vorsichtig beibringen? Das war unmöglich. Schließlich nahm sie den Hörer ab und wählte.

Gustave meldete sich nach dem ersten Läuten. Bestimmt war er als Chirurg daran gewöhnt, mitten in der Nacht geweckt zu werden. Es hörte sich so an, als hätte er noch gar nicht geschlafen. Doch Marissa hatte das bestimmte Gefühl, daß sie ihn geweckt hatte.

Sie kam sofort zur Sache und erzählte Gustave genau, was sich abgespielt hatte. Sie brachte es sogar fertig, die Tränen zurückzuhalten, bis sie den gesamten Tagesablauf geschildert hatte.

Am anderen Ende der Leitung, viele Tausend Kilometer entfernt, herrschte bedrücktes Schweigen.

»Gustave — stimmt was nicht?« fragte Marissa mit brechender Stimme.

Nach einer Pause sagte Gustave: »Ich ... ich glaube, es geht schon wieder. Es ist ... nur einfach nicht zu glauben. Aber Wendy war ja beim Tauchen immer etwas tollkühn. Wo befinden sich ihre Sachen?«

»Ich habe sie gepackt«, sagte Marissa. Sie war überrascht und gleichzeitig erleichtert, daß Gustave die schreckliche Nachricht so gefaßt aufnahm. Wahrscheinlich half ihm jetzt die anerzogene objektive Anschauungsweise des Chirurgen. Der wirkliche Schmerz würde erst einsetzen, wenn er mit sich allein war.

»Es muß ein schrecklicher Schock für Sie gewesen sein«, sagte Gustave. »Kommen Sie zurecht?«

»Werde es schon schaffen«, sagte Marissa.

»Marissa, ich danke Ihnen, daß Sie mich angerufen haben. Ich wäre Ihnen sehr dankbar, wenn Sie die Sachen an mich schickten. Mit den australischen Behörden setze ich mich in Verbindung. Ich mache jetzt lieber Schluß. Auf Wiedersehen.«

In der Leitung klickte es, und Marissa legte den Hörer langsam auf die Gabel. Ihr war so weh ums Herz, wie es Gustave jetzt sein mußte.

Sie ließ sich aufs Bett zurückfallen, legte die Hände vors Gesicht und schluchzte, bis sie sich ausgeweint hatte. Noch immer hielt sie das Gesicht mit den Händen bedeckt. Allmählich aber wich ihre Trauer einem Gefühl des Ärgers, ja, des Zorns.

Jetzt war sie nicht mehr zufrieden, daß Gustave sich so gefaßt gezeigt hatte. Es verstimmte sie. Als sie sich das Gespräch noch einmal durch den Kopf gehen ließ, wurde sie auf Gustave wütend. Wie kalt und abweisend er sich angehört hatte! Als ob sie ihm von einer Patientin berichtet hätte und nicht von der eigenen Frau. Plötzlich fragte sie sich, ob die Eheprobleme, die sich aus der Behandlung der Unfruchtbarkeit ergeben hatten, so ernst geworden waren, daß Wendys vorzeitiger Tod für Gustave in gewissem Maße eine Erleichterung bedeuten könnte.

Marissa stand auf und ging ans Fenster. Das Meer glänzte im Schein der späten Abendsonne. Es war kaum zu fassen, daß Wendy inmitten dieser heiteren Landschaft einem so brutalen Geschick zum Opfer gefallen war. Sie fragte, was ihr selber wohl zugestoßen wäre, wenn Übelkeit und Erschöpfung sie nicht genötigt hätten, zum Boot zurückzuschwimmen. Vielleicht wäre sie dann jetzt auch tot. Vielleicht war das die Absicht gewesen: sie beide loszuwerden.

Marissas Kehle wurde trocken. Sie schluckte schwer. Dies waren gefährliche, vielleicht sogar irre Gedankengänge. Sie erinnerte sich wieder der gewalttätigen chinesischen Wachmänner in der Frauenklinik. War es möglich, daß da irgendeine Beziehung zu dem finsteren Chinesen an Bord der *Oz* bestand? Ja, vielleicht gab es sogar eine Verbindung zwischen der Frauenklinik in den Staaten und dem FCA in Australien.

Sie ging auf den Balkon hinaus und ließ sich auf der Chaiselongue nieder. Es war ein schwerer Schlag für sie, daß Wendy für nichts und wieder nichts sterben mußte. Wie konnte sie da die Sache einfach auf sich beruhen lassen und nach Boston zurückkehren? Ihre Gedanken wanderten zu dem schwer zu fassenden Tristan Williams. Warum sollte ein ausgebildeter Pathologe lächerliche Daten erfinden, die man mit Leichtigkeit als falsch entlarven konnte, nur um des zweifelhaften Ruhms willen, einen Artikel veröffentlicht zu haben? Das paßte einfach nicht zusammen.

Nervös trommelte Marissa mit den Fingern auf die Armlehne. Sie mußte wieder an die Männer denken, die Fischköder über die Reling geworfen hatten. Wenn sie unschuldig gewesen wären, warum waren sie dann in dem Augenblick geflohen, als sie sie angerufen hatte? Gut, man konnte sich vorstellen, daß Tristan Williams aus einer Laune heraus berufliches Harakiri begangen hatte. Man konnte sich einreden, daß die beiden an Bord der *Oz* aus Unwissenheit gehandelt hatten. Aber diese ganzen seltsamen Vorfälle erinnerten sie an das Gefühl, das sie damals beim CDC zu Anfang des Ausbruchs von Ebola-Fieber gehabt hatte. Auch da hatte Marissa lange vor ihren Kollegen den Verdacht gehegt, daß eine finstere Macht am Werke war. Trotz aller Rückschläge hatte sie sich nicht davon abbringen lassen und schließlich das Vorhandensein einer so teuflischen Intrige nachweisen können, wie sie sich keiner hatte vorstellen können. Vielleicht war sie auch jetzt gut beraten, wenn sie sich wie damals von ihrem Instinkt leiten ließ.

Es war zwar nur eine Ahnung, daß hinter dem Ganzen mehr stecken könnte, als es schien, aber sie mußte nachhaken. In plötzlichem Impuls ging sie ins Zimmer und rief Robert noch einmal an. Damit weckte sie ihn zum zweitenmal.

»Ich brauche dich hier, Robert«, sagte Marissa. »Je mehr ich über Wendys Tod nachdenke, desto mehr bin ich überzeugt, daß er mit Vorsatz herbeigeführt wurde.«

»Bitte, Marissa, du reagierst zu heftig. Du hast einen gewaltigen Schock erlitten. Wäre es da nicht besser, wenn du dich in eine Maschine setzt und nach Haus kommst?«

»Ich bin der Meinung, ich muß noch hier bleiben.«

»Aber ich kann nicht nach Australien kommen«, sagte Robert. »Ich habe dir doch gesagt, das Geschäft...«

Obgleich Marissa klar war, daß sie falsch handelte, legte

sie auf, bevor er den Satz zu Ende führen konnte. Plötzlich fiel ihr ein, daß er doch etwas für sie tun konnte. Sie griff erneut zum Hörer und rief Robert abermals an.

»Ich bin froh, daß du noch einmal angerufen hast«, sagte Robert. »Ich hoffe, daß du jetzt vernünftig geworden bist.«

»Ich möchte, daß du etwas für mich in Erfahrung bringst«, sagte Marissa, ohne auf seine Bemerkung einzugehen. »Ich will wissen, ob es irgendeine geschäftliche Verbindung zwischen der Frauenklinik in den Staaten und Female Care Australia gibt.«

»Das kann ich morgen vormittag nachprüfen«, sagte Robert.

»Ich möchte aber, daß du es gleich jetzt machst«, sagte Marissa. Sie wußte, daß Roberts Computer mit verschiedenen geschäftlichen Datenbanken verbunden war.

»Wenn ich das mache«, sagte Robert, »kommst du dann nach Haus und bittest mich nicht mehr, nach Australien zu fliegen?«

»Ich bitte dich nicht mehr, nach Australien zu kommen«, sagte Marissa.

»Gib mir deine Nummer! Ich rufe zurück.«

Fünf Minuten später läutete Marissas Apparat. Robert hatte sich mehr beeilt, als sie angenommen hatte.

»Du hast richtig geraten«, sagte Robert. »Sie sind miteinander liiert. Die Frauenklinik, Inc., und Female Care Australia Limited werden von einer australischen Holdingfirma kontrolliert, die sich Fertility Limited nennt. Ich habe das eben gelesen, auf der Rückseite eines Berichts über Besitzverhältnisse der Frauenklinik.«

»Wie kommst du denn an einen solchen Bericht über die Frauenklinik?« fragte Marissa. »Ich dachte, es wäre eine private Gesellschaft.«

»Sie haben vor einigen Jahren ein großes Aktienpaket auf den Markt geworfen, um ihre Expansion in den USA zu finanzieren«, erklärte Robert. »Es war eine gute Anlage. Ich bin sehr zufrieden damit.«

»Du besitzt Anteile an der Frauenklinik?« fragte Marissa.

»Aber sicher«, sagte Robert. »Ich habe ihn an der Börse von Sidney gekauft.«

»Verkauf sie wieder!« schrie Marissa.

Robert lachte. »Wir wollen doch an geschäftliche Dinge nicht mit Emotionen herangehen. Ich sehe voraus, daß beide Pakete in Zukunft gesplittet werden.«

»Ich glaube, daß bei diesen beiden Gesellschaften ernsthaft etwas nicht stimmt«, sagte Marissa ungestüm. »Ich weiß zwar noch nicht, worauf sie abzielen, aber es könnte mit diesen Fällen von tuberkulöser Eileiterinfektion im Zusammenhang stehen.«

»Sag bloß, du hast schon wieder deinen Kreuzzug aufgenommen!« jammerte Robert.

»Du sollst ja nur deine Anteile verkaufen«, sagte Marissa.

»Ich werde deine Anregung in Erwägung ziehen«, antwortete Robert ausweichend.

Marissa warf den Hörer hin und schnitt damit Robert das Wort ab.

Zorn hatte nun fast völlig ihre Trauer um Wendy verdrängt. Sie sagte sich zwar, daß ihr Sinneswandel etwas mit ihrem hormonbedingten überempfindlichen Gemütszustand zu tun haben könnte, aber das war ihr jetzt gleichgültig. Statt in Depressionen zu verfallen, wollte sie handeln. Sie nahm den Hörer wieder ab und rief den Königlichen Dienst der Fliegenden Ärzte in Charleville an.

»Ja«, sagte die Frau am anderen Ende der Leitung, »Dr. Tristan Williams ist bei uns. Doch im Augenblick befindet er sich auf weit abgelegenen Rinderstationen. Er kommt erst in einigen Tagen wieder zurück.«

»Hat er ein festes Programm?« fragte Marissa.

»Allerdings«, sagte die Frau. »Falls sich keine Notfälle ergeben. Unsere Ärzte haben alle ein festes Programm, wenn sie sich auf ihre Tour ins Outback begeben.«

»Könnten Sie mir sagen, wo er übermorgen sein wird?« fragte Marissa, in der Annahme, daß sie bis dahin zur Stelle sein könnte, auch wenn es weit entfernt wäre.

»Bleiben Sie am Apparat!« sagte die Frau. Es dauerte mehrere Minuten, bis sie zurückkam. Dann sagte sie: »Übermorgen wird er in der Nähe der Stadt Windorah sein. Er muß eine Visite in der Wilmington-Station machen.«

»Hat Windorah einen öffentlichen Flugplatz?« fragte Marissa.

Die Frau lachte. »Nein, nicht direkt. Es führt nicht mal eine asphaltierte Straße hin.«

Als nächstes rief Marissa den Flugplatz an, um sich nach einer Verbindung mit Charleville zu erkundigen. Nachdem sie sich einen Platz in einer Maschine der Flight West hatte reservieren lassen, packte sie die Koffer und ging ins Foyer hinunter. Dort verabredete sie, daß Wendys Koffer in den Lagerraum des Hotels gebracht würde, zahlte und zog aus.

Während der kurzen Fahrt zum Flugplatz fiel ihr ein, daß sie drauf und dran war, gegen die Auflage des Polizeiinspektors zu verstoßen, Hamilton Island nicht zu verlassen. Würden die Sicherheitsbeamten am Flugplatz sie vielleicht am Abflug hindern? Doch diese Sorge erwies sich als unbegründet. Ohne Schwierigkeiten konnte sie an Bord der Maschine nach Brisbane gehen.

In Brisbane hatte sie nur eine kurze Wartezeit. Dann stieg sie in ein Passagierflugzeug mit nur zwölf Plätzen ein. Kurz nach neun Uhr abends startete die Maschine und flog in westlicher Richtung nach Charleville, einer Stadt am Rande des unermeßlich großen australischen Outback.

Während Marissa über die große Wasserscheide flog, eine Gebirgskette, die den üppig bewachsenen, aber schmalen

Küstenstrich vom übrigen Australien trennt, stiegen Ned Kelly und Willy Tong eine Treppe in der schon großenteils dunklen FCA-Klinik hoch und begaben sich in die jetzt leeren Verwaltungsräume. Die Tür zu Charles Lesters Bürozimmer stand offen. Die beiden Männer traten unangemeldet ein.

Charles blickte auf. Die Messinglampe auf seinem Schreibtisch erhellte nur einen kleinen Ausschnitt des Zimmers. Sein Gesicht lag im Schatten. Die tiefliegenden Augenhöhlen wirkten leer wie bei einem Mann ohne Augen. Unter dem schweren Schnauzbart war der Mund verkniffen, die Mundwinkel waren herabgezogen. Charles war alles andere als zufrieden.

»Setzt euch!« kommandierte er.

Ned ließ sich lässig in einen Sessel vor dem Schreibtisch fallen. Willy lehnte sich an ein Bücherregal.

»Ich habe es gerade in den Abendnachrichten gehört«, sagte Lester. »Ihr habt die Sache nur noch schlimmer gemacht. Erstens habt ihr nur eine Frau beiseite gebracht. Und zweitens redet die andere Frau, die ihr habt entkommen lassen, jetzt davon, daß der Tod ihrer Freundin vorsätzlich herbeigeführt worden sei. Sie hat euch beide nämlich gesehen. Es sieht ganz danach aus, daß die Polizei Ermittlungen aufgenommen hat.«

»Wie sollten wir denn ahnen, daß sie plötzlich aus dem Wasser kommen würde, während wir die Fischköder ausschütteten?« verteidigte sich Ned. »Das war einfach Pech. Sonst hätte es nämlich geklappt. Wir haben genügend Köder hineingeworfen, um sämtliche Haie aus dem ganzen Korallenmeer anzulocken.«

»Aber ich habe nicht angeordnet, daß ihr nur eine Frau ausschalten und damit Verdacht erregen solltet«, entgegnete Lester scharf. »Jetzt ist es nicht nur ratsam, sondern unbedingt erforderlich, auch die zweite Frau aus dem

Wege zu räumen. In den Nachrichten wurde gemeldet, daß sie Dr. Marissa Blumenthal-Buchanan heißt.«

»Ich weiß, welche es ist«, sagte Ned. »Die Tussi mit den braunen Haaren.«

»Wollen Sie, daß wir nach Hamilton Island zurückfliegen und sie fertigmachen?« fragte Willy.

»Wo, ist mir egal«, sagte Lester.

»Und was ist, wenn sie die Insel schon verlassen hat?« fragte Ned.

»Das bezweifle ich«, sagte Lester, »da ja die Ermittlungen noch im Gange sind. Aber rufen wir doch mal das Hotel an! Ihr habt gesagt, sie ist im Hamilton Island Resort abgestiegen?«

»Ja, das stimmt«, sagte Ned.

Lester nahm den Hörer ab, erkundigte sich nach der Telefonnummer und wählte dann das Hotel an. Zu seiner Bestürzung erfuhr er dort, daß Mrs. Buchanan bereits ausgezogen sei.

Er stand auf und beugte sich über den Schreibtisch. »Ich verlange, daß ihr beide die Sache jetzt erledigt. Ned, du fragst in den gängigen Hotels nach, hier und in Sidney. Nutze deine Verbindungen zur Regierung aus, falls sie das Land schon verlassen hat! Willy, du suchst Tristan Williams auf und hältst dich in seiner Nähe. Diese Mrs. Buchanan hat davon gesprochen, daß sie den Mann suchen will. Wenn es ihr gelingt, sich mit ihm zu unterhalten, verschlechtert das die an sich schon üble Lage noch mehr.«

»Und was ist, wenn sie das Land schon verlassen hat?« wollte Ned wissen.

»Ich will, daß sie beiseite geschafft wird«, sagte Lester. »Ob in den Staaten oder meinetwegen in Europa, ist mir völlig schnuppe. Ist das klar?«

Ned erhob sich. »Völlig klar«, sagte er. »Das ist eine Herausforderung für mich. Und ich liebe Herausforderungen.«

12

9. April 1990

7.11 Uhr morgens

Marissa wachte ziemlich zerschlagen auf. Sie hatte die Nacht schlecht geschlafen. In Charleville war sie in ein sauberes Hotel gezogen. Auch das Bett war bequem. Dennoch war sie höchstens mal eingedöst. Immer wenn sie die Augen schloß, sah sie den großen weißen Hai vor sich. Wenn sie mal kurz einschlief, weckte sie das alptraumhafte Bild Wendys in den Zähnen des Hais. Erst in den frühen Morgenstunden fand sie fast drei Stunden unruhigen Schlaf.

Obgleich sie keinen Hunger hatte, zwang sie sich, etwas zu frühstücken. Dann machte sie sich auf den Weg zu einer Autovermietung.

Als Marissa durch die Straßen in Charleville schritt, hatte sie das Gefühl, die Zeit wäre um fünfzig Jahre zurückgedreht und sie befände sich in einer Stadt des Mittleren Westens der Vereinigten Staaten. Der eigenartige viktorianische Baustil, der sie in Brisbane erwartet hatte, zeigte sich auch hier in Privathäusern und Bürobauten. Die Luft war klar, der Morgen hell, und auf den Straßen sah man nirgends Abfall. Und die frühe Morgensonne war schon so warm, daß sie sich gut vorstellen konnte, wie stark sie erst zu Mittag scheinen würde.

Die Shell-Tankstelle hatte Autos zu vermieten. Marissa nahm einen Ford Falcon. Sie fragte nach einer Karte. Doch der Vermieter hatte keine.

»Wo wollen Sie denn hinfahren?« fragte er in der gedehnten Sprechweise der Queenslander.

»Nach Windorah«, sagte Marissa.

Der Mann sah sie an, als halte er sie für eine Verrückte. »Warum in aller Welt denn dahin?« fragte er. »Wissen Sie überhaupt, wie weit es bis Windorah ist?«

»Nicht genau«, gab Marissa zu.

»Es sind über 320 Kilometer«, sagte der Mann. »320 Kilometer und nichts als Wallabys, Känguruhs und Eidechsen. Dafür brauchen Sie wahrscheinlich acht bis zehn Stunden. Lassen Sie sich lieber auch den Reservekanister füllen! Und hier ist auch ein Wasserkanister. Machen Sie den vorsichtshalber auch voll!«

»Wie ist die Straße?« erkundigte sich Marissa.

»Straße ist übertrieben«, sagte der Vermieter. »Es gibt eine befestigte Fahrbahn, aber die ist sehr staubig. Es hat für diese Jahreszeit zu wenig geregnet. Am besten, Sie rufen mich morgen an, wenn Sie in Windorah eingetroffen sind. Wenn ich nichts von Ihnen höre, benachrichtige ich die Polizei. Es gibt kaum Verkehr auf dem ganzen Weg.«

»Vielen Dank«, sagte Marissa. »Das werde ich tun.«

Mit gefüllten Reserve- und Wasserkanistern fuhr Marissa durch Charleville und auf die Straße nach Windorah. Wie der Autovermieter gesagt hatte, verengte sich die an den Ausläufern der Stadt noch gepflasterte Straße bald zu einer einzigen Fahrbahn.

Zu Anfang genoß Marissa die Fahrt noch. Die Sonne stand in ihrem Rücken und schien ihr nicht in die Augen, was sich allerdings im Laufe des Tages ändern würde. Die einsame Landschaft wirkte wie Balsam auf ihre aufgewühlten Gefühle.

Die Straße hatte eine orangerote Färbung und führte quer durch das sogenannte Kanalland, eine ausgedörrte, wüstenähnliche Gegend mit sonderbaren, schmalrippigen Tälern oder Arroyos, durch die während der Regenzeit dünne Rinnsale flossen. Überall saßen Vögel, die davonstoben, wenn sie auf sie zufuhr. Sie sah auch die Tiere, von denen der Autovermieter gesprochen hatte. Gelegentlich kam sie an Wasserstellen vorbei, die in den Farben des Hibiskus prangten.

So aufregend die Landschaft anfangs erschien, so eintönig wurde sie allmählich. Mit jedem zurückgelegten Kilometer spürte Marissa mehr Erleichterung über die Vereinbarung, die sie mit dem Mann wegen des Anrufs aus Windorah getroffen hatte. Noch nie im Leben war sie durch eine so einsame Landschaft gefahren, und die Vorstellung, sie könnte mit einer Panne liegenbleiben, war wirklich furchterregend.

Das Fahren war im übrigen gar nicht so einfach. Die Straße war so holprig, daß Marissa dauernd mit dem Lenkrad zu kämpfen hatte. Die Staubwolke, die sie hinter sich aufwirbelte, drang allmählich auch in den Wagen ein und überzog alles mit einer feinen Schicht.

Zur Mittagszeit schätzte sie, daß die Temperatur auf über vierzig Grad angestiegen war. In der Hitze flimmerte die Straße vor ihren Augen, so daß es aussah, als bestände sie aus lauter Wellen. Die Tierwelt sorgte für weitere Abwechslung. Am späten Nachmittag mußte Marissa einmal scharf auf die Bremse treten, als eine Horde Wildschweine die Straße überquerte. Der Wagen kam dabei ins Schleudern.

Kurz nach acht Uhr abends bemerkte Marissa nach elf Stunden Fahrt die ersten schwachen Anzeichen von Zivilisation. Zwanzig Minuten später fuhr sie in Windorah ein. Obwohl die Stadt wahrlich keine Oase war, war Marissa heilfroh.

In der Stadtmitte stand ein einstöckiges grünes Gasthaus mit Fremdenzimmern. Auf einem Schild stand, daß das Haus, das eine Holzveranda aufwies, das Western Star

Hotel sei. Auf der anderen Straßenseite war ein Kaufmannsladen. Etwas weiter die Straße entlang war eine Tankstelle, die aussah, als stammte sie aus dem Jahr 1930.

Marissa betrat das Lokal. Fünf männliche Gäste starrten sie an. Sie legten extra ihretwegen eine Pause beim Pfeilewerfen ein und sahen sie an, als wäre sie eine Erscheinung. Der Lokalbesitzer kam und fragte, ob er etwas für sie tun könne.

»Ich hätte gern ein Zimmer für zwei Nächte«, sagte Marissa.

»Haben Sie eine Vorbestellung?« fragte der Mann.

Marissa sah ihm prüfend in das breitflächige Gesicht, da sie annahm, daß er sie verulken wollte. Doch als sie auch nicht den Anflug eines Grinsens darin entdeckte, sagte sie, daß sie das Zimmer nicht vorbestellt habe.

»Wir haben nämlich heute abend eine Boxertruppe in der Stadt«, sagte der Mann. »Da ist hier ziemlich alles belegt. Aber lassen Sie mich mal nachsehen!«

Er ging zu seiner Registrierkasse und schaute in ein Notizbuch. Marissa blickte sich in der Gaststube um. Die fünf Männer starrten sie immer noch an. Keiner machte eine Bewegung oder sagte ein Wort. Sie rührten nicht einmal ihre Bierflaschen an.

Dann kam der Hotelbesitzer zurück. »Ich gebe Ihnen Nr. 4«, sagte er. »Es ist zwar vorbestellt, aber die Leute sollten bis sechs Uhr hier sein.«

Marissa zahlte für die erste Nacht, nahm den Schlüssel entgegen und erkundigte sich, ob sie hier essen könne.

»Wir können Ihnen hier in der Kneipe etwas zubereiten«, sagte der Mann. »Kommen Sie nur her, wenn Sie sich frischgemacht haben!«

»Ich habe noch eine Frage«, sagte Marissa. »Ist die Wilmington-Station hier in der Nähe?«

»Ja«, sagte der Mann. »Ganz in der Nähe. Nicht mal drei Stunden Fahrt nach Westen.«

Wenn drei Stunden Fahrt »ganz in der Nähe« waren, wie lange war man dann wohl zu einer entlegenen Station unterwegs? Bevor Marissa auf ihr Zimmer ging, rief sie von einem öffentlichen Telefonapparat aus den Autovermieter an, um ihm zu sagen, daß sie angekommen sei.

Befriedigt stellte sie fest, daß das Zimmer einigermaßen sauber war. Zu ihrer Überraschung sah sie, daß über das Bett ein Moskitonetz aufgespannt war. Später sollte sie erfahren, wie wichtig das war.

Der Rest des Abends verging schnell. Sie hatte keinen großen Hunger und rührte das Essen kaum an. Was ihr schmeckte, war das eiskalte Bier. Schließlich kam es auch mit den Männern in dem Lokal zu einem freundschaftlichen Gespräch.

Sie ließ sich sogar dazu überreden, mit ihnen zu der Boxveranstaltung zu gehen. Es stellte sich heraus, daß die Ortsansässigen hier Gelegenheit hatten, sich mit Profis zu messen. Wenn ein Rancher es schaffte, drei einminütige Runden zu überstehen, konnte er zwanzig Dollar gewinnen. Aber keiner schaffte es. Marissa ging lange vor dem Ende der Veranstaltung, entsetzt darüber, wie sich die angetrunkenen Männer verprügeln ließen.

Die Nacht wurde schrecklich. Wieder suchten schaurige Träume von Haien und dem Anblick, wie Wendy gefressen wurde, Marissa heim. Darüber hinaus wurde sie von dem Lärm und den handgreiflichen Auseinandersetzungen der Betrunkenen vor der Tür belästigt. Außerdem hatte sie sich aller möglichen Arten von Insekten zu erwehren, denen es irgendwie gelungen war, durch das Moskitonetz zu schlüpfen.

Am nächsten Morgen war Marissa noch müder als am Vortag. Doch nach der Dusche und einem starken Kaffee fühlte sie sich wieder imstande, dem kommenden Tag ins Auge zu sehen. Der Hotelbesitzer sagte ihr, wie sie zu fahren habe, und Marissa verließ Windorah und fuhr auf einer ungepflasterten, staubigen Straße zur Wilmington-Station.

Die Rinderranch sah genauso aus, wie sie sie sich vorgestellt hatte. Sie bestand aus einer Reihe niedriger Holzhütten, weißen Schindelhäusern mit Blechdächern und vielen Zäunen. Überall sah man Hunde, Pferde und Cowboys. Über dem Ganzen hing ein unangenehmer, aber nicht unerträglicher Gestank von Kuhmist.

Im Gegensatz zu dem ungläubigen Anstarren, das ihre Ankunft in dem Lokal in Windorah hervorgerufen hatte, wurde Marissa auf der Rinderstation mit aller erdenklichen Gastfreundlichkeit empfangen. Die Cowboys, die sich hier Stockmen nannten, brachen sich förmlich einen ab, um sie zu bedienen, ihr ein Bier zu holen oder sie zu dem provisorischen Landeplatz zu der für 12 Uhr mittags vorgesehenen Ankunft des fliegenden Arztes zu fahren. Einer der Stockmen erklärte ihr das Verhalten der Männer, indem er ihr sagte, daß eine attraktive Frau ohne Begleitung ungefähr alle hundert Jahre einmal in der Rinderstation aufzutauchen pflegte.

Um 11.30 Uhr war Marissa draußen auf dem Landeplatz. Unter einem einsamen Gummibaum saß sie in ihrem Ford Falcon. Näher am Platz stand der Landrover der Wilmington-Station in der prallen Sonne. Kurz vor zwölf stieg sie aus und wagte sich aus dem Schatten des Baums. Mit der Hand die Augen abschirmend, suchte sie den blaßblauen Himmel nach einem Flugzeug ab. Der Tag war genauso heiß und wolkenlos wie der gestrige. Sie lauschte angespannt, aber das einzige, was sie hörte, war die Brise, die durch die Akazien rauschte.

Nach zehn Minuten wollte Marissa wieder in ihren Wagen steigen, als sie das schwache Motorengeräusch eines Flugzeugs hörte. Wieder schaute sie zum Himmel auf, um den Verursacher des Geräuschs zu erspähen. Aber sie sah die Maschine erst, als sie beinahe über ihr war.

Das Flugzeug kurvte über dem Landeplatz. Der Pilot schien sich nicht ganz schlüssig zu sein, ob er landen sollte oder nicht. Doch beim zweiten Vorbeiflug landete er schließlich.

Die Beechcraft KingAir fuhr auf den Landrover zu und stellte sich dann in den Wind. Der Pilot brachte die Propeller in Segelstellung und machte sich zum Aussteigen bereit.

Als er die Kabinentür öffnete, ging Marissa rasch auf die Maschine zu. Der Mann, der im Landrover gesessen hatte, stieg aus, schnippte eine Zigarettenkippe auf den staubigen Boden und trat in den Sonnenschein.

»Dr. Williams!« rief Marissa.

Der Pilot blieb neben der Maschine stehen und blickte in Marissas Richtung. In der Hand hielt er eine altmodische Arzttasche mit Metallbeschlägen.

»Dr. Williams!« rief Marissa noch einmal.

»Ja?« sagte Tristan vorsichtig und betrachtete Marissa vom Scheitel bis zur Sohle.

»Ich bin Dr. Marissa Blumenthal«, sagte sie und reichte ihm die Hand, die Tristan zögernd ergriff.

»Erfreut, Sie kennenzulernen«, sagte er. Es hörte sich aber nicht sehr überzeugt an.

Das äußere Erscheinungsbild des Mannes überraschte Marissa ein wenig. Nach einem Pathologen sah er nicht aus. Jedenfalls ähnelte er keinem, den Marissa kannte. Sein Gesicht war tief sonnengebräunt, und er trug einen Dreitagebart. Auf dem Kopf hatte er den klassischen, wettergegerbten, weitkrempigen australischen Outback-Hut, dessen Krempe an einer Seite hochgeklappt war.

Statt wie ein Arzt sah Tristan Williams eher wie ein Mann aus, der sich viel im Freien aufhält, vielleicht wie ein

Stockman. In seiner rauhen Art sah er sogar gut aus. Sein rotblondes Haar war um eine Nuance heller als das Roberts. Auch sein kantiges Kinn erinnerte sie an Robert. Doch damit waren die Ähnlichkeiten auch erschöpft. Tristan hatte tiefer liegende Augen. Die Farbe konnte Marissa nicht erkennen, da sie in die Sonne blinzeln mußte. Und seine Lippen waren nicht so schmal wie Roberts, sondern voll und ausdrucksstark.

»Wäre es möglich, sich einen Augenblick mit Ihnen zu unterhalten?« fragte Marissa. »Ich habe hier auf Sie gewartet. Ich bin extra den ganzen Weg von Charleville her gefahren.«

»Meine Güte«, sagte Tristan. »Passiert nicht eben häufig, daß ich hier einer gutaussehenden jungen Dame begegne. Die Leute in der Wilmington-Station können bestimmt noch ein paar Minuten warten. Ich will nur noch dem Fahrer Bescheid sagen.«

Tristan ging zum Landrover und verstaute die Arzttasche auf dem Rücksitz des Fahrzeugs. Marissa stellte fest, daß er noch etwas größer als Robert war, weit über 1,82.

Als er wieder bei ihr war, schlug Marissa ihm vor, sich in ihren Wagen zu setzen, der im Schatten stand. Tristan war einverstanden.

»Ich bin eigens aus Boston hergekommen, um mit Ihnen zu sprechen«, begann sie, sobald sie im Wagen saßen. »Sie sind nicht leicht zu finden.«

Tristan sah Marissa an und erwiderte: »Die Sache gefällt mir nicht besonders. Ich habe kein Interesse daran, von irgendwem gefunden zu werden.«

»Ich möchte mit Ihnen über den Artikel sprechen, den Sie geschrieben haben«, sagte Marissa. »Ich meine den über die tuberkulöse Eileiterinfektion.«

»Jetzt weiß ich genau, daß mir die Sache nicht schmeckt«, sagte Tristan. »Sie müssen mich entschuldigen. Ich habe Patienten zu besuchen.« Er legte die Hand auf den Türgriff.

Marissa packte ihn am Arm. »Bitte«, sagte sie, »ich muß mit Ihnen reden.«

»Ich habe gleich geahnt, daß Sie zu gut sind, um wahr zu sein«, sagte er, entzog sich ihrem Griff und stieg aus. Ohne noch einen Blick zurück zu werfen, ging er zum Landrover, stieg ein und ließ sich wegfahren.

Marissa saß wie versteinert. Sie wußte nicht, ob sie sich beleidigt fühlen oder ärgerlich sein sollte. Nach all der Mühe, die sie sich gegeben hatte, um ihn zu finden, konnte sie einfach nicht glauben, daß er keine Zeit zu einem Gespräch mit ihr haben sollte. Eine Zeitlang blieb Marissa in ihrem Wagen sitzen und sah der Staubwolke nach, die der Landrover aufwirbelte. Dann startete sie hastig den Ford Falcon, legte den Vorwärtsgang ein und nahm die Verfolgung auf.

Als Marissa in der Wilmington-Station ankam, war sie von oben bis unten von Staub überpudert. Sie hatte ja die ganze Fahrt in der Staubwolke des Landrovers gemacht. Selbst in den Mund waren ihr die Staubkörner gedrungen.

Tristan war schon ausgestiegen und ging, die Arzttasche in der Hand, über einen langen Gehsteig auf ein kleines Haus zu. Marissa rannte ihm nach, holte ihn ein, ging neben ihm her und versuchte, seinen Blick einzufangen. Wenn er drei Schritte machte, mußte sie fünf machen, um auf gleicher Höhe zu bleiben.

Schließlich wurde ihr klar, daß er nichts von ihr wissen wollte, und sie sagte: »Sie müssen sich aber mit mir unterhalten. Es ist sehr wichtig.«

Tristan blieb unvermittelt stehen. »Ich bin nicht daran interessiert, mich mit Ihnen zu unterhalten. Außerdem habe ich zu tun. Ich muß Patienten besuchen, darunter ein sehr krankes kleines Mädchen, und von Kindermedizin verstehe ich nicht viel.«

Marissa strich sich die staubbedeckten Haare aus der Stirn und schaute zu Tristan hoch. Obwohl er tiefliegende Augen hatte, konnte sie jetzt sehen, daß sie blau waren. »Ich bin Kinderärztin«, sagte sie. »Vielleicht kann ich helfen.«

Tristan sah sie an und kaute an seiner Wange. »Ach, Kinderärztin?« sagte er. »Das kommt mir allerdings sehr zustatten.« Er ließ den Blick zur Hausfront schweifen und sah dann wieder Marissa an. »Bei dem wenigen, was ich über Kinderkrankheiten weiß, kann ich Ihr Angebot nicht zurückweisen.«

Die Patientin war ein acht Monate alter schwerkranker Säugling. Sie hatte hohes Fieber, Husten und eine Triefnase. Als Marissa und Tristan ins Zimmer kamen, schrie das Kind.

Unter den Blicken Tristans und der ängstlichen Mutter untersuchte Marissa das kleine Kind. Nach wenigen Minuten richtete sie sich auf und sagte: »Es sind zweifellos die Masern.«

»Wie kommen Sie darauf?« fragte Tristan.

Marissa zeigte ihm die kleinen weißen Flecken im Mund des Kindes, die geröteten Augen und den schwachen Ausschlag, der sich gerade auf der Stirn entwickelte.

»Was sollen wir machen?« fragte Tristan.

»Erst mal das Fieber senken«, sagte Marissa. »Aber wenn sich Komplikationen einstellen, müßte das Kind ins Krankenhaus. Ist das möglich?«

»Klar«, sagte Tristan. »Wir können sie im Flugzeug nach Charleville und sogar nach Brisbane bringen.«

Die nächsten Minuten verbrachte Marissa damit, mit der Mutter zu sprechen und ihr die gefahrandeutenden Symptome zu beschreiben. Dann suchte sie zu erfahren, wo sich das Kind angesteckt haben konnte. Dabei stellte sich heraus, daß die Familie vor zwei Wochen Verwandte in Longreach besucht hatte, die ein krankes Kind hatten.

Marissa und Tristan besprachen noch vorbeugende Maßnahmen für die anderen Kinder auf der Station, verabschiedeten sich dann von der Mutter und gingen zum nächsten Haus, das auf Tristans Liste stand.

Als sie die Treppe zum zweiten Haus hinaufgingen, sagte Tristan: »Vielen Dank für Ihre Hilfe.«

»Sie wären bestimmt auch ohne mich fertig geworden«, sagte Marissa. Sie wollte noch etwas hinzufügen, doch ihre Intuition riet ihr, lieber abzuwarten.

Sie blieb bei Tristan und leistete ihm auch bei den folgenden Patientenbesuchen Beistand. Es handelte sich um keine schweren Fälle, mit Ausnahme einer 93 Jahre alten Frau, die mit einer Krebserkrankung im Sterben lag, sich aber weigerte, ins Krankenhaus zu gehen. Tristan nahm auf ihren Wunsch Rücksicht und gab ihr nur etwas gegen die Schmerzen.

Als sie aus dem letzten Haus kamen, war es Tristan, der das Gespräch wieder auf den Artikel brachte. »Ich bin nun doch neugierig geworden«, sagte er. »Was in aller Welt kann Sie denn bewogen haben, diese weite Reise zu machen, wegen eines Artikels, dem man jeden Wert abgesprochen hat?«

»Weil ich selber an dem von Ihnen beschriebenen Syndrom leide«, sagte Marissa und mühte sich, mit ihm Schritt zu halten. Sie näherten sich jetzt dem gemeinsamen Speisesaal. »Und weil das Syndrom jetzt überall in den Vereinigten Staaten und sogar in Europa aufgetaucht ist.« Eigentlich hätte sie ihn gern gefragt, was ihn dazu veranlaßt hatte, diese Fälle überhaupt aufzugreifen. Doch sie befürchtete, daß die Frage schon das Ende ihres Gesprächs herbeiführen würde.

Tristan blieb stehen und sah Marissa prüfend an. »Sie hatten selber die tuberkulöse Eileiterinfektion?«

»Durch eine Gewebeprobenuntersuchung bestätigt«, sagte Marissa. »Bis dahin hatte ich davon keine Ahnung. Ich hätte es wahrscheinlich auch nie erfahren, wenn ich mich nicht bemüht hätte, schwanger zu werden.«

Tristan schien tief in Gedanken versunken.

»Ich habe versucht, mehr darüber zu erfahren«, sagte Marissa. »Aber es war schwierig. Es war geradezu eine Katastrophe. Ich habe dabei sogar eine Freundin verloren und muß mich fragen, ob sie vielleicht ermordet worden ist.«

Tristan sah sie betroffen an. »Was sagen Sie da?«

»Ich bin mit einer Freundin zusammen nach Australien gekommen«, erklärte ihm Marissa. »Sie war genau wie ich ein Opfer der tuberkulösen Eileiterinfektion. Wir sind wegen Ihres Artikels hergeflogen und haben uns beim FCA in Brisbane nach Ihnen erkundigt. Dort hat man sich allerdings wenig hilfreich gezeigt.«

Dann berichtete ihm Marissa, was am Riff vorgefallen war, und erzählte ihm von ihrem Verdacht, daß Wendys Tod gar kein Unfall gewesen sei. »Und allmählich habe ich das Gefühl, daß ich auch in Gefahr schwebe«, fuhr sie fort. »Ich kann allerdings nicht behaupten, dafür einen Beweis zu haben.«

Tristan seufzte, schüttelte den Kopf, schob den Hut zurück und kratzte sich an der Stirn. »Das alles weckt bei mir schlimme Erinnerungen«, sagte er. »Aber vielleicht sollte ich Ihnen wirklich meine Geschichte erzählen, damit Sie wissen, womit Sie es zu tun haben. Kann sein, daß Sie dann nach Haus fliegen und sich nicht mehr darum kümmern. Aber die Erzählung wird einige Zeit in Anspruch nehmen. Und sie ist nur für Ihre Ohren bestimmt. Einverstanden?«

»Einverstanden«, sagte Marissa.

»Gut«, sagte Tristan. »Gehen wir rein und holen uns zwei Stubbies!«

Tristan ging mit ihr in die Kantine und begab sich sofort zur Küche. Das Personal war gerade dabei, nach dem Mittagessen sauberzumachen. Er bekam zwei eiskalte Biere aus dem Kühlschrank und brachte sie in den leeren Speisesaal. Mit einer Handbewegung lud er sie ein, an einem der an Picknicks erinnernden Tische Platz zu nehmen, entkorkte die Flaschen und reichte eine Marissa. Sie setzte sich ihm gegenüber.

»Gleich nach meiner Fachausbildung in Pathologie bekam ich eine Anstellung beim FCA«, sagte er nach einem langen Schluck. »Die Organisation machte einen großen Eindruck auf mich. Sie expandierte. Kurz nach meiner Einstellung erkrankte der Abteilungschef, wie er sich nannte, an Gelbsucht und mußte danach einen längeren Erholungsurlaub nehmen. Da wir nun nur noch zwei in der Abteilung waren, wurde ich plötzlich Chef.« Tristan lachte in sich hinein.

»Es dauerte nicht lange«, fuhr er fort, »und ich sah diese Fälle von granulomer Tuberkuloseinfektion, einen nach dem anderen. Ich wußte, daß so etwas ohne Beispiel war. Und da ich gerade erst meine Ausbildung hinter mir hatte, reizte mich die Aussicht auf eine wissenschaftliche Entdeckung. Ich muß zugeben, daß ich auch gern einen Artikel von mir in einer Fachzeitschrift sehen wollte. Daher war es mein eigener Entschluß, etwas über diese Fälle zu schreiben. Obwohl Tbc in Australien selten ist, tippte ich sofort auf Tuberkulose. Da wir gerade viele Einwanderer aus Südostasien hatten, wo Tbc noch weit verbreitet ist, hielt ich das für möglich. Doch ich mußte sichergehen, daß es wirklich Tbc war. Durch ausreichende Abstriche konnte ich eine Pilzerkrankung ausschließen. Pilze waren es auf keinen Fall. Ich suchte dann gründlich nach irgendwelchen Organismen, konnte aber keine finden. Da war es für mich klar, daß es sich um Tbc handeln mußte.«

»Konnten es keine Sarkome sein?« fragte Marissa.

»Sarkome waren es nicht«, sagte Tristan. »Alle Röntgenaufnahmen der Lungen verliefen negativ. Keine Patientin hatte geschwollene Drüsen oder Probleme an den Augen. Deshalb war ich überzeugt, daß es Tbc war. Allerdings hatte ich keine Ahnung, wie sie sich hatte verbreiten können. Aber dann gelangten mir besondere Vorgänge in der Klinik zur Kenntnis. Ungefähr ein Jahr, bevor ich mit diesen Fällen zu tun hatte, waren chinesische Techniker und Sicherheitskräfte zu uns gestoßen. Sie absolvierten irgendein subventioniertes Rotationsprogramm. Ich war der Meinung, die Klinik bildete die Techniker in der In-Vitro-Fertilisation aus und schickte sie dann wieder nach Hongkong, woher sie, wie ich annahm, gekommen waren. Aber ich war mir dessen nicht sicher. Sie kamen immer zu zweit und blieben nicht lange. Immer nur ein paar Monate. Manche konnten nicht einmal englisch sprechen. Doch die Erwägung, daß sie aus Hongkong kamen, wo es einen bedeutende Immigration von *boat people* gegeben hatte, brachte mich auf die Idee, daß sie etwas mit dem plötzlichen Ansteigen von Fällen tuberkulöser Eileiterinfektion zu tun haben könnten.«

Marissa dachte an die beiden Chinesen in der Frauenklinik und fragte: »Wohin gingen sie denn nach ihrer Ausbildung?«

»Da habe ich keine Ahnung«, gab Tristan zu. »Ich nahm damals an, nach Hongkong zurück. Mich interessierte das auch nicht. Jedenfalls nicht, bevor ich mit der Untersuchung dieser Tbc-Fälle begann. Da wurde ich allerdings neugierig. Ich ersuchte um ein Gespräch mit Charles Lester, dem Direktor der Klinik, und fragte ihn nach den Chinesen. Er antwortete mir, das unterliege der Geheimhaltung. Er wollte mir nur sagen, daß es etwas mit der Regierung zu tun habe!«

Achselzuckend fuhr Tristan fort: »Was sollte ich tun? Ich fragte noch ein paar andere Leute, aber sie schienen alle darüber nichts sagen zu wollen. Dann passierte es, daß zwei Chinesen in einen schweren Autounfall verwickelt wurden. Einer fand dabei den Tod, der andere mußte ins Krankenhaus. Man behandelte ihn stationär im FCA. Es war der einzige männliche Patient, den es dort je gegeben hatte. Ich machte es mir zum Grundsatz, den Burschen ständig zu besuchen, praktisch jeden Tag. Das war nicht viel, aber es reichte. Er hieß Chan Ho. Ohne daß jemand es merkte, untersuchte ich ihn auf Tbc. Zu meiner Enttäuschung verlief der Test negativ, was meine Theorie ins Wanken brachte. Dann erfuhr ich, daß er so eine Art von buddhistischem Mönch war. Während seiner Studien hatte er auch Kampfsportarten erlernt. Das erregte mein Interesse. Denn das war mein Lieblingssport, seitdem ich den Wallabys bis zum Knie gereicht hatte. Als der Bursche aus dem Krankenhaus entlassen wurde, lud ich ihn in meine Sporthalle ein. Dort stellte sich heraus, daß er ein unglaublich guter Kung-fu-Kämpfer war.«

Bei diesen Worten erinnerte sich Marissa an den Chinesen im grauen Anzug, der Paul Abrums durch einen geschickten Fußtritt die Waffe aus der Hand geschlagen hatte.

»Dann kam ich dahinter, daß Chan gern Bier trank. Das hatte er erst in Australien kennengelernt. Jedenfalls sagte er mir das. Ich merkte, daß ein paar gute australische Biere seine Zunge lösten, was für mich wirklich überraschend kam. So kriegte ich heraus, daß er gar nicht aus Hongkong stammte, sondern aus einer Stadt in der Gegend von Guangzhou in der Volksrepublik China.«

»Er stammte aus dem kommunistischen China?« fragte Marissa erstaunt.

»Das hat er mir jedenfalls gesagt«, bestätigte Tristan. »Hat mich auch überrascht. Anscheinend war er über

Hongkong gekommen — illegal, möchte ich hinzufügen. Eines Abends gelang es mir, ihn so richtig unter Strom zu setzen ...«

»Sie haben ihn wütend gemacht?« fragte Marissa verblüfft.

»Nein, sturzbetrunken«, sagte Tristan. »Da kam er vollends mit der Sprache heraus. Er erzählte mir, er sei in der Volksrepublik China Mitglied einer Geheimgesellschaft gewesen, einer Organisation, die Kampfsportarten betrieb und sich Weißer Lotus nannte. Und wegen seiner Kenntnisse in diesen Kampfsportarten, sagte er, habe ihn eine der Hongkong-Triaden, die Wing Sin heißt, aus China herausgeholt. Bezahlt wurde das Unternehmen offenbar vom FCA. Nach seinen Worten mußte ich annehmen, daß eine Menge Geld dafür aufgewendet worden war, um ihn und seinen Begleiter hierher nach Australien zu schmuggeln.«

»Aber warum?« fragte Marissa. Tristans Geschichte führte in eine völlig unvorhergesehene Richtung. Das alles hatte doch kaum noch etwas mit Tbc zu tun.

»Ich hatte keine Ahnung«, sagte Tristan. »Aber nun wurde ich erst richtig hellhörig. Die Sache schien nach irgendeinem sonderbaren Programm abzulaufen, zumal auch die Regierung daran beteiligt gewesen sein sollte. Ich dachte an alles mögliche, zum Beispiel, daß es mit der im Jahre 1997 erfolgenden Übergabe Hongkongs an China im Zusammenhang stehen könne.«

»Aber In-Vitro-Fertilisation ist doch wohl das letzte, was man im kommunistischen China nötig hat«, sagte Marissa.

»Als ob ich das nicht wüßte!« sagte Tristan. »Die Sache ergab für mich überhaupt keinen Sinn. Wieder horchte ich mich diskret in der Klinik um, konnte aber immer noch keinen finden, der mir etwas über diese Besucher verriet, und schon gar nicht in der Verwaltung. Ich sprach auch noch einmal mit dem Direktor, der mich aber nur ermahnte, die Hände davon zu lassen. Hätte ich seinen Rat doch befolgt!«

Tristan trank mit zurückgelegtem Kopf sein Bier aus. Dann stand er auf und fragte Marissa, ob sie noch eins wolle. Sie hatte ihres noch gar nicht ausgetrunken und schüttelte den Kopf. Während Tristan wieder in die Küche ging, ließ sie sich seine Erzählung durch den Kopf gehen. Es war sicherlich eine eigenartige Geschichte. Aber deswegen war sie doch wohl kaum nach Australien gekommen.

Tristan kam mit einem frischen Bier zurück und nahm wieder Platz. »Ich weiß, daß das alles verrückt klingt«, sagte er. »Aber von einem war ich überzeugt: Wenn ich herauskriegen könnte, warum die Chinesen hier waren, würde ich auch die Erklärung für die Fälle von tuberkulöser Eileiterinfektion finden. Das mag sich merkwürdig anhören, aber daß sich beides zur gleichen Zeit ereignete, konnte nach meiner Ansicht kein Zufall sein. Und ungeachtet dessen, ob in China nun ein Bedarf an den Techniken der künstlichen Befruchtung bestand oder nicht, glaubte ich, daß die Chinesen hier die entsprechende Ausbildung erhielten. Denn wenn sie sich in der Klinik aufhielten, dann waren sie immer im In-Vitro-Labor.«

»Meinen Sie nicht, es könnte andersherum gewesen sein?« fragte Marissa. »Vielleicht haben die Chinesen gar keine Informationen erhalten, sondern selber Kenntnisse vermittelt.«

»Das bezweifle ich«, sagte Tristan. »Moderne medizinische Techniken gehören nicht gerade zu Chinas starken Seiten.«

»Immerhin steht doch fest«, sagte Marissa, »daß das FCA gerade in dieser Zeit ein plötzliches Ansteigen der Erfolgsquote bei künstlicher Befruchtung verzeichnen konnte.

Das habe ich in der medizinischen Abteilung der Universitätsbibliothek gelesen.«

»Ich habe mich viele Stunden lang mit Chan Ho unterhalten. Daher weiß ich, daß er unmöglich zu unseren technischen Kenntnissen beigetragen haben kann.«

»Und was war mit seinem Begleiter?« fragte Marissa. »Mit dem, der bei dem Unfall ums Leben kam?«

»Ich habe Chan bei vielen Gelegenheiten nach ihm befragt«, sagte Tristan, »aber er weigerte sich, über ihn zu sprechen. Ich erfuhr nur, daß er kein Experte in Kampfsportarten war wie Chan.«

»Vielleicht war er ein Akupunkturarzt«, sagte Marissa, »oder ein Kräuterheilkundiger.«

»Möglich«, sagte Tristan. »Aber ich kann Ihnen versichern, daß man beim FCA die Akupunktur nicht in das IVF-Programm einbezog. Chan brachte mich eher auf den Gedanken, daß er sich für seinen Kollegen verantwortlich fühlte. Er hatte nämlich Angst, er würde nach dem Tod dieses Burschen nach China zurückgeschickt werden.«

»Hört sich so an, als sei der Kollege der wichtigere von den beiden gewesen«, sagte Marissa. »Vielleicht hat er irgendwelche Kenntnisse oder Fähigkeiten vermittelt.«

»Das zu glauben, fällt mir schwer«, sagte Tristan. »Es waren nämlich alles recht primitive Burschen. Ich habe vielmehr an Rauschgift gedacht.«

»Wie denn das?« fragte Marissa.

»Heroinschmuggel«, sagte Tristan. »Ich weiß, daß Hongkong die Welthauptstadt für den Umschlag von Heroin aus dem Goldenen Dreieck in die übrige Welt ist. So erklärte ich mir diese geheimnisvollen Aktivitäten mit Heroinschmuggel, um so mehr, als Tbc im Goldenen Dreieck weit verbreitet ist.«

»Dann wären diese Chinesen-Duos also Kuriere gewesen?« fragte Marissa.

»Ja, das habe ich angenommen«, sagte Tristan. »Vielleicht auch nur der andere, der keine Kampfsportarten beherrschte. Aber ich war mir meiner Sache nicht sicher. Immerhin war es das einzige, was erklärte, warum so viel Geld im Spiele war.«

»Was bedeutet, daß das FCA im Rauschgifthandel tätig sein muß«, sagte Marissa, die an den auffallenden Reichtum der Klinik denken mußte. Dies verlieh dem, was Tristan sagte, eine gewisse Glaubwürdigkeit. Aber wenn es der Fall war, wie paßte dann die tuberkulöse Eileiterinfektion ins Bild?

»Ich faßte den Plan, Ermittlungen anzustellen«, sagte Tristan. »Ich wollte meinen nächsten Urlaub dazu benutzen, um nach Hongkong zu fliegen und, wenn nötig, die Spur bis nach Guangzhou zurückzuverfolgen.«

»Und wie kam es, daß Sie dann anderen Sinnes wurden?« fragte Marissa.

»Zwei Dinge geschahen«, antwortete Tristan. »Erstens kam der Chef der Pathologie zurück, und zweitens erschien mein Artikel im *Australischen Journal für Infektionskrankheiten*. Ich glaubte schon, durch die Beschreibung eines neuen klinischen Syndroms in der Fachwelt berühmt zu werden. Doch statt dessen wurde es mein schwerster Rückschlag. Wie gesagt, habe ich den Inhalt des Artikels nie mit der Verwaltung abgestimmt. Na, die haben vielleicht verrückt gespielt! Sie verlangten von mir einen Widerruf des Artikels. Aber da machte ich nicht mit. Vielmehr setzte ich mich aufs hohe wissenschaftliche Roß und muckte gegen das System auf.«

Marissa kam nun zur Kernfrage. »Die Fälle in Ihrem Artikel betrafen also echte Patientinnen? Sie haben sie nicht erfunden?«

»Selbstverständlich habe ich sie nicht erfunden«, sagte Tristan empört. »Ich bin doch kein komplett verrückter

Aussie. Doch so haben sie die Sache dann dargestellt. Aber es war gelogen.«

»Charles Lester sagte uns, Sie hätten sich alles aus den Fingern gesogen.«

»Dieser verlogene Schweinehund!« zischte Tristan. »Sämtliche 23 Fälle in dem Artikel bezogen sich auf echte Patientinnen. Dafür verbürge ich mich. Aber es überrascht mich nicht, daß er Ihnen da eine andere Version erzählt hat. Man hat mich ja auch zwingen wollen, dasselbe zu sagen. Aber ich weigerte mich. Dann kamen Drohungen. Leider schenkte ich ihnen keine Beachtung, nicht einmal, als sie auch auf meine Frau und meinen zweijährigen Sohn ausgedehnt wurden. Dann verschwand Chan Ho, und nun wurde es erst richtig schlimm. Mein Pathologiechef schrieb an das Journal, ich hätte die Daten manipuliert. Damit war der Artikel offiziell in Mißkredit gebracht. Bald darauf legte mir jemand Heroin ins Auto, die Polizei bekam einen anonymen Tip und fand das Zeug. Und nun machte man mir das Leben zur Hölle. Ich wurde wegen Rauschgiftverbrechens unter Anklage gestellt. Meine Familie wurde eingeschüchtert und gequält. Und ich benahm mich wie ein Idiot, bestritt alles und forderte die Klinik auf, die Nichtexistenz der Patientinnen, deren Namen ich aufbewahrt hatte, zu beweisen. Berauscht von idealistischen Träumen, gab ich nicht nach. Jedenfalls nicht, bevor meine Frau ums Leben kam.«

Marissa wurde aschgrau im Gesicht. »Was war geschehen?« fragte sie, obwohl sie sich vor der Antwort fürchtete.

Tristan sah einen Augenblick in sein Bier und trank dann einen Schluck. Als er Marissa wieder ansah, standen Tränen in seinen Augen. »Angeblich war es ein Raubüberfall«, sagte er mit stockender Stimme. »Etwas, das in Australien nicht sehr häufig passiert. Sie wurde niedergeschlagen und ihrer Handtasche beraubt. Dabei erlitt sie einen Genickbruch.«

»O nein!« rief Marissa.

»Nach offizieller Lesart zog sie sich den Genickbruch durch den Sturz auf das Straßenpflaster zu«, sagte Tristan. »Ich glaubte jedoch, er sei durch einen Kung-fu-Tritt erfolgt, konnte das aber nicht beweisen. Doch nun machte ich mir schreckliche Sorgen um meinen Sohn. Da ich einem Prozeß entgegensah und wußte, daß ich ihn nicht schützen konnte, schickte ich Chauncey zu meinen Schwiegereltern nach Kalifornien.«

»Ihre Frau war Amerikanerin?« fragte Marissa.

Tristan nickte. »Wir haben uns kennengelernt, als ich als Assistenzarzt in San Francisco war.«

»Was geschah bei dem Prozeß?« fragte Marissa.

»In den meisten Anklagepunkten wurde ich freigesprochen«, sagte Tristan. »Aber nicht in allen. Ich verbüßte eine kurze Zeit im Gefängnis und mußte dann einige Arbeiten für das Gemeinwohl leisten. Beim FCA wurde ich natürlich gefeuert. Ich verlor meine Lizenz als Facharzt, durfte aber weiter als praktischer Arzt arbeiten. Und ich flüchtete hierher ins Outback.«

»Ihr Sohn ist noch in den Staaten?« fragte Marissa.

Tristan nickte. »Ich will ihn erst dann zurückholen, wenn ich sicher bin, daß alles vorbei ist.«

»Was Sie alles durchmachen mußten!«

»Hoffentlich nehmen Sie sich das zu Herzen«, sagte Tristan. »Wahrscheinlich haben Sie recht, wenn Sie annehmen, daß der Tod Ihrer Freundin kein Unglücksfall gewesen ist. Und wahrscheinlich haben Sie auch recht, wenn Sie glauben, daß Ihr eigenes Leben jetzt bedroht ist. Sie sollten Australien lieber verlassen.«

»Ich glaube nicht, daß ich das jetzt noch darf«, sagte Marissa.

»Begehen Sie nicht die gleiche Dummheit wie ich!« sagte Tristan. »Sie haben bereits Ihre Freundin verloren. Bleiben Sie nicht stur! Vergessen Sie Ihre Ideale! Hinter all dem verbirgt sich eine sehr große und sehr bedrohliche Macht. Vermutlich sind da organisierte chinesische Verbrechen und Heroin mit im Spiel. Das ist eine tödliche Verbindung. Wenn vom organisierten Verbrechen die Rede ist, denken die Leute immer an die Mafia. Aber die Mafia ist im Vergleich mit dem chinesischen Syndikat eine Truppe von Pfadfindermädchen. Was auch immer dahinterstecken mag, mir ist klar geworden, daß ich nicht auf eigene Faust Ermittlungen führen kann. Und Sie sollten das auch nicht tun.«

»Wie könnte denn das organisierte chinesische Verbrechen mit der tuberkulösen Eileiterinfektion in Zusammenhang stehen?« fragte Marissa.

»Ich habe nicht die leiseste Ahnung«, sagte Tristan. »Ich bezweifle auch, daß es einen direkten Kausalzusammenhang gibt. Es dürfte sich um einen unerwarteten Nebeneffekt handeln.«

»Wußten Sie, daß das FCA von einer australischen Holding-Gesellschaft kontrolliert wird, die außerdem auch alle Frauenkliniken in den Staaten kontrolliert?«

»Ja«, sagte Tristan. »Das war ja einer der Gründe, warum ich eine Stellung beim FCA angestrebt habe. Ich wußte, daß man, gestützt auf die IVF-Technologie, weltweit expandieren wollte.«

Marissa berührte Tristans Arm. Auch wenn sie einen sehr unterschiedlichen Verlust erlitten hatten, fühlte sie sich mit ihm durch ein tragisches Schicksal verbunden. »Ich danke Ihnen dafür, daß Sie sich mit mir unterhalten haben«, sagte sie leise. »Ich danke Ihnen, daß Sie so offen waren und mir Vertrauen entgegengebracht haben.«

»Hoffentlich hat das die gewünschte Wirkung erzielt«,

sagte Tristan. »Daß Sie nämlich sofort heimfahren. Sie müssen Ihren Kreuzzug aufgeben.«

»Ich glaube nicht, daß ich das darf«, sagte Marissa. »Nicht nach Wendys Tod und nicht nach all den Leiden, die diese tuberkulöse Eileiterinfektion bei mir und so vielen anderen Frauen zur Folge hatte. Jetzt bin ich so weit gekommen und habe dafür schon manches Risiko in Kauf genommen. Ich muß der Sache weiter auf den Grund gehen.«

»Ich kann Sie nur noch einmal darauf hinweisen, daß ich mich ähnlich verpflichtet gefühlt habe und dadurch mein Leben verpfuscht und meine Frau umgebracht habe«, sagte Tristan. Es hörte sich fast zornig an. Er wollte sie vor dieser großen Dummheit bewahren. Doch als er das entschlossene Glitzern in ihren Augen sah, wußte er, daß es vergeblich sein würde.

Seufzend fuhr er fort: »Langsam merke ich, daß Sie ein hoffnungsloser Fall sind. Wenn Sie unbedingt weitermachen müssen, dann kann ich Ihnen nur raten, Verbindung mit der Wing-Sin-Triade in Hongkong aufzunehmen. Vielleicht ist man dort bereit, Ihnen zu helfen — gegen Bezahlung. So hatte ich es vorgehabt. Aber ich muß Sie gleichzeitig davor warnen. Es wird gefährlich sein, denn die Hongkong-Triaden sind wegen ihrer Gewalttätigkeit berüchtigt, vor allem, wenn Heroin im Spiele ist. Die Geldsummen, die dabei verdient werden, sind astronomisch hoch. Allein das Heroin, das aus dem Goldenen Dreieck kommt, stellt jährlich einen Wert von über 100 Milliarden Dollar dar.«

»Warum kommen Sie dann nicht mit?« fragte Marissa. »Ihr Sohn ist in Amerika in Sicherheit. Warum verfolgen Sie dann nicht den Plan weiter, den Sie vor einigen Jahren gefaßt haben? Wir können es zusammen unternehmen.«

Tristan lachte laut auf. »Auf keinen Fall«, sagte er. »Sie brauchen gar nicht erst zu versuchen, mich umzustimmen. Meine Ideale habe ich schon vor zwei Jahren verloren.«

»Warum sollten sich eigentlich das FCA und die Frauenklinik auf Rauschgifthandel eingelassen haben?« fragte Marissa. »Nur um des Geldes willen? Wäre das Risiko für sie nicht zu groß?«

»Das ist eine gute Frage«, sagte Tristan. »Ich habe sie mir selber auch schon gestellt. Meiner Ansicht nach könnten sie Teil einer Geldwaschanlage sein. Für die Weiterführung ihrer weltweiten Expansionspläne braucht die Klinik sehr viel Kapital.«

»Demnach«, sagte Marissa, »wären die Chinesen, die aus der Volksrepublik kommen, entweder Geld- oder Rauschgiftkuriere oder beides.«

»Das nehme ich an«, sagte Tristan.

»Aber da komme ich wieder auf die Tuberkulose zurück«, sagte Marissa. »Wie paßt die ins Bild?«

Tristan zuckte die Achseln. »Wie gesagt, ich habe nicht auf alles eine Antwort. Ich halte es für einen unbeabsichtigten Nebeneffekt. Ich habe aber keine Ahnung, auf welchem Wege die Frauen sich angesteckt haben. Tbc wird normalerweise durch die Atemluft übertragen. Wie sie in die Eileiter gelangen konnte, geht über meine Vorstellungskraft.«

»So stellt man in der Medizin aber keine Diagnose«, sagte Marissa. »Sämtliche Symptome und Anzeichen müssen direkt zur Hauptdiagnose führen. Fast immer steckt eine Krankheit dahinter. Ich glaube, daß wir die Tbc als Mittelpunkt des Problems ansehen müssen.«

»Das ist Ihre Ansicht«, sagte Tristan. »Ich habe keine Erklärung für diese Entwicklung anzubieten.«

»Dann kommen Sie doch mit!« sagte Marissa bittend. »Sie haben bestimmt ebenso viel Grund, die Wahrheit herauszufinden, wie ich.«

»Nein«, sagte Tristan. »Darauf lasse ich mich nicht mehr

ein. Nicht noch einmal. In letzter Zeit habe ich mir überlegt, daß inzwischen genügend Zeit vergangen ist. Ich konnte eine Menge Geld zurücklegen. Es genügt, um meinen Sohn wieder zu holen und mich dann irgendwo ganz weit weg niederzulassen, vielleicht sogar in den Staaten.«

»Okay«, sagte Marissa. »Ich kann Sie verstehen.« Doch ihr Tonfall machte deutlich, daß sie ihn nicht verstand. »Nochmals vielen Dank dafür, daß Sie sich mit mir unterhalten haben.« Die beiden erhoben sich. Marissa reichte ihm die Hand, und Tristan schüttelte sie.

»Viel Glück!« sagte Tristan.

Als Marissa in die grelle Sonne hinaustrat, mußte sie blinzeln. Sie begab sich zu ihrem Wagen und schaute in den Staub. Der Gedanke an die Fahrt nach Windorah und an die sich morgen anschließende Odyssee nach Charleville war alles andere als angenehm.

So vorsichtig wie möglich stieg sie ein, um keinen Staub aufzuwirbeln. Sie ließ den Motor an und fuhr aus der Wilmington-Station. Unterwegs winkte sie einigen Stockmen zu, die an einem Stück des Zauns arbeiteten. Dann bog sie nach links ab und machte sich auf den Weg nach Windorah.

Auf der Fahrt durch die furchteinflößende Landschaft ließ sie sich alles durch den Kopf gehen, was Tristan ihr erzählt hatte. Über die tuberkulöse Eileiterinfektion hatte sie zwar nichts Neues erfahren, dafür vieles andere, was sie nicht erwartet hatte, und alles war sehr verstörend. Am meisten vielleicht die Andeutung, daß es beim Tod von Tristans Frau nicht mit rechten Dingen zugegangen sei. Falls Tristan damit recht hatte, konnte sich Marissa nur in ihrer Idee bestärkt fühlen, daß die beiden Männer mit den Fischködern die Haie absichtlich angelockt hatten. Und wenn das der Fall war, war auch ihr Leben in Gefahr.

Marissa fuhr halb im Unterbewußtsein. Ihre Gedanken drehten sich um die Frage, wie sie sich schützen könne. Leider kam sie auf keine besonders glänzende Idee. Wenn Unbekannte sie umbringen wollten, wie sollte sie sie dann überhaupt erkennen? Es war schwer, sich gegen Unerwartetes zu wappnen. Die Gefahr konnte jeden Augenblick eintreten.

Als sollten ihre Befürchtungen sich bewahrheiten, spürte Marissa in diesem Augenblick ein seltsames Vibrieren. Zuerst dachte sie, jemand hätte etwas an ihrem Wagen angestellt. Sie blickte auf die Skalen und Zeiger am Armaturenbrett. Alles normal. Doch aus dem Vibrieren wurde rasch ein ohrenbetäubender Krach.

In Panik umklammerte Marissa das Lenkrad. Sie mußte jetzt schnell handeln. Verzweifelt trat sie auf die Bremse und schlug das Lenkrad scharf links ein. Der Wagen schlitterte zur Seite. Einen Augenblick hatte Marissa das Gefühl, er würde sich überschlagen.

In dem Moment, da er ruckartig zum Halten kam, donnerte ein Flugzeug über sie hinweg, knapp drei Meter über dem Wagendach.

Da ahnte Marissa, daß die Leute, die Wendy umgebracht hatten, sie irgendwie aufgespürt hatten. Jetzt würden sie einen Unfall inszenieren, um sie endgültig loszuwerden.

Den Motor hatte sie abgewürgt. In hektischer Eile versuchte sie wieder zu starten. Durch die Windschutzscheibe konnte sie sehen, daß das Flugzeug eine Kurve machte, sich auf die Seite legte und dann wieder genau auf sie zukam. Aus der Entfernung sah es nicht größer als ein Insekt aus. Doch der Motorenlärm ließ schon ihren Wagen zittern.

Als der Motor schließlich ansprang, legte Marissa den Vorwärtsgang ein. Das Flugzeug war schon fast über ihr. Vor sich sah sie eine einsame Akazie. In einer verrückten Eingebung dachte Marissa, sie würde ihr Schutz bieten. Sie riß das Lenkrad nach rechts, um den Wagen auf der Straße zu stabilisieren, und trat dann aufs Gaspedal. Der Wagen schoß vor.

Das Flugzeug kam immer noch genau auf sie zu. Es flog nur noch drei Meter über dem Boden, immer die Straße entlang. Hinter der Maschine wirbelte der Staub über hundert Meter hoch in die Luft.

Sie merkte, daß sie es nicht mehr bis zu dem Baum schaffen würde, trat wieder auf die Bremse und legte die Arme schützend vor die Augen. Mit Donnergeheul raste die Maschine auf sie zu und wurde im letzten Augenblick hochgerissen. Als sie über Marissa hinwegraste, erbebte der ganze Wagen.

Marissa schlug die Augen auf und trat das Gaspedal bis zum Anschlag durch. In Sekundenschnelle brachte sie den Wagen von der Straße unter die Akazie. Hinter sich hörte sie das Flugzeug zurückkommen.

Sie drehte sich um, in der Erwartung, das Flugzeug käme wieder auf sie zu. Doch statt dessen flog es jetzt parallel zur Straße. Als es an ihr vorbeikam, setzten gerade die Laufräder auf. Das grelle, hohe Dröhnen wurde zu einem tiefen Brummen. In diesem Augenblick erkannte Marissa die Maschine. Der Pilot war Tristan Williams!

Zunächst erleichtert, dann aber mit einsetzender Verärgerung sah Marissa, wie die Maschine ausrollte, eine Drehung beschrieb und dann zurückfuhr. Als sie in Höhe ihres Wagens war, machte sie eine neue Drehung, so daß sie in der gleichen Richtung stand wie sie. Dann wurden die Motoren abgestellt, und Tristan sprang aus der Kabine.

Den Hut verwegen aus der Stirn geschoben, kam er auf Marissa zu. »Marissa Blumenthal!« sagte er. »Na so was! Daß ich Sie hier treffe!«

»Sie haben mich zu Tode erschreckt«, sagte sie erbittert.

»Und Sie haben es nicht anders verdient«, erwiderte er mit gleicher Heftigkeit. Dann lächelte er. »Vielleicht bin ich auch ein bißchen verrückt. Aber ich mußte Ihnen doch mitteilen, daß ich es mir anders überlegt habe. Vielleicht bin ich es dem Andenken meiner Frau schuldig. Vielleicht auch mir selber. Jedenfalls ist es so: ich habe noch Urlaub zu beanspruchen, habe einen Haufen Bargeld, fliege mit Ihnen nach Hongkong, und dann wollen wir mal sehen, ob wir der Sache auf den Grund kommen.«

»Wirklich?« fragte Marissa. »Ist das ganz sicher?«

»Treiben Sie es nicht so weit, daß ich mich noch einmal besinne!« warnte Tristan sie. »Ich konnte Sie doch unter diesen Umständen nicht allein nach Hongkong abrauschen lassen. Dann hätte ich mich schuldig gefühlt, und ich habe schon genügend Schuldgefühle. Die reichen fürs ganze Leben.«

»Sie können sich gar nicht vorstellen, wie ich mich freue«, sagte Marissa.

»Freuen Sie sich nicht zu früh!« sagte Tristan. »Ich kann Ihnen versichern, daß es kein normaler Urlaub sein wird. Es wird nicht leicht werden, aber bestimmt gefährlich. Sind Sie sicher, daß Sie das mit mir durchziehen wollen?«

»Gar keine Frage«, sagte Marissa. »Besonders jetzt!«

»Wo wollen Sie im Augenblick hin?« fragte Tristan.

»Ich übernachte im Hotel Western Star«, sagte Marissa. »Und morgen früh wollte ich mich auf den Weg nach Charleville machen.«

»Ich mache Ihnen einen Vorschlag«, sagte er. »Sie fahren zum Western Star und warten dort auf mich. Ich muß noch eine andere Station besuchen, und dann hole ich Sie dort ab. Wenn Sie den Mut aufbringen, in meiner KingAir mitzufliegen, kann ich veranlassen, daß Ihr Mietwagen nach Charleville zurückgebracht wird.«

»Ich würde alles tun, um nur nicht mit dem Wagen von Windorah nach Charleville fahren zu müssen«, sagte Marissa.

Tristan tippte an seinen Hut. »Auf Wiedersehen im Western Star.« Dann drehte er sich um und ging zu seiner Maschine zurück.

»Tris!« rief Marissa.

Er drehte sich um.

Marissa errötete. »Ich darf doch Tris zu Ihnen sagen?« fragte sie.

»Sie können alles zu mir sagen, was Sie wollen«, erwiderte Tristan. »Hier im Lande Oz ist selbst der Ausdruck Schweinehund lieb gemeint.«

»Ich wollte mich nur noch bei Ihnen dafür bedanken, daß Sie mich aus freien Stücken nach Hongkong begleiten wollen«, sagte Marissa.

»Wie gesagt, Sie sollten sich lieber nicht zu früh dafür bei mir bedanken«, sagte Tristan. »Warten Sie ab, bis Sie merken, worauf wir uns eingelassen haben! Sind Sie schon mal in Hongkong gewesen?«

»Nein«, sagte Marissa.

»Nun, dann werfen Sie noch einen Abschiedsblick auf die Kookaburrahs! Hongkong ist das absolute Gegenteil vom australischen Outback. Es ist eine Großstadt, die außer Rand und Band geraten ist, besonders seitdem bekannt ist, daß sie '97 an die Volksrepublik China übergeben wird. Sie ist ziemlich aus den Fugen und wird vom Geld, ganz allein vom Geld regiert. In Hongkong steht alles zum Verkauf, auch das Leben. Und in Hongkong ist ein Menschenleben billig. Das meine ich ernst. Es ist kein Klischee.«

»Allein wäre ich dort bestimmt nicht zurechtgekommen«, sagte Marissa.

Tristan sah sie an. »Da bin ich nicht so sicher«, sagte er. »Sie haben den Eindruck auf mich gemacht, daß Sie mehr Mumm und Entschlossenheit aufbringen, als üblich ist.« Mit einem abschiednehmenden Lächeln wandte Tristan sich seinem Flugzeug zu.

Bald dröhnten wieder die Motoren, und der Propeller ließ ganze Staubfontänen aufsteigen. Noch einmal winkte Tristan ihr zu. Dann löste er die Bremse. Die KingAir setzte sich in Bewegung und stieg zur gleißenden Sonne empor.

13

10. April 1990

7.15 Uhr morgens

»Zeit zum Aufstehen!« rief eine Stimme und riß Marissa aus einem betäubungsähnlichen Schlaf. »Gleich beginnt die Williams-Fernosttour, und zwar mit einem echten Stockman-Frühstück.«

Blinzelnd schlug Marissa die Augen auf. Tristan stand am Fenster und zog die Vorhänge auf. Schwache frühmorgendliche Sonne fiel ins Zimmer.

»Los jetzt!« sagte Tristan. Er kam an ihr Bett und zog an der Decke. Erschrocken hielt Marissa sie fest. Tristan lachte und machte dann auf den Hacken kehrt. »Ich erwarte Sie in einer halben Stunde im Frühstückszimmer«, sagte er, ging hinaus und schloß die Tür hinter sich.

Marissa ließ den Blick durchs Zimmer schweifen. Es war das Gästezimmer in Tristans kleinem Haus am Stadtrand von Charleville. Ein Dachzimmer mit einer hübschen geblümten Tapete. Das Bett war aus Schmiedeeisen und mit einem tröstlichen kleinen Guckloch darüber.

Nachdem Tristan ihr versprochen hatte, sie nach Hongkong zu begleiten, hatten sie keine Zeit mehr verloren. Nach einem ruhigen Flug waren sie kurz vor Dunkelwerden in Charleville eingetroffen. Erst aus der Vogelperspektive konnte Marissa ermessen, in was für einem unermeßlichen, dürren Land sie sich befand. Sie hatte mal gelesen, Australien sei der älteste Kontinent der Erde. So sah er von oben auch aus.

Es hatte noch ein kleines Streitgespräch gegeben. Zuerst hatte Marissa nicht in Tristans Haus übernachten wollen. Doch er bestand darauf.

»Wenn Sie nicht einmal so viel Vertrauen zu mir haben, in meinem Gästezimmer zu übernachten, wie wollen Sie mir dann in Hongkong vertrauen?«

Am Ende hatte Marissa nachgegeben.

Der Abend war schnell vorübergegangen. Tristan war hauptsächlich mit Vorbereitungen für die Urlaubsreise beschäftigt. Er rief seinen Kollegen Bob Marlowe an und verabredete mit ihm, daß er seine dienstlichen Obliegenheiten übernehme.

Marissa hatte besser geschlafen als in den beiden vorhergehenden Nächten.

Widerwillig zog sie jetzt die Beine unter der Decke vor und stieg aus dem Bett.

Nach einem herzhaften Frühstück mit Haferflocken, Eiern und Würstchen traf Tristan noch einige letzte Vorbereitungen. Dazu gehörte auch der Gang zu seiner Bank. Dann fuhren sie gemeinsam zum Flugplatz von Charleville und gingen an Bord einer Passagiermaschine der West Air nach Brisbane.

In Brisbane mußten sie zu einem anderen Flugplatz fahren, um den 11.15-Uhr-Flug der Qantas Air nach Hongkong zu erreichen. Bevor sie durch die Paßkontrolle gingen, nahm Marissa Tristan beiseite und eröffnete ihm, daß der Polizeiinspektor ihr die Auflage erteilt hatte, Hamilton Island vorläufig nicht zu verlassen.

»Was ist, wenn sie mich anhalten?« fragte sie. »Wenn sie mich vielleicht sogar festnehmen?«

»Kommen Sie schon!« sagte Tristan lachend. »Sie glauben doch nicht ernsthaft, daß die Royal Police so viel Einfluß hat, oder?«

Der uniformierte Beamte in dem Verschlag der Paßkontrolle sah sie kaum an.

Der Flug verlief ruhig und friedlich. Wieder einmal staunte Marissa über den riesigen Pazifik. Bis zu dieser Reise hatte sie keine Vorstellung davon gehabt, wie groß der Ozean war. Als eindeutigen Beweis dafür, wieviel besser sie sich jetzt fühlte, da sie auf Tristan zählen konnte, fiel sie bald in Schlaf.

Fahrplanmäßig setzten die Lauträder des Qantas-Jets rumpelnd um 5.43 Uhr nachmittags auf dem Flughafen Kai Tac auf, und Marissa hatte zum ersten Mal Gelegenheit, einen Blick auf Hongkong zu werfen. Trotz des Zwecks der Reise spürte sie, wie ein Schauer der Vorfreude sie durchlief.

Aus der Luft hatte die Kronkolonie wie eine friedliche Ansammlung bewaldeter Felseninseln im smaragdgrünen Meer ausgesehen. Aber von der Landebahn des Flughafens bot sie einen ganz anderen Anblick. Jenseits des unglaublich belebten Hafens mit seinen vielen schaukelnden Schiffen wirkte Hongkong ausgesprochen weltstädtisch, wie eine futuristische Stadt mit Wolkenkratzern aus Beton, Stahl und Spiegelglas. Schon durchs Flugzeugfenster spürte Marissa das geheimnisvoll exotische Wesen dieser geschäftigsten und reichsten fernöstlichen Stadt.

Die Formalitäten auf dem Flughafen waren schnell erledigt. Während sie am Gepäckkarussell auf ihren »Swag« warteten, wie Tristan es nannte, sprach sie ein Vertreter des Hotels Peninsula an, in dem Tristan zwei nebeneinanderliegende Zimmer bestellt hatte. Zu Marissas Überraschung geleitete er sie aus der Ankunftshalle zu einem wartenden Rolls-Royce.

»Ist das nicht ein wenig protzig?« fragte Marissa, als sie vom Flughafen abfuhren. »Das muß ja ein Traumhotel sein.«

»Und warum denn nicht?« sagte Tristan. »Kennt ihr Yanks nicht die Redensart: ›Hier kommt man so schnell nicht wieder her‹? Ich habe Urlaub. Mein erster Urlaub nach Jahren. Und ich habe die Absicht, ihn ausgiebig zu genießen, auch wenn wir zu einem ernsten Zweck hier sind.«

Marissa fragte sich, was Tristan wohl sagen würde, wenn er die Rechnung zu Gesicht bekam.

Rasch geriet der Wagen des Hotels in den Rush-hour-Verkehr. So etwas hatte Marissa noch nicht erlebt. Sie war entsetzt, als der Fahrer sagte, heute sei weniger los als sonst.

Selbst in dem stillen Inneren der Rolls-Royce-Limousine war Marissa von dem lärmenden Durcheinander der Stadt schier überwältigt. Wie Tristan schon angedeutet hatte, war es hier so verschieden vom australischen Outback, daß sie meinte, auf einem anderen Planeten gelandet zu sein.

Sie standen im Stau mit Doppeldeckerbussen, Straßenbahnen, Privatautos, Fahrrädern, Motorrädern und Menschen, Menschen ohne Zahl. Als sie im Hotel ankamen, fühlte sich Marissa so erschöpft, als hätte sie den ganzen Weg zu Fuß zurückgelegt.

Aber sowie sich die Hoteltüren hinter ihnen schlossen, waren sie schon wieder in einer anderen Welt. Das große Foyer mit der vergoldeten Decke war in zurückhaltendem, aber doch luxuriösem Stil mit nur einem Hauch Fernost ausgestattet. Die einzigen störenden Geräusche verursachten hochhackige Schuhe, die auf dem polierten Marmorfußboden klapperten. Der melodiöse Klang eines Flügels trug wesentlich zu der eleganten Atmosphäre bei.

Die Empfangsformalitäten wurden mit einem Minimum an Aufregung abgewickelt. Ihre Pässe ließen sie dort. Ein Angestellter begleitete sie zu ihren nebeneinanderliegenden Zimmern im fünften Stock. Tristan bestand darauf, daß er die Verbindungstüren aufschloß, indem er Marissa erklärte, er wolle kein Risiko eingehen und im Notfall jederzeit ungehinderten Zugang haben.

Marissa trat zu Tristan ans Fenster. Von hier aus hatten sie einen atemberaubenden Blick auf den Hafen von Hongkong, in dem es von Schiffen jeder Art und Größe wimmelte. Tristan zeigte auf die grünweißen Fährboote, die sich auf dem Weg von und zur Insel Hongkong gegenseitig überholten. Dazu gab es Sampans und Dschunken mit anmutigen Schmetterlingssegeln. In der Mitte des Kanals hatten Leichter an den großen Frachtschiffen festgemacht. Auf Hochglanz getrimmte Barkassen pflügten durch das unruhige Wasser. Sogar ein großes Kreuzfahrtschiff bahnte sich langsam seinen Weg zur Anlagestelle am Ozeanterminal.

Das Gepäck traf rasch ein. Tristan gab dem Pagen ein Trinkgeld. Der verbeugte sich leicht, zog sich schweigend zurück und schloß die Tür hinter sich.

»So!« sagte Tristan und rieb sich die Hände. »Jetzt sind wir in Hongkong. Wie gefällt es Ihnen bisher?«

»Ich verstehe jetzt, was Sie gemeint haben, als Sie es mir beschrieben«, sagte Marissa. »Es ist ziemlich überwältigend.«

»Wie wäre es mit einer kleinen Erfrischung vor dem Abendessen?« schlug Tristan vor. Ohne ihre Antwort abzuwarten, hob er den Telefonhörer ab, rief die Zimmerbedienung an und bestellte Bier.

»Für mich nicht!« rief Marissa, bevor er aufgelegt hatte. Sie hatte in Australien für längere Zeit genügend Bier genossen.

»Ändern Sie die Bestellung in Champagner um!« sagte Tristan am Telefon. »Zwei Gläser.«

Marissa wollte Einspruch erheben, aber Tristan hatte schon aufgelegt.

»Mir ist nicht nach Feiern zumute«, sagte sie.

»Ach was, Marissa«, sagte Tristan, streckte sich auf dem Bett aus und warf den Hut wie eine fliegende Untertasse auf einen Lehnstuhl. »Seien Sie doch mal ein bißchen fröhlich! Sie sollten den Urlaub genauso genießen wie ich. Daran ist doch nichts Schlechtes.«

Aber Marissas Gedanken kreisten noch immer um Wendys Tod. Wie sollte sie da den Urlaub genießen? »Ich möchte, daß wir gleich zur Sache kommen«, sagte sie. »Wie können wir mit der Wing-Sin-Triade Verbindung aufnehmen? Was machen wir als erstes?«

Bevor Tristan antworten konnte, klopfte es leise an die Tür. Er sprang aus dem Bett und machte die Tür weit auf. Ein Kellner mit weißen Handschuhen verbeugte sich und kam dann herein. Er trug ein Tablett mit einer Champagnerflasche im Kühler und zwei hochstieliger Gläsern.

»Das nenne ich gute Bedienung«, sagte Tristan bewundernd. »Habe noch nie erlebt, daß jemand so schnell auf eine Bestellung reagiert hat.« Er zeigte auf den Schreibtisch. »Dorthin, Kumpel, wenn es recht ist!«

Schweigend setzte der Kellner das Tablett ab, verbeugte sich wieder und ging rückwärts aus dem Zimmer.

In Windeseile hatte Tristan den Drahtverschluß am Flaschenhals entfernt. Dann ließ er den Korken knallen. Zu seiner Freude flog er an die Decke. Er füllte die Gläser, ging mit ihnen auf Marissa zu und reichte ihr eins.

Widerstrebend nahm Marissa das angebotene Glas entgegen.

Tristan hob sein Glas in Augenhöhe. »Auf unsere Detektivarbeit in Hongkong!« sagte er.

Dann stieß er mit Marissa an. Beide tranken.

»Wie das schäumt!« sagte Tristan. Dann drehte er sich zum Fenster um und zeigte nach draußen. »Sie haben noch gar nichts über die Aussicht gesagt. Was halten Sie davon?«

Marissa schaute auf die Berge der Insel Hongkong. »Es ist überwältigend schön«, sagte sie. Wie weiße Flecken standen Villen in dem dunklen Grün. Unten am Wasser und in verstärktem Maße auch an den Hügelhängen ragten moderne Hochhäuser auf, verschwenderische Zeugnisse von Hongkongs Macht als bedeutendes Wirtschaftszentrum.

»Es ist hier noch schöner, als ich es mir vorgestellt habe«, sagte Tristan.

Marissa stimmte ihm zu. Sie hatte nicht angenommen, daß hier alles so modern war. Doch dann wurde ihr erst bewußt, was Tristan gesagt hatte, und sie fragte: »Waren Sie denn noch nie hier?«

»Zum erstenmal«, sagte Tristan, der noch immer die Aussicht genoß.

»Aber wie Sie darüber gesprochen haben«, sagte Marissa, »mußte ich annehmen, daß Sie Hongkong kennen.«

»Viele meiner Freunde sind hier gewesen«, sagte Tristan. »Ich noch nicht. Aber ich habe eine Menge über die Stadt gehört und wollte schon immer mal herkommen. Hatte einfach bisher nicht die Gelegenheit dazu.«

Marissa warf noch einen Blick auf die Insel Hongkong. Sie war einesteils enttäuscht. Sie hatte sich darauf verlassen, daß Tristan Hongkong kannte. Das hätte die Ermittlungen beschleunigt.

»Na schön«, sagte Marissa. »Um auf meine Frage zurückzukommen: Was tun wir als erstes, um mit der Wing-Sin-Triade Verbindung aufzunehmen?«

»Weiß ich nicht«, sagte Tristan. »Das müssen wir uns jetzt überlegen.«

»Einen Moment«, sagte Marissa und stellte ihr Glas ab. »Soll das heißen, daß Sie noch keinen Plan für die Kontaktaufnahme mit dieser Wing-Sin-Triade haben?«

»Noch nicht«, sagte Tristan. »Aber da es eine so große Organisation ist, kann ich mir kaum vorstellen, daß das irgendwelche Schwierigkeiten machen sollte.«

»Das ist doch die Höhe!« sagte Marissa. »Jetzt kommen Sie damit heraus, daß Sie noch nie hier waren und nicht wissen, wie Sie mit den Leuten von der Triade Verbindung aufnehmen sollen! Was sollen wir denn tun? Auf die Straße gehen und die Passanten befragen?«

»Wir tun, was getan werden muß«, sagte Tristan.

Marissa sah ihn ungläubig an. Allmählich hatte sie ihre Zweifel an ihrem neuen Verbündeten.

»Aber als erstes gehen wir zum Essen aus«, sagte Tristan. »Ich rufe unten an und erkundige mich beim Geschäftsführer nach einem echten chinesischen Restaurant.«

»Tun Sie das!« sagte Marissa.

Sie ging duschen und zog sich dann um. Als sie damit fertig war, hatte sie weitgehend ihre Seelenruhe wiedergewonnen, war aber noch ärgerlich auf ihn. Sie fühlte sich hintergangen. Doch gleichzeitig war sie ihm dafür dankbar, daß er mitgekommen war, so daß sie nicht ganz allein auf sich gestellt war.

Zum Abendessen schickte sie der Geschäftsführer in ein »typisches« chinesisches Restaurant. Es war ein vierstöckiges Gebäude mit prächtiger, rot- und goldbemalter Fassade. Im Inneren gab es zahlreiche, von erlesenen Kristalllüstern erhellte Speisesäle. Wie auf den Straßen wimmelte es auch hier von Menschen.

Das quirlende Durcheinander stürzte Marissa und Tristan in nicht geringe Verwirrung. Überall waren Menschen. Geräuschvoll saßen sie in allen Räumen an langen Tischen. Man schien sich nur schreiend zu unterhalten. Das Ganze erinnerte Marissa eher an ein Stadion als an ein Restaurant. Trotz der späten Stunde hörte man aus allen Richtungen quäkende Säuglinge. Und über dem ganzen Krach erscholl aus verborgenen Lautsprechern schrille chinesische Musik.

Schließlich fanden Marissa und Tristan einen Tisch. Man

reichte ihnen große, in Gold und Purpur gebundene Speisekarten. Zu ihrem Leidwesen waren alle Speisen in chinesischen Schriftzeichen ohne englische Übersetzung aufgeführt. Sie versuchten, einen Kellner anzurufen, aber niemand nahm von ihnen Notiz. Schließlich kam einer. Zunächst gab er vor, kein Englisch zu sprechen. Dann schien er sich anders besonnen zu haben. Nun sprach er doch englisch, war aber nur halb bei der Sache und erwies sich bei der Übersetzung als wenig hilfreich. Ungeachtet dieser Schwierigkeiten gaben Marissa und Tristan eine Bestellung auf.

Als der Kellner verschwunden war, schrie Marissa über den Lärm hinweg: »Haben Sie eine Ahnung, was wir kriegen werden?«

»Nicht die leiseste«, antwortete Tristan.

Eine normale Unterhaltung war bei dem Krach im Restaurant ausgeschlossen. Marissa und Tristan mußten sich damit begnügen, ihre Umgebung zu beobachten.

Kurz darauf wurde ihre Bestellung gebracht. Sie bestand aus einem brutzelnden Wok-Topf mit undefinierbarem geringeltem Gemüse, einem Korb voll Mehlklößen, Meeresfrüchten in dunkler, salziger Soße, mehreren Reisschüsseln und fetten Geflügelkeulen. Dazu gab es eine Kanne voll grünem Tee.

Am meisten überraschte es sie aber wohl, daß das Essen köstlich schmeckte. Obwohl sie auch hinterher nicht genau wußten, was sie gegessen hatten, hatte es ihnen vortrefflich gemundet.

Danach verließen sie das lärmerfüllte Restaurant und traten auf die Straße. Seit der Rush-hour hatte der Verkehr noch kaum nachgelassen. Sie waren jetzt auf der Festlandseite von Hongkong, in Kowloon, und zwar im Bezirk Tsim Sha Tsui. Statt ein Taxi zu nehmen, beschlossen sie, zu Fuß ins Hotel zurückzugehen.

Die Stadt erstrahlte in Farben und Lichtern. Die großen Neonreklamen erstreckten sich über zwei Stockwerke hinweg. Alle Läden hatten noch geöffnet. In den Schaufenstern standen Panasonic-Rundfunkgeräte, Walkmans von Sony, Kameras, Videorecorder und Fernsehapparate. Jede dritte Haustür führte in eine Kellerbar oder einen Nachtklub. Musik dröhnte. Attraktive Chinesinnen mit runden Gesichtern in engen Kleidern nach chinesischem Schnitt grüßten mit schüchternem Lächeln. Außer dem Lärm und dem farbigen Schauspiel drangen die verschiedenartigsten Gerüche auf Marissa ein: ein kräftiges Gemisch aus Speisen, kochendem Öl, Weihrauch und Dieselabgasen.

In dem erdrückenden Menschengewimmel blieben Marissa und Tristan dicht beieinander und konnten so auch eine Unterhaltung führen.

Als sie vor einer roten Ampel stehenbleiben mußten, sagte Tristan auf einmal: »Jetzt habe ich eine Idee, wie wir Verbindung zur Wing-Sin-Triade aufnehmen können.«

»Wunderbar«, sagte Marissa. »Und wie lautet sie?«

»Der Geschäftsführer!« sagte Tristan mit dem wissenden Lächeln des Eingeweihten. »Diese Burschen kennen sich doch überall in der Stadt aus. Er wußte ja auch, wo man gut essen kann. Dann kennt er wahrscheinlich auch die Triaden.«

Marissa verdrehte die Augen. Nach ihrer Ansicht war das keine großartige Idee.

»Ich habe auch eine Idee«, sagte sie. »Sie hat aber nichts mit den Triaden zu tun. Es könnte uns weiterbringen, wenn wir eins der großen Krankenhäuser in der Stadt besichtigten. Da läßt sich feststellen, ob in der Kronkolonie zur Zeit Tbc grassiert. Wir können uns sogar erkundigen, ob sie Fälle von tuberkulöser Eileiterinfektion haben.«

»Gute Idee«, sagte Tristan.

Als sie im Hotel ankamen, wollte Tristan unbedingt sofort mit dem Geschäftsführer sprechen. Während sie noch auf ihn warteten, bekam Marissa Bedenken. Sich beim Geschäftsführer nach den Triaden zu erkundigen, kam ihr ungefähr so vor, als fragte man in einem New Yorker Hotel, wie man mit der Mafia in Verbindung treten könne. Mit einer Entschuldigung blieb sie am Empfangsschalter stehen, wo sie die Pässe abgegeben hatten, und begab sich dann quer durch das Foyer zu den Sitzgelegenheiten, um dort zu warten.

»Kann ich Ihnen helfen?« fragte der Geschäftsführer Tristan in tadellosem Englisch.

»Denke schon, Kumpel«, sagte Tristan. Er warf einen Blick über die Schulter, um sicherzugehen, daß ihnen niemand zuhörte. Dann beugte er sich vor. »Ich brauche eine vertrauliche Auskunft.«

Der Chinese wich etwas zurück und sah Tristan unangenehm berührt an. »Ich möchte mich mit jemandem aus der Wing-Sin-Triade unterhalten«, sagte Tristan.

»Von der habe ich noch nie gehört, Sir«, sagte der Geschäftsführer.

»Na, los doch!« sagte Tristan, nahm zwanzig Dollar aus der Tasche und legte sie auf den Schalter. »Ich bin deswegen extra von weit her gekommen.«

»Triaden sind in Hongkong verboten«, sagte der Geschäftsführer und schob Tristan das Geld zurück.

»Ob verboten oder nicht, interessiert mich eigentlich weniger«, sagte Tristan. »Ich will ja nur jemand von den Wing Sin sprechen. Ich brauche eine Auskunft und will auch gern dafür zahlen.«

»Ich bitte um Verzeihung«, sagte der Geschäftsführer, »aber über Triaden weiß ich nicht Bescheid.« Er schien nervös zu sein, vielleicht auch verärgert.

Tristan sah dem Geschäftsführer eine Weile prüfend ins Gesicht. Dann nickte er. »Okay, aber den Zwanziger lasse ich Ihnen vorläufig hier. Könnte ja sein, daß Ihnen noch was einfällt. Wir bleiben noch mehrere Tage.«

Der Geschäftsführer sah mißbilligend auf den Geldschein. Zwanzig Dollar waren nicht genug, um ein Risiko einzugehen. Was Trink- und Schmiergelder anging, waren Australier am geizigsten. Echte Barbaren.

Der Geschäftsführer blickte hoch und sah, wie der Mann quer durchs Foyer ging. Er traf sich mit einer dunkelhaarigen Weißen und steuerte dann die Bar an. Sobald die beiden außer Sichtweite waren, nahm der Geschäftsführer von einem seiner vielen Telefone den Hörer ab. Man hatte schon sehr viele sonderbare Bitten an ihn herangetragen, seit er im Peninsula arbeitete, aber dies war eine der ungewöhnlichsten.

Marissa ließ die Eiswürfel in ihrem Glas Mineralwasser herumwirbeln und lauschte Tristans Erinnerungen an seine Kindheit in einem Vorort von Melbourne. Es hörte sich wie eine Idylle an. Täglich fuhr er in einer grünen Straßenbahn und dann in einem roten Zug in die Innenstadt zu einer Privatschule nach englischem Muster. Er hatte eine Briefmarkensammlung und ging sonntags in die Kirche. Sein Vater war Lehrer.

»Es war ein behütetes Leben«, gab er zu. »Aber sehr angenehm. Bis auf den heutigen Tag spüre ich eine starke Sehnsucht nach seiner Einfachheit. Leider starb dann mein Vater. Er war nie besonders gesund gewesen. Auf einmal welkte er dahin und war tot. War nicht mal lange krank gewesen. Danach zogen wir von Melbourne nach Brisbane, wo die Eltern meiner Mutter im Gasthausgewerbe an der Goldküste beteiligt waren. So kam es, daß ich die Universität von Queensland besucht habe.«

Marissa war todmüde. Jetzt machte sich die Reise bemerkbar. Sie hörte Tristan gern zu, sehnte sich aber nach ihrem Bett. Außerdem dachte sie daran, daß sie Robert anrufen mußte. Als eine Pause im Gespräch eintrat, sagte sie daher: »Vielleicht sollten wir Schluß machen. Ich will auch meinen Mann noch anrufen und ihm sagen, daß ich jetzt hier bin.«

Marissa hatte Tristan von ihrer Kindheit in Virginia und ihrem Vater erzählt, der Chirurg gewesen war, und wie sie schließlich Medizin studiert hatte. Sie hatte auch Wert darauf gelegt, ihm von Robert zu erzählen, dabei aber geflissentlich jede Erwähnung ihrer augenblicklichen Eheprobleme vermieden.

»Ja, natürlich, Sie müssen ihn anrufen!« sagte Tristan und erhob sich. »Gehen Sie schon mal rauf! Ich komme bald nach. Ich dachte daran, vielleicht noch einen Taxifahrer nach der Wing-Sin-Triade zu fragen.«

Marissa fuhr im Fahrstuhl in den fünften Stock. Sie hatte den Zimmerschlüssel schon in der Hand. Doch in dem Augenblick, da sich die Fahrstuhltür öffnete, erschien wie aus dem Nichts der für das Stockwerk zuständige Zimmerkellner und schloß die Tür für sie auf. Sie wollte sich bei dem Mann bedanken, aber er hatte sich schon, ohne sie auch nur anzusehen, mit einer Verbeugung zurückgezogen.

Sobald sie im Zimmer war, rief sie Robert an. Da sie nicht genau wußte, wie lange ihr Geld noch reichen würde, hatte sie sich zu einem R-Gespräch entschlossen.

Er nahm es an und sagte: »Du hast Glück — ich wollte gerade ins Büro.«

»Hast du die Aktien verkauft?« fragte Marissa. Es war ihr eingefallen, als sie den Anruf gemacht hatte.

»Nein, ich habe die Aktien nicht verkauft«, gestand Robert. »Wann kommst du nach Haus? Und wo bist du überhaupt? Ich habe bei dir im Hotel angerufen und hörte, daß du ausgezogen bist.«

»Ich bin nicht mehr in Australien«, sagte Marissa. »Ich habe dich angerufen, um dir zu sagen, daß ich in Hongkong bin.«

»In Hongkong!« rief Robert. »Was zum Teufel treibst du denn in Hongkong?«

»Nur etwas Ermittlungsarbeit.«

»Marissa, das geht zu weit«, sagte Robert wütend. »Ich verlange, daß du nach Haus kommst. Verstehst du mich?«

»Ich werde es in Erwägung ziehen«, sagte Marissa. Damit antwortete sie ihm mit den gleichen Worten, mit denen er auf ihre Bitte nach einem Verkauf der Aktien geantwortet hatte. Dann legte sie auf. Es hatte keinen Zweck, sich mit ihm zu unterhalten. Er hatte sie nicht einmal gefragt, wie sie sich fühle.

Sie ging ans Fenster und sah hinaus. Auch im Dunkel der Nacht war Hongkong unbeirrt tätig. Es hätte ebensogut mitten am Tage sein können. Wie Glühwürmchen huschten die Lichter der zahlreichen Schiffe über die Wasseroberfläche. Jenseits des Hafens in Central auf der Insel Hongkong waren alle Fenster in den Bürohochhäusern hell erleuchtet, als wagten die Geschäftsleute es nicht, auch nur eine Stunde Pause zu machen. In Hongkong erfüllten sich die verführerischen Lockungen des Kapitalismus kraft menschlichen Einsatzes rund um die Uhr.

In diesem Augenblick hörte Marissa, wie eine Tür geschlossen wurde. Sie nahm an, es sei Tristan. Sekunden später klopfte es an der Verbindungstür. Marissa sagte ihm, er solle hereinkommen.

»Gute Nachricht, meine Liebe«, sagte Tristan aufgeregt. »Einer der weißen Portiers hat mir einen Tip gegeben. Er sagte, nicht weit von hier gebe es einen Ort, wo die Triaden uneingeschränkt das Sagen haben.«

»Wo?« fragte Marissa.

»In einem Gebiet, das die Eingemauerte Stadt genannt

wird«, sagte Tristan. »Sie ist nicht wirklich eingemauert, war es aber früher mal. Die Sung-Dynastie hat sie im 12. Jahrhundert als Festung erbaut. Im Zweiten Weltkrieg ließen die japanischen Besatzungstruppen die Mauern abreißen, um die Landebahn des Flughafens Kai Tac zu verlängern. Doch der springende Punkt an der Sache ist, daß sich die Engländer und die Chinesen nie darüber einigen konnten, wer jetzt die Hoheitsrechte ausüben soll. Seitdem existiert in diesem kleinen Gebiet eine Art von politischem Schwebezustand. Jedenfalls liegt sie gleich hier am Rand von Kowloon.«

»Sie sprechen wie ein Reiseführer«, bemerkte Marissa.

»Anscheinend steht das Gebiet in ziemlich schlechtem Ruf«, fuhr Tristan fort. »Der Portier meinte, wenn wir Verbindung zu Triaden aufnehmen wollten, wäre es günstig, damit in der Eingemauerten Stadt anzufangen. Was halten Sie davon, wenn wir mal hinfahren und es versuchen?«

»Jetzt?« fragte Marissa.

»Na, Sie hatten es doch immer so eilig«, sagte Tristan.

Marissa nickte. Das stimmte allerdings. Hinzu kam, daß ihr unbefriedigend verlaufenes Telefongespräch eine nervöse Energie in ihr entfacht hatte.

»Okay«, sagte sie. »Versuchen wir es!«

»So ist's recht«, sagte Tristan und griff nach seinem Hut. Gemeinsam gingen sie los.

Der chinesische Taxifahrer war nicht gerade begeistert, als sie ihm ihr Ziel nannten. »Kann nicht glauben, daß Sie zur Eingemauerten Stadt fahren wollen«, sagte er, als Marissa und Tristan schon hinter ihm in seinem Toyota saßen. »Das ist kein Ort für Touristen.«

»Aber wir gehen ja nicht als Touristen«, sagte Tristan.

»Die Eingemauerte Stadt ist eine Brutstätte des Verbrechens«, warnte der Taxifahrer. »Nicht mal die Polizei wagt sich da hinein.«

»Wir suchen ja auch nicht die Polizei«, sagte Tristan. »Wir suchen die Wing Sin.«

Widerwillig fuhr der Taxifahrer los. »Es geht ja um ihre Köpfe«, sagte er.

Vom Hotel aus bogen sie in die Nathan Road ein, wo sie in den Flitterglanz des Nachtlebens von Tsim Sha Tsui gerieten. Wie der Hafen war die Stadt auch jetzt noch so lebendig wie am Tage. Das Taxi bahnte sich einen Weg durch Schwärme von Fußgängern, Autos und Bussen. Über ihnen erleuchteten anreißerische Lichtreklamen den Nachthimmel. Große Spruchbänder mit riesigen chinesischen Schriftzeichen hingen quer über der Straße.

Der Anblick war zuviel für Marissa. Sie sah nicht mehr nach draußen. Nachdem Tristan so viel über die Triaden gesprochen hatte, wollte sie jetzt von ihm wissen, was die Triaden eigentlich waren.

»Es sind Geheimgesellschaften«, erklärte ihr Tristan, »mit dem ganzen üblichen Brimborium von feierlichen Eiden und geheimen Ritualen. Der Ausdruck Triade ist abgeleitet von den dreiseitigen Beziehungen zwischen Himmel, Erde und Mensch. Vor Jahrhunderten wurden sie ursprünglich als revolutionäre politische Organisationen gegründet, wandten sich aber bald verbrecherischer Tätigkeit zu, weil das einträglicher war. Besonders die in Hongkong gegründeten und die, die später nach Hongkong kamen. Allein in Hongkong soll es ungefähr 50 Banden mit vielen Tausend Mitgliedern geben.«

»Klingt ausgesprochen anheimelnd«, sagte Marissa mit einem kurzen Auflachen.

»Die Chinesen genießen den zweifelhaften Ruf, die Erfinder des organisierten Verbrechens zu sein«, fuhr Tristan fort. »Das ist mit ein Grund, warum sie auf diesem Gebiet so erfolgreich sind. Jahrhundertelange Erfahrung. Heutzutage unterhalten die größeren Triaden Zweigstellen in Europa, den USA, in Kanada und sogar in Australien. Überall wo es eine chinesische Gemeinde gibt, befinden sich darunter mit großer Wahrscheinlichkeit auch Triadenmitglieder.«

»Und vielleicht auch tuberkulöse Eileiterinfektion«, sagte Marissa.

Tristan zuckte die Achseln »Kann sein. Aber das chinesische Verbrechen ist nichts Neues.«

»Ich gebe zu«, sagte Marissa, »daß ich, bis ich Sie getroffen habe, noch nie etwas von Triaden gehört hatte.«

»Das überrascht mich nicht«, sagte Tristan. »Den meisten Menschen geht es so. Alle reden nur von der Mafia, was den Triaden natürlich recht ist. Doch die Triaden sind schlimmer als die Mafia. Zumindest hat die Mafia noch eine Familienmoral, so verdreht sie auch sein mag. Bei den Triaden gibt es nichts dergleichen. Die Triaden kümmert nur das Geld. Profit ist das einzige Ethos, das sie kennen.«

»Das gefällt mir alles nicht besonders«, sagte Marissa unbehaglich.

»Ich habe Sie ja gewarnt«, sagte Tristan.

In der Tung Tau Tsen Road hielt der Taxifahrer an.

Tristan beugte sich zwischen den Sitzen vor, um nach vorn auszuspähen. »Wo ist denn nun die Eingemauerte Stadt?« fragte er.

»Weiter fahre ich nicht«, sagte der Mann. Dann zeigte er durch die Windschutzscheibe nach vorn. »Sehen Sie die Tunnelöffnungen auf der anderen Straßenseite? Da geht man rein. Die Eingemauerte Stadt ist dieser Dreckhaufen hier rechts von uns. Wenn ich Ihnen einen Rat geben soll, gehen Sie nicht rein! Es ist gefährlich. Ich fahre Sie lieber in einen netten Nachtklub, richtig sexy.«

Tristan öffnete die Wagentür, stieg aus und hielt sie für Marissa auf. »Vielen Dank für Ihren Rat, Kumpel«, sagte er.

»Leider haben wir Geschäftliches mit den Wing Sin zu besprechen.«

Sobald die Tür wieder zu war, wendete das Taxi. Der Fahrer gab Gas und war im Nu weg.

»Wollen Sie wirklich rein?« fragte Marissa. Die Warnung des Taxifahrers und Tristans kurzer Bericht über die Triaden hatten ihr die Gefahren deutlich vor Augen geführt.

»Sieht ziemlich scheußlich aus, wie?« sagte Tristan.

Sie standen vor einem Bienenkorb von Wohnungen, zehn bis elf Stockwerke hoch. Die Gebäude standen eng beisammen und waren im Zustand des Verfalls. Einige Neubauten schienen völlig zufällig hingesetzt. An Leinen, die von einem Haus zum anderen aufgespannt waren, hingen Kleidungsstücke. Es gab keine Straßen, die in dieses Viertel führten. Nur die dunklen Tunnel, die ihnen der Taxifahrer gezeigt hatte.

Achselzuckend sagte Tristan: »Probieren wir's mal! Wir können ja jederzeit wieder rausgehen.«

Widerwillig folgte Marissa ihm die Tung Tau Tsen Road entlang auf einen der Tunnel zu. Auf der einen Seite ragte der Beton-Slum in die Höhe. Im scharfen Gegensatz dazu waren auf der anderen Straßenseite im Erdgeschoß die hell erleuchteten Schaufenster einer Zahnarztpraxis zu sehen, mit Gefäßen voll konservierter Zähne, Kieferteilen und grinsenden Gebissen. Die Praxis war im Erdgeschoß eines von vielen normal aussehenden Apartmenthäusern mit Balkonen, Topfpflanzen und Fernsehantennen.

Auf der Seite der Zahnarztpraxis hielten sich viele Menschen auf. Hier herrschte auch der übliche Krach aus vollaufgedrehten Rundfunk- und Fernsehgeräten und mit großer Lautstärke geführten Gesprächen. Dagegen war die gegenüberliegende Straßenseite unheilverkündend still und dunkel, nur von wenigen Lichtern unterbrochen.

Marissa und Tristan verließen das Gebiet normalen Lebens und Verkehrs und näherten sich einem der Tunnel, die in die Eingemauerte Stadt führten.

Nebeneinander spähten sie in den einsamen Gang. Der Blick, der sich ihnen bot, war alles andere als einladend. Die schmale, dunkle Passage bog nach etwa fünfzehn Metern zur Seite ab. Der Boden bestand aus losem Sand und abgebrochenen Betonstücken. Die Wände waren mit Graffiti bedeckt. Über ihren Köpfen hing ein Gewirr von elektrischen Drähten und Leitungen. Selten brannte mal eine nackte Glühbirne. An mehreren Stellen tropfte Wasser herab und sammelte sich in glitschigen Pfützen.

Plötzlich erhob sich ein schrecklich durchdringender, schriller Krach. Unwillkürlich hielt Marissa sich an Tristan fest. Beide fuhren erschrocken zusammen. Es war eine 747, die knapp über den Hausdächern zur Landung in Kai Tac ansetzte.

»Ich würde sagen, wir sind etwas schreckhaft«, sagte Tristan mit nervösem Lachen.

»Vielleicht verzichten wir doch lieber auf die Eingemauerte Stadt«, schlug Marissa vor.

»Ich weiß nicht«, sagte Tristan. »Zur Kontaktaufnahme mit den Wing Sin kommt sie mir eigentlich recht geeignet vor.«

»Auf mich wirkt sie abschreckend«, sagte Marissa.

»Ach, kommen Sie!« drängte Tristan. »Wie gesagt, wir können ja jederzeit wieder gehen, wenn nichts daraus wird.«

»Gehen Sie vor!« sagte Marissa widerstrebend.

Tristan trat in die Öffnung. Marissa blieb ihm dicht auf den Fersen. So gingen sie in den schmalen Gang, in dem es bald wie in einem Abwasserkanal zu stinken begann. Kurz nachdem sie um die erste Ecke gebogen waren, mußte Marissa den Kopf einziehen, um nicht an das Gewirr von elektrischen Leitungen unter der Decke zu stoßen. Als sie weiter vordrangen, erstarben allmählich die Geräusche der Stadt hinter ihnen.

Nach einigen weiteren Biegungen stieß der Gang auf eine Stelle, an der mehrere Tunnel in verschiedenen Richtungen verliefen. Außerdem gab es dunkle Treppen, die entweder nach oben oder unter das Straßenniveau führten. Überall lag Müll und Abfall herum.

Aufs Geratewohl gingen sie durch einen anderen Gang weiter. Um eine Ecke biegend, erblickten sie die ersten Anzeichen von Leben. In einer Reihe schlecht beleuchteter Nischen saßen schwitzende Männer und Frauen bei der Arbeit an uralten Nähmaschinen. Sie schienen Herrenoberhemden anzufertigen. Marissa und Tristan nickten ihnen zum Gruß zu, aber die Leute starrten sie nur an, als wären sie Gespenster.

»Spricht jemand englisch?« fragte Tristan in munterem Ton. Falls ja, so meldete sich jedenfalls keiner. »Trotzdem vielen Dank«, sagte Tristan und deutete Marissa durch eine Handbewegung an, daß sie weitergehen wollten.

Immer tiefer tauchten sie in das Labyrinth ein. Marissa fragte sich, ob sie wohl je wieder den Rückweg finden würden. Sie schwankte zwischen Ekel und Angst. In ihrem ganzen Leben hatte sie nie einen so abstoßenden Ort gesehen. Nie hatte sie es für möglich gehalten, daß Menschen unter so erbärmlichen Umständen leben könnten.

An der nächsten Biegung, an der es besonders scheußlich stank, erblickte Marissa einen Haufen Abfall, auf dem Ratten nach Nahrung suchten. »O Gott!« schrie sie auf. Ratten waren ihr verhaßt.

Der Gang öffnete sich zu einer weiteren Reihe schmaler Nischen. In einigen brannte offenes Feuer, was zusammen mit dem widerlichen Gestank und der Hitze den Eindruck einer mittelalterlichen Vision der Hölle hervorrief. Dann kamen sie an einer Bäckerei vorbei, wo die frischen Brote auf dem dreckigen Boden gestapelt lagen. Nebenan war ein Schlangenverkäufer, der mehrere seiner Tiere an Drähten aufgehängt hatte. Andere bewahrte er in geflochtenen Körben auf.

Jemand fragte: »Suchen Sie Heroin?«

Marissa und Tristan drehten sich um. Hinter ihnen im Dunkeln stand ein etwa zwölfjähriger Chinesenjunge.

»Aha«, sagte Tristan. »Genau das, was wir brauchen. Einer, der englisch spricht. Nein, Kumpel, an Rauschgift sind wir nicht interessiert. Wir suchen jemand, der zur Wing-Sin-Triade gehört. Kannst du uns helfen?«

Der Junge schüttelte den Kopf. »Hier ist das Gebiet der Triade 14 K«, sagte er stolz.

»Tatsächlich?« sagte Tristan. »Und wie kommen wir zu dem Gebiet der Wing Sin?«

Der Junge zeigte nach links in einen Gang. Im selben Augenblick traten einige finster aussehende Teenager aus den Gängen.

»Danke, Kumpel«, sagte Tristan und faßte kurz an die Hutkrempe. Dann zog er Marissa weiter.

Vornübergebeugt verdrückten sie sich in einen besonders dunklen Gang. »Das gefällt mir ganz und gar nicht«, sagte Marissa, als sie in eine Pfütze trat. Was mochte das für eine widerliche Flüssigkeit sein?

»Jedenfalls kommen wir der Sache näher«, sagte Tristan. »Dieser Junge war der erste, der zugegeben hat, schon mal von den Wing Sin gehört zu haben.«

Der Gang öffnete sich. Sie kamen in einen mit Abfall übersäten Hof. Auf einer Treppe saß ein junges Mädchen.

»Honig gefällig?« fragte sie schüchtern. »Nur zwei Dollar.«

»Honig!« wiederholte Tristan. »Das ist ein alter Ausdruck.«

»Was bedeutet er?« fragte Marissa und starrte das Mädchen an. Sie trug ein zerlumptes Kleid im Chinesenstil mit hohem Kragen und seitlichem Schlitz.

»Wir Australier verwenden dafür vornehmlich ein Wort, das mit F anfängt«, sagte Tristan.

Marissa war entsetzt. »Aber sie kann doch erst zehn sein!«

Tristan zuckte die Achseln. »Die Chinesen mögen ihre Huren gern jung.«

Marissa konnte den Blick nicht von dem Mädchen wenden. Das Kind starrte sie ausdruckslos an. Marissa überlief ein Schauer. Sie hatte nie so richtig zu würdigen gewußt, wie behütet sie in Virginia aufgewachsen war.

»Oha!« sagte Tristan. »Das sieht ja nach einer Begrüßungsdelegation aus!«

Marissa folgte seinem Blick. Eine Gruppe junger Schläger in Lederanzügen und Zierketten aus rostfreiem Stahl kam auf sie zu. Sie mochten zwischen 15 und 20 Jahren zählen.

Ein äußerst muskulöser Junge hob die Hand. Die anderen blieben stehen. »Was macht ihr hier?« fragte er in fließendem Englisch. »Wißt ihr nicht, daß für *gweilos* die Eingemauerte Stadt verboten ist?«

Tristan sagte ihm, sie wollten Verbindung mit der Wing-Sin-Triade aufnehmen.

»Wozu?« fragte der junge Mann. »Sucht ihr Rauschgift oder Sex?«

»Keins von beiden«, sagte Tristan. »Wir wollen eine Auskunft haben und sind gern bereit, dafür zu zahlen.«

»Zeig uns dein Geld!« sagte der junge Mann.

Tristan wußte nicht recht, was er tun sollte. Er hätte die brenzlige Situation gern entschärft, aber es fiel ihm nichts ein. Prüfend betrachtete er die gespannten Gesichter vor sich. Bisher hatte keiner eine drohende Bewegung gemacht. Doch Tristan ahnte, daß sie jederzeit dazu bereit waren. Langsam griff er in die Tasche, holte seine Brieftasche hervor, entnahm ihr einige Geldscheine und hielt sie hoch.

Marissa sah Stahl aufblitzen und flüsterte ihm zu: »Einer von ihnen hat ein Messer!«

»Weg hier!« kommandierte Tristan, warf das Geld in die Luft und schubste Marissa in die Richtung, aus der sie gekommen waren. Es bedurfte keiner weiteren Aufforderung. Marissa machte kehrt und flüchtete in den dunklen Gang. Einmal stolperte sie über einen Müllhaufen und stieß gegen die Wand. Hinter sich hörte sie Tristan kommen. Bald waren sie an der Kreuzung der vielen Gänge, die sie kurz zuvor passiert hatten. Sie wußten aber nicht mehr, durch welchen Gang sie gekommen waren. Tristan stieß mit ihr zusammen und nahm sie an die Hand. Nebeneinander rannten sie in den Gang, der am breitesten war.

Hinter sich hörten sie die unverständlichen Rufe der Jugendlichen, die ihnen den Weg verstellt hatten. Nachdem sie die umherflatternden Geldscheine aufgesammelt hatten, machten sie sich jetzt an die Verfolgung.

Dann wurde Marissa und Tristan klar, daß sie sich verirrt hatten. Sie stießen nämlich auf einen Hof, den sie auf dem Hinweg nicht gesehen hatten. In der Mitte stand ein Haus mit geschlossenen Fensterläden. Über ihnen war zum erstenmal, seit sie sich in der Eingemauerten Stadt befanden, ein Stück Himmel zu sehen.

Sie liefen um das Haus herum und betraten einen anderen Tunnel. Aus den Zurufen und wilden Schreien der Schläger hörten sie heraus, daß sie ihnen näherkamen. Die chinesischen Halbstarken hatten einen Vorteil: sie kannten sich hier aus.

Marissa und Tristan kamen um eine Biegung und wieder auf eine Anzahl von Nischen zu. In einer davon war ein Restaurant, in dem ein Kessel mit kochender Suppe aus Krabbenscheren stand. Rund um den Topf standen ein halbes Dutzend einfacher Holzstühle. An einem spielten ein paar alte Männer Mah-Jongg.

Rutschend stoppte Tristan und zog Marissa in das winzig kleine Restaurant, wobei sie einige Tische umwarfen. Mah-Jongg-Steine flogen auf den rohen Holzfußboden.

Gleich darauf hatten die Verfolger sie eingeholt. Sie waren ebenso außer Atem wie Marissa und Tristan. Einige hatten mit entschlossenen Gesichtern ihre Messer gezogen.

Tristan schob Marissa hinter sich in eine Ecke und nahm dann die Kung-fu-Ausgangsstellung ein, da er erwartete, daß sich einer der jungen Chinesen auf ihn stürzen würde.

Statt dessen waren wieder alle erstarrt. Auch die älteren Gäste, die sich an eine Wand drängten, hatten sich so weit von dem Tumult entfernt wie möglich. Die chinesischen Jugendlichen schienen von Tristans drohender Haltung beeindruckt zu sein, wenn nicht gar Angst zu haben. Der muskulöse Bursche trat vor.

Tristan betrachtete ihn mißtrauisch. »Freundlich seid ihr nicht gerade«, sagte er, im Bemühen, die Lage zu entschärfen. »Aber wir verlassen die Eingemauerte Stadt gern. Ihr braucht uns nur den Weg zu zeigen.«

»Für eine kleine Schmiere zeigen wir euch, wie es rausgeht«, sagte der junge Mann.

»Schmiere?« fragte Tristan.

»Geld«, sagte der junge Mann. »Euer restliches Geld. Und eure Armbanduhren.«

»Dann laßt ihr uns gehen?« fragte Tristan. »Und zeigt uns, wo es rausgeht?«

»Ja«, sagte der junge Chinese. »Dann betrachten wir eure Schuld als bezahlt.«

Wie um ihre Aufrichtigkeit zu beweisen, ließen die Jugendlichen, die Messer gezogen hatten, diese ein wenig sinken.

Tristan griff erneut nach seiner Brieftasche, holte sie hervor, entnahm ihr alles Geld, das noch drin war, und legte es auf den nächststehenden Tisch. Dann schnallte er die Armbanduhr ab und legte sie auf die Banknoten.

»Und die Uhr der Frau«, sagte der muskulöse Mann.

»So benimmt sich aber kein Kavalier«, sagte Tristan.

Der Mann grinste höhnisch. »Auf den Tisch damit!«

»Tut mir leid, meine Liebe«, sagte Tristan und hielt Marissa die Hand hin. Auch sie legte ihre Armbanduhr ab und reichte sie Tristan. Sie war ein Geschenk Roberts. Er legte sie zu dem kleinen Haufen auf dem Tisch.

Der junge Mann trat vor und nahm Geld und Uhren an sich. Das Geld verteilte er dann hastig unter den anderen. Die Uhren steckte er selber ein.

»Da wir gerade auf gutem Fuß miteinander stehen«, sagte Tristan, »was wißt ihr von den Wing Sin? Gehört ihr vielleicht sogar zu dieser berühmten Organisation?«

»Nein«, knurrte der Anführer. »Wir sind die Wo Sing Wo. Die Wing Sin sind Schweine.« Und er spuckte aus.

»Hast du eine Idee, wo wir diese Schweine treffen können?« fragte Tristan.

Der Mann wandte sich ab, um mit einem seiner Spießgesellen zu diskutieren. Nach einer Weile sagte er dann: »Tse Mau wird euch zeigen, wie man aus der Eingemauerten Stadt rauskommt. Und kommt ja nie wieder her!« Einer der Schläger trat vor und starrte Tristan drohend an.

»Nach dieser herzlichen Begrüßung«, sagte Tristan, »kann ich dir versichern, daß wir nicht wieder herkommen werden.«

Die jungen Chinesen machten für Marissa und Tristan ein wenig Platz. Tristan reichte ihr die Hand nach hinten und ging mit ihr los.

»Au!« schrie Marissa. Einer der Jugendlichen hatte sie in

eine Brust gekniffen. Tristan wirbelte herum, doch Marissa schob ihn vorwärts.

Rasch ging es weiter durch das Labyrinth. Der junge Chinese blieb immer fünf, sechs Schritte voraus. Gesprochen wurde nicht mehr. Nachdem sie ein halbes dutzendmal um Ecken gegangen waren, fürchtete Marissa schon, daß man sie nicht hinausführte, sondern immer weiter hinein. Doch nach einer weiteren Biegung führte der Gang auf einmal in die kühle Nachtluft. Wie ein Leuchtturm tauchten auf der anderen Seite die hell erleuchteten Schaufenster des Zahnarztes auf. Sogar die schrille chinesische Radiomusik klang Marissa nun, da sie wieder im Freien waren, angenehmer in den Ohren.

Tse wollte wieder zurück in den Gang. Da rief Tristan ihn beim Namen an. Der Mann drehte sich um.

»Sprichst du englisch?« fragte Tristan.

»Ja«, sagte er hochmütig. Marissa schätzte ihn auf ungefähr Zwanzig. Er zählte wohl zu den älteren Mitgliedern der Gruppe.

»Das macht es mir leichter«, sagte Tristan. »Ich wollte dich um einen Gefallen bitten. Wir sind im Augenblick ein bißchen knapp bei Kasse, weißt du. Ich weiß, daß du unten in dem Rattenloch gerade etwas kassiert hast. Würdest du uns ein bißchen davon abgeben, damit wir wenigstens zum Hotel zurückfahren können?«

Darauf reagierte Tse, indem er sein Messer zog. Die Klinge war ungefähr zwanzig Zentimeter lang und an der Spitze etwas gebogen wie ein Mini-Krummsäbel.

Marissa zuckte zurück. Sie konnte einfach nicht fassen, wie Tristan sich dazu hatte hinreißen lassen, mit seiner Bitte den Zorn des Jugendlichen zu reizen.

Aber Tristan hatte mit Berechnung gehandelt und sogar gehofft, daß der junge Mann auch bei dieser Gelegenheit wieder sein Messer ziehen würde. Sobald es dazu gekommen war, führte Tristan blitzschnell einen Fußtritt aus. Im nächsten Augenblick fiel das Messer klappernd zu Boden. Mit einem Kampfschrei versetzte Tristan dem Chinesen noch eine Serie von Faustschlägen, gefolgt von einem Drehtritt, der den anderen zu Boden warf.

Tse kauerte zusammengekrümmt an der Wand. Tristan stieß das Messer mit der Fußspitze in einen Gully, ging auf den jungen Chinesen zu, packte ihn vorn an der Lederweste und riß ihn hoch.

»Und jetzt das Geld, das du uns freundlicherweise angeboten hast ...«

Hastig holte Tse die Scheine aus der Tasche und lieferte sie aus. Tristan besah sich das Handgelenk des Mannes. »Wie schade«, sagte er. »Keine Uhr.«

»Tristan!« rief Marissa. »Wir wollen hier weg!«

»Na schön«, sagte Tristan zu Tse und ging dann gelassen Marissa nach.

Als er sie eingeholt hatte, fragte sie ihn ärgerlich: »Mußten Sie das unbedingt tun? War das ein Kunststück auf einem männlichen Egotrip? Kaum daß wir aus einem Schlamassel gerettet sind, wollen Sie uns in den nächsten ziehen!«

»Das sehe ich etwas anders«, sagte Tristan. »Außerdem brauchten wir ja auch Geld fürs Taxi.« Urplötzlich blieb er stehen. »Halten Sie mal!«

»Was jetzt?« rief Marissa.

»Wir müssen noch einmal zurück«, sagte Tristan. »Ich habe meinen Lieblingshut liegenlassen.«

Marissa machte sich von Tristans Hand frei und ging entschlossen weiter. Seine Faxen fand sie überhaupt nicht komisch. Sie begann zu zittern. Die Begegnung in der Eingemauerten Stadt hatte sie Nerven gekostet, und jetzt wich die anfängliche Betäubung von ihr. Es war ein Fehler gewesen, überhaupt reinzugehen. Sie war auf Tristan wütend, weil er sie Gefahren ausgesetzt hatte. Aber noch wütender war sie auf ihn, weil er zum Schluß mit dem Angriff auf Tse noch ein weiteres Risiko eingegangen war.

Tristan holte Marissa wieder ein und ging wortlos neben ihr her. Nur eine Querstraße von dem dunklen Tunneleingang zur Eingemauerten Stadt entfernt setzte schon wieder der normale hektische Betrieb von Kowloon ein. Mit Leichtigkeit fanden sie ein Taxi, das sie ins Hotel Peninsula zurückbrachte.

Während der Fahrt versank Marissa in tiefes Nachdenken. Es war ihr klar, daß sie auf eine Idee kommen mußte, wie man mit der Wing-Sin-Triade in Verbindung kommen könne, falls sie immer noch diese Absicht hatten. Wenn Tristan nichts Besseres einfiel, als in der Eingemauerten Stadt auf Abenteuer loszuziehen, dann konnte sie sich nicht mehr auf ihn verlassen.

Vor einigen Jahren hatte sie einen Thriller gelesen, in dem der Held in einer fremden Stadt gewisse Auskünfte benötigte. Er bekam sie, indem er eine Luxuslimousine mietete. Dahinter stand die Idee, daß ein guter Fahrer solcher Luxusdroschken seine Stadt in- und auswendig kennt, und zwar auf beiden Seiten des Gesetzes.

»Ich habe eine Idee«, sagte sie zu Tristan.

»Wunderbar«, sagte Tristan. »Lassen Sie hören!«

Robert ging in seinem Arbeitszimmer leise fluchend auf und ab. Gelegentlich blieb er stehen und unterstrich einen Fluch durch einen Faustschlag auf die Schreibtischplatte. Marissas Anruf hatte ihn tatsächlich gerade erreicht, als er ins Büro fahren wollte. Aber das Gespräch hatte ihn so verstört und verärgert, daß er seine Aktentasche wieder weglegte, um erst mal seinem Zorn Luft zu machen.

»Was zum Teufel hat sie denn in Hongkong zu suchen?« fragte er sich laut. »Das heißt doch, den Unsinn zu weit zu treiben, wenn man einer Grille wegen um die halbe Erde jagt!«

Dann setzte er sich an den Computer. Sollte er ihren Arzt anrufen? Wenn sie nun einen Nervenzusammenbruch erlitt? Mußte er da nicht vorher eingreifen?

Robert sprang auf und schritt wieder hin und her. Er konnte einfach nicht still sitzen bleiben. Was sollte er machen? Bis jetzt hatte er es für das beste gehalten, Marissa freien Lauf zu lassen, bis sie sich auf ihrer sinnlosen Jagd ausgetobt hätte. In Australien mochte das noch angehen. Aber Hongkong war eine andere Sache!

Robert nahm wieder die laute Zwiesprache mit sich selbst auf. »Warum habe ich überhaupt geheiratet?« fragte er sich. »Wie schön hatte ich es doch als Junggeselle! Da hatte ich keine schlimmere Sorge als die, meine Hemden aus der Wäscherei abzuholen.« Er blieb abrupt stehen. »Teufel noch mal«, sagte er ärgerlich, »heute muß ich mir ja immer noch selber die Hemden abholen.« Er überlegte, welche Vorteile ihm die Ehe gebracht habe, doch es fiel ihm nichts ein.

»Was soll ich denn machen?« fragte er sich. »Was muß ich machen? Was kann ich machen?« Tief im Inneren wünschte sich Robert nur seine Frau zurück. Wenn sie aber nicht freiwillig kam, dann war es wohl an der Zeit, sie zu holen.

Robert blieb stehen und schaute aus dem Fenster. Ihm war ein anderer Gedanke gekommen. Wenn sie nun gar nicht in Hongkong war? Vielleicht hatte sie ihn angelogen oder an der Nase herumgeführt. Dann fiel ihm ein, daß sie ein R-Gespräch geführt hatten. Er setzte sich an den Schreibtisch und wählte die Telefongesellschaft an. Er mußte die Dame dort erst überreden, ehe sie die Nummer der Anruferin herausrückte. Eine Nummer aus Hongkong. In der Hoffnung, den Namen des Hotels oder eines anderen Ortes zu erfahren, in dem sie wohnte, rief er dort an. Als sich die andere Seite meldete, bekam er schon die Antwort: es war das Hotel Peninsula, in dem er die beiden Male gewohnt hatte, als er geschäftlich in Hongkong gewesen war.

Robert trennte, behielt aber den Hörer in der Hand. Eins war ihm klar: er konnte nicht herumsitzen und müßig mitansehen, wie seine Frau nach Belieben durch die Welt karriolte. Er mußte seine Autorität einsetzen und dieser Verrücktheit ein Ende machen. Wenn er nur daran dachte, was ihn der Spaß kostete!

Impulsiv rief Robert verschiedene Fluggesellschaften an und erkundigte sich nach einer Direktverbindung von Boston nach Hongkong.

Als das erledigt war, rief er in seinem Büro an und ließ sich zu Donna durchstellen.

»Donna, es ist möglich, daß ich heute nicht mehr ins Büro komme«, sagte er.

»In Ordnung«, sagte Donna. »Irgendwas Besonderes, was ich erledigen soll?«

»Sorg nur dafür, daß die Briefe rausgehen, die ich gestern abend diktiert habe!« sagte Robert. »Und noch etwas. Ich glaube nicht, daß ich heute abend mit dir essen kann.«

»Oh, das ist aber schade. Warum denn nicht?«

Willy Tong klopfte an die Tür des einstöckigen Hauses an der Ecke der Eucalyptus und der Jacaranda Street in Charleville. Daraufhin begann drinnen ein Hund zu bellen. Aber das erschreckte Willy nicht. Er hatte schon herausgehört, daß es sich um einen dieser kleinen Schoßhunde handeln mußte, wahrscheinlich um einen Yorkie. Von drinnen schaltete jemand das Licht auf der Veranda an. Es war so eine große glockenförmige Lampe, die aussah wie ein undurchsichtiges Goldfischbecken. Schließlich klickte das Schloß, und die Tür ging nach innen auf.

Instinktiv war Willy auf das Schlimmste gefaßt. Doch der Mann, der ihm entgegentrat, stellte wohl keine Bedrohung dar. Er war dünn wie eine Zaunlatte und trug eine Brille mit dicken Gläsern.

»Sind Sie Dr. Marlowe?« fragte Willy.

»Stimmt«, sagte Dr. Marlowe.

»Der Royal Service der Fliegenden Ärzte hat mir Ihren Namen genannt«, sagte Willy. »Ich hatte dort angerufen und wollte Dr. Williams sprechen. Doch man sagte mir, er sei in Urlaub und seine Patienten könnten sich an Sie wenden.«

»So ist es in der Tat«, sagte Dr. Marlowe. »Gibt es irgendwelche Schwierigkeiten?«

»Es handelt sich um meine Frau«, sagte Willy. »Wann wird Dr. Williams wieder zurück sein?«

»Ungefähr in einer Woche«, sagte Dr. Marlowe. »Er ist heute vormittag abgereist. Es kam alles so überraschend, daß ich fürchte, er konnte seine Patienten nicht mehr unterrichten. Was ist mit Ihrer Frau?«

»Sie ist schon seit Jahren krank«, sagte Willy. »Es hat lange gedauert, bis ich sie dazu überreden konnte, sich von Dr. Williams behandeln zu lassen. Einen anderen läßt sie überhaupt nicht vor. Sie mißtraut der westlichen Medizin.«

»Verstehe vollkommen«, sagte Dr. Marlowe. »Wenn es nicht gerade sehr dringend ist, kann sie doch warten, bis Dr. Williams zurückkommt.«

»Vielleicht könnte auch ein Telefongespräch helfen«, sagte Willy. »Vielleicht würde er ihr zu einer bestimmten Behandlung raten. Ist es wohl möglich, ihn telefonisch zu erreichen?«

»Wenn es Ihnen nichts ausmacht, in Hongkong anzurufen«, sagte Dr. Marlowe. »Er hat hinterlassen, er sei im Hotel Peninsula zu erreichen. Warten Sie einen Augenblick! Ich hole Ihnen gleich die Nummer.« Damit verschwand Dr. Marlowe wieder im Haus.

Willy spähte durch das Fliegengitter. Ein kleiner dunkel- und hellbraun gemusterter langhaariger Hund knurrte ihn an. Willy überlegte, wie er sich nach der Frau erkundigen könnte. Doch es fiel ihm nichts ein.

Dr. Marlowe kam wieder an die Tür und reichte ihm einen Zettel. »So, hier. Alles Gute! Falls Sie mich brauchen sollten, rufen Sie an!«

Willy zögerte einen Augenblick, immer noch in der Hoffnung, auf eine gute Idee zu kommen. Aber alles, was ihm einfiel, hätte Verdacht erregt. Daher bedankte er sich nur bei dem Arzt und ging zu seinem Mietwagen zurück.

Er raste wieder zum Flugplatz Charleville. Die Chartermaschine wurde gerade aufgetankt. Er rief Charles Lester an.

»Ich habe was Interessantes rausgekriegt«, sagte Willy, als Charles Lester sich gemeldet hatte. »Heute vormittag ist Tristan Williams überraschend nach Hongkong geflogen.«

»Das hört sich aber gar nicht gut an«, brummte Lester. »Hatte er diese Blumenthal bei sich?«

»Das weiß ich nicht«, sagte Willy. »Aber ich kann es sicherlich noch erfahren, wenn ich hierbleibe.«

»Ich will aber, daß du dich umgehend nach Hongkong verfügst«, sagte Lester. »Wir wollen mal vorläufig annehmen, daß sie bei ihm ist. Flieg über Sidney! Von da aus gehen mehr Flüge. Ned wird sich bei der Einwanderungsbehörde nach der Frau erkundigen. Bis morgen werden wir vermutlich genau Bescheid wissen. Irgendeine Ahnung, wo er in Hongkong abgestiegen ist?«

»Im Hotel Peninsula«, sagte Willy.

»Gut gemacht«, sagte Lester. »Wenn sie auch da ist,

bringst du sie um. Und bei der Gelegenheit auch gleich Williams. Das ist dann ein Aufwaschen. Wenn er im Ausland umkommt, wird sein Tod weniger unliebsame Fragen aufwerfen.«

»Soll es wieder nach einem Unfall aussehen?« fragte Willy. Das würde schwierig zu bewerkstelligen sein.

»Ist mir ganz gleich«, sagte Lester. »Hauptsache, du erledigst den Auftrag. Die Wing Sin werden dir eine Waffe zur Verfügung stellen. Sollte die Frau nicht dort sein, dann bringst du Williams trotzdem um. Seit er diesen verdammten Artikel geschrieben hat, war er für uns ein ständiger Dorn im Fleisch.«

Willy beendete das Gespräch. Der Auftrag sagte ihm zu. Da er Hongkong gut kannte, würde er leicht auszuführen sein.

Er ging an den Schalter für Charterflüge und steckte den Kopf hinein. »Es hat sich eine Änderung ergeben«, sagte er zu der Bodenstewardeß. »Ich fliege nach Sidney und nicht nach Brisbane.«

14

14. April 1990

8.00 Uhr vormittags

Ein leichtes Klopfen an der Tür riß Marissa aus dem Schlaf. Sie wollte es nicht hören, wälzte sich herum und steckte den Kopf unters Kissen. Trotzdem hörte sie auch das zweite Klopfen.

Sie richtete sich auf einen Ellbogen auf und fragte, wer da sei. Sie hörte eine gedämpfte Stimme antworten, schlug die Bettdecke zurück, stand auf, zog den hoteleigenen Morgenrock über und ging zur Tür.

»Zimmerservice«, sagte eine Stimme.

»Ich habe nichts bestellt«, sagte Marissa.

»Zimmer 604«, sagte die Stimme durch die Tür. »Frühstück um acht Uhr.«

Marissa schloß auf und öffnete. Kaum war die Tür offen, so drängte sich die draußen wartende Person ins Zimmer.

»Überraschung!« rief Tristan, sprang vor dem Karren des Zimmerservice herum und überreichte Marissa einen Blumenstrauß. »Sie haben kein Frühstück bestellt, aber ich. Frühstück für zwei.« Tristan veranlaßte den Kellner, den Tisch am Fenster mit der Aussicht auf den Hafen zu decken.

Marissa schüttelte den Kopf. Sie wußte nie, ob sie über Tristans Streiche lachen oder ärgerlich sein sollte.

»Ich bin schon seit Sonnenaufgang auf den Beinen«, sagte Tristan. »Es ist ein herrlicher Tag.« Sie stand noch immer an der Tür, ohne sich zu rühren. Er ging zu ihr, nahm ihr die Blumen aus der Hand und steckte sie in eine bereitgestellte Vase.

»Was stehen Sie denn da herum?« fragte Tristan, als er sah, daß sie sich nicht von der Stelle rührte. »Wir haben heute eine Menge zu erledigen. Also beeilen Sie sich!«

Marissa begab sich ins Badezimmer. Als sie die Tür hinter sich schloß, sah sie den Kellner rückwärts durch die Zimmertür auf den Flur gehen.

Marissa betrachtete sich im Spiegel über dem Waschbecken. Was sie da zu sehen bekam, jagte ihr einen Schreck ein. Ihr Teint war grau. Sie hatte dunkle Ringe unter den Augen. Die Haare hingen schlaff herunter und hatten jeden Glanz verloren. Dann schaute sie in den bodenlangen Spiegel hinter der Tür. Das war schon besser anzusehen. Jedenfalls hatte sie ein paar von den Pfunden verloren, die sie durch die Hormonspritzen zugenommen hatte.

»Ich werde ungeduldig in meinem Zimmer warten«, rief Tristan durch die Tür. »Rufen Sie mich, wenn Sie zum Tucker bereit sind!«

Gegen ihren Willen mußte Marissa lächeln. Tristans verspielte Art, seine gute Laune und sein australischer Dialekt waren Balsam auf ihre verstörte Seele. Nie wußte sie im voraus, welche schlimmen Gedanken sie im nächsten Moment heimsuchen würden: an Wendys gewaltsamen Tod, an ihre zerbröckelnde Beziehung mit Robert, an ihr eigenes verpfuschtes Leben oder an ihre vergeblichen Bemühungen, schwanger zu werden.

Bei dem Gedanken an ihr Leben verging Marissa das Lächeln. Es war ungefähr alles schiefgegangen, was nur schiefgehen konnte. Damit nicht genug: obwohl sie seit einer Woche keine Hormonspritzen mehr erhalten hatte, fühlte sie sich körperlich und geistig noch nicht wieder so normal wie früher. Sie hätte gern gewußt, wann sie ihr Gleichgewicht wiedererlangen würde.

Nach der Dusche und dem Make-up und mit der sauberen Wäsche hob sich Marissas Stimmung. Als sie fertig angezogen war, klopfte sie an die Verbindungstür. Sofort erschien Tristan. Sie frühstückten an dem Fenster, von dem aus in der Ferne die Insel Hongkong zu sehen war. Während sie aßen, traten allmählich die grünen Berge aus dem Morgennebel hervor.

»Ich habe Ihren Vorschlag beherzigt und schon eine Luxuslimousine bestellt«, sagte Tristan. Sie hatten aufgehört zu essen und genossen den Kaffee. »Dem Geschäftsführer habe ich gesagt, ich brauchte einen Fahrer, der sich hier gut auskennt. Er antwortete, daß sich alle Fahrer hier gut auskennen würden.«

»Wie sieht unser Programm aus?« fragte Marissa.

»Zuerst fahren wir zu der Bank, an die ich mein Geld telegrafiert habe«, sagte Tristan. »Nach dem Erlebnis von gestern abend habe ich das Gefühl, daß wir einiges Schmiergeld brauchen. Danach denke ich daran, einen weiteren Vorschlag von Ihnen zu befolgen und einem Krankenhaus einen Besuch abzustatten. Da können wir uns ebenso nach den Wing Sin wie nach der Tbc erkundigen. Sollten wir dort keinen geeigneten Hinweis auf die Triade erhalten, dann müssen wir eben unseren Fahrer fragen. Was meinen Sie?«

»Hört sich gut an«, antwortete Marissa.

Sie fuhren nach unten und verließen das Hotel. Draußen wartete schon die Limousine. Es war ein schwarzer Mercedes. Der Fahrer stellte sich vor. Er hieß Freddie Lam.

Tristan machte es sich auf den Rücksitzen des Mercedes bequem und sagte: »Zur Hongkong National Bank, Freddie!«

Es war nur eine Strecke von vierhundert Metern, aber die Straßen zur Bank waren so verstopft, daß sie fast eine halbe Stunde brauchten.

»Da wären wir zu Fuß schneller hergekommen«, bemerkte Marissa.

Die Bank war ein eindrucksvoller Bau aus viel Marmor, die Bedienung außerordentlich gewandt. Der tadellos gekleidete Bankbeamte verzog keine Miene, als Tristan das ganze Geld von seinem Konto abhob.

Sie stiegen wieder in ihren Luxuswagen. »Das scheint aber ein Menge Geld zu sein«, sagte Marissa.

»Eine Menge Schmiergeld«, stellte Tristan richtig. Dann beugte er sich vor und sagte zu Freddie, er solle sie ins New-World-Einkaufszentrum fahren.

»Meinen Sie nicht, daß wir gleich zum Krankenhaus fahren sollten?« fragte Marissa. Es war ihr unerfindlich, wie Tristan sich jetzt für Einkäufe interessieren konnte.

»Nur Geduld, meine Liebe!« sagte Tristan.

In einer großen Passage mit Wasserfällen, Fahrstühlen und Geschäften jeder Art schob Tristan seine Begleiterin in einen Juwelierladen. Er bestand darauf, daß sie sich dort eine Uhr aussuchte als Ersatz für die, die sie gestern abend eingebüßt hatte.

»Na, los doch, Marissa!« sagte er, als sie ablehnen wollte. »Heute komme ich mir wie ein reicher Mann vor.« Er klopfte an die Hosentaschen, in die er das von der Bank abgeholte Geld gesteckt hatte. »Außerdem fühle ich mich für gestern abend verantwortlich.«

Schließlich kauften sie sich beide eine Uhr. Tristan handelte den Preis beträchtlich herunter und bezahlte dann bar. Stolz gingen sie mit ihren neuen Uhren aus dem Laden.

Im Wagen beugte Tristan sich vor und sagte: »Zum Hotel zurück, Freddie!«

Freddie faßte lächelnd an den glänzenden schwarzen Schirm der Mütze.

»Das erinnert mich daran, daß ich mir einen anderen Hut kaufen muß«, sagte Tristan und lehnte sich zurück.

»Als Ersatz für meinen Aussie-Hut. Schade, ich hatte ihn gerade einigermaßen eingetragen.«

»Der Hut hat ausgesehen, als wären sie ein paarmal mit Ihrem Flugzeug darübergerollt«, sagte Marissa.

»Hab ich ja auch gemacht«, sagte Tristan. »Anders geht's nicht.«

Im Hotel stellten sie sich in der Schlange vor dem Kassenschalter an. Als sie dran waren, füllte Tristan eine Karte aus, um das Geld im Safe zu deponieren. Beide setzten ihre Unterschrift darauf. Dann deponierte Tristan den größen Teil des Bargelds, das er in der Bank abgehoben hatte.

Danach traten sie wieder ins Freie und bestiegen ihr Luxusgefährt. Tristan beugte sich vor. »Freddie, welches ist das größte Krankenhaus in Kowloon?«

»Das Queen Elizabeth Hospital«, sagte Freddie.

»Dann wollen wir da hinfahren«, sagte Tristan.

Als die Limousine anfuhr, trat der Geschäftsführer aus dem Hotel. Er war in Begleitung von drei jungen Chinesen in dunkelblauen Anzügen. Der Geschäftsführer zeigte auf den Mercedes, der gerade links in die Salisbury Road einbog.

»Das ist ihr Wagen«, sagte er auf Kantonesisch. »Haben Sie ihn noch gesehen?«

»Gut gemacht, Puiying«, sagte einer der drei Männer. »Die Wing Sin vergessen ihre Freunde nicht.«

Die drei Männer stiegen in ihren eigenen parkenden schwarzen Mercedes und sagten dem Fahrer, er solle die Limousine verfolgen.

Der Mann am Lenkrad des zweiten Mercedes war ein aggressiver Fahrer und an den Verkehr in Hongkong gewöhnt. Wenn ein Fußgänger sein Autokennzeichen — 426 — sah, machte er sofort Platz. Ohne große Schwierigkeiten konnte er sich in der Nathan Road hinter Tristans und Marissas Wagen setzen. Beide Wagen rollten nach Norden.

»Wie sollen wir es anstellen?« fragte einer der Männer.

»Wir müssen abwarten, bis wir wissen, wo sie hinfahren«, sagte ein anderer. »Schwer dürfte es nicht sein.«

Der Mann, der vorn neben dem Fahrer saß, zog einen stupsnasigen 38er Revolver aus der Schulterhalfter, legte ihn auf seinen Schoß und klappte die Trommel heraus, um nachzusehen, ob alle Kammern geladen waren. Befriedigt steckte er ihn dann wieder in die Halfter.

Schweigend fuhren sie der Limousine nach, die rechts in die Jordan Road einbog. Von dort ging es auf die Cascoigne Road. Zu ihrer Überraschung bog man danach in die Princess Road ein. Noch mehr wunderten sie sich, als das verfolgte Fahrzeug auf das Gelände des Queen Elizabeth Hospital fuhr.

»Vielleicht ist einer von beiden krank«, sagte einer der Männer.

»Hier müssen wir vorsichtig sein«, sagte ein anderer. »Manchmal haben sie Polizei hier.«

Als Marissas und Tristans Wagen langsamer wurde, folgte der zweite Mercedes seinem Beispiel. Der vordere Fahrer hielt genau vor dem Krankenhauseingang, der andere direkt dahinter.

Die Männer sahen Marissa und Tristan aussteigen und ins Krankenhaus gehen. Dann schauten sich die Männer nach etwaigen Polizeibeamten um. Als sie keine entdeckten, stiegen sie aus. Draußen im Sonnenschein suchten sie nochmals nach irgendwelchen Anzeichen von Polizei, fanden aber wieder keine.

»Ich schlage vor, wir nehmen ihren Wagen«, sagte einer der Männer.

Die anderen nickten.

Alle drei zündeten sich Zigaretten an und gingen dann nach vorn.

Freddie hatte sein Seitenfenster heruntergelassen und

las die *South China Morning Post*. Er liebte die Klatschspalten. Während er noch las, merkte er auf einmal, wie jemand ihm kaltes Metall gleich hinter dem rechten Ohr an den Schädel preßte.

Er hatte viel zu große Angst, um eine unbedachte Bewegung zu machen. Statt dessen schielte er nur mit den Augen nach rechts. Er hatte gleich geahnt, was man ihm da an den Hinterkopf drückte. Jetzt sah er, daß er richtig getippt hatte: ein Schießeisen.

Freddie blickte hoch und sah in das Gesicht eines jungen Chinesen mit einer Zigarette zwischen den Zähnen. Hinter ihm tauchten noch zwei andere auf.

»Steigen Sie bitte aus!« sagte der Mann mit dem Revolver. »Langsam und still! Es wird keinem ein Haar gekrümmt werden.«

Freddie schluckte schwer. Er ahnte, was diese Männer waren: einfache Soldaten einer Triade. Da Freddie bekannt war, wie schnell diese Typen mit einem Mord bei der Hand waren, war er zu Tode erschrocken. Zuerst war er keiner Bewegung fähig. Doch ein ermunternder Druck mit dem Revolverlauf tat seine Wirkung. Langsam stieg Freddie aus.

»Gehen Sie bitte zu dem anderen Wagen!« sagte der Mann mit der Kanone. Freddie ging hin. Als er ankam, sagte der Mann zu ihm, er solle einsteigen. Freddie tat, wie ihm geheißen. Der Mann mit der Kanone stieg auch ein und setzte sich neben ihn. Vor sich sah Freddie, wie die beiden anderen Männer in seine Limousine stiegen.

Immer wenn Willy auf dem Flughafen Kai Tac ankam, war er glücklich. Zwar war er in Sidney geboren und fühlte sich durch und durch als Australier. Doch Vater und Mutter stammten aus Hongkong. Willy hatte sich zur Kronkolonie immer besonders hingezogen gefühlt. Außerdem hatte er dort auch noch Angehörige.

Als erstes nahm er einen Mietwagen. Daß die Parksituation in Hongkong ein Alptraum war, kümmerte ihn nicht weiter. Der Wagen war nur als Operationsbasis gedacht, und er konnte ihn jederzeit irgendwo stehen lassen. Beim Mieten hatte er falsche Papiere vorgelegt. Davon hatte er mehrere Sätze mitgebracht.

Sein erstes Ziel war ein Restaurant im Bezirk Mong Kok in Kowloon, eins der am stärksten bevölkerten Viertel der Welt. Das Restaurant lag in der schmalen und völlig verstopften Canton Street. Willy ließ den Wagen zwischen zwei Verkaufsständen aus Zeltleinwand stehen, die Töpfe, Pfannen und Schüsseln führten. Vorher hatte er dem zuständigen Polizisten ein angemessenes Schmiergeld in die Hand gedrückt.

Zu dieser Zeit des Vormittags war das Restaurant fast leer. Willy ging geradewegs in die Küche, wo die Köche im Schweiße ihres Angesichts die Speisen für das Mittagessen zubereiteten. Der Boden war zwei, drei Zentimeter hoch mit Fett und festgetretenen Abfällen bedeckt.

Hinter der Küche befanden sich mehrere Zimmer, die als Büros genutzt wurden. Im ersten saß eine ältere Frau im hochgeschlossenen schwarzen Seidenkleid am Schreibtisch. Vor sich hatte sie einen Abakus. Die Holzkugeln klapperten, als sie daran rechnete.

Respektvoll verbeugte sich Willy und sagte der Frau, wer er war. Ohne ein Wort zu erwidern, zog sie eine Schreibtischlade auf, entnahm ihr ein in braunes Papier eingewickeltes und mit einer Kordel verschnürtes Paket und gab es Willy, der sich abermals verbeugte.

Im Wagen entfernte Willy die Schnur und wickelte das Paket aus. Die Waffe war eine nagelneue 9-mm-Heckler-&-Koch-Pistole. Probeweise wog er die Waffe. Sie lag gut in der Hand.

Willy zog das Magazin heraus und vergewisserte sich,

daß es voll geladen war. In dem braunen Papier fanden sich auch noch einige Patronen zusätzlicher Munition. Willy steckte sie in die Hosentasche, obwohl er wußte, daß er sie nicht brauchen würde. Ihm hätten schon zwei Patronen vollauf genügt, und in dem Magazin steckten acht.

Willy ließ die Pistole in die innere Brusttasche gleiten und betrachtete sich im Rückspiegel. Die Waffe trug auf. Da knöpfte er das Jackett zu. Da er ins Hotel Peninsula hinein mußte, hatte er sich seinen besten Anzug angezogen. Er besah sich noch einmal im Spiegel und stellte fest, daß das Jackett zugeknöpft besser saß.

Willy fuhr die Nathan Road in südlicher Richtung entlang. Als er sich dem Hotel Peninsula näherte, spürte er ein erwartungsvolles Kribbeln. Von all den verschiedenartigen Dingen, die er für Female Care Australia zu erledigen hatte, war ihm dies das liebste. Ursprünglich hatte man ihn eingestellt, weil er fließend kantonesisch sprach. Aber dann wurden ihm im Laufe der Jahre auch andere Obliegenheiten übertragen, bei denen er sich bewährt hatte. Jetzt war er in der »Sicherheitsabteilung« zweiter Mann und hatte nur noch Ned Kelly vor sich.

Als Willy am Hotel vorfuhr, parkte er dort trotz Halteverbotsschild. Er stieg aus, ging zum Portier, nahm zweihundert Hongkong-Dollar und drückte sie dem Mann in die Hand. Auf kantonesisch fragte er: »Mein Wagen steht doch da gut, nicht wahr?«

Der Portier ließ das Geld in die Tasche gleiten und verbeugte sich.

Stolz betrat Willy das Hotel. Er war das lebende Zeugnis für die Richtigkeit des Hongkonger Ethos, nach dem eifriges Streben und harte Arbeit unweigerlich Erfolg bringen. Als Kind war er im Armenviertel von Sidney aufgewachsen und hätte sich nie träumen lassen, daß er eines Tages mit größter Selbstverständlichkeit ein Weltklassehotel betreten und sich darin wohl fühlen würde.

Von einem Haustelefon aus bat Willy die Vermittlung, ihn mit Marissa Blumenthal zu verbinden. Er wartete gespannt — hoffentlich war sie wirklich hier abgestiegen. Ohne weiteres stellte man seinen Anruf auf ihr Zimmer durch. Zuerst wollte er sofort wieder auflegen. Aber dann hätte er ja auf den Kitzel verzichtet, vorher noch einmal mit seinem Opfer zu sprechen. Doch der Hörer wurde nicht abgenommen.

Willy wählte erneut die Vermittlung und verlangte diesmal Tristan Williams. Auch in dessen Zimmer meldete sich keiner. Willy schloß daraus, daß sie zusammen ausgegangen waren. Das war ein gutes Zeichen. Er brauchte sie beide zusammen. Sein Plan war simpel. Er würde von hinten an sie herantreten und sie nacheinander durch Kopfschuß töten. Am liebsten natürlich in einer belebten Gegend. Danach würde er die Waffe einfach fallen lassen, sich entfernen und in der Masse verschwinden. So hatte er es schon oft gemacht. In Hongkong war das leicht. Viel schwerer war es in Australien.

Willy verließ den Telefonstand, ging zu einem Zeitungskiosk und kaufte sich den *Hong Kong Standard*. Mit der Zeitung in der Hand begab er sich in das Hauptfoyer und suchte sich eine Sitzgelegenheit, von der aus er sowohl den Vordereingang wie die vordere Rezeption im Auge behalten konnte. Er wollte hier so lange warten, bis seine Opfer von selbst zu ihm kommen würden.

»Medizin in Hongkong ist eine interessante Mischung«, sagte Dr. Myron Pao. »Ich selber habe meine Ausbildung in London erhalten und neige daher zu der Medizin westlichen Stils, verachte aber auch die herkömmliche Medizin nicht. Kräuterkundige und Akupunkturheiler haben durchaus ihre Berechtigung.«

Marissa und Tristan hatten einen Internisten im Krankenhaus aufgetrieben, der bereit war, sie umherzuführen. An die Privatkrankenhäuser in Boston gewöhnt, wunderte sich Marissa nicht wenig über die ärmlichen Bedingungen im Queen Elizabeth Hospital. Dennoch war sie beeindruckt von der Tüchtigkeit des Personals. Die Anzahl der Patienten in den Kranken- und Behandlungszimmern war erstaunlich hoch. Dr. Pao erklärte ihnen, daß die Pflege der stationären chinesischen Patienten zum großen Teil von ihren Familien übernommen werde.

»Wie steht es mit Tuberkulose?« fragte Marissa. »Ist sie hier in Hongkong ein großes Problem?«

»Das ist alles relativ«, sagte Dr. Pao. »Wir behandeln pro Jahr im Durchschnitt 8000 neue Tbc-Fälle. Aber das bezieht sich auf eine Bevölkerung von ungefähr fünfeinhalb Millionen. In Anbetracht der beengten Wohnverhältnisse halte ich das nicht für alarmierend. Einen der Gründe, warum es nicht mehr Erkrankte gibt, sehe ich darin, daß wir die Kinder mit BCG gegen Tbc impfen. Ganz im Gegensatz zu Ihren Erfahrungen in Nordamerika halten wir die BCG-Impfung für recht wirkungsvoll.«

»Ist die Zahl der Tbc-Erkrankungen in den letzten Jahren angestiegen?« fragte Marissa.

»Ja, das war, als die ersten *boat people* aus Vietnam, Kambodscha und Laos eintrafen«, sagte Dr. Pao. »Aber gegenwärtig beschränkt sich das auf die Lantau-Inseln.«

»Und tuberkulöse Eileiterinfektion?« fragte Marissa.

»Derartiges ist mir noch nicht begegnet«, sagte Dr. Pao.

Marissa wollte es genau wissen und fragte: »Kein einziger Fall?«

»Nicht daß ich wüßte«, sagte Dr. Pao.

»Und in der Volksrepublik China?« fragte Marissa. »Wissen Sie, wie es dort mit Tbc steht?«

»Sie leiden etwas mehr darunter als wir«, sagte Dr. Pao.

»Überhaupt sind Erkrankungen der Atemwege in der Volksrepublik sehr häufig. Aber man impft dort mit gleichem Erfolg wie bei uns mit BCG.«

»Demnach bildet es kein großes Problem?« vergewisserte sich Marissa. »Kein Ansteigen in jüngster Zeit oder so?«

»Nicht daß ich wüßte«, sagte Dr. Pao. »Und ich hätte davon erfahren. In medizinischen Angelegenheiten betreiben wir mit der Volksrepublik einen lebhaften Informationsaustausch, vor allem mit Guangzhou.«

Marissa gingen die Fragen aus.

»Wissen Sie etwas über die Wing-Sin-Triade?« fragte Tristan.

»Das ist in Hongkong eine gefährliche Frage«, sagte Dr. Pao. »Ich weiß, daß es sie gibt, aber das ist auch schon alles.«

»Wüßten Sie, wie man sich mit ihnen in Verbindung setzt?« fragte Tristan.

»Überhaupt nicht«, sagte Dr. Pao.

»Ich habe noch eine Frage«, sagte Marissa, die befürchtete, daß sie dem Arzt zuviel Zeit raubten. »Können Sie sich für einen Festlandchinesen irgendeinen Grund vorstellen, nach Australien zu gehen, um dort die moderne Technik der künstlichen Befruchtung zu erlernen oder umgekehrt selber zu dieser Technik Neues beizutragen?«

Dr. Pao überlegte einen Augenblick und schüttelte dann den Kopf. »Kann ich mir nicht vorstellen«, sagte er. »Das Problem, dem sich die chinesischen Gesundheitsbehörden gegenübersehen, ist Geburtenverhütung und nicht Geburtenförderung.«

»Das habe ich mir auch gedacht«, sagte Marissa. »Vielen Dank, daß Sie uns soviel Zeit geopfert haben.«

Danach verließen Marissa und Tristan das von Menschen wimmelnde Krankenhaus.

Marissa schüttelte niedergeschlagen den Kopf. »Das war reine Zeitverschwendung, vor allem für Dr. Pao. Hast du die Liste der Patienten gesehen, die alle noch für heute bei ihm angemeldet sind?«

Tristan hielt eine der Türen am Haupteingang für sie auf. »Manchmal sind negative Ergebnisse ebenso wichtig wie positive«, sagte er und nahm ihren Arm. »Seien Sie nicht so streng mit sich! Es war eine gute Idee herzukommen.«

»Was sollen wir denn jetzt tun?« fragte Marissa, als sie zu ihrer Limousine gingen. Von fern hörten sie auf dem Krankenhausgelände das dumpfe Brausen des Großstadtverkehrs.

»Wir werden Freddie fragen«, sagte Tristan und sah ihr lächelnd in die braunen Augen. »Dann werden wir wissen, ob dieser Thriller, den Sie mal gelesen haben, einen realen Hintergrund hat oder nicht.«

Als sie bei ihrem Wagen ankamen, sprang der Fahrer heraus und machte ihnen die hintere Tür auf. Marissa hatte schon einen Fuß im Wagen, als Tristan sie zurückzog. Er hatte gemerkt, daß der Fahrer nicht Freddie war. Fast zugleich sah Marissa, daß auf dem Rücksitz ein zweiter fremder Chinese saß.

»Wo ist unser Fahrer?« fragte Tristan. Der Mann, der ihnen die Tür aufhielt, war jünger und leichter und trug keine Livree, sondern einen dunkelblauen Geschäftsanzug.

»Bitte schön«, sagte der Mann, »der Fahrer hatte noch eine andere Verpflichtung.«

»Ist das nicht etwas ungewöhnlich?« fragte Tristan.

»Durchaus nicht«, sagte der Mann. »Das ist oft so, wenn ein Kunde einen besonderen Fahrer anfordert.«

»Im Wagen sitzt ein Mann«, sagte Marissa.

Tristan bückte sich und spähte hinein.

»Steigen Sie bitte ein!« sagte der Mann, der die Tür aufhielt.

»Tristan!« rief Marissa erschrocken. »Er hat eine Schußwaffe!«

Tristan richtete sich auf und sah die Hand des Mannes an, in der ein stupsnasiger Revolver lag. Der Mann hielt ihn dicht am Körper und richtete ihn auf Tristans Bauch.

Tristan veränderte leicht seine Stellung. »Was soll das sein, Kumpel?« fragte er. »Ein Scherz?«

»Steigen Sie bitte ein!« sagte der Mann wieder. Mehr brachte er nicht heraus, denn Tristans Schlag traf ihn seitlich am Hals. Der zweite landete auf seinem Handgelenk. Der Revolver fiel klappernd auf das Straßenpflaster. Dann schleuderte ein schwungvoller Fußtritt vor die Brust den Mann gegen die Wagentür, die krachend zuschlug.

Tristan packte Marissa an der Hand und riß sie mit sich in die niedrigen Büsche neben dem schmalen Rasenstreifen. Auf der anderen Seite des Rasens war die Straße mit dem üblichen Wagen- und Fußgängerverkehr. Tristan wagte einen Blick zurück und sah, daß ein dritter Mann zu den beiden getreten war, die in der Limousine gesessen hatten. Und jetzt kamen alle drei hinter ihnen her.

Tristan hatte gehofft, daß sie nach dem Erreichen der Innenstadtstraße einfach in der Menge verschwinden könnten. Doch leider war das nicht der Fall. Sie hatten nicht genügend Vorsprung gehabt. Die Männer verloren sie nie aus den Augen. Also blieb ihnen nichts anderes übrig, als weiterzurennen.

Sie rannten nach Westen in das Kowloon-Viertel Yaw Ma Tei und schauten verzweifelt nach einem jener Streifenpolizisten auf Motorrädern aus, die sie vorhin in reichlicher Anzahl vom Auto aus gesehen hatten. Selbst ein Verkehrspolizist wäre ihnen recht gewesen. Doch es ließ sich kein Cop blicken.

Die dichtgedrängten chinesischen Fußgänger machten den beiden rennenden Weißen Platz. Sie schienen neugierig zu sein, wollten aber nichts mit ihnen zu tun haben.

Tristan und Marissa kamen an eine breite Ausfallstraße. Hier hatten Doppeldeckerbusse und alle möglichen anderen Fahrzeuge einen totalen Stau verursacht. Sogar die Radfahrer kamen nicht mehr vorwärts. Selbst zu Fuß war es schwer, die Straße zu überqueren. Immerhin schafften sie es. Im Zurückschauen sahen sie, daß ihre Verfolger bereits auf der anderen Straßenseite angekommen waren.

Jetzt waren sie im Herzen des Viertels Yaw Ma Tei. Hier war das Verkehrschaos womöglich noch schlimmer. Ohne es zu wollen, gerieten Marissa und Tristan in eine Straße mit Hunderten von überdachten Marktständen für Kräuter, Kleidung, Fische, Küchenartikel, Obst, Süßigkeiten und weitere Lebensmittel. In der Eile stießen sie mehrmals mit Kunden und sogar mit den Verkäufern zusammen.

Trotz aller Angst wurde Marissa schwächer. Die Hormonspritzen und ihr Übergewicht machten ihr das Laufen zur Strapaze. Immer mehr ließ sie sich von Tristan ziehen.

Als er merkte, daß sie sich zurückfallen lassen wollte, drängte er: »Los, weiter!«

»Ich kann nicht!« rief sie keuchend.

Da wußte Tristan, daß sie nicht mehr lange mit ihm Schritt halten konnte. Sie brauchten also ein Versteck. In hektischer Suche kurvte Tristan zwischen den Verkaufsständen umher. Nirgends war etwas Geeignetes zu finden. Der schmale Raum zwischen den Marktständen und den Apartmenthäusern war mit Lebensmittelabfällen ausgefüllt, die in der Sonne verfaulten. Katzen suchten darin nach Nahrung. Offene Haustüren gab es nicht. Alles war fest verschlossen. Sogar vor den Fenstern im Erdgeschoß waren die Läden zugeklappt. Plötzlich bemerkte Tristan etwa einen halben Häuserblock entfernt eine kleine Nebenstraße.

»Kommen Sie!« beschwor er Marissa. »Nur noch ein kleines Stück.«

An der Ecke bogen sie in die Nebenstraße. Sie war so schmal, daß sie nur einem Auto Platz bot. Sie kamen an einem Laden vorbei, wo unter freiem Himmel gerupfte Enten an den Hälsen hingen. Daneben war ein Laden, in dem eßbare Insekten verkauft wurden, und danach kam einer, der Schlangen führte.

Nach dem durchdringenden Krach in der Marktstraße mit dem Konzert von Hupen, Ausrufern und hitzig feilschenden Kunden war es in der Seitenstraße verhältnismäßig still. Die lautesten Geräusche kamen noch aus unsichtbaren Rundfunkgeräten und vom Klicken der Steine beim Mah-Jongg-Spiel, das von älteren Chinesen eifrig an Holztischen betrieben wurde. Wenn Marissa und Tristan an ihnen vorbeieilten, warfen ihnen die Alten neugierige Blicke zu, bevor sie sich wieder dem Spiel zuwandten.

»Was sind das für Leute, die uns verfolgen?« brachte Marissa schweratmend hervor. »Was ist denn los? Warum sind sie hinter uns her?«

»Ich habe keine Ahnung«, sagte Tristan, der ebenfalls außer Atem war. »Aber ich fange allmählich an, Hongkong zu hassen. Ich bin überzeugt, daß es gesünder wäre, in den Krokodilflüssen der Nordterritorien herumzuschwimmen. Für Schußwaffen habe ich noch nie etwas übrig gehabt.« Nervös warf er einen Blick über die Schulter zurück. Zu seiner Erleichterung war niemand zu sehen, der in der Seitenstraße hinter ihnen herkam.

»Ich muß mich einen Augenblick hinsetzen«, sagte Marissa. Nach der Behandlung ihrer Unfruchtbarkeit und der mangelnden Bewegung in letzter Zeit war sie nicht in der Form, solche Anstrengungen auf sich zu nehmen. Gerade vor ihnen war ein Teezimmer. Über dem Eingang mit seinem Perlenvorhang hingen blitzblanke Töpfe. Marissa zeigte dorthin. »Wollen wir da etwas trinken?«

Nach einem weiteren Blick zurück erklärte sich Tristan widerstrebend einverstanden.

Das Teezimmer hatte keine Fenster und sah eher nach einem Lager- als nach einem Gästeraum aus. Die Tische waren aus altersschwachem, ungebeiztem Holz. An mehreren saßen Gäste, die sich nach üblicher Chinesenart in einer knapp unter dem Schreien liegenden Lautstärke unterhielten. Da außerdem auch noch die unvermeidliche chinesische Musik aus einem winzigen Radio dröhnte, konnte man hier kaum von ruhiger Atmosphäre sprechen. Dennoch war Marissa froh, daß sie sich setzen konnte. Ihre Beine taten ihr weh, und sie hatte Seitenstechen.

Der Inhaber beäugte sie mißtrauisch, kam dann zu ihnen und begrüßte sie in gutturalem Chinesisch.

»Tut mir leid, Kumpel«, sagte Tristan. »Spreche nicht chinesisch. Wir möchten zwei Tassen Tee. Die Sorte ist gleich. Bleibt Ihnen überlassen.«

Der Mann sah Tristan verständnislos an. Tristan machte die Gebärde des Teetrinkens und deutete dann auf die übrigen Gäste. Jetzt schien der Mann verstanden zu haben. Er verschwand durch eine Hintertür, vor der ein ähnlicher Perlenvorhang hing wie am Eingang.

»Wie angenehm, daß keine Polizei zur Stelle war«, sagte Marissa ironisch. Sie atmete immer noch schwer. »Wir sind jetzt noch nicht mal 24 Stunden in Hongkong und mußten schon zweimal um unser Leben laufen. Beidemal hat sich kein einziger Polizist blicken lassen.«

»Ich habe Sie ja gewarnt, daß es keine normale Urlaubsreise werden würde«, sagte Tristan.

»Sollen wir jetzt zur Polizei gehen?« fragte Marissa.

»Ich weiß gar nicht, was wir denen erzählen sollten«,

sagte Tristan. »Außerdem können die uns bei der Suche nach den Wing Sin bestimmt nicht helfen.«

»Wir stecken sicherlich bis über die Ohren im Schlamassel«, sagte Marissa.

»Das können Sie laut sagen.« Tristan drehte sich suchend um. »Wo zum Teufel bleibt der Mann mit unserem Tee?«

Marissa teilte seine Ungeduld nicht. Sie war auf den Tee nicht besonders scharf.

Tristan stand auf. »Hongkong ist eine Stadt der Extreme«, sagte er. »Manche Bestellungen werden im Handumdrehen erledigt, und andere dauern ewig.« Er ging zu der Tür, hinter der der Inhaber verschwunden war, teilte den Perlenvorhang und spähte hinein. Dann kam er an den Tisch zurück und nahm wieder Platz.

»Da sind ein Haufen abgerissener alter Knaben drin, die Pfeife rauchen«, berichtete er. »Anscheinend sind wir in eine dieser altmodischen Opiumhöhlen gestolpert, bei denen die Behörden wegen einer Handvoll alter Rauschgiftsüchtiger ein Auge zudrücken. Opium ist eine der ekelhaftesten und verachtenswertesten Hinterlassenschaften der britischen Kolonialgeschichte, aber es bildete auch die Grundlage für die Entwicklung Hongkongs.«

Marissa interessierte sich im Augenblick nicht für den geschichtlichen Hintergrund, sondern fragte: »Wollen wir gehen?«

»Wenn Sie bereit sind.«

»Wie kommen wir aus diesem Viertel wieder raus?« fragte Marissa.

»Wir schleichen uns durch die Seitengassen, bis wir an die große Ausfallstraße kommen, die wir vorhin überquert haben«, sagte Tristan. »Dann nehmen wir ein Taxi.«

»Na, dann los!« sagte Marissa. »Je eher ich wieder im Hotel bin, um so besser geht es mir.«

Tristan rückte den Tisch ab, so daß sie aufstehen konnte. Als sie auf den Beinen stand, reckte sie die schmerzenden Glieder und ging in gebückter Haltung durch den Perlenvorhang. Tristan folgte und prallte draußen mit ihr zusammen, denn sie war plötzlich wie angewurzelt stehengeblieben. Direkt vor dem Teehaus hielt eine schwarze Limousine.

In der Nähe lungerten die drei Männer in dunkelblauen Anzügen in verschiedenen lässigen Posen herum. Als der Mann am Bug des Fahrzeugs Tristan und Marissa erblickte, richtete er sich auf. Marissa erkannte ihn wieder: er hatte vorhin Freddies Platz eingenommen. Der stupsnasige Revolver war nicht zu sehen. Statt dessen hatte er eine noch viel gefährlicher aussehende Maschinenpistole an der Hüfte baumeln.

Tristan packte Marissa am Handgelenk und wollte sie wieder in das Lokal ziehen. Doch die schwere Holztür wurde ihnen vor der Nase zugeknallt. Er wollte sie schon mit Gewalt aufbrechen, doch da hörte er, wie innen Schlösser einschnappten.

Resigniert drehte Tristan sich zur Straße um.

»Bitte«, sagte der Mann mit der Maschinenpistole und zeigte auf das Wagenheck. Am Ellbogen seines Jackettärmels sah Tristan einen langen Riß. Wahrscheinlich passiert, als er ihn niedergeschlagen hatte.

Tristan und Marissa rührten sich nicht vom Fleck. Doch der Mann mit der Waffe duldete keine Verzögerung mehr. Ein kurzer Feuerstoß aus seiner Maschinenpistole auf die Straße verlieh seinen Worten Nachdruck. Nach allen Seiten surrten die Querschläger über die Straße und veranlaßten die Mah-Jongg-Spieler, sich Hals über Kopf in Deckung zu werfen. Der Schütze war ein Mann, dem ein Menschenleben wenig galt.

»Wir sollen in den Kofferraum steigen?« fragte Tristan.

»Bitte«, sagte der Mann mit der Maschinenpistole.

»Das kann ja gemütlich werden«, sagte Tristan. Er stieg als erster in das enge Verlies. Beim Liegen mußte er sich krumm machen. Marissa folgte ihm zögernd und preßte sich dann dicht an ihn.

»Das erstemal, daß ich in einem Kofferraum eine Frau im Arm halte«, sagte Tristan. Er hatte den rechten Arm um Marissas Körper gelegt.

»Können Sie denn nicht einmal ernst bleiben?« sagte Marissa.

»Wie zwei Salzheringe in einer Konservendose«, sagte Tristan. Sie hörten, wie der Motor angelassen wurde. Dann sprang die Limousine mit einem Satz nach vorn und fuhr die enge Gasse entlang.

»Man sagt ›wie die Ölsardinen‹«, korrigierte Marissa.

»Nicht da, wo ich groß geworden bin«, sagte Tristan.

»Tris, ich habe Angst«, sagte Marissa und kämpfte mit den Tränen. »Wenn wir nun hier drin ersticken? Ich kriege immer Platzangst, wenn es so eng ist.«

»Machen Sie die Augen zu!« riet ihr Tristan. »Das wird Ihnen guttun. Und ganz ruhig atmen! Ersticken kann man hier nicht. Sorgen macht mir nur, wo sie uns hinbringen wollen.«

Um Marissa von ihrer Platzangst abzulenken, fing Tristan an, über alles mögliche zu plaudern, was ihm gerade in den Sinn kam.

Nach unzähligen Biegungen, Stopps und Wiederanfahren hielt der Wagen endgültig, und der Motor wurde ausgeschaltet. Marissa und Tristan konnten hören, wie Türen auf und zu gingen. Sekunden später wurde der Kofferraum aufgeschlossen und der Deckel hochgeklappt.

Die drei Männer sahen auf sie hinunter.

»Aussteigen, bitte!« sagte der Mann mit dem Schießeisen.

Verschmutzt und durchgeschwitzt kletterte Marissa aus

dem Kofferraum. Tristan folgte ihr. Sie befanden sich in einer großen Lagerhalle, in der Schiffscontainer aufgestapelt waren.

»Vorwärts!« sagte der Mann mit der Schußwaffe und deutete auf einen Gang zwischen zwei Containern.

Tristan legte den Arm um Marissa. Angstvoll gingen sie in der angegebenen Richtung los. Was mochte ihnen bevorstehen? Als sie die Container hinter sich hatten, kamen sie an eine geschlossene Tür. Sie hielten an und warteten auf weitere Anweisungen. Einer der Entführer machte die Tür auf und bedeutete ihnen durchzugehen.

Drinnen kamen Tristan und Marissa in einen langen Korridor. Unausgesprochenen Befehlen folgend, gingen sie bis ans Ende durch, wo eine Tür ohne Aufschrift sie zum Halten zwang. Einer der Männer klopfte an. Von innen sagte jemand etwas auf chinesisch, und die Tür wurde geöffnet.

Marissa und Tristan wurden hineingestoßen.

Das Zimmer sah mit einem Schreibtisch, Aktenschränken, Büromöbeln, Anschlagbrettern und großen Kalendern mit Fotos von Überseeschiffen nach einem echten Büro aus. Am Schreibtisch saß ein Chinese, der etwas älter war als die drei Entführer. Er war tadellos angezogen und trug einen weißen Seidenanzug mit goldenen Manschettenknöpfen und goldener Krawattennadel. Die kohlschwarzen Haare waren aus der Stirn zurückgekämmt und mit lackartigem Haarspray befestigt. Neben ihm stand ein zweiter Chinese in grauem Geschäftsanzug.

Man stieß Marissa und Tristan vor den Schreibtisch. Der Mann im weißen Anzug lehnte sich zurück, verschränkte die Hände hinter dem Kopf und musterte die beiden vom Kopf bis zu den Zehen. Dann schwang er den Oberkörper vor und stützte die Ellbogen auf zwei große Hauptbücher, die aufgeschlagen auf dem Schreibtisch lagen.

Der Mann sagte etwas in rasend schnellem Chinesisch. Sofort traten die drei Männer in den blauen Anzügen vor, um Marissa und Tristan zu durchsuchen. Sie nahmen ihnen Brieftaschen und Armbanduhren ab und legten sie auf den Schreibtisch. Dann traten sie wieder zurück.

Der Mann im weißen Anzug tat, als hätte er alle Zeit der Welt. Genüßlich zündete er sich eine Zigarette an, die er wie eine Zigarre zwischen die Zähne klemmte. Um keinen Qualm in die Augen zu bekommen, legte er den Kopf zur Seite, nahm die Brieftaschen hoch, durchstöberte den Inhalt und sah sich die Fotos und die Kreditkarten an. Was an Geld vorhanden war, nahm er heraus und legte es auf den Schreibtisch.

»Wir sind neugierig, warum Sie sich nach den Wing Sin erkundigt haben«, sagte er in perfektem Englisch mit dem Akzent einer englischen Privatschule. »Die Triaden verstoßen in Hongkong gegen das Gesetz. Es ist gefährlich, über sie zu reden.«

Bevor Tristan antworten konnte, sagte Marissa: »Wir sind Ärzte und nur an gewissen Auskünften interessiert. Wir erforschen eine bestimmte Krankheit.«

»Eine Krankheit?« fragte der Mann ungläubig.

»Tuberkulose«, sagte Marissa. »Wir versuchen, die Spuren einer bestimmten Tuberkuloseinfektion, die in den Vereinigten Staaten, Europa und Australien aufgetaucht ist, an ihren Ursprung zurückzuverfolgen.«

Der Mann im weißen Anzug lachte. »Was soll denn das?« fragte er. »Jetzt sucht man bei den Triaden schon medizinische Kenntnisse! Eine Ironie des Schicksals, wenn man bedenkt, daß gewisse Politiker die Triaden seit Jahrhunderten als eine Krankheit bezeichnen!«

»Wir suchen bei den Wing Sin nicht nach medizinischen Kenntnissen«, sagte Tristan. »Vielmehr wünschen wir Auskunft über illegale Flüchtlinge, die die Wing Sin aus der Volksrepublik China herausgeschmuggelt haben, und zwar im Dienst einer australischen Gesellschaft, die Female Care Australia oder Fertility Limited heißt.«

Der Mann im weißen Anzug musterte prüfend die beiden Ausländer. »Das Erstaunliche an diesem Gespräch ist, daß ich Ihnen glaube«, sagte er und lachte wieder, aber diesmal weniger fröhlich. »Was Sie da eben sagten, ist so absurd, daß kein Mensch es erfinden könnte. Aber ob wahr oder nicht, das befreit Sie natürlich nicht von den Gefahren, die damit verbunden sind, wenn man in der Öffentlichkeit von den Wing Sin spricht.«

»Wir sind bereit, für die Auskünfte zu zahlen«, sagte Tristan.

»Oh!« sagte der Mann im weißen Anzug und lächelte ebenso wie seine Schergen. »Ihr Australier habt eine nachahmenswerte Art, gleich auf den Kern der Sache zu kommen. Nun, da sich in Hongkong alles verkaufen läßt, könnten wir vielleicht auch ins Geschäft kommen. Wenn Sie uns also einen kleinen Betrag von, sagen wir, 10 000 Hongkong-Dollar anbieten würden, wäre ich bereit, einige Nachfragen zu übernehmen. Mal sehen, was ich dabei für Sie herausfinden kann. Selbstverständlich kann ich für den Erfolg nicht garantieren.«

»Sagen wir 5000«, sagte Tristan.

Der Mann im weißen Anzug lachte wieder. »Ich bewundere Ihren Mut«, sagte er. »Aber Sie sind nicht in der Lage, mit uns handeln zu können. 10 000!«

»In Ordnung«, sagte Tristan. »Wann kriegen wir die Auskünfte?«

»Sie treffen mich morgen vormittag um zehn Uhr oben auf dem Victoria Peak«, sagte der Mann im weißen Anzug. »Sie müssen mit der Straßenbahn kommen.«

»Gut«, sagte Tristan, trat einen Schritt vor und griff nach ihren Brieftaschen und Armbanduhren.

Der Mann hinter dem Schreibtisch stieß Tristans Hand weg. Dann nahm er die Brieftaschen und gab sie ihm zurück. »Das Geld und die Armbanduhren müssen wir leider einbehalten«, sagte er. »Tut mir leid, aber es ist eine kleine Belohnung für die Männer, die Sie hergebracht haben. Das Geld können wir als Anzahlung auf die 10 000 Dollar ansehen.« Er blätterte in den Geldscheinen, zog eine einzelne 10-Dollar-Note heraus und gab sie Tristan. »Für Fahrtspesen von dem Punkt aus, wo Sie abgesetzt werden.«

Tristan nahm den Schein entgegen. »Danke, Kumpel, nett von Ihnen. Aber sagen Sie mir eins: Sind Sie Mitglied der Wing Sin?«

»Da ich weiß, daß Sie aus Australien kommen und daher von jeder Zivilisation unbeleckt sind, will ich Ihnen die Frage noch einmal verzeihen. Außerdem möchte ich Sie davor warnen, sich vor unserem Treffen an die Polizei zu wenden. Wir werden Sie ständig beobachten. Morgen treffe ich Sie dann mit dem Geld.«

Er winkte mit der Hand, und sofort kamen die drei Männer in den dunkelblauen Anzügen und geleiteten Marissa und Tristan aus dem Zimmer. Danach wandte sich der Mann im weißen Anzug wieder seinem Hauptbuch zu.

»Ein freundlicher Mensch«, bemerkte Tristan ironisch, während sie durch den langen Korridor ins Lagerhaus gingen. Am Wagen blieben sie stehen.

Einer der Männer hob den Kofferraumdeckel hoch. »Doch nicht schon wieder da rein, Kumpel!« sagte Tristan.

In der gleichen Stellung, wie sie hergekommen waren, doch mit erheblich weniger Angstgefühlen, wurden Marissa und Tristan aus der Lagerhalle kutschiert. Tristan kuschelte sich näher an Marissa und sagte: »Ich könnte an dieser Transportmethode Gefallen finden.«

»Tris«, sagte Marissa, »lassen Sie den Quatsch! Sprechen

Sie mit mir wie auf der Herfahrt! Da haben Sie mich von dem Gedanken, eingesperrt zu sein, abgelenkt.«

»Jedenfalls ist jetzt klar, warum sie uns wieder hier hinten einsteigen ließen«, sagte Tristan. »Wir sollen nicht wissen, wo die Lagerhalle steht.«

»Erzählen Sie mir etwas aus Ihrer Kindheit!« sagte Marissa.

Tristan räusperte sich und tat ihr den Gefallen.

Die zweite Fahrt war viel kürzer als die erste. Als der Kofferraumdeckel wieder aufgemacht wurde, waren sie ganz erstaunt, nicht nur wegen der kurzen Fahrzeit, sondern auch darüber, daß man den Motor noch laufen ließ.

Marissa und Tristan blinzelten in der grellen Sonne und versuchten sich zurechtzufinden. Sie befanden sich in einer Straße der Innenstadt, und zwar gegenüber dem Eingang zum Bahnhof Mong Kok der Hongkonger U-Bahn. Einige Passanten blieben kurz stehen und schauten sie offenen Mundes an, gingen aber gleich wieder weiter. Marissa fragte sich, ob es in Hongkong so üblich war, daß man mitten in der Stadt Leute aus dem Kofferraum eines Autos krabbeln zu sehen pflegt.

Die Männer in den blauen Anzügen sprachen kein Wort. Ruhig stiegen sie wieder ein und fuhren ab.

»Damit wäre ein höchst interessanter Vormittag beendet«, sagte Tristan. »Wollen wir ins Hotel zurück?«

»Bitte«, sagte Marissa. »Ich bin nur noch ein Nervenbündel. Ich verstehe nicht, woher Sie diese Ruhe nehmen. Fühlen Sie mal, wie ich zittere!« Marissa legte ihm die Hand auf den Unterarm.

»Sie zittern ja wirklich!« sagte Tristan. »Entschuldigen Sie, daß ich Ihnen das nicht ersparen konnte! Aber wenigstens haben wir nun doch Kontakt aufgenommen. Vielleicht läuft von jetzt an alles besser. Natürlich vorausgesetzt, daß Sie die Sache weiter verfolgen wollen.«

»Ich glaube schon«, sagte Marissa, aber es klang unsicher. »Nur eine Verfolgungsjagd halte ich nicht mehr durch.«

Sie gingen zum U-Bahnhof hinunter, der zu ihrer Freude hell und sauber war. Die Fahrt bis zum Bahnhof Tsim Sha Tsui verging schnell, angenehm und — was das beste war — ohne Zwischenfall.

Vom U-Bahnhof war es bis zum Hotel nur ein kurzer Fußweg. Als sie unterwegs an einem der vielen Juwelierläden vorbeikamen, bemerkte Marissa scherzhaft, daß sie ja eigentlich schon wieder neue Armbanduhren brauchten.

»Wenn das so weitergeht«, sagte Tristan, »werden die dauernden Uhrenkäufe noch die teuerste Ausgabe der ganzen Reise.«

Als sie vor einer roten Ampel stehenbleiben mußten, nahm Tristan ihren Arm und beugte sich zu ihrem Ohr herunter. »Ich möchte Ihnen auf keinen Fall schon wieder einen Schreck einjagen, aber ich glaube, wir werden verfolgt. Hinter uns sind zwei Männer, genauso angezogen wie die Entführer von vorhin. Sie waren schon in der U-Bahn dabei.«

»O nein!« sagte sie. »Was machen wir jetzt? Wegrennen kann ich nicht mehr.«

Tristan richtete sich auf. »Keine Aufregung!« sagte er. »Wir rennen ja nicht weg. Diesmal unternehmen wir gar nichts. Der Mann im weißen Anzug hat uns doch gesagt, daß er uns beschatten lassen will. Wahrscheinlich sind die Männer hinter uns seine Leute. Wir dürfen jetzt nur keinen Polizisten ansprechen.«

Marissa überblickte die belebte Kreuzung. Im Gegensatz zu vorhin waren hier viele Polizisten zu sehen. Selbstsicher gingen sie in ihren schmucken blauen Uniformen auf den Straßen Streife. »Wo haben die Kerle nur gesteckt, als wir sie brauchten?« fragte Marissa.

»Das ist hier auch ein Touristenviertel«, sagte Tristan.

Vor dem Hotel blieben sie kurz stehen. Der Portier verbeugte sich höflich und öffnete ihnen die Tür. »Ich möchte noch zum Kassenschalter«, sagte Tristan, »und mir etwas Geld aus dem Safe geben lassen. Danach würde ich gern den Geschäftsführer k.o. schlagen. Ich habe das bestimmte Gefühl, daß er der Triade einen Tip gegeben hat. Und obendrein hat er noch zwanzig Dollar Trinkgeld von mir angenommen!«

»Machen Sie hier bloß keine Szene!« beschwor ihn Marissa, und um ihren Worten Nachdruck zu verleihen, drückte sie seinen Arm. Sie kannte Tristan ja nun so gut, daß es sie nicht überrascht hätte, wenn er hingegangen und den Mann wirklich k.o. geschlagen hätte.

Nebeneinander traten sie an den marmornen Empfangsschalter. Während Tristan sich bemühte, einen der Hotelangestellten auf sich aufmerksam zu machen, sah sich Marissa im Foyer um. Wie üblich war es voller Menschen. Der Nachmittagstee konnte auf eine mehr als 50jährige Tradition im eleganten Foyer des Peninsula zurückblicken. An den gedeckten Tischen saßen schmuckbeladene Frauen und geschniegelte Männer. Weißbehandschuhte Kellner sausten hin und her zwischen Küche und Tischen und rollten Wagen mit Konfekt und süßen Backwaren durch die Menge. Den letzten Hauch zu der eleganten Atmosphäre steuerte klassische Klaviermusik bei.

Plötzlich kniff Marissa ihren Begleiter so fest in den Arm, daß er zusammenzuckte. »Tristan«, sagte Marissa aufgeregt. »Da kommt auf ein Mann auf uns zu. Ich glaube, ich kenne ihn.«

Im ersten Moment war der Mann für Marissa nur ein Gesicht in der Menge gewesen. Aber ein Reflex veranlaßte sie, noch einmal genauer hinzuschauen. Irgend etwas an seinem Gesicht und der Art, wie er das kohlrabenschwarze Haar trug, riefen ihre Erinnerung wach. Sie hatte beobachtet, wie er die Zeitung weglegte und aufstand. Sie hatte gesehen, wie er sie erblickte und dann losging. Schließlich war ihr aufgefallen, daß er mit der Hand in die innere Brusttasche seines Jacketts faßte. In diesem Augenblick hatte sie Tristan in den Arm gekniffen.

»Wen meinen Sie denn, meine Liebe?« fragte Tristan.

»Er kommt gerade auf uns zu«, flüsterte Marissa. »Der Chinese im grauen Anzug. Ich habe ihn schon einmal gesehen. Es ist einer der beiden Männer, die Fischköder ins Wasser geschüttet haben, an dem Tag, als Wendy starb!«

Tristans Blick suchte das Foyer ab. Es waren so viele Menschen. Aber dann fiel ihm bald der Chinese auf, der sich mit den Ellbogen einen Weg durch die Menge bahnte. Die rechte Hand hatte er im Jackett verborgen. Er schien etwas zu umklammern.

Tristan spürte Gefahr im Verzug. Es lag etwas Zweideutiges in der Art, wie der Mann auf ihn zukam. Tristan wußte, daß er etwas unternehmen mußte. Zur Flucht blieb ihm keine Zeit mehr. Wohin auch? Die Menge ließ ihn ja nicht durch. In seinem Rücken hörte er, wie der zweite Geschäftsführer seinen Namen rief. Der Chinese war nur noch drei Meter entfernt. Gleich würde er bei ihm sein. Es sah aus, als lächle er. Langsam zog er die Hand aus der Jackettasche. Tristan sah Metall aufblitzen.

Mit einem grellen Schrei stieß sich Tristan von der Rezeption ab und sprang auf den Mann zu. Im Flug sah Tristan, daß der Mann dabei war, eine Pistole zu ziehen. Aber bevor er sie ganz heraus hatte, prallte Tristan mit ihm zusammen. Die Wucht von Tristans Anprall ließ beide das Gleichgewicht verlieren und gegen einen großen runden Tisch mit Marmorplatte rutschen. Der Tisch kippte um. Porzellangeschirr und Kuchenstücke flogen nach allen Seiten. Die acht Personen, die an dem Tisch gesessen hatten, fanden sich auf dem Fußboden wieder.

In Sekundenschnelle brach Panik aus. Was eben noch eine Szene steifer Förmlichkeit gewesen war, verwandelte sich in ein Tohuwabohu. Die Menschen spritzten auseinander, manche laut schreiend, andere nur, um Deckung zu suchen.

Tristan richtete sein Augenmerk allein auf die Pistole. Als er mit dem Chinesen über den umstürzenden Tisch fiel, gelang es ihm, das Handgelenk des Mannes zu umklammern. Ein Schuß löste sich. Das Geschoß fuhr in die vergoldete Decke.

Tristan versuchte einen Kung-fu-Angriff. Zu seiner Bestürzung wurde der Angriff abgewehrt. Sein Gegner war ein genauso flinker und erfahrener Kung-fu-Kämpfer wie er. Daher verzichtete Tristan auf diese Kunst und biß dem Mann in den Arm. Erst dann ließ der die Waffe auf den Fußboden fallen.

Doch beim Beißen hatte Tristan seine Kampfstellung aufgeben müssen. Der Fremde nutzte das voll aus und warf Tristan über seine Schulter. So gut es ging, rollte sich Tristan federnd zusammen, bevor er auf den Boden krachte. Dann wälzte er sich blitzschnell weg, um keinen Fußtritt abzubekommen, sprang auf und nahm eine lauernde Haltung an. Doch bevor er noch etwas unternehmen konnte, hielten ihn mehrere Männer von hinten fest.

Vor sich sah Tristan, wie der Chinese den Rückzug antrat. Ein Mann versuchte, ihn festzuhalten. Doch der Chinese vollführte eine vollkommene Kung-fu-Bewegung und schickte den Mann mit einem krachenden Tritt vor die Brust zu Boden. Dann spurtete der Chinese zum Vordereingang, vorbei an den zu Tode erschreckten Hotelgästen. Draußen verschwand er sofort in der Menschenmenge, die sich vor dem Hotel gebildet hatte.

Tristan wehrte sich nicht gegen die Männer, die ihn festhielten. Er hatte die kleinen Funkgeräte an ihren Gürteln und die winzigen Hörer in ihren Ohren bemerkt. Daher war er überzeugt, daß sie zum Sicherheitsdienst des Hotels gehörten.

Marissa eilte hinzu und verlangte, daß man Tristan loslasse. Als man sie nicht beachtete, versuchte sie sogar die Hausdetektive an den Armen wegzuziehen. Nur gut, daß der zweite Geschäftsführer sofort reagierte. Er hatte den ganzen Vorfall mitangesehen und sorgte dafür, daß Tristan auf der Stelle losgelassen wurde.

Marissa warf Tristan die Arme um den Hals und schmiegte sich an ihn. »Alles in Ordnung? Oder bist du verletzt?«

»Nur in meinem Stolz«, sagte Tristan. »Der Kerl konnte besser Kung-fu als ich.«

»Sollen wir Sie zum Hotelarzt bringen?« fragte der zweite Geschäftsführer.

»Nicht nötig«, sagte Tristan und zeigte auf Marissa. »Eine bessere Behandlung kann ich mir gar nicht wünschen.« Marissa hielt ihn immer noch fest umklammert und hatte den Kopf an seine Brust gelegt.

»Woher wußten Sie, daß der Mann bewaffnet war?« fragte der zweite Geschäftsführer.

»Der sechste Sinn des Aussie«, antwortete Tristan.

»Das Hotel ist Ihnen für Ihr mutiges Eingreifen zu Dank verpflichtet«, sagte der zweite Geschäftsführer. »Zweifellos hatte der Mann einen Raubüberfall geplant.«

»Eine flüssige Belohnung würde ich nicht zurückweisen«, sagte Tristan. »Haben Sie Fosters Lagerbier?« Dann legte er seinerseits die Arme um Marissa und drückte sie an sich.

Als Willy das Hotel hinter sich gelassen hatte, bog er nach rechts ab und fiel aus dem Laufschritt in schnelles Gehen. Er wollte vermeiden, daß er durch zu große Hast Aufmerksamkeit erregte. Sein Ziel war die belebte Anlegestelle der Star-Fähren. Dort fand er zu seiner Erleichterung Hunderte von Menschen vor, die auf das sich eben dem Pier nähernde Fährschiff warteten. Hier konnte er mit Leichtigkeit in der Menge untertauchen.

Zuerst durften die Passagiere für Kowloon aussteigen. Danach konnten die Wartenden an Bord gehen. Willy ließ sich von der Menschenflut mitschwemmen.

Wie die Mehrzahl der Laute blieb er auf dem Unterdeck, wo er sich in der Nähe einer großen Familie aufhielt und so tat, als gehörte er dazu. Niemand schien von seiner Anwesenheit Notiz zu nehmen. Nach der kurzen, zehnminütigen Fahrt ging Willy an Land und schritt zum Hotel Mandarin hinauf.

Da das Mandarin zur selben Kategorie wie das Peninsula gehörte, wußte Willy, daß er dort ohne weiteres ein Überseegespräch führen konnte. Das Problem bestand nicht in dem Telefonat selbst, sondern darin, daß es für ihn unangenehm verlaufen würde. Es war Willys erster großer Fehlschlag gewesen, und er war alles andere als zufrieden.

Bevor er in das Hotel hineinging, betrachtete er sein Spiegelbild in einem Schaufenster, brachte seine Kleidung in Ordnung und kämmte sich die Haare. Als er glaubte, er könne sich wieder sehen lassen, betrat er das Foyer. Eine Treppe tiefer fand er neben der Herrentoilette eine Reihe von Telefonkabinen. Er holte tief Luft und rief dann Charles Lester an.

Sobald Lester sich gemeldet hatte, sagte Willy: »Die Blumenthal ist hier.«

»Ich weiß«, sagte Lester. »Ned hat es schon von der Einwanderungsbehörde erfahren. Sie hat eine Maschine von Brisbane aus genommen.«

»Ich habe vor wenigen Minuten eine Konferenz mit den interessierten Parteien einzuberufen versucht«, sagte Willy in der Codesprache, die sie verabredet hatten, da sie möglicherweise abgehört würden. »Aber es ging schief. Ich hatte keinen Erfolg. Dieser Williams erwies sich als unkooperativ und hat das Treffen eigenhändig abgesagt, bevor ich mein Material zum Einsatz bringen konnte.«

Eine Flut australischer Schimpfworte kam über die Leitung. Willy nahm den Hörer vom Ohr weg. Erst als er merkte, daß Lesters Stimme einen einigermaßen normalen Tonfall annahm, hielt er den Hörer wieder ans Ohr.

»Die Lage verschlimmert sich mehr und mehr«, beklagte sich Lester.

»Jetzt eine neue Konferenz einzuberufen, würde noch viel schwerer zu bewerkstelligen sein«, gab Willy zu. »Alle warten ja nur darauf. Aber wenn Sie es wünschen, werde ich mein Bestes tun und es versuchen.«

»Nein«, sagte Lester. »Ich schicke Ned rüber. Er soll die Konferenz zustande bringen. Er hat mehr Erfahrung. Von dir erwarte ich nur, darauf zu achten, daß die Kunden nicht abreisen. Halte das Hotel im Auge! Wenn sie in ein anderes umziehen, mußt du ihnen folgen. Es würde das Problem noch weiter erschweren, wenn wir den Kontakt mit der Blumenthal in Hongkong verlören.«

»Ich habe leider auch das Material eingebüßt, das ich ihnen zeigen wollte«, sagte Willy. »Es blieb am Schauplatz der Konferenz zurück.«

»Dann mußt du dir neues besorgen«, sagte Lester. »War das, was du hattest, angemessen?«

»Es war sehr gut«, sagte Willy. »Voll und ganz geeignet.«

Der Polizeiinspektor der Royal Hongkong Police war, wie Tristan es anschließend Marissa gegenüber beschrieb, ein »verfluchter Pom«. Mit seinem grauen Teint und dem ausgebeulten englischen Anzug samt Weste und Uhrkette hatte er sogar britisch ausgesehen. Er und Tristan hatten sich im Büro des Geschäftsführers im Hotel Peninsula gegenübergesessen.

»Gehen wir alles noch einmal durch!« sagte der Inspektor, indem er nach englischer Art ab und zu Silben verschluckte. »Sie hatten gerade Ihren Safeschlüssel abgegeben, als Sie diesen fernöstlich aussehenden Gentleman auf sich zukommen sahen.«

»Das stimmt, Kumpel«, sagte Tristan. Er wußte, daß seine witzige australische Ausdrucksweise dem Inspektor auf die Nerven gehen würde, und quälte ihn deshalb vorsätzlich. Denn der Polizeiinspektor fiel ihm jetzt schon seit fast zwei Stunden auf die Nerven.

Dabei versuchte Tristan noch, Geduld zu bewahren. Er kannte ja den Grund für das Aufhebens, das der Inspektor von dem Vorfall machte. Die Polizei hatte es nicht gern, wenn es Schwierigkeiten in einem Gebiet gab, das wichtig für den Tourismus war, und schon gar nicht in einem Luxushotel wie dem Peninsula.

»... in diesem Augenblick haben Sie sich umgedreht und sahen den Mann auf sich zukommen«, fuhr der Inspektor fort.

»Stimmt«, sagte Tristan. Sie kauten das jetzt zum zwanzigstn Mal durch.

»Woran haben Sie gemerkt, daß er auf Sie zuging und nicht auf jemand anders?« fragte der Inspektor.

»Er hat mich genau angeguckt«, sagte Tristan. »Mit einem sehr bösen Blick.« Tristan machte es zum Spaß nach und bedachte den Inspektor mit einem sehr bösen Blick.

»Ja, natürlich«, sagte der Inspektor. »Haben Sie den Mann früher schon einmal gesehen?«

»Noch nie!« sagte Tristan mit Nachdruck. Er wußte, daß dieser Punkt für die Polizei von besonderem Interesse war. Aber Tristan war nicht bereit, freiwillig zu verraten, daß es Marissa gewesen war, die den Mann wiedererkannt hatte. Wenn die Polizei es versäumte, Marissa zu verhören, würden sie es nie herausfinden. Tristan dachte nicht daran, irgend etwas von seinem Wissen preiszugeben. Er befürchtete, dadurch ihr morgiges Treffen mit dem Wing-Sin-Mann zu belasten.

Schließlich, nach zwei Stunden, gab der Inspektor auf, behielt aber das letzte Wort. Er sagte, es könne sein, daß er Tristan noch einmal vernehmen müsse, weshalb er bis auf weiteres in Hongkong zu bleiben habe. Sowie Tristan erlöst war, ging er an einen Hausapparat und rief Marissa an.

»Ich bin endlich frei!« sagte er. »Das müssen wir feiern. Gehen wir aus und kaufen uns neue Uhren!«

Sie gingen wieder in dasselbe Juweliergeschäft, in dem sie ihre ersten Ersatzuhren gekauft hatten. Diesmal handelte Tristan den Preis noch mehr herunter. Der Angestellte erhob nur kurz Einwände und gab dann nach.

Danach kehrten sie ins Hotel zurück und schlossen sich in ihren Zimmern ein. Sie kamen überein, den ganzen restlichen Tag hier zu bleiben. Da sie seit dem Frühstück nichts zu sich genommen hatten, bestellten sie als erstes Essen.

Zum Warten setzten sie sich an das Fenster mit der großartigen Aussicht.

»Hongkongs Schönheit erinnert mich an das Große Barriereriff«, sagte Marissa beim Blick aus dem Fenster. »Der strahlende Glanz verdeckt, was dahintersteckt: das ewige Fressen und Gefressenwerden.«

Tristan nickte. »Wie der Mann im weißen Anzug so treffend bemerkte: Hier ist alles käuflich. Alles!«

»Meinst du, daß er die Verabredung immer noch einhalten wird?« sagte Marissa. »Ich möchte mal gern wissen, wann die Wing Sin von deinen zwei Stunden bei der Polizei erfahren werden.«

»Das weiß ich auch nicht«, sagte Tristan. »Aber ich wette, daß der Foyer-Zwischenfall in die Zeitungen kommen wird. Also wird er es lesen, und wir haben zumindest eine Ausrede.«

Marissa seufzte. »Was wir schon alles in Hongkong erlebt haben! Ich weiß, du hast mich ja gewarnt. Trotzdem hätte ich mir im Traum nicht vorgestellt, was wir alles durchzumachen hätten. Ich bin nur noch ein Nervenbündel und fürchte mich, aus dem Hotel zu gehen. Ich habe ja schon Angst, ins Foyer hinunterzufahren. Schon beim Uhrenkauf habe ich furchtbare Angst ausgestanden. Ich dachte, jeden Augenblick würde wieder etwas Schreckliches passieren.«

»Ich weiß, wie dir zumute ist«, sagte Tristan. »Denk dran: wir können die Sache jederzeit fallenlassen. Wir müssen nicht unbedingt weitermachen.«

»Ja, ich denke ja daran«, sagte Marissa unentschlossen.

Minutenlang schauten Marissa und Tristan schweigend auf den Hafen hinunter.

Schließlich richtete Marissa sich auf und sagte: »Ich will weitermachen. So sehr mir das alles Furcht einflößt, ich kann nicht aufgeben. Jetzt nicht mehr. Ich könnte dann nicht mehr in den Spiegel sehen. Zudem kann ich mich des Gefühls nicht erwehren, daß wir dem Geheimnis nahe gekommen sind. Ach, immer wenn ich die Augen zumache, sehe ich Wendy vor mir.«

»Und ich sehe dann meine Frau«, sagte Tristan. »Ich weiß, daß ich so etwas nicht sagen sollte, aber du erinnerst mich irgendwie an sie. Bitte, sei nicht beleidigt! Ich will euch nicht miteinander vergleichen. Es ist ja nicht so, daß du ihr ähnlich siehst oder dich ähnlich benimmst. Es ist etwas anderes. Irgendwie ein Gefühl, daß du mir vermittelst.« Tristan staunte über sich selbst. Es war sonst gar nicht seine Art, so freimütig über seine Gefühle zu sprechen.

Marissa blickte ihm in die blauen Augen. Sie konnte sich

jetzt vorstellen, was der Mann für Kummer und Leid erfahren hatte, als seine Frau gestorben war. »Ich bin nicht beleidigt«, sagte sie. »Ich fasse es als Kompliment auf.«

»So war es auch gemeint«, sagte Tristan. Dann lächelte er verlegen und wandte den Blick zur Tür. »Wo zum Teufel bleibt das Essen? Ich habe einen Mordshunger.«

Während des Essens fiel ihnen Freddie ein, der Fahrer der Luxuslimousine. Sie machten sich Gedanken darüber, was wohl aus ihm geworden war. Hoffentlich war ihm nichts zugestoßen. Daß er in die Entführung verwickelt gewesen war, glaubten sie nicht. Doch andererseits hatte in Hongkong alles seinen Preis.

»Beim Thema Freddie fällt mir noch etwas ein«, sagte Tristan. »Wenn wir die Sache weiter durchziehen wollen, müssen wir einen anderen Wagen mieten und dazu einen Fahrer, der gleichzeitig als Leibwächter einspringen kann.«

»Und der kantonesisch spricht«, fügte Marissa hinzu. »Das wäre uns schon bei mehreren Gelegenheiten zugute gekommen.«

»Wenn wir Glück haben, läßt er uns im Kofferraum mitfahren«, sagte Tristan spöttisch.

Marissa mußte lächeln. Wie Tristan bei all dem seinen Sinn für Humor behielt, ging über ihren Verstand.

Nach dem Essen schoben sie den Tisch zur Seite und setzten sich wieder ans Fenster. Marissa nippte an ihrem Weinglas, und Tristan machte sich über eine weiter Dose von Fosters Lagerbier her, die das Hotel für ihn aufgetrieben hatte.

Marissas Gedanken wanderten zu dem Vorfall im Foyer zurück. »Wenn der Chinese da unten derselbe Mann war, der in Australien die Fischköder ins Wasser geschüttet hat, dann muß er im Dienst von Female Care Australia stehen.«

»Das nehme ich an«, sagte Tristan.

»Die wollen uns wirklich aus dem Weg schaffen. Sie

müssen verzweifelt sein, sonst hätten sie nicht versucht, uns in aller Öffentlichkeit zu erschießen. Bei Wendy haben sie sich noch große Mühe gegeben, es wie einen Unfall aussehen zu lassen.«

»Das Komische daran ist«, sagte Tristan, »daß sie glauben, wir wüßten mehr, als wir wirklich wissen. Wenn ich an ihrer Stelle wäre und wüßte, wie wenig wir wissen, würde ich mich überhaupt nicht um uns kümmern.«

»Vielleicht haben sie weniger Angst vor dem, was wir wissen, als davor, was wir noch herauskriegen könnten«, sagte Marissa seufzend. »Ich frage mich, wie er uns aufgespürt hat.«

»Das ist auch eine gute Frage«, sagte Tristan.

»Vielleicht sollten wir in ein anderes Hotel umziehen.«

»Das würde wohl nicht viel ausmachen«, sagte Tristan. »In dieser Stadt scheint es einen Untergrund-Nachrichtendienst zu geben. Nimm zum Beispiel den Inhaber des Teezimmers! Ganz offensichtlich hat er die Wing Sin davon benachrichtigt, daß wir uns bei ihm aufhielten. Wenn wir jetzt in ein anderes Hotel ziehen, möchte ich darauf wetten, daß das auch nicht lange verborgen bleibt. Zumindest ist hier jetzt der Sicherheitsdienst auf dem Posten. Wenn der Kerl, der uns überfallen wollte, noch einmal zurückkäme, würden sie ihn erkennen.«

»Trotzdem müssen wir aber sehr vorsichtig sein«, sagte Marissa. »Vor allem morgen früh, wenn wir uns mit dem Mann im weißen Anzug treffen.«

»Genau daran habe ich auch gedacht«, sagte Tristan. »Wir können wohl annehmen, daß er zu der Partei halten wird, die ihm am meisten Schmiergeld zahlt. Vielleicht wird es uns mehr als die vereinbarten 10 000 Hongkong-Dollar kosten.«

»Kannst du dir das überhaupt leisten, Tris?« fragte Marissa.

Tristan lachte. »Es ist doch nur Geld.«

15

19. April 1990

8.47 Uhr vormittags

Im Sonntagsanzug und mit einem Blumenstrauß in der Hand wanderte Ned Kelly die Salisbury Road entlang und sog begierig alle Eindrücke auf. Er war schon früher zu verschiedenen Anlässen in Hongkong gewesen. Wie immer genoß er das farbenfrohe Bild der Stadt. Er war gestern erst spät in der Nacht eingetroffen und, dank Charles Lester, im Hotel Regent abgestiegen. Noch nie hatte Ned in einem solchen Luxushotel gewohnt. Er bedauerte nur, daß er durch sein spätes Eintreffen nichts mehr von dem kribbelnden Nachtleben des Viertels Tsim Sha Tsui miterlebt hatte.

In der Nähe des Hotels Peninsula begann er in den parkenden Autos nach Willy Tong Ausschau zu halten. Damit handelte er nach den Anweisungen. Er fand ihn schließlich in einem grünen Nissan Stanza sitzen, der vor dem Raumfahrtmuseum direkt gegenüber dem Hotel parkte. Ned öffnete die Beifahrertür und setzte sich neben Willy.

»Du siehst umwerfend aus, Kumpel«, sagte Willy. »Die Blumen sind für mich?«

»Ich sehe wirklich gut aus, stimmt's?« sagte Ned, sehr zufrieden mit seinem Jackett von Harris, der Gabardinehose und den braunen Mokassins. Er legte die Blumen auf den Rücksitz und erkundigte sich: »Wie ist die allgemeine Lage?«

»Seit dem Tumult, den ich verursacht habe, ist es wieder

still geworden«, sagte Willy. »Ich weiß gar nicht, wie mir das passieren konnte. Es ließ sich doch geradezu ideal an. Das Foyer war voller Menschen. Du hattest mir gesagt, so wäre es am besten. Und ich war nicht mehr als zwei, drei Schritte von Williams entfernt, als er auf einmal herumwirbelte und mich angriff!«

»Pech!« sagte Ned. »War die Frau dabei?«

»Selbstverständlich«, sagte Willy. »Sie stand direkt neben ihm. Noch zehn Sekunden, und ich hätte sie beide erschossen gehabt.«

»Vielleicht hat sie dich vom Boot wiedererkannt«, sagte Ned. »Nun, jetzt ist es ja egal. Sie sind noch im Hotel?«

»Ja«, sagte Willy. »Ich bin fast die ganze Nacht hier gewesen. Hab auch mal angerufen und wurde sofort durchgestellt. Nein, sie sind nicht ausgezogen.«

»Das ist gut«, sagte Ned. »Was ist mit der Kanone?«

»Ich habe eine«, sagte Willy, griff an Ned vorbei zum Handschuhfach, machte den Deckel auf, holte eine Handfeuerwaffe heraus und reichte sie Ned mit dem Griff nach vorn.

Ned stieß einen Pfiff aus. »Eine Heckler & Koch!« sagte er. »Junge, Junge, die ist erstklassig. Und der Schalldämpfer?«

Willy griff wieder ins Handschuhfach und reichte Ned eine rechteckige kleine Schachtel. Ned öffnete sie und wickelte den Schalldämpfer aus.

»Macht Spaß, wenn man eine neue Ausrüstung benutzen kann«, sagte Ned. »Das muß man Female Care Australia lassen: sie stellen nur erstklassige Sachen zur Verfügung.« Ned schraubte den Schalldämpfer auf den Pistolenlauf, der dadurch um ein Drittel länger wurde. Er ließ das Magazin herausschnellen und zählte die Patronen nach. Dann vergewisserte er sich, daß keine im Lauf steckte, entsicherte die Waffe und drückte den Abzug durch. Es gab einen netten, vollklingenden Klicklaut. »Sauber«, sagte er.

Ned schob das Magazin wieder ein, lud die Waffe durch und entsicherte sie. Jetzt war sie schußbereit.

Er drehte sich zu Willy um. »Es wird nicht lange dauern. Du fährst den Wagen drüben vors Hotel und läßt den Motor laufen. Laß mir ungefähr fünf Minuten Zeit! Dann kommst du rüber, klar?«

»Ist geritzt«, sagte Willy eifrig.

»Ich geh jetzt los«, sagte Ned. Er beugte sich vor, schob die Pistole auf seinem Rücken unter den Hosengürtel, faßte auf den Rücksitz und nahm den Blumenstrauß hoch. Dann stieg er aus. Doch bevor er über die Straße ging, beugte er sich noch einmal zum offenen Seitenfenster hinein.

»Ich habe diesen Kerl, den Williams, schon seit Jahren nicht mehr gesehen«, sagte er. »Werde ich ihn auch erkennen?«

»Ich glaube schon«, sagte Willy. »Er hat ungefähr deine Größe, rotblonde Haare und ein viereckiges Gesicht. Sieht eher nach einem Stockman als nach einem Dr. med. aus.«

»Hab's mitgekriegt«, sagte Ned und wollte wieder gehen.

Willy hielt ihn auf. »Du hast doch keine Schwierigkeiten, die Frau wiederzuerkennen, oder?« fragte er.

»Schon gar nicht, wenn sie ihren Badeanzug anhat«, sagte Ned und blinzelte ihm zu.

Ned schlängelte sich durch den Verkehr in der Salisbury Road und achtete aufmerksam darauf, daß sich die Pistole hinten im Gürtel nicht verschob.

Am Peninsula öffnete der Portier die Tür für ihn, und er betrat das Foyer.

Zu dieser morgendlichen Stunde war im Foyer verhältnismäßig eine Menge Betrieb, weil viele Touristen aus aller Welt abreisen wollten oder gerade eingetroffen waren. Die Pagen hatten das Gepäck unten zusammengestellt, und der aufsichtführende Portier bemühte sich, Ordnung zu halten.

Ned ging auf die Pagen zu. Er suchte sich einen jüngeren aus, der gerade Koffer auf einen Gepäckwagen stellte. Durch seinen Verkehr mit Chinesen hatte Kelly im Laufe der Jahre etwas Kantonesisch aufgeschnappt. Jetzt bat er den jungen Mann auf kantonesisch um eine Gefälligkeit. Der Junge schien überrascht zu sein, daß ihn ein *gweilo* in seiner Muttersprache anredete.

Ned steckte dem Pagen 1000 Hongkong-Dollar zu. Das war ein vielfacher Monatslohn. Der Page bekam ganz große Augen.

»Ein paar Freunde von mir wohnen hier«, sagte Ned. »Ich möchte sie gern überraschen. Dazu brauche ich ihre Zimmernummern. Aber sie dürfen es nicht wissen. Verstanden?«

Der Page nickte und zeigte dann ein breites Grinsen.

»Die Namen sind Williams und Blumenthal. Ich weiß nicht, ob sie getrennte Zimmer oder ein Doppelzimmer haben.«

Der Page nickte wieder und huschte zum Schalter des Portiers, der gerade ein Telefongespräch führte. An ihm vorbei suchte der Page im Hauptverzeichnis die angegebenen Namen. In kurzer Zeit kam er zurück. Inzwischen hatte sich Ned eine Zigarette angezündet.

»Freue mich, Ihnen sagen zu können, daß es die Zimmer 604 und 606 sind«, sagte der Page lächelnd unter vielen Verbeugungen. Ned bedeutete ihm, das zu unterlassen. Er durfte kein Aufsehen erregen. Dann bedankte sich Ned bei ihm und ging zum Zeitungskiosk. Den Blumenstrauß unterm Arm, blätterte er im neuen *Time*-Magazin und schaute verstohlen zum Schalter, um sich zu vergewissern, daß sein Geschäft mit dem Pagen kein Mißtrauen erregt hatte. Er konnte beruhigt sein. Der überschwenglich beglückte Page lud, als wäre nichts geschehen, wieder Koffer auf den Gepäckkarren.

Ned legte das Magazin zurück. Dann nahm er die Blumen in die rechte Hand. Mit dem Auge des Fachmanns erkannte er die Männer vom Sicherheitsdienst, die sich im Foyer aufhielten. Es waren zwei, aber keiner hatte von ihm Notiz genommen.

Ned ging ohne Umweg zu den Fahrstühlen und drückte auf den Aufwärts-Knopf. Bis jetzt konnte er zufrieden sein. Es ging alles glatt. Er sah voraus, daß er bereits in einer Viertelstunde Lester anrufen würde, und freute sich auf die ansehnliche Prämie, die Lester ihm versprochen hatte, wenn er den Auftrag gut erledigen würde.

Doch als die Fahrstuhltüren im fünften Stock aufgingen, hatte Ned rasendes Herzklopfen. Trotz aller Bemühungen, so kurz vor der Ausführung des Auftrags Ruhe zu bewahren, war er reichlich nervös geworden.

Da er die Gewohnheiten in Hongkonger Luxushotels kannte, blieb Ned nach dem Aussteigen bei den Fahrstühlen stehen, um dem Etagenkellner Gelegenheit zu geben, aus seinem Verschlag zu kommen. Ned grinste breit. »Hallo, mein Freund!« sagte er auf kantonesisch.

Der Etagenkellner war ein älterer Chinese. Er lächelte schwach. Wer mochte der Mann sein? Er erwartete doch heute morgen keine neuen Gäste!

»Ich habe ein Geschenk für Sie«, sagte Ned und reichte dem Kellner 1000 Hongkong-Dollar.

Dem Mann klappte die zahnlose Kinnlade auf.

Lächelnd fuhr Ned fort: »Ich brauche einen Moment Ihre Hilfe«, sagte er. »Ich möchte, daß Sie mir die Tür zum Zimmer meiner Schwester öffnen. Nr. 604. Sie hat heute Geburtstag.«

Der Etagenkellner steckte die Geldscheine in die Tasche und führte Ned schlurfend den Flur entlang zu Nr. 604.

Schon wollte er anklopfen, als Ned gerade noch rechtzeitig seinen Arm festhalten konnte.

»Nein«, sagte Ned. »Es soll eine Überraschung werden.«

Der Kellner nickte, fischte in der Tasche nach den Schlüsseln, fand den richtigen und steckte ihn ins Schloß.

Während der Etagenkellner damit beschäftigt war, spähte Ned nach beiden Seiten über den Flur. Dann griff er nach hinten und zog die Pistole mit dem aufgesetzten Schalldämpfer hervor.

Die Tür ging einen Spaltbreit auf. Der Kellner wollte zur Seite treten. Doch Ned legte ihm beide Hände auf die Schultern und schubste ihn mit aller Kraft nach vorn. Der Mann stieß gegen die leicht geöffnete Tür, die krachend weit aufging. Kopfüber flog er auf den Zimmerteppich.

Sofort sprang Ned ins Zimmer. Er ließ die Blumen fallen, nahm die Pistole in beide Hände und legte sie mit gestreckten Armen an. Sein Opfer saß auf der Bettkante. Vom Fenster fiel Licht auf sein rotblondes Haar.

Ned schaute über die Zieleinrichtung seiner Automatik. Der Mann war aufgesprungen. Er schien fassungslos zu sein. Ned jagte ihm zwei Kugeln in die Stirn, genau über den Augen. Der Mündungsknall war nicht lauter als ein Spuckgeräusch. Der Überraschte fiel rücklings aufs Bett. Die Sache war kinderleicht gewesen.

Ned fuhr herum und suchte die Blumenthal. Sie war nicht im Zimmer. Dann sah er die offene Verbindungstür. Von drüben hörte er Wasser rauschen.

Ned drehte sich um und schloß leise die Tür zum Flur. Dann richtete er die Kanone auf den Etagenkellner, der vor Angst wie erstarrt mitten auf dem Teppich stand. Ned deutete ihm mit der Waffe an, er solle zum Kleiderschrank gehen.

Ned öffnete die Schranktür. Grob stieß er den Kellner hinein. Dann machte er leise die Tür hinter ihm zu und schloß den Schrank ab.

Er huschte wieder zur Verbindungstür und horchte. Noch immer lief da drin das Wasser. Langsam steckte er den Kopf ins Nebenzimmer. Es war leer, und das Bettzeug war abgezogen. Aber die Badezimmertür stand ungefähr zehn Zentimeter weit offen. Jetzt hörte er das Wasser noch deutlicher rauschen. Die Blumenthal ließ die Badewanne vollaufen.

Lautlos schlich Ned durchs Zimmer zum Bad. Dann holte er tief Luft, hob einen Fuß und stieß die Tür ganz auf. Im nächsten Augenblick war er drin.

Eine Frau kniete mit dem Rücken zur Tür vor der Wanne. Er hatte sie völlig überrumpelt. Als sie Miene machte aufzustehen, schoß ihr Ned zwei Kugeln in den Hinterkopf. Sie stieß einen Eimer Seifenwasser um und fiel vornüber in die Wanne.

Verwirrt sah Ned den Eimer an. Er stieg über die Wasserlache, packte die Frau an den Haaren und riß den Kopf hoch.

»Verflucht!« murmelte er. Es war gar nicht die Blumenthal. Es war eine chinesische Putzfrau.

Ned ließ die Frau los. Leblos fiel der Oberkörper wieder in die Wanne. Ned ging zurück ins erste Zimmer, umrundete das Bett und bückte sich, um den Toten näher in Augenschein zu nehmen. Es war schwer, ihn richtig zu betrachten, weil der Körper zwischen Bett und Wand eingeklemmt war. Nicht ohne Mühe gelang es Ned, ihn herauszuziehen. Er durchsuchte seine Taschen und zog die Brieftasche des Mannes heraus. Als er sie aufklappte, stieß er einen lauten Fluch aus. Es war gar nicht Williams! Es war ein gewisser Robert Buchanan! Wer zum Teufel war Robert Buchanan?

Ned richtete sich auf. Was war geschehen? Hatte ihm der Page ein falsches Zimmer genannt? Rasch durchsuchte er das Zimmer. In einem Koffer zu Füßen des Bettes fand er ein Heft mit Reiseschecks von American Express, die auf den Namen Marissa Blumenthal ausgestellt waren.

Ned begab sich an die Tür zum Flur und lauschte. Da nichts zu hören war, machte er die Tür auf. Der Flur war leer. Er nahm das Schild »Bitte nicht stören« vom Haken und hängte es außen an den Türknopf. Dann schloß er die Tür hinter sich und ging.

Ned fuhr ins Erdgeschoß und schlenderte im Foyer umher. Er wanderte durchs Frühstückszimmer und verschiedene andere Funktionsräume. Kein Mensch, dem er begegnete, sah Williams oder der Blumenthal ähnlich. Schließlich gab er es auf und steuerte den Ausgang an.

Gleich draußen vor dem Hotel saß Willy bei laufendem Motor in dem Nissan. Ned machte die Tür auf und stieg ein.

Willy merkte sofort, daß etwas schiefgegangen war.

»Williams und die Frau waren nicht da«, sagte Ned zornig. »Hast du sie bestimmt nicht aus dem Hotel gehen sehen?«

»Auf keinen Fall!« sagte Williams. »Und ich bin fast die ganze Nacht hier gewesen. Sie sind nicht weggegangen.«

Ned schaute durch die Windschutzscheibe nach vorn und schüttelte den Kopf. »Jedenfalls waren sie nicht in ihren Zimmern. Und jetzt habe ich die Sache noch schlimmer vermasselt als du. Ich habe die falschen Leute getötet!«

»Verflucht!« sagte Willy. »Was machen wir jetzt?«

Ned schüttelte hilflos den Kopf. »Ich weiß nur, was wir nicht machen werden: die Belohnung kassieren. Schlimm ist das. Wahrscheinlich müssen wir die Sache den Wing Sin übergeben. Fahren wir ab!«

»Ich sage es nicht gern«, bemerkte Marissa, »aber diese Armbanduhr gefällt mir eigentlich besser als die letzte. Sie paßt besser zu einer Frau.« Bewundernd schaute Marissa ihre neue Seiko an.

»Sehr nett«, stimmte Tristan zu und betrachtete seine eigene. »Vielleicht hätte ich doch mal etwas ganz anderes probieren sollen. Na, vielleicht ergibt sich mal die Gelegenheit. Wir sind ja noch in Hongkong. Und bisher haben wir hier jeden Tag eine neue Uhr gebraucht.«

Der Wagen kroch einen knappen Meter vorwärts.

»Wie lang ist denn dieser Tunnel?« fragte Marissa. Sie bekam wieder Platzangst, fast so schlimm wie gestern, als man sie im Kofferraum eingeschlossen hatte.

»Weiß nicht«, sagte Tristan. Er rutschte ein Stück vor und ließ die Trennglasscheibe zum Fahrer herunter. »He, Bentley, wie lang ist dieser Tunnel?«

»Ungefähr anderthalb Kilometer, Mr. Williams«, sagte Bentley.

Tristan machte es sich wieder bequem. »Hast du gehört?« fragte er.

»Leider«, sagte Marissa. »In diesem Tempo werden wir eine Stunde brauchen, um nur auf die Insel Hongkong zu kommen. So einen Verkehr habe ich noch nicht erlebt.«

Marissa und Tristan steckten tief im Harbor-Cross-Tunnel. Sie hatten heute früh das Hotel durch den Angestelltenausgang verlassen, denn Tristan hielt es für am besten, sich so unauffällig wie möglich zu verdrücken. Draußen hatten sie dann ihren neuen Fahrer kennengelernt.

Bentley war genau der Mann, auf den sie gehofft hatten. Bentley Chang, ihr neuer Fahrer, hatte die Figur eines Sumo-Ringers und schien nur aus Muskeln zu bestehen. Was Sprachen anbetraf, so hätte er sich um eine Stellung bei der UN bewerben können. Außer dem schönsten Queen's Englisch beherrschte er japanisch, kantonesisch, Mandarin sowie einigermaßen Hakka und Tanka. Zudem hatte er Tristan davon überzeugt, daß er Kung-fu-Kenntnisse besaß. Marissas Vertrauen hatte er durch die Kanone in der Schulterhalfter gewonnen.

Genau so eindrucksvoll wie er war sein Wagen. Es war ein überlanger gepanzerter Mercedes, der normalerweise für ausländische Würdenträger bestimmt war. Als Marissa von Tristan wissen wollte, was er kostete, bat er sie, ihn nicht danach zu fragen. Er hatte den Wagen am Abend zuvor bestellt, indem er den Autoverleih für Luxuslimousinen selber angerufen hatte, statt das durch den Geschäftsführer erledigen zu lassen.

Als sie die Straßenbahnhaltestelle am Fuß des Victoria Peak erreichten, war es schon 9.30 Uhr.

»Und ich hoffte, wir würden früh da sein«, sagte Tristan.

Bevor sie ausstiegen, ging Tristan noch einmal mit Bentley die Anweisungen durch, die er ihm bereits zuvor erteilt hatte. Bentley sollte zum Peak fahren und in einiger Entfernung Beobachterposten beziehen. Wenn etwas nicht in Ordnung war, würde ihm Tristan ein Zeichen geben, indem er sich zweimal durch die Haare fuhr. Wenn Bentley das sah, sollte er einschreiten, wie immer er es für richtig hielt. Verlief aber alles glatt, dann sollte Bentley wieder nach unten fahren und warten, bis Marissa und Tristan mit der Straßenbahn dort ankamen.

»Noch Fragen?« sagte Tristan zu Muskelmann Bentley.

»Ja, eine«, sagte Bentley. »Wenn die Sache mit Rauschgift zu tun hat, sagen Sie es mir gleich!«

Tristan lachte. »Nein, wir befassen uns mit keinerlei Rauschgift«, sagte er.

»Wenn das nicht stimmen sollte, werde ich ärgerlich werden«, sagte Bentley.

»Ich möchte wirklich nicht erleben, daß Sie ärgerlich werden«, sagte Tristan.

Die Auffahrt in der roten Straßenbahn, die eigentlich eine Seilbahn war, wurde zu einem Vergnügen. Schnell ließen sie den Beton von Central hinter sich und stiegen an den bewaldeten Hängen mit schattigen Plätzchen voll Jasmin, wildem Indigo, Seidelbast und Rhododendron empor. Selbst in der Bahn konnte man die Elstern draußen hören.

Der Gipfel selbst war eine Enttäuschung. Die Bergspitze lag noch im Morgennebel. So konnten Marissa und Tristan nichts von der vielgepriesenen Aussicht erblicken. Schön war allerdings die Blätterpracht, besonders die der exotischen Bäume, an denen noch der Tau hing.

Um zu zeigen, daß sie da waren, gingen Marissa und Tristan mehrmals um den Peak Tower. Der Gipfelturm war eine dreistöckige Einkaufsesplanade mit Restaurants, einem Eiskremstand, einem Drugstore und sogar einem Supermarkt. Marissa fühlte sich besonders von den Ständen mit chinesischem Kunsthandwerk angezogen.

Beim Umherwandern schauten sie mit einem Auge immer nach den drei Männern aus, die sie am Vortag entführt hatten. Aber sie bekamen niemand zu Gesicht, den sie kannten, außer Bentley. Der war, wie verabredet, oben angekommen, hielt sich aber weisungsgemäß unauffällig im Hintergrund. Weder er noch Marissa und Tristan tauschten auch nur ein Nicken aus.

Um 11.15 Uhr waren Tristan und Marissa so weit, daß sie aufgeben wollten.

»Ich nehme an, sie haben von dem Vorfall im Peninsula gehört«, sagte Marissa.

»Verdammt«, sagte Tristan. »Jetzt weiß ich nicht mehr, was wir machen sollen. Wir stehen wieder am Anfang.«

Niedergeschlagen bummelten sie zur oberen Haltestelle zurück. Nach so hohen Erwartungen war das eine schwere Enttäuschung.

»Entschuldigen Sie«, sagte eine ältere Frau, die ihnen entgegenkam. Sie trug einen breitrandigen Strohhut mit schwarzem Band und hatte auf einer Bank neben dem Eingang zur Seilbahn gesessen. »Sind Sie Mr. Williams?« fragte sie.

»Ja«, sagte Tristan.

»Ich soll Ihnen von Mr. Yip ausrichten«, sagte sie, »daß er ihre Verabredung heute morgen zu seinem Bedauern nicht einhalten konnte. Aber er würde sich freuen, wenn Sie ihn im alten Restaurant Stanley treffen würden.«

»Wann?« fragte Tristan.

»Das ist alles, was ich weiß«, sagte die Frau, verbeugte sich und ging mit schlurfenden Schritten eilig davon.

Tristan blickte Marissa an. »Was hat das zu bedeuten?«

»Ich nehme an, Mr. Yip ist der Mann im weißen Anzug.«

»Aber wann sollen wir denn ins Restaurant Stanley gehen?« fragte Tristan. »Und wo ist es überhaupt?«

»Ich würde sagen, wir sollten sofort hinfahren«, sagte Marissa. »Und wir fragen einfach Bentley, wo es ist.«

Sie fuhren mit der Gipfelbahn wieder hinunter. Als sie dort ankamen, wartete Bentley schon in seinem gepanzerten Mercedes. Marissa und Tristan nahmen auf den Rücksitzen Platz. Tristan fragte Bentley, ob er schon mal von einem Restaurant gehört habe, das Stanley hieß.

»Aber ja, Sir«, sagte Bentley.

»Wo ist es?« fragte Tristan.

»Nun, es ist in Stanley, Sir«, sagte Bentley.

Tristan lehnte sich zurück. »Okay, Bentley«, sagte er. »Fahren wir nach Stanley!«

Zu Marissas Kummer führte der erste Teil der Fahrt wieder durch einen Tunnel, der mehr als drei Kilometer lang war. Erst seit der Fahrt im Kofferraum war ihr bewußt geworden, daß sie Tunnel nicht mochte.

Glücklicherweise war der Verkehr hier einigermaßen zügig. Obgleich der Aberdeen-Tunnel länger als der Cross-Harbor-Tunnel war, dauerte die Durchfahrt bei weitem nicht so lange. Als sie wieder ins Freie kamen, hatte sich die Landschaft verwandelt, aus den städtischen Häuserblocks von Kowloon und Central zu einer fast ländlichen Schönheit mit leuchtend weißen Sandstränden. Das Wasser war so smaragdgrün, wie Marissa es beim Anflug auf Hongkong vom Flugzeug aus gesehen hatte.

Während der Fahrt an der herrlichen Küste entlang rutschte Tristan wieder nach vorn. »Bentley«, fragte er, »haben Sie schon mal von einem Mann namens Mr. Yip gehört?«

»Das ist ein häufiger chinesischer Name, Sir«, sagte Bentley.

»Als wir diesen Mr. Yip kennenlernten, trug er einen ziemlich auffallenden Anzug«, sagte Tristan. »Aus weißer Seide.«

Bentley drehte sich zu Tristan um. Der Wagen fuhr ein wenig Schlangenlinie. Rasch schaute Bentley wieder nach vorn auf die Straße.

»Sie haben einen Mr. Yip kennengelernt, der einen weißen Anzug trug?« fragte Bentley.

»Ja«, sagte Tristan. »Ist das so verwunderlich?«

»Ich kenne nur einen Mr. Yip, der weiße Anzüge trägt«, sagte Bentley, »und das ist ein Vollstrecker.«

»Das müssen Sie erklären«, sagte Tristan.

»Er ist ein 426«, sagte Bentley. »Das heißt, er ist ein roter Mast, was bei den Triaden so viel wie ein Vollstrecker ist. Der Vollstrecker erledigt die ganze schmutzige Arbeit für die Triade, ganz gleich auf welchem Gebiet: Kreditwucher, Prostitution, Glücksspiel, Schmuggel und ähnliches.«

Tristan wandte sich zu Marissa um. Er wollte feststellen, ob sie Bentleys Worte gehört hatte. Daraufhin verdrehte sie die Augen. Also hatte sie es gehört.

»Wir fahren zum Restaurant Stanley, um uns dort mit Mr. Yip zu treffen«, sagte Tristan.

Bentley bremste, fuhr an den Straßenrand, legte den Ganghebel in die Parkstellung und schaltete den Motor ab.

Dann drehte er sich um und schaute Tristan an. »Ich muß mit Ihnen sprechen«, sagte er.

In der nächsten Viertelstunde feilschten Tristan und Bentley um dessen Stundenlohn. Eine Fahrt zu einem Treffen mit Mr. Yip war nicht im normalen Lohn enthalten. Nachdem man sich geeinigt hatte, ließ Bentley den Wagen wieder an und fuhr auf die Straße hinaus.

»Wissen Sie, welcher Triade Mr. Yip angehört?« fragte Tristan.

»Ich darf keine Einzelheiten über die Triaden aussprechen«, sagte Bentley.

»Okay«, sagte Tristan freundlich. »Ich nenne die Triade, zu der er meiner Ansicht nach gehört, und wenn ich recht habe, nicken Sie. Einverstanden?«

Bentley überlegte einen Augenblick. Dann war er einverstanden.

»Wing Sin«, sagte Tristan.

Bentley nickte.

Tristan setzte sich zurück. »Nun«, sagte er, »das bestätigt unseren Verdacht. Offenbar weiß Mr. Yip, was wir von ihm wissen wollen. Die Frage ist, ob er uns Auskunft geben will oder nicht.«

»Es kostet Nerven, wenn man sieht, wie diese Angelegenheit immer mehr eskaliert«, sagte Marissa. »Mr. Yip hat mir schon Angst eingejagt, als wir ihn kennenlernten. Seit ich weiß, wer er ist, habe ich noch mehr Angst vor ihm.«

»Wir haben immer noch Zeit, uns anders zu besinnen«, sagte Tristan.

Marissa schüttelte den Kopf. »Nachdem wir so weit gegangen sind, gebe ich nicht mehr auf.«

Stanley erwies sich als eine hübsche, moderne Vorstadt, die auf einer Halbinsel erbaut war. An beiden Seiten zogen sich Sandstrände hin. Der Blick auf das smaragdgrüne Meer war herrlich. Die Häuser waren weniger eindrucksvoll, meist vierstöckige, einfallslose weiße Betonbauten.

Bentley fuhr in eine Parkzone am Strand und stellte den Wagen mit der Schnauze zur Straße ab. Dann schaltete er den Motor ab und wies mit einem Nicken auf das Gebäude zur rechten Hand. »Das ist das Restaurant Stanley«, sagte er.

Marissa und Tristan musterten das Restaurant. Von außen wirkte es genauso unscheinbar wie die übrigen Häuser der Stadt.

»Bist du bereit?« fragte Tristan.

Marissa nickte. »Wenn man das bereit sein nennen kann.«

Bentley stieg aus und öffnete die hintere Tür. Marissa und Tristan traten in den hellen Sonnenschein. Bevor sie noch einen Schritt tun konnten, gingen die Türen mehrerer Autos in ihrer Nähe auf, und ein halbes Dutzend Chinesen stiegen aus. Sie trugen alle Geschäftsanzüge. Marissa und Tristan erkannten drei wieder. Es waren die Männer, die sie gestern entführt hatten.

Bentley griff nach seiner Waffe, besann sich dann aber eines anderen. Mehrere der Männer trugen nämlich deutlich Maschinenpistolen zur Schau.

Marissa erstarrte. Ihre schlimmsten Befürchtungen schienen sich zu bewahrheiten. Sie war erstaunt, wie kühl und lässig die Männer ihre Schußwaffen in der Öffentlichkeit zeigten.

Ein Mann kam auf sie zu. »Bleiben Sie bitte, wo Sie sind!« sagte er, griff in Bentleys Jackett und nahm ihm die Pistole ab. Dann sagte er auf kantonesisch etwas zu ihm. Bentley drehte sich um und ging zum Mercedes zurück.

Nun wandte sich der Mann Marissa und Tristan zu und untersuchte sie auf Waffen. Da er keine fand, nickte er zum Restaurant hinüber. Marissa und Tristan setzten sich in Bewegung.

»Bentley ist uns wirklich eine große Hilfe«, sagte Tristan. »Schön zu wissen, daß ich mein Geld gut angelegt habe.«

»Sie sind uns anscheinend immer einen Schritt voraus«, sagte Marissa.

Innen war das Restaurant mit einfacher Eleganz eingerichtet. Es hatte Holztische in antikem Stil und pfirsichfarbene Wände. Da es noch nicht Mittag war, waren noch keine Gäste da. Kellner legten Gedecke auf und putzten das Kristall.

Ein französischer Oberkellner im Frack hieß sie willkommen und wollte sie gerade fragen, ob sie einen Tisch bestellt hätten, als sein Blick auf ihre Begleiter fiel. Sofort verbeugte er sich und führte sie eine Treppe höher in ein separates kleines Speisezimmer.

Mr. Yip saß am Tisch, vor sich sein großes Hauptbuch und eine Tasse Tee. Wie gestern trug er wieder einen blütenweißen Seidenanzug.

Ihr Begleiter sagte etwas auf kantonesisch zu Mr. Yip. Der hörte zu und musterte dabei die Gesichter Marissas und Tristans. Als sein Gefolgsmann geendet hatte, schlug Mr. Yip das Hauptbuch zu, legte die Ellbogen darauf und beugte sich vor. »Sie haben mich durch das Mitbringen eines bewaffneten Leibwächters beleidigt«, sagte er.

»Das war nicht beabsichtigt«, sagte Tristan mit gequältem Lächeln. »Aber wir hatten gestern ein unangenehmes Erlebnis. Jemand hat versucht, uns zu ermorden.«

»Wo?« fragte Mr. Yip.

»Im Hotel Peninsula«, sagte Tristan.

Mr. Yip sah den Mann an, der Marissa und Tristan hereingebracht hatte. Der Mann nickte. Anscheinend bestätigte er die Geschichte. Achselzuckend blickte Mr. Yip wieder Marissa und Tristan an und sagte: »Mordversuche sind hier nicht ungewöhnlich«, sagte er. »Das ist der Preis, den man für gewisse Geschäfte in Hongkong zu zahlen hat.

Auf mich hat man schon eine Menge Mordversuche unternommen.«

»Wir sind an so etwas nicht gewöhnt«, sagte Marissa.

»Auf jeden Fall«, sagte Mr. Yip, »war es ein Fehler, einen bewaffneten Leibwächter zu einer Verabredung mit mir mitzubringen. Außerdem hätte er Sie ja doch nicht schützen können.«

»Wir sind Ausländer«, sagte Marissa, »und kennen die Spielregeln nicht.«

»Diesmal will ich Ihnen noch verzeihen«, sagte Mr. Yip. »Haben Sie das Geld mitgebracht?«

»Ganz recht, Kumpel«, sagte Tristan. »Aber wie wär's, wenn Sie uns zuerst die Auskünfte liefern?«

Mr. Yip lächelte und schüttelte verwundert den Kopf. »Bitte, Mr. Williams, ärgern Sie mich nicht noch mehr, als Sie es schon getan haben! Und sagen Sie nicht ›Kumpel‹ zu mir!«

»Gut«, sagte Tristan. »Es sieht so aus, als seien wir in der schwächeren Verhandlungsposition.« Er griff in die Tasche, holte einen Briefumschlag des Hotels heraus, in den er 10 000 Hongkong-Dollar gesteckt hatte, und überreichte ihn Mr. Yip. »Für Ihre Auslagen«, sagte er mit einem Lächeln.

Mr. Yip nahm den Umschlag entgegen und sagte: »Sie lernen unsere Hongkonger Geschäftspraktiken schnell.« Er riß den Umschlag auf und blätterte die Scheine durch. Dann steckte er das Geld in die Jackettasche.

»Ich habe erfahren«, fuhr Mr. Yip fort, »daß die Wing Sin mit einer australischen Gesellschaft namens Fertility Limited gewisse Geschäfte betreiben. Sie haben seit einigen Jahren ungefähr alle zwei Monate je zwei Chinesen aus der Volksrepublik herausgeschmuggelt. Die Wing Sin sorgen für den Transport von einem Treffpunkt auf dem Pearl River nördlich von Zhuhai nach Aberdeen. Von dort bringen sie die Männer nach Kai Tac und setzen sie in eine Maschine nach Brisbane. Es ist eine angenehme und einträgliche Geschäftsbeziehung. Nicht gerade überwältigend, aber doch zufriedenstellend.«

»Was sind das für Männer?« fragte Tristan.

Mr. Yip zuckte die Achseln. »Ich weiß es nicht, und es ist mir auch egal. Genauso war es auch mit den Studenten vom Tian-anmen-Platz. Uns war es gleichgültig, wer sie waren. Wir wollten nur für den Transport bezahlt werden.«

»Warum werden diese Männer aus China herausgeschmuggelt?« fragte Tristan.

»Keine Ahnung«, sagte Mr. Yip. »Das ist für die Wing Sin uninteressant.«

Tristan hob enttäuscht die Hände. »Sie haben uns nichts mitgeteilt, was wir nicht schon gewußt haben«, beklagte er sich.

Marissa trat von einem Fuß auf den anderen. Sie fürchtete, Tristan würde den Mann reizen.

»Ich habe Ihnen zugesagt, Nachfragen anzustellen«, entgegnete Mr. Yip. »Und das habe ich getan. Vielleicht kann ich Ihren Ärger etwas mildern, wenn ich Ihnen einen zusätzlichen Dienst anbiete. Vielleicht erscheint es Ihnen von Vorteil, wenn Sie dem Kapitän der Dschunke, der die Transporte durchführt, einen Besuch abstatten können.«

Marissa sah Tristan an, daß er vor Wut kochte. Sie hatte schreckliche Angst, daß er etwas unternehmen könnte, das sie in Gefahr bringen würde. Hoffentlich war Mr. Yips Angebot für ihn von Interesse. Eigentlich mußte es das sein. Vielleicht konnte der Kapitän die Auskünfte liefern, nach denen sie suchten.

Tristan fing ihren Blick auf. »Was meinst du?« fragte er. »Bist du daran interessiert?«

Marissa nickte.

»Okay«, sagte Tristan zu Mr. Yip. »Wir versuchen es mal. Wo finden wir diesen Kapitän?«

»Er ist in Aberdeen«, sagte Mr. Yip. »Einer meine Mitarbeiter wird Sie hinbringen.« In rasend schnellem Kantonesisch gab Mr. Yip ihrem Begleiter Anweisungen.

»Ich hatte solche Angst, du würdest da drin irgend etwas Verrücktes anstellen«, sagte Marissa.

»Diese Mausratte hat uns hintergangen«, sagte Tristan empört. »Dieser schwule Lude hat unser Geld genommen und uns mit wertlosem Gewäsch abgefunden.«

»Manchmal frage ich mich, ob das noch Englisch ist, was du redest«, sagte Marissa.

Sie saßen wieder in dem gepanzerten Mercedes mit Bentley hinter dem Lenkrad und fuhren einem ähnlich gepanzerten Mercedes hinterher, der sie zu dem von Mr. Yip erwähnten Kapitän führen sollte.

Bentley verhielt sich still. Er fühlte sich durch den Zwischenfall auf dem Parkplatz gedemütigt.

»Ich kann diesem Dschunkenkapitän nur raten, uns ja etwas Nützliches mitzuteilen!« sagte Tristan warnend. »Sonst ...«

»Was willst du denn sonst tun?« fragte Marissa. »Es so weit treiben, daß nicht nur unser Freund von Female Care Australia, sondern auch die Wing Sin uns jagen? Bitte, Tristan, denk daran, mit wem wir es zu tun haben!«

»Du hast ja recht«, sagte er bedrückt.

Als sie nach Aberdeen kamen, vergaßen Marissa und Tristan vorübergehend alle ihre Sorgen. Es war eine außergewöhnliche Stadt. Der riesige Hafen war mit Tausenden von Sampans und Dschunken aller Größen vollgestopft, die so miteinander vertäut waren, daß sie einen ausgedehnten schwimmenden Slum bildeten. Mitten in all dem Schmutz ankerten mehrere schwimmende Restaurants, die prächtig in Rot und Gold herausgeputzt waren.

»Wie viele Menschen leben denn da draußen auf den Booten?« fragte Marissa.

»Ungefähr 20 000«, sagte Bentley. »Und viele setzen nur selten mal den Fuß an Land. Aber sie werden von der Regierung wieder zurückgebracht.«

»Und keine sanitären Einrichtungen«, sagte Tristan voller Ekel. »Wahrscheinlich gibt es überhaupt keinen anständigen Lokus. Kannst du dir ausmalen, wie viele Kolibazillen das Wasser hier verseuchen?«

Als sie in die eigentliche Stadt kamen, erblickten sie auch eine Reihe von Juwelierläden und Banken. Aberdeen, so viel war klar, war ein Stadt von Besitzenden und von Habenichtsen.

»Der Reichtum stammt aus dem Schmuggel«, beantwortete Bentley eine Frage Tristans. »Schon lange bevor es Hongkong gab, war Aberdeen das Zentrum des Schmuggels und der Piraterie. Natürlich hieß es damals noch nicht Aberdeen.«

In der Nähe der Ap-Lei-Chou-Brücke fuhr der führende Mercedes an eine Anlegestelle von Sampans. Mr. Yips Gefolgsmann stieg aus. Bentley fuhr auf den Parkplatz. Als Marissa, Tristan und Bentley auf den Kai kamen, hatte der Mann einen Motorsampan besorgt. Der schwache Motor tuckerte und stieß schwarze Rauchwolken aus dem Auspuff.

Zusammen stiegen sie an Bord. Der Sampanführer legte ab, und sie steuerten auf das trübe Wasser hinaus.

»Hoffentlich kentert das Boot nicht«, sagte Tristan. »Wenn wir in diesen Drecktümpel fallen, holen wir uns alle den Tod.«

Gerade in diesem Augenblick sahen sie eine Horde kleiner Kinder von einer in der Nähe liegenden Dschunke ins Wasser springen. Dort tollten sie herum und schrien vor Vergnügen.

»Meine Güte«, sagte Tristan. »Diese Kinder müssen ja ein unwahrscheinliches Immunsystem haben!«

»Was sind das für Menschen?« fragte Marissa. Aus der Nähe staunte sie noch mehr über die schwimmende Stadt. Ganze Familien waren zu sehen, und in der Takelage hingen Kleidungsstücke zum Trocknen.

»Hauptsächlich Tanka«, sagte Bentley mit einiger Geringschätzung. »Ihre Vorfahren haben schon seit Jahrhunderten auf dem Meer gelebt.«

»Ich nehme an, daß Sie kein Tanka sind«, sagte Tristan.

Bentley lachte, als hätte Tristan ihn mit einer Rasse von Untermenschen verglichen. »Ich bin Kantonese«, sagte er stolz.

»Höre ich da ein gewisses Vorurteil aus dem Reich des Himmels?« sagte Tristan spöttisch.

Mr. Yips Mann wies den Sampanführer zu einer Reihe von Dschunken, die längsseits eines größeren Schiffes lagen. Der Sampan hielt, und sie befanden sich vor einer Luke etwa in Brusthöhe. Plötzlich erschien dort ein kräftig gebauter Chinese und sah böse auf sie herunter. Er hatte einen zottigen Ziegenbart und einen altertümlichen Zopf. Bekleidet war er mit einer Steppweste und kurzen, weiten Hosen, die ihm nur bis zu den Waden reichten. An den Füßen trug er Lederriemen.

Die Hände in die Hüften gestemmt, breitbeinig dastehend, bot er einen eindrucksvollen Anblick. Mit tiefer, kratziger Stimme redete er aufgeregt chinesisch los. Bentley sagte allerdings, er spreche Tanka.

Mr. Yips Gefolgsmann begann ein erregtes Gespräch mit dem kräftigen Mann. Beide Parteien schienen wütend zu sein. Marissa und Tristan wurden nervös. Mitten in dem Streitgespräch erschien ein ungefähr dreijähriges Kind mit großen Augen im Puppengesicht und schaute zwischen den stämmigen Beinen seines Vaters auf die Fremden hinunter.

»Sie haben eine Meinungsverschiedenheit«, sagte Bentley. »Es geht um Geld. Uns betrifft es nicht.«

Marissa und Tristan waren erleichtert. Sie benutzten die Gelegenheit, sich das Boot des Kapitäns anzusehen. Es war etwa zwölf Meter lang und lag auf einem wohl fünf Meter langen Kiel. Gebaut war es aus mit Öl getränktem tropischen Hartholz und hatte die Farbe von Honig. Es hatte drei Decks und eine Kabine am Heck. Mittschiffs, aber etwas zum Bug hin erhob sich der ungefähr sechs Meter hohe Mast.

Plötzlich wandte sich der Kapitän an Marissa und Tristan. Er zeigte auf sie und sprach in ärgerlich klingenden gutturalen Lauten.

»Okay«, sagte Bentley. »Wir können an Bord gehen.«

»Sie können an Bord gehen«, sagte Marissa. Sie sah in die wilden Augen des Kapitäns, der sie unverwandt anstarrte.

»Bitte«, sagte Bentley. »Wenn Sie nicht an Bord gehen, ist er beleidigt. Er hat Sie eingeladen.«

Unsicher schaute Marissa auf Tristan. Der lachte, obgleich ihm auch nicht wohl in seiner Haut war. »Nun, meine Liebe«, sagte er, »gehst du, oder gehst du nicht?«

»Hilf mir rauf!« sagte Marissa.

Sobald Marissa, Tristan und Bentley an Bord waren, tuckerte der Sampan los. Die unerwartete Abfahrt beunruhigte Marissa.

»Wie kommen wir denn zurück?« fragte sie.

»Keine Sorge«, sagte Bentley. »Der Sampan kommt für uns wieder her. Der andere Kerl holt nur das Geld, das er dem Kapitän geben soll.«

Sie folgten dem Kapitän durch einen Raum, der mit der Schiffsladung und Einrichtungsgegenständen der Familie vollgestellt war. In einer Ecke wurde gerade ein Propangasherd angezündet. Oben drauf stand ein köchelnder Kessel.

Der Kapitän führte sie aufs Vorderdeck. Von dort ging es über eine Leiter aufs Hauptdeck.

Oben nahmen sie auf Bambusmatten Platz. »Der Kapitän möchte sich Ihnen jetzt vorstellen«, sagte Bentley. »Sein Name ist Zur Fahuang.«

Marissa und Tristan lächelten und verbeugten sich. Der Kapitän lächelte und verbeugte sich ebenfalls. Nach weiteren Verbeugungen und fortwährendem Lächeln erkundigte sich Tristan bei Bentley, ob der Kapitän wisse, was sie von ihm wollten.

Während Bentley mit Zur sprach, bemerkte Marissa, daß zwei Frauen von unten auftauchten. Beide trugen Schwarz. Die Jüngere hielt einen Säugling im Arm. Das kleine Mädchen, das sie schon gesehen hatten, klammerte sich bei ihrer Mutter ans Bein.

Bentley wandte sich an Marissa und Tristan. »Mr. Yips Mann hat dem Kapitän gesagt, daß es Ihnen gestattet ist, sich nach den Leuten zu erkundigen, die er aus dem Reich der Mitte herausschmuggelt. Sie verstehen doch wohl, was das heißt?«

»Allerdings«, sagte Tristan.

»Dann müssen Sie«, sagte Bentley, »zuallererst herausfinden, wieviel Sie das kostet.«

»Soll das heißen, daß ich diesem Kerl auch noch etwas zahlen muß?« fragte Tristan entsetzt.

»Wenn Sie Auskünfte von ihm haben wollen, ja«, sagte Bentley.

»Verdammter Mist!« sagte Tristan. »Stellen Sie fest, was er haben will!«

Bentley begann die Verhandlungen. Während sie noch miteinander sprachen, schien der Kapitän ärgerlich zu werden und sprang auf. Wild gestikulierend schritt er an Deck auf und ab.

»Was ist jetzt los?« erkundigte sich Tristan bei Bentley.

»Er spricht von der Inflation«, sagte Bentley.

»Inflation?« fragte Marissa ungläubig.

»Na ja, diesen Ausdruck hat er nicht benutzt«, räumte Bentley ein. »Aber worüber er sich aufregt, kommt auf dasselbe heraus.«

Marissa ließ kein Auge von dem Mann. Sie rief sich ins Gedächtnis, daß sie es mit einem großspurigen Piraten der Neuzeit zu tun hatten, der zufällig in einer Hauptstadt des unverschämtesten Kapitalismus lebte.

Schließlich wurde der Preis auf 1000 Hongkong-Dollar festgesetzt. Nachdem Tristan dem Kapitän das Geld gegeben hatte, nahm der Mann wieder Platz und gab sich Mühe, ihnen zu helfen.

Mit Bentley als Dolmetscher fragte Tristan nach den Männern, die Zur für die Wing Sin und letztlich für Female Care Australia nach Hongkong geschmuggelt hatte. Was waren es für Männer, und wo kamen sie her? Leider waren die Antworten sehr kurz. Zur hatte keine Ahnung.

Tristan konnte es nicht glauben. »Ich habe 1000 Hongkong-Dollar gezahlt, nur um von ihm zu hören, daß er nichts weiß?« fragte er erbittert, sprang auf und ging ebenso hin und her wie vorher der Kapitän. »Fragen Sie ihn, ob er überhaupt irgend etwas über diese Leute weiß! Irgendwas!«

Bentley fragte.

Der Kapitän gab Antwort, und Bentley teilte Tristan mit: »Er sagt, einige der Männer seien Mönche. Jedenfalls nimmt er das an.«

»Na, das hilft mir aber mächtig weiter«, sagte Tristan ärgerlich. »Er soll mir etwas sagen, was ich noch nicht weiß!«

Der Kapitän redete lange auf Bentley ein. Tristan schäumte vor Wut über das viele Geld, das er für nichts und wieder nichts bezahlt hatte.

Bentley wandte sich wieder an Tristan. »Der Kapitän ist

bestürzt, daß Sie nicht zufrieden sind. Er hat ein Angebot gemacht. Anscheinend fährt er heute nachmittag um 6 Uhr ab, um wieder einen Transport abzuholen. Deswegen hat er sich übrigens vorhin mit Yips Mann gestritten. Er wollte mehr Vorschuß haben. Und er sagt, daß Sie und Ihre Frau für je 2000 Hongkong-Dollar mitfahren können. Er braucht für die Fahrt über den Pearl River nur drei, vier Stunden. Dann können Sie selber mit den Männern sprechen, die er abholt, und die Antwort auf alle Ihre Fragen erhalten.«

Dieses Angebot kam für Tristan völlig überraschend. Er zögerte. Dann sagte er, ohne sich erst mit Marissa zu beraten, zu Bentley: »Sagen Sie ihm, ich zahle zusammen nur 3000 Hongkong-Dollar. Das ist mein letztes Wort.«

Während Bentley für Zur übersetzte, stand Marissa auf und ging zu Tristan. »Hoffentlich sind wir uns auch darüber im klaren, was wir vorhaben«, sagte sie gekränkt, weil er ihren Rat nicht eingeholt hatte. Außerdem scheute sie vor dem gewagten Abenteuer zurück. Es schien ihr alles andere als sicher zu sein. »Meinst du wirklich, daß wir es tun sollen?«

»Es könnte unsere beste Chance sein«, sagte Tristan. »Wenn wir mit zwei dieser Festlandchinesen sprechen können, bevor sie nach Australien fliegen, dann würden wir der Sache höchstwahrscheinlich auf den Grund kommen.«

»Möglich«, sagte Marissa. »Aber es ist Schmuggel. Wir werden in den Gewässern des kommunistischen China sein. Und was ist, wenn sie Rauschgift bei sich haben? Rauschgiftschmuggel ist in den meisten Ländern Asiens ein Kapitalverbrechen.«

»Du hast recht«, sagte Tristan widerstrebend. »Aber ich kann ja mal fragen, ob es um Rauschgift geht.«

Tristan ging zu Bentley und Zur und unterbrach ihr Gespräch. »Fragen Sie ihn, ob bei dem Transport dieser Männer irgendwie Rauschgift im Spiel ist!«

Bentley tat, wie ihm geheißen. Zur hörte zu und schüttelte dann den Kopf. Nach einem weiteren kurzen Gespräch sagte Bentley zu Tristan: »Kein Rauschgift. Zur hat früher zwar auch mit Rauschgift zu tun gehabt, aber in letzter Zeit nicht mehr. Er sagt, Rauschgiftschmuggel sei zu gefährlich geworden.«

»Und wie steht es mit dem Preis?« fragte Tristan.

»3500«, sagte Bentley. »Weiter konnte ich ihn nicht drücken.«

»Gut!« entschied Tristan. »Sagen Sie ihm, daß wir um sechs wieder herkommen!«

»Tristan«, sagte Marissa, »ich weiß nicht ...«

Tristan fiel Marissa ins Wort. »Wie kommen wir jetzt von der Dschunke runter?« fragte er und deutete ihr an, sie solle still sein.

Als sie in den gepanzerten Mercedes kletterten, sagte Marissa: »Wir gehen nicht mehr auf diese Dschunke!« Sie war ärgerlich auf Tristan, weil er zugesagt hatte, ohne sie um Einverständnis zu bitten. »Kann ja sein, daß Zur nicht mehr im Rauschgifthandel tätig ist, aber wir begeben uns immerhin in Gewässer des kommunistischen China. Wenn man uns da schnappt, wandern wir für Gott weiß wie lange Zeit ins Gefängnis. Dieses Risiko können wir nicht auf uns nehmen.«

»Kommt mir vor, als wäre allein unser Aufenthalt in Hongkong ein größeres Risiko«, sagte Tristan. »Je länger ich darüber nachdenke, um so mehr bin ich überzeugt, daß die Fahrt mit Kapitän Fahuang unsere einzige Möglichkeit ist, die Lösung zu finden, indem wir die Angelegenheit zum Ursprung zurückverfolgen. So hatte ich es mir ja ursprünglich vorgestellt.«

Vom Fahrersitz fragte Bentley: »Wohin jetzt?«

Tristan bedeutete Bentley, noch zu warten. »Die Leute reisen doch andauernd in die Volksrepublik China«, sagte er. »Zufällig weiß ich, daß wir innerhalb von Stunden ein Visum erhalten können. Man muß nur etwas mehr dafür zahlen. Wenn es zu Schwierigkeiten kommen sollte, behaupten wir einfach, wir hätten den Kapitän angeheuert, uns in die Volksrepublik zu bringen, was ja auch der Wahrheit entspricht. Wir sagen, wir hätten nach Guangzhou fahren wollen, aber der Kapitän hätte uns übers Ohr gehauen.«

Dann fragte er Bentley: »Gibt es nicht viele Menschen, die zwischen Hongkong und der Volksrepublik hin und her reisen?«

»Es werden täglich mehr«, antwortete Bentley. »Die Volksrepublik ermuntert die Menschen in Hongkong, hinzufahren und ihre Dollars drüben auszugeben. Ich zum Beispiel habe ein ständiges Visum und fahre häufig nach Shenzhen.«

»Gut«, sagte Tristan. »Ich hoffte nämlich, daß sie mitkommen würden.«

»Das ist möglich«, sagte Bentley langsam. »Dann müssen wir aber noch einmal über meinen Stundenlohn verhandeln.«

»Das habe ich erwartet«, sagte Tristan. »Langsam begreife ich, wie der Laden in Hongkong läuft.« Zu Marissa sagte er: »Würdest du dich dann etwas sicherer fühlen?«

Marissa nickte. Doch das unbehagliche Gefühl über das vorgeschlagene Wagnis blieb. Tristan sah ihr an, daß er sie noch nicht überzeugt hatte.

»Na schön«, antwortete er. »Wenn du es wirklich nicht willst, dann sage es! Wir können noch heute nachmittag eine Maschine nehmen und abreisen. Ich persönlich meine aber, die Dschunkenfahrt ist weniger gefährlich als alles, was wir in Hongkong unternommen haben. Zur macht das offenbar doch schon seit Jahren.«

Marissa war unschlüssig. Die vorgeschlagene Fahrt ängstigte sie. Doch der Gedanke, jetzt aufzugeben, war ihr verhaßt. Schließlich sagte sie: »Beschaffen wir uns doch erst mal unsere Visa! Dann können wir immer noch darüber sprechen.«

In einer Privatsuite der Hong Kong and Shanghai Banking Corporation wartete Ned Kelly geduldig auf Harold Pang, einen der Taipans der Stadt. Als Aufsichtsratsvorsitzender mehrerer Korporationen war er einer der mächtigsten Männer der Kronkolonie. Wie es seinem Rang entsprach, besaß er eins der prächtigsten Häuser am Victoria Peak. Doch außer seinen weitgespannten legitimen Geschäftsverbindungen war er auch der Drachenkopf der Wing Sin. Hauptsächlich dank dieser illegalen Stellung hatte er auf rechtlich einwandfreiem Gebiet so viel erreichen können.

Ned hatte Harold bei mehreren Gelegenheiten getroffen, sowohl in Hongkong wie in Brisbane. Er hatte ihn als freundlichen, kultivierten Mann in Erinnerung, der ein Meister des T'ai Chi Chuan war.

»Mr. Pang kann Sie jetzt empfangen«, sagte eine hochgewachsene, gewandte Empfangsdame mit erotisch klingender Stimme. Ned sah, daß der seitliche Schlitz ihres traditionellen chinesischen Kleidungsstück bis zum Hüftknochen ging. Das bewirkte, daß ihn ein Schauer überlief. Wie konnte sich nur jemand auf seine Arbeit konzentrieren, wenn sie in der Nähe war?

Mr. Pang stand von dem massiven Schreibtisch auf, als Ned sein Bürozimmer betrat. Durch das vom Fußboden bis zur Decke reichende Fenster in seinem Rücken hatte man Ausblick auf den ganzen Hafen mit Kowloon und den Neuen Territorien im Hintergrund.

»Willkommen, Mr. Kelly«, sagte Mr. Pang.

»'n Tag, Mr. Pang«, sagte Ned. »Mr. Charles Lester sendet Ihnen die herzlichsten Grüße.«

Mr. Pang verbeugte sich. Dann klatschte er in die Hände. Gleich darauf erschien wieder die Empfangsdame mit einem antiken chinesischen Porzellanservice.

Bald machte Ned es sich auf der langen Ledercouch gemütlich. Auf dem Knie balancierte er eine der unbezahlbaren Tassen. Bevor er weitersprach, wartete er, bis die Empfangsdame gegangen war.

»Mr. Lester läßt Ihnen durch mich für die lange, ersprießliche Geschäftsbeziehung zwischen Fertility Limited und den Wing Sin danken.«

»Es war mir stets ein Vergnügen«, sagte Mr. Pang. »Wir sind Freunde und profitieren voneinander. Es ist wie eine gute Ehe.«

»Außerdem hat mich Mr. Lester beauftragt, Sie noch um eine Gefälligkeit der Wing Sin zu bitten«, sagte Ned. »In Hongkong halten sich zur Zeit ein Mann und eine Frau auf, die unsere bewährte Geschäftsverbindung stören wollen. Sie müssen liquidiert werden.«

»Sind die beiden bekannte Persönlichkeiten?« fragte Mr. Pang.

»Nein«, sagte Ned. »Es sind nur Ärzte. Er ist Australier, sie Amerikanerin.«

»Wenn sie keine bekannten Persönlichkeiten sind«, sagte Mr. Pang, »dann kostet es nur 150 000 Dollar.«

»Ist das nicht etwas hoch bei einem alten Geschäftsfreund?« sagte Ned. Hoffnung regte sich in ihm. Denn der Preis war geringer als die Belohnung, die man ihm ausgesetzt hatte. Vielleicht konnte er die Differenz behalten.

»Dieser Preis deckt nur die Unkosten«, sagte Mr. Pang.

Ned nickte. »Es muß aber unverzüglich geschehen«, sagte er.

»Dann müssen Sie gleich heute den Vollstrecker aufsuchen«, sagte Mr. Pang. »Mr. Yip ist heute nachmittag im Container-Hafen der Shanghai Shipping Company in Tai Kok Tsui. Er wird Sie dort erwarten.«

Ned verbeugte sich erleichtert. Er wußte, er konnte sich auf die Wing Sin verlassen. Wenn sie etwas versprachen, dann führten sie es auch immer aus, ganz gleich, worum es sich handelte.

Bentley fuhr den gepanzerten Mercedes auf den Parkplatz hinter dem Hotel Peninsula. Schnell waren die ersten Nachmittagsstunden mit der Beschaffung von Einreisevisa in die Volksrepublik China vergangen. Dabei hatte Bentley sich als unschätzbare Hilfe erwiesen. Er wußte genau, an wen man sich zu wenden hatte. Gleich von Aberdeen aus hatte er sie zum Büro des China Travel Service gebracht. Er wußte auch, wo man die erforderlichen Paßfotos anfertigen lassen konnte.

Bentley hielt und fragte seine Kunden: »Nun, was haben Sie beschlossen?« Er hatte gemerkt, daß Marissa immer noch Vorbehalte gegen die Dschunkenfahrt hatte.

Tristan sah Marissa an. »Was sollen wir tun?«

Marissa zögerte. Während der Formalitäten bei der Visaerteilung hatte sie das Abenteuer schon in günstigerem Licht gesehen. Wenigstens würden sie mit den notwendigen Dokumenten ausgestattet sein. Dennoch hegte sie weiterhin Zweifel.

»Bentley, am besten, Sie warten noch«, sagte Tristan. »Es scheint, daß wir uns noch nicht entschieden haben.«

Sie stiegen aus und gingen ins Hotelfoyer. Tristan begab sich zum Empfang, verlangte sein Schließfach und entnahm ihm weiteres Geld. Geld, das für den Kapitän gebraucht wurde, falls sie sich für die Fahrt entscheiden sollten. Während er damit beschäftigt war, hielt Marissa Ausschau nach dem Chinesen, der am Tag zuvor den Mordanschlag versucht hatte.

Danach ging Tristan mit Marissa zu den Fahrstühlen. Erst als sich die Türen hinter ihnen schlossen, atmete Marissa etwas auf.

»Diese Spannung macht mich verrückt«, gestand sie. »Ich weiß nicht, ob ich das noch länger aushalte.«

»Ein weiterer Grund, auf die Dschunke zu gehen«, sagte Tristan. »Je eher wir die Lösung der rätselhaften Angelegenheit finden, um so besser. Dann können wir hier abreisen, und von uns aus können sie Hongkong an die Chinesen zurückgeben.«

Der Fahrstuhl hielt im fünften Stock, und sie stiegen aus. Langsam gingen sie auf ihre Zimmer zu, immer noch das Für und Wider einer Fahrt mit dem Tanka-Kapitän abwägend.

»Wo ist denn der Etagenkellner?« fragte Marissa beim Näherkommen. Sie hatte sich bereits daran gewöhnt, daß der Mann jedesmal auf geheimnisvolle Weise auftauchte, wenn sie in dem Stockwerk ankamen.

»Das ist wirklich merkwürdig«, sagte Tristan und spähte nach beiden Richtungen den Flur entlang. Dabei entdeckte er, daß am Türknopf seines Zimmers das Schild »Bitte nicht stören« hing. »Verdammt, was ist denn das? Warum hängt das Schild bei mir an der Tür?«

»Irgendwas stimmt hier nicht«, sagte Marissa.

Tristan trat von seiner Zimmertür zurück. »Du hast recht«, sagte er, drehte sich um und ging zum Fahrstuhl zurück. Marissa folgte ihm, wobei sie nervöse Blicke über die Schulter hinter sich warf.

Sie schauten in den kleinen Kabuff des Etagenkellners. Er war leer. In der Ecke sahen sie einen Teekessel auf einer heißen Kochplatte. Der Teekessel war glühend rot, das Wasser darin längst verkocht.

»Hier stimmt wirklich etwas nicht«, sagte Tristan. Er ging wieder zum Fahrstuhl, nahm den Hörer des Hausanschlusses ab und verlangte nach der Sicherheitsabteilung. Zwei Minuten später öffneten sich die Fahrstuhltüren, und zwei Sicherheitsbeamte traten heraus. Der eine war ein muskulöser Chinese, der andere ein korpulenter Engländer.

Das Erscheinen der Sicherheitsbeamten erinnerte Marissa und Tristan an den Zwischenfall gestern im Foyer. Sie sahen zu, wie die beiden Männer mit ihrem Passepartout-Schlüssel Tristans Zimmertür aufschlossen.

Im Zimmer war es still. Nur im Badezimmer plätscherte Wasser in die Wanne. Die Verbindungstür zu Zimmer 604 stand offen. Die Bettwäsche war abgezogen. Der Wäschekarren des Zimmermädchens war zur Seite geschoben.

Der Chinese ging als erster hinein, nach ihm der Engländer. Marissa und Tristan blieben auf der Schwelle stehen. Der chinesische Sicherheitsbeamte ging auf das Badezimmer zu, während sein Kollege einen Blick in Nr. 604 warf.

»George!« rief der Chinese in dringlichem Ton. Rasch ging der Engländer zu seinem Partner. Beide standen an der Badezimmertür und wurden blaß. Dann bedeutete der Engländer Marissa und Tristan, sie sollten stehenbleiben, wo sie waren. Zur Erklärung sagte er, es habe einen Todesfall gegeben.

Deutlich erschüttert wandten die beiden Sicherheitsbeamten dem Badezimmer den Rücken und gingen in Nr. 604. Marissa und Tristan wechselten einen betroffenen Blick.

»Mein Gott!« rief der Engländer.

Gleich darauf kamen die beiden Männer zurück in Nr. 606. Der Engländer trat an den Schreibtisch, nahm den Telefonhörer mit einem Tuch ab, rief den Geschäftsführer an und meldete ihm, sie hätten zwei Morde entdeckt. Die

Toten seien ein Zimmermädchen und anscheinend ein Hotelgast.

Inzwischen war der chinesische Beamte zu Marissa und Tristan gegangen. »Leider liegen hier zwei Tote«, sagte er. »Bitte, fassen Sie nichts an! Den Mann im anderen Zimmer haben wir noch nicht identifiziert.« Dann sagte er zu Tristan: »Vielleicht, Sir, könnten Sie einmal nachsehen, ob es jemand ist, den Sie kennen.«

Tristan setzte sich in Bewegung, doch Marissa hielt ihn am Arm fest. »Ich bin Ärztin«, sagte sie zu dem Sicherheitsbeamten. »Ich kann mir den Mann auch ansehen.«

Der Chinese zuckte die Achseln. »Wie Sie wünschen, Madam.«

Daraufhin gingen Marissa und Tristan, geführt von dem Sicherheitsbeamten, ins Zimmer 604.

Als Marissa den Toten erblickte, stieß sie einen leisen Schrei aus und fuhr sich entsetzt mit der Hand an den Mund. Das Opfer lag auf dem Rücken und starrte aus blicklosen Augen an die Decke. Zwei Löcher waren in seiner Stirn. Auf dem Teppich hatte sich hinter dem Kopf eine kreisrunde dunkle Blutlache gebildet.

»Es ist Robert!« stieß Marissa keuchend hervor. »Es ist mein Mann — Robert!«

Tristan nahm Marissa in die Arme und zog sie von dem grauenhaften Anblick fort.

Dann hörten sie ein Klopfen aus dem Schrank.

Der Chinese rief nach seinem englischen Kollegen. Der stürzte ins Zimmer. Der Chinese zeigte auf den Schrank. Wieder hörten sie es da drin klopfen. Beide Männer gingen auf dem Schrank zu. Der Schlüssel steckte. Während der eine zur Seite trat, drehte der andere den Schlüssel und riß die Tür auf. Im Schrank kauerte der Etagenkellner.

Die Sicherheitsbeamten mußten dem Kellner erst eine Zeitlang Mut zusprechen, ehe er sich ins Zimmer wagte.

Sowie ihm klar war, daß er sich außer Gefahr befand, begann er rasend schnell auf chinesisch zu reden.

Als der Kellner endlich schwieg, übersetzte der chinesische Beamte für seinen Kollegen: »Er sagt, der Mörder habe ihn mit vorgehaltener Waffe gezwungen, die Zimmertür aufzuschließen. Er sagt, der Mörder sei ein *gweilo* gewesen.«

»Sag ihm, er soll den Mörder beschreiben!« antwortete der Engländer. »Und frag ihn auch gleich, ob er ihn schon mal früher gesehen hat!«

Der chinesische Beamte sprach wieder auf den Zimmerkellner ein. Der ließ einen weiteren langen Wortschwall vom Stapel. Als er fertig war, teilte der Beamte den übrigen Anwesenden mit: »Er sagt, er habe ihn noch nie gesehen. Aber beschreiben kann er ihn nicht, weil für ihn alle *gweilos* gleich aussehen!«

Jemand rief von der Tür zu Nr. 606. Es war der diensthabende Geschäftsführer des Hotels. Die fünf Anwesenden traten durch die Verbindungstür und gingen dann auf den Flur.

Marissa war im Schockzustand. Tristan blieb an ihrer Seite, den Arm fürsorglich um sie gelegt. Von dem Augenblick an, als sie in dem Toten Robert erkannt hatte, hatte sie kein Wort mehr gesagt. Weinen konnte sie nicht. Sie fühlte nur eine eisige Kälte im ganzen Körper, als hätte jemand die Klimaanlage zu stark eingestellt.

»Die Polizei ist schon unterwegs«, sagte der Geschäftsführer nervös. Er war Italiener und sprach mit starkem Akzent. »Wo sind die Toten?«

Der chinesische Sicherheitsbeamte winkte dem Geschäftsführer, ihm zu folgen. Gemeinsam machten sie einen kurzen Rundgang. Als der Geschäftsführer zurückkam, hatte er Mühe, einige Sätze zu formulieren.

»Die Hotelleitung bittet Sie, diese Unannehmlichkeiten

zu verzeihen«, sagte er stockend zu Marissa und Tristan. »Vor allem nach dem bedauerlichen Zwischenfall gestern.«

Der Engländer beugte sich vor und flüsterte dem Geschäftsführer etwas ins Ohr. Der riß erschrocken die Augen weit auf. Er schluckte schwer und setzte dann erneut zum Sprechen an.

»Es tut mir aufrichtig leid«, sagte er, zu Marissa gewandt. »Ich habe nicht gewußt, daß Sie das Opfer kannten. Mein herzliches Beileid.« Dann sagte er zu Marissa und Tristan: »Ich habe gerade mit der Polizei gesprochen, und sie sagten mir, daß Sie Ihre Zimmer nicht betreten dürfen. Es darf auch nichts angefaßt werden. Ich habe mir erlaubt, Sie für die Zwischenzeit in der Marco-Polo-Suite unterzubringen. Die Zimmer werden gerade gemacht. Wir werden Ihnen alles Notwendige wie Toilettensachen und so weiter zur Verfügung stellen.«

Eine Viertelstunde später begleitete man Marissa und Tristan in die Luxussuite. Marissa sank in einen Armsessel. Sie fühlte sich völlig ausgepumpt und war keiner Bewegung mehr fähig.

»Ich kann das einfach nicht fassen«, sagte sie nach einer Weile. Es waren ihre ersten Worte, nachdem sie Roberts Leiche gesehen hatte. »Das ist doch alles unglaublich. Warum ist er hergekommen? Alles andere hätte ich erwartet, aber nicht das. Vor allem nicht nach unserem letzten Telefongespräch.«

»Was ist denn da vorgefallen?« fragte Tristan in der Hoffnung, sie zum Sprechen zu bringen. Er zog sich einen Sessel heran, nahm dicht neben ihr Platz und ergriff ihre Hände.

Da schüttete Marissa ihm ihr Herz aus. Bisher hatte sie gegenüber Tristan nie etwas über ihre Eheprobleme verlauten lassen. Jetzt gestand sie ihm, daß ihre Ehe ernstlich zerrüttet gewesen sei, besonders in den letzten Monaten.

Sie erzählte ihm, daß Robert sich nach Wendys Tod geweigert habe, nach Australien zu kommen. Er habe vielmehr von ihr verlangt, sie solle sofort zurückkehren. Daß Robert nun urplötzlich nach Hongkong geflogen war, passe überhaupt nicht zu seinem Charakter. Dann vergrub sie das Gesicht in den Händen. »Er ist meinetwegen hergekommen, eine andere Erklärung gibt es nicht.«

»Marissa«, sagte Tristan voll Mitgefühl. Es fiel ihm schwer auszudrücken, was ihm jetzt durch den Kopf ging. Doch er mußte offen mit ihr reden. »Du kannst dir keine Schuld an dem tragischen Geschehen geben. Natürlich liegt es nahe, daß du die Schuld bei dir suchst. Aber das darfst du nicht. Dich trifft keine Schuld.«

»Aber ich fühle mich doch schuldig«, sagte Marissa. »Erst Wendy und nun Robert! Wenn ich nicht gewesen wäre, dann wären heute noch beide am Leben.«

»Und wenn ich nicht gewesen wäre, dann wäre meine Frau heute noch am Leben«, sagte Tristan. »Ich weiß, wie dir zumute ist. Ich habe das gleiche durchgemacht. Aber du hast Robert nicht herkommen lassen. Er kam aus eigenem Antrieb. Du hast es ja nicht mal geahnt.«

»Robert ist ein so guter Mensch«, sagte sie plötzlich. »Es ist zu schrecklich. Vielleicht war er es gar nicht. Vielleicht habe ich mich geirrt.«

Tristan beobachtete Marissa aufmerksam. Er erinnerte sich wieder, wie stark er damals gewünscht hatte, die Nachricht vom Tod seiner Frau wäre ein Irrtum. Angesichts eines so grauenhaften Schocks wurde der Verdrängungstrieb übermächtig.

»Ruf den Geschäftsführer an!« sagte Marissa. »Wir müssen uns vergewissern, ob es wirklich Robert ist.«

»Willst du wirklich, daß ich ihn anrufe?« fragte Tristan.

Jetzt stiegen ihr die Tränen in die Augen. »Ja«, sagte sie.

Tristan ging zum Schreibtischtelefon. Es dauerte mehrere Minuten, bis er den Geschäftsführer erreichte. Nach einem kurzen Gespräch kam er zu seinem Sessel zurück.

Leise sagte er: »Auf der Brieftasche und auf dem Reisepaß steht der Name Robert Buchanan.«

Marissa starrte Tristan aus leeren Augen an. Eine Zeitlang sprach sie kein Wort.

Schließlich begann sie mit flacher, ausdrucksloser Stimme: »Ich sehe ihn noch deutlich vor mir. Ich sehe ihn an seinem Computer sitzen. Bei der Arbeit machte er immer das gleiche Gesicht.«

»Ja, ja«, flüsterte Tristan. Wenn er Marissa ansah, überkamen ihn Erinnerungen an die eigene Vergangenheit. Er konnte ihr nachfühlen, was sie jetzt durchmachte.

»Wie spät ist es jetzt an der Ostküste der Vereinigten Staaten?« fragte Marissa.

Tristan schaute auf seine Armbanduhr. »Zwischen 3 und 4 Uhr nachts, glaube ich«, sagte er.

»Ich muß einige Anrufe erledigen«, sagte Marissa, stand auf und ging ins Schlafzimmer, um das Telefon neben dem Bett zu benutzen.

Tristan ließ sie gehen. Er wußte nicht, was er tun sollte. Marissas Gemütszustand bereitete ihm Sorge. Roberts Ermordung war ein grauenhafter Schicksalsschlag für sie. Er mußte von jetzt an gut auf sie aufpassen. Und sie dazu bringen, ihren Kummer nicht in sich zu verschließen.

Als erste rief Marissa ihre Eltern in Virginia an. Ihre Mutter war bereit, sofort nach Hongkong zu kommen, aber Marissa redete ihr das aus. Sie würde zurückkehren, sobald es ihr die Behörden gestatteten.

Marissa legte auf und nahm allen Mut zusammen. Der zweite Anruf fiel ihr noch schwerer. Aber sie mußte ihre Schwiegermutter anrufen, so vernichtend die Nachricht auch auf sie wirken würde. Marissa würde es ihr nicht mal übelnehmen können, wenn sie sie für Roberts Tod verantwortlich machte. Doch zu ihrer Überraschung äußerte Mrs. Buchanan kein Wort des Vorwurfs. Nach einem schrecklichen Stillschweigen erklärte sie, daß sie sofort nach Hongkong fliegen werde. Marissa versuchte gar nicht erst, es ihr auszureden.

Als sie auflegte, stand Tristan in der Tür. »Entschuldige die Störung«, sagte er, »aber dieser verdammte Pom-Polizeiinspektor ist hier. Er will mit uns sprechen, und zwar mit dir zuerst.«

Der Polizeiinspektor blieb fast eine Stunde und nahm sowohl von Marissa wie von Tristan ein Protokoll auf. Er sagte, sie würden eingehende Ermittlungen aufnehmen, bis zu deren Beendigung beide nicht an ihre persönlichen Sachen herankommen könnten. Wortreich entschuldigte er sich für die Unannehmlichkeiten. Ferner teilte er ihnen mit, daß an beiden Opfern eine Obduktion vorgenommen werde. Außerdem werde eine offizielle Verhandlung stattfinden. Bis dahin dürften sie die Kronkolonie nicht verlassen.

Danach saßen Marissa und Tristan allein zusammen. Tristan benutzte die Gelegenheit, um sie dazu zu bewegen, über ihre Gefühle zu sprechen.

»Ich fühle mich völlig leer«, sagte Marissa, »und kann immer noch nicht glauben, daß das wirklich passiert ist.«

»Vielleicht«, sagte Tristan, »sollten wir etwas unternehmen, statt hier untätig herumzusitzen.«

»Es würde mir vielleicht schon helfen, wenn wir aus diesem Hotel auszögen«, sagte Marissa.

»Gute Idee«, sagte Tristan. Er war froh, daß Marissa überhaupt einen Vorschlag machte. »Dann ziehen wir also in ein anderes Hotel.« Er stand auf und überlegte, in welches. Erst in diesem Augenblick fiel ihm wieder Kapitän Fahuang ein. »Ich habe noch eine bessere Idee«, sagte er. »Wie wär's, wenn wir auf die Dschunke gingen? Irgend etwas müssen wir tun. Dann kommen wir wenigstens auf andere Gedanken.«

»Ich habe gar nicht mehr an die Dschunkenfahrt gedacht«, sagte Marissa. »Und ich weiß auch nicht, ob ich dazu fähig bin. Nicht jetzt.«

»Marissa!« sagte Tristan. »Wir haben schon so viel in dieser Angelegenheit unternommen und erlebt, daß ich meine, wir sollten die Spur bis ans Ende verfolgen.« Er trat auf sie zu und packte sie an den Schultern. »Komm, wir machen es! Wir legen diesen Schweinehunden das Handwerk.«

In Marissas Kopf drehte sich alles. Sie konnte Tristan nicht einmal in die Augen sehen. Manchmal hielt sie ihn schon für verrückt.

»Komm, Marissa!« drängte Tristan. »Wir dürfen nicht zulassen, daß sie ungeschoren davonkommen.«

Endlich brachte sie es fertig, ihn anzusehen. Sie spürte, wie entschlossen er war. Und sie hatte nicht die Kraft, ihm zu widersprechen oder auch nur darüber zu diskutieren. »Na gut«, sagte sie. »Ich habe im Augenblick das Gefühl, daß ich nichts mehr zu verlieren habe.«

»Das ist die richtige Einstellung!« rief Tristan und umarmte sie stürmisch. Dann stand er auf und sah auf seine Armbanduhr. »Viel Zeit haben wir nicht mehr!« Er rannte ans Telefon, rief den Zimmerservice an und bestellte einige Lunchpakete und in Flaschen abgefülltes Wasser.

Als das Gewünschte kam, fuhren Marissa und Tristan ins Foyer hinunter und verließen das Hotel wie am Morgen durch den Lieferanteneingang. Bentley hatte den Mercedes in die Seitengasse gefahren. Tristan öffnete die hintere Tür für Marissa, lief dann zur anderen Seite und stieg dort ein.

»Nach Aberdeen!« sagte er zu Bentley. »Wir gehen schmuggeln!«

Sie fuhren aus der Gasse nach Tsim Sha Tsui-Ost und dann in den Cross-Harbor-Tunnel. Dort gerieten sie gleich wieder in einen Stau und kamen Stoßstange an Stoßstange nur im Schrittempo vorwärts.

Nervös schaute Tristan in der trüben Tunnelbeleuchtung auf die Armbanduhr. »Verdammt!« sagte er. »Wenn Kapitän Fahuang pünktlich um sechs den Anker lichtet, wird es knapp.«

Marissa schloß die Augen. Sie hatte das dumpfe Gefühl, als wäre das alles nicht real.

Der Vollstrecker sah über den Schreibtisch hinweg den Mietkiller an. Hier saßen sich zwei Experten auf einem Spezialgebiet gegenüber. So war es ganz natürlich, daß eine gespannte Atmosphäre entstand. Jeder wußte vom anderen, daß er ein ähnliches Handwerk betrieb, nur in einer anderen Welt. Für Mr. Yip war Ned ein roher Barbar. Für Ned war Mr. Yip ein schwuler Lude im weißen Angeberanzug.

Sie saßen in demselben Büro, in das Mr. Yip vor kurzem Marissa und Tristan zu ihrem ersten Treffen hatte bringen lassen. Willy wartete mit einigen Männern Mr. Yips draußen.

»Ich nehme an, daß Mr. Pang Sie angerufen hat«, sagte Ned.

»Allerdings«, sagte Mr. Yip. »Aber er hat nur gesagt, es gebe etwas Geschäftliches zu erledigen. Er sagte, wir sollten zwei Personen aus dem Weg räumen. Dafür hätten Sie an die Wing Sin 150 000 Hongkong-Dollar zu zahlen. Irgendwelche Einzelheiten hat er nicht erwähnt.«

»Es handelt sich um einen Mann und eine Frau«, sagte Ned. »Er ist Australier, sie Amerikanerin. Der Mann ist Ende Dreißig, die Frau Anfang Dreißig. Sie heißen Tristan Williams und Marissa Blumenthal. Sie wohnen im Hotel Peninsula, aber das könnte sich bald ändern.«

Mr. Yip lächelte, weil ihm sofort klar war, daß die Wing Sin aus diesem Konflikt doppelten Gewinn ziehen würden. »Das ist aber ein Zufall«, sagte er. »Die beiden Personen, die Sie eben beschrieben haben, haben mich nämlich heute hier in diesem Zimmer aufgesucht.«

»Aus welchem Grunde?« fragte Ned.

»Sie haben gegen Bezahlung von mir gewisse Auskünfte bekommen«, sagte Mr. Yip. »Sie interessierten sich für die Leute, die wir für Fertility Limited aus China herausschmuggeln.«

Ned rutschte nervös herum. »Und was haben Sie Ihnen erzählt?«

»Sehr wenig, das kann ich Ihnen versichern«, sagte Mr. Yip. »Die Wing Sin haben sich nie störend in die Geschäfte von Fertility Limited einmischen wollen. Also«, fuhr Mr. Yip fort, »wieviel ist da für mich drin?«

Ned hatte reichlich Erfahrung mit Geschäften in Hongkong und vornehmlich mit den Wing Sin, so daß ihn diese unverblümte Forderung nach Schmiergeld nicht überraschte. »Die üblichen zehn Prozent«, sagte er.

»Üblich sind fünfzehn«, sagte Mr. Yip mit einem Lächeln.

»Einverstanden«, sagte Ned.

»Es ist ein Vergnügen, mit jemandem Geschäfte zu machen, der mit unseren Gebräuchen vertraut ist«, sagte Mr. Yip. »Und wir haben Glück. Die beiden fraglichen Personen wollen heute nachmittag auf einer Tanka-Dschunke mitfahren, um zwei Männer für Fertility Limited abzuholen. Das erleichtert uns die Aufgabe ungemein. Die Leichen können einfach ins Meer geworfen werden. Saubere Arbeit.«

Ned zog den Jackettärmel hoch, um auf die Uhr zu schauen. »Um welche Zeit fahren sie ab?«

»Gegen sechs«, sagte Mr. Yip und erhob sich. »Am besten machen wir uns sofort auf den Weg.«

Wenige Minuten später fanden sie sich im Verkehrsstau wieder.

»Gibt es keinen schnelleren Weg?« fragte Ned verzweifelt.

»Bleiben Sie ganz ruhig!« sagte Mr. Yip. »Der Auftrag ist so gut wie erledigt.«

Zu dieser Tageszeit war auch der Aberdeen-Tunnel überfüllt. Und nicht besser sah es danach auf der Straße an der Südküste aus. Die ganze Strecke nach Aberdeen mußte im Stop-and-go-Verkehr zurückgelegt werden.

Tristan wurde immer nervöser. Er konnte kaum stillsitzen und schaute alle paar Minuten auf die Uhr. Im Gegensatz zu ihm saß Marissa unbeweglich und schaute starr vor sich hin. In dem Maße, in dem sich die Erstarrung ihrer Gefühle löste, schossen ihr wirre Gedanken durch den Kopf. Sie dachte an Robert und an die schönen Zeiten, die sie zusammen verlebt hatten. Sie fühlte sich nicht nur für seinen Tod verantwortlich, sondern zu einem großen Teil auch an den Schwierigkeiten, die in den Monaten davor aufgetreten waren. Wieder stiegen ihr Tränen in die Augen. Sie wandte den Kopf ab, damit Tristan nicht sehen konnte, daß sie weinte. Wäre sie nicht immer noch in diesem apathischen Zustand gewesen, dann hätte sie ihn gefragt, ob sie nicht lieber umkehren sollten.

Außer ihrem seelischen Schmerz fürchtete sich Marissa jetzt auch vor der Aussicht, auf die offene See fahren zu müssen. Sie machte sich Sorgen, daß sie zu allem Überfluß noch seekrank werden könnte. Selbst auf der Fahrt im Motor-Sampan zur Dschunke überlegte sie, ob sie nicht doch verlangen sollte, wieder umzukehren. Das Geräusch des Wassers und der Gedanke ans Meer erregten bei ihr Schwindelgefühle und riefen ihr obendrein Wendys Tod lebhaft in Erinnerung.

Dann passierten sie die lange Reihe von Dschunken, und Tristan sah, daß Kapitän Fahuang noch nicht abgelegt hatte. »Das hat ja noch mal geklappt!« rief er. Der Sampan legte alsbald längsseits an.

Marissa sah, daß der Kapitän an Bord Gesellschaft bekommen hatte. Zwei wild aussehende Chinesen standen an der Reling des Achterdecks und beobachteten mit Interesse ihre Ankunft.

Marissa packte Tristan am Arm und zeigte ihm die beiden. »Was sind das für Männer?« fragte sie. »Sie sehen wie Banditen aus.«

»Weiß nicht«, sagte Tristan. »Muß seine Besatzung sein.«

Bentley krabbelte zur Luke hinauf und schickte sich dann an, den anderen hochzuhelfen. Tristan reichte ihm die Lunchpakete und die Wasserflaschen hinauf.

Dann faßte er nach Marissas Arm und sagte: »Okay, meine Liebe.«

Tristan schob, Bentley zog, und alsbald fand sich Marissa an Bord der Dschunke wieder.

Dort gingen sie nach vorn und stiegen die Leiter zum Hauptdeck empor. Der Kapitän begrüßte sie mit rauher Stimme und stellte ihnen Liu und Maa, die beiden Matrosen, vor. Alle verbeugten sich. Dann brüllte der Kapitän ein Kommando, und die Männer machten sich an die Arbeit.

Auf der Dschunke wurden die letzten Vorbereitungen getroffen. Auch die beiden Frauen, die Marissa schon gesehen hatte, waren beschäftigt. Sie laschten gerade einen Käfig mit vier lebenden Hühnern auf dem Deck fest.

Eine Viertelstunde nach ihrem Eintreffen warf man die Leinen los. Die Männer mußten viel Kraft anwenden, um das Boot von seinem Liegeplatz ins Fahrwasser zu bugsieren. Erst dort ließ der Kapitän die beiden Dieselmotoren an. Bald ertönte ihr tiefes Brummen, und das Boot vibrierte im Rhythmus der Motoren. Langsam stampfte das gewichtige Fahrzeug aus dem überfüllten Hafen.

Sie nahmen Westkurs auf die untergehende Sonne zu. Unter anderen Umständen hätte Marissa das Erlebnis freudig genossen. Die Landschaft war großartig, besonders nachdem sie die Spitze der Insel Ap Lei Chou umrundet hatten. Von dort bot sich ihnen der Blick auf die bewaldete Insel Lamma an Backbord und auf die größere, gebirgige Insel Lantau genau voraus.

Doch Marissa nahm von all der Schönheit nichts wahr. Sie saß mit geschlossenen Augen da und hielt sich an der Reling fest. Sie war froh über die Meeresbrise, die ihr die Tränen an den Wangen trocknete, ehe noch jemand sie bemerkte. Doch nun begann das Boot zu schlingern, und Marissa spürte die ersten Anzeichen von Seekrankheit.

Als Ned Kelly anstelle der erhofften Dschunke Fahuangs nur einen leeren Liegeplatz sah, fluchte er los, wie nur ein Australier fluchen kann.

Wutschäumend fragte er: »Hätten wir denn nicht schneller herkommen können?« Als Australier war es ihm unverständlich, wie die Menschen hier mit einem so dichten Straßenverkehr leben konnten. »Fragen Sie auf den Nachbarbooten, ob Williams und Blumenthal an Bord waren!«

»Ich bin nicht Ihr Diener«, sagte Mr. Yip. Ned fiel ihm immer mehr auf die Nerven.

»Der Satan soll Sie holen!« rief Ned. Dann aber zwang er sich zur Ruhe, indem er einen anklagenden Blick zum Himmel warf. Er wußte genau, daß mit Yip nicht gut Kirschen essen war, besonders nicht hier, wo der Mann ein Heimspiel hatte. »Bitte, fragen Sie die Leute!« sagte er schnell. »Und entschuldigen Sie, wenn ich Sie beleidigt haben sollte.«

Mr. Yip sprach mit der Familie auf einer der Dschunken,

neben denen Fahuangs Boot gelegen hatte. Er redete Tanka, eine Sprache, von der Ned kein Wort verstand.

Dann sagte Mr. Yip zu Ned: »Sie haben, wörtlich übersetzt, gesagt, es seien zwei weiße Teufel an Bord gewesen.«

»Das müssen sie sein«, sagte Ned. »Können wir ihnen nachfahren?«

»Selbstverständlich«, sagte Mr. Yip.

Mr. Yip ordnete an, daß der Sampanführer sie zum Kai zurückfahren solle. Dann besorgte einer seiner eigenen Männer auf seinen Befehl ein schnelles Motorboot. Ned kletterte mit Willy zu dem Bootsführer auf die Vordersitze. Mr. Yip und zwei seiner Männer stiegen hinten ein. Die beiden waren mit Maschinenpistolen bewaffnet.

Mit dröhnendem Motor legten sie vom Kai ab und fuhren am ganzen Hafen entlang. Das Tempo des Motorboots machte Ned wieder Mut. Aber als sie die offene See erreichten, sank seine Stimmung erneut. Das Meer war mit Dschunken übersät, und sie sahen alle gleich aus. Sie fuhren dicht an einige heran, hatten aber kein Glück. Das richtige war nicht darunter. Da gaben sie es auf.

»Diese Amerikanerin scheint gegen alles gefeit zu sein«, klagte Ned.

Er drehte sich um und schrie Mr. Yip über dem Krach des starken Bootsmotors zu: »Was sollen wir jetzt machen? So lange warten, bis sie zurückkommen, oder was?«

»Es ist nicht nötig zu warten«, schrie Mr. Yip zurück. »Genießen Sie die Bootsfahrt! Wenn wir im Restaurant sind, sprechen wir weiter.«

»Was für ein Restaurant?« fragte Ned.

Mr. Yip zeigte nach vorn auf eins der großen schwimmenden Restaurants in Aberdeen mit goldenen Drachen und karmesinroten Spruchbändern. Inmitten der zahllosen heruntergekommenen Dschunken wirkte es so unwahrscheinlich wie eine Oase in der Wüste.

Eine Viertelstunde später saß Ned in dem Restaurant und speiste in großem Stil. Die Sonne war untergegangen, und die Lichter von Aberdeen funkelten über dem Hafen. Mr. Yip hatte es übernommen, ein üppiges Festmahl zu bestellen. Darüber vergaß Ned seinen ganzen Ärger.

Während des Essens brachte einer von Mr. Yips Männern eine Seekarte. Mr. Yip breitete sie auf dem Tisch aus. »Dies hier ist das Mündungsgebiet des Zhujiang Kou«, erklärte Mr. Yip. »Die Ausländer nennen es meistens den Pearl River. Hier ist Guangzhou.« Er zeigte mit dem Stäbchen auf die Stelle. »Und hier, über Zhuhai, gleich nördlich von der besonderen Wirtschaftszone, die die Volksrepublik China hinter Makao ins Leben gerufen hat, liegt eine kleine Inselgruppe vor der Küste. Dort nimmt Kapitän Fahuang immer Ihre Leute auf. Wenn Sie heute nacht mit einigen meiner Männer dort hinfahren, können Sie sie treffen. Sie brauchen also nicht so lange zu warten, bis sie zurückkommen.«

»Wie komme ich denn dahin?« fragte Ned nach einem Blick auf die Karte. Er sah, daß es nicht weit entfernt war: vielleicht 80 Kilometer.

»Wir stellen Ihnen ein Spezialboot zur Verfügung«, sagte Mr. Yip. »Eins von denen, die man Zigarettenboote nennt.«

»Wunderbar«, sagte Ned. Er wußte, daß diese Zigarettenboote schneller als 80 Stundenkilometer fahren konnten.

»Bleibt nur noch ein Problem«, sagte Mr. Yip.

»Was für eins?« fragte Ned.

»Ich brauche noch etwas mehr Schmiere.«

16

19. April 1990

10.51 Uhr abends

»Marissa!« rief Tristan aufgeregt. »Wir haben Verbindung aufgenommen. Komm doch an Deck!«

Im Dunkeln setzte Marissa sich auf. Sie hatte auf einer Bambusmatte im Lagerraum gelegen.

Der Abend war nicht gut verlaufen. Als sie anderthalb Stunden nach der Abfahrt von Aberdeen die Südspitze der Insel Lantau umrundet hatten, trafen sie unvermittelt auf heftige Sturmböen. Innerhalb von wenigen Minuten verwandelte sich der eben noch rosige Himmel in eine wirbelnde schwarze Wolkenmasse. Aus dem schwachen Wellengang wurden anderthalb Meter hohe Wogen.

Das leichte Unwohlsein, das Marissa bei der Abfahrt befallen hatte, steigerte sich rasch zu einer ausgewachsenen Seekrankheit. Da es an Bord keine sanitären Einrichtungen gab, blieb ihr nichts anderes übrig, als sich an die Reling des Achterdecks zu klammern und sich über das Heck hinweg zu erbrechen. Dann kam der Regen und zwang sie in das schmutzige Unterdeck.

Tristan hatte sich eifrig um sie bemüht, aber hier konnte auch er nicht viel ausrichten. Doch er blieb bei ihr. Aber dann machte er eins der Lunchpakete auf und fing zu essen an. Der Anblick und der Geruch der Lebensmittel bewirkten, daß Marissa noch übler wurde. Sie schickte ihn weg.

Der Sturm verlangsamte ihr Vorwärtskommen. Angesichts der starken Böen sahen sie sich gezwungen, das große Schmetterlingssegel zu reffen, das sie bisher gesetzt hatten. Der Kapitän ließ die Dieselmotoren an und begnügte sich damit, das Boot auf Kurs zu halten. Bentley erläuterte, daß er Kraftstoff sparen wolle.

Auch als der Sturm vorbeigezogen und das Segel erneut gesetzt worden war, verlief die Fahrt durchaus nicht angenehm. Es hatte fast völlige Flaute eingesetzt, und auf dem Wasser bildete sich dichter Nebel, der bald zur Waschküche wurde. Mehrmals tauchten plötzlich aus der Dunkelheit große Schiffe auf, deren Nebelhörner allen auf der kleinen Dschunke einen heillosen Schreck einjagten.

Aber dann waren sie endlich angekommen, und in der nächsten halbe Stunde kreuzten sie langsam vor der Küste zwischen dem Festland und einigen kleinen Inseln auf und ab. Zuerst hatte Marissa wie alle anderen neugierig die Küste betrachtet, ganz erstaunt darüber, daß sie das Territorium des kommunistischen Chinas vor sich sah. Doch nach einiger Zeit hatte sie sich wieder nach unten verzogen und sich eine Weile hingelegt. Inzwischen war sie weniger seekrank als erschöpft.

»Komm schon!« rief Tristan. »Ich weiß, dir ist es ganz schön schlecht ergangen. Aber jetzt sind wir da, wo wir hingelangen wollten.«

Mühsam erhob sich Marissa. Im ersten Augenblick war ihr noch schwindlig. »Hast du unser Wasser bei dir?« fragte sie.

»Sicher, meine Liebe«, sagte Tristan und reichte ihr die Flasche, die er in die Gesäßtasche gesteckt hatte.

Sie trank, gab Tristan die Flasche zurück und wischte sich mit dem Handrücken den Mund ab. Dann nahm sie seinen Arm, und zusammen stiegen sie aufs Vorderdeck. Das Boot war vollständig dunkel. Nirgends brannte Licht.

Der Kapitän hatte wieder die Dieselmotoren angelassen, allerdings mit sehr geringer Drehzahl. So merkte Marissa nur an dem Zittern unter ihren Füßen, daß das Boot noch Fahrt machte. Zu hören war nichts, bis auf einen gelegentlichen gedämpften Knall, wenn der Auspuff für einen Augenblick ins Wasser tauchte.

Wenn Marissa sich anstrengte, konnte sie so eben im Nebel die Küste ausmachen. Dann sah sie, wie sich die Umrisse der Baumwipfel schwarz gegen den Himmel abhoben.

Es war deutlich zu spüren, daß Kapitän Fahuang nervös war, ebenso wie die beiden Matrosen. Dies war der gefährlichste Abschnitt der ganzen Fahrt, nicht nur, weil sie hier leicht entdeckt werden konnten, sondern auch wegen der vielen Untiefen des Gewässers.

Niemand sprach. Sie waren so dicht an der Küste, daß Marissa die Stimmen der Sumpftiere vernehmen konnte. Das einzige Geräusch war das Schwappen der Wellen an die Bootsseite. Dann aber hörte sie auch das Summen der Moskitos.

Plötzlich blitzte aus dem Dunkel der Bäume deutlich ein Licht auf. Es wurde noch zweimal schnell hintereinander angezündet. Sofort stellte der Kapitän die Motoren ab, sandte selber ein Lichtsignal in Richtung der Bäume und gab dem Matrosen im Bug ein Handzeichen. Einen Augenblick später war an dem gedämpften Plätschern zu hören, daß der Anker geworfen wurde.

Langsam schwang das Boot herum, bis der Bug zum Meer hin wies. Mit unterdrückter Stimme berieten sich der Kapitän und seine beiden Matrosen. Einer von ihnen verschwand für kurze Zeit nach unten. Als er zurückkam, hatte er einen Patronengurt umgeschnallt und trug ein Sturmgewehr AK 47 in der Hand. Der ferne Ruf eines exotischen Vogels warf einen gespenstischen Bann über die Szenerie.

»Sie haben Angst vor Piraten«, sagte Bentley flüsternd zu Marissa und Tristan.

»Gibt es denn noch Piraten?« fragte Marissa ebenso leise.

»Auf dem Pearl River hat es immer Piraten gegeben«,

gab Bentley flüsternd zurück. »Hat immer welche gegeben und wird es auch immer geben.«

So vergingen ungefähr fünf Minuten in gespannter Erwartung. In dieser Zeit störte nur das Summen der Moskitos und das Plätschern der Wellen die Stille.

Dann tauchte aus dem Nebel ein kleines Holzboot auf. Zwei Männer hockten darin. Der im Heck hantierte mit einem Paddel. Der andere saß mittschiffs und schaute nach vorn.

Der Kapitän rief die Männer an. Der bewaffnete Matrose hatte das Sturmgewehr auf sie angelegt. Einer der Männer antwortete schüchtern im Flüsterton. Der Kapitän hörte sich seine Worte an und winkte ihnen dann, an Bord zu kommen. Danach schienen alle ein wenig aufzuatmen.

»Es sind die Männer, die sie erwartet haben«, sagte Bentley erleichtert.

Der Mann mit dem Paddel ruderte das kleine Boot längsseits der Dschunke.

Marissa beugte sich über das Schanzdeck und sah die beiden Chinesen heraufklettern. Das kleine Boot ließen sie im Nebel führerlos abtreiben.

Sekunden später wurde der Anker gehievt. Der Kapitän befahl, das Segel zu setzen. Er wollte die leichte ablandige Brise nutzen. Lautlos entfernte sich die große Dschunke von der Küste. Bald verschwanden die Umrisse der Baumwipfel im Nebel.

»Wir müssen uns noch eine halbe Stunde lang ganz still verhalten«, flüsterte Bentley. Alle strengten sich an, mit den Blicken das samtene Dunkel zu durchdringen. Sie horchten auf das leiseste Geräusch, das ein anderes Boot ankündigen würde. Aber alles, was sie vernahmen, war das Knarren ihrer Takelage.

Die beiden chinesischen Neuankömmlinge hockten eng beieinander am Mast. Keiner redete mit ihnen. Sie trugen einfache schwarze Baumwollanzüge, die Marissa an Fotos der Vietcong aus dem Vietnamkrieg erinnerten.

»Was sollen wir jetzt tun?« erkundigte sich Tristan im Flüsterton bei Bentley. »Können wir zu den Kerlen hingehen und mit ihnen sprechen?«

»Warten Sie lieber, bis der Kapitän Ihnen ein Zeichen gibt!« antwortete Bentley. »Wir sind noch nicht weit genug von der Küste entfernt.«

Selbst Marissa wurde gelassener. Das Meer sah aus wie eine schwarze Glasscheibe. Wenn sie aufschaute, sah sie, wie das große Segel sich unter der grauen Decke des Himmels blähte. Durch den Nebel erspähte sie einen einzelnen Stern, der äußerste Gegensatz zu dem prachtvollen Sternenhimmel im australischen Outback.

Als Marissa den Blick senkte, sah sie zu ihrem Schrecken erneut die dunklen Umrisse der Baumwipfel. Sie waren wieder dicht an Land!

»Da ist ja schon wieder die Küste«, flüsterte Marissa.

Tristan und Bentley folgten ihrem Blick.

»Das ist aber merkwürdig«, sagte Bentley. »Einen Moment bitte. Ich bin gleich wieder da.«

Bentley ging zum Achterdeck. Marissa und Tristan sahen, wie er mit dem Kapitän sprach. Die Unterhaltung dauerte längere Zeit. Dann kam er zurück und setzte sich.

»Das ist eine unbewohnte Insel vor der Küste«, erklärte Bentley. »Wir fahren in eine Lagune ein und werfen dort Anker.«

Als wäre dies das Stichwort gewesen, plumpste der Anker gleich darauf vom Bug ins Wasser. Gleichzeitig wurde das Segel am Mast schlaff.

»Warum halten wir denn?« fragte Marissa, besorgt, daß etwas schiefgegangen sein könnte.

Bentley antwortete: »Der Kapitän hat gesagt, wir müssen hier den Tagesanbruch abwarten, ehe wir nach Aberdeen zurückfahren können.«

»Davon hat er aber vorher nichts erwähnt«, sagte Tristan. »Soll das heißen, daß wir die ganze verflixte Nacht hier draußen verbringen müssen?« Dabei schlug er nach einem Moskito, der sich auf seinem Arm niedergelassen hatte.

»Offenbar ja«, sagte Bentley. »Der Kapitän sagt, wenn der Morgen graut, kann er sich unter die Fischerboote mischen, die von einem Dorf im Norden aufs Meer fahren. Wenn wir in der Nacht versuchen, über den Pearl River zu entkommen, würden uns die Chinesen durch Radar entdecken. Die hiesigen Fischer fahren nachts nicht aus. Deshalb würden wir Verdacht erregen.«

»Das hätte er uns aber vorher sagen sollen«, beklagte sich Marissa.

»Können wir jetzt mit den Kerlen sprechen, die wir abgeholt haben?« fragte Tristan.

»Ich frage mal den Kapitän«, sagte Bentley und begab sich wieder zum Achterdeck.

»Tut mir leid, meine Liebe«, sagte Tristan. »Ich habe nicht geahnt, daß die Sache die ganze Nacht dauern würde.«

Marissa zuckte die Achseln. »Es hätte schlimmer kommen können.«

Bentley kam bald zurück. »Der Kapitän sagt, Sie können jetzt mit ihnen reden, soviel Sie wollen, aber nicht so laut.«

Die Mannschaft reffte die Segel. Marissa, Tristan und Bentley gingen ins Vorschiff und setzten sich den beiden Flüchtlingen aus der Volksrepublik China gegenüber.

»Zuerst wollen wir uns miteinander bekannt machen«, sagte Tristan zu Bentley.

Als Bentley anfing zu sprechen, betrachtete Marissa die beiden Männer näher. Sie waren schwer einzuschätzen, aber sie nahm an, daß sie etwa in ihrem Alter waren. Beide hatten kurzgeschorene Haare. Es war ihnen deutlich anzusehen, daß sie nervös und gereizt waren. In dem schwachen Licht huschten ihre Blicke von einem zum anderen.

Bentley zeigte auf den schlankeren Mann. »Das ist Chiang Lam.« Der verbeugte sich, als Bentley seinen Namen nannte. »Und das ist Tse Wah.«

Nach der Vorstellung sagte Tristan zu Bentley, sie wollten wissen, wo die Männer herkämen und womit sie ihren Lebensunterhalt verdienten. Außerdem sollte Bentley sie fragen, warum man sie aus der Volksrepublik China herausschmuggelte.

Während Bentley mit den Chinesen sprach, verständigten sich Marissa und Tristan über die weiteren Fragen, die sie ihnen stellen wollten. Im Hintergrund bereitete die Besatzung eine späte Mahlzeit zu und legte Bambusmatten für die Nacht aus.

Inzwischen hatte Bentley das Gespräch mit den Männern beendet und berichtete nun Marissa und Tristan, daß beide aus Kleinstädten in der Provinz Guangdong kämen. Chiang Lam war Mönch eines Buddhistenordens, dem es gelungen war, die kommunistische Ära zu überstehen. Tse Wah war Landarzt, eine zeitgenössische Ausgabe des »Barfußdoktors« der Kulturrevolution. Bentley berichtete weiter, sie hätten die Volksrepublik China verlassen, weil man ihnen eine Menge Geld versprochen habe. Beide hätten die feste Absicht, später zurückzukehren. Doch wüßten sie nicht, warum man ihnen diese Gelegenheit geboten habe.

»Wie ging es denn zu, als man sie auswählte?« fragte Marissa.

Bentley fragte die Männer danach und sagte dann: »Chiang sagt, er ist wegen seiner Kenntnisse in den Kampfsportarten ausgewählt worden. In seinem Kloster haben sie deshalb Wettkämpfe ausgetragen, sagt er. Tse sagt, er ist ausgewählt worden, weil er Arzt ist. Er sagt, bei ihm hat es keinen Wettbewerb gegeben. Die Leute kamen einfach zu ihm und machten ihm ein Angebot, das er nicht ablehnen konnte. Tse hat Familie, Frau und ein Kind, dazu Eltern und Schwiegereltern.«

Marissa sah Tristan an. »Ich habe das Gefühl, der Arzt ist die Schlüsselfigur«, sagte sie. Tristan nickte.

»Fragen Sie den Arzt, ob er etwas von der Behandlungsweise bei Unfruchtbarkeit versteht!« sagte Tristan. »Vor allem über die Technik der künstlichen Befruchtung in der Retorte.«

Tse überraschte alle, indem er plötzlich erklärte: »Ich kann etwas englisch. Chiang nicht, nur ich. Ich habe jahrelang englisch aus medizinischen Lehrbüchern in Guangzhou gelernt, wo ich meine Ausbildung erhalten habe.«

»Das ist ein Lichtblick«, sagte Tristan. »Es hört sich an, als hätten Sie viel gelernt.«

»Danke«, sagte Tse. »Leider kann ich englisch besser lesen als sprechen.«

»Verstehen Sie, was mit dem Ausdruck IVF gemeint ist?« fragte Tristan.

»Ja«, sagte Tse. »Aber ich weiß sehr wenig darüber. Nur was in den Büchern stand, die ich gelesen habe.«

»Interessieren Sie sich für künstliche Befruchtung?« fragte Marissa.

Trotz seiner nervösen Anspannung mußte Tse lachen. »Das hätte mir wenig Nutzen gebracht. In China gibt es zu viele Menschen und zu viele Babys.«

»Und wie ist es mit Tuberkulose?« fragte Marissa. »Ist sie ein Problem in der Volksrepublik? Haben Sie viele Tbc-Fälle behandelt?«

»In letzter Zeit nicht«, sagte Tse. »China hat im ganzen Land Impfungen mit BCG durchgeführt. Vor 1949 war die Tuberkulose noch weitverbreitet, vor allem hier in Südchina. Aber seit den BCG-Impfungen nicht mehr.«

»Und wie steht es mit Heroin?« fragte Tristan.

»Wir haben kein Heroin«, sagte Tse. »Ein Rauschgiftproblem gibt es in China nicht.«

»Und Geschlechtskrankheiten?« fragte Marissa.

»In der Volksrepublik gibt es nur sehr wenige Fälle von

Geschlechtskrankheiten«, sagte Tse. »Die Kommunisten haben Geschlechtskrankheiten und Opium ausgerottet und ein Gesundheitsprogramm aufgebaut, das der Vorsorge einen größeren Wert beimißt als der Heilung. Es gab ja weder das Geld noch die Einrichtungen für Heilmaßnahmen nach westlicher Art.«

»Wie sieht Ihre Praxis aus?« fragte Tristan. »Was umfaßt sie alles?«

»Ich habe eine typische Landpraxis«, sagte Tse. »Ein kleines Krankenrevier und einen geringen Vorrat an Medikamenten. Ich bin verantwortlich für Gesundheitserziehung, Immunisierung und Geburtenkontrolle von 4000 Menschen auf dem Lande. Wir behandeln leichtere Krankheiten und kleine Unfälle, und, falls notwendig, überweisen wir die Patienten ins Bezirkskrankenhaus.«

»Wenden Sie auch traditionelle chinesische Heilbehandlungen an?« fragte Marissa.

»Ja, wenn der Patient es wünscht«, sagte Tse. »Wir können auch Kräuterheilkundige und Akupunktierer heranziehen. Aber ich wurde in Guangzhou in moderner Medizin ausgebildet. Allerdings hatten wir sehr wenige moderne Geräte.«

Marissa sah Tristan hilfesuchend an. »Mir fallen keine Fragen mehr ein.«

»Mir auch nicht«, sagte Tristan. Sie saßen alle mit untergeschlagenen Beinen auf dem Deck. Er änderte seine Stellung und fragte Tse: »Wer hat Sie angeworben?«

»Die Triade Weißer Lotus«, sagte Tse.

»In der Volksrepublik gibt es Triaden?« fragte Marissa erstaunt.

»Aber ja, jede Menge«, warf Bentley ein. »Sie sind ja schließlich auf dem chinesischen Festland entstanden.«

»Fragen Sie den Mönch«, sagte Tristan, »warum es so wichtig war, die chinesischen Kampfsportarten zu beherrschen!«

»Das kann ich beantworten«, sagte Tse. »Chiang hat die Aufgabe, mich zu schützen.«

»Warum brauchen Sie denn Schutz?« fragte Tristan.

»Das weiß ich nicht«, sagte Tse.

»Sind Sie oder Ihr Kamerad schon einmal außerhalb der Volksrepublik gewesen?« fragte Tristan.

»Noch nie«, sagte Tse.

»Und Sie haben keinerlei Gepäck?«

»Nein.«

»Haben Sie sonst etwas bei sich?«

»Nichts.«

»Haben Sie kein Rauschgift mit?«

»Nein.«

»Und Sie machen das des Geldes wegen?«

Tse nickte. »Man hat uns viele Jahreslöhne versprochen. Im voraus habe ich bereits einen Jahreslohn ausgezahlt bekommen.«

»Wie lange sollen Sie weg sein?« fragte Tristan.

»Weiß nicht genau«, sagte Tse. »Ein Jahr, höchstens vielleicht zwei Jahre.«

Tristan fuhr sich mit der Hand durch die Haare. Dann schüttelte er den Kopf und warf einen verzweifelten Blick auf Marissa. »Ich weiß nicht mehr, was ich ihn fragen soll. Ich bin am Ende meines Lateins.«

Urplötzlich bemerkten sie, daß sie nicht mehr allein waren. Sie schauten hoch. Der Kapitän war nach vorn gekommen. Als er sah, daß sie ihn alle anschauten, begann er zu sprechen.

Bentley übersetzte: »Der Kapitän will wissen, ob wir essen möchten. Seine Frau hat für uns alle etwas gekocht.«

»Warum nicht?« sagte Tristan und stand auf. »Dann bekommen wir doch wenigstens etwas für meine verdammten 3500 Hongkong-Dollar.«

Einige Stunden später lagen Marissa und Tristan nebeneinander auf Bambusmatten im Achterdeck. Hier waren sie wenigstens allein. Abgesehen von einem gelegentlichen Moskito und der naßkalten Brise ging es ihnen ganz gut.

Marissa hatte nichts gegessen, sondern nur von dem mitgebrachten Wasser getrunken. Durch die Seekrankheit und das damit verbundene Erbrechen war ihr Körper ganz ausgetrocknet.

»Ich muß mich noch einmal entschuldigen, meine Liebe«, sagte Tristan. »Ich war fest davon überzeugt, daß wir die Lösung finden würden, wenn wir herkämen und mit den Kerlen sprächen. Doch jetzt stehen wir genau so dumm da wie bei unserer Ankunft in Hongkong. Es sieht so aus, als hätten wir unser Leben für nichts und wieder nichts aufs Spiel gesetzt, gar nicht zu sprechen von deiner Übelkeit.«

»Ich habe ja auch gedacht, daß wir hier die Antwort auf alles finden würden«, sagte Marissa. »Es ist merkwürdig. Irgend etwas muß uns entgangen sein, aber ich weiß nicht, was. Es scheint keine Erklärung dafür zu geben, warum das FCA sich so angestrengt bemüht, Festlandchinesen auf illegale Weise nach Australien zu bringen.«

»Ich glaube immer noch, es hat irgendwie mit Rauschgift zu tun«, sagte Tristan. »Es muß um Heroin aus dem Goldenen Dreieck gehen.«

»Aber diese Männer haben doch nichts bei sich«, erinnerte ihn Marissa.

»Und doch es ist das einzige, von dem ich mir vorstellen kann, daß es den hohen Kostenaufwand für den FCA lohnen würde«, sagte Tristan. »Gar nicht davon zu reden, wie weit sie zu gehen bereit sind, um ihre Tätigkeit geheimzuhalten. Es war ihnen doch so wichtig, daß sie uns in aller Öffentlichkeit erschießen lassen wollten. Es muß Rauschgift sein, meinst du nicht?«

»Ich weiß überhaupt nicht mehr, was ich davon halten soll«, sagte Marissa. »Was du sagst, hat ja Sinn, aber nur bis zu einem gewissen Punkt. Und wir haben immer noch nicht herausgefunden, was die tuberkulöse Eileiterninfektion mit der Sache zu tun hat. Und wenn es um Rauschgift geht, wozu brauchen Sie dann einen Landarzt und einen buddhistischen Mönch?«

»Ich kann dir die Fragen nicht beantworten«, sagte Tristan. »Ich tappe völlig im dunkeln. Einmal bin ich sogar auf die Idee verfallen, der ganze Plan könnte etwas damit zu tun haben, daß Hongkong den Chinesen im Jahre 1997 wieder übergeben wird. Aber es gibt nichts, was diese weit hergeholte Idee unterstützt. Ich fürchte, wir sind an einem toten Punkt angelangt.«

Marissa hätte es lieber gehabt, wenn er diesen Ausdruck nicht verwendet hätte. Sie schloß die Augen. Nach all dem, was geschehen war, konnte sie kaum auf Schlaf hoffen. Aber ihre Erschöpfung war stärker als das körperliche Unbehagen und der seelische Kummer. Gleich darauf schlummerte sie ein.

Doch kaum war sie eingedöst, fing sie zu träumen an. Im Traum sah sie Robert im Treibsand versinken und konnte ihm nicht helfen. Sie hielt sich an einem Ast fest und griff nach seiner Hand. Dann brach der Ast ab, und sie fiel...

Eine Stunde nach dem Einschlafen fuhr Marissa in die Höhe. Ihr war, als versänke sie jetzt selber im Treibsand. Doch sie saß auf einer harten Bambusmatte, und neben ihr schlief Tristan. Moskitos umschwärmten ihren Kopf, und auf der Stirn hatte sie kalte Schweißtropfen.

Marissa hörte an Deck Schritte. Füße in Sandalen huschten umher. Sie schlug die Augen auf. Der Tag war noch nicht angebrochen, doch die Welt war schon heller geworden. Sie lagen in dichtem Morgennebel, der die nahegelegene Insel völlig verbarg. Vogelsang war zu hören, doch die Küste sah man nicht. Marissa setzte sich auf. Die Besatzung bereitete sich gerade vor, den Anker zu hieven. Das Segel war entfaltet und konnte jederzeit aufgezogen werden. Unten hörte sie kurz ein Baby schreien.

Sie stand auf und reckte die verkrampften Muskeln. Es wunderte sie, daß sie überhaupt hatte schlafen können, sogar noch nach dem Alptraum über Robert.

Sobald ihre Glieder wieder geschmeidig waren, ging sie an die Reling, vergewisserte sich, daß alle Leute an Deck anderweitig beschäftigt waren, überwand das bißchen Stolz, das ihr noch geblieben war, und erleichterte sich über den Bootsrand. Als sie fertig war, hatte sie wenigstens den Trost, daß niemand sie auch nur im mindesten beachtet hatte.

Tristan schlief noch fest, und Marissa weckte ihn nicht, sondern stieg die Leiter hinab aufs Unterdeck. Auf dem Propangasherd wurde Wasser gekocht. Mit Hilfe der Kapitänsfrau bereitete sich Marissa Tee zu und trug ihn nach oben aufs Achterdeck. Tristan war inzwischen aufgewacht.

»'n Morgen, meine Liebe«, sagte er, wie üblich gutgelaunt.

Marissa gab ihm von ihrem Tee ab. Das große Segel wurde aufgezogen. Dann spürten sie, daß man die Motoren anließ.

»Unser Mann muß es mit der Rückfahrt eilig haben«, sagte Tristan. »Er setzt Segel und Motoren ein.«

Doch dann stellte sich heraus, daß der Kapitän die Motorenkraft nur benutzte, um die Dschunke aus der Lagune zu manövrieren. Sobald sie sich vom Land entfernt hatte, wurden die Motoren wieder abgestellt und die restliche Segelleinwand festgezurrt.

In der leichten Morgenbrise segelten sie nach Süden und näherten sich wieder einem Punkt auf dem Festland. Als der Nebel sich hob, sah man, daß von der Küste her Fischerboote aufs Meer strebten. Alles war friedlich, bis sie in der Ferne das Dröhnen eines Motorboots vernahmen.

Sofort schrie der Kapitän den Matrosen Befehle zu. Rauschend kam das Segel herunter, und die Dieselmotoren setzten wieder ein. Langsam schwang die Dschunke herum.

Bentley kam zu Marissa und Tristan und erklärte ihnen, daß der Kapitän wieder Kurs auf die Küste genommen habe.

»Was ist denn los?« fragte Tristan. Er merkte, daß die Besatzung aufgeregt war.

»Wir fahren in eine dieser kleinen Buchten, die es hier an der Küste gibt«, sagte Bentley. »Es ist eine Vorsichtsmaßnahme. Der Kapitän befürchtet, daß das Motorengeräusch, was wir hören, von einem Patrouillenboot der Volksrepublik stammt. Er sagt, ein Sampan oder eine Dschunke mit Motoren kann es nicht sein, dafür sind die Maschinen zu stark. Er sagt, wenn es kein Patrouillenboot ist, dann sind es Piraten.«

»O Gott!« sagte Marissa.

Als das fremde Boot sichtbar wurde, waren sie keine hundert Meter mehr von der Küste entfernt. Es war ein Zigarettenboot und schien genau auf sie zuzuhalten. Sie konnten es jetzt sehen, da der Nebel sich aufgelöst hatte.

Der Kapitän schrie wieder einen Befehl, und die beiden Matrosen verschwanden unter Deck. Als sie zurückkamen, brachten sie Sturmgewehre AK 47 mit und hatten sich Patronengurte über die Unterarme gehängt.

»Das gefällt mir nicht«, sagte Marissa. »Das gefällt mir ganz und gar nicht.«

Der Kapitän drehte sich zu ihnen um und brüllte irgend etwas. Bentley übersetzte. Der Kapitän hatte befohlen, daß alle außer seinen Matrosen unter Deck zu gehen hätten.

Sie beeilten sich zu gehorchen. Bentley schloß die Holztür, die aufs Vorderdeck führte, und gesellte sich dann zu Marissa und Tristan, die an der Einstiegsluke der Dschunke standen. Die Küste war jetzt im frühen Morgenlicht deutlich zu erkennen.

»Ist es ein Patrouillenboot aus China?« erkundigte sich

Tristan bei Bentley. Von ihrem Standpunkt aus hörten sie genau, wie der Kapitän sich mit seinen Männern beriet und das Boot sich der Dschunke von Backbord näherte.

»Sie wissen es noch nicht«, sagte Bentley nervös.

Dann hörten sie, wie das Zigarettenboot längsseits der Dschunke kam. Drohend rumpelte der starke Motor. Gleich darauf hörten sie den Kapitän laut rufen.

»Er hat ihnen gesagt, sie sollen nicht näher rankommen«, übersetzte Bentley.

Zwischen dem Kapitän und den Leuten auf dem Zigarettenboot kam es zu einem lauten Wortgefecht. Die Stimmen klangen zornig. Die Auseinandersetzung ging weiter, und Marissa merkte, wie Bentley immer aufgeregter wurde.

»Was reden die da?« fragte sie.

»Das ist sehr eigenartig«, sagte Bentley. »Die Leute auf dem Zigarettenboot sagen, sie sind wegen der weißen Teufel gekommen.«

»Was sind weiße Teufel?« fragte Marissa.

»Tut mir leid, aber sie sprechen von Mr. Williams und Ihnen«, sagte Bentley. »Doch der Kapitän ist wütend, daß sie hergekommen sind und ihn in Gefahr bringen.«

Marissa packte Tristan am Arm. Der Streit an Deck wurde immer heftiger. Sie schauten in Bentleys Gesicht, konnten seiner Miene aber nichts entnehmen.

»Was ist jetzt los?« fragte Marissa nach einer Weile.

»Es hört sich nicht gut an«, sagte Bentley. »Der Kapitän hat befohlen, daß das Motorboot sich entfernen soll, aber die Leute weigern sich wegzufahren, wenn er Sie ihnen nicht ausliefert oder ...«

»Oder was?« wollte Marissa wissen.

»Oder Sie werden erschossen!« sagte Bentley. »Es sind die Wing Sin.«

»Können Sie etwas unternehmen?« fragte Tristan.

»Im Moment kaum«, sagte Bentley kopfschüttelnd. »Gegen die Wing Sin kann ich nicht an. Der Kapitän hat mir ja außerdem gestern abend die Waffe abgenommen. Er hat gesagt, ohne seine Erlaubnis darf niemand bewaffnet aufs Boot.«

»O Gott!« rief Marissa wieder.

Tristan schaute zum kaum hundert Meter entfernten Strand hinüber. Er fragte sich, ob sie ihn schwimmend erreichen könnten. Aber in dem Augenblick, als ihm dieser Gedanke durch den Kopf ging, wurde die Holztür zum Vorderdeck mit einem scheppernden Fußtritt aufgestoßen. In der Tür stand einer der Männer des Kapitäns. Er sprach sehr schnell und wedelte dazu mit dem Sturmgewehr.

»Tut mir leid«, sagte Bentley, »aber er will unbedingt, daß Sie beide an Deck gehen. Ich bitte um Verzeihung.«

»Da Ihre Fähigkeiten als Leibwächter zur Zeit etwas beschränkt sind«, sagte Tristan zu Bentley, »können Sie uns vielleicht mit Ihren Fähigkeiten als Dolmetscher helfen. Sind Sie bereit, uns zu begleiten?«

»Wenn der Kapitän es gestattet«, sagte Bentley.

»Komm, meine Liebe!« sagte Tristan. »Das ist Hongkong, wo man alles kaufen kann. Mal sehen, ob wir nicht noch mit dem Kapitän ein Geschäft machen können.«

Nie im Leben hatte Marissa so viel Angst ausgestanden. Willenlos ließ sie sich von Tristan an dem Mann mit dem Sturmgewehr vorbei ins Licht des Morgens führen. Die Sonne hatte den Nebel fast völlig vertrieben. Es versprach, ein schöner, klarer Tag zu werden. Das Wasser, das vorher grau erschienen war, hatte nun sein gewohntes Smaragdgrün angenommen. Über dem gedämpften Motorengeräusch des Zigarettenboots hörte Marissa vom nahen Strand her Singvögel zwitschern. Das Motorboot kam langsam der Dschunke näher, um längsseits anzulegen.

Der Kapitän stand auf dem Achterdeck. Mürrisch schaute er auf seine weißen Fahrgäste herab.

Tristan sagte schnell etwas zu Bentley, der daraufhin dem Kapitän auf Tanka zurief: »Der weiße Teufel bietet Ihnen 50 000 Hongkong-Dollar, wenn Sie seine Frau und ihn sicher nach Aberdeen zurückbringen!«

Die Miene des Kapitäns veränderte sich. Er strich sich den Ziegenbart und blickte auf das näherkommende Zigarettenboot.

Die beiden Männer im Bug erkannte Marissa wieder. Es waren dieselben, die an dem Tag, als Wendy den Tod fand, die Fischköder über Bord geschüttet hatten.

»Der weiße Teufel erhöht sein Angebot auf 100 000 Hongkong-Dollar!« schrie Bentley Tanka zu.

Der Kapitän sagte etwas zu Bentley, hielt aber mitten im Satz inne. Sein Blick hing wie gebannt an dem Zigarettenboot. Nach einer Weile schüttelte er den Kopf. »Gegen die Wing Sin kann ich nicht ankämpfen«, sagte er.

Bentley faßte Tristan ins Auge und berichtete ihm, was der Kapitän gesagt hatte.

»Sagen Sie ihm, ich verdopple mein Angebot auf 200 000!« rief Tristan.

Doch bevor Bentley dem Kapitän das neue Angebot unterbreiten konnte, hörte man den Motor eines zweiten Bootes. Aller Augen richteten sich auf eine kleine Insel vor der Küste, etwa 400 Meter ostwärts gelegen. Das Motorengeräusch wurde stärker. Dann bog ein großes, graublaues Schiff mit einer Fünf-Zentimeter-Kanone am Bug um das runde Inselkap.

Der Kapitän rief einem seiner Männer auf dem Hauptdeck etwas zu. Der warf ihm sein AK 47 zu. Der Kapitän fing die Waffe auf und gab einen Feuerstoß über die Köpfe der Männer im näherkommenden Zigarettenboot ab. Dazu brüllte er irgend etwas, so laut er konnte.

Die Besatzung drängte Marissa und Tristan wieder ins Unterdeck. Hinter ihnen wurde die Tür zugeworfen.

»Was ist los?« fragte Tristan.

»Es ist ein Patrouillenboot der Volksrepublik«, antwortete Bentley.

»Was hat der Kapitän geschrien, als er sein Gewehr abfeuerte?« fragte Tristan weiter.

»›Piraten‹ hat er geschrien!« erwiderte Bentley.

Im Unterdeck hörten sie, wie ein Motor aufheulte und das Zigarettenboot die Flucht ergriff. Die Dschunke schaukelte, als die Bugwelle sie seitlich traf.

Sekunden später vernahmen sie den tiefen Mündungsknall der Kanone auf dem Patrouillenboot und danach ein schrilles Pfeifen.

»Schießen sie auf uns?« wollte Marissa wissen.

»Sie schießen wohl auf das Zigarettenboot«, sagte Tristan. »Sonst würden wir wahrscheinlich schon im Bach liegen.«

Das Motorengeräusch des Patrouillenboots wurde lauter. Es kam auf die Dschunke zu, fuhr dann aber in sausender Fahrt vorbei. Wieder schaukelte die Dschunke, als die Bugwelle des davonrasenden Patrouillenboots sie traf.

»Das habe ich mir nicht träumen lassen, daß uns noch einmal chinesische Kommunisten das Leben retten«, sagte Tristan.

Die Holztür zum Oberdeck wurde wieder krachend aufgerissen. Ein Matrose erschien, kam herein und schrie etwas.

»Was jetzt?« fragte Tristan.

»Er sagt, daß wir alle ganz schnell an Deck kommen sollen«, übersetzte Bentley. »Alle, auch die beiden Flüchtlinge.«

Als Marissa wieder an Deck kam, sah sie das Patrouillenboot in voller Fahrt nach Südosten rauschen. Weit vor ihm raste das Zigarettenboot davon.

Mit rauher Stimme erteilte der Kapitän einen neuen Befehl. Bentley erbleichte. Auch die Flüchtlinge erschraken. Chiang Lam redete hektisch auf den Kapitän ein.

»Was ist denn jetzt los, Kumpel?« erkundigte sich Tristan.

»Der Kapitän hat gerade angeordnet, daß wir alle über Bord springen sollen«, sagte Bentley.

»Was!« rief Marissa keuchend. »Warum denn?«

»Weil er weiß, daß das Patrouillenboot zurückkommen wird, und dann will er nicht mit Schmuggelfracht erwischt werden.«

Immer noch redete Chiang Lam auf den Kapitän ein. Er wirkte jetzt hysterisch und schrie aus vollen Kräften.

»Was ist mit dem Mönch?« fragte Tristan.

»Er hat dem Kapitän gesagt, daß er nicht schwimmen kann«, sagte Bentley.

Mit böser Miene schaute der Kapitän auf Chiang hinunter und zeigte zur Küste. Chiang jammerte weiter. Da nahm der Kapitän die AK 47 von der Schulter und jagte dem Mönch ohne das geringste Zögern eine Anzahl Kugeln in den Leib. Die Leiche des Mönchs wurde an die Reling geschleudert und fiel dann aufs Deck.

Marissa wandte sich ab. Tristan sah ungläubig zum Kapitän hinauf. Bentley kletterte über die Reling.

Der Kapitän brüllte einem der Matrosen etwas zu. Der Mann rannte zu dem toten Mönch, hob ihn vom Deck und warf ihn ins Wasser.

In großer Eile half Tristan Marissa über die Reling hinweg. Bentley sprang als erster. Marissa und Tristan folgten ihm nebeneinander. Als letzter sprang Tse Wah.

Marissa tauchte tief in das überraschend eiskalte Wasser und kam dann mit einigen Zügen wieder an die Oberfläche. Sie drehte sich um und schaute zur Dschunke zurück. Die hatte bereits Fahrt aufgenommen und steuerte nordwärts, in die entgegengesetzte Richtung des Patrouillenboots.

»Zieh die Schuhe aus!« rief Tristan. »Aber laß sie nicht los! Behalt sie in der Hand! Dann kannst du besser schwimmen.«

17

20. April 1990

8.05 Uhr vormittags

Mit einem Schuh in jeder Hand und der nassen Kleidung, die sie nach unten zog, fiel Marissa das Schwimmen schwer. Obgleich sie sich nun schon seit einigen Minuten abmühte, schien sie dem Strand nicht näherzukommen. Vor ihr schwammen Bentley und Tse. Tristan war bei ihr geblieben.

»Nur die Ruhe bewahren, meine Liebe!« sagte Tristan. »Vielleicht gibst du mir mal deine Schuhe.«

Marissa war froh, sie loszuwerden. Tristan hatte die Schnürsenkel seiner Schuhe zusammengebunden und sie sich dann um den Hals gehängt. Marissas Schuhe steckte er sich in die Taschen. Und ohne Schuhe konnte Marissa gleich besser schwimmen.

Der Schreck über den Mord und der panikartige Sprung ins Wasser hatten Marissa von allem anderen abgelenkt. Aber als sie sich jetzt bewußt wurde, daß sie wieder im Meer schwamm, mußte sie an Wendys Tod denken. Schon sah sie vor ihrem geistigen Auge die hungrigen grauen Ungeheuer lautlos unter der Wasseroberfläche heranschießen. Ihre Angst verstärkte sich noch, als ihr einfiel, daß ja jetzt wieder eine blutige Leiche im Wasser trieb.

»Glaubst du, daß es hier Haie gibt?« fragte Marissa angestrengt zwischen zwei Schwimmzügen. Sie hoffte, daß Tristan sie darüber beruhigen würde.

»Wir sollten uns jetzt nur mit dem nächstliegenden Problem befassen«, sagte Tristan.

»Natürlich gibt es hier Haie!« rief Bentley zurück.

»Vielen Dank, Kumpel!« schrie Tristan ihm zu. »Genau, was ich hören wollte!«

Marissa versuchte, nicht daran zu denken. Aber bei jedem Schwimmzug erwartete sie, von unten in die Tiefe gerissen zu werden. Wenn Tristan nicht neben ihr geschwommen wäre, hätte bestimmt Panik sie übermannt.

»Du mußt nur zum Land hinschauen«, riet ihr Tristan. »Wir sind sowieso gleich da.«

Es dauerte jedoch noch lange Zeit. Aber schließlich schienen die Bäume näherzurücken. Vor ihr hatte Bentley schon aufgehört zu schwimmen. Er stand im Wasser, das ihm nur noch bis an die Hüften ging, und watete jetzt an den Strand.

Als Marissa und Tristan an diese Stelle kamen, wrangen Bentley und Tse schon ihre Sachen aus.

Auf den letzten sechs Metern nahm Tristan Melissa an die Hand und sagte: »Willkommen in der Volksrepublik China!«

Der Strand war sichelförmig, etwa 270 Meter lang, zu beiden Seiten von felsigen Vorgebirgen begrenzt. Hinter dem Strand erhoben sich am Rande eines Sumpfgebiets üppige halbtropische Bäume. Überall lärmten See- und Sumpfvögel. Marissa drehte sich um und schaute über die smaragdgrüne Weite des Meeres, das vor der Küste mit kleinen Inseln übersät war. Ein friedliches Bild wie auf einer Ansichtspostkarte. Über ihren Köpfen kreisten träge Seemöwen. Von der Dschunke, dem Zigarettenboot und dem Patrouillenboot war nichts mehr zu erblicken.

Die vier Gestrandeten erholten sich nach dem unfreiwilligen Bad im kalten Wasser nun in den warmen Sonnenstrahlen. Tristan nahm die Pässe aus seinem Geldgürtel und ließ sie aufgeschlagen in der Sonne trocknen. Dasselbe machte er mit seinen Hongkong-Dollar-Scheinen.

Damit sie nicht davonflatterten, beschwerte er sie mit Seemuscheln.

»Unglaublich, daß der Kapitän den Mönch einfach so erschießen konnte«, sagte Marissa schaudernd. »Er hat nicht eine Sekunde gezögert.«

»Ein Menschenleben ist in diesem Teil der Welt nicht viel wert«, sagte Tristan.

»Ich weiß nicht, ob ich je darüber hinwegkommen werde«, sagte sie. »Erst mußte Wendy sterben, dann Robert, und nun dieser Mord. Und alles für nichts und wieder nichts!«

Tristan griff nach ihrer Hand. »Nun kann niemand mehr behaupten, wir hätten nicht alles versucht«, sagte er.

Sie hatten sich gerade eine halbe Stunde lang ausgeruht, da schreckte sie ein dröhnendes Geräusch in der Ferne, das rasch lauter wurde, wieder auf. Nach der überstandenen schweren Prüfung noch aufs höchste empfindlich, schauten sie einander tief betroffen an. Der Lärm wurde immer lauter und nahm einen merkwürdigen pulsierenden Klang an.

Schließlich kam Tristan darauf, worum es sich handelte. »Ein Hubschrauber!« schrie er. »Alle unter die Bäume!«

Kaum hatten sie sich in höchster Eile unter dem Laub verborgen, als ein großer Militärhubschrauber über sie hinwegdonnerte. Er flog in der Richtung des verschwundenen Patrouillenboots aufs Meer hinaus.

Nach einer Weile verließen sie das schützende Laubwerk und starrten dem Flugzeug nach, das jetzt nicht viel größer als ein Stecknadelkopf am blaßblauen Himmel zu sehen war.

»Meinst du, daß sie uns gesehen haben?« fragte Marissa.

»Nee«, sagte Tristan. »Mich wundert nur, daß sie nicht das ganze Hongkong-Geld entdeckt haben, das ich auf dem Strand ausgebreitet habe.«

Nachdem sich alle von der kalten Schwimmtour ausgeruht fühlten, begannen sie ihren Marsch durch das Sumpfgebiet. In der Meinung, Tse kenne sich hier aus, überließen ihm die drei anderen den Vortritt. Zuerst ging es nur durch sumpfiges Gras. Aber bald mußten sie auch tiefere Bäche durchwaten.

Bis zur Hüfte im Wasser, den halbgetrockneten Geldgürtel hoch über den Kopf haltend, fragte Tristan: »Gibt es hier Krokodile?«

»Keine Krokodile«, sagte Bentley. »Dafür aber Schlangen.«

»Und was kommt als nächstes?« fragte Marissa mit Galgenhumor.

Doch sie bekamen keine Schlangen zu Gesicht. Dafür um so mehr Insekten. Als sie sich dem stark bewaldeten, höher gelegenen Land näherten, fielen ganze Schwärme über sie her. Ängstlich erkundigte sich Marissa bei Tse nach Malaria und Denguefieber.

»Malaria kommt immer wieder vor«, sagte Tse. »Aber von Denguefieber ist mir nichts bekannt.«

»Da kann man nichts machen«, sagte Marissa. Bei so vielen Gefahren konnte man sich nicht über alles den Kopf zerbrechen. »Alles hat seine guten Seiten. Wir hatten schließlich Glück, daß wir unversehrt von der Dschunke entkommen sind. Für das kommunistische Patrouillenboot können wir Gott danken.«

»Das ist die richtige Einstellung«, sagte Tristan.

»Und diesmal haben wir sogar unsere Armbanduhren behalten dürfen«, fuhr Marissa fort.

Tristan lachte. Er war froh darüber, daß Marissa nach all diesen Abenteuern noch Humor zeigte.

»Hast du den Weißen im Bug des Motorboots wiedererkannt?« fragte ihn Marissa. »Er war einer von den beiden, die Fischköder über Bord geworfen haben, bevor Wendy den Tod fand.«

»Er kam mir flüchtig bekannt vor«, sagte Tristan. »Von damals, als ich noch für das FCA gearbeitet habe.«

Sie erreichten den Rand des Sumpfgebiets und mußten nun durch dichte Vegetation aufwärtssteigen. Von den Ästen der Bäume hingen Kletterpflanzen herab. So kamen sie nur langsam vorwärts. Schon eine Strecke von hundert Metern strengte an. Dann hörten die Bäume plötzlich auf, und sie standen vor einem Reisfeld.

»Jetzt weiß ich, wo wir sind«, sagte Tse. »Vor uns liegt ein kleines Bauerndorf. Vielleicht sollten wir da hingehen und uns etwas zu essen besorgen.«

»Wie sollen wir das machen?« fragte Tristan. »Akzeptieren die denn da Kreditkarten?«

»Sie haben doch Geld«, sagte Tse.

»Die nehmen Hongkong-Dollar entgegen?« fragte Tristan.

»Auf jeden Fall«, sagte Tse. »In der gesamten Provinz Guangdong wird mit Hongkong-Dollars schwarzgehandelt.«

»Müssen wir uns in diesem Dorf vor den Behörden in acht nehmen?« fragte Tristan.

»Nein«, sagte Tse. »Polizei gibt es da nicht. Polizei gibt es erst in Shigi.«

Tristan wandte sich an Bentley. »Was sehen Sie als unser größtes Problem in der Volksrepublik China an? Visa haben wir ja schließlich.«

»Nur zwei Dinge«, sagte Bentley. »Sie haben erstens keinen Einreisestempel und zweitens keine Einreisedokumente. Man muß nämlich eine Zollerklärung mit sich führen. Dieses Formular hat man dann beim Verlassen der Volksrepublik abzugeben.«

»Aber solange wir hier sind, wird uns keiner belästigen?« fragte Tristan. »Ich dachte, der erste Blaue, dem wir begegnen, würde uns am Schlafittchen nehmen.«

Alle sahen ihn verständnislos an. »Was ist denn los?« fragte er.

»Was ist ein Blauer?« fragte Marissa.

»Ein Polizist«, sagte Tristan. »Bin ich denn hier der einzige, der englisch spricht?«

Aber Marissa hörte gar nicht hin, sondern fragte Bentley: »Demnach können wir erst Ärger bekommen, wenn wir die Volksrepublik wieder verlassen wollen?«

»Meiner Ansicht nach ja«, sagte Bentley. »Ausländische Touristen sind in China schon ziemlich häufig anzutreffen, besonders in der Provinz Guangdong. Hier wird uns also niemand belästigen. Kritisch wird es wahrscheinlich erst, wenn Sie nach Hongkong oder Macao zurück wollen. Das wird kaum ohne Hilfe möglich sein. Ohne eine Zollerklärung und ohne die üblichen Gegenstände, die Touristen bei sich führen, wie zum Beispiel eine Kamera, wird man Sie für Schmuggler halten und ins Gefängnis stecken.«

»Dann sind wir wenigstens in Sicherheit«, sagte Tristan scherzend. »Im Augenblick brauchen wir uns also noch keine Sorgen zu machen. Gehen wir ins Dorf, und besorgen wir uns Tucker!«

»Er meint Lebensmittel«, übersetzte Marissa für die anderen.

Tse behielt recht. Die Dorfbewohner nahmen gern Hongkong-Dollars in Zahlung. Für einen in Tristans Augen läppischen Betrag besorgten sie für alle vier trockene Kleider und setzten ihnen eine herzhafte Mahlzeit vor. Abgesehen vom Reis wußten Marissa und Tristan allerdings nicht, was man ihnen da zu essen gab.

Beim Essen fiel Marissa wieder Wendys Bemerkung ein, daß die Menschen einen in der Volksrepublik China dauernd anzustarren pflegen. Es schien ihr, als kämen sämtliche Dorfbewohner in die Gemeindehalle, um offenen Mundes die vier Fremden beim Essen zu beobachten.

Als sie fertig waren, wandte sich Tristan an Tse. »Haben Sie einen Vorschlag, wie wir aus der Volksrepublik rauskommen können? Wissen Sie vielleicht, wie man sich diese Zollerklärungen beschaffen kann?«

»Ich habe so ein Formular noch nie gesehen«, sagte Tse. »Aber wenn Sie keins haben, wird das wohl problematisch für Sie werden. Unsere Regierung verlangt für alles Formulare, und unsere Beamten sind äußerst mißtrauisch. Ich meine, Sie sollten gar nicht erst zur Grenze gehen. Am besten gehen Sie nach Guangzhou. Ich weiß, daß es dort ein amerikanisches Konsulat gibt. Ich habe es mal aufgesucht, um mir medizinische Lehrbücher zu besorgen.«

»Das scheint mir ein guter Vorschlag zu sein«, sagte Marissa.

Tristan nickte. »Dann frage ich mich nur, ob es dort auch ein Aussie-Konsulat gibt.«

»Wenn nicht, können wir bestimmt den amerikanischen Konsul beschwatzen, daß er dir auch hilft«, sagte Marissa.

»Wie kommen wir überhaupt nach Guangzhou?« fragte Tristan. »Es ist doch sicherlich von hier aus noch ein langer Weg.«

Tse lächelte genüßlich. »Ein sehr langer Weg«, bestätigte er. »Aber vorher kommen wir noch in eine Stadt, die ganz in der Nähe liegt und größer als dieses Dorf hier ist. Chiang und ich haben dort übernachtet, und ich weiß, daß sie da ein ähnliches Krankenrevier haben wie das, in dem ich arbeite. Ich könnte mir vorstellen, daß es dort auch eine Fahrgelegenheit nach Shigi gibt, wo das Bezirkskrankenhaus ist. Von dort aus können wir nach Forshan gehen. Das ist eine Großstadt.«

»Hört sich gut an«, sagte Tristan. »Was meinst du, Marissa?«

»Fast zu schön, um wahr zu sein«, sagte Marissa. »Mir gefällt die Vorstellung, daß ein US-Beamter mit der kommunistischen Bürokratie verhandeln muß. Wie Tse schon sagte, ist es eine viel bessere Idee, als unser Glück an der Grenze zu versuchen. Das wäre mir nach allem, was wir erlebt haben, sehr unsympathisch.«

»Und Sie, Bentley?« fragte Tristan.

»Ich werde wohl über Macao zurückgehen«, sagte Bentley. »Ich habe einen Hui Shenjing, der mir mehrfache visumfreie Einreisen in die Volksrepublik gestattet. Da dürfte ich nicht viel Ärger bekommen. Höchstens daß sie mich für kurze Zeit festhalten. Aber bis Forshan komme ich mit Ihnen.«

Der Marsch von dem kleinen Dorf bis in die nächste Stadt nahm nur eine Stunde in Anspruch. Zuerst kamen sie an kleinen Gemüsefeldern vorbei, dann an Reisfeldern, auf denen Bauern mit Wasserbüffeln an der Arbeit waren. Wo auch immer die Bauern sie erblickten, blieben sie stehen und starrten den seltsamen Trupp an, bis er ihren Blicken wieder entschwand. Marissa machte sich klar, daß sie auch einen merkwürdigen Anblick boten: vier Fremde in schlecht passender Kleidung, und obendrein auch noch zwei davon *gweilos.*

Als sie in die Stadt kamen, führte Tse ein kurzes Gespräch mit einem Mann, der einen Karren schob. Während der Unterhaltung ließ der Bauer keinen Blick von Marissa.

»Er sagt, das Krankenrevier liegt gleich auf dem Wege«, berichtete Tse.

Die meisten Häuser in der Stadt waren entweder aus Holz oder aus Ziegelsteinen. Nur die Klinik war ein weiß angestrichener Betonbau mit einem Dach aus sonnengetrockneten Ziegeln. Durch eine niedrige Tür traten sie ein. Tristan und Bentley mußten sich dabei bücken.

Zuerst kamen sie in ein Wartezimmer, in dem hauptsächlich ältere Frauen waren. Manche hatten kleine Kinder bei sich. Ein Mann mittleren Alters hatte ein Bein im Gipsverband.

»Wenn Sie hier bitte warten würden«, sagte Tse, »werde ich mich inzwischen mit dem Arzt bekannt machen.«

Da auf den rohen Holzbänken, die um das Zimmer liefen, kein Platz mehr war, mußten Marissa, Tristan und Bentley stehen. Keiner der Wartenden sagte ein einziges Wort. Dafür starrten sie die drei offenen Mundes an, als wären sie außerirdische Wesen. Besonders neugierig waren die Kinder.

»Jetzt weiß ich, wie man sich als Filmstar fühlt«, sagte Tristan.

Tse kam wieder, begleitet von einem hochgewachsenen, hageren Chinesen, der ein kurzärmliges Hemd von westlichem Schnitt trug.

»Das ist Dr. Chen Chili«, sagte Tse. Dann stellte er die drei Dr. Chili vor.

Chili verbeugte sich lächelnd, entblößte dabei große gelbliche Zähne und sagte etwas in schnellem gutturalem Kantonesisch.

»Er heißt Sie in seiner Klinik willkommen«, sagte Tse. »Er sagt, der Besuch einer amerikanischen Ärztin und eines australischen Arztes ist eine Ehre für ihn. Und er fragt, ob Sie sich gern seine Einrichtungen ansehen würden.«

»Wie sieht es mit einer Fahrgelegenheit aus?« erkundigte sich Tristan.

»Die Klinik hat einen Kleinbus«, sagte Tse. »Der wird uns nach Shigi bringen. Er sagt, daß wir von Shigi aus mit dem öffentlichen Bus nach Forshan fahren können. Von da geht ein Zug nach Guangzhou.«

»Was nimmt er für die Fahrt im Kleinbus?« fragte Tristan.

»Nichts«, sagte Tse. »Wir fahren mit einigen Patienten, die ins Bezirkskrankenhaus eingewiesen werden.«

»Sehr schön«, sagte Tristan. »Dann wollen wir uns mal seine Klinik ansehen.«

Mit Chili und Tse an der Spitze machten sie einen Rundgang. Die Räume waren im großen und ganzen leer. Nur hier und da gab es einige rohe Möbel. Besonders nackt wirkte das Behandlungszimmer mit einem rostigen Stahltisch, einem Porzellanwaschbecken und einem alten Glasschrank mit Instrumenten.

Chili merkte, daß Marissa sich für den Instrumentenschrank interessierte, ging hin und öffnete ihn für sie.

Marissa zuckte zusammen, als sie die Zinnschale voller Nadeln erblickte, die von übermäßigem Gebrauch stumpf geworden waren. Das brachte ihr erst recht zu Bewußtsein, was alles sie in ihrer Praxis und im Boston Memorial für selbstverständlich ansah. Ihr Blick wanderte zum oberen Regal, auf dem Impfpackungen lagen, darunter ein in den Vereinigten Staaten hergestellter Impfstoff gegen Cholera. Dann bemerkte sie einige BCG-Fläschchen. Ihr fiel ein, daß Tse gesagt hatte, sie würden für Tuberkulose-Impfungen benutzt. Das erregte Marissas Neugier, weil die Wirksamkeit von BCG in den Vereinigten Staaten nie nachgewiesen worden war. Sie griff in das Regal, nahm eins der Fläschchen hoch und las auf dem Etikett, daß Frankreich das Herstellerland war.

»Fragen Sie Chili, ob er viele Tuberkulosefälle hat!« bat Marissa und stellte das BCG-Fläschchen wieder zurück. Während Tse mit dem Arzt sprach, warf sie einen Blick auf den übrigen Schrankinhalt.

»Nicht mehr als ich«, sagte Tse.

Marissa schloß den Schrank. »Fragen Sie ihn, ob Tbc auch bei Frauenkrankheiten auftritt!« sagte sie. Sie beobachtete Chilis Miene, als Tse ihm die Frage übersetzte. Es bestand ja immer die Möglichkeit, daß man auf unerwartete Dinge stieß. Doch Chilis Miene verriet ihr schon, daß seine Antwort negativ ausfallen würde. Und Tse sagte dann auch, derlei sei Chili noch nicht begegnet.

Danach kamen sie in ein Untersuchungszimmer. Auf einem Stuhl in der Ecke saß eine Patientin. Als die Gruppe eintrat, stand sie auf und verbeugte sich.

Marissa erwiderte die Verbeugung. Es tat ihr schon leid, daß sie hier eingedrungen war. Doch plötzlich stutzte sie. Mitten im Zimmer stand ein verhältnismäßig moderner Untersuchungstisch mit Fußstützen aus rostfreiem Stahl.

Der Anblick des Tisches brachte ihr alle die unangenehmen Behandlungen wieder ins Gedächtnis, die sie im Laufe ihres Fertilisationsprogramms zu erdulden gehabt hatte. Ein so modernes Gerät in dieser Klinik zu sehen, war eine Überraschung. Alles andere, was sie bisher gesehen hatten, war stark veraltet und unzureichend gewesen.

Sie trat an den Tisch und fuhr mit den Fingern zerstreut über die Fußstützen. »Wie kommt denn dieser Untersuchungstisch hierher?« fragte sie.

»Auf dieselbe Weise wie alle anderen Geräte«, sagte Tse. »Die meisten Landkliniken haben so einen Tisch.«

Marissa nickte scheinbar verständnisvoll. In Wirklichkeit leuchtete ihr die Erklärung überhaupt nicht ein. Es erschien ihr merkwürdig, daß man zur Versorgung der Kliniken unter allen Arten moderner Geräte ausgerechnet einen Untersuchungstisch mit Fußstützen ausgewählt hatte. Aber da sie viel über bürokratische Fehlentscheidungen kommunistischer Regierungen gelesen hatte, nahm sie an, daß es sich hier um einen solchen Fall handelte.

»Wir benutzen diesen Tisch häufig«, sagte Tse. »Die Regierung hat der Geburtenkontrolle einen hohen Vorrang eingeräumt.«

»Aha«, sagte Marissa. Sie wollte schon weitergehen, aber der Tisch beschäftigte sie noch immer. »Welche Art von

Geburtenkontrolle wenden sie denn vorzugsweise an?« fragte sie. »Intrauterinmittel?«

»Nein«, sagte Tse.

»Pessare?« fragte Marissa, obgleich ihr klar war, daß Pessare nicht in Frage kamen, da sie zu teuer und obendrein nicht hundertprozentig wirkungsvoll waren. Aber woher hatten sie diesen Tisch für Untersuchungen der inneren Geschlechtsorgane?

»Wir sterilisieren«, sagte Tse. »Viele Frauen werden nach dem ersten Kind sterilisiert. Manchmal sterilisieren wir auch schon kinderlose Frauen, wenn sie es wünschen oder wenn es nicht ratsam erscheint, daß die Frau ein Kind zur Welt bringt.«

Tristan rief aus dem nächsten Zimmer nach Marissa, aber sie reagierte nicht darauf. Sie hatte zwar schon davon gehört, daß man zur Geburtenkontrolle in China die Sterilisation anwandte. Aber einen Arzt so kaltblütig darüber sprechen zu hören, ging ihr gegen den Strich. Sie hätte gern gewußt, wer die Entscheidung traf, ob eine Frau ein Kind zur Welt bringen durfte oder nicht. Die Haltung des Arztes verletzte ihr weibliches Empfinden.

»Wie sterilisieren sie die Frauen?« fragte sie.

»Wir verschließen die Eileiter«, antwortete Tse sachlich.

»Unter Narkose?« fragte Marissa.

»Narkose ist unnötig«, sagte Tse.

»Wie ist das möglich?« fragte Marissa. Um die Eileiter zu verschließen, mußte der Gebärmutterhals erweitert werden, und das war eine unerträglich schmerzhafte Prozedur.

»Für uns Landärzte ist das einfach«, erklärte Tse. »Wir benutzen einen sehr kleinen Katheter mit einer Drahtführung. Wir brauchen dabei gar nichts zu sehen. Wir machen es nach Gefühl. Für die Patientin ist es überhaupt nicht schmerzhaft.«

»Marissa!« rief Tristan. Er war zurückgekommen und

stand auf der Schwelle des Untersuchungszimmers. »Komm doch mal raus und sieh dir den Garten an! Sie züchten hier ihre Heilmittel selber!«

Aber Marissa winkte ihm ungeduldig ab und starrte Tse an, während sich in ihrem Kopf die Gedanken jagten. »Beherrscht Chili diese Technik auch?« fragte sie.

»Bestimmt«, sagte Tse. »Alle Landärzte erlernen sie.«

»Wenn Sie die Eileiter durchstoßen haben«, fragte Marissa, »was benutzen sie dann zur Sterilisation?«

»Im allgemeinen eine ätzende Kräuterlösung«, sagte Tse. »Sie ist wie eine Art Pfeffer.«

Tristan kam auf Marissa zu. »Was ist passiert, meine Liebe?« fragte er. »Du siehst aus, als wäre dir ein Gespenst erschienen.«

Ohne ein Wort ging Marissa schnell wieder zu dem Glasschrank im Behandlungszimmer und betrachtete prüfend das Regal mit den Impfstoffen.

Tristan folgte ihr mißtrauisch, packte sie an den Schultern und drehte sie herum, so daß sie ihn ansehen mußte. »Marissa, ist bei dir alles okay?«

»Mir fehlt nichts«, sagte Marissa. »Aber weißt du was, Tristan? Ich glaube, ich habe das Rätsel gelöst. Urplötzlich ist mir alles klar geworden. Und wenn ich recht habe, ist alles noch viel schlimmer, als wir es uns vorgestellt haben.«

Das Klinikfahrzeug brachte die vier nach Shigi und setzte sie am Busbahnhof ab. Da nach Forshan häufig Busse fuhren, brauchten sie nur kurze Zeit zu warten. Während der Fahrt saßen Marissa mit Tristan, Bentley mit Tse zusammen.

»Ich habe noch nie jemand so viel spucken sehen wie diese Chinesen«, sagte Tristan, um Konversation zu machen. Übrigens stimmte es. Jeden Augenblick bereitete irgendeiner im Bus sich auf den Spuckakt vor oder war gerade dabei, aus dem Fenster zu spucken. »Was zum Teufel ist nur mit den Kerlen los?«

Bentley hatte seine Bemerkung gehört und sagte: »Das ist ein nationaler Zeitvertreib. Man sieht es in ganz China.«

»Ekelhaft«, sagte Tristan. »Erinnert mich an dieses blöde amerikanische Spiel Baseball.«

Bis auf Marissa und Tristan führten alle Passagiere lebhafte Gespräche. Doch Marissa gab auf alle Fragen Tristans so einsilbige Antworten, daß er es schließlich aufgab. Sie schien tief in Gedanken versunken.

Plötzlich aber fragte sie ihn: »Kennst du den pH-Indikator von roter Karbolsäure?«

»So ungefähr«, sagte Tristan überrascht.

»Wann färbt sie sich rot?« fragte Marissa weiter. »In einer alkalischen oder in einer Säurelösung?«

»Ich glaube, in einer alkalischen«, sagte Tristan. »In einer Säurelösung bleibt sie klar.«

»Hab ich mir gedacht«, sagte Marissa und versank wieder in Stillschweigen.

Nach anderthalb Kilometern konnte Tristan seine Neugier nicht mehr bezähmen. »Was ist los mit dir, Marissa? Warum sagst du mir nicht, worüber du nachdenkst?«

»Ich sag es dir schon«, antwortete Marissa. »Aber nicht jetzt. Wir müssen erst aus der Volksrepublik raus. Und dann muß ich noch einiges überprüfen, bevor ich meiner Sache sicher sein kann.«

Von Forshan konnten sie auf harten Holzbänken mit dem Zug nach Guangzhou weiterfahren. Bentley und Tse hatten sich am Busbahnhof in Forshan von ihnen verabschiedet.

Als sie in Guangzhou ankamen, war es schon dunkel. Am Bahnhof nahmen sie ein Taxi. Auf Empfehlung des Fahrers stiegen sie im Hotel Weißer Schwan ab. Während der kurzen Fahrt hatten Marissa und Tristan festgestellt, daß die Stadt westlicher aussah, als sie sich vorgestellt hatten, nur daß auch am Abend weit mehr Fahrräder unterwegs waren als motorisierte Fahrzeuge.

Auch das Hotel war eine Überraschung für sie. Es hatte ein eindrucksvolles Foyer mit einem Wasserfall. Die Zimmer besaßen sämtliche modernen Einrichtungen einschließlich Fernseher, Kühlschrank und, was noch wichtiger war, Selbstwähltelefon. Sie nahmen eine Suite mit zwei Schlafzimmern und Aussicht auf den Pearl River.

Marissa war so erschöpft, daß sie mit Verlangen zu ihrem Bett hinübersah, in der Hoffnung auf einen guten Nachtschlaf. Aber mehr noch interessierte sie das Telefon. Doch als sie ausgerechnet hatte, wie spät es jetzt an der Ostküste der Vereinigten Staaten war, verschob sie ihren Anruf um ein paar Stunden. Es hatte keinen Zweck, Cyrill Dubchek aus dem Schlaf zu reißen.

Tristan kam mit dem Hotelführer in der Hand aufgeregt in ihr Schlafzimmer. »Die haben hier ein Restaurant nach westlicher Art. Was sagst du zu einem hübschen großen Steak?«

Obwohl Marissa keinen Hunger hatte, begleitete sie Tristan. Der verputzte ein ansehnliches Stück Fleisch und mehrere Biere. Marissa bestellte ein Huhngericht, stocherte aber dann nur darin herum. Sie verabredeten, daß sie beim morgigen Besuch des Konsulats erzählen würden, sie hätten mit einer Dschunke nach Guangzhou fahren wollen, aber der Kapitän hätte sie, nachdem er ihnen das Geld abgenommen hatte, gezwungen, über Bord zu springen.

»Etwas Besseres können wir nicht vorbringen«, sagte Tristan. »Und es entspricht ja auch beinahe der Wahrheit.«

Marissa sagte, sie werde versuchen, über das CDC dem Außenministerium etwas Dampf zu machen.

Einige Stunden später holte dann Marissa den Anruf

nach. Da sie Cyrills Tagesablauf kannte, paßte sie es so ab, daß sie ihn erreichte, bevor er sich ins Labor begab.

In der Leitung waren zwar atmosphärische Störungen und ein merkwürdiges Echo, trotzdem konnte Marissa ihn gut verstehen. Sie sagte Cyrill, daß sie ihn aus Guangzhou in der Volksrepublik China anrufe.

»Wäre es jemand anders«, sagte Cyrill, »dann wäre ich überrascht, so unerwartet aus China angerufen zu werden. Aber bei dir, Marissa, überrascht mich nichts.«

»Dafür gibt es eine einleuchtende Erklärung.«

»Woran ich nicht einen Augenblick gezweifelt habe.«

Marissa setzte ihm rasch auseinander, daß sie zusammen mit einem Kollegen unbeabsichtigt in die Volksrepublik geraten wäre, ohne durch die zuständige Einwanderungsbehörde zu gehen, und nun Schwierigkeiten bei der Ausreise befürchte. Sie wies darauf hin, daß dieser Kollege der australische Arzt sei, der den ihr von Cyrill gebrachten Artikel geschrieben habe.

»Du bist mit dem Autor zusammen?« vergewisserte sich Cyrill. »Ich muß schon sagen, das heißt, an der Quelle zu forschen.«

»Damals, als ich noch beim CDC war, sagtest du mir einmal, du hofftest, irgendwann an mir gutmachen zu können, was ich bei der Aufklärung der Ebola-Epidemie erleiden mußte. Nun, Cyrill, jetzt gebe ich dir die Chance.«

»Was kann ich tun?« fragte er.

»Als erstes könntest du deine CDC-Beziehungen dazu verwenden, um beim Außenministerium Druck zu machen, damit Dr. Williams und ich aus China ausreisen können. Wir gehen morgen vormittag zum Konsulat. Das ist in ungefähr zehn Stunden.«

»Ich will gern zusehen, was sich machen läßt«, sagte Cyrill. »Aber es kann sein, daß man mich fragt, warum das CDC sich einschaltet.«

»Dafür gibt es einen sehr guten Grund«, sagte Marissa. »Weil es nämlich außerordentlich wichtig ist, daß ich sofort zum CDC zurückkomme. Man kann das als offizielle CDC-Angelegenheit betrachten. Das sagst du dem Außenministerium, und die können es den chinesischen Behörden mitteilen.«

»Was soll das für eine Angelegenheit sein?« fragte Cyrill.

»Es geht um die tuberkulöse Eileiterinfektion«, sagte Marissa. »Und dies bringt mich auf meine zweite Bitte. Ich brauche vom CDC die Statistiken der Erfolgsquoten in bezug auf künstliche Befruchtung von allen Frauenkliniken in den USA. Und wenn möglich, dazu die jeweilige Ursache der Unfruchtbarkeit bei den Frauen, die sich einer IVF-Behandlung bei den Frauenkliniken unterzogen haben.«

»Wie viele Monate habe ich Zeit?« fragte Cyrill vorsichtig.

»Wir brauchen das alles so schnell wie möglich«, sagte Marissa. »Und noch eins: Erinnerst du dich an den isolierten Tuberkulosefall der jungen Frau in Boston, auf den du mich aufmerksam gemacht hast?«

»Ja«, sagte Cyrill.

»Du mußt feststellen, was aus ihr geworden ist«, sagte Marissa. »Falls sie, wie ich leider befürchte, inzwischen verstorben ist, mußt du mir eine Serumprobe, den Obduktionsbericht und ihre Krankenunterlagen beschaffen. Dann war da noch eine Patientin namens Rebecca Ziegler ...«

»Moment«, unterbrach Cyrill sie. »Ich muß mir das erst notieren.«

Marissa wartete, bis er ihr sagte, sie könne fortfahren. Dann sagte sie: »Angeblich hat Rebecca Ziegler Selbstmord begangen. Die Obduktion wurde im Memorial vorgenommen. Von ihr brauche ich auch eine Serumprobe.«

»Mein Gott, Marissa!« rief Cyrill. »Was soll denn das alles?«

»Das wirst du sehr bald erfahren«, sagte Marissa. »Aber da ist noch mehr. Gibt es einen ELISA-Test für den BCG-Bazillus?«

»Aus dem Stegreif kann ich das nicht sagen«, erwiderte Cyrill. »Aber wenn es noch keinen gibt, können wir ihn machen lassen.«

»Veranlasse das!« sagte Marissa. »Und noch ein Letztes ...«

Cyrill seufzte. »Mein Gott, Marissa!«

»Wir brauchen sofort ein USA-Visum für Dr. Tristan Williams.«

»Am besten rufe ich Präsident Bush an, dann kann er das alles erledigen«, sagte Cyrill.

»Ich verlasse mich auf dich«, sagte Marissa mit Nachdruck.

Sie verlangte sehr viel von Cyrill, war aber überzeugt, daß es dringend notwendig war. Sie verabschiedeten sich voneinander und beendeten das Gespräch.

Tristan spähte zur Tür herein. »Habe ich richtig gehört? Steht für mich eine Reise in die Staaten in Aussicht?«

»Ich hoffe es«, sagte Marissa. »Und je eher, desto besser.«

Am nächsten Vormittag erlebten Marissa und Tristan auf dem US-Konsulat eine höchst angenehme Überraschung. Kaum hatte Marissa dort ihren Namen genannt, als sie sofort vom Konsul in sein Dienstzimmer gebeten wurden.

Noch in der Nacht hatte er Mitteilungen vom Außenministerium und vom US-Botschafter in Beijing erhalten.

»Ich weiß nicht, was Sie für bedeutende Persönlichkeiten sind«, sagte David, »aber die emsige Tätigkeit hinter den Kulissen, die ihr Auftauchen hier in Gang gesetzt hat, ist höchst beeindruckend. Es geschieht nicht oft, daß ich Anweisung erhalte, ein Dringlichkeitsvisum für die USA auszustellen. Aber ich freue mich, Ihnen mitteilen zu können, daß ich hier eins für Dr. Williams bereit habe.«

David Krieger begleitete Marissa und Tristan persönlich zum Amt für öffentliche Sicherheit in der Jeifong-Beilu-Straße gegenüber dem Yuexiu-Park. Obwohl die Polizei von dem Fall in Kenntnis gesetzt worden war, bestand sie auf einem Verhör der beiden, das nun aber in David Kriegers Gegenwart stattfand. Man beeilte sich, ihre Geschichte nachzuprüfen, und schickte zu diesem Zweck zwei Hubschrauber zu den beiden Orten, durch die sie nach ihren Angaben gekommen waren.

Während des Verhörs merkte Marissa, daß die chinesischen Behörden ihre Anwesenheit mit dem Zigarettenboot-Zwischenfall in Verbindung brachten. Marissa reagierte schnell. Sie sagte aus, der Kapitän habe sie in dem Augenblick gezwungen, über Bord zu springen, als das Motorboot und das Patrouillenboot auftauchten.

Bei der Rückkehr ins Konsulat zeigte sich David Krieger optimistisch. Das Problem, meinte er, werde schnell gelöst werden. Freundlicherweise lud er Marissa und Tristan zum Mittagessen ein. Danach sorgte der Konsul dafür, daß sie westliche Kleidung erhielten. Als sie ins Konsulat zurückkamen, war bereits die Nachricht eingetroffen, sie könnten jederzeit, wenn sie es wünschten, aus der Volksrepublik China ausreisen.

»Falls Sie es eilig haben«, sagte der Konsul, »können wir Ihnen für heute nachmittag einen Flug nach Hongkong besorgen.«

»Nein, nicht nach Hongkong«, sagte Marissa schnell. »Gibt es von Guangzhou aus noch andere direkte Flugverbindungen ins Ausland?« Selbst als Transit-Reisende wollte sie nicht noch einmal nach Hongkong. Das hätte ja bedeutet, eine weitere Begegnung mit den Gangstern vom FCA oder den Wing Sin zu riskieren.

»Es fliegt täglich eine Maschine nach Bangkok«, sagte David Krieger.

»Das wäre viel besser«, sagte Marissa.

»Aber wenn Sie in die Staaten zurück wollen, ist es ein Umweg«, sagte David Krieger.

Marissa lächelte ihn mit unschuldiger Miene an. »Mag sein, aber wir sind lieber etwas länger in der Luft unterwegs, als noch einmal in Hongkong zu landen. Nicht wahr, Tristan?«

»Da hast du recht, meine Liebe«, sagte Tristan.

»Hier sind alle Statistiken, die wir in der Eile kriegen konnten«, sagte Cyrill Dubchek und reichte Marissa die Computerausdrucke.

Sie saßen in Cyrills Büro beim CDC in Atlanta, Georgia. Marissa und Tristan waren an diesem Nachmittag nach dem anstrengenden Flug über den Pazifik via Bangkok, Honolulu und L.A. in Atlanta eingetroffen.

Trotz aller Müdigkeit bestand Marissa darauf, direkt zum CDC zu fahren.

Sorgfältig studierte Marissa die Ausdrucke. Tristan sah Cyrill an und zuckte die Achseln. Was Marissas Vermutungen betraf, tappte er noch völlig im dunkeln.

Marissa hob den Blick und sagte: »Genau wie ich es mir gedacht habe. Diese Statistiken spiegeln das wider, was ich bei den FCA-Daten in Australien gefunden habe. Sie beweisen, daß die Frauenkliniken überall im Lande bei ihrem IVF-Programm eine hohe Schwangerschaftsquote pro Patientin erreicht haben, im Gegensatz dazu aber eine niedrige Erfolgsquote pro Zyklus. Mit anderen Worten, die Mehrzahl der IVF-Patientinnen in den Frauenkliniken wird schwanger, aber der Erfolg tritt erst nach zahlreichen Zyklen ein. Seht euch mal an, wie die Erfolgsquote nach dem fünften IVF-Versuch in die Höhe schnellt!«

Marissa deutete auf die Zahlen in dem Computerausdruck, den sie in der Hand hielt.

»Das ist nicht weiter überraschend«, sagte Tristan. »Auch in anderen Kliniken müssen die Patientinnen mehrere Versuche durchmachen, bevor es klappt. Worauf willst du hinaus?«

Bevor Marissa antworten konnte, klopfte es an die Tür. Es war eine Laborantin.

»Wir haben jetzt die Ergebnisse der ELISA-Tests«, sagte sie.

»Das ging aber schnell«, bemerkte Cyrill.

»Sie sind stark positiv«, sagte die Laborantin. »Selbst bei hoher Verdünnung.«

»Alle?« fragte Cyrill ungläubig.

»Ja, alle«, bestätigte die Laborantin.

»Das ist der Beweis, den ich brauchte«, sagte Marissa. Bei ihrer Ankunft im CDC war sie sofort ins Labor gegangen und hatte sich dort Blut abnehmen lassen. Dann hatte sie dafür gesorgt, daß ihr Serum zusammen mit dem von Rebecca Ziegler und Evelyn Welles mit dem ELISA-Test auf BCG untersucht wurde.

»Das verstehe ich nicht«, sagte Cyrill. »Wie kann das sein?«

»Es ist doch ganz klar«, sagte Marissa. »Evelyn Welles hatte gar keine Tuberkulose. Sie war mit dem BCG-Bazillus infiziert.« Marissa nahm Welles' Krankenhausakte und schlug den Obduktionsbericht auf. »Hier steht, daß sie eine sehr schwere Infektion in den Eileitern hatte. Jetzt sage ich euch, warum das so war: der BCG-Bazillus fand bei ihr durch die Eileiter Eingang. Daß er sich bei ihr von dort im ganzen Körper verbreitete, hing mit ihrer Immunschwäche zusammen. Und seht euch die Beschreibung ihrer Gebärmutter an! Da steht etwas von einer vor kurzem erfolgten Schnittverletzung. Dort muß man ihr die Gewebeprobe entnommen haben.« Marissa blätterte weiter, bis sie zu dem Bericht über den letzten Abstrich kam. »Jetzt seht euch das an! Noch vier Wochen davor war der Abstrich normal. Ergibt das für euch einen Sinn?«

»Langsam dämmert es bei mir«, sagte Tristan. »Du meinst, daß die 23 Fälle von tuberkulöser Infektion, über die ich geschrieben habe, in Wirklichkeit gar nicht Tbc, sondern BCG waren.«

»Genau das«, sagte Marissa. »Auch ich habe keine tuberkulöse Tubeninfektion gehabt. Man hat mich vielmehr absichtlich mit dem BCG-Stoff geimpft. Die Grundlage des ganzen Rätsels sind handfeste Geschäftsinteressen. Vor einigen Jahren erkannte man bei Female Care Australia, daß man mit der IVF-Technologie auf einer Goldmine saß. Das einzig Dumme daran war, daß ihr wachsender Erfolg zu einer Verminderung der Einkünfte führte. Also beschlossen sie, um in den Genuß erhöhter Gewinne zu kommen, zwei Verfahrensweisen. Eine war die Schaffung von verstärkter Nachfrage. Die einzige absolute Indikation für IVF sind hoffnungslos blockierte Eileiter. Jemand fand nun heraus, daß chinesische Landärzte ein raffiniertes Verfahren entwickelt hatten, ohne Narkose eine Eileiterblockade herbeizuführen. Also holten sie sich solche Ärzte aus China. Die mußten nun bei ihnen das tun, was sie schon in China praktiziert hatten: Frauen sterilisieren. Der Trick bestand darin, sie so zu sterilisieren, daß es hinterher nicht nachgewiesen werden konnte. Sie durften keine bleibenden Spuren hinterlassen. Jemand muß dafür die BCG-Impfung vorgeschlagen haben. Um eine vollständige Eileiterblockierung zu erreichen und dabei auch die verräterischen Organismen zu vernichten, muß man eine starke immunologische Reaktion hervorrufen. BCG ist dafür das geeignete Mittel. Auf einer Gewebeprobe sieht es dann wie Tuberkulose aus. Es sind keinerlei Organismen zu finden. Anscheinend probierten sie diesen schmutzigen Trick an bestimmten Kandidatinnen aus. Dafür wählten sie ausschließlich junge, erst seit kurzem verheiratete Frauen aus dem Mittelstand. Nun brauchten sie bei diesen Frauen nur einen kleinen Eingriff anzusetzen, eine Gewebeprobe aus dem Gebärmutterhals. Ich weiß, daß die erste Hinterlist darin bestand, der Patientin weiszumachen, ihr Abstrich hätte CIN Grad Nr. 1 ergeben. So haben sie es bei Wendy und mir gemacht. Wir hatten beide in der Klinik verschwiegen, daß wir Ärztinnen waren. Hätten sie das gewußt, würden sie es wahrscheinlich nicht gewagt haben, ihr Schema bei uns anzuwenden. Und mit Sicherheit wußten sie nichts von Evelyn Welles' Immunschwäche. Und was Rebecca Ziegler betrifft — sie muß so schlau gewesen sein, um zu merken, daß etwas nicht mit rechten Dingen zuging. Ich glaube, man hat sie ermordet und dafür gesorgt, daß es wie Selbstmord aussah.«

Marissa holte tief Atem und fuhr fort: »Nun zum zweiten Teil ihres Plans, die Einkünfte in die Höhe zu treiben. Sie mußten dafür sorgen, daß die IVF-Behandlung nicht zu rasch zum Erfolg führte. Bei einem Honorar von 10 000 Dollar pro Zyklus ist euch doch klar, warum sie ihre Patientinnen so viele Zyklen wie nur möglich durchlaufen lassen wollten. Doch zu guter Letzt sollten die Patientinnen schwanger werden, weil das dem Ruf der Klinik zuträglich war. Ich nehme an, daß sie der Nährkultur nach erfolgter Befruchtung einfach ein, zwei Tropfen Säure zusetzten, um sie zu zerstören. Vor meinem letzten Eitransfer ließ ich mir die Embryos zeigen. Ich weiß noch, daß die Lösung kristallklar war. Der normale pH-Indikator in der Gewebenährkultur ist karbolrot und wird in Säure kristallklar. Meine Embryos lagen in Säure. Kein Wunder, daß sie später nicht implantiert werden konnten.«

Cyrill räusperte sich und sah Marissa an. Zorn hatte ihr

Gesicht gerötet. Er sah ihr an, daß sie von ihren Worten fest überzeugt war. Leider konnte er ihre Überzeugung nicht teilen. Er suchte nach Worten. »Ich weiß nicht recht...«, begann er.

»Was weißt du nicht recht?« fragte Marissa. »Fällt es euch Männern einfach zu schwer zu glauben, daß man Frauen in solchem Ausmaß zu wehrlosen Opfern gemacht hat?«

»Das ist es nicht«, sagte Cyrill. »Es ist mir einfach zu kompliziert. Dazu gehört eine zu starke kriminelle Energie, eine regelrechte Verschwörung. Es ist einfach zu teuflisch.«

»Da hast du recht«, sagte Marissa, »es ist teuflisch. Aber vergiß nicht ihre Motive! Es ging schlicht und einfach um Profit, weiter nichts. Schau her!« Marissa erhob sich und ging zu der kleinen Wandtafel, die in Cyrills Zimmer hing. Mit einem Stück Kreide schrieb sie darauf die Zahl *600 000*. »Das ist die Zahl der Ehepaare in den USA, die nach Schätzung von Experten IVF-Behandlung benötigen, wenn sie ein Kind bekommen wollen, das genetisch ihr eigenes ist. Wenn wir 50 000 Dollar mit dieser Zahl multiplizieren, kommen wir auf 30 Milliarden. Milliarden! Nicht 30 Millionen, sondern 30 Milliarden. Und das allein in den Vereinigten Staaten. Als Geldquelle könnte IVF der illegalen Drogenindustrie Konkurrenz machen. Zugegeben, nicht alle der 600 000 Ehepaare stammen aus dem Mittelstand, und nicht alle haben das nötige Geld zur Verfügung. Darum hat das FCA ja alle diese Anstrengungen unternommen, um sich selber einen Markt zu schaffen.«

»Mein Gott!« rief Cyrill. »Ich habe mir ja nie vorgestellt, daß es um so viel Geld ging.«

»Daran denken die wenigsten«, sagte Marissa. »Die ganze IVF-Industrie arbeitet ohne bindende Vorschriften und ohne Aufsicht. Sie ist in einem Niemandsland zwischen Medizin und Geschäft entstanden. Und die Regierung hat beide Augen zugedrückt. Alles, was mit Fortpflanzung zu tun hat, ist politisch ein heikles Gebiet.«

»Aber eine solche Verschwörung würde viele Mitwisser erfordern.«

»Gar nicht mal so viele«, sagte Marissa. »Vielleicht in jeder Klinik nur einen. Doch in dieser Hinsicht wage ich keinen Schluß auf das wirkliche Organisationsschema der Verschwörung.«

»Und ich war fest überzeugt, daß Rauschgift dahintersteckt«, sagte Tristan.

»Kann durchaus sein, daß sie auch am Rauschgifthandel beteiligt waren, aber nur indirekt«, sagte Marissa. »Es wird interessant sein, genau zu erfahren, wie Fertility Limited das gewaltige Kapital aufgebracht hat, das nötig war, um so rasch in drei Kontinenten zu expandieren. Ich habe den Verdacht, daß ihre Aktienangebote nur ein gerissener Trick waren. Es wäre keine Überraschung für mich, wenn sie sich mit den Wing Sin noch bei anderen Unternehmen verbündet hätten als dem des Herausschmuggelns von je zwei Männern aus der Volksrepublik China. Vielleicht diente Fertility Limited als Geldwaschanlage für die Gewinne der Wing Sin aus dem Heroinschmuggel vom Goldenen Dreieck. Zumindest ist das eine Möglichkeit.«

»Wenn das alles zutrifft«, sagte Cyrill, »braucht es großer Anstrengungen und internationaler Zusammenarbeit, um den Ring zu sprengen.«

»Genau«, sagte Marissa. »Und hier muß das CDC aktiv werden. Man sollte zugleich das Justiz- und das Außenministerium benachrichtigen. Nur sie können gemeinsam diese Organisation zerschlagen, und auf das CDC werden sie wohl hören. Ich sage euch voraus, daß es nicht einfach sein wird. Eine Organisation, die so groß und reich ist wie Fertility Limited und ihre Tochterfirmen, hat natürlich auch beträchtliches politisches Gewicht.«

»Da es sich hier in den USA um ein überstaatliches Problem handelt«, sagte Cyrill, »muß auch der FBI eingeschaltet werden.«

»Zweifellos«, bestätigte Marissa. »Und dafür können wir nur Gott danken, denn Tristan und ich brauchen bestimmt für einige Zeit staatlichen Schutz. Vielleicht müssen wir uns auch irgendwo versteckt halten. Ich fürchte, daß der Arm der Wing Sin weltweit reicht.«

Cyrill sprang auf. »Ich muß nach oben«, sagte er. »Mal sehen, ob ich den Direktor noch antreffe, bevor er Feierabend macht. Es macht euch beiden doch nichts aus, wenn ihr hier ein paar Minuten wartet?«

Als Cyrill draußen war, sah Marissa Tristan fest an. »Was meinst du dazu?« fragte sie. »Ganz ehrlich!«

»Ehrlich?« sagte Tristan. »Für mich bist du eine rattenscharfe Wuchtbrumme, die aber bald fix und foxi ist.«

»Bitte, Tristan«, sagte Marissa. »Ich meine es ernst. Laß den Aussie-Slang und sprich englisch!«

»Ich meine es ja auch ernst«, sagte Tristan. »Ich meine, du bist eine schöne Frau, aber bald mit deinen Kräften am Ende. Du bist wunderbar, fast ein bißchen zum Fürchten. Und obendrein glaube ich, daß du recht hast. Übrigens kann ich mir niemand vorstellen, mit dem ich mich lieber in ein Versteck verziehen würde, als dich.«

Epilog

22. November 1990

11.55 Uhr vormittags

»Was steht da drüben auf dem Straßenschild?« fragte Tristan und zeigte nach vorn. Er saß am Lenkrad eines Hertz-Mietwagens und Marissa neben ihm.

»Ich weiß es nicht«, sagte Marissa seufzend. »Ich kann das Schild von hier aus gar nicht sehen. Es steht ein Baum davor. Du mußt ein Stückchen vorfahren.«

»Mach ich, meine Liebe«, sagte Tristan und fuhr einen knappen halben Meter weiter.

Marissa las: »Cherry Lane.«

»Cherry Lane?« wiederholte Tristan. Dann vertiefte er sich in die selbstgezeichnete Kartenskizze. »Ich werde nicht daraus schlau.«

»Vielleicht fahren wir über den Hügel zurück und erkundigen uns bei der letzten Tankstelle«, sagte Marissa. Sie waren vor wenigen Minuten daran vorbeigekommen.

Ruckartig schoß Tristans Kopf hoch. »Hör mal, ich kann das verdammte Haus auch allein finden, okay?«

Einen Augenblick lang funkelten sie sich böse an. Dann brachen sie beide in befreiendes Gelächter aus.

»Entschuldige«, sagte Tristan. »Ich bin wohl etwas nervös. Wollte aber nicht gleich ausflippen.«

»Ich auch nicht«, sagte Marissa. »Wir sind wohl beide noch stark im Streß.«

»Das ist eine Untertreibung«, sagte Tristan. »Ich weiß ja

noch nicht mal, ob Chauncey mich wiedererkennt. Es sind über drei Jahre her.«

»Aber er ist doch schon sechs«, sagte Marissa. »Bestimmt erkennt er dich wieder. Ich weiß nur nicht, was er von mir halten wird.«

»Hör auf meine Worte!« sagte Tristan. »Er wird dich liebhaben.«

»Falls wir je hinkommen«, sagte Marissa.

»Hab Vertrauen zu mir!« sagte Tristan. Er schaute wieder auf seine Kartenskizze. »Wenn wir bloß diese Conolly Avenue finden könnten!«

»An der sind wir gerade vorbeigefahren«, sagte Marissa. »Ich glaube, es war die letzte Querstraße.«

»Ja, dann brauchen wir ja nur zu wenden«, sagte Tristan und schlug das Lenkrad scharf links ein. »Man kommt hier ganz durcheinander, weil ihr immer auf der falschen Straßenseite fahrt.«

Sie fuhren zurück, und die nächste Querstraße war die Conolly Avenue, die zur Green Street führte. Nach einer Viertelstunde hielten sie vor einem weißen Haus im viktorianischen Stil mit Schindeldach. Auf der Rasenfläche davor stand ein Schild mit der Aufschrift: OLAFSON.

»So, da wären wir«, sagte Tristan und blickte auf das Haus.

»Ja«, sagte Marissa. »Wir haben es geschafft.«

Aber keiner traf Anstalten auszusteigen.

Marissa war besonders nervös. Die Olafsons, Tristans Schwiegereltern, hatten seinen Sohn Chauncey in den letzten drei Jahren bei sich aufgezogen. Marissa kannte sie nicht und hatte Chauncey noch nie gesehen. Sie und Tristan hatten sich bis jetzt unter den Fittichen des FBI versteckt gehalten, und man hatte es für unklug gehalten, sich in dieser Zeit mit ihnen zu treffen. Erst heute, am Erntedanktag, war es gestattet worden.

Die Monate nach ihrer Rückkehr aus dem Fernen Osten hatten sich in die Länge gezogen. Die Regierung hatte sie nach Montana bringen lassen, wo sie in einer Kleinstadt ein Haus bezogen. Zuerst war es für Marissa eine schwierige Zeit gewesen. Sie brauchte lange, um sich mit Roberts Tod abzufinden. Und lange Zeit litt sie an Schuldgefühlen. Viel trug der Umstand zu ihrem Kummer bei, daß er zu einem Zeitpunkt sterben mußte, als sie gerade so schlecht miteinander auskamen.

Tristan war eine große Hilfe für sie gewesen. In gewissem Sinne hatte er ja einmal das gleiche durchgemacht. So konnte er ihr alles nachfühlen. Er wußte, wann er mit ihr sprechen mußte und wann nicht.

Nicht nur Roberts, sondern auch Wendys Tod war für sie schwer zu verwinden. Es dauerte monatelang, bevor die allnächtlichen Alpträume von Haien aufhörten. Sie fühlte sich auch am Tod ihrer Freundin schuldig.

Schließlich hatte mal wieder die Zeit alle Wunden geheilt. Allmählich fand Marissa zu ihrem alten Selbst zurück. Sie nahm auch wieder das tägliche Lauftraining über mehrere Kilometer auf. So verlor sie die zusätzlichen Pfunde, die die IVF-Behandlung mit sich gebracht hatte, und das stärkte ihre Moral.

»Wir sollten jetzt reingehen«, sagte Tristan. Aber kaum hatte er es gesagt, da öffnete sich die Haustür und heraus kam ein Ehepaar mit einem Kind.

Tristan stieg aus. Marissa folgte seinem Beispiel. Sie warfen die Wagentüren zu. Einen Augenblick lang blieben sie wie angewurzelt stehen und sagten kein Wort.

Marissa betrachtete das Kind. An seinen Haaren und der Form des kleinen Gesichts erkannte sie Tristan wieder. Dann suchte ihr Blick das Ehepaar. Es war jünger, als Marissa sich vorgestellt hatte. Der Mann war groß und schlank mit scharfen Gesichtszügen. Die Frau war klein.

Ihr kurzes Haar war graumeliert. Sie hatte ein Papiertaschentuch in der Hand. Da wußte Marissa, daß sie geweint hatte.

Verlegen machte man sich bekannt. Elaine Olafson kämpfte noch immer mit den Tränen. »Entschuldigung«, sagte sie. »Aber das Wiedersehen mit Tristan erinnert mich so schmerzlich an Evas Verlust. Und dann ist uns auch Chauncey ans Herz gewachsen.«

Eine Weile klammerte Chauncey sich an Elaines Beinen fest. Sein Blick wanderte schnell zwischen Marissa und seinem Vater hin und her.

Marissa konnte nicht anders, sie empfand Mitgefühl mit Elaine. Die Frau hatte ihr einziges Kind verloren und sollte nun auch noch den Enkelsohn verlieren, für den sie drei Jahre lang gesorgt hatte.

Als sie ins Haus traten, roch Marissa den wunderbaren Duft von gebratenem Truthahn. Das Erntedankfest hatte sie immer gern gefeiert. Sie hatte noch wunderbare, herzliche Erinnerungen an die Erntedanktagessen in Virginia. Da hatte sie sich immer so behaglich und geborgen gefühlt.

Tristan und Eric verzogen sich bald mit Bierdosen in der Hand in das Herrenzimmer, um sich eine Football-Übertragung anzusehen. Marissa und Elaine begaben sich in die Küche. Nach anfänglicher Schüchternheit wollte Chauncey in beiden Räumen zugleich sein. Alle paar Minuten wechselte er von der Küche ins Herrenzimmer und zurück. Tristan hatte beschlossen, nichts zu überstürzen. Er wollte Chauncey Gelegenheit geben, sich wieder an ihn zu gewöhnen.

»Sagen Sie mir, womit ich Ihnen helfen kann!« sagte Marissa zu Elaine. Sie wußte, ein solches Abendessen machte viel Arbeit.

Elaine sagte ihr, sie solle sich irgendwo hinsetzen, aber Marissa blieb hartnäckig. Bald war sie dabei, den grünen

Salat zu waschen. Sie unterhielten sich über den Vormittagsflug von Butte in Montana nach San Francisco. Als Elaine ruhiger wurde, kamen sie auf persönlichere Dinge zu sprechen.

»Tristan hat Eric am Telefon gesagt, daß Sie heiraten wollen, nicht wahr?« sagte Elaine.

»Ja«, sagte Marissa, »das haben wir vor.« Es fiel ihr selber schwer, es zu glauben. Noch vor wenigen Monaten hätte sie sich solch einen entscheidenden Schritt nicht vorstellen können. Nur langsam war aus ihrer Freundschaft eine Romanze geworden, die in der Zeit des erzwungenen Versteckspielens allmählich aufblühte. Zu Marissas Verwunderung war daraus plötzlich eine tiefe Leidenschaft geworden.

»Und Sie werden Chauncey adoptieren?« fragte Elaine. Sie holte den Truthahn aus dem Herd und legte ihn auf eine Bastunterlage.

»Ja«, sagte Marissa und sah Elaine an. Sie wartete darauf, daß die Frau ihren Blick erwiderte. »Ich weiß, wie schwer das für Sie ist«, sagte sie. »Ich kann mir gut vorstellen, wie sehr Ihnen der Junge fehlen wird. Deshalb will ich Ihnen etwas sagen. Tristan und ich haben vor, hier nach Berkeley zu ziehen, damit Chauncey nicht in eine andere Schule muß. So bleibt er auch in Ihrer Nähe. Sie und Eric können ihn so oft sehen, wie Sie wollen. Ist ja klar, daß die Veränderung für Chauncey genauso schwer sein wird wie für Sie. Wir wollen unser Mögliches tun, um es für alle leichter zu machen.«

»Das ist wunderbar«, sagte Elaine und lächelte zum erstenmal, seit sie eingetroffen waren. »Davon hatte ich ja keine Ahnung. Ich dachte, Sie würden nach Australien gehen.«

»Nein«, sagte Marissa. »Fürs erste ist es für uns beide besser hierzubleiben. Wir haben eine Menge hinter uns und wollen einen neuen Anfang machen.«

Mit der unerwarteten Nachricht über den geplanten Umzug nach Berkeley hob sich Elaines Stimmung merklich. »Eric und ich haben Sie beide in *Good Morning America* und in *60 Minutes* gesehen. Als wir hörten, was in diesen Kliniken getrieben wird, waren wir entsetzt. Unglaublich, was manche Menschen für Geld alles tun!«

Marissa nickte.

»Dann hat Charlie Gibson aber etwas gesagt, worüber ich lachen mußte«, fuhr Elaine fort. »Er verglich die Schließung der Frauenklinik-Kette mit der Inhaftierung von Al Capone.«

»Das war etwas ironisch ausgedrückt«, sagte Marissa.

»Ganz recht«, sagte Elaine. »Es ist ja bekannt, daß man Capone nicht wegen seiner Kapitalverbrechen, sondern nur wegen Steuerhinterziehung verurteilen konnte. Aber nach all dem, was diese elenden Ärzte angerichtet haben, leuchtet es einem kaum ein, daß man sie nur wegen Verstoßes gegen das Gesetz über illegale Einwanderung belangen kann.«

»Wenigstens wurden die Kliniken geschlossen«, sagte Marissa. »Es war eben unmöglich zu beweisen, daß das BCG, mit dem man Tausende von Frauen infiziert hat, aus den betreffenden Kliniken stammte — das war das Problem. Aber sie sind noch nicht aus dem Gröbsten heraus. Die Ermittlungen haben nämlich ergeben, daß sie nach völlig normalen Abstrichen jedesmal eine Gewebeprobeentnahme aus der Gebärmutter angesetzt haben. Das wurde sowohl in den Vereinigten Staaten wie in Europa festgestellt.«

»Werden einige der Beteiligten ins Gefängnis kommen?« fragte Elaine.

»Ich hoffe, daß es dazu kommt«, sagte Marissa. »Es ist eine vielversprechende Entwicklung eingetreten. Eine Anzahl der Direktoren wollen einen Handel mit der Staatsanwaltschaft schließen und als Zeugen der Anklage auftreten. Wenn sie vor Gericht aussagen, kommt es bestimmt zu einigen Verurteilungen.«

Elaine beugte sich zu Marissa hinüber und sagte: »Ich hoffe, daß sie diese Schweinehunde festnageln.« Nach einer Weile fragte sie Marissa, welche Pläne sie in Hinsicht auf eine zukünftige IVF-Behandlung habe. »Wollen Sie und Tristan es versuchen?«

»O nein!« erwiderte Marissa mit Nachdruck. »Ich habe für meinen Geschmack genügend Zyklen durchgemacht und kann nicht behaupten, daß es eine positive Erfahrung war.« Dann fügte sie hinzu: »Aber Kinder werden wir doch haben.«

»Ach ja?« fragte Elaine etwas verwirrt. Sie hatte doch erfahren, daß Marissa unfruchtbar war ...

»Erstens haben wir Chauncey. Ich weiß, ich werde ihn bestimmt genauso liebhaben, als wäre er mein eigenes Kind. Und dann wollen Tristan und ich noch jemand adoptieren.«

»Wirklich?« fragte Elaine.

Marissa nickte. »Wir adoptieren ein kleines Chinesenbaby aus Hongkong.«

Literaturhinweis

1. Baruch, E. L. und andere als Herausgeber: *Embryos, Ethics and Women's Rights: Exploring the New Reproductive Technology* (Embryos, Ethik und Frauenrecht: Eine Studie über die neuen Fortpflanzungstechniken). Harrington Park Press, 1988. Dieses Buch vertritt ausgesprochen den Standpunkt der Feministinnen. Ich empfehle es, weil es meine Ansichten über bestimmte Streitfragen beeinflußt hat.
2. Chase, M. E.: *Waiting for Baby* (Warten auf ein Baby). McGraw-Hill, 1990. Ein wunderbarer, bewegender Bericht darüber, wie es wirklich ist, wenn man im Labyrinth der Unfruchtbarkeit gefangen ist. Ein gutes Buch über die gefühlsmäßige Seite der Unfruchtbarkeit.
3. Frank, D. und Vogel, M.: *The Baby Makers* (Die Kindermacher). Carroll & Graf, 1988. Eine gute, leicht lesbare Studie über die sozialen Aspekte der neuen Fortpflanzungstechniken.
4. Klein, R. als Herausgeber: *Infertility* (Unfruchtbarkeit). Pandora Press, 1989. Eine leidenschaftliche Stellungnahme vom feministischen Standpunkt aus. Wenn Sie sich für Nr. 1 interessiert haben, dann lesen Sie dies!
5. Lieberman-Smith, J.: *In Pursuit of Pregnancy* (Das Streben nach Schwangerschaft). Ein weiteres besonders gutes Buch über die Gefühlsmomente, die sich bei Unfruchtbarkeit und ihrer Behandlung ergeben.
6. Menning, B. E.: *Infertility: A Guide for the Childless Couple.* (Unfruchtbarkeit: Ein Ratgeber für kinderlose Ehepaare). Prentice-Hall, 1988. Ein guter allgemeiner Ratgeber für den Laien über Unfruchtbarkeit — von jemandem, der sie erlebt hat!
7. Seilel, M.: *Infertility, A Comprehensive Text* (Unfruchtbarkeit: Ein umfassendes Handbuch). Appleton & Lange, 1990. Das ist das bei weitem beste Handbuch auf dem Gebiet der Unfruchtbarkeit. Es ist für den Profi geschrieben, aber größtenteils auch von interessierten Laien leicht zu verstehen. Das größte Problem ist der Preis des Werkes.

8. Sher, G. und andere: *From Infertility to In Vitro Fertilization* (Von der Unfruchtbarkeit zur In-Vitro-Fertilisation). McGraw-Hill, 1988. Ein guter allgemeiner Ratgeber für den Laien von der Unfruchtbarkeit zur künstlichen Befruchtung. Allerdings ist zu berücksichtigen, daß der Hauptautor Mediziner an einer Klinik für künstliche Befruchtung ist und eine entsprechende Tendenz verfolgt.
9. Spallone, P.: *Beyond Conception: The New Politics of Reproduction* (Jenseits der Schwangerschaft: Die neue Politik der Fortpflanzung). Ein weiteres Buch vom feministischen Standpunkt. Etwas schwieriger lesbar, aber auf internationaler Ebene gut recherchiert.
10. Wasserman, M. E.: *Searching for the Stork* (Auf der Suche nach dem Storch). New American Library, 1988. Ein wunderbar geschriebenes Buch, das sich auch mit den gefühlsmäßigen Auswirkungen der Unfruchtbarkeit beschäftigt. Ich muß gestehen, daß ich es zweimal gelesen habe.